国家出版基金项目
NATIONAL PUBLICATION FOUNDATION

世界汉学诗经学

日本诗经学要文校录

夏传才　王长华　主编

王晓平　著

河北出版传媒集团
河北教育出版社

图书在版编目（CIP）数据

日本诗经学要文校录 / 王晓平著 . -- 石家庄 : 河北教育出版社 , 2021.3

（世界汉学诗经学 / 夏传才 , 王长华主编）

ISBN 978-7-5545-6257-4

Ⅰ . ①日… Ⅱ . ①王… Ⅲ . ①《诗经》－诗歌研究 Ⅳ . ① I207.222

中国版本图书馆 CIP 数据核字 (2020) 第 264537 号

书　　名　日本诗经学要文校录
　　　　　RIBEN SHIJINGXUE YAOWEN JIAOLU
主　　编　夏传才　王长华
作　　者　王晓平

出 版 人　董素山
策　　划　郝建国
责任编辑　马海霞
装帧设计　牛亚勋
出　　版　河北出版传媒集团
　　　　　河北教育出版社　http://www.hbep.com
　　　　　（石家庄市联盟路705号，050061）
印　　制　河北荣恩印刷有限公司
开　　本　787毫米×1092毫米　1/16
印　　张　32.5
字　　数　461千字
版　　次　2021年3月第1版
印　　次　2021年3月第1次印刷
书　　号　ISBN 978-7-5545-6257-4
定　　价　110.00元

丛书编委会

编写说明

一、编纂《世界汉学诗经学》的缘起和宗旨

习近平总书记在 2015 年主持中央政治局学习会议上发表《提高国家文化软实力》的讲话，要求我们把弘扬中华民族跨越时空、超越国度、富有永恒魅力的优秀文化成果传播出去。

我国是世界上文明辉煌的民族，是文化传承从未中断的唯一的文明古国。中华文化成果早在公历纪元之初即已传播到东亚和中、西亚，最初外传的是经孔子编辑整理的儒家经书，其中当以《诗经》的影响较为普遍。《诗经》于 5 世纪外传入朝鲜半岛和日本，也较早传到印支半岛，在世界文化史上形成东亚汉学文化圈。而汉、唐时则通过丝绸之路西传，先至中东，再远到罗马，但译为拉丁文和欧洲各主要国家文字，则自 17 世纪开始。18 世纪欧洲兴起汉学热，《诗经》是世界汉学研究的热点。我国的《诗经》与希腊史诗、莎士比亚戏剧，在国际文学界并称人类古代三大文学杰作，且早已在世界上传播，有世界各主要语种的译本，有历代的研究专家和论著，有世界各个国家的读者。

习总书记指出，提高国家文化软实力，要努力提高国际话语权。要加强国际传播能力建设，精心构建对外话语体系。提高国际话语权，我们首先要了解各国对我国已经传播出去的文化元典是如何传播的，有过哪些主要译本

和评论。在19世纪后期世界汉学中心转入美国后，西方各国一些学者采用新的方法研究，产生了一些可供我们借鉴的新成果。不了解世界各国学者过去和现在的话语，如何提高国际话语权？

《诗经》外传东亚各国一千多年了，译传西方四百年了，了解他们接受的历史、评论和研究成果，知彼知己，才可能发表我们自己的有效的话语，才可能有所借鉴，这是我们中国人应该做的工作。遗憾的是，四百年来没有人认真系统地来做这个工作，只有蜻蜓点水式的粗略概述，近百年中只有两三本并不高明的译本。

我不知道中国社科院是否建立了专门研究世界汉学的机构，但知道没有进行研究《诗经》西传的工程。部属北京外国语大学建立了外国汉学研究中心，他们的研究人员正集中于“四书”的研究工作。《诗经》的世界各国接受史及其具体的研究成果译介，目前还没有人做。我在2013年成功地完成了心脏搭桥手术，它的有效期是五年。我决定利用这有限的残年，主编《世界汉学诗经学》丛书，为国家填补这项空白，为提高国家的文化软实力和国际话语权，竭尽绵薄。

二、丛书主编的基本情况

丛书定名为《世界汉学诗经学》。

主编：夏传才（1924—2017），中共党员，中国作家协会会员。河北师范大学教授，中国诗经学会原会长，退休后专职写作。1984年获河北省社会科学优秀成果奖，1992年获国务院特殊津贴（终身）专家。1993年当选中国诗经学会会长，任职二十年，主持大型国际学术研讨会九届，建立了国际学术界联系网络，与海外老中青三代学者有一定的友好情谊。2013年任主编的《建安文学全书》出版，被列入2010—2020年国家古籍整理重点项目，获河北省社会科学研究特别荣誉奖。2014年任主编的《诗经学大辞典》出版，列入“十二五”国家重点图书出版规划、国家出版基金项目和《2013—2025 国家辞书编纂出版规划》。

三、丛书各卷设计体例

（一）世界各主要语种各成一卷。

（二）每卷内容叙述各语种国家的《诗经》接受传播史。

（三）主要译本或重要《诗经》学文献。

（四）重要论文的翻译。

（五）重要论著的评介。

四、分卷和撰写者介绍

世界汉学《诗经》学现存各国文字的译本和论著，因此以不同语种分卷。拟有下列各卷：

（一）《英语世界的诗经学》

撰写人：张万民，香港城市大学教授，博士生导师。主要研究方向：中西文化交流、海外汉学、《诗经》诠释史、中国文学批评史。

所谓的英语世界，主要以英国、美国为主，略及加拿大、澳大利亚等英语国家。有些英语国家以外的欧洲学者，也曾发表英文论著，本书也做出一定的介绍。此外，中国的香港地区曾是英国汉学发展的重要基地之一，对于回归之前香港学者有关《诗经》的英文著作，本书也做了一定的介绍。

（二）《法国诗经译介史》

撰写人：刘国敏，重庆旅游职业学院讲师，西南大学博士在读。主要研究方向：法国汉学、中法文化交流。

李慧，北京外国语大学欧洲语言文化学院讲师、拉丁语教研室主任，意大利罗马大学东方文学与文化博士。主要研究方向：明清传教士汉学、法国汉学及拉丁语、古希腊语言文学。

《诗经》是17世纪由法国传教士用拉丁文翻译传入欧洲的，18世纪才有法文译本，且现在能翻译拉丁文的人很少。本书则以时间为序，梳理了17世纪至20世纪中期这一历史阶段《诗经》在法国的译介轨迹，所涉及文本包括译介者国籍为法国及以法语书写的主要文献。

（三）《日本诗经学要文校录》

撰写人：王晓平，天津师范大学教授、博士生导师。主要研究方向：比较文学与比较文化、中日比较文学。

他在日本大阪帝冢山大学任教九年，专研日本《诗经》学史，曾著《日本诗经学史》一书。本书着力于日本藏《诗经》写本的释录与研究，整理了日本诗经学的主要文献资料，对于丰富《诗经》的世界性意义，推动《诗经》研究的国际交流具有重要意义。

（四）《韩国诗经学概要》

撰写人：付星星，贵州大学副教授、硕士生导师，南京大学文学博士，曾以公派人员身份留学韩国高丽大学。主要研究方向：汉文学研究、域外《诗经》学。

［韩国］金秀炅，韩国国立公州大学汉文教育系助教授，文学博士。主要研究方向：韩国《诗经》学。

韩国《诗经》学是东亚《诗经》学之林的独特品种，是作为主流的中国《诗经》学的对话者、比较者、补充者的“异域之眼”，具有丰富的诗学内涵与思想史意义。

夏传才

2016年8月

补记：

由于夏传才先生于 2017 年 2 月 7 日因病辞世，此前他亲自主持的这套《世界汉学诗经学》丛书中除王晓平先生负责撰写的一种外，其他各种当时各作者还都在撰写之中。这原本是中国诗经学会会员众所周知的一项学会学术工程，作为先生的学生，也作为中国诗经学会的继任会长，先生生前主持而未完的工作我责无旁贷必须接过来，必须完成好。正如夏先生所言，这是一项前人没有做过的创新性工程。书稿经过各位作者的辛勤努力终于完成了，结稿后我们又请相关语种专家学者认真审读，对提出的意见建议一一作了修改。尽管如此，我还是对这套丛书持战战兢兢的谨慎态度。现在，我们把她呈现在大家面前，希望能够获得夏先生在天之灵的首肯，也希望得到学界同仁朋友的首肯。敬请海内外方家同行批评指正！

王长华

2020 年 3 月 20 日

江户时代刊本《经典余师　诗经之部》(著者藏)

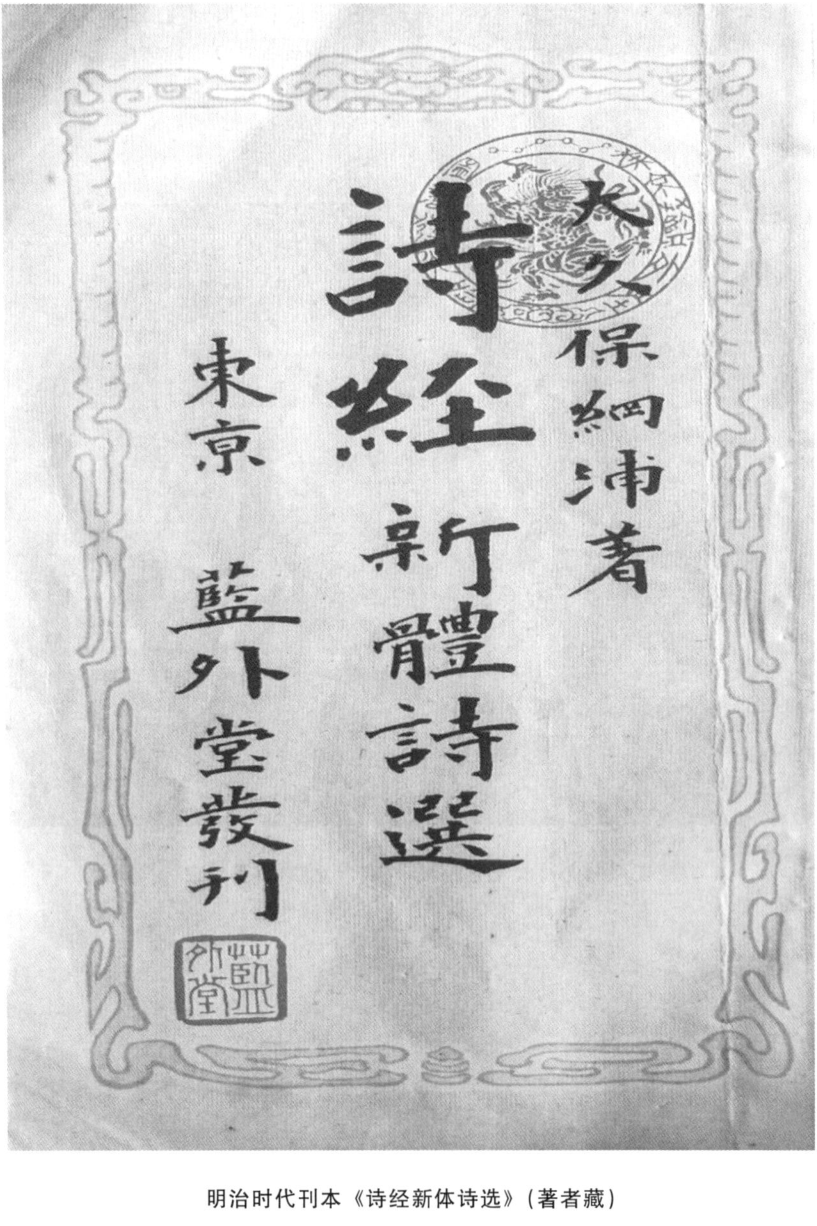

明治时代刊本《诗经新体诗选》（著者藏）

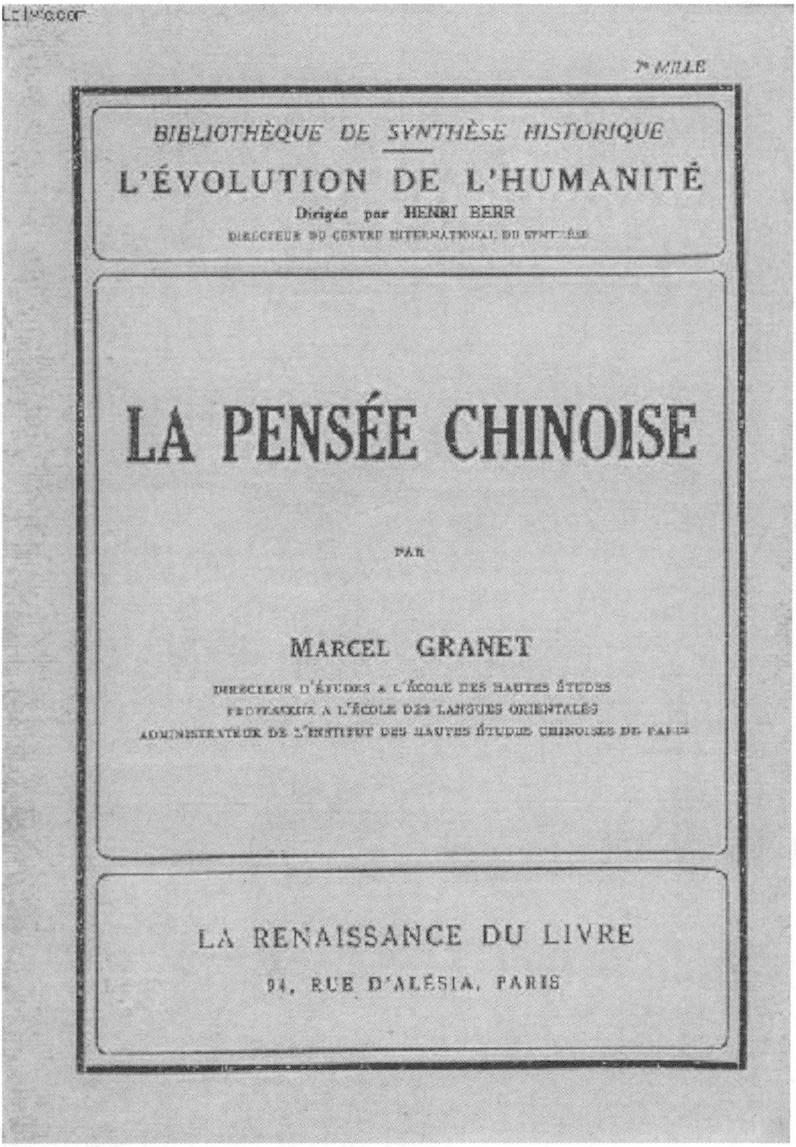
7e MILLE
BIBLIOTHÈQUE DE SYNTHÈSE HISTORIQUE
L'ÉVOLUTION DE L'HUMANITÉ
Dirigée par HENRI BERR
LA PENSÉE CHINOISE
PAR
MARCEL GRANET
DIRECTEUR D'ÉTUDES À L'ÉCOLE DES HAUTES ÉTUDES
PROFESSEUR À L'ÉCOLE DES LANGUES ORIENTALES
ADMINISTRATEUR DE L'INSTITUT DES HAUTES ÉTUDES CHINOISES DE PARIS
LA RENAISSANCE DU LIVRE
94, RUE D'ALÉSIA, PARIS

葛兰言《中国思想》

1948 年刊安藤圆秀《诗经随笔》(著者藏)

1973 年明治书院刊《诗经翻译》（著者藏）

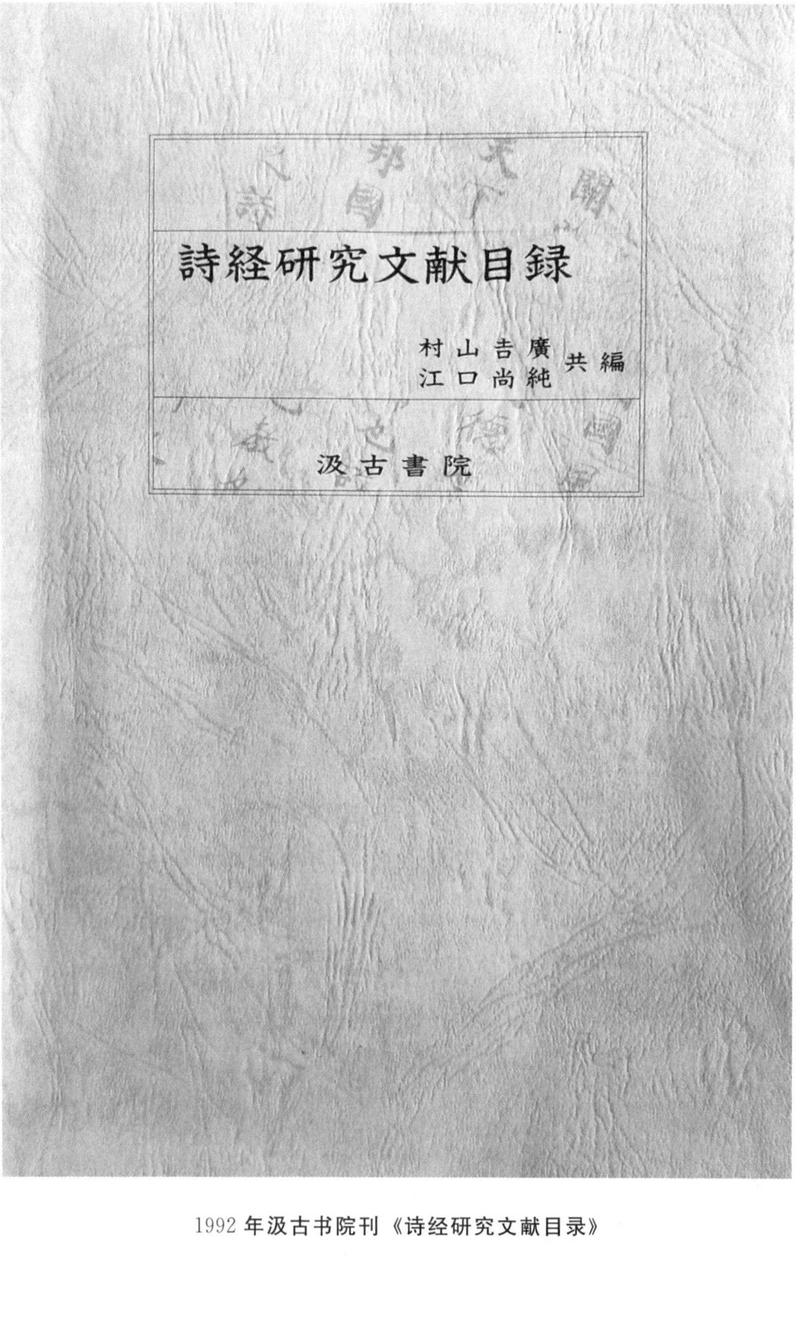

1992 年汲古书院刊《诗经研究文献目录》

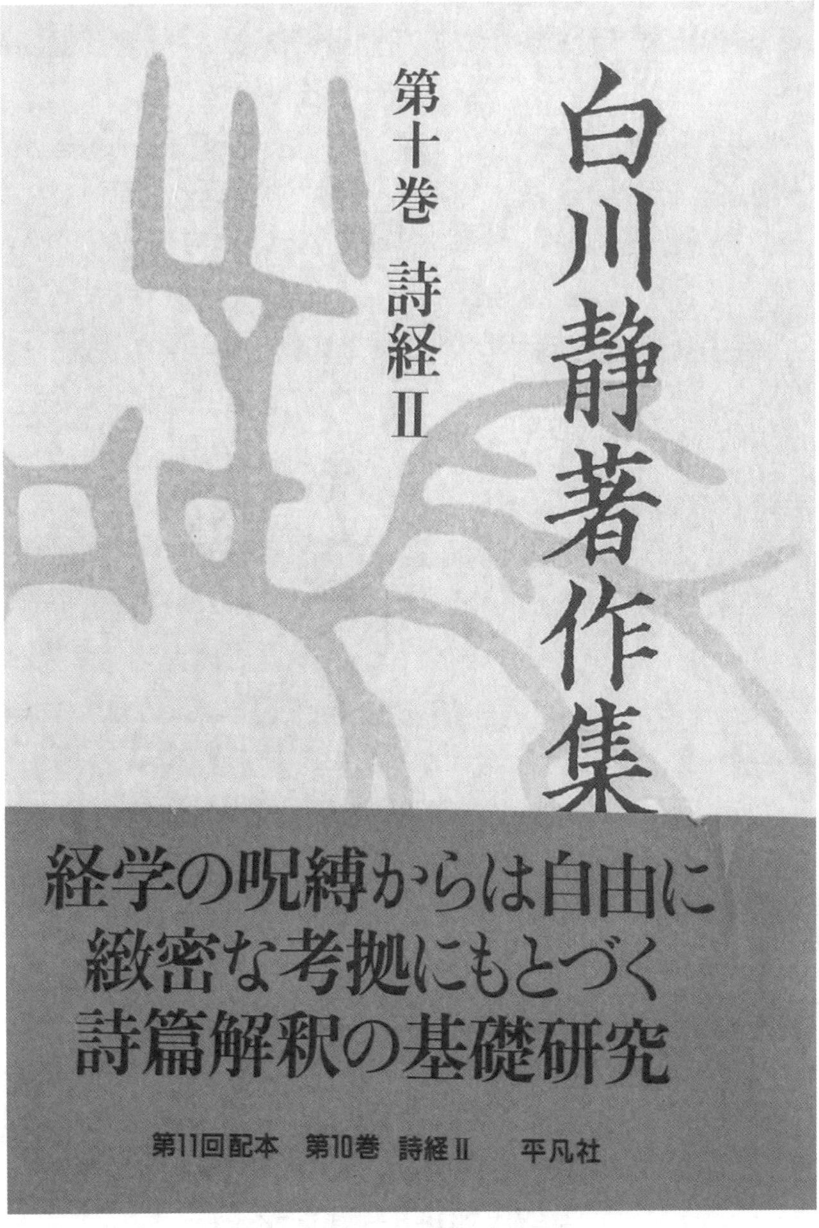

2000年平凡社刊《白川静著作集》第十卷《诗经》Ⅱ，收录《诗经研究通论篇》

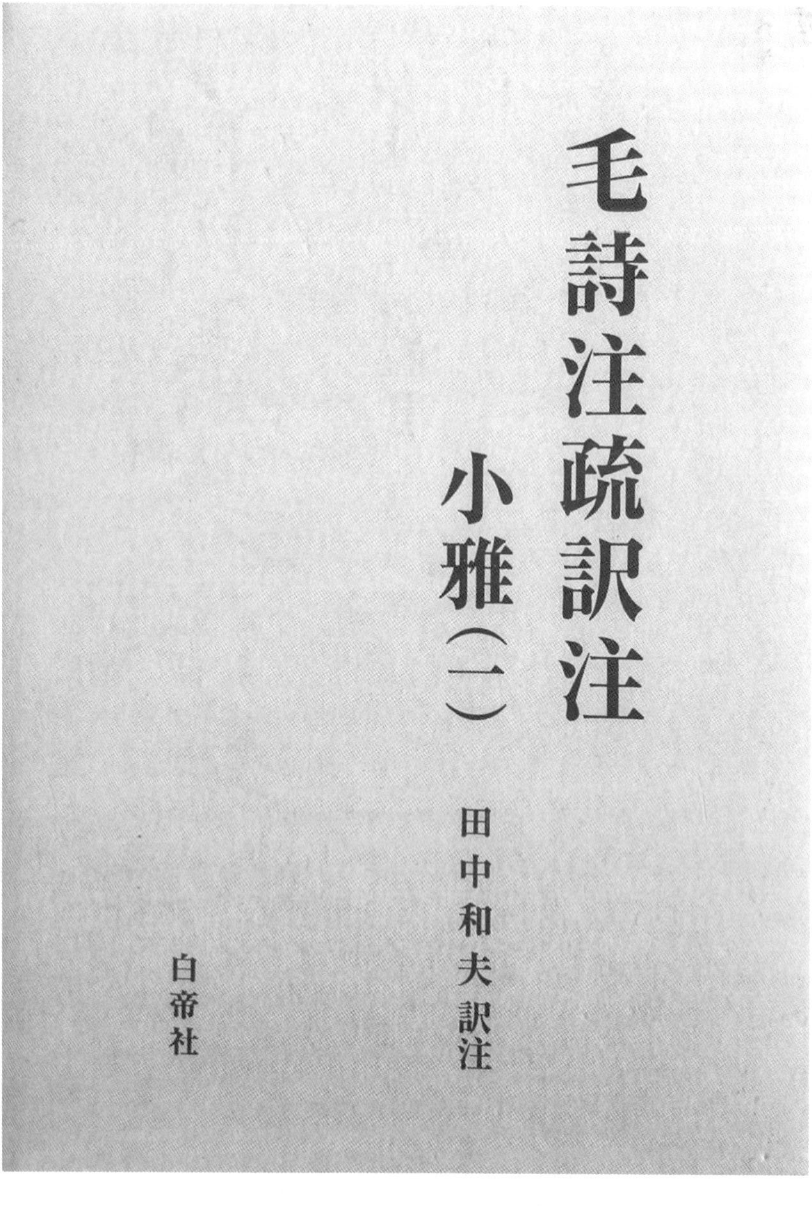
毛詩注疏訳注

小雅（一）

田中和夫訳注

白帝社

2010年白帝社刊田中和夫《毛诗注疏译注》

自　序

今天的诗经学，既是古典的，也是现代的；既是中国的，也是世界的；既是文学的，也是史学的，还包含着文字学、语言学、音韵学、经学、博物学、天文学、民俗学等多种可能性；既是古朴的，也是新兴的，因为它里面有比较文学、写本学等新学术难得的好材料。

本书聚焦于诗经学的新材料。

一个时代的文化，由千百万道风景构成，然而在它们成为过去时的时候，就有很多会被湮没在历史的尘埃中，其中就有一些很有价值的东西，被无情地滚入遗忘的清单。在文化现代化的进程中，就有很多有益于后世文化建设的东西，那些前人呕心沥血甚至倾其一生完成的产品，轻易地“如烟”去了。于是，自然会有一些人，将保存它们作为自己的使命。日本近现代一些学者对于古代诗经学材料的珍视，大概就属于这一类。

这里我们首先想到的是，仓石武四郎、小川环树在第二次世界大战前后对于清原宣贤《毛诗抄》的整理。该书于 1942 年刊出了第一册与第二册，后由于军国主义政府的侵略战争，不得不中止研究，直到 1996 年才出齐全部四册。

其次，还不能不提到目加田诚、村山吉广、江口尚纯等对于古代戏剧中《诗经》题材剧目的挖掘，对于日本有关《诗经》的著述与遗迹的研究与介绍，更要提到冈村繁花甲之年开始借鉴清代考据学者的成果，以及日本足利宋本《毛诗注疏》与山井鼎《七经孟子考文》等资料，来对《毛诗正义》进行校勘。

从国际诗经学的研究来看，日本保存的有关《诗经》的古写本和刻本，虽然数量不多，但有很高的学术价值。其中特别应该提到的是《毛诗正义》单疏本和足利学校藏宋刊本《毛诗注疏》，以及自古相传的古写本。今后，毛传、郑笺和孔颖达《毛诗正义》的校勘和整理，是不能离开这些资料的。同时，日本历代学者对《诗经》的钻研与理解，是另一种文化对《诗经》的解读，是其时其地的学人从本身的文化环境出发，对于邻国中国文化的解读。我们完全可以将此作为一种思想资源，拓宽视野，丰富我们对《诗经》世界性意义的认识，于今后的《诗经》研究极有裨益。

学术呈现的方式，本来便不仅论文论著一种。除了论文论著之外，系统的资料整理、随笔札记、传笺注疏、对谈访谈等口传体、纪事本末与诗话词话等故事体，无不可以作为学术传播的手段。日本《诗经》文献也颇为多样，既有近代以来的各种以“诗经研究”为名的专著，也有“诗经随笔”“诗经鉴赏”这样的“轻学术”类型小书，还有对《诗经》的翻译、改译和改编。这最后一类，其实也必须以学术研究为基础，具有不同程度的学术性。在今天各国文化、文学交流日趋频繁深入的形势下，加强对这类图书的研究，尤其显得重要。

《诗经》学术的各种面孔，对《诗经》研究者来说，都有一瞥或凝视的必要。而来自另外一种文化的呈现，往往会有我们意想不到的因素冒出来。本来文化与文学的相遇、文学与文学的相遇，就是一种互读，即在怀揣自身文化的同时去理解另一种文化，或者面对另一种文化时也在反观自身文化，本不同于一种文化的自我解读。在互读过程中，不仅有误读，而且还有更大量的异读、偏读、歪读乃至戏读。很多人会不自觉地将自身的文化需要及文化观投射到对对方文学经典的解读之中。在这种情况下，深入了解对方的话语，就显得格外重要。为此，本书希望用较少的篇幅，更多样地呈现文献的原貌，故各种文体都尽可能顾及，而将对它们的解读权交给读者。

所选文章，一般信息量较大而又简短好懂，从中可以窥探作者的学术思想，如能反映其学术背景、诞生经纬及学术传承则更好。中日两国学术环境完全不同，虽然两国学界交流日渐频繁，但在教育制度、学术理念、成果评价等方面的差异是显而易见的。相信通过这些文章，读者会发现另一种语境的《诗经》言说的得失与异同。对于《诗经》文化的利用，本来就是各取所需的，其实这也是人们研究古典文化的一般规律。人道“诗无达诂”，而《诗经》尤无达诂，几可称之为诗无达诂之最。所以，解读《诗经》时，不妨多留心一下，《诗经》原本是什么样，又曾遭受过怎样任性的撕扯、割裂，或者粉饰、隐蔽、曲解、偏读。指出这些，是对《诗经》本身的尊重，是对传统文化真正的拥抱与坚守。而要做到这一点，还是要从“知道”开始。

原文是汉文的，本书加以校勘与标点，原文是日语的，则翻译成现代汉语。汉文中有受日语语法影响而语序颠倒者，一般径改，如“身修家齐”云，径改作“修身齐家”。写本书一般无正字、俗字概念，用字不定，且间有“和制汉字”，即仅在日本使用的汉字。不论是写本还是刻本，原文多有讹误脱衍，皆加以校正，并适当注释。明显误写者径改，段落过长者，则重新分段，引文中使用的古汉字或古代假名，均改为现代规范文字。汉文一般释录作简体字，抑或有为避免歧义而保留繁体字的情况。原文同一字或作古字，或作后起字，校录时古今字不改，一般亦不注。原文中出现的明治年代以后的日本年号，译文一般径直改为公历。日本学人引书，力求简明，多有节引、意引、改叙等，谨予照录，不依引书中原文详叙，仅存日书旧貌，不遑详加辨析。目的在于保存这些珍贵的资料，并为今后的研究准备基础材料，且为读者阅读时不致过于烦劳。

汉文中的日文训读符号与标记一般不予保留，对汉语词汇的音读或训读则尽可能释读为现代假名写法。此对研究中国诗经学的学者或许并非必要，但对于古日语研究者或研究日本《诗经》接受史的学者却是有益的资料。

书中所有资料，多是在旧书店、旧书展搜罗到的，也有一部分收入《日本儒林丛书》等现代出版的书目中，是从日本学者的整理本中摘录的。本书收入了一些尚未释录过的《诗经》研究著述的写本，如东洋文库藏《易书诗校讹·毛诗校讹》等，但仍有一些材料未能见到。

未见刊本，如：

高桥华阳（闵慎）撰《诗经五声音绎证》一册，别名《诗经五声音证》，有享和三年序，新潟大佐野版。

皆川淇园撰《诗经助字法》二卷二册，安永七年新潟大佐野版；《诗经助字法》与《学诗要语》合本，书名《诗经助字法》十册，天明三年版。

未见写本，如：

《诗教大义》，新潟大佐野；大田锦城（大田元贞）《毛诗大序十谬》三卷三册，新潟大佐野。

不知是刊本还是写本者，如：

奥田三角《毛诗解》、佐藤敬庵《毛诗解颐》一卷、樱井石门《毛诗学断》三卷、恩田蕙楼《毛诗管窥》一卷等，均见《近世汉学者著述目录大成》。

由于篇幅所限，《诗经述》《诗经小识》等写本释录未能收入，也未收入近代以来有关《诗经》的长篇论文和论著，而实际上，很多问题只有通过细致的考证和看来冗长的论证才能得出令人信服的结论，例如对《十月之交》等诗篇反映的地震、日蚀等自然现象的年代等的考证，日本学者都有专论。我们这本书，不侧重于这类问题的具体成果，而希望所选文章对日本诗经学的重要的点有所反映，通过它们，读者对日本诗经学的学风、特点、发展脉络能够有所理解。

一百多年以前，俞樾在与前来拜访的岛田翰的笔谈中便早已强调，日本古本，皆由中国传写而去，“传刻者因多误，而传写者亦未必无误。学者当善读之”。对于日本古本中的纰缪误字，笔者虽尽力匡正，然而挂漏之处尚多，加之底本引用极多删改，故望读者在阅读与利用其中的资料时，务必多核查中国典籍原文。深思覃训，辨同析异，真正跨出一步，而不至于名之曰“跨文化”，实际上却不过在原地打转。

《诗经》本是中国的文学经典，其深远的影响早已越出国界。不仅在日本曾经诞生过很多的研究著述，而且在汉文化圈的朝鲜半岛与越南，也有很长的传播史与接受史。对《诗经》的国际化研究有兴趣的学者正在增多，如家井真《〈诗经〉原义的研究》、田中和夫《汉唐诗经学研究》、种村和史《宋代〈诗经〉学的继承与演变》等被译成中文出版，一批相关学术论文出现在海峡两岸暨香港的学术刊物中，如青年学者张小敏发表了学术论文《日本江户时代〈诗经〉学研究》。今后，诗经学研究会更多地吸收多元文化的学术智慧，并将朋友圈逐步扩大，使《诗经》赢得更多喜爱者，也让其研究不仅成为中国文化中长流不息的河流，也能成为连接各国思想文化与共享智慧的桥梁。

跨文化研究首先需要有开放的心灵和心态。不同学术观点、思想、方法及流派的共存和争鸣，互相借鉴与竞争，以及批评与反批评的理性对话，既是学术健康与发展的标志，也是学者的真正梦想。学界需要知识的巨人，也需要真正的学究，还需要善于与公众言说的专家。然而，学也无涯，生也有涯。著者虽然窃爱朴学，性好探路，毕竟读书不多不精，思之未深未透，书中言说不到、不当、不确之处，均需得到读者指正。

目　录

经子史要览·毛诗 …… 1
《论语征》摘抄 …… 5
《论语征批》摘抄 …… 16
语孟字义·诗 …… 19
《童子问》摘抄 …… 22
《论语古义》摘抄 …… 25
《读诗要领》摘译 …… 34
《古今学变》摘抄 …… 44
周诗知言 …… 48
《诗经示蒙句解》序 …… 50
《诗经古传》摘抄 …… 52
《读诗要领》摘抄 …… 104
《诗经名物辨解》摘抄 …… 128
读朱氏诗传 …… 130
朱氏诗传膏肓 …… 133
《诗论》摘抄 …… 161
《诗序质朱》摘抄 …… 163
《九经谈》摘抄 …… 166
《诗疏图解》序 …… 188

刻《诗经草木多识会品目》序 …… 189
《毛诗名物质疑》摘抄 …… 192
《诗书正义》摘抄 …… 195
《诗疑二二卷》摘抄 …… 198
《毛诗名物图说》序 …… 202
《问学举要》摘抄 …… 204
圣道得门・兴诗门・第五 …… 207
《入学新论》摘抄 …… 210
《毛诗品物图考》摘抄 …… 213
《七经札记》卷之四 …… 218
读《诗集传》 …… 229
书诗序书序后 …… 230
《三百篇原意》摘抄 …… 231
《答关矢子熙论〈国风〉书》摘抄 …… 235
诗谜记 …… 237
《毛诗五音部类图说》摘抄 …… 240
《诗经名物图解》摘抄 …… 245
《诗学新论》摘抄 …… 249
《关雎》考文 …… 251
《毛诗补传》摘抄 …… 257
毛诗校讹 …… 264
《刘子》摘抄 …… 273
毛诗雕题附言 …… 279
《诗经标识》摘抄 …… 284
题《诗书评释》 …… 316
《国调周诗》序 …… 318
《毛诗会笺》摘抄 …… 320

国译诗经例言四条 …… 339
国译诗经解题 …… 340
《诗经研究》摘抄 …… 343
《诗经详解》摘译 …… 351
《毛诗正义》残绍兴刊本考 …… 353
《吕氏家塾读诗记》刻本考 …… 360
旧抄本《毛诗》残卷跋 …… 363
《诗经》译者的话 …… 366
《诗经讲话》序 …… 368
《诗经讲话》自序 …… 370
《中国的祭礼与歌谣》序 …… 372
《毛诗抄》绪言 …… 374
《诗经国风》跋 …… 380
诗经蠡说 …… 385
《诗经国风》跋 …… 410
南宋刊十行本《毛诗注疏》解说 …… 413
《毛诗正义》校勘札记 …… 416
《诗经》摘抄 …… 430
赤冢博士的诗经学 …… 436
赤冢氏的《诗经》 …… 440
《〈诗经〉研究的近况与课题》摘译 …… 443
静嘉堂藏《毛诗郑笺》写本解题 …… 449

附录　日本诗经年谱稿 …… 455
后记 …… 487

经子史要览·毛诗

荻生徂徕

据佐村八郎编《和汉名著解题选》第一卷（东京：ゆまに书房，1996年）所载译出，原文为日文。本书为经子十八部的总论与解题，据森直所撰文化元年（1804）序说，本书乃由荻生徂徕口述，门人平子彬笔录，书末附徂徕书牍一篇。

荻生徂徕（1660—1728），名双松，字茂卿，号徂徕，亦号萱园，江户人。创立萱园学派，著述多达八十六种，如《辨道》《辨名》《论语征》《大学解》《学则》《蘐园随笔》《徂徕答问书》《译文筌蹄》《徂徕集》《明律国字解》等。他在《答问书》下卷中指出："总之学问之道不在文章之外。古人之道，在书之中。书即文章。"在《学则》中还说："为学宁可为诸子百家曲艺之士，亦不愿为道学先生。"（参见中村幸彦《近世文学论集》，东京：岩波书店，1978年，第167—220页）

《论语》曰："学而时习之。"《礼记》云："春诵，夏弦，秋学礼，冬读书。"学习诗书礼乐四术也。学习诗书礼乐，以通达其意，能行其道，成就君子才德，立足于天下国家之用，谓为学者之成立也。其一者，诗也。诗者，歌唱者也。未书于简册之前，自童儿之时，随其师口耳传授，歌而习之也。其词即近日之《诗经》三百篇之诗也。古人之学诗，犹如今世之人习歌谣也。孟子曰："心之官则思。"谓人心官其思，故闲暇无事之时，必有所思也，况感于物，随其事或喜，或怒，或哀，或乐，或爱，或恶之情，起于内心，自然以言道出，发于声，唯同日本之和歌，而非唯称说修己治仁之道者，亦非展示治国平天下之法者。古人之喜、哀，轻者呻吟，重者咨嗟咏叹，若不可对人道出，唯将心中所想，缀词为句，出口唱之。其言之中，合于人情，言辞善妙，而非圣人搜集其可知其国风俗者，以之教人，欲以之修己治人。凡人之心，喜怒哀乐之兴者，皆心有不平，而此不平之思，乃非对人曲折道尽无遗者，况怨人或讥人之事，难以敞开明言者也。然则，亦非言尽其事如何、以些许之词数尽讥人怨人事。畅言述怀者，诗也。故曰："动天地，感鬼神。"庄子曰："诗以道志。"此是也。追寻诗之根源，乃兴于虞舜，舜与群下论议天下政事，猝然歌曰："股肱喜哉，元首起哉，百工熙哉！"臣皋陶答曰："元首明哉，股肱良哉，庶事康哉！"出自《书经》，此诗人之始祖也。上古歌诗，载于《书经》。《诗经》多周世之诗，殷世之诗亦少杂其间。有四诗六义之说。四诗者，一曰国风，二曰小雅，三曰大雅，四曰颂。六义者，一曰风，二曰赋，三曰比，四曰兴，五曰雅，六曰颂。此谓之六义。首先，四诗一曰国风者，诸国民间歌谣是也。如今世之流行歌也。又如田间刈麦歌、舂米歌，或驭手歌之类也。此皆有诸国风俗，词、声、节各不相同，故总谓之国风。如日本万叶歌，其中既有卿大夫之作，亦有国君夫人之作，各国风俗各异，故一并编入国风。其篇中，有云男女夫妇之情者，亦有思亲想子者，尚有恨君怨夫者，既有刺者，亦有美者，亦有贫[①]士苦劳于仕官者，凡世间之事无不有之。贵贱、贫富、善否、美恶，皆言无不尽。世之风仪、国之风俗，亦移之于心，吾心自然亦阅尽人情。有自高位而知贱人之事、男人知女人之情、并贤者知愚人之心之益也。二曰小雅，三曰大雅，雅者一也。注曰："雅者，正也。"入雅篇之诗，皆正词也。非出自民间，皆士大夫之作也。天子诸侯之宴宾客，合于声律而歌之，其事有大小，故雅诗亦有大小。四曰颂，颂训为容，形容祖宗之德也，美先祖德之形容，告于鬼神也。谓祭祀天地社稷宗庙之乐歌也。颂，赞颂之意。颂亦士大夫之

---

① "贫"字原文作"贪"，疑误。

作也。又，六义之一，曰风，国风也。曰赋，咏目之所见、耳之所闻也。如《葛覃》之章“葛之覃兮，施于中谷”之体也。比者，假借他物而言此物之状，欲言其事而有所介意不言，故比作其他之事，如《麟之趾》章，将公子之贤比作麒麟。兴，兴起也。见其物想起此方之事，如见“关关雎鸠，在河之洲”，想起王者后妃夫妇之德之类也。雅者，大小雅也。颂者，三颂也，皆出自《诗经》。其中风雅颂，体也；赋比兴，法也。国风、雅、颂，计三百十一篇。《论语》谓之“诗三百”，举其大数也。此三百篇中，自天子至庶人之事，内外公私之事无所不包，知万事之情者也。如谚语所言歌人坐而知名胜。《左传》云：“诗书者，义之府也。”谓其为收纳天下所有人情义理之府库也。古人无论何事，与人言及义理之事，必引诗以证明己所云之义。例如，《大雅》云：“穆穆文王，於缉熙敬止。”《毛传》曰：“止，助字。”《大学》以止之一字为证，谓之断章取义，无所不用焉。虽云自由自在用之，然乃诗之本旨也。则其作其诗之时，作者非漫然云乌有之事，诗者，微言也，其所指定人所不知者，本意也；若有闻听者，知其含蓄所云何者，即为真解诗者也。日本咏恋歌，忽然言之，即便不说所恋何人，知其和解者，犹如知此恋何人。例如古歌中有首佚名歌：“别处看，不看又想看。葛城边，高间群山巅，叆叇白云翻。”此歌似咏云者，亦被解为思念隐者居所，亦被解为我等人心不懂世间无常，众说纷纭，定家朝臣将其置于《新古今和歌集》卷首，作为恋歌收入，此阅者之精当者也。何者？此不可及之恋之意也，扭头不看白云，因唯能眼巴巴看那漂浮高间山峰之白云，却不能揽入我手，故唯看他处，虽想毅然放手，却又总是放手不得，此将心中所思而说不出口之意道出之歌。葛城、高间、白云，皆假借之物，假彼以述我情也。将此歌解为隐者，咏唱云朵，不论如何，亦皆取义也。诗亦如斯，则视《诗经》如此如此，注解其所言如斯云云，皆僻见也。孔子之说诗，孟子之引诗，韩婴《外传》、子史所引用，皆当如斯观。……诗若常诵记，可不觉间领会其意。注解，不必矣。推察言外之意，例如言白云，则知目之可见而手触不及；言葛城，则知岩桥之缘；言高间，则知高不可攀与宜一试往观，《诗经·国风·

召南》："嘒彼小星，三五在东。肃肃宵征，夙夜在公，寔命不同。"以后妃比月，以众妾比星，后如月，配日，虽有君王与配偶，众妾如星，不能如后妃常为配偶，至于"肃肃宵征"，比作小星从东天而过，叹息福命不同。如此之解，可观毛苌《传》、郑玄《笺》、《世本古义》、《说约》等，当知其他之注，皆多僻说。

《论语征》摘抄

荻生徂徕

据日本国立国会图书馆藏西元山冠注《论语征冠注》写本、关仪一郎编《日本名家四书注释全书》论语部五（东京：东洋图书刊行会，1926年）所载校点。

子贡曰贫而无谄章

“贫而无谄，富而无骄。”子贡自言为政而使民如此如何，孔子答亦未若使民贫而乐，富而好礼者也。以政刑治民，犹足能使民贫而无谄、富而无骄矣。至于以礼乐治民，而后能使民贫而好乐、富而好礼焉，是治之至者也。故孔子云尔。《坊记》：“子云：‘小人贫斯约，富斯骄，约斯盗，骄斯乱。’”其次章曰：“贫而好乐，富而好礼，众而以宁者，天下其几矣。”皆以民言之。《宪问》：“夺伯氏骈邑三百，饭疏食没齿，无怨言，不以称伯氏而称管仲。”次章曰：“贫而无怨难，富而无骄易。”亦道使民之难易。则知此章之义为尔。“乐”读如字，上脱一“好”字，是后儒因有“饭疏食饮水”《述而》，“一箪食，一瓢饮”《雍也》而遂误耳。

子贡在孔门为高第弟子。昔以贫而无谄、富而无骄为修身之至，则岂足以为子贡乎？大抵后世心学盛，而忘孔子之道为先王之道。道统之说兴，而独尊曾子，轻视诸贤，故其失有若是者焉。

骨曰切，象曰磋，玉曰琢，石曰磨。《尔雅》之诂，诚不可易矣。然又曰："如切如磋者，道学也；如琢如磨者，自修也。"《大学》同之。是自古义，当从此解，而不必拘骨、象、玉、石之分也。《管子·弟子职》曰："相切相磋。"孔安国解诗"可以群"而曰"群居相切磋"，是皆谓朋友相问难也。《中庸》曰"道问学"，则"道学"亦古言。"道"当去声，与"导"同。世儒训"言"非矣。盖朋友相问难，是所以导于学也。《诗·大雅·棫朴》曰："追琢其章，金玉其相。"《学记》曰："相观而善之谓摩。"是琢磨以德行言之，故曰自修。总而言之学也。古之学，礼乐焉耳。子贡引此，而明化民之道在学也。人之于是《诗》，唯以为学问之事，子贡以为化民之道，所以叹也。往者，谓其效也。求者，谓其所由来也。贫乐富好礼，自切磋琢磨来，而切磋琢磨，可以往于乐与好礼。后儒皆泥往古来今，殊不知《易》《系辞》过此以往，《戴记》《祭义》此自《大学》来者，岂可拘乎？如朱子之说，孔子所已言者，顷刻之间，岂得谓之往哉？理学者流祇知理，故谓子贡知义理之无穷而孔子叹之，岂不浅浅乎哉！且古人之于《诗》，取义无方，诸子之所皆知也，何唯子贡乎哉？皇侃本，"乐"下有"道"，"来者"下有"也"。

子曰诗三百章

"诗三百。"孔安国曰："篇之大数。"包氏曰："蔽犹当也。"司马迁谓诗三千，孔子删之为三百《孔子世家》。然据《论语》则孔子时亦唯三百耳，曰删者，盖孔子润色其字句耳。"思无邪。"包氏曰："归于正。"朱子演之曰："凡诗之言，善者可以感发人之善心，恶者可以惩创人之逸志，其用归于使人得其情性之正而已。"其说至于桑间濮上而穷矣，遂有郑卫孔子所删而汉儒取以足三百之疑也《知新日录》所引。殊不知孔子语所以取于诗之方耳。

诗之义多端，不可为典要，古之取义于诗者，亦唯心所欲，祇其思无邪，是孔子之心也。欲取义于诗者，必有所思，故曰思。后儒以情性解之，岂思字之义乎？邪如奇衺之衺，谓务奇巧以逾先王之道也。其在诗，本言鲁侯之思，不淫奇邪，以致駷牡三千之盛已。程子曰："思无邪者，诚也。"仁斋先生曰："直也。"可谓不知字义矣。范氏曰："学者必务知要守约，则足以尽博矣。"可谓妄矣。古云"博学于文，约之以礼"，谓约之于身耳，未闻先约者也。且三千三百之礼，岂要约之义乎？乃至以毋不敬蔽《礼》，以时蔽《易》，以钦蔽《书》，乱道极矣。夫毋不敬，果能尽乎《礼》，时果能尽乎《易》，三千三百，三百八十四，亦何圣人之迂阔也。儒者之道，博而寡要《史记·自叙传》，是司马迁主黄老而言之。虽讥之乎，其去古未远，亦能形容圣人之道者矣。夫古之取诸诗，唯心所欲，故圣人恐其流于邪也。是孔子所以言之。宋儒效颦，子云之《法言》《太玄》哉！皇侃本"蔽"作"弊"。

子夏问章

"倩"，《毛传》："好口辅。"马融曰："笑貌。""盼"，《毛传》："白黑分。"马融曰："动目貌。"义相通。盖笑之美在口辅，动目之美在黑白分也。"素以为绚兮"，何注以为《诗·卫风·硕人》逸此一句，朱子并上二句直以为逸诗，未详孰是。"绚"，马融曰："文貌。"而不解一句之义。邢昺曰："庄姜既有巧笑美目倩盼之容，又能以礼成文绚然。"果其说之是乎？

诗之义本谓礼，而孔子引绘事为迂，且诗之义本谓礼，而子夏曰礼后乎，岂足为起予乎？朱注："素，粉地，画之质也。绚，采色，画之饰也。"是因孔子引绘事，而谓诗本言画，可谓泥矣。且后素失义，不可从矣。"绘事后素"，何晏注："郑曰：'绘，画文也。'凡绘画，先布众色，然后以素分布其间，以成其文。"此说与《考工记》凡画缋之事后素功合，但郑玄注曰："素，白采也，后布之，为其易渍污也。"义为迂矣。朱注加一"於"字而曰："谓以粉地为质，而后施五采。"是其意，据《礼记·礼器》甘受和白受采耳。不知彼主行礼得忠信认，此主学礼贵美质，其义自别也。

且先素而谓之后素，后素乃以何措辞乎？且绘与画不同，画泛言之，绘则画布，如《虞书》《益稷》："予欲观古人之象，日、月、星、辰、山、龙、华虫、作会；宗彝、藻、火、粉米、黼、黻。"《曲礼》饰羔雁者以缋，深衣，具父母大父母，衣纯以缋，皆尔。朱子以粉地为解，则以为画图，可谓不识字义已。盖诗“素以为绚兮”，谓傅粉也。绚者，谓烂然有光也。美人得粉，美益彰；缋事得布素分间，五采益明；美质学礼，其美益盛。非美人也，粉适成丑；非五采也，布素何施？非忠信之人也，礼不可得而学，此章之义也。“起予”，朱注尽之。盖圣人好学之笃，与群弟子相答问其意，每谓藉此以广己之意智，乃所以诲而不倦也。后人徒以谦虚无我赞之，抑末矣。

子曰《关雎》乐而不淫章

“《关雎》乐而不淫，哀而不伤”，语其声也。朱注：“《关雎》之诗，言后妃之德，宜配君子。求之未得，则不能无寤寐反侧之忧；求而得之，则宜其有琴瑟钟鼓之乐。盖其忧虽深而不害于和，其乐虽盛而不失其正，故夫子称之如此，欲学者玩其辞、审其音，而有以识其性情之正也。”是主辞义言之，非矣。主辞义言之，乐而不淫，尚可言矣。至于“哀”字，则如孤哀子之称《礼杂记》及“哀哀父母”《诗·蓼莪》皆施于死丧者，于《关雎》之诗，实无其事，故朱子易以“忧”字，可见其谬已。《乐记》曰：“治世之音，安以乐；乱世之音，怨以怒；亡国之音，哀以思；宫乱则荒，商乱则陂，角乱则忧，徵乱则哀，羽乱则危，其声哀而不庄，乐而不安，丝声哀，竹声滥。”《左传·襄公二十九年》季札观乐，为之歌《豳》，曰“美哉荡乎，乐而不淫”，为之歌《颂》，曰“哀而不愁，乐而不荒”，皆以声言之，可以见已。孔安国曰：“乐不至淫，哀不至伤，言其和也。”盖言其得中和之声也。古注之不可易如此。

子所雅言章

“子所雅言诗书”句。“执礼皆雅言也”句。孔安国曰：“雅言，正言也。”郑玄曰：“读先王典法，必正言其音，然后义全，故不可有所讳，是与

《曲礼》诗书不讳合，谓不避讳也。”执礼，《文王世子》曰：“春诵，夏弦，太师诏之瞽宗。秋学礼，执礼者诏之。冬读书，典书者诏之。礼在瞽宗，书在上庠。”是古称教礼之官为执礼，言不啻孔子，凡执礼者皆雅言，以此证上句也。何注“礼不诵，故言执”，已失其义矣。朱注雅训常，非也。雅，常。少，殊。且古所谓学者，诗书礼乐而已，其在孔门，不言而可知矣。故谓诗书礼为孔子常言者，后人之见也。且从其说，则执礼二字终不明矣。“皆雅言也”四字为衍，其意谓正字音，琐琐塾师之事，孔子大圣人不尔。是其病根，殊不知诗书不讳，古之礼也。或说雅与俗对，谓不用土音也，亦通。然雅俗昉自乐，及至后世，乃用之一切，孔子时所无，故不可从矣。仁斋先生解“执礼”谓“若有守礼不渝者，则虽未必出于先王之典，亦皆常言之”，可谓牵强之甚。

子曰兴于诗章

“兴”，止训起，包咸之陋也。朱子以起其好善恶之心解之，是理学者流所见，不越是非二者，可谓不知诗也，可谓不知学也。兴，如兴于仁、兴于孝悌之兴，皆谓有所鼓舞而振兴于众也。先王之教，诗书礼乐，书为学者本业，何者？书道政事，学而为士，不学则民，仕以从政。故子路曰：“何必读书然后为学？”《先进》而其所载皆先王大训，奉以为万世法，其言正大，其义闳深。必以诗与礼乐为辅，博学无方，而后可以睹先王之心，故《易大传》曰：“书不尽言，言不尽意。”然则圣人之意，其不可见乎？是孔子所以屡言诗与礼乐而不及书之故也。

“兴于诗”云者，诗之为言，人情世态，莫所不包，琐细纤悉，婉而不直，其言初不可必以为训，又不可必以为戒，而人各以其意取义，义类无常，展转不穷，又以讽咏发之，使人不知觉，故必学诗而后有所鼓舞，触类以长，意见益广，新知纷生，乃能有所振起于众人之中，斐然成章，过此以往，庶可以成其材德也。

“立于礼”云者，凡上自朝廷宗庙，下至乡党朋友，外则聘会军旅蒐狩，内则闺门之中，以至言语容貌之间，器服制度之际。先王皆立之礼，以为德之则，执而守之，习之之久，人皆有以立于道而不可移夺也。

“成于乐”云者，乐亦德之则矣，礼以制之，乐以养之。礼以其敬，乐以其和，故乐者自欢欣悦豫之心导之者也。礼尚有所操，必有所知。至于乐之鼓动以养之，则又不知其然者焉。养之则乐，乐则油然以生，养之于其不知不觉之间，莫周焉。故人之成于道，必于是焉。故兴者兴于道也，立者立于道也，成者成于道也。言人之学道，诗礼与乐所以教者，其殊如此也。

朱子曰：“礼以恭敬辞逊为本，而有节文度数之详，可以固人肌肤之会，筋骸之束。”是亦宋儒所见主独善，不知道德之分，故言礼者专在曲礼，而遗经礼也。又曰：“荡涤其邪秽，消融其渣滓。”是其变化气质之说也。殊不知古之成于道者，大者大成，小者小成，皆各以其材成焉，岂必变化其气质哉！学者察诸。

子曰吾自卫反鲁章

“乐正，雅颂各得其所。”诗风雅颂，唯雅颂播诸乐，风唯二南与颂同，豳风有雅颂，其它皆徒歌。此言雅颂，则南、豳在其中矣。故此章主乐言之。盖先是雅颂之声或混，孔子正之，而后各得其所也。朱注不识此义，诗乐并言，非也。

郑玄曰：“反鲁，哀公十一年冬。是时道衰乐废，孔子来还，乃正之，故雅颂各得其所。”此盖古来相传之说，后儒不识，妄作新解，岂不谬乎？仁斋论此章而谓“雅颂之叙，他人或能之，然在孔子则传，在他人则否，德隆则言传。司马迁辈以著述视圣人，而未知夫子之道犹日月之系天，而不关删述之功”。此诚奇论，然其人好奇而昧乎事。要之理学之归耳。

殊不知孔子之前，六经无书，书唯《书》耳，故谓之书。诗存讽咏，礼乐皆在人，故子贡曰：“文武之道，未坠于地在人，贤者识其大者，不贤者识其小者。”《子张》孔子周流四方，访求具至，然后门弟子传其书，故《礼记》《杂记》云：“士丧礼于是乎书。”可以见也。然其在人者，非孔子孰识其真，故《中庸》曰：“苟不至德，至道不凝焉。”故虽有尧舜禹汤文武，微孔子其道泯灭弗传，所以传者，以孔子也。后儒不察，妄谓孔子之前亦有六经，孔子删述而已。又孔子而后，诸子纷然著作，皆仿孔子，而其书汗牛充栋，藉是仁斋辈轻视著作者，不识孔子之世，徒以今世视之故也。且其人独尊《论语》而轻六经，坐是不欲独以删述称孔子，可谓强也。

唐棣之华章

“唐棣之华”，朱子别为一章，引《晋书》“偏”作“翩”，为是。“子曰”以下，孔子解诗之言。古之解诗，岂解其辞哉？诗辞岂难解哉？观此章，则于古人学诗之方，思过半矣。

子曰诵诗三百章

“专对”，何晏曰：“专犹独也。”“虽多亦奚以为”，“以”训“用”，言其无所用诗也。孔子曰：“不学诗，无以言。”《季氏》故不能专对，不善学诗者也。《礼记·聘礼》曰“辞无常”，郑玄注：“大夫使，受命不受辞。”是使四方，所以贵能专对也。朱子曰：“诗本人情，该物理，可以验风俗之盛衰，见政治之得失，其言温厚和平，长于风谕。故诵之者，必达于政而能言也。”可谓善解也。然朱子之解诗以义理，故此曰本人情，言主人情而教义理，是其所以下“本”字也。其意谓非义理不可以为教，故不能离义理而解诗矣。是不知诗者也。夫诗悉人情，岂有义理之可言乎？然古所谓诗书义之府者何也？古之所谓义者，殊于朱子所谓义焉。盖书者，圣贤格言，诗则否。其言无可以为教者焉。然悉人情，莫善于诗，故书正而诗变，非诗则何以善用书之义乎？故所以谓诗书义之府者，合诗书而言之也。如书道政事《庄子》然必学诗，而后书之义神明变化，故孔子谓达于政者亦于此焉。大抵诗之为言，零零碎碎，繁繁杂杂，凡天下之事，莫不言者，唯诗耳；凡天下之理莫不知者，亦唯诗耳，是岂理学者流所能知哉！故朱子所谓“该物理”者，亦唯指草木鸟兽耳。如“验风俗之盛衰，见政治之得失”，岂不可乎？然亦终异于知诗者所验见也。至于其言温厚和平者，则大不然矣。如：“人之无良，我以为兄。”《诗·鄘风·鹑之奔奔》“人而无礼，胡不遄死？”《诗·鄘风·相鼠》“取彼谮人，投畀豺虎！豺虎不食，投畀有北！”《诗·小雅·巷伯》“谗人罔极，构我二人。”《诗·小雅·青蝇》“知我如此，不如无生！”《诗·小雅·苕之华》岂温厚和平哉？是朱子见经解“其为人也”“温柔敦厚诗教也”，而为此言耳。殊不知经解之言，语学诗而成德者已，非谓诗也。学诗者之温柔敦厚，为悉性情，故也。如长于风谕，岂啻诗乎？亦在用之者焉。是朱子之所不知也。学者察诸。

颜渊问为邦章

制作礼乐，革命之事，君子讳言之，故颜子止问为邦。而孔、颜之时，革命之秋也。且颜子用舍行藏《述而》，与孔子同。若天纵之《子罕》，亦圣人矣，故孔子以制作礼乐告之。后儒必曰亚圣，亦浮屠补处菩萨之见耳，此章先儒以为万代不易之制，岂知此正以孔、颜之时言之耳。若果有所谓万代不易之制者，则尧、舜、禹、汤、文、武、周公皆非圣人焉。且孔子所告，岂容行之于今世哉！岂在其为万世不易之制哉！世儒之不知礼乐，一至斯极邪？

夏时、殷辂、周冕，礼也；韶，乐也。圣人之治天下，礼乐尽矣。郑声害乎乐，佞人害乎礼。佞人，有口才者。朱注：“卑谄辨给之人。”谬矣。圣人之立礼也，使天下之人固守之，而变乱法制者，必口才之人也，故远之。后儒之不知先王礼乐之意者，皆以己之所见而变乱先王之教法，要之不免佞人之归哉！吾所以不取孟子以下者，皆是故。

《国风》徒风也，故存郑卫。郑声者，被之以声乐，故放之。世有郑声，则民不好乐，所以放也。升庵说《文集·礼乐部》：“水溢于平曰淫水，雨过于节曰淫雨，声滥于乐曰淫声。”《考工记》曰：“善坊者水淫。”《左传》曰：“岁在星纪而淫于玄枵。”后世解《郑风》皆为淫诗，谬矣。此说为是，大抵声乐可娱之甚，谓之淫也。

陈亢问于伯鱼章

“子亦有异闻乎？”当时学者之汲汲于道也。“对曰：‘未也。’”“未也”者，谦辞。对长者之礼也，非谓实无之也。“又闻君子之远其子也”，仁斋先生曰：“父子之间不责善，故古者易子而教。”得之。盖孔子不知其既未学诗礼，则其不躬教可以见已。朱子以为无异闻，尹氏以为无异于门人，皆非也。孔子尝曰：“予不得视犹子也。”《先进》是孔子之于门人视犹子也。父子之亲，天性也。孔子之爱子，诚当深矣。门人如颜子，乃比诸子，是亦亲亲之推已。至于教之道，则有至焉，有不至焉，故有其子不与闻而门人闻之者，然门人亦有亲疏久近之分，则岂一概而施之乎？是孟子私淑艾，后儒所以失解也。

诗书者，义之府，而诗又悉人情，凡言语之道，诗尽之矣。故学诗则可以言也。礼乐者，德之则，而礼又事事而立之防。凡先王之道，礼尽之矣，不知礼则无以立于君子之间，三代之世为尔。故学礼则可以立也。朱注：“事理通达而心气和平，品节详明而德性坚定。”喜作俪辞，欲以明其义，言有所局而义不得鬯，是果何意哉！仁斋曰“孔门之教无先于诗礼，而其所言皆在庸言庸行之谨”，所谓庸言之谨者，于诗何之有？

子曰小子何莫学夫诗章

“诗可以兴”，孔安国曰：“兴，引譬连类。”“可以观”，郑玄曰：“观风俗之盛衰。”后汉去前汉未久，而孔说非郑所能及也，何况朱子乎？

大抵诗道性情，主讽咏，触类而赋，从容以发，言非典则，旨在微婉，繁繁杂杂，零零碎碎，大小具在，左右逢原，故其义无穷，大非它经之比焉。然其用在兴与观也。兴者，从其自取，展转弗已，是也。观者，默而存之，情态在目，是也。朱注“感发志意者”，观也，非兴也。考见得失者，仅其是非之见耳，安可以尽观之义乎？

凡诸政治风俗，世运升降，人物情态，在朝廷可以识闾巷，在盛代可以识衰世，在君子可以识小人，在丈夫可以识妇人，在平常可以识变乱，天下之事，皆萃于我者，观之功也。书为圣贤大训，而礼乐乃德之则。苟非诗为之辅，则何以能体诸性情周悉不遗哉？及于兴以取诸，则或正或反，或旁或侧，或全或支，或比或类。不为典常，触类以长，引而申之，愈出愈新，譬如茧之抽绪。比诸燧之传薪，取自我者，可施天下焉。是兴之功也。礼乐典诰，教法不渝，若不有诗以为之辅，则何以能应酬事物、变化莫尽哉？此诗之用，全在是二者也。

“可以群，可以怨”，皆所以用诗之方也。群，孔安国曰：“群居相切磋。”怨，孔安国曰：“怨刺上政。”盖此二者，皆以兴观行之。无事则群居切磋，讽咏相为，则义理无穷。默而识之，则深契于道，此非群乎？有事则主文谲谏，或唱酬相承，以引之者，兴也；或不言而赋，以示之者，观也。言者无罪，闻者不怒，此非怨乎？朱注“和而不流，怨而不怒”，皆无关乎诗焉。“迩之事父，远之事君”，亦皆以兴、观、群、怨行之，至于“多识”，乃其绪余。旧注尽之。

子谓伯鱼章

马融曰：“《周南》《召南》，国风之始，乐得淑女以配君子，三纲之首，王教之端，故人而不为，如向墙而立。”朱子云：“《周南》《召南》所言，皆修身齐家之事。正墙面而立，言即其至近之地，而一物无所见，一步不可行。”仁斋曰：“二南之诗，皆盛周王化之所及，而修身齐家之事，无所不备也。苟不读二南而知先王风化之盛，其何以能除我鄙陋之气，而造夫广大之域，故曰其犹正墙面而立也与？盖讥夫苟安于目前之小康，而不知圣世之大同也。"乐得淑女以配君子，言《关雎》耳。二南何啻修身齐家之事？朱子为不晓语意矣。修身齐家之事，岂二南所能尽哉？小康大同，不识措语，仁斋亦失之矣。

盖《书》《周官》曰"不学墙面"，故其"犹正墙面而立也"兴者，言其不学耳。古之学，诗书礼乐，而诗礼为先，二南亦为诗之首，故孔子云尔。且君子生于周世，则学周家先王之道以成其德，得为周家君子，而二南实可以见周先王教化之盛，自家而国，以及天下焉，故周世学问之道，必由斯始也。后世儒者狃佛老之习，误谓学以成圣人，而不识学以成当世君子，故所见皆后世穷措大解。如此章，不为二南之为墙面，皆不得其解，妄言云云，可丑之甚。

《论语征批》摘抄

冈白驹

据关仪一郎编《日本儒林丛书》第十卷（凤出版刊）所载校点。

《论语征批》乃冈白驹为批正荻生徂徕《论语征》之谬误而作。原为写本，有享保十九年（1734）自序。

冈白驹，号龙洲，字千里，播磨人。属古注学派，明和四年（1767）殁，年七十六，所著有《毛诗补义》《孟子解》《左传觹》《史记觹》等。

诗三百章

孔安国曰："三百篇之大数。"司马迁曰："古者诗三千余篇。孔子删之为三百。"包咸曰："蔽犹当也。""思无邪"，在诗本言鲁侯之思，专心无复邪意也。其曰无疆、无期、无斁可见已。古之于诗，取义无方。春秋大夫赋诗，曰见志。各取其所取。孔子以此蔽三百，亦孔子之志也。是则语诗之所以为教也。诗有风焉，有雅焉，有颂焉。其为言，人情世态，莫所不包。夫《桑中》可以知卫之乱，《溱洧》可以观郑之衰，所谓国史明乎得失之迹，奚嫌于桑间濮上哉！《静女》取彤管焉，《竿旄》取忠焉，皆可以为教矣。盖是之谓"思无邪"。孔子断一言蔽之，语诗之皆可以之教也。《征》云："诗三百，据《论语》，则孔子时亦唯三百耳。曰删者，盖孔子润色其字句耳。"然以余观之，如《国风》，本民间之歌谣耳。夫天下之广，五百年之久；天下之诗，岂止于三百哉！司马迁谓"古者三千余篇"，是必有据矣。故删之为三百者，为得之。

又云："诗之义多端，不可为典要。"其意谓诗本无定义。如诗序，亦古人一时以其意解诗之言，何必守其说？然其始作诗者，未必无旨趣矣。不则"关关雎鸠"，奚以为后妃之德也。《关雎》为后妃之德，终不可易矣。则诗本非无定义也。唯止于其取义，各以其志，亦无方耳。故可谓之取义多端，而不可谓之诗义多端矣。

巧笑倩兮章

案："起予者"三字句，"商也"当属于下，与"贫而无谄"章语势同。余《征》之说尽矣。

子所雅言诗书章

《征》云"子所雅言诗书句"，千古卓见，莫以尚焉。但执礼为教礼之官，为以此证上句，则于义不稳。夫诗书不讳，古之礼也。若其说之是耶，则当以礼证，何以执礼者证焉。且此章非孔子之言，门人记孔子之事也。故曰"子所"。门人不宜引执礼者，而证孔子之事矣。盖言孔子于诗书雅言，又躬执礼时，亦皆雅言，故曰执礼皆雅言也。孔子所为莫非礼焉，特执礼云者。谓其在宗庙相君，或君命使摈及享礼执圭时之类也。

吾自卫反鲁章

《征》云："孔子之前，六经无书，书唯《书》耳。"然《易》伏羲画之，文王系卦辞，周公作爻辞，《易》岂非六经之一乎？孔子作《春秋》，因鲁史成文，定其典礼，韩宣子观书于大史氏，见易象与鲁春秋。曰周礼尽在鲁矣，是周之旧典礼经，有其书尚矣。世污道衰，书亦废焉。其间不无散失。

孔子周流四方，访求遗文，删定之，然后书具，门人弟子录之，然后大备，终以为万世典经矣。故谓之孔子之前六经书不具，则可也；谓孔子之前六经无书，则不可也。六经之目，诚后世之云耳。

诵诗三百章

诗悉人情世态，言语事物，莫不在焉。夫达于人情，则于为政乎，莫所不达矣。习于事情言语，则于使专对乎何有，此诗之所以可达于政，可使专对也。古谓诗书义之府者，亦惟举诗之义者而言之，非谓三百篇一一皆义也。《征》云："书者圣贤格言，诗则否。"其言无可以为教者焉。然如《大雅》诸篇及《颂》，岂谓无可以为教可乎？果其说之是耶，何谓"诗书义之府"乎？合诗书而言之者，以济其说之论耳。故吾不肯从。

语孟字义·诗

伊藤仁斋

据吉川幸次郎、清水茂校注《伊藤仁斋 伊藤东涯》（东京：岩波书店，1971 年）所载校点。又收入凤出版刊关仪一郎编《日本儒林丛书》。

伊藤仁斋（1627—1705），名维祯，字源佐，号仁斋。著有《语孟字义》《论语古义》《孟子古义》《中庸发挥》《大学定本》《童子问》《古学先生文集》《古学先生诗集》《仁斋日记》《古学先生和歌集》等，均为去世后刊行。

一

读诗之法，善者可以感发人之善心，恶者亦可以惩创人之逸志，固也。然而诗之用，本不在作者之本意，而在读者之所感如何。盖诗之情，千汇万态，愈出愈无穷。高者见之，则为之高；卑者见之，则为之卑。为圆为方，随其所遇；或大或小，从其所见，《棠棣》之诗，淫奔之辞也，夫子取之，以明道之甚迩；《旱麓》之诗，咏歌文王之德也，子思引之，以明道之无所不在。“忧心悄悄，愠于群小”，卫庄姜之怨不获于其君也，孟子引之，以为孔子之事；“他人有心，予忖度之”，大夫伤于谗而诉于天也，齐宣王引之，以嘉孟子之能察己之心也。学者观此，可以悟读诗之法矣。夫子特许子贡、子夏以始可与言诗已矣者，盖以非二子之颖悟文学，不足以尽诗之情也。是读诗之法也。若郑笺、朱传，徒著作诗之来由，而不知本之于古人读诗之法，惜哉！

二

诗有六义，曰风、赋、比、兴、雅、颂，是也。郑笺、朱传，皆以国风、二雅、三颂为三经，赋、比、兴为三纬，诸家终不能改其说。愚窃谓国风、雅、颂是诗之体，非义。如郑笺、朱传之说，则是诗只有三义，而无六义。又只当以风、雅、颂、赋、比、兴为叙，而不可言风、赋、比、兴、雅、颂。《周礼》《大序》，皆以风、赋、比、兴、雅、颂为叙，则三经三纬之说，最可疑焉。予故谓诗六义亦当不在作者之意，而在读者之所用如何。盖风、赋是一类，比、兴是一类，雅、颂是一类。风、赋在寻常之所用，比、兴在临时而寓意，雅、颂取于音声。何以言之？观《左氏传》，列国士大夫，以诗赠答，皆曰赋某诗，或曰赋某诗第几章。如此，则三百篇皆可以为赋。《论语》曰"可以兴"，则三百篇亦可以为兴。《周礼》有豳、雅、颂之称，而《豳风》一诗，或以为雅，或以为颂，则三百篇亦可以为雅、为颂。故一诗各具六义，而六义通于三百篇之中。古人用诗之法，岂不大且广乎？而于风、赋、比、兴、雅、颂之叙，其义又自分明矣。

又按：《周礼》大师以六义教王之弟子，若郑笺、朱传所谓，则鲰生小子，皆可能通其义，奚待大师之教乎？

三

诗有美刺。盖诗之作，有有作者者，有无作者者。大抵当时不知谁人所作，或作诗以讽人之淫，或本无此事而托词以见其情。朝野流传，以相咏歌耳。非专有意美某人、刺某人也。后之录诗者，或国史，或采诗官，撮其大意，为某诗美某人、某诗刺某人，今之《小序》，是也。而朱子悉废《小序》，而直据经文，以著其义，然后之诸儒，多言《小序》不可废焉。其说皆有明据。愚又谓若废《小序》而悉据经文，则事多有害于义者。《桑中》

诗曰："云谁之思？美孟姜矣。"二章曰："云谁之思？美孟弋矣。"三章曰："云谁之思？美孟庸矣。"如朱子之所说，则是一人而相期约于三人乎？三人各有所期约乎？《丘中有麻》诗曰："丘中有麻，彼留子嗟。"又曰："丘中有麦，彼留子国。"《山有扶苏》曰："不见子都，乃见狂且。"又曰："不见子充，乃见狡童。"是一人而私二人乎？二人各有所私乎？若谓二人各有所私，则此一首诗而出于二人之手也；若谓一人而私二人，则一幽僻地，不可同留二人也。羞恶之心，人皆有之，虽淫奔者，不可自发其奸，其不相通也如此。故悉废《小序》，而直据经文，则《国风》诸篇，类皆为淫奔者之所自作，而美刺之旨不明矣。故曰事多有害于义者，正为此也。

《童子问》摘抄

伊藤仁斋

据伊藤仁斋著《童子问》（下）（东京：伊藤重光出版，1904 年）所载校点。又有清水茂校注《童子问》，岩波书店，1970 年。

问：五经之理。

曰：五经是宛然天地万物、人情世变图子耳。天下之书靡非论说，唯六经不属论说，而万理毕具，变化无方，随取随在，顺之则治，逆之则乱；从之则存，悖之则亡，皆使人思而得之。不比《论》《孟》章章句句各有其义，而不能兼他义也。故《论语》虽为宇宙第一书，然犹可有六经不可有，其故何也？倘世有孔子，自当有《论语》书，若六经则非有。唐虞以来，至于周末，一世界而其间又有极治极乱之时，许多人情世变，备则不可有也。虽孔子亦不能作，此六经之所以不可有也，然本无甚异义，求异义则不是。《诗》民巷之歌谣，《书》先王之政事，《易》阴阳消长之变，《春秋》鲁史简牍之文，复何有异义？但其理自深远耳。古来注六经者，皆作议论解之，浅矣。晋陶潜方夏日高卧北窗之下，自以为牺皇上世之人，其见固高矣，然犹有待北窗之凉。《论语》曰："斯民也，三代之所以直道而行也。"苟邃于六经之理焉，则今日即唐虞三代之时，斯身即唐虞三代之民，固无待乎外。余尝有题壁诗云："天空海阔小茅堂，四序悠悠春色长。笑杀渊明无卓识，北窗何必慕牺皇？"窃述此意。

（第四章）

问：各经之大意。

曰：韩子《原道》以《诗》《书》《易》《春秋》为列，不数《礼记》，其见卓矣。当从韩子，以《诗》《书》《易》《春秋》为本经，而圣门专以《诗》《书》为教，盖二经之旨平易近情，传之万世而无弊者也。

诗以道情性。天下之人虽众，古今之生虽无穷，而原其所以为情者，则无出于三百篇之外者。顺之则治，逆之则乱，故先王保之而无伤，爱之而勿断。其所以能保数百年宗社而子孙犹宾于王家者，以此也。不知此则莫以治天下国家，申商之徒是已；不由此则莫以立教，佛老之学是已。诗之不可不学如此，且古书引诗者多断章取义，古人用诗之通法也。此亦读诗者所当知也。

书以道政事者，古先圣人平治天下之大经大法，而万世靡能出其上者。其道皆人伦日用通行之典，亦传之万世而无弊者也。故孔子祖述宪章之，而虽三坟五典，其磅礴广大不可为万世之典者，殚黜之故。今读《尚书》者，虽非二典，及文武誓诰，凡四代之书，孔子所定者，皆当依此意求之。世俗以虚无恬淡、无为自化为至极，故反有平视《尚书》之意，不亦误之甚乎？（下略）

（第五章）

问：学者好作诗，无害于道否乎？

曰：诗吟咏性情，作之固好，不作亦无害。古人以六艺教人，甚有意思。人而无艺，必不能成材，其人亦可知矣。医书云五果以为助，然多食必有害。诗虽艺中之雅玩，然其嗜焉，则必有害者。若夫山林隐士，遗世无营之徒，聊咏怀抒情，发其幽郁无聊之心，固可矣。公卿将相，学士大夫，身有职务者，苟溺心于诗，则志荒业隳，可戒。

（第三十九章）

问：作文如何？

曰：诗起于三百篇，文本于《尚书》。诗以言志，文以明道。其用不同。诗作之固可，不作亦无害。若文必不可不作，非言无以述志，非文无以传道。学而无文，犹有口而不能言。然文之入律亦难。以司马迁、董仲舒、刘向、班固为正，韩、柳、曾、二苏之文，皆法之所在，不可不熟读。方正学、王遵岩、归震川等皆近世大家，正而有法，必可读之。文以诏奏论说为要，记序志传次之，尺牍之类不足为文。赋骚及一切闲戏无益文字，皆不可作，甚害于道。叶水心曰："作文不关世教，虽工无益。"此作文之律，亦看文之绳尺也。

（第四十章）

问：诗文编集甚多。孰为得正？

曰：三百篇之后，唯汉魏之际，遗响尚存。厥后唯杜少陵氏之作为庶几矣。盖古人之诗，皆发于咨嗟咏叹之余，而一无非事实者。所谓本于性情是已，非若后人之无事而强作也。其无所感托，徒流连光景，模写物象者，虽写难状之景，如在目前，毕竟徒作耳。风云月露，山川草木，天地自有之物，不须诗人模写之也。唯杜甫平生忧国爱民，忠愤感激，一皆寓之于诗，世称诗史。故杜诗之妙，不在于巧拙之间，而在于真情盈溢，不可歇止，无意托物比兴，而托物比兴无所不有。后世或讥其近质野，或诮其间有村陋句。至于明郑善夫亦褒贬是非，不少假借，皆徒知以诗家绳墨纠之，而不知此反是其妙处也。

李白虽神于诗，其意易识。至杜诗注者亡虑数十家，是李之所不及。以人之所感自异也。

至于文，则萧统《文选》为本，然识见不正，诠释不精，多载淫丽芜蔓无益于实用者，甚害于学者也。特东莱《文鉴》、西山《正宗》为得正，然《正宗》犹载退之《画记》等，则未可谓纯善。吴讷《辨体》、慎蒙《明文则》稍可矣。

（第四十一章）

《论语古义》摘抄

伊藤仁斋

据关仪一郎编《日本名家四书注释全书》论语部1（东京：东洋图书刊行会，1926年）校点。

子贡曰："贫而无谄，富而无骄，何如?"子曰："可也。未若贫而乐，富而好礼者也。"

子贡曰："《诗》云：'如切如磋，如琢如磨。'其斯之谓与?"子曰："赐也，始可与言诗已矣。告诸往而知来者。"

谄，佞悦也。骄，矜肆也。子贡以此为至，故问以质之。

可者，仅可而有所未尽之辞。言无谄无骄，则固知自守矣。然处贫富而无过耳，不若贫而乐，富而好礼者之饱德乐道，而不自知其贫富之为至也。

《诗·卫风·淇奥》篇。治骨曰切，象曰磋，玉曰琢，石曰磨。子贡自以无谄无骄为至，及闻夫子之言，又知学问研究之无穷，故引诗以赞之也。

告往知来，谓告之以既往之事，则自能知将来之变也。诗之妙，变化无穷，随取随有，非告往知来者，则不能尽诗之情。夫子到此，始知唯子贡之可与言之也。

学者不以贫为忧，而后能乐；不以富为乐，而后能好礼。适见其饱德乐道，而不知贫富之为贫富也。盖贫而乐，颜子其人也；富而好礼，周公其人也。但贫而乐者，即富而能好礼；富而好礼者，必贫而能乐，非有优劣，易地皆然。

论曰：诗活物也。其言初无定义，其义初无定准，流通变化，千汇万态，挹之而愈不竭，叩之而愈无穷。高者见之而为高，卑者见之而为之卑。上自王公大人，下至于田夫贱隶，吉凶忧乐，悲叹荣辱，各莫不因其情而感通。《唐棣》之诗，夫子以明道之在乎至近；《旱麓》之章，子思以示道之察乎上下。古人读诗之法，盖如此。子贡知之，故曰"始可与言诗已矣"。若今经生，唯见诗之训诂、事实如何便了，则诗之旨委地矣。

子曰："诗三百，一言以蔽之，曰：'思无邪。'"

诗三百十一篇，言三百者，举大数也。蔽，犹盖也。

"思无邪"，《鲁颂·駉》篇之辞，言诗之为经，虽其教无穷，然不过使人之所思无邪曲耳。

"思无邪"，直也。夫子读诗到此，有合于其意者，故举而示之，以为"思无邪"一言，足以蔽尽诗之义也。夫诗，夫子之所雅言，则岂徒蔽三百篇而已哉。虽曰蔽尽夫子之道可也。

论曰：仁义礼智谓之道德，人道之本也；忠信敬恕谓之修为，所以求至夫道德也。故语道德，则以仁为宗；论修为，必以忠信为要。夫子以"思无邪"一言为蔽三百篇之义者，亦主忠信之意。先儒或以仁为《论语》之要，性善为《孟子》之要，执中为《书》之要，时为《易》之要。一经各有一经之要，而不相统一，不知圣人之道，同归而殊途，一致而百虑。其言虽如多端，一以贯之，然则"思无邪"一言，实圣学之所以成始而成终也。

子夏问曰："'巧笑倩兮，美目盼兮，素以为绚兮。'何谓也？"子曰："绘事后素。"

曰："礼后乎？"子曰："起予者商也！始可与言诗已矣。"

此逸诗也。倩，好口辅也。盼，目黑白分也，言其美质也。马氏曰："绚，文貌。"凡画缋事，先布众色，然后以素分布其间以为文。盖言身章之美也。《卫风·竹竿》之诗曰："巧笑之瑳，佩玉之傩。"又言颜色之美，与服饰之丽相称，其语意正相类。子夏适不知画缋之事，因读此诗而有疑，故为问。

绘，画衣服也。《考工记》云"凡绘画之事，后素功"是也。子夏之所疑，不在上二句，而在"素以为绚"，故夫子专以绘事告之也。

子夏因夫子之言而悟。凡物有其质，而后可以加文，然则人之于礼，亦有其质，而后可学乎？

起，犹发也。言能起发我之志意也。夫子以其能会其意，故以始可与言诗称之。

此章子夏之所问，夫子之所答，初只寻常闲谈，而本非有关于学问。及乎子夏曰"礼后乎"，而始为至论也。夫礼以俭为本，至于风气既开，日趋繁文，于是人惟视其繁文，而不知其本之俭。故曰："礼与其奢也宁俭，丧与其易也宁戚。"子夏知之，故曰"礼后乎"。苟非得圣人之意于言词之表者，其措词岂能断然若此乎？林放闻夫子之论，而初知礼之本；子夏因论诗而自悟礼之后，非放之所及也。

论曰：诗无形也，因物而变，为圆为方，随其所见，或悲或欢，因其所遭。一事可以通千理，一言可以达千义，故非闻一而知二者，不能尽诗之情。子夏闻画缋之事，而悟礼后之说，可谓亚闻《沧浪之歌》，而知自取之道者也。

子曰："《关雎》乐而不淫，哀而不伤。"

《关雎》，《周南》《国风》诗之首篇也。淫者，乐之过而失其正也；伤者，哀之过而害于和也。盖《关雎》之乐，其声虽乐而不至淫；虽哀而不至伤，使闻者自得性情之正，故夫子赞之。

此专美《关雎》之声音之盛而言，当与师挚之始、《关雎》之乱章参看。夫声音之妙，可以感动鬼神，而况人乎？《关雎》之乐，能合于中和之德，而归于性情之正。夫子之所以取之也。盖乐者人情之所宜有，而哀亦人情所不免。苟欲去人情之所宜有，则至于绝物；欲灭人情之所不免，则至于害性。但《关雎》之乐，其音乐而不淫，哀而不伤，闻之者，邪秽荡涤，渣滓融化，自得性情之正，乐之至美者也。然而诗言志，歌咏言，声依永，律和声，则诗其本也，苟读诗而善得其志，则声音自在其中矣。

按：《小序》云："《关雎》者，后妃之德也。"本不言何王后妃，盖言后妃之德宜如此。《鹊巢》，《关雎》之应也。其序云："《鹊巢》者，夫人之德也。"亦不言的何国夫人，则所谓后妃，亦不斥言何王后妃为是。今观《小序》之作，其首句文辞古奥，实出于古人之手，其为国史之作明矣。其下云云者，猥琐鄙俚，不足观之，且自相矛盾，不可据以为信，故今据《小序》首句为断。

子所雅言，诗书、执礼，皆雅言也。

雅，常也。执，守也。其执守礼者，虽未必出于诗书，皆常言之也。

诗以道情性，书以道政事，皆初于人伦日用之实，故常言之。若有守礼不渝者，则虽未必出于先王之典，亦皆常言之，所以使学者囿于圣贤之盛德，而范乎前修之懿行也。

论曰：求道于高，求事于远，学者之通病，唯诗书之为教，近于人情，达于日用，初不远人以为道，亦不远人以为言，而执礼能守者，亦可以范士风，维世道，所以夫子常言此三者也。若夫佛老之学，所以离世绝俗，专事高远，而不能通乎天下者，实不达诗书之理故也。而后世儒者，亦虽知诵诗读书，然求之甚过艰深，而不知求之于平易近情，故其著于言行者，每有崎岖艰深之忧，而无正大从容气象，岂非所谓非读书之难，而善读书之难乎？

子曰："兴于诗，立于礼，成于乐。"

兴，起也。诗，出于人情，而其美刺，亦足以感人，故可以兴。

礼，人之堤防，足以定其心志，故可以立。

乐，以养人之性情而自和顺于道德，故可以成。

此明学问得力功效之次第，亦孔门学问之条目也。言学不可以强为，得于诗，则善心兴起，其进无穷，故以兴于诗先之。德不可以自成，庄敬持守，以礼自修，则德日立，而不可摇动，故曰立于礼。道不可以小成，浃洽融液，其心和乐，得道大成，而不可遏止，故曰成于乐。得诗之理，则知道之在迩而可乐，故有所兴起，得礼乐之理，则知其不可斯须去身，故德立而道成，此学者终身所得之前后本末也。

论曰：礼家专主礼乐之功，而不知礼乐之本于仁义。先儒曰：古之成材也易，今之成材也难。其说盖出于礼家，而非圣贤所以论礼乐之旨也。夫子曰："礼云礼云，玉帛乎哉；乐云乐云，钟鼓云乎哉！"《孟子》曰："仁之实，事亲是也；义之实，从兄是也；礼之实，节文斯二者是也；乐之实，乐斯二者，乐则生矣。"信能居仁由义，和顺积而英华发焉，则诗礼乐之教，自在其中矣。尚何有于古之易，而今之难？况诗礼乐皆有本有末。仁义之实，其本也；名物度数，声容节奏，其末也。圣人之教人，皆专以其本，而不取其末，学者苟得其理，则其末者，虽未必与古人合，然亦不远矣。

子曰："吾自卫反鲁，然后乐正，雅颂各得其所。"

鲁哀公十一年冬，孔子自卫反鲁。是时周礼在鲁，然诗乐颇残缺失次，孔子周流四方，参互考订，以知其说。晚知道终不行，故归而正之，门人记此，以见教之所由始也。

论曰：德隆则人尊，人尊则言传。夫雅、颂之叙，虽非孔子，或亦可能之，然在孔子则传，在他人则否。诗书之行，至于与天地并立而不坠焉，则夫子之功，岂不伟乎？然诗、书、易之名，初见于鲁论，而孟子独言作《春秋》，其定书传礼记，系《易》之说，未有明据。盖司马迁辈以著述见圣人，而未知夫子之道，犹日月之系天，而不关删述之功，故叨云云耳。夫夫子未开教之前，犹水在于地中；其一开教之后，附托有人，传传相续，犹泉源之经疏凿之功，流派混混，不舍昼夜，放于四海也。岂待著述之功哉！

“唐棣之华，偏其反而。岂不尔思，室是远而。”

子曰：“未之思也，夫何远之有？”

何氏曰，逸诗也。唐棣，移也，华反而后合。朱氏曰，偏，《晋书》曰翩。言华之摇动也。而，语助也。愚按：《角弓》之诗，又有“翩其反矣”之句，则从《晋书》为是。上两句无意义，但以起下句之辞耳。

夫子借诗之言，而反之曰：“道甚近，其以为远者，未之思也。”

夫子尝曰：“仁远乎哉，我欲仁，斯仁至矣。”又曰：“人之为道而远人，不可以为道。”皆言道之甚近也。盖道外无人，人外无道。圣人之设教也，因人以立教，而不立教以驱人，亦何远之有？第不知道者，自以为高为美，为若升天然，故视道甚远，而人益难入，悯哉！

子曰：“诵诗三百，授之以政，不达；使于四方，不能专对；虽多，亦奚以为？”

专，独也，言政大事也，使难事也，读诗而有得，则达于政，而能使事也。

诗之用广矣，可以兴，可以观，可以群，可以怨。可以兴，则足兴好善恶不善之心；可以观，则足察人情、识事变；可以群，则温厚和平之心生；

可以怨，则乖戾褊急之心消。好善恶不善，则为政之本立矣；察人情、识事变，则为政之用备矣；温厚和平之心生，则得尽其言；乖戾褊急之心消，则与物无忤，故可以达于政，可以奉使独对也。

〇程子曰："穷经将以致用也，世之诵诗者，果能从政，而专对乎？然则其所学者，章句之末耳。此学者之大患也。"

颜渊问为邦，子曰："行夏之时，乘殷之辂，服周之冕，乐则韶舞。放郑声，远佞人。郑声淫，佞人殆。"

为者，创为之谓。创造纪纲法度也。《周礼》冢宰"掌邦治，以佐王均邦国"，是也。与问治国自异也。

时，谓春夏秋冬，周以斗柄初昏建子之月为岁首，殷以建丑之月为岁首，夏以建寅之月为岁首，然春者，蠢蠢然物自发生，故唯夏之正为得天时之正也。

殷辂，木辂也。俭素浑坚，而等威已辨，是以质为尚。

冕，礼冠，周冕华而有饰。盖其为物，小而加于众体之上，故以文为尚。

韶，舜之乐，取其尽善尽美。上文既损益三代之礼而论之，故此特举舜之乐而示之。颜子，王佐之材，故以治天下之法告之也。

郑声，郑国之音。佞人，辨给之人。淫声能荡人志，佞人能危人国，故放而远之。

治天下以仁为本，而夫人告颜子，特以四代之礼乐者，何哉？盖因其问为邦，故折衷四代之制以示之，此其所以异也。夫法必有弊，道则无弊。先王之制，虽因时势顺民心而立之，然及其久也，不能无弊。夫子于是就四代之制，各举其一事，以示其梗概。盖行夏之时，取其正也；乘殷之辂，贵其质也；服周之冕，从其文也；乐则韶舞者，尚美善之极也。放郑声，远佞人者，防害治之本也。所谓万世不易之常道，兼文质，存法戒，治天下之道尽矣。

陈亢问于伯鱼曰："子亦有异闻乎？"

对曰："未也。尝独立。鲤趋而过，曰：'学诗乎？'对曰：'未也。''不学诗无以言。'鲤退而学诗。他日，又独立，鲤趋而过庭，曰：'学礼乎？'对曰：'未也。''不学礼，无以立。'鲤退而学礼。闻斯二者。"

陈亢退而喜曰："问一得二，闻诗，闻礼，又闻君子之远其子也。"

亢以为伯鱼平日在天子之膝下，必有闻人之所不及闻者。

诗之为教，天道备矣，人事洽矣，而著善恶得失之迹。故学之则能言。

礼者，人之堤防，万事之仪则，故学之则得以立。言闻斯二者，明别有异闻也。

远者，谓不狎近也。父子之间不责善，故古者易子而教，又言远之也，孔门之教，无先于诗礼，而其所言，皆在庸言庸行之谨，而无甚异于人。以为教者，盖人情以诗而知，人道以礼而立，皆言万世通行之道。是故圣人之道，为万世通行之道；诗礼之经，为万世通行之典。若夫远人以为教者，岂圣人之道乎哉？

子曰："小子何莫学夫诗？诗可以兴，可以观，可以群，可以怨。迩之事父，远之事君，多识于鸟兽草木之名。"

小子，弟子也。

志意兴起，而易以入于善。

观古今人情风俗之所由，可以从政，可以立教。

群而不党，心之和也。

怨而不怒，情之厚也。

人伦之道，得失悉备，故足以得事父事君。

博物洽闻，则智识不陋，而处事有益。

此夫子为门人论读诗之益也。盖学问不可强作，必非志意兴起，则莫以入于善，故以可以兴先之。不知人情风俗之所以然，则莫以施政立教，故以可以观次之。得于诗，则得性情之和，故可以群，可以怨，而其心温厚和平，能得明人伦，博通庶物，能得广见闻。学者苟于此有得焉，则其益有不可胜言者矣。然夫子唯一子贡、子夏以始可与言诗已矣，则悟诗之难，亦非初学者可骤而至者也。学者知其易，亦知其难可也。

子谓伯鱼曰："女为《周南》《召南》乎？人而不为《周南》《召南》，其犹正墙面而立。"

为，犹学也。《周南》《召南》，诗首篇名。正墙面而立，谓正向墙而立，言前后左右皆无所见也。

二南之诗，皆言盛周王化之所及，而修身齐家之道，无所不备也。苟不读二南而知先王风化之盛，其奚以能除我鄙陋之气，而造夫广大之域，故曰其犹正墙面而立也与？盖讥夫苟安于目前之小康，而不知圣世之大同也。

《读诗要领》摘译

伊藤东涯

伊藤东涯撰有《读诗要领》写本一卷，《诗经正文》二卷，《诗经说约校正》二十八卷。《读诗要领》由其子善韶编订，收于凤出版刊关仪一郎编《日本儒林丛书》第五卷。用日语写成。全书二十七则。本书就《诗经》起源、要旨、六义、学诗效用、断章取义等进行简明解说，强调诗言人情而非劝善惩恶之书，原为写本，《日本儒林丛书》所据底本为帝国图书馆藏伊藤东涯杂抄本。伊藤东涯所编选的《鼎锲经学文衡》（奈良女子大学藏）收录宋明诸儒有关经义的文章，其中有关《诗经》部分，在诗序、诗论、诗说的标题下，分别收录了田汝成、丘浚、钟惺三人的相关论述，此或有助于追溯东涯诗说的源流。

江户中期伊藤家三代，即伊藤仁斋（1627—1705）、伊藤东涯（1670—1736）、伊藤善韶（1730—1804）经营古义堂，倡导《诗经》人情说，其中伊藤东涯承上启下，发挥了重要作用。他是仁斋的长子，名长胤，字原藏、源藏、元藏，号东涯，又号慥慥斋，谥号绍述先生。作为温厚长者，他支撑父亲和弟弟的事业，奠定了古义学的基础，他编辑刊行了父亲的遗著，自己也有《训幼字义》等著述，主要从事汉语、中国制度史、儒家史等研究，与当时的大学者新井白石、荻生徂徕等过从甚密。东涯之号，因古义堂位于京都堀川东岸而得之。东涯三子善韶，号东所，亦学而有成，为三河国举母藩藩校崇化馆第一代学头，有多种著述传世，曾为东涯校订《读诗要领》。

〇《汉书·艺文志》云："古有采诗之官，王者所以观风俗，知得失，自考正也。"言诗之原始，天子采集诸侯诸国之诗，考其风俗，不知据何而言。然其情形当如斯所言。秦始皇烧毁六经，余经焚毁，诗因人人讽诵，故三百篇之诗全传于今。及汉代有齐诗、鲁诗、韩诗，称为三家诗。皆列于学官。是同为三百篇之诗，家家相传之本，义理文字有异同，据此而有三家之名。其内容，传授儒学者，或子孙相传，或师弟授受，有家家之竖义，谓之专门之学。鲁齐韩三家之理也。后汉之时，有儒者毛苌，传授《诗经》，自谓子夏之所传。其注曰《毛氏故训传》。时有河间献王之宗室，虽爱之，未立为学。《汉书》所载如此。《艺文志》序云："诗分为四。"韦昭注"谓毛氏、齐、鲁、韩"，是也。至后汉，郑玄又作注，名曰笺。本文同毛苌，故今之诗称为《毛诗》。至唐太宗时，孔颖达等诸儒奉敕合《毛传》《郑笺》而作疏，名曰正义，所谓古注是也。此后未见注解。至宋，苏东坡、吕东莱等有注，及朱子，据毛郑传，杂取东坡、东莱之注，折中而为一家之注，名曰《诗集传》。自汉以来，此方之诗，皆据毛诗之本，无异同焉。

……

〇《诗大序》曰："正得失，动天地，感鬼神，莫近于诗。先王以是经夫妇，成孝敬，厚人伦，美教化，移风俗。故诗有六义焉：一曰风，二曰赋，三曰比，四曰兴，五曰雅，六曰颂。"六义之名见于此。汉儒之说中有所谓三经三纬说。以风雅颂为三经，今十五国风、二雅、三颂是也。其中有赋、比、兴之三者，谓之三纬。以经纬为喻。其说详见于古注疏中。郑樵《通志》云："风雅颂，诗之体也；赋比兴，诗之言也。"与是同。今朱子《集传》亦袭用其说。后世由是而立风雅颂赋比兴次第，然《周礼·大司乐》中，亦以风赋比兴雅颂为叙，如《大序》次第，宜矣。

〇风雅颂，今日风雅颂定之诗体也。赋比兴，亦在一首一首之上，某为赋体，某为比或兴，各有所分。其中赋之谓者，直述其事之语也。比之谓者，先以物为比而后不言其物。唯言"他山之石，可以攻玉"，比己与他人切磋；言"北风其凉，雨雪其雱"，如己身处乱世。经书中，亦有岁寒之松柏，蘘称其德之类，唯言松柏、蘘之事，已比于人。兴者，以“关关雎鸠”，兴淑女，以“猗猗绿竹”，兴“有斐君子”之类也。此《集传》之凡例中，取古注，赋比兴之分稍变，立三经纬，一首一首六义各定者无二致。

〇先子亦云：六义全在三百篇用诗之上，而非作者之意。风赋比兴雅颂为叙，风赋一类，比兴一类，雅颂一类，同类合二而一叙之者也。其理详见《语孟字义》。举一类而言，风乃世上流行之歌，如野山风同吹，一国一乡贵贱上下世上通用，歌唱之诗谓之风。赋之谓者，歌诗也。《左氏传》中尚见赋《彤弓》、赋《湛露》、赋《野有蔓草》之类。如今时之俗，吉席酒宴之上，唱适宜小谣，相互为礼助兴。此谓之赋。自六国时，文中有赋体，后世称作诗为赋。昔日不知，赋与风虽稍异，皆为人口吟诵，故并为一类风赋为序。比兴作一类，比者以物相比也；兴者，咏诗发自实心，有趣有情之抒发也。例如齐宣王见孟子，称美其“他人有心，予忖度之”，又如后来之事，晋之王裒咏“哀哀父母，生予劬劳”，叹父之非命。此外如此之例尚多。比亦兴之类也。例如咏“绵蛮黄鸟，止于丘隅”之诗，言鸟尚知其止处，而人却不知所逃，人不如鸟，夫子抒其情也。此亦为兴，亦为以鸟比人之比也。由此合二为一比兴为序。雅者，朝廷雅乐所歌。雅者正也。颂者奏于宗庙之乐。颂美先祖之功德祭祀时献上者也。此虽有不同，而皆用于舞乐，故合而为一类，雅颂为序也。六义大略如此。

〇六义就三百篇整体而言，三经三纬之说，六义之体，云诗有定矣。无他。此方依其所用，或为风，或为雅，为颂。赋比兴固亦所言。例如豳诗自为风诗也，然《周礼·籥章》有吹豳雅、豳颂之文，然则时有豳风之诗亦谓之雅、谓之颂矣。其他准此可知。宜知赋比兴如前所揭。今日歌风雅颂之某诗，曰赋某诗，则风雅颂皆可谓之赋。然一首各含六义，三百篇悉非六义。有通用亦不通用者。固如先儒之所言，六义乃诗之体，而非诗之义。义者，可谓取用诗之理也。其分别，由其有六而谓之六义。程子之说，兹揭于下。

〇程子曰以下阙文。或引程子说，“诗有六体，须篇篇求之，或有兼备者，或有偏得一二者”云云：风雅之义，古人之说鲜矣。六义之处理，本分明矣。先人、程子之说可谓善矣。字义所说，固原于此也。

……

〇夫子谓伯鱼曰："不学诗，无以言也。"又曰："人而不为《周南》《召南》，其犹正墙面而立也与。"言人若不学诗，则当面道不出，言为人而不自由，又曰："诵诗三百，授之以政，不达；使于四方，不能专对；虽多，亦奚以为？"言学诗大有益处，在今日，不见如是好处。毕竟诗之谓者，写人情者也。不通人情，则进入世间不能与人交往，政事亦行不通。诚如所言也。后世有如《论语》《孟子》明说道理、彰显善恶之书，又《左氏》《国语》以来，多有种种载历代事实之书。因以后世之心观之，则疑也。夫子之时代，无此等之书，载商周以来之事变风俗，展现上下是非得失，无详于《诗经》者。故夫子平生亦同取《书经》而用雅言。且后世，诗之注解训诂，诸儒之说虽曰详尽，然以年代久远，毕竟言而未至者多矣。事实之来历亦知晓，章句之训诂亦明白，人人诵得，其妙处则宜易悟得矣。宜知如是，读之则多有益处也。

〇子曰："小子何莫学夫诗也"一章，夫子讲诗道，最详明也。"迩之事父，远之事君"，君父乃人伦中之大要。事君父时，吾之上者皆同在其中，我之乡党朋友，下则我之妻子臣妾皆在其中。会读《诗》，通世间人情，则自生温厚和平之气，与人交，不道无理之事。即便遭遇无礼，亦不深责。斯时，事君父无不忠不孝之事。故谓"迩之事父，远之事君"。言可以兴，如"兴于诗"之"兴"。读诗，则感之兴发。如前所详论。言"可以观"，"观"如大观、壮观之"观"。观览世间之人物也。诗乃曲尽人情之故也。如观览山水风烟，知世间之人林林种种也。言"可以群"，"群"如群而不党之"群"。与众人相交往也。固执者或不合群者，与多人相遇，区区小事亦求全责备，多坏了交情。若通人情，与多人交往，不与相争，全交无损也。言"可以怨"，如怨慕之"怨"。相处亲密，怨也，相交之时，或过我之门而不入，无也，若亲密者，则怨其不入也。孟子所谓"亲之过大，而不怨愈疏也"之类也。言读《诗》，以看重于人，如斯则有怨也。兴观群之外，又将此一怨视为诗之利益，尤有味矣。后世之人，难以领略也。其余波，言多识于鸟兽草木之名。此如世上谚语所言，边咏歌，边记住名所。世俗一等之人，读《庭训往来》，知各地物产名物，亦学问也。在其纸上，读诗，多知鸟兽草木之名，同也。以上言诗之教。

〇《书经》载圣帝明王之政事，明治国平天下之道。《论语》《孟子》，明是非邪正之分，示修己治人之方。《书经》，君道也；《论语》《孟子》，师道也；《诗经》非此二义，唯明风俗人情，而非教示是非善恶之书。读此书者，讽诵吟咏，思人情物态，可得温厚和平之趣。故自古尊此为经，与《书经》并称《诗》《书》云。夫子雅言，岂缘此乎？

〇《礼记·经解》篇论五经之事云：“温柔敦厚，诗之教也。”又曰：“诗之失愚。”又曰：“温柔敦厚而不愚，则深于诗者也。”方悫注云：“温柔敦厚而溺其志，则失于自用矣。故诗之失愚。”此言尤明也。读诗之时，通人情故万事柔和，无粗暴之举。然不论何事，泥于一方，必有其弊。读诗以为一味温柔即佳，无论何事唯加宽宥，即便理当匡正之事亦欲息事宁人，必为愚也。如言“好仁不好学，其蔽也愚”。例如子弟等之好逸乐，以为后生一时亦可如斯，置之不顾，不予制止，后则为无赖少年，灭身毁家，为世人讥诮。岂非愚哉！由此，读诗得温柔敦厚之气象，且无流于愚之弊，则可谓深于诗道者也，善言诗道者也，可谓古之遗言矣。

……

〇《庄子》说五经之事，谓“诗以道人情”。杨子《法言·寡见》篇又云：“说志者，莫辨乎诗。”皆同理，谓诗乃述面面[1]之志、尽人情之书也。庄子虽异端之书，以此一语道破诗之道，先儒以来常加引用。诗之言虽有种种，皆凝缩于道人情之一句。世上之事，若公开责以法律义理，或不得不分辨不然之理由，如深察其内证，或有不得已犯法得罪，获世间之诮。若不领会此理，与世交，与人处、从政治罪，遇事不知变通[2]则不得人心。夫子所

① 面面（めんめん），各自；各方面。

② 原文作“物こと木[ママ]おりにして”，疑有误。“木”或为“束”字之讹，故意译之。

谓“诵诗三百”，诚有理矣。后汉吴佑邪？掾吏掠物赠父，谓之观过知仁而释之。[①] 卓茂谓“律设大法，礼顺人情”[②]，暗合此意欤？

〇孟子多引诗书为证，然说诗之章不多。不过二三章，言“王者之迹息而诗亡，诵其诗读其书，不知其人可乎哉？固哉！高叟之为诗也”。王者，指殷周以来周平王东迁之前。其时风俗淳厚，如实讽咏上下之事，无须探意。《论语》所谓“斯民也，三代之所以直道而行也”，即其事也。其在远古，记前代之事，载诸国风物，无详于《诗经》者。东迁之后之诗虽有变，然三代圣王盛时之风俗人情，由此观之。故曰“王者之迹息而诗亡”。

〇先儒说诗，有劝善惩恶之说。《集注》云：“善者可以感发人之善心，恶者可以惩创人之逸志。”又《集传序》亦谓“善者师之，而恶者改焉”。此意人心所感，有邪正之两方，则言语中所表现者，又是非不同。故诗语里既有善者，亦有恶者。观善者，我亦思行善；观恶者，则有思若为恶或将遗臭后世，为人嘲弄之戒。然考《论语》《孟子》所载四五章之语，曾无劝惩之说，《礼记》等书中，亦误其说。大抵诗三百篇，在于捕捉其性情，而不在以恶语道出恶事。

〇郑卫之诗中多淫奔之诗，先儒之所谓惩恶，专指此等之诗而言。然即便做恶事，也时时记下其时代地点，如《春秋》等，则亦宜为后世之戒，而若唯无意间道出恶事，何世何人所为并非做实，便难成后人之戒。郑卫之诗，男女相诱之语，阎闾草野之间亦常有焉。难谓之深戒之恶，未见招致弑父弑君、杀夫夺妻等甚不仁不义之事。又周之幽厉，齐襄公、卫宣公等之为恶逆淫行之诗，彼当代有识者之谤诗，非恶人自道。综此思之，惩戒之说不合诗旨。

〇又一说，圣人删诗乃留万世之教。郑卫淫奔之诗，未取焉。秦火之

---

① 《后汉书·吴祐传》：“啬夫孙性私赋民钱，市衣以进其父，父得而怒曰：‘有君如是，何忍欺之！’促归伏罪。性惭惧，诣阁持衣自首。祐屏左右问其故，性具谈父言。祐使归谢其父，还以衣遗之。”

② 《后汉书·卓茂传》：“茂笑曰：‘律设大法，礼顺人情。今我以礼教汝，汝必无怨恶；以律治汝，何所措其手足乎？一门之内，小者可论，大者可杀也。且归念之！’”

后，三百篇诗缺亡不全。后之儒者，取合孔子删余之诗，合三百篇之数而补足。如此之诗，荐于何等鬼神、荐于何等宗庙哉？明人王阳明、王直等之论，皆如是矣。此说诚有理焉。然诗道人情乃古今之通论也。情有万种，以室家之情为重，故谓之情欲、情窦等。然则载郑卫淫奔之诗，此乃《诗经》之眼目也。亦所谓“可以观”。亦岂无此事哉？先儒必显扬《论语》《孟子》《书经》等道德仁义之旨，视其为彰显法则之书，故有此疑也。且三百篇并非悉数用于乐，其余既已详见前述。上述此等之事，皆无任何可谓证据者。三百篇之诗，自夫子以前大要已就，既不见夫子删正，亦无可视为后人补入者。

〇后世之读诗者，唯据先儒之注解，穷其义理。读古诗，不拘本义，种种变通而用之。因此，无才识学问之人，难以遽然领会其诀。若非子贡、子夏者，夫子亦不言“可与言诗”也。《左传》有断章取义之说，一句两句之语，在一章之内，义理如此；若取二句而用时，便为各别之事而言之。“战战兢兢”之词，在《诗·小旻》篇，忧时乱也。曾子引此告小子时，为平生谨身之事。随宜转用皆如此。

〇此事虽自古言之，唯先儒未予以表章。由此，学者知此者鲜矣。明丘琼山《大学衍义补》七十四卷有此论，引东莱吕氏言曰：“读诗之法，在随文以寻意。用诗之妙，又在断章而取义也。”又钟伯敬《诗论》亦有此说，曰：“诗，活物也。游夏以后，自汉至宋，无不说诗者，不必皆有当于诗，而皆可以说诗。其皆可以说诗者，即在不必皆有当于诗之中，非说诗者之能如是，而诗之为物，不能不如是也。”皆文繁，故不录。昔先君子倡学之日，作诗论专发明此旨。此纸唯誊写此二论。末附自论一册。论刊在家集之内，不具举。其大旨曰“诗，活物（下略）”。《论语古义》亦言明此意。言“诗，活物也”一句，宜取用钟伯敬之言。

〇上说，林耒轩《史纲疑辨》内载有玉阳田汝成诗序。此与上说同也。其文云：“大抵古人学诗，得意于言外，脱略其词，而超悟要妙。初不问泥于柄旨之所存也。故‘衣锦䌹衣’，本以美庄姜之态尔，而因以发为己谨独之学；‘深厉浅揭’，本以刺淫奔尔，而因以讥相时行止之义；‘绵蛮黄鸟，止于丘隅’，行者之慨叹尔，而因以推物各得所之象；‘高山仰止，景行行止’，旅人之览兴尔，而因以讽见贤思齐之感。斯皆曲畅旁通，断章取义，初不拘柄旨之所存也。”此说亦明矣。

〇《卫风》切磋之诗，古注以来，指为说学问研究之事。《大学》亦有其说。予思之，如诗之本旨固如斯，则其内容妇人小子皆悟其义，夫子如何唯称美子贡一人？谓之“可与言诗也已矣”？此本褒扬卫武公德容威仪、沉稳果敢而作焉，学问研究之事，毫无触及，宜知子贡取为学问之事，对扬夫子之教，故获此称美。其证据，第二章云“充耳琇莹，会弁如星”，第三章“如金如锡，如圭如璧”，皆赞美威仪服章，况未见深意。“素以为绚”者，言衣服文采，非关礼事。子夏闻其义，悟礼在后，夫子亦称美之，一如对子贡。皆引诗之妙用也，《大学》说如切如磋之义，当自《论语》而来。

〇先人尝言，后世之书中，亦有与引诗断章取义之旨相符之事。《晋书·后妃传序》，引《魏风·葛屦》“纠纠葛屦，可以履霜”，其内容称扬后妃皆出自微贱而历经艰难。又宋人张文潜《送秦少章赴临安薄序[①]》，开头引《秦风·蒹葭》“蒹葭苍苍，白露为霜”，“物不受变，则材不成；人不涉难，则智不明”，皆不见于诗之本义。乃各别引成者也。又本朝和歌上，亦自有合于其意者。三条听雪轩之《令女教训帖》中，言逢阪暴风虽寒而不明去向，心头寂寞，又看不懂前头的主人，只好耐着性子干活。又吉野夏箕川水不流，山阴不见大雁飞，人上之人。若过于吟味，则谓之在下人难做，“察渊中鱼不祥”之意，皆不见于歌之本义，此二事时在讲书中一并提及，古人说诗之旨可谓亦当如斯耳。

〇又《沧浪歌》，本里巷歌谣，所谓樵歌渔唱之类也。夫子告于小子时，说渔夫以是对屈原时，谓人世所交，不由一己定是非，宜万事任随浮世之浪，听其自然，与世推移。可谓和光同尘之道。此诗本里巷之谣，可谓之

---

① 原文“赴”字阙，脱“薄”字，依意改。

风。转用上，可谓比，亦可谓兴。可知一诗各具六义，又随宜转用之理，一首即明知矣。

〇所谓郑声淫，《集注》云："郑声，郑国之音。"又曰："恶郑声，恐其乱雅乐也。"《集注》云："郑声，淫乐也；雅，正乐也。"此注解明白也。《诗经集传·郑风》注云："郑卫之乐，皆为淫声。然以诗考之，卫诗三十有九，而淫奔之诗，才四之一；郑诗二十有一，而淫奔之诗，已不翅[①]七之五。卫犹为男悦女之词，而郑皆为女惑男之语。卫人犹多刺讥惩创之意，而郑人几于荡然无复羞愧悔悟之萌。是则郑声之淫，有甚于卫矣。故夫子论为邦，独以郑声为戒，而不及卫。盖举重而言，固自有次第也。诗可以观，岂不信哉!"据是，《诗》之言中，赋淫奔之事，谓之郑声，《论语》之谓郑声也。于此宜知。然所谓郑声，专就音声之上而言，而非言语之淫正。云商声，云秦声，其国之音调也。吴歌、巴歈、越吟、郢曲之类，斯皆诸国之曲调也。郑国之音声淫靡，人人整日沉溺于中，故而云郑声淫，云远郑声，淫未必即沉溺于色之淫。谓之音声流于和乐，如水之溢。以所谓"《关雎》乐而不淫"可知。音声如优于和乐，必流于淫。若以词言之，如《清庙》《生民》，正诗之词，即便如何欢喜，岂可变而成淫乎？《礼记·乐记》篇云："郑卫之音，亡国之音也。其音比于慢矣。"是愈发明白也。夫子亦不言郑诗而言郑声，《礼记》亦言"郑卫之音"云云，谓"其音比于慢"。郑声专就声而言，彼是证据明矣。

〇孟子曰："恶似而非者。恶郑声，恐其乱雅乐也。"乱者，混杂不清之谓。不论何事，均如水火黑白，各自有别，则人之取而不误矣。紫似朱，故乱朱矣；乡原貌似谨厚，故乱德矣。当知郑声与此同焉，恐其似是而非也。曰"天生烝民，有物有则"，或曰"惟天之命，於穆不已"，此庄而正也。"维士与女，伊其相谑，赠之以芍药"，"遵大路兮，掺执子之袪兮"，《郑风》岂可与以上之诗同一视哉？郑卫之声异乎杀伐之声，听来怡情悦耳，或误作雅乐听之，故曰"恶郑声，恐其乱雅乐也"。

---

① "翅"，通"啻"。但；仅；止。

〇《礼记》中郑卫并称，《论语》中唯言郑声。先儒之论详见前文。则郑卫二国，即便略有优劣，皆圣人所放远之诗也。然郑之《缁衣》《羔裘》，卫之《淇奥》《考槃》，皆正诗也。非当放远者矣。又卫之“衣锦褧衣”之词，载于《论语》《中庸》。引而言勤学养德之工夫。可见圣贤亦不避也。音有雅淫之差别。先儒亦有此说。玉阳田汝城《放郑声论》，在《史纲疑辨》中。其略曰：“郑声非郑诗也。声者，乐之主也，邪正之所由也。故乐有五音，音有五律。六律之外，变为淫声，于是乎有繁手杂弄，萦嘔嫚吟，依窃律吕，穷巧极妙，务以悦人者，惟难为最。故孔子曰：‘吾恶似是而非者。’”其意亦明矣。

〇诗不同于乐。诗者，今三百篇之《诗经》是也。皆讽诵而可歌。诗之内，南、雅、颂用于音乐，其余皆未用于乐。又乐如《韶武》，至春秋时代尚存，然其词于诗中未见。《诗经》《书经》《易经》《春秋经》《礼经》，是为六经，又有《乐经》。夫子又曰：“兴于诗，立于礼，成于乐。”彼是一并观之，诗与乐非一也。

《古今学变》摘抄

伊藤东涯

据吉川幸次郎、清水茂校注《伊藤仁斋　伊藤东涯》（东京：岩波书店，1971 年）所载校点。

伊藤东涯著书一百四十种，有《辨疑录》《古学指要》《学问关键》《古今学变》《训幼字义》《间居笔录》《经史论苑》《经学文衡》《经史博论》《绍述先生文集》《绍述先生遗稿》等。

《易·晋之大象》："明在地上晋，君子以自昭其明德。"

胤按：《诗》《书》六经言德者多矣，曰俊德，曰大德，曰至德，曰盛德，曰懿德，曰文德，皆就其所专为称。明德亦其一也。大人之德，赫赫宇宙，无所掩覆，犹大阳之中天，光辉发越，人皆仰之，故谓之明德。《诗》《书》《易》《春秋》之间，或以称舜、禹、文王、周公之德，或以赞圣人君子之德。乃曰"照临四方谓之明"，犹《易》文言语大人之德，曰与日月同其明之类。其义自可知矣。盖系他人之称赞，而非言己心之灵明也；名圣德之光被，而非言本体之不昧也。《大学》曰："古之欲明明德于天下者，亦述先王之德，以告当时。"盖得之《诗》《书》二经，犹古昔之名称也。至章句解曰"虚灵不昧"，具众理以应万事，则以为心之名称矣。

《诗·大雅·烝民》："天生烝民，有物有则。民之秉彝，好是懿德。”

胤按：此诗虽言不及性道，而性道之蕴，固具乎此，而人之不可不以道为则，亦可见矣。故夫子曰：“为此诗者，其知道乎？”而孟子引以证性之善。性善之说，其权舆于此乎？盖身之于物，莫不各有所对，而亦莫不各有所取则焉。口之于味也，有同嗜焉；目之于色也，有同美焉；耳之于声也，有同听焉。至于心独无同然乎？心之所同然者何也？谓理也，义也。此心之所对而取则者也。权然后知轻重，度然后知长短，物皆然，心岂无所取则乎？心之所取则者何也？道也。故曰：“有物有则。”然使人之性，顽冥不灵，性如禽兽，拳曲臃肿，材如樗栎，则虽以圣贤之言，日熏聒乎其侧，岂能得听受耶？惟其性之善，故能得受道。故曰：“民之秉彝，好是懿德。”当时仁义之目未具，性善之说未著，而其言之不异，如合符节。秉彝即四端之良心也，懿德即仁义之道也，与后世以心为法，大有不同矣。夫规矩准绳，器之所以取法也，不就规矩准绳以制器，而欲就器以制规矩准绳，天下岂有完器乎？以心为法，何以异此？

〇又按：古文《书·汤诰》曰：“惟皇上帝，降衷（于）下民。若有恒性，克绥厥猷惟后。”先儒谓六经言性，始于此。予谓此后人假托，不足证也。若其当时真书，则明是言性。孟子每引《诗》《书》，以明事实。何以不引《汤诰》，而却引《烝民》诗以为性善之证耶？上世心性之说不详，于是亦可验矣。

《论语·述而》：“子所雅言，诗书、执礼，皆雅言也。”

胤按：古者载籍不详，国有大事，则具始末而记之，贻诸后世。其体有典谟训诰之别，名之曰《书》。宗庙朝廷有乐章，闾里之间有歌谣，采而辑之，以供风咏。其义有风、赋、比、兴、雅、颂之异，名之曰《诗》。《书》固四代圣王治天下之大经大法，万世帝王臣民之所奉承而遵守者也。不读此则不能以知人道之所本，达政治之所出。《诗》则人之所思，陈之于言，风俗之盛衰，人情之险夷，以至节物气候之变，鸟兽草木之名，莫不具备。不读此，则不能处世接人，以与之言。故古之所谓博学于文者，不过治此二经。而夫子之所雅言者，亦在于此。乃斯文之权舆，道化之根本也。先儒乃曰："圣人蕴奥在《易》，《诗》《书》乃格言。"何哉？

子曰："小子何莫学夫诗？诗可以兴，可以观，可以群，可以怨。迩之事父，远之事君，多识于鸟兽草木之名。"

曰："诵诗三百，授之以政，不达；使于四方，不能专对；虽多，亦奚以为。"

又曰："诗三百，一言以蔽之，曰：'思无邪。'"

又曰："人而不为《周南》《召南》，其犹正面墙而立也与？"

又曰："不学诗，无以言。"

胤按：自古诗书并称，而夫子言诗之语最详，载于鲁论者凡五章，先儒说诗，有感发惩创之言，见其正者以为法，邪者以为戒也。今玩夫子说诗诸语，大抵言通人情、谙世态，以与人交，则可以事君，可以事父，可以授之以政，可以使于四方而专对。兴观群怨，各有所感。而未尝有惩创之说。

然则，《诗》以道人情，其言虽出《庄子》，而此一语亦足括三百篇之大旨。大抵《诗》之为经，与《语》《孟》不同。《语》《孟》二书，为诸侯、大夫及门人弟子，甄别是非，明其趋舍，耳提面命，莫非教也。《诗》则不然。欣蹙悲欢，各抒由衷，施之声音，风动四方。故曰："诗言志，声依永，律和声。"是知诗本非教人之书，而体贴人情，以交人。此诗之所以为教也。

先儒不察，必欲与《语》《孟》同科，存其法戒。故有感发惩创之说。此不得其解。

说者又曰：古者诗三千余篇，至孔子去其重，取可施于礼义三百五篇。其言始见于《史记·世家》，而后世学者之所取信。然观夫子之言曰"乐正，雅颂各得其所”而已。盖谓当时淫哇盛行，雅颂失叙，故夫子自卫归鲁，参伍修定，以复其旧耳，未言删三千而三百之也。且观《春秋》内外传所载，列国士大夫赋诗，率皆今三百篇诗，而阙为逸诗者甚希，而夫子亦屡屡言三百篇，则知夫子以前诗之存者，亦不过此数者。假使夫子自删，岂可执以为称也哉？此亦不可不知焉。

子曰：“兴于诗，立于礼，成于乐。”

胤按：此夫子列诗礼乐三者，以示进德修业之叙也。诗以道人情，观世变，读之则可以感发人之志意，故先之以兴于诗。而礼者所以检束威仪，乐者所以陶写性情。故立于礼，成于乐次之。古者之言礼乐，犹后之读书讲理也。而夫子屡诗与礼并言，此其所以列举三者乎？

周诗知言

原公逸

原载关仪一郎编《日本儒林丛书》。

原收入《艺海蠡》一文，文前署名“淡路原公逸飞卿著”，文前小序称：“余尝著《原子》三十篇，其《周诗知言》二篇，述作诗制文大旨，今抄出之。更命曰《艺海蠡》。时岁在辛丑，天明元年秋九月。”

原公逸（1735—1790），江户后期书家。字飞卿，号狂斋。曾师从井上金峨学习儒学，晚年专修禅理，称修真道人。著有《学庸私衡》《原子》等。

周诗有变风、变雅以来，楚骚、汉赋，咸其变也。盖风尚与世推移，谁知其所以然者，自然耳。《传》曰：“治世之音安以乐，乱世之音怨以怒，亡国之音哀以思。”夫民情动于物，形于声，不期而然者也。风俗相承，前者于，后者喁，其相和也，随感而声应之。今夫金石无情，怒而击之则壮，忧而击之则悲。又有时乎殊其闻者，犹钟声晨闻之泄泄，晚则寂寂，昕夕习于耳者尚如是，矧事变之不同，性情之不均，物与物相触，而心机之应感无穷乎？故《葛覃》《卷耳》，为之郑卫之间必为嗤；桑间濮上，唱之于周召之邦必为斥。以是观之，古人固非有意于变焉者，而其变也，以世以时，以人以情，区以别者，谁复知其所以然乎？凡今之为诗者，专采辞于一时，断长续短，伪撰哀哀熙熙欵欵恢恢许多情态为篇，而自谓我能为唐为明。吁！夫諳諳不亦异于聋者望人之辅颊咥咥然乎？其称以为巨擘者，亦惟剪裁之工较狡已矣。从拟议以成变化之所启偷儿之窦，以剽掠为教，至诗非其诗。

孔子曰："诗可以兴，可以观。"夫诈讹以酿成者，虽易牙不能别之，其何可兴？何可观？适有厌习俗效宋人者，亦惟缘其萧墙，未窥壶奥，特准拟体制已。已而无其气象，则我未知其果为宋也。故今效宋者，东夷之寡妇也。东夷人慕诸夏之礼，有一妇其夫蚤死，自誓不复适人，而窃内私夫者。故学诗者，宜如鲁人学柳下惠者。孔子曰："欲学柳下惠者，未有似于此者。"

或曰：宋人始学唐，而唐益远；至于明人则复古、复唐，归美于明人之溢言耳。若唐可学而为者，何有宋乎？何有明乎？是已然之效也。唐不可为，宋又不可为，犹柤梨橘柚，各有其臭味，而不可易也。不然何以钘钟之追蠡者为宝乎？惟唐人不可及也，其兴致隐然有余情于言外者，非才学所能及也。

司马温公曰"诗使人思之"，其有见于斯乎？盖听于人而从事者，未尝见古今之全，谓晚唐萎苶而排之，谓宋人皆议论而唾之，是以所资不广。斗筲之才弥窘，故为诗绳墨已树，则吾自为我，奚甘局促于人之謦策。革上六曰："君子豹变，其文炳如也。"是当为识者道焉已。

夫诗之教，温柔敦厚。读三百篇，如《旄丘》《何人斯》诸篇，辞气平淡，不小见忿愠，其人可想矣。然而执一而论之，则《相鼠》《巷伯》谓之何？是其所以有变风也。子夏不谓乎？言之者无罪，闻之者足以自戒。故婉而成章，尽而不汙，亦可以为诗家之极则也！

嗟乎！诗小技，及其至也，隐微而不易窥矣。盖非自得之，则何以知之？譬之轮人斫轮，其要在可言不可言之间邪？庄子谓万世之后遇一大圣人而知其解者，旦莫遇之。先贤所评论，少年之时读之，漠然谓惟当如斯耳。渐悟之，忽知古人不我欺，然不知其初奚自，如到华胥之国，如游化人之宫，而后获于心者，口欲言之不能。《诗》云："溯洄从之，道阻且长；溯游从之，宛在水中央。"其是谓之乎？

（下略）

《诗经示蒙句解》序

增田谦之

《诗经示蒙句解》，十八卷，江户时代中村钦（号惕斋）所撰《诗经》日文注解书，1718 年（日本享保三年）刊行。收入早稻田大学出版部编《汉籍国字解全书》第五卷，早稻田大学出版部，1940 年。

中村惕斋（1629—1702），程朱学者，著述八十种，以《四书示蒙句解》最为著名，所著《训蒙图汇》是日本最早的百科事典。忠实于朱熹的性理学，长于考证。

增田谦之（1664—1743），字益夫，号立轩，别号清世逸人、不染居士。师从于中村惕斋，后为藩儒。著《乐说纪闻》《立轩杂记》。

昔者夫子之教门人也，诗书执礼皆恒言也，而其于诗尤屡言，曰："小子何莫学乎诗？诗可以兴，可以观，可以群，可以怨。迩之事父，远之事君，多识于鸟兽草木之名。"

由此观之，诗者，孔门之所先，而学者之所急也。然去古既远，邦域亦殊，且诗之为言，婉微曲折，苟非以国字解释之，则不能使初学喻其意矣，况使彼有得兴、观、群、怨、忠、孝之益乎？

惕斋先生尝有忧焉，是以赖朱子《集传》为演《示蒙句解》一篇，揭举原文，以国字释之，使其篇章辞句之情委曲明畅，审密详尽，而至于草木鸟兽，亦知诗所谓某物即为本邦某物。是故读者不待深思强索，而欣欣骎骎，能通其意，虽丱角之童、茹芦之妇，而一听其说焉，则怡然解颐，所谓兴、观、群、怨、忠、孝之益，亦庶几得之于此矣，然则以夫子之《诗》之教施之于本邦者。岂浅狭乎哉！

先生弃世后十余年，其子孟干将付诸剞劂氏，使予叙其事，予虽谫劣，而沐于先生之泽者深矣，不可以辞也。于是书乎。

享保戊戌年中冬既望　阿阳后学增田谦之益夫

《诗经古传》摘抄

细井平洲

据高濑代次郎编，1921 年松野鹤平刊《平洲全集》载《诗经古传》校录，原书中有《诗经古传篇目》，《传》《说》后录原诗，校录时皆删去。

《诗经古传》为细井平洲唯一的经书研究著述，有 1757 年（宝历七年）自序，1759 年得好友小河天门资助刊行。收入 1921 年高濑代次郎所编《平洲全集》。

细井平洲（1728—1801），尾张国人，名德民，字世馨。幼年有志治学，博览群书，曾至京都求学，其学不拘流派，重视古注，“其读书主摄大义，不拘拘字句”。后经营嘤鸣馆，培育人才。著有《嘤鸣馆诗集》《嘤鸣馆遗稿》《嘤鸣馆遗草》《平洲先生感怀诗》等。有关《诗经》的著述，除了《诗经古传》十卷外，尚有《诗经夷考》《诗经小训》《诗经大训》《诗经毛郑同异考》。

序

德民既知学，而有志于六艺之文。问业于先师元子。元子诲曰：“夫《典谟》之训、《雅》《颂》之辞、《春秋》之法，皆学之急也。”“爻象之变、礼乐之节，孰先讲焉？孰后倦焉？”“抑古之善劳，劳必有成。盖亦于其性之近而笃焉，其为人也。温柔敦厚，诗教也，以吾观女，女其庶乎？

女何莫先学夫诗？诗可以兴，可以观，可以群，可以怨。迩之事父，远之事君。多识于鸟兽草木之名。不学诗，无以言。则亦仲尼之所以教人也。”民敬受教，退而学诗三百，明而诵，晦而思，无日以怠。于今十有余年矣。

尝考班史《艺文志》曰：“汉兴，鲁申公为诗训故，而齐辕固、燕韩生皆为之传。或取《春秋》，采杂说，咸非其本义。与不得已，鲁最为近之。三家皆列于学官。又有毛公之学，自谓子夏所传。而河间献王好之，未得立。夫以东汉末运，学政不竞，篇籍污隆，一系时儒之风尚。当此时，北海郑玄，命世巨儒，而其注诸经，诗独依毛，助传为笺。盖毛氏孤行，而三家者则已矣。尔后诸言诗者，大抵皆本于毛公焉。”

余初学《毛诗》，久之窃疑其说之不妥，虽诸家之传亡已久，吾将舍斯何适？既而及阅古类书也，则得《子贡诗传》一卷读之，大异乎《毛诗》所言。又有汉申培《诗说》，其书甚与传相近，其言虽或不同，而其义互发。因试考二书以解经，前所疑乎毛，涣然冰释，乃知《子贡传》实诗之本义，而申公说，盖亦根于端木氏者也。然传文多缺，因博求众本，随加是正，校之数岁，疑谬颇定。缺者虽不复补，而存者则昭昭矣，于是按传以系之经，经改从传之篇次，又为传多缺，附记申说以照之。凡自《周南》第一，至《商颂》之第二十三，辑成十卷，以为于今而观经之古，吾得之于《子贡传》焉。题曰《诗经古传》。

伏惟昔在我先王，取中国圣王之道，以治我大东。然后经艺之于官，盖我犹彼也。然而世与人皆已古矣，民也浅陋，未尝见诗书之义，述在竹帛者，兹自元和、宽永之间，偃武政成，修文治兴，儒术复行，英才并生，或出而居，或入而处，共诵今古，持论卓尔。寻有一二君子，修古之学，为之一振。至其讲论名教，则实后觉之选也。然唱者已息焉，而和者不复绍焉。经义日黜，浮靡成习。间或豪杰之士，存志乎《诗》《书》，亦唯屑屑焉，章句之丞，将何暇以论，大道之蕴，大义之奥，治化之所以基哉！呜呼！虽流俗之难复乎！抑亦一时执经者之不任也，岂不悯哉？夫传之于经，固亦非章句是为也。适曰某诗某所作，某诗为某事赋，而足使学者先知其所以好恶美刺之意，而后察其天下国家之所由治乱兴亡而已。

盖诗之取义无穷焉。昔者春秋君子大夫，每有事于列国朝聘也，亦各从类赋之，以通彼此之志。要皆所以使于四方，斯能专对，出辞气，斯远鄙倍。又用之于君臣、父子、夫妇、昆弟、朋友之际，而与共不失其兴、观、群、怨之宜也。

余今表传，而姑除训故，亦将令学者审其传，思其诗，各自得其所得，而温柔敦厚之美，有以期之于己之今也。然敢谓望诸一时君子，实唯从我之师所教诫，而又所以忠告于我二三同志之义也。

宝历七年丁丑春正月己亥

尾张纪德民序

《诗经古传》考例

一汉隋唐宋诸志，并不载《子贡诗传》。明焦竑《经籍志》，始出一卷之目。余既阅之丛书中，诚钦其古书，然而其文多缺矣，读之不能无小疑也。因遍索异本。每遇一本，必雠校之。尝延享丙寅秋，余西客于肥长崎，偶从友人飞鸟子静者而见其所得于海舶之《子贡诗传》一卷，盖亦明人所校，而朽蠹其姓名，不可知也。但其为书，字画[①]森严，大异于他日所见者。而其阙文之下，间考引篆文石本，余得据以断数疑焉。乃后数岁，宝历辛未夏，余来讲业于东都，既而又得明吴兴凌蒙初字初成者所辑《圣门传诗嫡冢》十六卷于友人信夫子野氏。读凌自序，盖亦尊信《子贡传》，以为孔门传诗之宗也，故直题云尔。其自序之后，附记庐陵郭子章、豫章万尚烈、京山李维桢、三衢詹思谦等序文，因考诸子所言，盖《子贡传》原中秘石本。始发自

① “画”，底本作“尽”。

黄文裕者，而郭子章字相奎者，得诸黄文裕以授梓蜀中，其后张鹤鸣字符平者，重梓诸贵竹，且李、詹二子序，俱称其篆文有古法焉。按诸子皆明儒，而黄文裕不详何人耳。余于是知，往所见于长崎者，以石本为征，则彼亦必与见文裕氏之本者也。乃试以前所校与凌本合，其文大同。

一凌氏本，篇次悉依《子贡传》，与今毛本不同。每篇首先置传，次置小序，又断左氏之文可以为诗序者，以列之小序后。其意以为丘明亦是圣门一班也。又取申说，然申为汉儒，非孔氏及门者，故别为一卷，不杂置篇首云。注全载毛郑传笺，而一无所增损焉，有其所论，则云云于篇题下，又有考补、续考、续说、诗测，以附记之传下。盖考补、续考、续说俱郭氏蜀中原本，不载姓名，不知出自谁手。其云测者，则豫章万尚烈也云。余亦得此以考定者多矣。故并审诸。

一《子贡传》最后出，又多残缺，人或疑焉。然余则谓，凡今称六籍者，亦各言秦火之余烬也，而先贤考信不已。盖以其书多发于汉魏间，而去秦以前未甚远也，故人人惯闻其目，与其所载记，是以出则校定，贻之竹帛而弗疑也。隋唐以往，世代渐邈矣，故虽偶有古书存者而出也，概皆属之伪书，遂不复信用矣。此则古书所以多出乎前世，而不复发乎后代也。不则秦火虽暴，然海宇亦广大，其遗存于名山坏宅之间者，岂唯止此乎？夫既经千岁而犹未尽灭以出，则虽仅得见其片言，实是后世学者之幸也。何以晚出与阙落而废之？且夫千岁之后，而读千岁之古书，一信一疑，谁能免之？彼岿然者群贤之籍，固非一手之所记注也，一同一异，何书不有？但学者能多见而识之，阙疑而信其余，可谓好古之笃者也。况如《子贡传》，文辞之雅，语气之古，未必问其人手作否，实是当时七十子之遗文无疑焉。余固信之，以为自诗之有传莫近焉。故推尊而表章之，翼足以观一家之诗矣，若夫信疑取舍，唯识者所择，吾何强焉？

一余尝疑，鲁诗之源必出于端木氏之门者也。按《汉史》曰："申公鲁人也，少与楚元王交，俱事齐人浮丘伯受诗。"又考《家语·弟子解》及《史记·列传》，皆曰子贡卫人，终于齐。盖以子贡终于齐也，岂其诗相传以至浮丘伯，浮丘伯又以授之鲁申公耶？不然则申说何如此与《子贡传》相近也。余是以疑，子贡必为鲁诗之宗矣。

一《汉志》有《鲁说》二十八卷，而今所存仅说诗篇题已，故或疑非申公本真。然余以为纵非申所笔，亦必受业门人，谨其师说者之所贻也。然则直曰之申说，固不妨也。况其说甚与传近，而传文多缺，则不得不取以相证乎？且于赋、比、兴三义，大为有补，余是以附记诸传下。若夫以世次观之，申之篇次，有优于子贡者，然而余必从记之传次者，此唯为助传也，而非主说故也。

一鲁诗既已亡矣，不知与今经同异如何。虽然，试以申说通毛经，亦怡然理顺，一无抵牾。由是观之，则二家之经，其文盖无甚异焉。但至如彼以为逸，而此则说之；此无以说，而彼则存之。鲁者风也，而以为颂，邠者雅之一篇，而别立之风，彼曰变雅，此曰续、曰传，及其篇名，间或不同，则鲁、毛二家之所以别，而优劣短长所从可见也。

一或有于古书中，按其可以疑《子贡传》者数事，因难余者，此则余所谓一同一异、一信一疑耳。余别作之备考，以详论之，故今不必争其是非曲直也，但就传说之文，而有一二所考不可以已者，则于其下，冠考字以云云，翼有以质诸有识之士也。

丁丑孟春之望书于东都嘤鸣馆

纪德民

卷之一

尾张纪德民　辑

风

周南国风第一

传　文王之妃姒氏，思得淑女以共内职，赋《关雎》。子曰："《关雎》哀而不伤，乐而不淫。"能正其心，则无怨嫉邪辟之思，心正而身修，身修而家齐，家齐而国治，国治而天下平，故用之乡人，用之邦国。其奏乐也，必歌《关雎》以乱之，所以风天下也。诗之六义：一曰风，二曰赋，三曰比，四曰兴，五曰正[1]，六曰颂。《关雎》兼比兴以赋，而为风之首焉，是王化之本也。说　《关雎》，文王之妃太姒，思得淑女以克嫔御之职，而供祭祀宾客之事，故作是诗。首章于六义中为先比而后赋也。以下二章，皆赋其事而寓比兴之意。

《关雎》三章一章四句二[2]章章八句

传　大姒将归宁而赋《葛覃[3]》。子曰："贵而能勤，富而能俭，疏而能孝，可以观化矣。"说　《葛覃》，此亦大姒所自作。赋也。

《葛覃》三章章六句

传　周人美后妃之德，终始妇[4]道，赋《桃夭》。子曰："宜其家人，而后可以教国人。见君子之修其身矣。"说　《桃夭》，周人后妃终始归妇道之诗。皆比而赋也。

《桃夭》三章章四句

传　周人庆文王之多男，而赋《螓斯》。说　《螓斯》，美周室多男之诗。兴也。

《螽斯》三章章四句

传　周人美其公子之多仁也，赋《麟趾》。说　《麟止》，文王之子多仁贤，美之。皆比中有赋也。

《麟止》三章章三句

传　文王遣使求贤，而闵行役之难也，劳之以《卷耳》。说　《卷耳》，文

---

① "正"，"雅"之古字。
② "二"，底本误作"三"。
③ "覃"，底本作"蕈"
④ "妇"，底本作"歸"。

王遣使求贤，而劳之以诗。首章先比而后赋也，后三章皆赋也。

《卷耳》四章章四句

传　文王得良臣于埜[1]，周人美之，赋《兔罝》。说　《兔罝》，文王闻大颠、闳夭、散宜生皆贤人而举之，国史咏其事而美之。比而后赋也。

《兔罝》三章章四句

传　南国诸侯慕文王之德，而归心于周。赋《樛木》。说　《樛木》，诸侯慕文王之德，而归心焉。故作此诗。皆比而后赋也。

《樛木》三章章四句

传　受辛无道，商人慕文王而归之，赋《汝坟》。说　《汝坟》，商人苦纣之虐，归心文王而作是诗。首二章赋也，末章兴也。

《汝坟》三章章四句

传　文王化行南国，男女知礼，诗人美之，赋《汉广》。说　《汉广》，文王化行江汉，而男女知礼，国史美之而作是诗。皆比中有赋也。

《汉广》三章章八句

传　文王之时，万民和乐，童儿歌谣[2]，赋《芣苢》。说　《芣苢》，童儿斗草嬉戏歌谣之词。赋也。

《芣苢》三章章四句

周南国风十一篇。三十四章，一百五十九句。

召南国风第二

传　公子归于诸侯，国人观焉，赋《鹊巢》。说　《鹊巢》，诸侯嫁女，其民观焉，即其事而赋之也。

---

① “埜”，“野”之古字。

② “谣”，底本作“嗂”。

《鹊巢》三章章四句

传　诸侯之夫人勤于亲[①]蚕，国人美之，赋《采蘩》。说　《采蘩》，美夫人亲蚕之诗。赋也。

《采蘩》三章章四句

传　诸侯之夫人终容其媵也，赋《江有汜》。说　《江有汜》，诸侯之媵，始不容于嫡，终而进之，故作是诗。兴也。

《江有汜》三章章四句

传　大夫贞而能俭，忠乎公室，国史美之，赋《羔羊》。说　《羔羊》，美大夫之诗。赋也。

《羔羊》三章章四句

传　内子勤于祭祀，国史美之，赋《采蘋》。说　《采蘋》，内子敬祀，诗人赋之。

《采蘋》三章章四句

传　召公宣布王命，诸侯服焉，赋《殷其靁》。说　《殷其靁》，武王克商，诸侯受命于周庙，出就终南之馆，故作是诗。皆比而后赋也。

《殷其靁》三章章四句

传　南国之大夫聘于京师，睹召公而归心焉，赋《草虫》。说　《草虫》，南国大夫夏聘于周，次于终南，睹王室之多贤，相率以归心焉。赋也。

《草虫》三章章七句

传　小臣奉使，而勤劳于公，赋《小星》。说　《小星》，小臣奉使行役之诗。赋也。

《小星》二章章五句

传　虞人克举其职，国史美之，赋《邹虞》。说　《邹虞》，美虞人之诗。

① “亲”，底本作“窺”。

赋也。

《驺虞》二章章三句

传 召南之人，安于治□□□时择□，赋《摽有梅》。说 《摽有梅》，女父择婿之诗。兴也。

《摽有梅》三章章四句

传 埜人求昏而不能其礼，女氏拒之，赋《埜有死麕》。说 《野麕》，昏姻恶无礼之诗。赋也。

《野有死麕》三章，二章章四句，一章三句

传 野人强昏不得而讼，女氏终拒之，赋《行露》。说 《行露》，强委禽而不受，至于兴讼，大夫以礼断之，而国史美之。一章比也，二章三章皆兴也。

《行露》三章，一章三句，二章章六句

传 召康公勤于劳民，燕人怀之，赋《甘棠》。说 《甘棠》，燕人追美召公之诗。赋也。

《甘棠》三章章三句

召南国风，十三篇，三十七章，一百六十五句。

鲁国风第三

传 周公孙于鲁，殷人畔，公忧王室，劝王修政以备之，赋《鸱鸮》。说 《鸱鸮》，管尗[①]及其群弟流言于国，周公避居于鲁，殷王禄父遂与十七国作乱，周公忧之，作此诗以贻成王，欲王省悟以备殷。全篇以鸟之育子成巢者，比先王之创业而代之为言也。

《鸱鸮》四章章五句

传 周公帅师征殷，三年克之，□□□士，赋《东山》。说 《东山》，周

① “尗”，“叔”之古字。

公伐武庚，既克而归，劳其从行之士，故作此诗。皆赋中有兴焉。

《东山》四章章十二句

传 周公居于鲁，鲁人观焉，赋《狼跋》。说 《狼跋》，周公居于鲁。鲁人睹其德容而作是诗。先比而后赋也。

《狼跋》二章章四句

传 周公归于周，鲁人欲留之。弗克，赋《九罭》。说 《九罭》，周公归于周，鲁人欲留之不可得，作是诗。兴也。

《九罭》四章，一章四句，三章章三句

传 周人思周公，而赋《伐柯》。说 《伐柯》，管赤以殷围卫，大夫议迎周公，乃作此诗。一章全比也，二章比而赋也。

《伐柯》二章章四句

传 周人□□□赋《破斧》。说 《破斧》，周公至自征殷，四国美之。赋也。

《破斧》三章章六句

传 僖公城楚丘以备戎，史克颂之，赋《楚宫》。说 《楚宫》，僖公城楚丘以备戎，大史克美之。赋也。

《楚宫》三章章七句

传 僖公□□□□□□□赋《駉》。说 《駉》，史克美僖公考牧之诗。赋也。

《駉》四章章八句

传 僖公献捷于大庙，史克颂之，赋《泮水》。说 《泮宫》，僖公作泮宫而落其成，大史克颂祷之词。前三章皆赋其事以起兴也，下四章皆赋也。

考 疑脱“末章比而后赋也”一句。

《泮水》八章章八句

传 僖公燕饮，而史克颂之，赋《有驳》。说 《有驳》，燕饮而颂祷之词。兴也。

《有驱》三章章九句

传　僖公八年，始用郊禘，史克颂之，赋《闷宫》。说　《闷宫》，鲁僖公新作后稷文王之庙于大庙世室。及孝惠桓庄四亲庙之上，而史克作诗以颂之。非孔子所录也。十一章皆赋也。

《闷宫》十一章，二章章二十一句，二章章九句，五章章八句，二章章十句

考　此篇毛诗以为八章、二章章十七句，一章十二句，一章三十八句，二章章八句，二章章十句，今据申说，审考经文，改分十一章，读者不必泥焉。

鲁国风十一篇四十八章三百七十九句。

肥前河宽　订

《诗经古传》卷之一　终

卷之二

尾张纪德民　辑

风

邶国风第四

传　管赤封于邶，与蔡赤、霍赤、康赤监殷，四国妨周公，康赤谏不听，三赤遂以殷畔，康赤忧王室，赋《柏舟》。子曰："仁矣，吾于《柏舟》，见匹夫不可敚[①]志也。"说　《柏舟》，康赤因管赤欲害周公，挟武庚以叛，忧之而作。一章兴也，下四章皆赋也。

《柏舟》五章章六句

传　管赤将畔，大夫谏之，赋《雄雉》。说　《雄雉》，邶之臣谏管赤而作此。一章二章皆兴也，三章四章皆赋也。

---

① "敚"，"夺"之古字。

《雄雉》四章章四句

传　管尗以殷畔，邶人风之，赋《匏有苦叶》。说　《匏有苦叶》，邶人刺管尗之诗。一章比也，二章兴而比也，三章四章全比也。

《匏有苦叶》四章章四句

传　管尗以殷畔，仕者苦之，赋《北门》。说　《北门》，邶之仕者处危国，事乱君，因征役。《北[①]门》，赋之以自叹也。

《北门》三章章七句

传　邶之伶柬，心乎王室，赋《柬兮》。说　《柬兮》，伶官心乎王室，而自伤之诗。前三章赋也，末章兴也。

《简兮》四章三章章四句，一章六句。考　此篇毛诗以为三章章六句，今改之

传　邶国危乱，士民去之，赋《北风》。说　《北风》，邶人厌乱之诗。皆比而赋也。

《北风》三章章六句

传　邶之良妇弃于夫，赋《谷风》。说　《谷风》，邶之良妇，见弃于夫而作是诗。一章比中有赋也，二章赋也，三章比而赋也，四章比而后赋也，五章、六章皆赋也。

《谷风》六章章八句

传　邶之寡母欲去，而子自讼焉，赋《凯风》。说　《凯风》，邶人母不安其室，七子自咎而作，一章、二章比而赋也，三章、四章皆兴也。

《凯风》四章章四句

传　时不尚德，□□陈古以风之，赋《静[②]女》。说　《静女》陈古讽今之

① “北”，原文误作“出”。
② “静”，底本作“妍”。

诗，赋也。

《静女》三章章四句

邶国风九篇，三十六章，一百九十五句。

鄘国风第五

传 三朩冓[①]周公，鄘人风之，赋《墙[②]有茨》。说 《墙有茨》，鄘人刺三监之诗，兴也。

《墙有茨》三章章六句

传 朩处不义，鄘人刺之，赋《相鼠》。说 《相鼠》，刺三朩之诗。兴也。

《相鼠》三章章四句

传 三朩以殷畔，遂伐卫，鄘人从军，其妻怨之，赋《伯兮》。说 《伯兮》，鄘人有从武庚而伐卫者，室家忧而作。一章、二章赋也，三章比而后赋也，四章赋也。

《伯兮》四章章四句

传 鄘人美其君子不仕乱邦，赋《考槃》。子曰："见遯世而无闷矣。"说 《考槃》，美隐者之诗。赋也。

《考槃》三章章四句

传 朋友相赠，赋《木瓜》。子曰："见苞苴之礼行焉。"说 《木瓜》，朋友相赠之诗。赋也。

《木瓜》三章章四句

传 □子不孙，鄘人刺之，赋《芄兰》。说 《芄兰》，刺霍朩也，以童子僭成人之服，比其不度德量力而助武庚作乱。

---

① "冓"，"构"之本字。

② "墙"，底本误作"穡"。

《芄兰》二章章六句

传 国乱民贫，君子伤之，赋《有狐》。子曰：“见恻隐之仁焉”。说 《有狐》，君子于寒夜见贫民与狐涉水而伤之。赋也。

《有狐》三章章四句

传 女归非礼，衰而见弃，鄘人刺之，赋《氓》。说 《氓》，淫妇为人所弃，鄘人述其事以刺之。首二章皆赋也，三、四章皆兴也，五章赋也，六章赋中有比也。

《氓》六章章十句

鄘国风八篇，二十七章，一百五十四句。

卫国风第六

传 卫世子余未立而卒，共姜誓以守志，赋《柏舟》。说 《柏舟》，卫厘侯在位，世子恭伯先卒，恭姜守义，齐武公欲召之归宁而嫁之，恭姜不许，故作此诗。兴也。

《柏舟》二章章七句

传 卫武公好学明德，国人美之，赋《淇奥》。说 《淇奥》，美卫武公之诗。兴也。

《淇奥》三章章九句

传 武公好贤乐善，国人美之，赋《干旄》。说 《干旄》，美武公好贤。赋也。

《干旄》三章章六句

传 卫庄公娶于齐，国人美之，赋《硕人》。说 《硕人》，卫庄公娶于齐曰庄姜，贤而公不礼焉，国人闵之而作是诗。前一章赋也，二章赋而比也，三章赋也，四章兴也。

《硕人》四章章七句

传　卫庄公之嬖人生州吁，好兵。庄姜忧之，赋《绿[①]衣》。说　《绿衣》，卫庄公嬖人生州吁，有宠而好兵，庄姜忧之而作。前二章皆赋也，三与四皆比而赋也。

《绿衣》四章章四句

传　庄姜见怒于公，赋《终风》。说　《终风》，庄姜戒州吁公不悦，姜忧而作诗。四章皆比而后赋也。

《终风》四章章四句

传　卫州吁弑其君桓公，庄姜归于齐，赋《日月》。说　《日月》，州吁弑桓公，庄姜大归而作是诗。赋也。

《日月》四章章六句

传　戴妫归于陈，庄姜赠之于埜，赋《燕燕》。说　庄姜与娣戴妫，皆为州吁所逐，同出卫野而别，庄姜作诗以赠妫焉。前三章皆兴也，后一章赋也。

《燕燕》四章章六句

传　州吁求宠于诸侯，使公孙文仲帅师，及宋公、陈侯、鲁人、蔡人伐郑，卫人怨之，赋《击鼓》。说　《击鼓》，州吁伐郑，国人怨之而作。赋也。

《击鼓》五章章四句

传　卫宣公纳伋之妻，国人恶之，赋《新[②]台》。说　《新[③]台》，卫宣公为伋娶妇而美，筑新台而自纳之。卫人恶之而赋其事也。末章比中有赋也。

《新台》三章章四句

传　宣公杀其世子伋及母弟寿，卫人伤之，赋《二子乘舟》。说　《二子

① “绿”，底本作“菉”。
② “新”，底本误作“親”。
③ “新”，底本作“窼”。

乘舟》，宣公欲立少子朔，使伋寿如齐而沉之于河，卫人伤之而作是诗。赋也。

《二子乘舟》二章章四句

传　宣姜不闲于礼，国人风之，赋《君子偕老》。说　《君子偕老》，刺宣姜之诗。赋也。

《君子偕老》三章，一章七句，一章九句，一章八句

传　卫昭伯无礼于宣姜，国人恶之，赋《鹑之奔奔[1]》。说　《鹑之奔奔》，刺宣姜与公子顽之诗。兴也。

《鹑之奔奔》二章章四句

传　公室无礼，卫人刺之，赋《采唐》。说　《采唐》，宣姜召公子顽于公桑，久处而远送，国人刺之而作是诗。兴也。

《采唐》三章章七句

传　狄入卫，卫戴公次于漕，许穆姬闵之，赋《载驰》。说　《载驰》，许穆夫人闵卫之亡，伤许之小，力不能救，思归唁其兄，义又不得，故赋是诗。前二章皆赋也，三章四章皆兴也。

《载驰》四章，二章章六句，二章章八句。考　此篇毛诗以为五章，一章六句，二章四句，一章六句，一章八句，今改之。

传　宋桓姬闵卫之破也，赋《泉水》。说　《泉水》，宋桓夫人闵卫之破而作。首兴后皆赋也。

《泉水》四章章六句

传　宋桓姬之媵和其小君之赋，赋《竹竿》。说　《竹竿》，宋桓夫人之媵，和《泉水》而作。首章兴也，二章三章先比后赋也。考　疑脱“末章赋也”一句。

---

① “奔奔”，底本作“贲贲”。

《竹竿》四章章四句

[传]　宋桓姬归于卫，思襄公，赋《河广》。[说]　《河广》，宋桓夫人生襄公而出归于卫，襄公即位，夫人思之而义不可往，故作此诗。赋也。

《河广》二章章四句

[传]　狄侵黎，黎侯出奔卫，卫穆公不礼焉，黎人恶之，赋《旄丘》。[说]　《旄丘》，狄逐黎侯，黎侯寓于卫，卫穆公不克纳，黎大夫怨之而作是诗。一章兴也，二章、三章、四章赋也。

《旄丘》四章章四句

[说]　黎大夫劝其君以归国，赋《式微》。[说]　《式微》，黎侯失国而寓于卫，其臣劝之归。赋也。

《式微》二章章四句

[传]　卫灵公召子都于宋，国人讥之，赋《蝃蝀》。[说]　《蝃蝀》，卫灵公为南子召宋朝，国人讥之。二章皆先比而后赋也。末章赋也。

《蝃蝀》三章章四句

卫国风二十一篇，六十九章，三百七十二句。

肥前河宽　订

《诗经古传》卷之二　终

卷之三

尾张纪德民　辑

风

王国风第七

[传]　王世子宜臼弑其君幽王，自立于雒，尹伯封过西都而伤之，赋《黍离》。[说]　《黍离》，幽王伐申，申侯逆战于戏，射王弑之，立平王于申，自申迁洛，命秦伯帅师逐犬戎于镐京，寻遣尹伯封犒秦伯之师，过故宗庙宫

室，秦人皆垦为田，咸生禾黍，旁皇不忍去[①]，故作此诗。赋也。

《黍离》三章章十句

传　荆伐申，平王以周师戍申，周人怨之，赋《扬之水》。说　《扬之水》，荆子讨申侯弑幽王之罪伐申。侵甫及许，平王遣兵戍之，周人怨思而作。兴也。

《扬之水》三章章六句

传　戍者不归，室家思怨，赋《君子于役》。说　《君子于役》，戍申者之妻所作。赋也。

《君子于役》二章章八句

传　平王之族，流散而□，赋《葛藟》。说　《葛藟》，王族流散而作。兴也。

《葛藟》三章章六句

传　东迁学废，君子伤之，赋《子衿[②]》。说　《子衿》，王室下衰，学政废弛，弟子多倍其师，君子伤之而作是诗。赋也。

《子衿》三章章四句

传　桓王□□□卒苦之，赋《何草不黄》。说　《何草不黄》，桓王之世，伐滕、薛、唐、杞诸国，连岁不息，周人苦之而作是诗。前二章兴也，三章赋也，末兴也。

《何草不黄》四章章四句

传　周人从征，赋《嶃嶃[③]之石》。说　《嶃嶃之石》，桓王伐郑，将师不堪劳苦而作是诗。赋也。

《渐渐之石》三章章六句

传　周人从军，室家怨之，赋《采绿[④]》。说　《采绿》，周人从征，其妻

---

① “去”，底本误作“公”。
② “衿”，底本作“衿”。
③ “嶃嶃”，亦作“嶄嶄”，高峻。
④ “绿”，底本作“菉”，下同。

念之而作是诗。赋也。

《采绿》四章章四句

传　周人行役而讯其室家，赋《大车》。说　《大车》，周人从军，寓其室家之诗。赋也。

《大车》三章章四句

传　齐襄公□□□王，周人耻之，赋《何彼襛矣》。说　《何彼襛矣》，齐襄公杀鲁桓公，庄王将平之，使荣赤锡桓公命，因使庄公主昏，以桓王之妹嫁襄公，周人伤之而作是诗。一章赋中有比也，二章赋也，三章兴也。

《何彼襛矣》三章章四句

传　□王弃贤，大夫风之，赋《唐棣》。说　《唐棣》，僖王弃贤，而讽之。首章兴也，二章、三章赋也。考　《毛诗》逸此篇。盖余每读《论语》，至"唐棣之华，偏其反而，岂不尔思，室是远而"。子曰："未之思也夫，何远之有？"深惜此诗之缺焉。后及读《毛诗·东门之墠》之篇也，窃疑此即彼《唐棣》之篇耶？不则何与彼"唐棣之华"之章，语意韵响相似之甚也，岂毛氏逸其首章，因名以"东门之墠"耶？既而见《子贡传》，则《郑风》及列国之诗，并无《东门之墠》，而此《王风·唐棣》之传曰："某王弃贤，大夫风之，赋《唐棣》。"又申说曰："僖王弃贤，而讽之。首章兴也，二章、三章赋也。"亦无《东门之墠》矣。于是考《论语》，子曰"未之思也夫，何远之有"之语，盖亦夫子诵《唐棣》之诗，以风当时不求贤也。因试以夫子此语，置诸《东门之墠》"其室则迩，其人甚远"，及"岂不尔思，子不我即"等之句下，即亦语脉连绵，意义互协。又试以《东门之墠》之篇，次诸"唐棣之华"之章下，则与彼申说所谓"首章兴也，二章、三章赋也"者，无不吻①合矣。余是以知《东门之墠》必《唐棣》之篇也。且明儒凌蒙初亦既疑之，不独余云云。虽然，鲁诗之经不传，余将何以取信哉？

① "吻"，底本作"脗"。

故姑合其诗以成三章，而录诸左以待后之君子尔。

《唐棣》三章章四句

传 留子贤而退[①]隐，周人嘉之，赋《丘中》。考 此诗三章皆赋也。说无此篇，未知鲁诗固逸此否，疑是后世误脱焉。

《丘中》三章章四句

传 □王好谗，大夫忧之，赋《采葛》。说 《采葛》，贤者被谗，见黜于野，周人闵之而作。兴也。

《采葛》三章章四句

传 大夫□□，周人谏之，赋《无将大车》。说 《无将大车》，周大夫有亲[②]信小人者，其臣谏之而作是诗。比而后赋也。

《无将大车》三章章四句

传 □王好音，大夫风之，赋《君子阳阳》。说 《君子阳阳》，景王好音，而士遂习音，君子讽之而作是诗。赋也。

《君子阳阳》二章章四句

传 民适异国，□□□□，赋《黄鸟》。说 《黄鸟》，民适异国，见拒于人，而思归故乡，乃作是诗。比而后赋也。

《黄鸟》三章章七句

传 士就亲戚而莫之恤，赋《我行其[③]埜[④]》。考 此诗三章皆比而后赋也。说无此篇，未知鲁诗固逸此否，疑是后世脱误焉。

《我行其野》三章章六句

传 王室乱，人不□生，赋《苕[⑤]之华》。说 《苕之华》，景王崩，王室乱，

① "退"，底本作"逻"。
② "亲"，底本作"親"。
③ "其"，底本误作"基"。
④ 埜，"野"的古字。
⑤ "苕"，底本作"蓞"，下同。

兵连岁馑，民物尽耗，君子自伤生逢其难而作是诗，二章兴也，末章赋也。

《苕之华》三章章四句

传 京师饥，民流而怨，赋《中谷》。说 《中谷》，民饥而流，夫妇不保，君子闵之而作是诗，兴也。

《中谷》三章章六句

传 苌弘忠于王，晋赵鞅杀之，周人伤之，赋《有兔》。说 赵鞅杀苌弘，周人伤之而作是诗。比而赋也。

《有兔》三章章七句

王国风二十篇，六十章，三百一十一句。计《唐棣》

齐国风第八

传 齐大夫相戒以勤于公，赋《东方未明》。说 《东方未明》，齐大夫相戒以勤于公，故作此诗。前二章皆赋也，末比而赋也。

《东方未明》三章章四句

传 襄公好田，大夫风之，赋《卢》。说 《卢》，齐襄公好田，君子讽之，而作是诗。赋也。

《卢》三章章二句

传 齐俗习于田，赋《营》。说 《营》，齐俗好田，君子刺之。赋也。

考 传《齐风》有《营》而无《还》。《毛诗·齐风》有《还》而无《营》矣。按之两皆为田猎之诗，故明儒或疑《还》即《营》也，未知《鲁诗》果然否。今姑录《还》之诗以阙疑云。

《还》三章章四句

传 公子小白适莒，齐人慕之，赋《丰》。说 《丰》，襄公无道，即位之四年，公弟小白避之莒，齐人慕之，而作是诗。赋也。

《丰》四章，二章章三句，二章章四句

传 鲁桓公会襄公于泺，遂与夫人姜氏如齐，齐人刺之，赋《敝笱》。

说 《敝笱》，鲁桓与夫人文姜如齐，而襄公通焉，齐人刺之。比而后赋也。

《敝笱》三章章四句

传 襄公留姜氏于齐，鲁桓公不能制，齐人刺之，赋《南山》。说 《南山》，襄公久留文姜，齐人刺之。比而后赋也。

《南山》四章章六句

传 襄公伐卫，姜氏会之于师，齐人刺之，赋《载驱[①]》。说 《载驱》，齐襄纳卫朔，抗王人，鲁人从之，文姜归齐以犒师，齐人刺之。赋也。

《载驱》四章章四句

传 鲁庄公会齐大夫狩于禚，齐人讥之，赋《猗嗟》。说 《猗嗟》，鲁庄公朝于齐，遂及齐大夫狩禚，齐人刺之。赋也。

《猗嗟》三章章六句

传 齐桓公相管[②]仲以匡天下，齐人美之，赋《风雨》。说 《风雨》，齐桓公得管仲以为相，齐人喜之而作是诗。比而后赋也。

《风雨》三章章四句

传 桓公好内，衡姬谣之，赋《鸡鸣》。说 《鸡鸣》，齐卫姬劝桓公以勤政，故作此诗。赋也。

《鸡鸣》三章章四句

传 庄公无礼，齐人刺之，赋《东方之日》。说 《东方之日》，齐庄公好女乐，君子讥之。赋也。

《东方之日》二章章五句

传 景公欲求诸侯，大夫风之，赋《甫田》。说 《甫田》，齐景公急于图

---

① “驱”，底本作“敺”。

② “管”，底本作“筦”。

霸，大夫讽之。二章兴也，末比也。

《甫田》三章章四句

传　齐俗昏礼不亲[1]，君子讥之，赋《著》。说　《著》，齐俗废亲迎之礼，君子讥之。赋也。

《著》三章章三句

齐国风十三篇，四十一章，一百六十九句，计“还”。

魏国风第九

传　魏之君子，□□□□美之，赋《伐檀》。说　《伐檀》，君子能其宦而不用，魏人慕之而作是诗。比而兴也。

《伐檀》三章章九句

传　魏之君子，□□□□赋《十亩之间》。说　《十亩之间》，政乱国危，贤者不乐仕其朝，而思与友归于农亩。赋也。

《十亩之间》二章章三句

传　魏之君子，训民孝弟，赋《杕杜》。说　《杕杜》，君子教人孝友之诗。兴也。

《杕杜》二章章九句

传　魏人□□□□□□□□□，赋《陟岵》。说　《陟岵》，魏人行役而思其亲，故作此诗。赋也。

《陟岵》三章章六句

传　魏人忧其国□□□□，赋《园有桃》。说　《园有桃》，君子忧国而叹之，故作此诗。赋也。

《园有桃》二章章十二句

传　魏人困于□□□□其国，赋《硕鼠》。说　《硕鼠》，大夫贪戾，魏人

① “亲”，底本作“窺”。

怨之而作是诗。比而后赋也。

《硕鼠》三章章八句

传　魏人苦于征□□□□□，赋《鸨羽》。说　《鸨羽》，民从征役，而不得养其父母，故作此诗。兴也。

《鸨羽》三章章七句

传　魏之内子，□□□□□□怨之，赋《葛屦》。说　《葛屦》，魏之内子，俭不中礼，媵者怨之。一章兴也，二章赋也。

《葛屦》二章，一章六句，一章五句

魏国风八篇，二十章，一百四十九句。

肥前河宽　订

《诗经古传》卷之三　终

卷之四

尾张纪德民　辑

唐国风第十

传　唐□□□□□□，赋《蟋蟀》。说　《蟋蟀》，唐人相戒之诗。兴也。

《蟋蟀》三章章八句

传　唐侯□□□□□□□□，赋《山有枢》。说　《山有枢》，唐人忧国之诗。兴也。

《山有枢》三章章八句

传　曲沃盛强，□□□□□□忧之，赋《椒聊》。说　《茉》，唐昭候封公子成师于曲沃，成师治聚盛强，师服忧之而作是诗。比中有赋也。

《椒聊》二章章六句

传　曲沃盛强，□□□□□，赋《扬之水》。说　《扬之水》，成师有篡国之谋，唐人知之而作是诗。比而后赋也。

《扬之水》三章，二章六句，一章四句

传 曲沃偁弑其三君，僖王命为晋侯，唐人刺之，赋《无衣》。说 《无衣》，唐公孙偁弑三君而取其国，尽以宝器赂周僖王，王命之为晋侯，国人作此以刺之。赋也。

《无衣》二章章三句

传 晋人久于从□□□□□□，赋《葛生》。说 《葛生》，晋献公之时，国人久于征役，室家念之而作是诗。二章兴也，后三章赋也。

《葛生》五章章四句

传 晋献公好谗□□□□□□□□，赋《采苓》。说 《采苓》，晋人谏献公信谗之诗。赋也。

《采苓》三章章八句

传 晋文公好贤，□□□□□□□□，赋《杕杜》。说 《杕杜》，晋文公好贤，而国人美之。兴也。

《杕杜》二章章六句

传 臼季遇郄缺于冀，荐于文公，□人美之，赋《埜有蔓艸[1]》。说 《埜有蔓艸》，晋臼季荐郄缺于文公，晋人美之。比也。

《野有蔓草》二章章六句

传 晋大夫贤□□美之，赋《羔裘》。说 《羔裘》，晋人美其大夫之诗。兴也。

《羔裘》二章章四句

传 晋大夫□□□□□□□讥之，赋《彼汾》。说 《彼汾》，晋人刺其大夫之诗。兴也。

《彼汾》三章章六句

传 晋乱民穷，□□□□□□□伤之，赋《绸缪》。说 《绸缪》，晋乱民

① “艸”，“草”之古字。

穷，昏姻失时，君子伤之，而作是诗。兴也。

《绸缪》三章章六句

唐国风十二篇，三十三章，一百九十四句。

曹国风第十一

传 曹朩振铎，□□□□□□□之，赋《尸鸠》。说 《尸鸠》，曹朩为政有度，国人美之，而作是诗。兴也。

《尸鸠》四章章六句

传 曹之君□□□□，赋《下泉》。说 《下泉》东迁之初，曹人闵周而作。皆比而后赋也。

《下泉》四章章四句

传 曹□□□□□□，赋《蜉蝣》。说 《蜉蝣》，君怠国危，曹大夫闵之而作。皆比而赋也。

《蜉蝣》三章章四句

传 曹□□□□□□□，赋《候人》。说 《候人》，曹君多任非人，国人讽之。首章赋也，后三章比也。

《候人》四章章四句

曹国风四篇十五章，六十八句。

郑国风第十二

传 郐君□□□□□□□□□之，赋《羔裘》。说 《羔裘》，郐君不能自强于政治，国人忧之而作。赋也。

《羔裘》三章章四句

传 郐之君子，□□□□，赋《匪风》。说 《匪风》，周室衰微，贤人忧叹而作。赋也。

《匪风》三章章四句

传　郐人困于□□□，赋《苌楚》。说　《苌楚》，郐人困于赋役而作。赋也。

《苌楚》三章章四句

传　丧纪不终，□□□□，赋《素冠》。说　《素冠》，三年之丧废，君子伤之而作。赋也。

《素冠》三章章三句

传　郐人兄弟相弃，□□□□□，赋《扬之水》。说　《扬之水》，兄弟为人所间，而被谗者诉之词。比而赋也。

《扬之水》二章章六句

传　郐人夫妇相弃，□□□□，赋《大路》。说　《大路》，弃妇之词。赋也。

《大路》二章章四句

郐国风六篇，十六章，六十五句。

肥前河宽　订

《诗经古传》卷之四　终

卷之五

尾张纪德民　辑

风

郑国风第十三

传　郑武公养贤而赋《缁衣》。子曰："于《缁衣》见好贤之至也。"说　《缁衣》，郑武公好贤，赋诗贻之。赋也。

《缁衣》三章章四句

传　郑庄公封弟段于京，祭足谏之，不听，大夫风之，赋《将仲子》。说

《将仲子》，郑庄公欲陷弟段，授以大邑，祭仲谏，阳拒之，大夫原其情而刺之。皆赋中有比也。

《将仲子》三章章八句

传 大尗段多才而勇，郑人爱之，赋《尗于田》。说 《尗于田》，尗段多才而好勇，大夫忧之而作是诗。赋也。

《叔于田》三章章五句

传 段不义而得众，郑人归之，赋《大尗》。说 《大尗》，段不义而得众，大夫忧之而作是诗。赋也。

《大尗》三章章十句

传 郑世子忽辞昏于齐，祭仲谏之，赋《有女同车》。说 《有女同车》，郑世子忽辞昏于齐，祭仲足谏之而作是诗。赋也。

《有女同车》二章章六句

传 公子五争，齐楚交伐，郑国大乱，其臣谋欲谏而救之，赋《簭兮》。说 《簭兮》，郑庄公卒，公子争立而齐楚交伐，忠臣忧之，欲相率献谋以救其国，故作此诗。皆先比而后赋也。

《蘀兮》二章章四句

传 郑文公使高克御狄于境，不召师溃，大夫忧之，赋《清人》。说 《清人》，郑文公恶其大夫高克，欲远之而使御狄于境，久而不召，师将溃散，公子素忧之而作是诗。赋也。

《清人》三章章四句

传 郑灵公弃其世臣，而任狂狡，子良忧之，赋《山有扶苏》。说 《山有扶苏》，郑灵公弃其世臣而任嬖人狂狡，子良谏之而作是诗。兴也。

《山有扶苏》二章章四句

传 子良谏用狂狡，灵公不听，将去其国，赋《麦秀》。说 《麦秀》，灵公不听子良之谏，将逐之，故作是诗以责狂狡。一章兴也，二章赋也。考传《郑风》有《麦秀》而无《狡童》，《毛诗·郑风》有《狡童》而无《麦秀》矣。故明儒或疑《狡童》即《麦秀》也，而凌蒙初亦曰："箕子麦秀之诗云：'麦秀渐渐兮，禾黍油油兮，彼狡童兮，不与我好兮。'此诗'彼狡童兮'二句与彼正同，而《传》亦名为《麦秀》，必有所因矣。"余按：今诗固无《麦秀》字义，且二章皆赋体，与彼申说所谓"一章兴也，二章赋也"者不合，必当与今诗异也，然《鲁诗》之经不可考矣，故姑录《狡童》之诗以阙疑云。

《狡童》二章章四句

传　子良去国，不忘谏君，赋《褰裳》。说　《褰裳》，子良如晋，作诗以寓灵公。赋也。

《褰裳》二章章五句

传　郑灵公好倡，国人化□□子诡之，赋《溱洧》。说　《溱洧》，刺乱也。皆赋体。

《溱洧》二章章十二句

传　子皮为政，忠直文武，子产美之，赋《羔求》。说　《羔求[①]》，郑子皮卒，子产思之，追颂焉。赋也。

《羔裘》三章章四句

传　夫妇相戒以勤生乐善，□□美之，赋《女曰鸡鸣》。说　《女曰鸡鸣》，夫妇相警戒之词。赋也。

《女曰鸡鸣》三章章六句

传　郑有贞士，宜其□□□□□俗，赋《出其东门》。说　《出其东门》，郑之贞士，宜其室家，不染淫俗，而作此诗。赋也。

《出其东门》二章章六句

郑国国风十四篇，三十五篇，二百五句，计"狡童"。

---

① "求"，"裘"的古字。

陈国风第十四

传 陈□□□□□□□，赋《宛丘》。说 《宛丘》，陈人讥其大夫之诗。赋也。

《宛丘》三章章四句

传 陈之□□□□□□，赋《衡门》。说 《衡门》，君子乐隐之诗。赋也。

《衡门》三章章四句

传 陈灵公如夏氏，□□□之，赋《株林》。说 《株林》，陈灵公通乎夏姬，国人刺之。赋也。

《株林》二章章四句

传 孔宁仪行父从君□□，泄治刺之，赋《墓门》。说 《墓门》，泄治谏灵公，孔宁仪行父谮而囚之，治作是诗。兴也。

《墓门》二章章六句

传 灵公听谗，囚泄治，内子忧之，赋《防有鹊巢》。说 《防有鹊巢》，泄治被谗，内子忧之而作。比而后赋也。

《防有鹊巢》二章章四句

传 陈杀其大夫泄治，□□伤之，赋《泽陂》。说 《泽陂》，泄治谏而死，君子伤之。兴也。

《泽陂》三章章六句

传 陈□□□□□□□，赋《东门之枌》。考 此诗全篇皆赋也，以下三诗，说皆有篇名而无其义，盖申公之于诗也。疑者则阙弗传云，此或有所疑而阙不说耶？抑后世脱误耶？未可考矣。

《东门之枌》三章章四句

传 陈□□□□□□□□□□之，赋《东门之池》。考 此诗三章皆兴也。

《东门之池》三章章四句

传 朋友□□□□□□□□□，赋《东门之杨》。考 此诗二章皆兴也。

《东门之杨》二章章四句

传 朋友□□□□□□□，赋《月出》。说 《月出》，朋友相期不至而作。兴也。

《月出》三章章四句

陈国风十篇，二十一章，一百十四句。

秦国风第十五

传 秦襄公以王命征戎，周人赴之，赋《无衣》。说 《无衣》，秦襄公以王命征戎，周人赴之。赋也。

《无衣》三章章五句

传 襄公遣大夫征戎而劳之，赋《小戎》。说 《小戎》，秦襄公征戎，而劳其大夫之诗。赋也。

《小戎》三章章十句

传 襄公伐戎，初命为秦伯，国人荣之，赋《车邻》。说 《车邻》，秦襄公初为诸侯，周大夫与燕，美之而作。首章赋也，二章比也。

《车邻》三章，一章四句，二章章六句

传 襄公克戎，始取周地，秦人矜之，赋《终南》。说 《终南》，襄公初为诸侯，秦人祝之而作。兴也。

《终南》二章章六句

传 襄公始有田园之事，秦人喜之，赋《驷铁》。说 《驷铁》，秦人从狩而作。赋也。

《驷铁》三章章四句

传 晋重耳入于晋，秦穆公送之，赋《渭阳》。说 《渭阳》，晋公子重耳归于晋，秦穆公送之而作是诗。赋也。

《渭阳》二章章四句

传　康公葬穆公以子车氏三子殉，秦人哀之，赋《黄鸟》。说　《黄鸟》，秦穆公卒，世子罃以三良殉之，秦人伤之而作是诗。兴也。

《黄鸟》三章章十二句

传　君子隐兮川上，□□慕之，赋《蒹葭》。说　《蒹葭》，君子隐于河上，秦人慕之而作是诗。兴而比也。

《蒹葭》三章章八句

传　□□□□□□□□，赋《晨风》。说　《晨风》，秦君遇贤，始勤终怠，贤人讥之。兴也。

《晨风》三章章六句

传　□□□□□□□□，赋《权舆》。说　《权舆》，与前篇同义。赋也。

《权舆》二章章五句

秦国风十篇，二十七章，一百八十一句。

肥前河宽　订

《诗经古传》卷之五　终

卷之六

尾张纪德民　辑

正

小正第十六

传　周公制礼作乐，用之燕亯[1]，有《小正》焉。

传　《隺[2]鸣》□□所以修身也。考　此诗二章皆兴中有比也，说无此

① “亯”，同“享”。
② “隺”，同“鹤”。

篇。未知《鲁诗》固逸此否，疑是后世脱之耳。

《鹤鸣》二章章九句

传　《鹿鸣》《伐木》《青莪》《隰桑》《白驹》皆所以燕贤也。说　《鹿鸣》，天子燕宾师之歌。盖《鹿鸣》《伐木》《菁莪》《隰桑》，皆燕贤者，而词有轻重，敬有隆杀，所谓尊贤之等也。三章皆以“鹿鸣”起兴而赋之也。

《鹿鸣》三章章八句

说　《伐木》，天子燕友之歌。兴也。

《伐木》三章章十二句

说　《青莪》天子燕宾兴之士，则歌此诗。比而赋也。

《菁莪》四章章四句

说　《隰桑》天子燕士之诗。前三章比而赋也，末章赋也。

《隰桑》四章章四句

说　《白驹》，贤者将隐去，王者留之而作是诗。赋也。

《白驹》四章章六句

传　《常棣》，燕兄弟也。说　《常棣》，天子燕兄弟之歌。一章兴也，二章赋也，三章至末皆赋也。考　当云三章兴也，四章至末皆赋也，盖脱文耳。

《常棣》八章章四句

传　《頍弁》，燕亲[1]戚也。说　《頍弁》，此燕王族之诗。赋中有比也。

《頍弁》三章章十二句

传　《鱼丽》《嘉鱼》《瓠叶》皆所以燕大臣也。说　《鱼丽》，此诗全篇皆赋也。

《鱼丽》六章，三章章四句，三章章二句

说　《嘉鱼》，此前二章皆赋也，后二章先比而后赋也。

---

① “亲”，底本作“窥”。

《嘉鱼》四章章四句

说　《瓠叶》，全篇皆赋也。以上三诗，《子贡传》以为皆燕大臣之诗，而其词亦有隆杀焉。

《瓠叶》四章章四句

传　《南山有台》《天保》，大臣所以报王也。说　《南山有台》，大臣颂美天子之诗。兴也。

《南山有台》五章章六句

说　《天保》，大臣祝颂天子之诗。赋也。

《天保》六章章六句

传　《煌华》，遣使臣也。说　《煌华》，天子遣使于四方，歌此饯之。首章兴也，下四章皆赋也。

《煌华》五章章四句

传　《四牡》，劳使臣之勤也。说　《四牡》，天子劳使臣之诗。首二章皆赋也，三章、四章皆兴也，末章赋也。

《四牡》五章章五句

传　《杕杜》，劳戍也。说　《杕杜》，劳还戍之诗。前三章皆兴也，末章赋也。

《杕杜》四章章七句

传　《邠风》，陈农政也。说　《邠[1]风》，周公陈农政之诗。赋也。考　此即《毛诗》以《七月》名篇者。

《豩[2]风》八章章十一句

传　《南山》《楚茨》《甫田》皆所以劝农也。说　《南山》，王者劝农

---

① 邠，同豳。

② 豩，同邠。

而祷祀之诗。赋也。

《南山》六章章六句

传　《楚茨》，农事既成，乃祭宗庙，燕及王族之诗。赋也。

《楚茨》六章章十二句

说　《甫田》，农事既成，祀田祖而并犒农夫之诗。赋也。

《甫田》四章章十句

传　《大田》，农夫所以报上也。说　《大田》，农夫报上之诗。赋也。

《大田》四章，二章章八句，二章章九句

传　《斯干》，落亲宫也。说　《斯干》，王者落其亲宫，史佚美之。赋也。

《斯干》九章，四章章七句，五章章五句

传　《鸿雁》，怀流人也。说　《鸿雁》，王者柔怀远人，流民喜之而作是诗。比而赋也。

《鸿雁》三章章六句

传　《蓼萧》《常常者华》《湛露》《彤弓》《桑扈》《采朩》，皆天子之燕诸侯也。说　《蓼萧》，诸侯来朝，天子燕之而歌此诗。兴也。

《蓼萧》四章章六句

说　《常常者华》，天子美诸侯之诗。前三章兴也，末章赋也。

《常常者华》四章章六句

说　《湛露》，天子燕同姓诸侯之诗。兴也。

《湛露》四章章四句

说　《彤弓》，诸侯敌忾献功，天子赐弓矢，燕之而奏乐歌。赋也。

《彤弓》三章章六句

说　《桑扈》，天子燕方伯之诗。前二章皆兴也，二章皆赋也。

《桑扈》四章章四句

说 《采尗》，诸侯免丧入朝，天子锡赉之诗。前二章皆兴也，中一章赋也，末章皆兴也。

《采菽》五章章八句

传 《瞻彼洛矣》《鸳鸯》《鱼藻》皆诸侯所以报天子也。说 《瞻彼洛矣》，天子会武于洛邑，诸侯美之。赋也。

《瞻彼洛矣》三章章六句

说 《鸳鸯》，诸侯祝天子之诗。兴也。

《鸳鸯》四章章四句

说 《鱼藻》，亦诸侯美天子之诗。兴也。

《鱼藻》三章章四句

传 子曰："凡为天下国家有九经，修身则道立，尊贤则不惑，亲亲则诸父昆弟不怨，敬大臣则不眩，体群臣则士之报礼重，子庶民则百姓劝，来百工则财用足，柔远人则四方归之，怀诸侯则天下畏之，斯周道之所以正乎？"

《小正》三十二篇，一百四十四章，九百十六句。考 凌蒙初曰："凡三十三篇，阙一不可考。"

肥前河宽 订

《诗经古传》卷之六 终

卷之七

尾张纪德民 辑

正

《小正》续第十七

传 宣王中兴而《小正》续焉。说 此卷十一篇，皆宣王中兴之诗，当时亦奏之燕享，以续周公之正乐矣，毛氏为变小正非也。

传　《六月》，北伐也。说　《六月》，尹吉甫帅师征猃狁，史籀美之。赋也。

《六月》六章章八句

传　《出车》劳将师也。说　《出车》，宣王再命南仲伐猃狁，遂平西戎，劳其还师，史籀美之。赋也。

《出车》六章章八句

传　《采薇》，劳师也。说　《采薇》，宣王之世，既驱猃狁，劳其远师之诗。前四章皆兴也，下二章皆赋也。

《采薇》六章章八句

传　《采芑》，南征也。说　《采芑》，宣王命方叔征荆，荆人来归，史籀美之。前三章皆兴也，末章赋也。

《采芑》四章章十二句

传　《黍苗》，城申也。说　《黍苗》，宣王命召穆公往城谢以迁申伯，史籀美之。首章兴也，下四章皆赋也。

《黍苗》五章章四句

传　《车攻》《吉日》，阅武也。说　《车攻》，宣王大阅于东都，诸侯毕会，史籀美之。赋也。

《车攻》八章章四句

说　《吉日》，宣王畋猎复古，史籀美之。赋也。

《吉日》四章章六句

传　《庭燎》，勤政也。说　《庭燎[1]》，宣王勤政，史籀美之。赋也。

---

① “燎”，底本作“寮”。

《庭燎》三章章五句

传 《沔水》，念乱也。说 《沔水》，宣王即位，乞言于群后作是诗。皆兴也。

《沔水》三章，二章章八句，一章六句

传 《无羊》，考牧也。说 《无羊》，宣王考牧，史籀美之。赋也。

《无羊》四章章八句

传 《车舝》，乐亲昏也。说 《车舝》，宣王中兴，士得亲[①]迎，其友贺之而作此诗。首章赋也，次章兴也，三章赋也，四章兴也。考 四章下疑脱“五章”二字。

《车舝》五章章六句

《小正》续十一篇，五十四章，三百六十七句。

《小正》传第十八

说 《鼓钟》而下二十五篇，盖自召、穆至于幽、平，或公卿大夫讽谏于上，或士君子怨思于下。亦皆出于好恶之公，而得夫情性之正。夫子录之，以存鉴戒。谓之传者，以其非奏乐之正经而亦可传也。《大正》传仿此。

传 昭王南□□□□□，大夫忧之，赋《鼓钟》。说 《鼓钟》，昭王南游宴乐于淮水之上，君子忧伤而作是诗。赋也。

《鼓钟》四章章五句

传 《圻招》，□□□道，穆王西征，祭公述民怨以谏，赋《圻招》。说 《圻招》，穆王西征，七萃之士咸怨，祭公谋父作此诗以讽谏，赋也。考 此即《毛诗》以《祈父》名篇者也。按：春秋昭十二年《左传》，楚右尹子革曰：“昔穆王欲肆其心，周行天下，将皆有车辙马迹焉，祭公谋父，作

① “亲”，底本作“窥”。

《祈招》之诗以止王心……”其诗云：“祈招之愔愔，式昭德音。思我王度，式如玉，式如金。形民之力，而无醉饱之心。”其说亦与此传合，然其所诵之诗，则异于是。岂祭公作《祈招》之诗，旧不止此一篇，而当夫子删诗，特采此诗以录之耶？

《圻招》三章章四句

传　懿王之时，大夫劳于王事，赋《北山》。说　《北山》，大夫行役，不得以养其父母而作是诗。赋也。

《北山》六章，三章章六句，三章章四句

传　□王之时，大夫避□□□□□□，赋《绵蛮》。说　《绵蛮》，大夫失位，远适它国，其过宾之主人，闵之而作是诗。兴也。

《绵蛮》三章章八句

传　厉王信谗，大夫忧之，赋《青蝇》。说　《青蝇》，厉王之世，谗言繁兴，君子忧之而作。兴也。

《青蝇》三章章四句

传　厉王之时，诸侯劳□□□，赋《小东》。说　《小东》，东国困于役而伤于财，大夫作此以告病。首章赋中有比也，次章赋也，三章兴也，后四章皆赋也。

《小东》七章章八句

传　厉王不礼于诸侯，□□相戒以避之，赋《菀柳》。说　《菀柳》，厉王暴虐，诸侯相戒而作。兴也。

《菀柳》三章章六句

传　厉王出居于彘，□□□□，赋《小明》。说　《小明》，厉王流于彘，大夫之从行者，历时既久，悲伤而作。皆赋也。

《小明》五章，三章章十二句，二章章六句

传　尹伯奇□□□后母，邻大夫闵之，赋《小弁》。说　《小弁》，尹伯奇为后母所谮而出，其邻大夫作此诗以讽其父吉甫。首章至第五章皆兴也，六章兴也，七章赋中有兴也，八章兴也。考　当云六章“兴而赋也”，盖脱“而赋”二字。

《小弁》八章章八句

传　幽王□□□□□□□，赋《巷伯》。说　《巷伯》，幽王之时，孟子遭谗而被宫刑为寺人而作此诗。前六章皆赋也，末章先比而后赋也。

《巷伯》七章，四章章四句，一章五句，一章八句，一章六句

传　大夫伤于谗，赋《巧言》。说　《巧言》，周幽王时，大夫伤于谗而作是诗。前三章皆赋也，四章兴而比也，五章兴也，下章皆赋也。分《何人斯》二篇非也。

《巧言》十四章，六章章八句，八章章六句。考　《毛诗》以此诗分二篇，为《巧言》六章，《何人斯》八章，然《传》无《何人斯》之目，故今从申说，合二诗以为一篇，十四章矣

传　大□□□□，赋《小旻》。说　《小旻》，大夫以王惑于邪谋，不能断以从善而作此诗。赋也。

《小旻》六章，三章章八句，三章章七句

传　□□□□□□□□□相戒，赋《鸣鸠》。说　《鸣鸠》，此大夫遭周之乱，而兄弟相戒免祸之诗。首章兴也，二章赋也，此下三章皆兴也。考　疑脱“末章赋也”一句。

《鸣鸠》六章章六句

传　申后□□，赋《白华》。说　《白华》，幽王宠褒姒，废姜后，后归申而作此诗。兴也。

《白华》八章章四句

传　兄弟□□□□之，赋《角弓》。说　《角弓》，王不亲九族而好谗佞，宗族相怨之诗。首章兴也，下三章皆赋也，五章比也，下三章皆先比而后赋也。

《角弓》八章章四句

[传] 皇父专政，□□□□，赋《十月之交》。[说] 《十月之交》，幽王之时天变见于上，地变动于下，而奸臣乱政于外，嬖妾败德于内，大夫忧乱亡之将至，故作是诗。赋也。

《十月之交》八章章八句

[传] □□□□□□思□□□□□□母，赋《蓼莪》。[说] 《蓼莪》，王室昏乱，谗邪肆行，其大夫士有没而不得其所者，孝子痛伤而作是诗。前三章皆先比而后赋也，四章赋也，五章六章皆兴也。

《蓼莪》六章，四章章四句，二章章八句

[传] 卫武公□□□□，赋《宾之初筵》。[说] 《宾之初筵》，卫武公自警之诗。赋也。

《宾之初筵》五章章十四句

[传] 卫武公□□□□，赋《懿戒》。[说] 《懿戒》，卫武公自警，兼训国人。首章皆赋也，五章赋中有兴也，六七章皆赋也，八章赋中有比也，九章兴也，至末三章皆赋也。[考] 此即《毛诗》以“抑”名篇者。

《懿戒》十二章，三章章八句，九章章十句

[传] □□□□□，赋《四月》。[说] 《四月》，大夫遭谗，流离南国而作是诗。前三章皆赋也，中三章兴也。七章赋也，末章亦兴也。

《四月》八章章四句

[传] 西周丧退□□□□大夫伤之，赋《正月》。[说] 《正月》周室丧乱，大夫伤之而作是诗。前三章皆赋也，四五章赋也，六章兴也，七章赋中有比也，八章、九章皆比也，十章先比而后赋也，十章、十一章皆赋也。[考] 当云：“前三章皆赋也，四章兴也，五章、六章赋也，七章兴也，八章赋中有比也，九章、十章皆比也，十一章先比而后赋也，十二章、十三章皆赋也。”盖谬误耳。

《正月》十三章八章章八句，五章章六句

传 王室播迁，大□□□□臣闵之，赋《雨无其极》。说 《雨无其极》，东迁之初，大夫有不忠于王室者，暬御之臣闵之而作。赋也。考 此即《毛诗》以“雨无正”名篇者。

《雨无其极》七章，二章章十句，二章章八句，三章章六句

传 桓王伐郑，□□□□□家父谏之，赋《节》。说 《节》，桓王之时，任用非人，诸侯咸叛，兵败民残，家父忧之，作此诗以谏王焉。首二章兴也，下六章皆赋也。

《节》八章章八句。考此篇《毛诗》以为十章，六章章八句，四章章四句，今改之

传 朋友□□□□□之，赋《谷风》。说 《谷风》，朋友相怨之诗。兴也。

《谷风》三章章六句

传 君子怀□□□□□，赋《都人士》。说 《都人士》，尹伯封作，周既东迁，见西周风俗之美，而伤今之不古若。赋也。

《都人士》五章章六句

《小正传》二十五篇，一百六十六句，一千一百三十二句。

肥前河宽　订

《诗经古传》卷之七　终

卷之八

尾张纪德民　辑

《大正》第十九

传 周公制□□□□□会朝受□□□□，有《大正》焉。

传 《文王》《生民》《公刘》《緜》《大明》《棫朴》《旱麓》《思齐》《皇矣》

《灵台》《大武》《文王有声》《行苇》《既醉》《凫鹥》《嘉乐》，皆周□□□德以训成王也。说　《文王》，周公追述文王之德，明周家所以受命而代商者作诗歌，奏于清庙，受厘陈戒之时，以训嗣王。赋也。

《文王》七章章八句

说　《生民》，周公制礼作乐，尊后稷以配天，故作此诗，以推本其始命之祥，明其受命于天者，其原如是。赋也。

《生民》八章，四章章十句，四章章八句

说　《公刘》，周报公刘，召公述其事以前训嗣王，使知民事之诗。赋也。

《公刘》六章章十句

说　《緜》，周报大王，周公述其事，以训嗣王之诗。首章起句为比，下五句皆直赋之也，下七章皆赋也。考　“七”疑当作“八”。

《緜》九章章六句

说　《大明》，周公述文武受命之功，以训嗣王。八章皆赋也。

《大明》八章，四章章六句，四章章八句

说　《棫朴》，周公咏歌文王之德，以训嗣王。首章兴也，二章赋也，三章兴也，四章、五章皆先比而后赋也。

《棫朴》五章章四句

说　《旱麓》，咏叹文王之德。前三章皆兴也，四章赋也，五章、六章皆有义之兴也。

《旱麓》六章章四句

说　《思齐》，歌文王之德而推本言之。赋也。

《思齐》五章，二章章六句，三章章四句

说　《皇矣》，叙大王、大伯、王季之德，以及文王伐密、伐祟之事。赋也。

《皇矣》八章章十二句

说 《灵台》，文王迁都于丰，作《灵台》以齐七政，奏辟雝，周公述之，以训嗣王。赋也。

《灵台》五章章四句

说 《大武》，康王大禘，报祀成王，奏《大武》六成，既毕，受厘陈戒之诗，赋也。考 《毛诗》“大”作“下”，而以“下武”名篇，其说未安，今传作“大武”，则于义为胜矣。

《大武》六章章四句

说 《文王有声》，周公述文武迁都丰镐，以训嗣王。前七章皆赋也，末章兴也。

《文王有声》八章章五句

说 《行苇》，天子祭毕而燕父兄耆考之诗。首章兴也，下三章皆赋也。

《行苇》四章章八句。考 此篇《毛诗》以为八章章四句，今改之。

说 《既醉》，王族兴燕，酓[①]《行苇》之诗。赋也。

《既醉》八章章四句

说 《凫鹥》，祭之明日，绎公尸之乐歌。兴也。

《凫鹥》五章章六句

说 《嘉乐》，公尸美王者之诗。赋也。

《假乐》四章章六句

传 《泂酌》，□□□□□□王也。说 《泂酌》，召康公戒成王之诗。兴也。

《泂酌》三章章五句

说 《卷阿》，召康公从成王游于卷阿之上，因王之歌作此以进戒。首章总

---

① “酓”，疑为“會”之稍讹，通“赠”。

叙以发端也，二章以下凡五章，皆召公陈其歌咏之词，皆赋体，七、八章皆兴也，九章即其所见赋之，以寓进戒之意，第十章承上“凤凰之鸣”而赋之，以兴下章之义，高岗卷阿之脊，末章赋也。考　皆召公陈其歌咏之词而下，当云“以寓进戒之意，皆赋体”，七八章皆兴也，九章即其所见赋之，第十章承上“凤凰之鸣”而赋之，疑必有衍文错误矣。

《卷阿》十章，六章章五句，四章章六句

《大正》十八篇，一百十五章，七百三十三句。

肥前河宽　订

《诗经古传》卷之八　终

卷之九

正

《大正》续第二十

传　宣王中兴而《大正》续焉。说　此卷六篇，皆宣王时诗，亦奏之会朝以续周召之《大正》矣，毛氏列之《民劳》《板》《荡》《抑》《桑柔》之后，而谓之“变大正”，非也。

传　《云汉》□□□□高□□□□□伯□□□□□□□□伯也《韩奕》□□□□□□□□汉平□□□□□□□□也。说　《云汉》，宣王忧旱，史籀美之。赋也。

《云汉》八章章十句

说　《崧高》，宣王之舅申伯出封于谢，尹吉甫诗以送之。赋也。

《崧高》八章章八句

说　《烝民》，宣王命樊侯筑城于齐，尹吉甫诗以送之。赋也。

《烝民》八章章八句

说　《韩奕》，韩侯来朝，受命将归，显父饯之，赠以是诗。六章皆赋也。

《韩奕》六章章十二句

说 《江汉》，召穆公帅师征淮南之夷，史籀美之而作是诗。赋也。

《江汉》六章章八句

说 《常武》，宣王亲[1]征淮北之夷，既服而归，召穆公美之。赋也。

《常武》六章章八句

《大正》续六编，四十二章，三百七十六句。

《大正传》第二十一

说 此卷四编，皆厉王时诗，二篇为幽王时诗，本非用之为会朝之乐，及受厘陈戒之辞也。夫子时以其文体音节之相似，而传之以示戒焉。

传 召穆公谏□□，赋《荡》。说 《荡》，厉王无道，召穆公谏之。赋也。

《荡》八章章八句

传 □□□□□□，赋《桑柔》。说 《桑柔》，芮良夫伤厉王之失国而作是诗。首章先比而后赋也，二、三、四章皆赋也，五章赋中有比也，六、七、八章皆赋也，九章兴也，十章赋也，十一章兴也，十二章、十三章皆兴也，末三章皆赋也。考 当云"十一、十二章皆赋也"，盖误矣。

《桑柔》十六章，八章章八句，八章章六句

传 □□□戒□□，赋《民劳》。说 《民劳》，厉王之时，公卿忧乱，同列相戒而作此诗。赋也。

《民劳》五章章十句

传 □□□□□，赋《板》。说 《板》，厉王用事之臣，多怀不忠，以致祸败，公卿赋此以责之。赋也。

---

① "亲"，底本作"窺"。

《板》八章章八句

传　□□□□□，赋《瞻卬》。说　《瞻卬》，幽王嬖褒姒，任奄人，尹伯奇忧乱而作此诗。前三章皆赋也，四章赋中有兴也，五章、六章皆赋也，末章兴也。

《瞻卬》七章，三章章十句，四章章八句

传　□□□□□，赋《召旻》。说　《召旻》，幽王迩刑人，近顽童，谄巧，用谗慝，诸侯携贰，戎狄内侵，饥馑因之，国人流散，尹伯奇谏王而作是诗。前三章皆赋也，四章比而赋也，五章赋中有比也，六章比而赋也，末章赋也。考　"谄"字上疑脱"任"字。

《召旻》七章，四章章五句，三章章七句

《大正》传六编，五十一章，三百九十三句。

肥前河宽　订

《诗经古传》卷之九　终

卷之十

尾张纪德民　辑

颂

《周颂》第二十二

传　周公□□□□□□□□□□天之命□清□□思文□□□□□□□□□□□□□□□□□□文□□□庙□□□□□将□□□□□□□□□□□□烈□□□□□□□鹭□□□□□□□□□子□□□□□□□□旹迈□□□□□□□□□□贲□□□□□□□□□般□□□□□□□□□□颂武□□□□□□□□载见□□□□□□□□□瞽合□□□□□□□□□寝庙□□□□□□□□□成□□□□□□□□□□朝

□□□□□□□□□朝于□□□□□□□□□□之□□□□□□□□□之也□□□□□□□□□□也□□□□□□□□□祀成王□□堂□□□□□□臣工　□□□□□　执　竞　□□□□□□　成　康　□□□□□　报□□□□□□□□□□□□□□□也。考　旧二百八十二字，缺二百三十六字，今存者四十六字。说　《清庙》，周公成洛邑，奉成王见诸侯，作明堂，宗祀文王，以配昊天上帝，率诸侯祀之而作此乐歌。赋也。

《清庙》一章八句

说　《维天之命》亦祭文王之诗。赋也。

《维天之命》一章八句

说　《维清》，亦祭文王于明堂而奏象舞之诗。赋也。

《维清》一章五句

说　《天作》，周祭岐山，配以大王、文王之诗。赋也。

《天作》一章七句

说　《思文》，郊祀后稷以配天之乐歌。赋也。

《思文》一章八句

说　《雝》，成王祀文武之诗。赋也。

《雝》一章十六句

说　《我将》，季秋禘上帝于明堂，而配以文王之乐歌也。赋也。

《我将》一章十句

说　《烈文》，成王祭宗庙，而献助祭诸侯之乐歌。赋也。

《烈文》一章十三句

说　《振鹭》，先代之后，助祭于周而劳之之歌。兴也。

《振鹭》一章八句

说　《有客》，成王既讨武庚，封微子于宋，来朝于周，见于祖庙，此其燕乐之歌。赋也。

《有客》一章十二句

说　《武》《大武》，一成之歌，赋也。考　此下诸诗，申说合为大武六成，正同《春秋》传，但以《赉》为二，以《时迈》为三，是小异耳。

《武》一章七句

说　《时迈》，述武王巡守而朝会祭告之乐歌，盖《大武》之三成也。赋也。

《时迈》一章十五句

说　《赉》，述武王大封于庙之诗，为《大武》之二成。赋也。

《赉》一章六句

说　《般》，此述巡守之诗，《大武》之四成。赋也。

《般》一章七句

说　《勺》，亦颂武王之诗，盖《大武》之五成。赋也。

《勺》一章九句

说　《桓》，此《大武》六成之歌。赋也。

《桓》一章九句

说　《载见》，此诸侯助祭于武王庙之诗。赋也。

《载见》一章十四句

说　《有瞽》，始作乐而合乎祖之诗。赋也。

《有瞽》一章十三句

说　《潜》，荐鱼于寝庙之乐歌。赋也。

《潜》一章六句

说　《丝衣》，士执事于王祭，而饮以旅酬之乐歌。赋也。

《丝衣》一章九句

说　《闵予小子》，成王免丧，始朝先王之庙，作诗四篇以自警。皆赋也。

《闵予小子》一章十一句

说 《访落》，成王既朝于庙，因作此诗，以道延访群臣之意。赋也。

《访落》一章十二句

说 《敬之》，成王受群臣之戒而述其言。赋也。

《敬之》一章十二句

说 《毖》，亦《访落》之意。赋也。

《毖》一章八句

说 《昊天有成命》，康王禘成王于明堂之诗。赋也。

《昊天有成命》一章七句

说 《噫嘻》，康王孟春祈谷于东郊，以成王配享之诗。赋也。

《噫嘻》一章八句

说 《臣工》，祭先农之诗。赋也。

《臣工》一章十五句

说 《执竞》，昭王禘康王于明堂之诗。赋也。

《执竞》一章十四句

说 《丰年》，秋冬报赛之乐歌，盖祀田祖先农方社之属。赋也。

《丰年》一章七句

说 《载芟》，亦《丰年》之意。赋也。

《载芟》一章三十一句

说 《良耜》，与《载芟》同意。赋也。

《良耜》一章二十三句

周颂三十一篇，三十一章，三百三十八句。

商颂第二十三

传 宋公孙正□□□□□□□。

传　《那》，烈祖祀成汤也。说　《那》，祀成汤之乐歌。赋也。

《那》一章二十二句

说　《烈祖》，与上篇同。考　赋也。

《烈祖》一章二十二句

传　《长发》，大禘也。说　《长发》，大禘之诗。赋也。

《长发》七章，一章八句，四章章七句，一章九句，一章六句

传　《玄鸟》，□□□□。说　《玄鸟》，此亦谛祀之诗。赋也。

《玄鸟》一章二十二句

传　《殷武》，祀高宗也。说　《殷武》，祀高宗之乐。盖帝乙之世，武丁亲[①]尽当祧，以其中兴功高，存而不毁，特新其庙，称为高宗而祀之，故作此歌。赋也。

《殷武》六章，三章章六句，二章章七句，一章五句

《商颂》五篇，十六章，一百五十四句。

《诗经古传》卷之十　终

新刊《诗经古传》跋

纪世馨辑《诗经古传》，其说既具于自序，今兹遂刻于家塾，传之同好，亦唯务标古书，以崇诗教也。而如其训诂，则识者自择，何必吾以也，故兹无庸云。但其童蒙之求我也，吾亦不无发之，因博阅群经，旁采诸传，为之小大二训。小者以释文辞之所言也，大者以明旨趣之所归也。阶级有次，进步无错，治诗之术，盖勤矣。然而其书别录之，不敢与经传合记，世馨好谦哉。

---

① “亲”，底本作“窥”。

昔者宽与诸子，在淡渊元先生之门。先生讲诗，独世馨以起予称。尝言曰："雅颂之业，吾属之纪生焉。"此举也，世馨可谓不负先师矣。

宝历九年己卯仲冬朔旦友人长崎河宽　撰

《读诗要领》摘抄

中村兰林

本书讲述《诗经》纲领，分诗原、采诗、诗六义、诗教、诗传等十项，类抄诸家之说，附载本人见解，为作者1745年（延享二年，四十九岁）时所撰。原书为1747年（延享四年）刊本。有释录收于凤出版刊关仪一郎编《日本儒林丛书》第五卷。

中村兰林（1697—1761），亦名藤原蓝林、藤原明远、中村深藏，名远八、明远，通称深藏、玄春，字子晦，号兰林、盈进斋。江户中期儒者，江户出身，师事室鸠巢学习朱子学，而不拘泥于朱子学。著有《学山录》《读易要领》等。

东都　学士藤原明远　编

诗　原

《书·舜典》曰："诗言志，歌永言，声依永，律和声。"

丘仲深曰："此万世言诗之始。"

○《庄子》曰："诗以道志。"《天下篇》

○《说苑》曰："善之故言之。言之不足，故嗟叹之。嗟叹之不足，故歌咏之。夫诗思然后积，积然后满，满然后发。"《贵德篇》

○王伯厚曰："《虞书》言'诗言志'，自后夔以来，五声八音，所用以为乐，皆主于诗。舜作歌以谨天命，而皋陶乃赓载歌，世治而相勉以善也；

五子述大禹之戒为歌，世乱而相戒以恶也。《列子》言‘立我蒸（烝）民，莫匪尔极’，尧之时所谓诗也。《书大传》言‘日月光华，弘余一人’，舜之时所谓诗也。”《玉海》

〇丘仲深曰：“盖以人之生也，性情具于中，志趣见于外，必假言以发之也。言以发其心之所蕴。志有所抑扬，言不能无短长；心有所喜怒，言不能无悲欢。动于心而发之口，有自然之理致，有自然之音响。天机自动，天籁自鸣，此诗之所以作也。”《大学衍义补》

采　诗

《王制》曰：“天子五年一巡守。命太师陈诗，以观民风。”孔颖达曰：“此谓王巡守见诸侯毕，乃命其方诸侯大师，是掌乐之官，各陈其国风之诗，以观其政令之善恶。若政善，诗辞亦善；政恶，则诗辞亦恶。观其诗，则知君政善恶。”

〇《汉书·食货志》曰：“孟春之月，群居者将散。行人振木铎徇于路，以采诗献之大师；比其音律，以闻于天子。”

〇《汉书·艺文志》曰：“诗言志，歌咏言。故哀乐之心感，而歌咏之声发。诵其言谓之诗，咏其声谓之歌。故有采诗之官，王者所以观风俗，知得失，自考正也。”

诗删次

《史记·孔子世家》曰：“古者诗三千余篇，及孔子，去其重复，取可施于礼义者。三百五篇，孔子皆弦歌之，以求合韶武雅颂之音。”

〇《汉书·艺文志》曰：“孔子纯取周诗，上采殷，下取鲁，凡三百五篇。遭秦而全者，以其讽诵不独在竹帛故也。”

〇《隋书·经籍志》曰：“夏殷以上，诗多不存。”

○孔颖达曰："按书传所引之诗，见在者多，亡逸者少，则孔子所录，不容十分去九。马迁言古诗三千余篇，未可信也。据今者及亡诗六篇，凡三百一十一篇。而《史记》《汉书》云三百五篇，阙其亡者，以见在为数也。"《诗正义》

○欧阳永叔曰："司马迁谓古诗三千余篇，孔子删之，存者三百。郑学之徒，皆以迁说之谬，言古诗虽多不容十分去九。以予考之，迁说然也。何以知之？今书传所载逸诗，何可数焉？以图推之，有更十君而取其一篇者，又有二十余君而取其一篇者。由是言之，何啻乎三千诗！三百一十一篇，亡者六篇，存者三百五篇云。"《诗本义》

○郑渔仲曰："夫诗上自《商颂》祀成汤，下至《株林》刺陈灵公，上下千余年，而诗才三百五篇。有更十君而取一篇者，皆商周人所作。夫子并得之于鲁，太师编而录之，非有意于删也。夫'翘翘车乘，招我以弓，岂不欲往，畏我友朋'如斯等语，亦不俚也，胡为而删之乎？'墙有茨''桑中'等语，至俚，又胡为而不删之乎？知删诗之说，与春秋始隐终获麟之事，皆汉儒倡之也。大抵得其（乡）声则存，不得其声则不存也。周之列国，如滕、薛，如许、蔡，如邾、莒等国，夫岂无诗？但鲁人不识其音，则不得其详。季札聘鲁，鲁人以《雅》《颂》之外所得十五国风，尽歌之。及观今三百篇，于季札所观与鲁人所存，无加损也。若夫夫子有意删诗，则当环辙之时，必大搜而备索之，奚止十五国乎？然圣人不欲强备者何也？盖以天下情性，美刺讽咏，亦不过是也。"《六经奥论》

○王鲁斋曰："尝疑今日三百篇者，岂果为圣人之三百五篇乎？秦法严密，诗无独全之理。窃意夫子已删去之诗，容有存于闾巷浮薄者之口。盖雅奥难识，浮俚易传。汉儒病其亡逸，妄取而撺杂，以足三百篇之数。愚不能保其无也，不然则不奈圣人'放郑声'之一语。终不可磨灭，且又复言其所以放之之意，曰'郑声淫'，又曰'恶郑声之乱雅乐也'，愚是以敢谓，淫奔之诗，圣人之所必削，绝不存于雅乐也审矣。妄意以刺淫乱，如《新台》《墙有茨》之类凡十篇，犹可以存之，惩创人之逸志；若男女自相悦之词，如《桑中》《溱洧》之类，悉削之以遵圣人之至戒，无可疑者。所去者亦不过三十有二篇，使不得滓秽雅颂，殽乱二南，初不害其为全经也。昔曾南丰谓‘不灭其籍’，乃善于放绝者以此，放绝邪之疑似者可也。若淫奔之诗，不待智者而能知其为恶行也，虽闾阎小夫，亦莫不丑之，但欲动情胜，自不能制尔。非有疑似难明，必待存其迹而后知。今夫童子淳质未漓，情欲未开，或于诵习讲说之中，反有以导其邪思，非所以为训。且学者吟哦其丑恶于唇齿间，尤非雅尚，读书而不读淫诗，未为缺典。"《诗疑》，下同。又曰："凡后世名为逸诗者，不知夫子既删之余乎？汉儒传诵之遗乎？此皆无所考而当缺者。学者但当悼后世之不幸，不得见圣人之旧经。相与沉潜玩味[①]其所无疑者，斯可矣。"

〇朱子发曰："《诗》全篇削去者二千六百九十四篇，如《狸首》《曾孙》之类是也。篇中删章者，如‘唐棣之华，偏其反而，岂不尔思，室是远而’之类是也。章中删句者，如‘巧笑倩兮，美目盼兮，素以为绚兮’是也。句中删字者，如‘谁能秉国成，不自为政，卒劳百姓’是也。"《困学纪闻》

〇马端临曰："以经传所引逸诗考之，则其辞明而理正，盖未见其劣于三百五篇也，而何以删之？三百五篇之中，如诋其君以硕鼠、狡童，如欲刺人之恶而自为彼人之辞，以陷于所刺之地，殆几不可训矣，而何以录之？盖尝深味圣人之言，而得圣人所以著作之意矣。昔夫子之言曰‘述而不作’，又曰‘盖有不知而作之者，我无是也’，盖诗之见录者，必其序说之明白而旨意之可考者也。其轶而不录者，必其序说之无传，旨意之难考，而不欲臆说者也。是以于其可知者，虽比兴深远，词旨迂晦者，所不废。如《芣苢》《鹤鸣》《蒹葭》之类是也。于其所不可知者，虽直陈其事，又文义明白者，亦不果录。如‘翘翘车乘，招我以弓，岂不欲往，畏我友朋’之类是也。于其可知者，虽词意流泆，不能不类于佚邪者，亦所不删。如《桑中》《溱洧》《野有蔓草》《出其东门》之类是也。于其所不可知者，虽词意庄重，一出于义理者，亦不果录。如‘周道挺挺，我心扃扃’，‘礼义不愆，何恤于人言’

---

① "味"，底本作"昧"，依意改。

之类是也。然则其所可知者何？则三百五篇之序意是也。其所不可知者何？则诸逸诗之不以序行于世者是也。”《文献通考》

明远曰：古者诗三千余篇，何其多也！其所删次止三百十一篇，何其少也！或以为三千之说未可信也；或以为三千之数未可为非也；或以为夫子无意删之，唯取得其声者也；或以为所收者逸而所删者存也。众说纷纷，未见定论。夫生乎千载之下，而议乎千载之上，宜乎其说之不归于一也。以余观之，诗果三千篇邪？则十删其九，固吾所不解也。有周列国，非惟滕、薛，未尝取其一诗，而止十五国，亦吾所不解也。其雅驯者往往在所逸，而猥陋者多在所存，亦吾所不解也。得其声者而取之之言，复有何证左？吾不敢信也。其就序说而言取舍者，盖马氏尊信小序而然尔，吾亦不敢信也。窃谓马迁去古不远，其三千之说，或似可信，然以《论语》“诗三百”之言而证之，则不合矣。但夫子就其删定之数而言之，不可亦知。且六经折中于夫子，而诗亦在其所修，则岂无删正之者哉？惟不至三千之多而已。意者今之所传，出秦火之后，而非必孔子之旧，则其不免亡脱舛误。而汉儒或赝作以补其阙，或漫采以足其数者，未必为无也。善乎荀卿有言曰“信信，信也；疑疑，亦信也”，吾今于读《诗》乎亦言之矣。

诗六义

○《周礼》：“大师教六诗，曰风，曰赋，曰比，曰兴，曰雅，曰颂。以六德为之本，以六律为之音。”

○《诗大序》曰：“诗有六义焉：一曰风，二曰赋，三曰比，四曰兴，五曰雅，六曰颂。上以风化下，下以风刺上，主文而谲谏，言之者无罪，闻之者足以戒，故曰风。至于王道衰，礼义废，政教失，国异政，家殊俗，而变风变雅作矣。故变风发乎情，止乎礼义。发乎情，民之性也；止乎礼义，先王之泽也。是以一国之事，系一人之本，谓之风；言天下之事，形四方之风，谓之雅。雅者，正也，言王政之所由废兴也。政有大小，故有小雅焉，有大雅焉。颂者，美盛德之形容，以其成功告于神明者也。”

〇又曰：“《关雎》《麟趾》之化，王者之风，故系之周公。南，言化自北而南也。《鹊巢》《驺虞》之德，诸侯之风也，先王之所以教，故系之召公。”按《容斋随笔》曰：“周公、召公二公字，皆合为‘南’字，则与上下文相应，盖简策误耳。王者之风，恐不当系之周公，而先王之所以教，又与召公自不相涉也。”

〇郑康成《诗谱》曰：“其得圣人之化者，谓之《周南》；得贤人之化者，谓之《召南》。言二公之德教，自岐而行于南国也。”

〇郑康成曰：“赋之言铺，直铺陈今之政教善恶。”郑司农曰：“比者，比方于物；兴者，托事于物。”《毛诗笺》

〇孔颖达曰：“直陈其事不譬喻者，皆赋辞也。兴者，起也。取譬引类，起发己心。诸举草木鸟兽以见意者，兴辞也。比之与兴，虽同是附托外物，比显而兴隐。风雅颂者，诗篇之异体；赋比兴者，诗文之异辞耳。”《诗正义》

〇朱子曰：“赋者，敷陈其事而直言之者也。兴是以一个物事贴一个物事说，上文兴而起，下文便接说实事。如‘麟之趾’，下文便接‘振振公子’。比是以一物比一物，而所指[①]之事常在言外。如‘螽斯羽，诜诜兮，宜尔子孙振振兮！’‘螽斯羽’一句，便是说那个了。下面‘宜尔子孙’，依旧是就‘螽斯羽’上说，更不用说实事。兴是借彼一物以引起此事，而其事常在下句。但比意虽切而却浅，兴意虽阔而味长。”《语类》

〇李仲蒙曰：“叙物以言情，谓之赋，情物尽也；索物以托情，谓之比，情附物也；触物以起情，谓之兴，物动情也。”《困学纪闻》

〇郑渔仲曰：“风雅颂，诗之体也；赋兴比，诗之言也。三者之体，正如今人作诗，有律，有吕，有歌行是也。风者，出于土风，大概小夫贱隶、

---

① “指”，底本误作“措”，依意改。

妇人女子之言，其意浅近重复，故谓之‘风’。雅出于朝廷士大夫，其言纯厚典则，其体抑扬顿挫，非复小夫贱隶、妇人女子能言者，故曰‘雅’。颂者，初无讽诵，惟以铺张勲德而已，其辞严，其声有节，不敢琐语亵言，以示有所尊，故曰‘颂’。”《六经奥论》，下同。

〇又曰：“春秋襄公二十九年，吴季札观周乐，歌《大雅》《小雅》。是雅有小大，已见于夫子未删之前，无可疑者。然无所谓正变之言，不出于夫子而出于序，未可信也。《小雅·节南山》之刺、《大雅·民劳》之刺，谓之变雅可也。《鸿雁》《庭燎》之美宣王，《崧高》《烝民》之美宣王，亦可谓之变乎？盖诗之次第，皆以后先为序。文武成康，其诗最在前，故二雅首之；厉王继成王之后，宣王继厉王之后，幽王继宣王之后，故二雅皆顺其序。国风亦然，则无有正变之说，断断乎不可易也！”

〇章俊卿曰：“雅有小大。《小雅》之雅，固已典正，非复风之体，然其语间有重复，雅则雅矣，尤其小者尔。曰《小雅》者，犹言其诗典正，未至于浑厚大醇也。至于《大雅》，则浑厚大醇矣，其篇十有六章，章十二句者，比之《小雅》，愈以典则。非深于道者，不能言也。风与大、小雅，皆道人君政事之得失，有美有刺。曰颂则无有讽刺，惟以铺张勲德尔。彼序诗者，不知此理，乃以言一国之事谓之风，言天下之事谓之雅，政有大小，故有《小雅》《大雅》；颂则以其成功告神明。其言皆惑。既以风为诸侯，又以《周南》为王者之风、后妃之德，何耶？借谓文王在当时犹为诸侯，故谓之风。而《豳诗》乃成王之诗，周公之事，亦列于风，岂时亦未为王乎？故谓《黍离》降，则《豳诗》亦降矣。观此言风之谬可知。既以《小雅·蓼萧》为泽及四海，以《湛露》为燕诸侯，《六月》《采芑》为南征北伐，王者之政，孰大于此？又以《小雅》为政之小，何耶？不知《常武》之征伐，何以大于《六月》？《卷阿》之求贤，何以大于《鹿鸣》？观此，言二雅之谬可知。颂者，谓其称君之功德则是矣，何必告神明乎？岂不告神明，即不得为颂也？既以《敬之》戒成王，《小毖》为求助，与夫《振鹭》《臣工》《闵予小子》皆非告神明而作也。观此，言颂之旨又不通矣！今田夫里妇，皆能言乡土之歌，此即古风之遗体也。唐人作《平淮夷雅》，汉人作《圣主得贤臣颂》之类，此即古之雅颂遗体也。或曰：如子所说，则《七月》《鸱鸮》之诗既出于周公，周公之言安得不为雅而徒为风乎？曰：诗各有体。《七月》《鸱鸮》之诗，其言则文，其体则风，虽非妇人小夫之言，而妇人小夫之体也。审夫此理，则周平王之诗为《国风》，不害为天子之尊；鲁僖公诗列之《颂》，不失为诸侯之卑。尊卑之类不在于此故也。”《稗篇》

〇程大昌曰：“诗有《南》《雅》《颂》，无《国风》，其曰《国风》者，非古也。夫子尝曰‘《雅》《颂》各得其所’，又曰‘人而不为《周南》《召南》’，未尝有言《国风》者。予于是疑此时无《国风》一名，然犹恐夫子偶不及之，未敢遽自主执也。左氏记季札观乐，历叙《周南》《召南》《小雅》《大雅》，凡其名称与今无异。至列叙诸《风》，自邶至豳，其类凡十有三，率皆单纪国土，无今《国风》品目也。当季札观乐时，未有夫子，而诗名有无，与今《论语》所举悉同。吾是以知古固如此，非夫子偶于《国风》有遗也。盖《南》《雅》《颂》，乐名也，若今乐曲之在某[1]宫者也。《南》有周、召，《颂》有周、鲁、商，本其所从得而还以系其国土也。二《雅》独无所系，以其纯当周世，无用标别也，均之为《雅》，音类既同，又有别为大、小，则声度必有丰杀廉肉，亦如十二律然，既有大吕，又有小吕也。若夫邶、鄘、卫、王、郑、齐、魏、唐、秦、陈、桧、曹、豳，此十三国者，诗皆可采，而声不入乐，则直以徒诗著之本土。故季札所见与夫周工所歌，单举国名，更无附语，知本无《国风》也。”《文献志》，下同。

〇又曰：“春秋战国以来，诸侯、卿、大夫、士，赋诗道志者，凡诗杂取无择。至考其入乐，则自邶至豳，无一诗在数享之用。《鹿鸣》乡饮酒之笙《由庚》《鹊巢》，射之奏《驺虞》《采蘋》，诸如此类，未有或出《南》《雅》之外者。然后知《南》《雅》《颂》之为乐诗，而诸国之为徒诗也。《鼓钟》之诗曰‘以雅以南，以籥不僭’，季札观乐，有舞《象箾》《南籥》者。

① “某”，底本误作“其”，依意改。

详而推之，《南籥》，二南之籥也；箾，雅也；象舞，颂之《维清》也。其在当时，亲见古乐者，凡举《雅》《颂》，率参以‘南’。其后，文王世子又有所谓‘胥鼓南’者，则《南》之为乐古矣。《诗》更秦火，简编残阙，学者不能自求之古。但从世传训故，第第相受，于是创命古来所无者，以为《国风》，莫敢出众拟议也。杜预之释《左氏》，亦知《南籥》当为文乐矣，不胜习传之久，无敢正指以为二《南》也。刘炫之释《鼓钟》，虽疑‘雅南’之‘南’当为二南，亦不敢自信，惟能微出疑见而曰‘南如《周南》之意’而已矣。夫诸儒既不敢主二南以为‘南’，而诗及左氏，虽皆明载南乐，绝不知其节奏为何音何类，其赞颂为何世何主。惟《钩命决》之书，叙载四夷凡乐，适有名‘南’者，郑氏因遂采取，以傅足其数。孔颖达辈，率皆因袭其说，凡六经之文，有及于‘南’者，皆指南夷、南乐，以应塞古制，甚无理也。且夫周备古乐，如韶夏濩武，各取一代极盛者用之，何有文王象舞而独采夷乐以配此？其谬误不待辨而白也。凡诸儒之所谓‘南’者，揆之人情则无理，质之古典则无据。至于箾之舞象，籥之奏南，凡季札之所亲见者，明言其为文王之诗。苟是南也，而非二南之‘南’，则六经夫子凡其谓‘南’者，果何所指邪？此予所以敢违诸儒之说而断以为乐也。”

明远曰：六义之说，权舆乎《周官》，敷衍乎《大序》，后之言《诗》者从焉。今会通众说而言之：风、雅、颂，乃《诗》之体而为经也；赋、比、兴，乃《诗》之辞而为纬也。所谓“风”者，以土风言之，而不必风化之谓。其声、其制，一若此者，名之曰《风》，是徒歌而非乐也。所谓“雅”“颂”者，以乐节言之，而其音、其体一若此者，名之曰《雅》《颂》，是被诸管弦者也。今程氏之说，辨析周悉，多可从者。而周、召之有“南”称，从前所说亦未为稳。程氏独断乎以为乐名者，实可谓卓见矣！而二雅，就其政，言大小、言正变者，证诸其诗，诚有不合者，而未敢信其必然。则郑、章二氏之所议，有不可得免者矣。按吕览《音律篇》有言，曰涂山氏之女，待禹于涂山之阳，乃作歌，歌曰“候人猗兮”，实始作为南音。周公及召公取风焉，以为《周南》《召南》。是亦“南”为乐名之一证也，意者程氏或本此等而言也欤？

汉四家诗

《汉书·儒林传》曰：“申公，鲁人也。少与楚元王交，俱事浮丘伯受《诗》。申公独以《诗经》为训故以教，亡传，疑者则阙弗传。弟子为博士十余人，瑕丘江公尽能传之，徒众最盛。”《楚元王传》曰：“文帝闻申公为诗最精，以为博士。申公始为诗传，号《鲁诗》。”

○《汉书·儒林传》曰：“韩婴，燕人也。孝文时为博士，推诗人之意，而作内外传数万言，其语颇与齐、鲁间殊，然归一也。燕赵间言诗者由韩生。河内赵子事韩生，授蔡谊。谊授食子公与王吉。吉授长孙顺。由是《韩诗》有王、食、长孙之学。”

○《汉书·儒林传》曰：“辕固，齐人也。以治诗，孝景时为博士。诸齐以《诗》显贵，皆固弟子也。夏候[①]始昌最明。后苍事始昌，苍授翼奉、萧望之、匡衡。衡授师丹、伏瑕[②]。由是有翼、匡、师、伏之学。”

○《汉书·儒林传》曰：“毛公，赵人。治诗，为河间献王博士，授同国贯长卿。长卿授解延年。延年授徐敖。敖授陈侠。由是言《毛诗》者，本之徐敖。”《景十三王传》曰：“河间献王德，修学好古，立毛氏诗。”《儒林传》赞曰：“平帝立《毛诗》。”郑氏《诗谱》曰：“鲁人大毛公为《诂训传》，献王得而献之，以小毛公为博士。”《释文》序录曰：“子夏授曾申。曾申授李克。李克授孟仲子。孟仲子授根牟子。根牟子授孙卿。孙卿授毛享[③]。享授毛苌。”

---

① “候”，疑为“侯”字。
② “瑕”，疑为“理”字。
③ “享”，应为“亨”字，下句同。

○《隋书·经籍志》曰："汉初有鲁人申公，受诗于浮丘伯，作诂训，是为《鲁诗》。齐人辕固生亦传诗，是为《齐诗》。燕人韩婴亦传诗，是为《韩诗》。齐辕固、燕韩生皆为之传，三家并立。又有赵人毛苌善《诗》，自云子夏所传，作《诂训传》，是为《毛诗》。后汉有九江谢曼卿，善《毛诗》，又为之训。东海卫敬仲，受学于曼卿，先儒相承，谓之《毛诗》。郑众、贾逵、马融，并作《毛诗传》。郑玄作《毛诗笺》。《齐诗》魏代已亡，《鲁诗》亡于西晋，《韩诗》虽存，无传之者。唯《毛诗郑笺》至今独立。"

○《释文》序录曰："郑玄作笺，申明《毛诗》难三家，于是三家皆废。"

○叶少蕴曰："《诗》有四家，《毛诗》最后而独传，何也？曰：岂惟《毛诗》，始汉世之《春秋》，公谷为盛；至后汉而《左氏》始立，而后之盛行者，独《左氏》焉。此无它，六经始出，诸儒讲习未精，且未有他书以证其是非。历时既久，诸儒议论既精，而又古人简书时出于山崖屋壁之间，可以为证。而学者遂得即之以考同异，而长短精粗见矣。长者出而短者废，自然之理也。六经自秦火后，独以讽诵相传，《韩诗》既出于人之讽咏，而齐、鲁与燕，语音不同，训诂亦异，故其学往往多乖。独毛之出也。自以源流得于子夏，而其书贯穿先秦古书，其释《鸱鸮》也，与《金縢》合；释《北山》《烝民》也，与《孟子》合；释《昊天有成命》与《国语》合；释《硕人》《清人》《黄鸟》《皇矣》与《左传》合；而序《由庚》等六章与《仪礼》合。盖当毛氏时，左氏未出，《孟子》《国语》《仪礼》未甚行，而学者亦未能信也。惟河间献王博见异书，深知其精。迨至晋宋，诸书盛行，肄业者众，而人始翕然知其说近正。且《左氏》等书，汉初诸儒皆未见，而《毛诗》先与之合，不谓之源流子夏可乎？"

诗　序

○《后汉书·儒林传》曰："卫宏，字敬仲，东海人。少好古学。初，九江谢曼卿善《毛诗》，乃为其训。宏从曼卿受学，因作《毛诗序》，善得风雅之旨，于今传于世。”

〇孔颖达曰：“三百一十一篇，子夏作序。”《诗正义》

〇沉（沈）重曰：“按郑《诗谱》，《大序》子夏作，《小序》子夏、毛公合作。或云，《小序》是东海卫敬叔①所作。”《经传释文》

〇《隋书·经籍志》曰：“先儒相承谓，《毛诗序》子夏所创，毛公及卫敬仲又加润色。”

〇郑渔仲曰：“汉兴四家之诗。《毛诗》未有序，惟《韩诗》以序传于世，《齐诗》无序，《鲁诗》之序有无未可知。诗之（序）大概与今序异。《韩诗》得序而益明，汉儒多宗之。如司马迁、扬雄、范晔之徒，皆以二南作于周衰之时，此韩学也。《毛诗》至卫宏为之序，郑玄为之注，而毛氏之学盛行，又非韩所敢望也。或者谓《大序》作于子夏，《小序》作于毛公。此说非也。《序》有郑注而无郑笺，其不作于子夏明矣。毛公于诗第为之传，其不作《序》又明矣。又谓《大序》作于圣人，《小序》作于卫宏。谓《小序》作于卫宏，是也；谓《大序》作于圣人，非也。盖尝谓，诗之大序非一世一人之所能为。采诗之官，本其得于何地、审其出于何人、究其主于何事，且有实状，然后致之太师，上之国史，是以取发端之二字以命题。故谓《大序》是当时采诗太史之所题。《小序》所为作之意，其辞显者，其序简；其辞隐者，其序备。其善恶之微者，其序必明著其述；而不可以言殚者，则亦阙其目而已。故谓《小序》是宏诵师说而为之。”《六经奥论》

〇叶少蕴曰：“世人疑诗序非卫宏所为，此殊不然。使宏凿空为之乎，虽孔子亦不能；使宏诵师说为之，则虽宏有余矣。且诵宏序，有专取诸书之文而为之者，有杂取诸书所说而重复互见者，有委曲宛转附经而成其书者，不可不论也。‘诗有六义：一曰风，二曰赋，三曰比，四曰兴，五曰雅，六曰颂’，其文全出于《左传》；‘微子至于载公②，其间礼乐废坏’，其文全出

① 应为“仲”字。
② 应为“戴公”。

于《国语》；‘古者长民，衣服不贰，从容有常，以齐其民’，其文全出于《公孙尼子》。则《诗序》之作，实在数书既传之后明矣。此吾所谓专取诸书所言也。《载驰》之诗，许穆夫人作也，闵其宗国颠覆矣，又曰‘卫懿公为狄人所灭’；《丝衣》之诗，既曰‘绎宾尸矣’，又曰‘灵星之诗’，此盖众说并传，卫氏得善辞美意，并录而不忍弃之，此吾所谓杂取诸书之说而重复互见也。《驺虞》之诗，先言人伦既正，朝廷既治，天下纯被文王之化，而复继之以蒐田以时，仁如驺虞，则王道成；《行苇》之诗，先言周家忠厚，仁及草木，然后继之以内睦九族，外尊事黄耇，养老乞言，此又吾所谓委曲宛转附经而成其义也。即三者而观之，序果非宏之所作乎？汉世文章未有引《诗序》者，惟黄初四年有共公远君子近小人之说，盖魏后于汉，宏之《诗序》至此始行也。”《文献通考》

〇朱子曰：“诗序之作，说者不同。或以为孔子，或以为子夏，或以为国史，皆无明文可考。惟《后汉书·儒林传》以为卫宏作《毛诗序》今传于世，则序乃宏作明矣。然郑氏又以为诸序本自合为一编，毛公始分以置诸篇之首。则是毛公之前，其传已久矣。宏特增广而润色之耳。故近世诸儒多以序之首句为毛公所分，而其下推说云云者，为后人所益。理或有之，但今考其首句，则已有不得诗人之本意而肆为妄说者矣，况沿袭云云之误哉！然计其初，犹必自谓出于臆度之私，非《经》本文，故且自为一编，别附经后。又以尚有齐、鲁、韩氏之说并传于世，故读者亦有以知其出于后人之手，不尽信也。及至毛公引以入经，乃不缀篇后而超冠篇端，不为注文而直作经字，不为疑辞而遂为决辞。其后三家之传又绝，而毛说孤行，则其抵牾之迹无复可见。故此序者，遂若诗人先所命题，而诗文反为因序以作。于是读者转相尊信，无敢拟议。至于有所不通，则必为之委曲迁就，穿凿而附合之。宁使经之本文缭戾破碎不成文理，而终不忍明以小序为出于汉儒也。愚之病此久矣，然犹以其所从来也远，其间容或真有传授证验而不可废者，故既颇采以附传中，而复并为一编以还其旧，因以论其得失云。”《诗序辨说》，下同。论《柏舟序》曰：“诗之文意事类，可以思而得，其时世名氏，则不可以强而推。故凡小序，唯诗文明白，直指其事，如《甘棠》《定中》《南山》《株林》之属；若证验的切，见于书史，如《载驰》《硕人》《清人》《黄鸟》之类，决为可无疑者。其次，则词旨大概可知必为某事，而不可知其的为某时某人者，尚多有之。若为小序者，姑以其意推寻探索，依约而言，则虽有所不知，亦不害其为不自欺，虽有未当，人亦当恕其所不忍。今乃不然。不知其时者，必强以为某王、某公之时；不知其人者，必强以为某甲、某乙之事。于是傅会书史，依托名谥，凿空妄语，以诳后人。其所以然者，特以耻其有所不知，而唯恐人之不见信而已。且如《柏舟》，不知其出于妇人，而以为男子；不知其不得于夫，而以为不遇于君，此则失矣。然有所不及而不自欺，则亦未至于大害理也。今乃断然以为卫顷公之时，则其故为欺罔，以误后人，罪不可揜矣！盖其偶见此诗冠于三卫变风之首，是以求之《春秋》之前，而《史记》所书庄、宣以上，卫之诸君事，皆无可考者，谥亦无甚恶者，独顷公有赂王请命之事，其谥又为甄心动惧之名，如汉诸侯王，必其尝以罪谪，然后加以此谥。以是意其必有弃贤用佞之失，而遂以此诗予之。若将以衒其多知，而必于取信，不知将有明者从旁观之，则适所以暴其真不知，而启其深不信也。凡小序之失，以此推之，什得八九矣。又其为说，必使《诗》无一篇不为美刺时君国政而作。固已不切于情性之自然，而又拘于时世之先后，其或书传所载，当此一时，偶无贤君美谥，则虽有辞之美者，亦例以为陈古而刺今。是使读者疑于当时之人绝无善则称君、过则称己之意，而一不得志，则扼腕切齿，嘻笑冷语，以怼其上者，所在而成群，是其轻躁险薄，尤有害于温柔敦厚之教，故予不可以不辨。又论《桑中》序曰：‘此诗乃淫奔者所自作。’序之首句，以为刺奔，误矣。其下云云者，乃复得之《乐记》之说，已略见本篇矣。而或者以为刺诗之体，固有铺陈其事，不加一辞，而闵惜惩创之意，自见于言外者，此类是也。岂必谯让质责，然后为刺也哉。此说不然。夫诗之为刺，固有不加一辞而意自见者，《清人》《猗嗟》之属是也。然尝试玩之，则其赋之之人，犹在所赋之外，而词意之间，犹有宾主之分也。岂有将欲刺人之恶，乃反自为彼人之言，以陷其身于所刺之中，而不自知之哉？其必不然也明矣。又况此等之人，安于为恶，其于此等之诗，计其平日，固已自其口出而无惭矣，又何待吾之铺陈，而后始知其所为之如此。亦岂畏吾之闵惜，而遂幡然遽有惩创之心耶！以是为刺，不唯无益，殆又不免于鼓之舞之，而反以劝其恶也。"

○朱子又曰："今人不以诗说，却以序解诗，是以委曲牵合，必欲如序者之意，宁失诗人之本意不恤也。此是大害处。某自二十岁时读诗，便觉小序无意义。及去了小序，只玩味诗词，却又觉得道理贯彻。当初亦尝质问诸乡先生，皆云序不可废，而某之疑终不能释。后到三十岁，断然知小序之出于汉儒所作，其为谬戾，有不可胜言。东莱因序讲解，便有许多牵强处。某尝与之言，终不肯信。《读诗记》中虽多说序，然亦有说不行处，亦废之。某因作诗传，遂成《诗序辨说》一册，其他谬戾，辨之颇详。"《语类》

明远曰：诗序之作，出于汉儒者，叶、郑二氏始克辨之，而其害诗意之义，至朱子而论定，其功可谓大矣。若程伊川，若吕东莱，皆尊信其序，而不容疑于其间，恐智者之一失而已。若夫马端临者，以博究之才，犹左袒乎《诗序》，辨析亹亹，与朱子争矣。吾无取焉耳。马氏之说具见《文献通考》。

诗　教

○《论语》子曰："诗三百。一言以蔽之，曰思无邪。"子曰："《关雎》乐而不淫，哀而不伤。按郑渔仲曰：夫子喜鲁太师之乐。音节中度，故乐矣而不及于淫，哀矣而不及于伤。皆从乐奏中言之。程大昌亦以音节说之。其言甚为有理，具载于集传旁通中。今不详云。子所雅言，《诗》、《书》、执礼，皆雅言也。"子曰："吾自卫反鲁，然后乐正，《雅》《颂》各得其所。"子曰："兴于诗。"子曰："师挚之始，《关雎》之乱，洋洋乎盈耳哉！"子曰："颂诗三百，授之以政，不达；使于四方，不能专对。虽多，亦奚以为？”子曰：“不学诗，无以言。”子曰：“人而不为《周南》《召南》，其犹正墙面而立也与？”子曰：“小子何莫学夫诗？诗可以兴，可以观，可以群，可以怨。迩之事父，远之事君，多识于鸟兽草木之名。”

○《礼经解》孔子曰：“入其国，其教可知也。其为人也，温柔敦厚，诗教也。其为人也，温柔敦厚而不愚，则深于诗者也。”

○《荀子》曰：“诗者，中声之所止也。”杨倞曰：“诗谓乐章。所以节音生乎中而止，不使流淫。”

○《说苑》曰：“诗无通故。”

○《汉书·儒林传》曰：“王式，字翁思，为昌邑王师。昭帝崩，昌邑王嗣立，以行淫乱废，昌邑群臣皆下狱诛。式系狱当死，治事使者责问曰：‘师何以亡谏书？’式对曰：‘臣以诗三百五篇朝夕授王，至于忠臣孝子之篇，未尝不为王反复诵之也；至于危亡失道之君，未尝不流涕为王深陈之也。臣以三百五篇谏，是以亡谏书。’使者以闻，亦得减死论。”

○《隋书·经籍志》曰：“诗者，所以导达心灵，歌咏性情者也。故诵美讥恶，以讽刺之。初但歌咏而已，后之君子，因被管弦，以存劝戒。”

○欧阳永叔曰：“诗之作也，触事感悟。文之以言，美者善之，恶者刺之，以发其揄扬怨愤于口，道其哀乐喜怒于心，此诗人之意也。古者国有采诗之官，得而录之，以属太师，播于乐。于是考其义类而别之以为风、雅、颂。而比次之以藏于有司，而用之宗庙、朝廷，下至乡人聚会，此太师之职也。世久而失其传，乱其雅、颂，亡其次序，又采者积多而无所择。孔子生于周末，方修礼乐之坏，于是正其雅、颂，删其繁重，列于六经，著其善恶以劝戒，此圣人之志也。周道既衰，学校废而异端起。及汉承秦焚书之后，诸儒讲说者，整齐残缺以为之义训，耻于不知，而人人各自为说，至或迁就其事，以曲成其己学，其于圣人有得有失，此经师之业也。（惟是诗人之意也，太师之职也，圣人之志也，经师之业也。）今之学诗也，不出于此四者而罕有得焉者。（何哉？劳其心而不知其要，逐其末而忘其本也。何谓本末?）作此诗，述其事，善则美，恶则刺，所谓诗人之意者，本也；正其名，别其类，或系于此，或系于彼，所谓太师之职者，末也；察其美刺，知其善恶，以为劝戒，所谓圣人之志者，本也；求诗人之意，达圣人之志者，经师之末也。今夫学者，得其本而通其末，斯尽善矣；得其本而不通其末，阙其所疑，可也。"《诗本义》

〇游定夫曰："学诗者，可以感发人之善心。如观《天保》之诗，则君臣之义修矣；观《棠棣》之诗，则兄弟爱笃矣；观《伐木》之诗，则朋友之交亲矣；观《关雎》《鹊巢》之风，则夫妇之经正矣。昔王裒有至性，而子弟至于废讲《蓼莪》，则《诗》之兴发善心，于此可见矣。"

〇朱子曰："诗者，人心之感物而形于言之余也。心之所感有邪正，故言之所形有是非。惟圣人在上，则其所感者无不正，而其言皆足以为教。其或感之之杂、而所发不能无可择者，则上之人必思所以自反，而因有以劝惩之，是亦所以为教也。昔周之盛时，上自郊庙朝廷，而下达于乡党闾巷，其言粹然无不出于正者。圣人固已协之声律，而用之乡人，用之邦国，以化天下。至于列国之诗，则天子巡守，亦必陈而观之，以行黜陟之典。降自昭穆，而后寝以陵夷。至于东迁，而遂废不讲矣。孔子生于其时，既不得位，无以行劝惩黜陟之政。于是特举其籍而讨论之，去其重复，正其纷乱。而其善之不足以为法、恶之不足以为戒者，则亦刊而去之，以从简约示久远，使夫学者即是而有以考其得失，善者师之而恶者改焉。是以其政虽不足以行于一时，而其教实被于万世。是则诗之所以为教者然也。"《诗传序》

〇又曰："夫子之于郑、卫，盖深绝其声于乐，以为法而严，立其词于诗以为戒。如圣人固不语乱，而《春秋》所记无非乱臣贼子之事，盖不如是，无以见当时风俗事变之实，而垂鉴戒于后世，固不得已而存之。所谓道并行而不相悖者也。"《诗序辨说》

明远曰：诗之为用，以观风俗，以识人情，达其政事，施其声乐，而劝惩之说，古未之闻。但观汉王式谏昌邑王以诗之言，则是以劝惩而为说者也。自是而后，《隋书》少发其义，宋欧阳氏又以是言圣人之教，而至朱子盛倡之。于是乎，后之论诗者，皆以劝惩为第一义，无复措异辞乎其间。夫劝善而惩恶，夫子之所以修《春秋》也，而与《诗》固不相关。然则其删次之，以与《易》《书》《春秋》并传之万世者，亦无取乎劝戒之意邪？曰是未必然，而亦未必不然也。盖圣人之教，千言万语，要莫非使人择善而执之，恶不善而改之也。大抵以理义告之，时有难入者，而就人情喻之，多易感者，此自然之势也。今夫诗者，或兴于怨刺，或发于忧思；或愤郁之所蕴，或喜乐之所动。皆陶冶乎性灵，而出诸其口者也。人人同具此情况，而不可得已。则其感而入焉者，安得不深且切也？是以世之读诗者，苟遇其善者也，岂无感发兴起，以生其善心者乎？苟遇其恶者也，岂无惭惧修省，以格其非心者乎？其所得于诗，于是乎为大矣。然则圣人之存教，亦未必无劝戒之意，而后儒之所言，实发圣人之蕴者欤？

读　诗

《孟子》：咸丘蒙问曰："诗云，'普天之下，莫非王土；率土之滨，莫非王臣'，而舜既为天子矣，敢问瞽瞍之非臣，如何？"曰："是诗也，非是之谓也；劳于王事而不得养父母也。曰，'此莫非王事，我独贤劳也。'故说诗者，不以文害辞，不以辞害志。以意逆志，是为得之。如以辞而已矣，《云汉》之诗曰，'周余黎民，靡有孑遗。'信此（斯）言也，是（周）无遗民也。"

○《荀子》曰："善为诗者不说。"

○谢上蔡曰："明道先生善言诗，未尝章解句释，但优游玩味，吟咏上下，便使人有得处。"《程子外书》，下同。又曰："明道先生谈诗，并不曾下一字训诂，只转却一两字，点掇念过，便教人省悟。"

〇张横渠曰："古之能知诗者，惟孟子为以意逆志也。夫诗人之志，至平易，不必为艰险求之。今以艰险求诗，则已丧其本心，何由见诗人之志！"《理窟》又曰："置心平易，然后可以言诗，涵泳从容，则忽不自知而自解颐矣。"

〇朱子曰："诗如今恁地注解了，自是分晓易理会。但须是沉潜讽诵，玩味义理，咀嚼滋味，方有所益。若只草草看过一部诗，只两三日可了。但不得滋味，也记不得，全不济事。古人说'诗可以兴'，须是读了有兴起处，方是读诗。若不能兴起，便不是读诗。"《语类》，下同。又曰："读诗之法，只是熟得涵泳，自然和气从胸中流出，其妙处不可得而言。不待安排措置，务自立说，只恁平著（着），意思自足。"又曰："公不会看诗。须是看他诗人意思好处是如何，不好处是如何。看他风土，看他风俗，又看他人情、物态。只看《伐檀》诗，便见得他一个清高底意思；看《硕鼠》诗，便见他一个暴敛底意思。好底意思是如此，不好底是如彼。好底意思，令自家善意油然感动而兴起；看他不好底，自家心下如著（着）枪相似。如此看，方得诗意。"

〇郑渔仲曰："诗三百篇，皆可歌可诵，可舞可弦。太师世传其业，以教国子，自成童至既冠，皆往习焉。诵之则习其文，歌之则识其声，舞之则见其容，弦之则寓其意。春秋以下，列国君臣，朝聘燕享，赋诗见志，微寓相讽，鲜有不能答者。以诗之学素明也，后之弦歌与舞者皆废，直诵其文而已，且不能言其义，故论者多失诗之意。夫文章之体有二，有史传之文，有歌咏之文。史传之文，以实录为主，秋毫之善，不私假之；歌咏之文，扬其善而隐其恶，大其美而张其功。后世欲求歌咏之文太过，直以史视之，则非矣。《孝经》十八章，其及于诗者十。《中庸》《孟子》所以善言诗者，以其无汉儒之说乱之也。盖尝论之，善观诗者，当推诗外之意，如孔子、子思；善论诗者，当达诗中之理，如子贡、子夏；善学诗者，当取一二言为立身之本，如南容、子路；善引诗者，不必分别所作之人、所采之诗，如诸经所举之诗可也。'绵蛮黄鸟，止于丘隅'《绵蛮》不过喻小臣之择卿大夫，有仁者依之，夫子推而至于为人君止于仁，与国人交止于信。‘鸢飞戾天，鱼跃于渊’《旱麓》不过喻恶人远去，而民之喜得其所，子思推之上察乎天，下察乎地。观诗如此，尚何疑乎？‘如切如磋，如琢如磨’《淇澳》，而子贡能达之于贫富之间；‘巧笑倩兮，美目盼兮’，《硕人》而子夏能悟于礼后之说。论诗若此，尚何疑乎？‘南容三复，不过白圭’《抑》，子路终身所诵，不过‘不忮不求’《雄雉》，学诗至此，奚以多为？‘维岳降神，生甫及申’《崧高》，宣王诗也，夫子以为文武之德；‘夙夜匪懈，以事一人’，仲山甫诗也，左氏以为孟明之功；《小宛》幽王之诗也，祭父以为文王；“戎狄是膺，荆舒是惩’，僖公诗也，孟子以为周公。‘矢其文德，洽此四国’《江汉》，记礼者以为天王之事；‘明明天子，令闻不已’《江汉》，记礼者以为三代之君。引诗若此，奚必分别所作之人、所采之诗乎？达是诗，然后可以言诗也。不然，‘周余黎民，靡有孑遗’，信其为孑遗矣；‘崧高维岳，峻极于天’，信其为极矣。必欲以实迹验之，则不可以言诗。善乎！孟子之言诗，可谓长于诗矣。诗曰：‘民之秉彝，好是懿德。’孟子从而释之曰‘民之秉彝也，故好是懿德而已。’未尝费辞而理自明。故横渠有诗曰：‘置心平易始知诗。’杨中立见之，曰：‘知此诗者，可以读三百篇矣。’信哉言乎！”《六经奥论》

〇丘仲深曰：“诗之作也，原于天理之固有，出于天趣之自然。作之者应口而出声，赋之者随宜而应用。或因之以申吾不容已之情，或由之以发吾不可言之意，或假之以明吾难显白之事。章不必有定句也，句不必有定字也。言从而理顺，声和而韵协，斯得之矣。固未有所谓义例也，又恶用训诂为哉？昔孔子既删诗以为经，而又时时雅言以教学者。有曰：‘诵诗三百，授之以政不达，使于四方不能专对，虽多亦奚以为’。又尝以教其子曰：‘不学诗，无以言。’则是诗之为用，可以达政事、备问对、资言谈，可见也。今观三百五篇，而律以诸儒之章旨训解，其间言及于政事之施、专对之用、言谈之助，政不多有。间有一二剟取而施用之，亦自有限，不知圣人何故云云也。及考之《大学》《中庸》《孟子》之书，取凡三书所引诗言观之，而又旁及于《礼记》中《学记》《乐记》《表记》《坊记》《缁衣》等篇，与夫《左氏春秋》、刘向《说苑》、《韩诗外传》诸书一一参考，然后知孔门读诗之法，与后世拘于义例，而具以训诂者异焉。曾子述孔子之意，作《大学》，凡十引诗；（子思得曾子之传，作《中庸》，凡十二引诗）孟子学于子思，作书七篇，凡十二三引诗。究其旨义，多与诸儒所训解之诗意不全合。由是以观，圣门教人读诗，必有所授受而出于义例训诂之外者。三子者相传，必有所自，而左氏之所赋、汉儒之所说，盖亦非无所因者矣。后之学诗者，必也本孔、曾、思、孟之所传，据《论》《学》《庸》《孟》之所引，以为诵诗三百之法。是故章句以纲之，训诂以纪之，讽咏以昌之，涵濡以体之，察之性情隐微之间，审之言行枢机之始，本朱子此言以为读诗之常法。诗因于事，不迁事以就诗；事寓于诗，不迁诗以就事。不铢铢而析之，不寸寸而较之，取吕氏此言以为用诗之活法。夫如此，其于孔门学诗之法，其庶矣乎？虽然，未也。子贡因论学而知诗，子夏因论诗而知学。'鸢飞戾天，鱼跃于渊'，子思以明上下一理之察，《旱麓》之章旨，果若是乎？'穆穆文王，於缉熙敬止'，朱子以'敬止'为无不敬而安所止，他日之训解，又何不若是乎？是知读诗之法，在随文以寻意；用诗之妙，又在断章而取义也。学者诚以是而求诸三百五篇，则雅无大、小，风无正、变，颂无商、周、鲁。苟意会于心，言契乎理，事适其机，或施之政事，或发于语言，或用之出使，与凡日用施为之间，无往而非诗之用矣。固不拘于义例、训诂之末也。"《大学衍义补》

诗　音

〇孔颖达曰："诗之大体，必须依韵。其有乖者，古人之韵不协尔。之兮矣也之类，本取以为辞，虽在句不以为义，故处末者皆字上为韵。'左右流之''寤寐求之''其实七兮''迨其吉兮'之类是也。亦有即将助句之字，以当声韵者，'是究是图，亶其然乎''其虚其邪，既亟只且'之类是也。"《诗正义》

〇程伊川曰："凡诗体，初言者本意也，再言者协韵也。如《九罭》诗

‘于女信处’，本意也；‘于女信宿’，协韵也。”《诗传》

○朱子曰：“诗只要音韵相叶，好吟哦讽诵，易见道理，亦无甚要紧。今且要将七分工夫理会义理，三分工夫理会这般去处。若只管留心此处，而于诗之义却见不得，亦何益也！”《语类》，下同。又曰：“叶韵乃吴才老所作，某又续添减之。盖古人作诗，皆押韵，与今人歌曲一般。今人信口读之，全失古人咏歌之意。”

○熊朋来曰：“古人用韵，可以见当时字音之正。《书·赓歌》《易·爻辞彖象》传，及《风》《雅》《颂》之韵，可参考而互证。吴才老作《协韵》《补韵》，郑庠作《古音辨》，郑与项安世各立韵例。吴郑同时，而朱文公《诗传》，止采吴氏协音，间亦改其谬误，补其遗阙。郑韵出于《诗传》既成之后，吴郑自不相识，故其说或未归一。”又曰：“吴氏《协韵》《补韵》，援证甚详，且先《集传》而成，有功于诗教，比郑为优。吴郑之说，学者各就其所长，而就正于《集传》可也。”《经说》

○顾梦麟曰：“诗有篇、有章、有句，因而有连、有转、有截。其体势意思，皆依韵脚，韵所未协，虽句已歇，理即未止。如《关雎》首章四句，‘洲’‘逑’韵也，两句为连。《葛覃》首章六句，‘萋’‘喈’韵也，三句为连。《关雎》触物兴人，《葛覃》赋葛及鸟，皆天然位置也。韵之显然白者，不待言也。即其未白，方言古文，皆可以意通，类求之而得矣。韵既得，则诗人之节族，先民之界画，亦俱得。”《说约》

诗 传

朱子于《诗传》，自以为无复遗恨，曰“后世若杨子云，必好之矣”。《语类》，下同。又曰：“《诗传》只得如此说，不容更著（着）语，工夫却在读者。”

○王伯厚曰：“贾逵撰《齐》《鲁》《韩》与毛氏异同，梁崔灵恩采三家本为《集注》。今惟《毛传》《郑笺》孤行。诸儒说诗，壹以毛、郑为宗，未有参考三家者，独朱文公《集传》，闳意眇指，卓然千载之上。言《关雎》则取匡衡；《柏舟》妇人之诗，则取刘向；《笙诗》有声无辞，则取《仪礼》；'上天甚神'，则取《战国策》；'何以恤我'，则取《左氏传》；《宾之初筵》'饮酒悔过'，则取《韩诗序》；'不可休思''是用不就''彼岨者岐'，皆从《韩诗》。一洗末师专已守残之陋，学者讽咏涵濡，而自得之跃如也。"《诗考序》

〇王鲁斋曰："昔朱子破千载之惑，退黜《小序》，删夷缠绕，作为《诗传》。自诗之堙没，经几何年？而一旦洗出本义，明白简直，可谓骏功，无复遗恨。"《诗疑》

〇王济之曰："《诗小序》，自宋以来，人多疑之，未敢尽屏。至朱子，一切刮去，自讽其诗而为之说。卓哉其为见也！视古注，亦简切易晓，可谓有功于三百篇。"《震泽长语》

〇薛敬轩曰："观朱子《诗传》，只转一两字，点掇念过，盖得明道谈诗意也。"《读书录》

〇胡敬斋曰："朱子《诗传》，先训释文义，然后发明其正意。又旁引议论，以足言内之意，或发明言外之意。此深得释经之意。"《居业录》

明远曰：朱子《集传》，其于名物训诂，则从毛郑者，十居七八。而至于其言诗意，则又博采众说，而从其长者。或以其所自得而述之，未尝以穿凿附会而解之。要归于简约、平易而后已。自有《诗传》以来，莫出其右者，盖集而大成者也。虽然，其间或考证之谬，或过求之高，失其主意者，亦未必无也。是以读朱传者，莫究源乎注疏，寻流乎众家，而知其所由本，则安能识其功之所功，其失之所失哉？大抵世之学者，唯朱传是从，古注众家废而不读，反就晚师之末疏，而用所谓《大全》《说约》等，以为其羽翼，信而尊之，讲而不废。嗟乎！陋哉，其为见也。古人有诗曰："欲穷千里目，更上一层楼。"诚哉言也。

又曰：注疏之后，先于朱传而诗解之杰出者，吾于宋得二家而已。

曰欧氏之《诗本义》，曰吕氏之《读诗记》是也。盖欧氏之为书，务订毛郑穿凿之失，而不拘其旧轨，别出一机轴，以言其新意。虽有未尽善，然其足采者多。故朱子据其说者，往往有之。吕氏之为书，一宗毛郑，而旁及众家，其剪缀之简约，其贯穿之精巧，殆如出一手。但尊信《小序》，与不取叶韵，是其所失也。而与朱子之传，其主意固有不同矣。虽然朱子亦从吕氏之所采者，不一而足，则善学者，审异以致同，亦在乎其中矣。余断以谓，凡读朱传者，不可不读《注疏》也，不可不读《诗本义》也，不可不读《读诗记》也。

读诗要领　终

延享四年丁卯正月

江都书肆　日本橋前川六左卫门

《诗经名物辨解》摘抄

《诗经名物辨解》，署松冈玄达先生鉴定，江村如圭纂述。出版日期与出版者，见封底“享保十六年辛亥四月京师书林林伊兵卫”，日本国立国会图书馆藏。伊藤长胤，即伊藤东涯。序言为1730年9月所撰。

松冈玄达（1668—1746），儒者，师从稻生若水学习本草学。

江村如圭（？—1732），字希南，号如亭、复所等。著有《自家本草》（写本，1730）等。所著《诗经名物辨解》曾多次改版刊行，流传颇广。

诗经名物辨解叙

伊藤东涯

予常慨学子众，终身辛勤，以《诗》《书》起家，若子若孙，式续其先业，传至云倾之远，多寥寥罔闻。是贻厥之不得其方耶？将兴替之相代不能必之数世之后耶？江村氏之先世，通传医术，积德经年，多辞仕途，懋名实而教赓辞，相诚家塾矣。其仲子如珪氏，夙耽学，尤精本草。多识于鸟兽草木之名，博涉群籍，旁参哲匠，上下古今，订讹核真，其功勤矣。近携其所撰《诗经名物辨解》四卷来，则事简而物别，可以为学《诗》之一助，岂翅不致食蟛蜞之误已哉。吾知江村氏之诵未艾也，及其请序，书以勖之云。

享保庚戌九月伊藤长胤　撰

诗经名物辨解自叙

江村如圭

石鼓无声，非张华不能扣；玉人有形，非崔颐不能知。盖好古博物者，固君子之所为难，而不可以不研究者也。然世之学者，多以为屑越而置之不讲，故儒生家多不识田野之物，农圃氏终不识诗书之旨。二者无繇参合，致使鸟兽草木之学不传也。噫！世代既遐，种类日夥，玉石难辨，红紫乱朱，闵此蔀不辨，则诬前惑后之尤为不细也。欲明斯道，而实乏其人。即有松冈先生出，按五方而详名物，咨渔樵而资博采，一卉一木，一毛一羽，莫不究其理，明其原，而是非真伪不能逃其鉴，足以使卞和止泣，宋愚免笑也。谫劣如余不能及人，亲受先生辨物正名之余教，铢积丝累，分寸跻攀，虽未诣精奥，粗明斯道，稍得其趣焉。

岁庚戌，婴疾踟蹰，病骨崚嶒，漫尔无聊。因忆如三百篇昆虫草木同实殊名、同名歧释者，非素娴审辨，则诗旨乖戾，习诵纰缪者，既居半矣。余以为痛恨，而精神昏暗，未暇是正。同秋获少痊，于是不揣庸鄙，妄竭一得之愚，逐种加辨考证正讹，弃繁就简，缀以国字，始成篇帙。计卷有七，名曰“诗经名物辨解”，订以先生之鉴定此书也。匪欲沽名自炫，冀为诵三百者作津筏耳。大人先生幸其无以予小子。享保辛亥春之孟题于简端梓以传云。

读朱氏诗传

太宰春台

收入《春台先生紫芝园后稿》卷之十。

太宰春台（1680—1747），名纯，字德夫，号春台，亦号紫芝园。荻生徂徕的弟子。著书多达四十六种，多为儒学著述，如《易占要略》《群书杂抄》《孔子家语增注》《产语》《春秋三家异同》《斥非》《诗书古传》等。在近知命之年时撰写的《圣学问答》的序言中谈及日本江户时代儒学学风说："我日本学者亦入宋儒理窟而不得出，百有余年，往者有伊藤氏独能出理窟，而首邹鲁之道，实为豪杰。惜其所见狭小，未达先王所以道民之故，是犹未免为义理之学也。及至徂来（徕）先生，超乘而上之，以六经为学，以孔子为归，以《论语》为规矩准绳，而不取孟子以下，遂能俾先王之道昭晰乎万世之下，其功岂不大哉！虽然，三军之走，非匹夫所能止之，虽勤何益？不如卷而怀之以俟知者也。"又谈及自己的治学经历，说："纯少之时，亦尝一入理窟，心实未安焉。后从徂来（徕）先生，闻先王之道，退而熟读六经、《论语》、《孝经》，皆得其旨。乃知仲尼之可尊可信，而自孟子以下，非尽孔氏之道也。于是下视宋儒之学，犹饱太牢而后就糟糠，无所下箸也。可厌可恶，莫此为甚。"（赖惟勤校注《徂徕学派》，岩波书店，1972年，第60页）

甚矣！仲晦之昧于诗也！

夫诗者，何也？人情之形于言者也。人无不有情，而情各不同。人君有人君之情，士大夫有士大夫之情，庶民有庶民之情，奴婢臧获有奴婢臧获之情，男有男之情，女有女之情，父母有父母之情，子有子之情，兄弟有兄弟之情。君子小人，皆有其情，人无不有情。惠子曰：“人而无情，何以谓之人?”

情者，实也，无伪之谓也。君子不知人情，不可以莅民；为政而不知人情，必有不行。是故古之君子患不知人情，而必欲知之，然人情难知。人情之所以难知者，盖以自王公以下，至于家人父子男女之间，为情各殊，必也身处其地，亲为其事，然后有以知其情。君子正其衣冠，尊其瞻视，安居华屋之下，苟以求知小人之情，不亦难乎？又况人主在九重之内，而欲知闾巷人情，难之难矣！

今夫诗者，人情之形于言者也，三百篇其尽之矣。天下人情，于何不有？君子诵诗，不出户庭，可以知天下人情，知天下人情，然后可以施政莅民，此诗之所以有用于政事。而知人情者，为政之大经也。六经之有诗以此。仲晦乃以天道人事，皆备于此，而无一理之不具，岂不谬哉！

郑康成谱谓二南为风之正经，《大序》云：“变风发乎情，止乎礼义。”自邶以下十三国风为变风，此固传说也。雅亦有正变，所谓正变者，以诗人所处顺逆为言也。仲晦乃以邪正是非言之，岂不谬哉！如果以邪正是非之辨，则诗者孔子所删，君子教人，以其正而是者足矣，何为存其邪而非者乎？仲晦必以劝惩言之。夫惩恶劝善者，《春秋》之旨也。《春秋》者，实录也，故善恶皆书之，惟仲尼因而修之，明褒贬，行赏罚，以劝惩之，所以立王法之大经也。仲晦乃以是说诗，岂不谬哉！夫诗无定义，以为劝善，则三百篇皆劝善也；以为惩恶，则三百篇皆惩恶也。诗之不可为典要乃尔。古人立言引诗，传记所载可见矣。《庄子》曰：“诗以道志。”赵成子曰：“《诗》《书》，义之府也。”言天下之义，尽藏于此也，皆知言也。夫子称子贡、子夏可与言诗，其旨在斯。韩婴之作外传，亦是物已。仲晦乃一切以善恶判之，何其固也！譬之如《沧浪歌》，仲尼闻之，以为自取之，渔父赋之，以喻其不凝滞于物而与世推移之意。孔子所闻是，则渔父所赋非也；渔父所闻是，则孔子所闻非也。不识仲晦以为何如？孔子曰：“其为人也，温柔敦厚，诗教也。”若持是非之论，而偏乎好恶，则岂温柔敦厚之意哉！夫事必有因由，诗之有序，且言其所由作耳，非有深意也。若执之以说诗，尤非圣人所以垂教之意也。仲晦必以邪正是非断诗，见序说或不通，因疑之以为不足信，亦其固也。

《史记》所称孔子删诗云者，如后世所谓选诗也。诗者，君子所讽诵咏歌也，故不可不美其辞。孔子所删，删其不美者也。仲晦以删其善之不足以为法，恶之不足以为戒者，岂不谬哉！

夫先王之道在六经，而诗居其一焉。六经者，所以为天下也。六经各有其用，六经阙一，不可以为邦。仲晦说诗乃曰："修身及家，平均天下之道，不待他求而得之于此矣。"岂不谬哉！果如仲晦所云，则圣人之道，唯诗之一经而足矣，何以立六经为！信仲晦之言者，必将废他经，是何异于释氏执一经而曰佛法毕具于此哉！

三百篇诗，多不详其作者，有士大夫所为焉，有出于闾里细民之口者焉，要之其人岂皆君子哉！惟其言也，善恶皆出乎情实，故能尽天下理义，后之君子有取焉，岂可概为孝悌忠信礼义之谭哉！仲晦不知诗，以为不道孝悌忠信礼义之言，非诗也，岂不谬哉！

夫务治心者，释氏之道也，圣人不必。仲晦乃以心语道，及其说诗，亦必以心与为言，惑矣哉！夫诗者，人情之发也，岂可以心言哉！非徒不可以心言，亦不可以道言，必以心与道言，仲晦之所以为不达于诗也。不啻仲晦为然，大都宋儒皆然。诗之衰于宋，职此之由，哀哉！此不特诗之厄，乃道之厄也。有志于复古者，可不为痛哭乎？

客问曰："然则今人学诗如之何？"曰："从毛郑及《尔雅》训故，以求其义；不问作者之贤否，不议言之邪正，但诵其辞，朝夕讽咏，以求其为人温柔敦厚而不愚。可以兴，可以观，可以群，可以怨，可以事父，可以事君，可以多识于鸟兽草木之名，与夫可以言，可以达于政事，可以使于四方而能专对，可以不墙面而立者。此古人学诗之方也，孔子之教也。若仲晦者，非徒不知诗，要之乃不知圣人之道者也。余故书此，以示二三子学诗者。仲尼复生，不易吾言矣。"

朱氏诗传膏肓

太宰春台

据《日本儒林丛书》（东京：凤出版，1978年）校录。

刻《朱氏诗传膏肓》序

夫人无贤愚，莫不有哀乐喜怒之情。情发于中，则必形于言。诗也者，人情之形于言者也。三百篇，其尽天下之人情乎？夫诗出于人情，则其辞必常人所晓知也。故诗无深义，亦无定义。是以古人赋诗，断章取义，何拘拘于一偏哉！朱仲晦之说诗，必于字字句句求其义，是其所好义理之学，成疾而入膏肓矣。故其所著《集传》者，多贻后学害。春台先生慨焉，尝就朱氏《诗传》中，指摘其谬。因而削去其无用之辩，以明诗人本旨。昔汉何邵公好公羊春秋而恶左氏，遂著《左氏膏肓》以示其意。今先生效何氏所为而著是书，因名之曰《朱氏诗传膏肓》，盖谓学者必除义理之累，然后可与言诗已矣。书成而藏诸箧笥，有年于兹。操等尝窃得窥之。近日有书肆乞锓梓，门人亦从臾（畀）之，而先生可之。因使操序其事，于是乎序。

延享丙寅夏五月

滨松　渡边操友节　撰

日本　信阳太宰纯

《朱氏诗传膏肓》卷上

朱晦庵注诗而谓之传，传之名妄矣。盖夫经之有传，自仲尼始。谓之传者，言上有所受，而下传之将来也。孟子尝称于传有之，亦言其有传说耳。汉儒释经，皆谓之传，亦明其有所受，非臆解也。宋儒之说经则不然，专以臆解，不从传说，好立新义。如晦庵之注诗，谓之注则可，安得谓之传乎？晦庵本不知诗，其说诗也，不足道已。然其间有大纰缪者，贻学者害不少。则亦岂得不辩哉？庚戌之春，二三从游者，集于紫芝园而读《毛诗》。论及朱注，余为悉辩其非，因又录其中一二尤者以示之，庶几大意已明，三百篇之旨，因可以例推云。

《国风》一。

晦庵注曰“旧说二南为正风，所以用之闺门、乡党、邦国而化天下也。十三国为变风，则亦领在乐官。以时存肄，备观省而垂鉴戒耳。合之凡十五国”云。

纯曰：“正风、变风之名固也。正风者，皆处顺地者所作；变风者，多处逆地者所作。诗人所处虽异，而其言出于中情则同也。中情者何？好恶悲欢也。君子诵变风，则能知人情之曲折。是以夫子列之篇。虽淫奔之诗而不舍也。若以备观省而垂鉴戒，如晦庵之云，则先王以诗教人，岂非诲淫乎？今当削自‘所以’至‘下也’十五字，自‘则亦’至‘戒耳’十八字，共三十三字。”

《关雎》三章，一章四句，二章章八句。注曰“愚谓”止“本矣”。

纯曰：“此评语也，自汉至唐，诸儒释经，但解本文，不下评语，古法乃尔。晦庵注经，好为讥评。仲尼而下，尽在所评。纵使其言之善，尤非恭逊之道也。况其所论，皆性理之谈，心法之说，非孔氏之道者乎？”

“葛之覃兮”止“喈喈”。注曰：“赋也。”

纯曰："诗之赋比兴，当于一二句之间言之，不可以一章言之。句有赋者，有比者，有兴者。章则有赋而比者，有比而兴者，有兼赋比兴者，罕有偏赋、偏比、偏兴者，是赋比兴不可偏言也。晦庵乃概以一章言之，曰赋也、曰比也、曰兴也，谬哉。且如《关雎》首章，《毛传》曰'兴也'，朱注亦曰'兴也'，余谓关雎固兴也，然以'关关雎鸠'比'窈窕淑女'，则是亦比也。雎鸠、淑女，皆赋所见，则是亦赋也。《葛覃》首章，朱注曰'赋也'。然葛叶萋萋，黄鸟喈喈，皆诗人所以兴感，则是亦兴也。

"大抵诗多兴起，虽近体绝句之诗亦然。故《毛传》未尝言赋比，而间释曰兴也，实亦言其大略耳。晦庵则于每章下，偏言赋比兴，疏谬甚矣。吴鹤林曰：'赋直而兴微，比显而兴隐也，毛公所以独标兴体也。'此说得之。"

《葛覃》三章章六句。注曰"此诗"止"近之"。

纯曰："此亦评语也。"

"采采卷耳"注曰："人，盖谓文王也。"

纯曰："人，良人也。凡诗称人，称君子，固有所指也，然不可指定谁某耳。此人字，晦庵以为指文王，妄也。"

《卷耳》四章章四句。注曰"此亦"止"考矣"。

纯曰："亦评语也。"

《樛木》曰："乐只君子。"注曰："君子，自众妾而指后妃，犹言小君、内子也。"

纯曰："君子，人之美称，通男女，称妇人曰君子，岂小君、内子之谓哉？晦庵盖以君子为丈夫之美称，而此称后妃曰君子，固强为之解曰'犹言小君、内子也'，惑矣。按邦君之妻曰小君。卿妻曰内子。若所称君子，是指士妻。则晦庵将何以解之？非唯君子之称可通男女，淑人、美人亦皆人之美称而通男女。考例可知也。此诗君子《毛传》无解，古义可见也。"

《兔罝》之二章曰："公侯好仇。"注曰："公侯，善匹。犹曰'圣人之偶'，则非特干城而已，叹美之无已也。下章放此。"卒章曰："公侯腹心。"注曰："腹心，同心同德之谓，则又非特好仇而已也。"

纯曰："古诗叠章者，所以反复咏叹也。叠章则必换韵。换韵者未必有异义焉。特其辞时有浅深轻重耳，然亦偶尔也。晦庵说诗，必欲使其义一章重一章，乃过求义理之病也，其实不知诗也。今此卒章之注，当削'则又非特好仇而已'八字，而存'腹心同心同德之谓也'九字尚可。"

"采采芣苢"注曰："采之未详何用，或曰'其子治产难'。"

纯曰："诗中言采者多矣，岂可以一一详其所用乎？如后世诗词，言寻芳拾翠，亦岂可问所寻果何芳、所拾果何翠乎？《毛传》云'宜怀妊焉'者，特言车前所宜耳。申公诗说曰'芣苢，童儿斗草嬉戏歌谣之词赋也'可见矣。

"凡诗者，辞义甚浅，而意思甚深者也。意思之所以深，不在辞义。楚辞曰'袅袅兮秋风，洞庭波兮木叶下'，又曰'王孙游兮不归，春草生兮萋萋'，唐诗曰'夜来风雨声，花落知多少'，此皆辞义至浅，儿女子所能言者，而意味隽永，都在言外，非讽咏无以觉其妙。晦庵说诗，必欲令字字句句皆有意义，可谓固矣。"

"麟之趾"注曰："麟之足，不践生草，不履生虫。"

纯曰："言麟者，比兴也，必言趾者，协韵也。岂取其不践生草，不履生虫哉？《毛传》不言之可见矣。朱注下文，'言麟'以下五十五字，遂因'趾'字生意义，敷衍道之，无用之辩也。"

"麟之定"注曰："麟之额未闻。或曰有额而不以抵也。"

纯曰："首章言公子，此章欲言公姓。故先言麟之定以起韵也，岂有意义乎？此诗若更叠数章，则麟身所有，耳目鼻口首尾皮毛，皆可言也。说者其将悉求其义耶？则为麟亦难矣哉。下章言角，亦与族字协韵耳，非取其角端有肉也。"

周南之国十一篇，三十四章，百五十九句。注曰"按此"止"误矣"。

纯曰："亦评语也。"

《鹊巢》之首章，注曰："南国诸侯，被文王之化，能正心修身，以齐其家。其女子亦被后妃之化，而有专静纯一之德。"

纯曰："南国诸侯，被文王之化，其女子被后妃之化，则有之矣。惟于诗辞，未见其所谓正心修身以齐其家，及其女子有专静纯一之德耳。不识晦庵何以言之。"

《甘棠》之次章，注曰："勿败，则非特勿伐而已。爱之愈久而愈深也。下章放此。"卒章注曰："勿拜，则非特勿败而已。"

纯曰："首章曰勿伐，二章曰勿败，三章曰勿拜，换韵而已。晦庵以为勿败重于勿伐，勿拜又重于勿败，故此章及下章注云云。果如其说，则末句茇、憩、说亦有轻重乎？《郑笺》云'拜之言拔也'，是则拜重于伐，而言勿拜于卒章，何哉？"

"嘒彼小星"止"寔命不同"。注曰："命，谓天所赋之分也。"圈外又曰："故因所见以起兴，其于义无所取，特取'在东''在公'两字之相应耳。遂言其所以如此者，由其所赋之分，不同于贵者，是以深以得御于君。为夫人之惠，而不敢致怨于往来之勤也。"

纯曰："《序》云'其命有贵贱'。《笺》曰'命，谓礼命贵贱'。此古训也。晦庵所云，乃宋儒谬说也。其以上下字应言兴亦非。下章注放此。"

《小星》二章章五句。"吕氏曰"止"者也"。

纯曰："评语也。"

《江有汜》三章章五句。"陈氏曰"止"已矣"。

纯曰："评语也。"

"林有朴樕"止"如玉"。注曰："上三句兴下一句也。"

纯曰："所云兴法，乃朱氏私家之说也。"

《何彼襛矣》之首章。注曰："此乃武王以后之诗，不可的知其何王之世。然文王太姒之教，久而不衰，亦可见矣。"

纯曰："昔之学诗者，但玩其辞而已矣，不必问其时世。故《毛传》《郑笺》，皆不议其世也。晦庵独欲究之，故有是言。"

"华如桃李"注曰："以桃李二物，兴男女二人也。"

纯曰："果如所云，则是比也，岂特兴而已哉？"

“其钓维何”止“之孙”。注曰：“丝之合而为纶，犹男女之合而为婚也。”

纯曰：“《郑笺》云‘钓者，以此有求于彼，何以为之乎？以丝之为纶，则是善钓也。以言王姬与齐侯之子，以善道相求。’此说是也，如晦庵所云，则‘其钓维何’一句为附赘矣。何则？丝之合而为纶者，非特钓也。”

“彼茁者葭”止“驺虞”。注曰：“此其仁心自然，不由勉强，是即真所谓驺虞矣。”

纯曰：“亦朱氏私家之说也。”

《驺虞》二章章三句。注曰“文王”止“传矣”。

纯曰：“评语，乃心法之说。”

召南之国十四篇，四十章，百七十七句。注曰“愚按”止“疑耳”，“程子曰”止“风化天下”。

纯曰：“皆评语也。”

《燕燕》之卒章。注曰“杨氏曰”止“惠矣”。

纯曰：“评语也。”

《日月》之首章。注曰：“见弃如此，而犹其有望之之意焉，此诗之所以为厚也。”

纯曰：“评语也。”

“报我不述”注曰：“述，循也，言不循义理也。”

纯曰：“《毛传》云：‘述，循也。’《郑笺》云：‘不述，不循礼也。’此古训也。晦庵改之曰：‘不循义理也。’夫所谓礼者，先王所制，而吾人皆所当循也。故责之于人，而人莫敢拒之。所谓义理者，随人之所见而无常度者也，故君子小人，各有所以为义理。我以吾义理正人，则人亦以其义理抗我，争之所由起也。且礼者，实事也；义理者，虚言也。古人不贵虚言。晦庵以礼为义理故也。余尝以为宋儒义理之说作，而先王之道废焉。不其然乎？”

《终风》之首章。注曰：“盖庄公暴慢无常，而庄姜贞静自守，所以忤其意而不见答也。”次章注曰：“望其君子之深厚之至也。”

纯曰："皆评语也。晦庵于《燕燕》《日月》《终风》《凯风》《谷风》《旄丘》诸篇，每称其温厚，悦其言婉曲不迫也。诗固有婉曲不迫，如此数篇者，独不有直切如《相鼠》《巷伯》者乎？诗三百篇，亦非一体，何独取其温厚和平，婉曲不迫者，而舍其他乎？"

《凯风》曰："爰有寒泉"止"劳苦"。注曰"于是"止"放此"。

纯曰："评语也。"

《谷风》曰："行道迟迟"止"如弟"。注曰："盖妇人从一而终，今虽见弃，犹有望夫之情厚之至也。"卒章注曰："追言其始见君子之时，接礼之厚，怨之深也。"

纯曰："皆评语也。"

《式微》二章章四句。注曰："此无所考，姑从《序》说。"

纯曰："《小序》所云，盖皆传说也，虽有可疑者，然舍此而他无所考，则固不得不从耳。晦庵弗信《序》，而别求其说，亦义理之学也。三百篇诗，何可以一一而考证乎？即令可考，古人不必考尔，后凡言姑从，及不取《序》说者，皆放此。"

《旄丘》之首章。注曰："此诗本责卫君，而但斥其臣，可见其优柔而不迫也。"次章注曰："诗之曲尽人情如此。"三章注曰："至是始微讽切之。"卒章注曰："至是然后尽其辞焉，流离患难之余，而其言之有序而不迫如此，其人亦可知矣。"

纯曰："皆评语也。"

《简兮》之卒章。注曰："贤者不得志于衰世之下国，而思盛际之显王，故其言如此而意远矣。"

纯曰："评语也。"

《简兮》四章，三章章四句，一章六句。"张子曰"止"似之"。

纯曰："评语也。"

《泉水》四章章四句。"杨氏曰"止"处矣"。

纯曰："国君夫人，父母没而不得归宁者，先王之制也。礼不得而思之者，人之情也。夫子列此诗于篇者，闵其情也。故《序》曰：‘泉水，卫女思归也。’若夫女子适异国者，父母终而不得归宁，于礼有其制焉，岂又假诗以明之哉？龟山之言谬矣。”

《北门》三章章七句。“杨氏曰”止“臣也”。

纯曰：“亦评语也。”

《北风》之卒章曰：“携手同车。”注曰：“同行、同归，犹贱者也。同车，则贵者亦去矣。”

纯曰：“同车亦换韵而言耳。安有同行、同归言贱者，而同车特言贵者乎？若更叠一章，则必曰同舟。晦庵其将解之曰无足者亦去邪？且同行、同归，未见其必贱者。宋儒义理之学，何其拘也，岂非可笑之尤者乎？”

《静女》之首章。注曰：“此淫奔期会之诗也。”

纯曰：“自邶以下，列国之诗，毛郑不以为淫奔者，晦庵率以为淫奔。观其曰此淫奔期会之诗也，见其不屑说此等诗矣。若使晦庵删诗，则凡淫奔之诗，必尽在所删。嗟乎！若晦庵者，不可与言诗也。”

《新台》三章章四句。注曰：“然于诗则皆未有考也，诸篇放此。”

纯曰：“《序》云：‘《新台》，刺卫宣公也。’诗辞亦明矣，晦庵更何考乎？”

《二子乘舟》二章章四句。“太史公曰”止“何哉”。

纯曰：“此太史公论卫世家也。诗‘自悼’二字，何假史论哉？”

《柏舟》曰：“之死矢靡慝。”注曰：“以是为慝，则其绝之甚矣。”

纯曰：“上章曰‘靡他’，此章曰‘靡慝’。换韵而已矣，晦庵拘焉。”

《墙有茨》之首章。注曰：“理或然也。”

纯曰：“旧说可从，则从之耳，尚何问其理之然否乎？”

《墙有茨》三章章六句。“杨氏曰”止“深矣”。

纯曰：“评语也。此诗特见民情丑君上之淫乱耳。龟山以为训诫，不亦迂乎？”

《君子偕老》三章，一章七句，一章九句，一章八句。“东莱吕氏曰”止

“深矣”。

纯曰：“评语也。”

《鹑之奔奔》二章章四句。“范氏曰”止“亡矣”。“胡氏曰”止“旨矣”。

纯曰：“皆评语也。胡氏特说《春秋》耳，晦庵载之于此书，何也？”

《蝃蝀》之卒章曰：“不知命也。”注曰：“命，正理也。”圈外曰：“是不能自守其贞信之节，而不知天理之正也。”“程子曰”止“顺命”。

纯曰：“毛郑皆以命为父母之命，是也。晦庵以为天命，亦一义也。唯解命字以为正理，大谬。命岂正理也哉？谓命为正理，晦庵之不知命也。孔子尝言君子畏天命。如命果是正理，则君子固达理矣，何畏之有？程子之言，乃心法之论，何关于诗？”

《干旄》三章章六句。注曰“盖见”止“本云”。

纯曰：“评语也。晦庵取《小序》，率如不得已，何其信古人之难也。”

《载驰》：“众穉且狂。”注曰：“然而卒不敢违焉，则亦岂真以为穉且狂哉？”

纯曰：“穉且狂云者，至情之发也。晦庵此言，徒为诗人解说耳。”

《载驰》四章，二章章六句，二章章八句。“范氏曰”止“故也”。

纯曰：“评语也。所谓父母没则不得归宁者，礼也，非义也。礼必有义焉，礼岂即义哉？宋儒不识礼义之辨，大抵以礼为义。”

《淇澳》之卒章。注曰“盖宽绰”止“见矣”。

纯曰：“评语也。”

《淇澳》三章章九句。注曰“卫之”止“之也”。

纯曰：“亦评语也。”

《考槃》之首章。注曰“诗人美”止“乐也”。

纯曰：“《序》云‘考槃，刺庄公也。’不能继先公之业，使贤者退而穷处，贤者之不幸也。何美之有？晦庵一切以不仕为贤。如《论语注》，以邦有道谷为耻，可见矣，要亦佛氏之道也。此诗之义，当以《序》及《传》为是。晦庵不可从也。”

“硕人之薖”。注曰：“薖义未详，或云，亦宽大之意也。”

纯曰：“《毛传》云‘薖，宽大貌。’其义自明，晦庵何以谓未详，且其取《毛传》而或之，何也？”

《氓》之首章。注曰“夫既”止“戒哉”。

纯曰：“评语也。”

“士之耽兮”止“不可说也”。注曰：“不可便谓士之耽惑，实无所妨也。”

纯曰：“诗辞自明，何必为之解说？”

《芄兰》二章章六句。注曰：“此诗不知所谓，不敢强解。”

纯曰：“《序》及《郑笺》，明言惠公以幼童即位，骄而无礼，大夫刺之，晦庵何所疑而弗取之。”

《河广》之首章。注曰：“盖嗣君承父之重，与祖为体。母出与庙绝，不可以私反。”

纯曰：“以下文故作此诗之句，接上文夫人思之而义不可往，则其意自足矣。中间二十一字，无用之辩也。”

《河广》二章章四句。“范氏曰”止“故也”。

纯曰：“评语也。”

《伯兮》曰：“使我心痗。”注曰：“心痗，则其病益深，非特首疾而已也。”

纯曰：“首疾、心痗，亦叠章换韵耳，岂有深浅哉？晦庵拘矣。”

《伯兮》四章章四句。“范氏曰”止“此也”。

纯曰：“评语可厌。”

卫国十篇，三十四章，二百三句。“张子曰”止“放此”。

纯曰：“评语也。”

《黍离》之首章曰：“彼黍离离，彼稷之苗，行迈靡靡，中心摇摇。”注曰：“故赋其所见。黍之离离，与稷之苗，以兴行之靡靡，心之摇摇。”次章曰：“彼稷之穗，行迈靡靡，中心如醉。”注曰：“稷穗下垂，如心之醉，故以起兴。”卒章曰：“彼稷之实，行迈靡靡，中心如噎。”注曰：“稷之实如心之噎，故以起兴。”

纯曰："苗摇、穗醉、实噎，三章换韵，唯此六字。苗与摇协，穗与醉协，实与噎协，亦偶然耳。诗人之兴，发自感触，何所拘泥乎？固哉晦翁之为诗也。"

《黍离》三章章十句。"元城刘氏曰"止"意也"。

纯曰："元城以此诗三章，成于三次。若然则稷自苗而穗而实，固有次序。黍则始终离离，岂有是理哉？刘氏之愚可笑。"

《君子于役》曰："羊牛下来。"注曰："日夕则羊先归，而牛次之。"

纯曰："牛羊、羊牛在诗辞，何先后之可拘哉？《费誓》曰：'今惟淫舍牿牛马。'又曰：'马牛其风。'又曰：'窃马牛。'如晦庵说之，则将曰舍者先牛而后马，风者马在先而牛次之，窃者先马而后牛乎？晦庵此等解，使人捧腹。"

《君子阳阳》。注曰："皆可谓贤矣，岂非先王之泽哉？"

纯曰："评语也。"

《扬之水》之首章。注曰："兴取'之不'二字，如《小星》之例。"

纯曰："亦朱氏私家之兴法也。"

《扬之水》三章章六句。注曰"申侯与犬戎"止"也哉"。

纯曰："评语可厌。"

《中谷有蓷》之次章。注"曾氏曰"止"至也"。

纯曰："评语也。"

《中谷有蓷》三章章六句。"范氏曰"止"见也"。

纯曰："亦评语也。"

《兔爰》之卒章。注曰："聪，闻也，无所闻则亦死耳。"

纯曰："'聪，闻也'一句，《毛传》也，无可议焉。无聪，犹无觉也，换韵而已。何必以无所闻为死乎？"

《采葛》之次章。注曰："曰三秋，则不止三月矣。"卒章注曰："曰三岁，则不止三秋矣。"

纯曰："三月、三秋、三岁，亦换韵耳，岂以久近为深浅乎？不然，三秋是为一时三阅月耶？是为三度秋耶？如谓一时三阅月，则与首章三月同义；如为三度秋，则与卒章三岁同义。是如何分别久近乎，然如后世诗言三春、三秋，皆谓一时三月。言九春、九秋，皆谓一时九旬也，晦庵不考耳。”

《大车》之首章。注曰：“然其去二南之化则远矣，此可以观世变也。”

纯曰：“评语也。”

《叔于田》曰：“洵美且仁。”注曰：“仁，爱人也。”

纯曰：“樊迟问仁，子曰‘爱人’，爱人之为仁，固也，何须注解？故先儒未尝注仁字。晦庵别解仁曰‘爱之理，心之德。’一曰‘本心之全德’，一曰‘当理而无私心’。晦庵说仁，有大小二端。彼其意以爱人，仁之小者，非仁之全体也。此诗仁字，不可以‘爱之理’‘心之德’解之，故以‘爱人’解之，殊不知此诗及《卢令》所谓仁者，皆诗人目其所美之人云尔。夫岂以仁有大小、深浅之异端哉？晦庵不知仁故也。所谓爱之理、心之德等语，古训所无，朱氏一家之私言也。”

《清人》三章章四句。“胡氏曰”止“深矣”。

纯曰：“胡文定说《春秋》之言，何关于诗？晦庵载之于此，何哉？”

“羔裘如濡”止“不渝”。注曰“言此”止“指矣”。

纯曰：“此诗通篇言人德称其服耳。此章首句美其裘，次句美其人。安有若晦庵所云哉？以‘所受之理’四字贴命字，亦其家言也。且三百篇中，不知其所指者多矣，要不必问之耳。晦庵必欲悉知之，亦过求义理之病也。今此注唯存‘此盖美其大夫之词’八字，而删其余三十九字可矣。”

“羔裘豹饰，孔武有力。”注曰：“豹甚武而有力，故服其所饰之裘者如之。”

纯曰：“以豹皮饰裘，取其文也，岂取其武而有力哉？必如晦庵所云，则狐为妖媚之兽，服狐裘者，亦妖媚如之与？朱注至此，令人喷饭。”

《女曰鸡鸣》之首章。注曰：“其相与警戒之言如此，则不留于宴昵之私可知矣。”次章注曰：“其和乐而不淫可见矣。”卒章注曰：“盖不惟治其门内之职，又欲其君子亲贤友善，结其欢心，而无所爱于服饰之玩也。”

纯曰："皆评语也。"

《出其东门》。注曰"是时"止"信哉"。

纯曰："评语也。"

郑国二十一篇，五十三章，二百八十三句。注曰"郑卫"止"信哉"。

纯曰："《乐记》云：'郑卫之音，乱世之音也；桑间濮上之音，亡国之音也。'《论语》云：'放郑声。'晦庵据此等语，遂以郑卫之诗，多淫奔期会之作。然《论语》及《乐记》所云，一曰声，一曰音，而未始曰郑卫之诗。彼特言二国声音之淫耳。所谓声音者，人声器音是已。其实二国之诗，岂必皆淫奔之言哉？唯其人之所歌，与器之所和，皆为淫声，故君子恶之。君子之所恶，恶其淫声耳，非恶诗也。

"虽二南之诗，若歌之以淫声，和之以淫声之器，则尽为淫乐矣。以郑卫之诗，而正其声音，则尽为雅乐矣。至若今俗间歌谣犹然。歌之以正声，和之以正音，则虽淫辞而不能荡人心。况郑卫之诗，非必淫辞乎？凡诗无一定之义，在观者所见何若耳。郑卫之诗，先儒不以为淫奔者，而晦庵多以为淫奔。不知辞与声音，自为二途也。三百篇，仲尼所删定，后之学者，又何所简择取舍哉？晦庵盖不满于仲尼之删者也。呜呼！愚哉！"

《还》之首章。注曰："而不自知其非也，则其俗之不美可见，而其来亦必有所自矣。"

纯曰："此二十四字评语，可删也。所谓有所自者，指太公也。夫太公者，文武之所师事也，后世何得议之哉？"

《猗嗟》三章章六句。"或曰"止"见矣"。

纯曰："此论庄公也，不当载之于诗注焉。晦庵不解注经法也。"

《葛屦》之首章。注曰："此诗疑即缝裳之女所作。"

纯曰："三百篇诗，多不详其作者。后之说诗者，亦不必详之，非大义所关也。晦庵乃必欲详之，所谓不急之察也。"

《葛屦》二章，一章六句，一章五句。"广汉张氏曰"止"之意"。

纯曰："评语也。"

《陟岵》之首章曰："犹来无止。"注曰："盖生则归，死则止不来矣。或曰止，获也，言无为人所获也。"

纯曰："止者，不归之辞。非必谓死也。晦庵以为死而不归，何哉？或者解以为获亦泥矣。《传》《笺》皆所不言也。"

次章曰："母曰嗟予季。"注曰："尤怜爱少子者，妇人之情也。"又曰："弃，谓死而弃其尸也。"

纯曰："《传》云'季，少子也。'晦庵取之，是也。予季，犹予子也，换韵而已。安有人母以爱少子而曰予季哉？弃字义明，毛郑故皆无解，晦庵何必曰死而弃其尸乎？所谓弃者，岂必弃尸哉？"

卒章曰："夙夜必偕。"注曰："必偕，言与其侪同作、同止，不得自如也。"

纯曰："《传》曰：'偕，俱也。'其义已明，晦庵泥'偕'字云然。"

《蟋蟀》之首章。注曰："盖其民俗之厚，而前圣遗风之远如此。"

纯曰："评语也。"

《扬之水》之卒章。"李氏曰"止"人也"。

纯曰："评语也。"

《羔裘》二章章四句。注曰："此诗不知所谓，不敢强解。"

纯曰："《序》云：'羔裘，刺时也，晋人刺其在位不恤其民也。'《传》曰：'自，用也。居居，怀恶不相亲比之貌。'又曰：'究究，犹居居也。'及《笺》所解，辞义甚明。晦庵弗从云尔，亦不信古人之病也。"

《无衣》之首章。注曰"盖当是时"止"痛哉"。

纯曰："评语也。"

《有杕之杜》之首章。注曰："夫以好贤之心如此，则贤者安有不至，而何寡弱之足患哉？"

纯曰："评语也。"

"夏之日，冬之夜"止"其居"。注："苏氏曰：'思之深而无异心，此《唐风》是厚也。'"

纯曰："评语也。"

《小戎》之首章。注曰："盖以义兴师，则虽妇人亦知勇于赴敌，而无所怨矣。"

纯曰："大凡人言必有伦序。此诗上六句夸车甲之盛，而下四句言其私情者，言之序也。兴师之以义与否，所不必问也。晦庵所云，无用之辩也。"

《黄鸟》三章章十二句。"《春秋》传曰"止"怪哉"。

纯曰："晦庵引《春秋》传而论殉葬之非，编之史论则可，于注诗乎何关?"

《晨风》之首章曰"忧心钦钦"。次章曰"忧心靡乐"，注曰："靡乐，则忧之甚也。"卒章曰"忧心如醉"，注曰："如醉，则忧又甚矣。"

纯曰："靡乐，仍钦钦之意也。如醉，犹靡乐也。每章换韵而已，有何深浅。晦庵拘矣。"

《无衣》之首章。注曰："取'与子同'三字为义，后章放此。"

纯曰："《毛传》但云兴也，而不言兴之所取。晦庵所云，特其私家之法耳。"

《无衣》之三章章五句。注曰"秦人"止"之也"。

纯曰："亦史论也，非注诗也。"

《渭阳》二章章四句。"王氏曰"止"厚也"，"广汉张氏曰"止"消矣"。

纯曰："皆评语也。"

《权舆》二章章五句。注曰"汉楚元王"止"意也"。

纯曰："引事以证诗义，外传之体也，非注经之法也。"

《株林》之首章。注曰"诗人之忠厚如此"。

纯曰："此一句评语也。此诗之妙，在造语之工，与《墙有茨》同道君上之恶，而此更浑厚，真风人之言也。学诗可以言者，是之以也。晦庵特称其人忠厚，亦可谓不知所评也。"

陈国十篇，二十六章，百二十四句。"东莱吕氏曰"止"疑哉"。

纯曰："评语也。所论正变，乃宋儒谬说，无取也。"

《素冠》之卒章。注曰：“与子如一，甚于同归矣。”

纯曰：“如一，犹同归也。换韵而已。晦庵拘哉。”

《素冠》三章章三句。注曰：“昔宰予”止“母乎”。

纯曰：“此一段虽引《论语》，然其意涉于议论，不如削之。”

《鸤鸠》之首章。注曰：“然不知其何所指也。”“陈氏曰”止“知也”。

纯曰：“《序》云‘鸤鸠，刺不壹也’，而不言所刺。今详全篇，不问其所指，而辞义自明。晦庵若憾于不知其所指者，何也？陈氏特论君子之德容，于诗无关，皆无用之辩，当削之也。”

《下泉》四章章四句。“程子曰”止“终也”，“陈氏曰”止“正也”。

纯曰：“二子所论，皆《易》道也，于诗何关？晦庵载之于此，欲以《易》道明诗也，惑哉。夫诗自诗，《易》自《易》，《易》岂可以明诗乎。晦庵不知六经之分故也。”

《七月》之次章。注曰：“其风俗之厚，而上下之情，交相忠爱如此也。”三章注曰：“盖至诚惨怛之意，上以是施之，下以是报之也。”四章注曰：“亦爱上之无已也。”五章注曰：“此见老者之爱也。”七章注曰：“不待督责而自相警戒，不敢休息如此。”吕氏曰：“此诗终始农事，以极忧勤艰难之意。”

纯曰：“皆评语也。”

卒章注。“苏氏曰”止“札也”。“胡氏曰：‘藏冰开冰，亦圣人辅相燮调之一事耳。不专恃此以为治也。’”“张子曰”止“寿也”。

纯曰：“苏取《春秋》传申丰之言，以说藏冰之义，胡又从而明其旨。张则学本章大意而评之，皆诗外之余论也。晦庵厕之注解，何其赘也。”

《七月》八章章十一句。“王氏曰”止“义也”。

纯曰：“此赞语也，不当编之注中也。”

《东山》曰：“有敦瓜苦，烝在栗薪。”注曰：“栗，周土所宜木，与苦瓜皆微物也，见之而喜，则其行久而感深可知矣。”

纯曰：“诗人特因其所见以起兴，而适睹苦瓜与栗木耳，何有意于土宜哉？”

《东山》四章章十二句。注曰“愚谓”止“患也”。

纯曰：“晦庵引序而从释之，是也，其下遂至于评论一诗，则无用之辩也。”

《破斧》。注曰“然则”止“见矣”。

纯曰：“晦庵上文，至‘岂不大哉’，解本章已详，自‘然则’而下，乃其私家议论，长语无取也。”

《破斧》三章章六句。“范氏曰”止“之哉”。

纯曰：“舜之封象，周公之诛管蔡，皆圣人之行事，千载之下，何容议之？宋儒好议古人，虽圣人亦在所议，岂非僭妄之甚乎？”

《狼跋》之首章。注曰“盖其”止“法矣”。

纯曰：“评语可厌。”

卒章注。“程子曰”止“瑕也”。

纯曰：“评语也。”

《狼跋》二章章四句。“范氏曰”止“一也”。

纯曰：“淳夫所论，即有旨，然于诗无关，则亦无用之辩也。况圣人之行，不可知者乎？”

右《国风》。

《朱氏诗传膏肓》卷上　终

朱氏诗传膏肓卷下

《鹿鸣》之首章注。

纯曰：“此注‘此燕王飨宾客之诗也’之下，直接之‘以下文以鹿鸣起兴’，至‘以大道也’而止，通上训诂，以解本文者已备。其自‘盖君臣之分’至‘又’字，六十三字，乃议论也，‘记曰’以下，虽引《礼记》，其下遂因之下评语，则亦无用之辩也，皆当削之。”

《鹿鸣》三章章八句。注曰："然于朝曰'君臣焉'，于燕曰'宾主焉'，先王以礼使臣之厚，于此见矣。""范氏曰"止"心乎"。

纯曰："皆评语也。"

《四牡》之首章注。

纯曰："'夫君之使臣'至'其劳'六十四字，'臣劳于事'至'道矣'二十七字，'范氏曰'至'后义'二十五字，皆评论而无用之辩也，当削之。"

三章注。"范氏曰"止"心也"。

纯曰："亦评语也。"

《皇皇者华》之首章注。

纯曰："'君之使臣'至'臣也'，三十八字。'盖亦'以下二十四字，皆涉评论，削之可矣。说如上二篇注。"

次章注。程子曰："咨访，使臣之大务。"

纯曰："赘也。"

三章注曰："变文以协韵尔。"

纯曰："诗之叠章者，固皆变文协韵。晦庵既知之，而犹时泥其变文，以深其义，何哉？"

《皇皇者华》五章章四句。"范氏曰"止"者也"。

纯曰："议论也。"

《常棣》之次章。注曰："此诗盖周公既诛管蔡而作。故此章以下，专以死丧急难、斗阋之事为言，其志切，其情哀，乃处兄弟之变，如《孟子》所谓'其兄关弓而射之，则己垂涕泣而道之'者。"

纯曰："六十一字当削之，此诗本泛言兄弟之道也，说者不必辩其闵管蔡与否可矣。引《孟子》亦涉议论焉。"

三章注。"东莱吕氏曰"止"相悖"。

纯曰："议论无关于诗注也。"

五章注曰："此章遂言安宁之后，乃有视兄弟不如友生者，悖理之甚也。"

纯曰："乱离患难之际，兄弟相恤者，固人情也。乃至安宁之日，朋友相欢，或甚于兄弟者，亦常人之情也。诗人言此，以起下二章也，非必疾悖理之甚也。"

六章注曰："言陈笾豆以醉饱，而兄弟有不具焉，则无与共享其乐矣。"

纯曰："凡释经法，本文正说，则注亦正说；本文反说，则注亦反说。此章本文正说，而注乃反说，虽义通矣，而失法焉。"

卒章注。"东莱吕氏曰"止"不然"。

纯曰："诗外议论，不宜间诸注解焉。"

《常棣》八章章四句。注曰"此诗"止"不然"。

纯曰："议论冗长可厌。"

《伐木》之次章。注"孔子曰"止"施矣"。

纯曰："虽引夫子之言，实亦晦庵之评语也，当削之。"

《采薇》之首章。注："程子曰：'毒民不由其上，则人怀敌忾之心矣。'又曰。"

纯曰："程子前条，评语也。当削'毒民'至'又曰'十六字，而存其余。"

卒章注。"程子曰"止"励矣"，"范氏曰"止"已矣"。

纯曰："并评语也。"

《出车》之次章。注"东莱吕氏曰"止"意也"。

纯曰："评语也。"

三章注曰："兵事以哀敬为本，而所尚则威。二章之戒惧，三章之奋扬，并行而不相悖也。""程子曰"止"先也"。

纯曰："亦皆评语也。"

《杕杜》之卒章。注"范氏曰"止"为也"。

纯曰："评语也。"

《杕杜》四章章七句。"王氏曰"止"志也"，"范氏曰"止"上也"。

纯曰："上引《郑笺》，诗义已明，王说仍郑义也，范则评而已，要之二氏之言皆赘也，当削之。”

《湛露》四章章四句。“曾氏曰”止“淫矣”。

纯曰：“评语也。”

《彤弓》之首章。注“东莱吕氏曰”止“一朝飨之者异矣”。

纯曰：“评语也。”

《彤弓》三章章六句。“东莱吕氏曰”止“异矣”。

纯曰：“亦评语也。”

《车攻》之六章。注“苏氏曰”止“御矣”。

纯曰：“评语也。”

七章注。“张子曰”止“均也”。

纯曰：“评语也。”

《吉日》四章章六句。“东莱吕氏曰”止“观矣”。

纯曰：“评语也。”

《沔水》之卒章。注曰：“然我之友诚能敬以自持矣。”

纯曰：“敬者，慎重之谓也。故古人言敬，皆于事上言之，未有无事而徒敬者也。宋儒欲用敬于无事之时，夫无事而徒敬，无所敬焉。故敬难言，于是曰持敬，敬岂可持之物哉？徒虚言耳。此诗唯曰‘敬矣’，晦庵乃曰‘敬以自持’，殊不知所敬何事也，谬哉。今当削‘以自持’三字。”

《鹤鸣》之首章。注曰“盖鹤鸣”止“几乎”。

纯曰：“《序》云：‘鹤鸣，诲宣王也。’愚按鹤，喻人君也。鸣，喻政教也。于九皋，喻在九重之内也。声闻于野、于天，喻光被四表，格于上下也。鱼，喻贤者也，潜在渊，或在于渚，喻天下有道则见，无道则隐也。乐园树檀，其下维萚、维榖，喻川泽纳污，山薮藏疾，瑾瑜匿瑕，国君含垢也。他山之石，可以为错，可以攻玉，喻人才不可弃也。凡此皆人主所当知也。《序》以为诲宣王，得之，《传》《笺》皆不明。晦庵徒知其为陈善纳谏之辞，而专以理言之。是其家言，且其引《中庸》及《曲礼》以解之，皆非本文之意也。君子莅国家，安用理学为？”

卒章注。“程子曰”止“子云”。

纯曰：“诗无定义，唯人所取。程说亦至理也，然非此诗之本旨也。作者特言人才必有所长，苟取其所长，则天下之人，皆可用也。程子所云，吾人自修之道也。”

《祈父》之卒章。注“东莱吕氏曰”止“王也”。

纯曰：“议论也。”

《黄鸟》三章章七句。“东莱吕氏曰”止“亦然”。

纯曰：“评语也。”

《我行其野》之卒章。注曰：“此诗人责人忠厚之意。”

纯曰：“评语也。”

《我行其野》三章章六句。“王氏曰”止“民乎”。

纯曰：“诗外议论，无关于本经，当削之。”

《斯干》之首章。注曰：“君臣父子朋友之间，亦莫不用此道，尽己而已。”

纯曰：“横渠解‘犹’字，虽非必本文正义，而存之以备一说亦可。唯此三句，推及其他，非注经之法也，不若削之。”

七章注。“或曰”止“至正”。

纯曰：“议论无关于诗，不取也。”

卒章注曰。“易曰”止“谓也”。

纯曰：“余论出于正解之外，削之可矣。”

《节南山》之五章。注曰“夫为政”止“放此”。

纯曰：“评语也。”

七章注。“东莱吕氏曰”止“地也”。

纯曰：“议论也。”

卒章注。“陈氏曰”止“故也”，“东莱吕氏曰”止“蔽也”，“李氏曰”止“当矣”。

纯曰：“皆评语也。”

《正月》之四章。注“程子曰”止“之帝”。

纯曰：“诗人之辞，或曰‘天’，或曰‘帝’，或曰‘上帝’，非有异义，说者不必分其形体主宰可矣。晦庵之解，既云上帝天之神也，可以已矣。下更引程说，烦琐甚矣。此其效释氏处。”

卒章注曰：“此孟子所以言‘文王发政施仁，必先鳏寡孤独也’。”

纯曰：“言涉议论，便成附赘。”

《十月之交》之三章。注“董子曰”止“乱也”。

纯曰：“五行家议论，无关于诗。”

六章注曰：“圣，通明也。”

纯曰：“圣字不必注。《洪范》云‘睿作圣’，《多方》云‘惟圣罔念作狂’，《秦誓》云‘人之彦圣’，与《周礼》六德之圣，皆谓于事无不通也。与圣人之圣，非有二义。诗中‘圣’字，毛郑皆无解，晦庵恶其儗于圣人之圣也，故每必注之，过矣。又况此章乃言皇父自以为圣，则固当以圣人之圣解之，何惮之有？”

《雨无正》之五章。注曰：“盖乱世昏主，恶忠直而好谀佞，类如此，诗人所以深叹之。”

纯曰：“此二十二字，评语也，当削之。”

《小旻》之五章。注曰：“圣，通明也。”

纯曰：“圣字不必注，说见《十月之交》。”

《小宛》之次章。注曰：“圣，通明也。”

纯曰：“说同前篇。”

《小弁》之首章。注曰：“舜号泣于旻天曰：‘父母之不我爱，于我何哉？’盖如此矣。”

纯曰：“注解已明，不必引舜事以征之。晦庵注经，多此之类。盖急于晓人，而不自觉其文之冗长也。”

卒章注。“东莱吕氏曰”止“阶也”。

纯曰：“注外议论，亦外传之体也，削之可矣。”

《巧言》之次章。注“苏氏曰”止“乱成”。

纯曰：“议论也。”

三章注曰“夫良药”止“殆哉”。

纯曰：“评语也。”

五章注曰“孟子曰”止“谓与”。

纯曰：“亦评语也。”

《何人斯》之首章。注曰：“但旧说于诗无明文可考，未敢信其必然耳。”

纯曰：“诗三百篇，定于仲尼；三百篇《序》，成于子夏；毛公之传，出于孔氏。虽间有可疑者，然可从而取信者固多矣，如此诗《序》说已明，而篇中亦无不可解者，则固当从旧说为是，何更求明文可考者哉？若必就诗中求明文可考，如《韩奕》篇，不可多得耳，晦庵泥矣。”

六章注。“董氏曰”止“谮矣”。

纯曰：“评语也。”

《何人斯》八章章六句。“王氏曰”止“合也”。

纯曰：“评语也。”

《巷伯》之四章。注：“曾氏曰‘上章及此，皆忠告之词’。”

纯曰：“评语也。”

《巷伯》七章，四章章四句，一章五句，一章八句，一章六句。“班固、司马迁赞云”止“此云”。

纯曰：“议论也。”

《大东》之首章。注曰：“君子在位，小人下民。”

纯曰：“君子小人不必注，故毛郑皆无解，古训然也。晦庵必分德位，故于经中君子小人，以人品之上下而言者，难以德言，则病于其称，是以为之解耳，惑矣。今此八字，削之可。”

《北山》之次章。注曰：“不斥王而曰大夫，不言独劳而曰独贤，诗人之忠厚如此。”

纯曰：“晦庵所云，乃立言之法，固当如是。常常言语犹然，况于诗乎？

如直斥王，且曰独劳，则鄙陋甚矣，何诗之成？晦庵以为忠厚之言，亦其惑矣。”

《鼓钟》之三章。注“苏氏曰”止“上也”。

纯曰：“首章云‘淮水汤汤’，毛郑无解。次章云‘淮水湝湝’，《传》曰：‘湝湝犹汤汤。’三章云‘淮有三洲’，《传》曰：‘三洲，淮上地。’是其言非有浅深次序也。诗人本反复言之，岂有次序哉？苏氏以为言幽王之久于淮上，非也。”

《楚茨》六章章十二句。“吕氏曰”止“致之”。

纯曰：“评语也。”

《大田》之三章。注曰“此见”止“之乎”。

纯曰：“注外议论，无用之辩也，当削之。”

《大田》四章，二章章八句，二章章九句。注曰“然前篇”止“能之”。

纯曰：“评语也。”

《頍弁》之首章。注曰：“赋而兴又比也。”

纯曰：“《毛传》但云‘兴也，言诗人所寄意耳’，其实赋比兴各诗皆备之，何独此篇为然乎？”

《车舝》之卒章。注引“《表记》曰”止“后已”。

纯曰：“此孔子诵‘高山景行’两句，因释其义也。虽固如是，而非诗词本义也。《诗》《书》，义之府也。天下之义，于何不有？晦庵特于斯引《表记》，以广其义，何哉？然则凡传记中言诗者，可胜引与？如外传则可尔。”

《苕之华》三章章四句。“陈氏曰”止“而已”。

纯曰：“评语也。”

右《小雅》。

《文王》之次章。注曰：“文王非有所勉也，纯亦不已，而人见其若有所勉耳。”

纯曰：“《易》云‘天行健，君子以自强不息’，文王之亹亹，乃则天行也。文王德行非一端，而亹亹乃其所以成德，而所以终德也。盖以圣人亦人也，岂无有时乎倦怠哉？唯文王能亹亹焉，所以令闻不已也。作此诗者，真知文王而能言德行，故特述此，以诏后之君子也。孔子曰‘张而不弛，文武弗能也’。此夫子之知文武也，谓文武亦人也。晦庵曰‘文王非有所勉也’，岂知文王者哉？今当削‘非有’以下十八字。”

六章注曰：“命，天理也。”又曰：“上帝，天之主宰也。”又曰：“使其所行，无不合于天理。”又曰：“《大学》传曰。”

纯曰：“皆宋儒家言也，今当并削‘命天理也’四字，‘上帝天之主宰也’七字，及下文‘理’字、‘传’字，其说已见前篇。《大学》岂有传哉？所谓传者，晦庵所命也。”

卒章注曰“子思子曰”止“深矣”。

纯曰：“议论也，当削之。”

《文王》七章章八句。注曰“今按”止“已矣”。

纯曰：“议论主张敬字，乃宋儒持敬之心法，非仲尼之道也，亦当削之。”

《大明》之七章。注曰：“然武王必有所疑也，设言以见众心之同，非武王之得已耳。”

纯曰：“‘上帝临女，无二尔心’两句，诗人特言众心欣戴武王，而欲为之忠战。唯恐武王之心，犹或疑惧耳。说者不必论武王果有疑与否可矣。其实牧野之事，天下之大事也，虽既决策于庙算，然商周革命之际，彼我胜败悬于天，则武王岂必有成哉？晦庵乃为武王病此词，过矣。”

《大明》八章，四章章六句，四章章八句。注曰“一章”止“上篇”。

纯曰：“亦议论也。”

《绵》九章章六句，四章章八句。注曰“一章”止“上篇”。

纯曰：“亦议论也。”

《皇矣》之五章。注曰：“人心有所畔援，有所歆羡，则溺于人欲之流，而不能以自济。文王无是二者，故独能先知先觉，以造道之极至。盖天实命之，而非人力之所及也。”

纯曰：“章首四句，《传》《笺》皆不明，朱注却较分晓。然其所说，乃宋儒之常言，则亦未足取已。今姑阙疑。”

七章注。“吕氏曰”止“我也”。

纯曰：“评语也。”

《下武》之次章。注曰：“言武王能继先王之德，而长言合于天理。”

纯曰：“本文云配命，注亦当言命，何必曰天理。”

《文王有声》八章章五句。注曰：“又以见文王之文，非不足于武。而武王之有天下，非以力取之也。”

纯曰：“文武之圣，不待解说而知之。晦庵乃为二圣解说，亦无用之辩也。”

《生民》之首章。注“然巨迹之说”止“之矣”。

纯曰：“议论也。”

《行苇》之首章。注“此方”止“详之”。

纯曰：“评语也。”

《既醉》之五章。注“东莱吕氏曰”止“竭矣”。

纯曰：“评语也。”

《假乐》之卒章。注“东莱吕氏曰”止“息也”。

纯曰：“评语也。”

《公刘》之次章。注“东莱吕氏曰”止“也欤”。

纯曰：“评语也。”

《卷阿》之五章。注“东莱吕氏曰”止“者矣”。

纯曰：“议论也。”

《板》之卒章。注“张子曰”止“体也”。

纯曰：“议论也。”

《抑》之五章。注“其戒深切矣”止“妻之”。

纯曰：“其戒一句，评语也。故南容以下，引事以实之，外传之体也。”

六章注。“子思子曰”止“徒矣”。

纯曰：“子思之言，乃语至诚之德，何关是诗？晦庵引之，以赞是诗，遂涉评论，尤非注经之法也，削之可矣。”

《桑柔》之八章。注曰：“顺于义理也。”

纯曰：“《郑笺》云‘惠，顺也’，晦庵取之，是也，惟解‘顺’字以顺于义理，非也。凡古人用惠字，以为顺义者，皆谓顺于人也，如《商书》曰‘惟嗣王不惠于阿衡’，可见已。人者，实物也；义理者，虚名也。古人言必实，如宋儒好言义理，徒虚说耳。虚说者，佛氏之道也。”

《烝民》之首章。注曰：“而《孟子》引之以证性善之说，其旨深矣，读者其致思焉。”

纯曰：“孔子之说是诗也，特言民之能由斯道耳。《孟子》乃引之，以证其所谓性善之说，而其所取固非孔子之旨。晦庵又载诸此，惑矣。夫性善者，孟氏之家言也，仲尼岂先有是说哉？”

三章注曰：“而大保抑其世官也与。”

纯曰：“《书》云‘官不必备，惟其人’，三公之谓也，先王之制也，焉有大保而世官哉，此注当削‘而大保抑其世官’七字，及下‘与’字。”

《江汉》之卒章。注“既又”止“见矣”。

纯曰：“既又以下，乃系评语。”

右《大雅》。

《駉》之卒章。注“盖诗”止“行矣”。

纯曰：“此宋儒之议论也。孔子论诗，得‘思无邪’一句于此篇中而悦之，以为人不能无思，思有邪不可，思而无邪，斯为正人矣。诗，道性情者也。故学诗者，唯此一言，可以达观三百篇之义也。语意本浅，晦庵乃以念虑之间，天理流行言之。夫子之意，岂及焉哉？晦庵说诗，动以邪正辨之。若以此一言独得性情之正，则其他尽不足取欤？宋儒泥于经言，而自生固滞之弊，往往如是。”

《泮水》之首章。注曰：“赋其事以起兴也。”

纯曰："朱氏家法也。"

卒章。注"此章"止"例也"。

纯曰："亦朱氏家法。"

右《颂》。

《朱氏诗传膏肓》卷下　终

《朱氏诗传膏肓》后序

诗无古今而有古今焉。有古今者，辞也。自《三百篇》，历汉魏六朝，以迄于唐。所异者辞，而其所以道性情者，未始不同也。宋儒不知诗，见三百篇之列于六经，则视三百篇之诗，如圣人之言。于是说诗者，一句一字，必求其义，其疾也固。遂以三百篇诗为经，汉魏以后诗为诗，自是古今之诗，歧为二途，学者惑焉。殊不知六经者，圣人所以治天下之具，而诗其所以达人情也。夫人情无古今之殊，则诗之所以达之，亦岂有古今之殊哉？宋儒之于诗也，可谓谬矣。

纯少从宋儒之说以治经，又好唐诗，略能为之。后见徂来（徕）先生而问诗焉，先生曰："今之诗，犹古之诗也。"知言哉！纯退而思之，久之，忽悟得诗无古今，有古今者，辞也。苟得其辞，则三百篇可为于今也。其所以道性情而咨嗟咏叹者，极宇宙无以异也。大哉，诗乎！

予既有得于唐诗，遂沿流而上，至于风雅颂诗，则视三百篇犹唐诗也。于是顾视旧所为宋儒诗说，譬如执绳墨以临曲木，不待睨而见其曲焉，岂不愉快哉！

夫宋儒唯朱氏为大家，而朱氏之学，释氏之学也。朱氏之书，唯诗传为其所不甚用心，故比他所著，犹为寡过。予故著此，以示同志。初学幸得是一隅，而能以三隅反，则庶乎其可与言诗已矣。

享保十五年八月辛丑　太宰纯书

《诗论》摘抄

太宰春台

据池田四郎次郎编《日本诗话丛书》第四卷（龙吟社，1997 年）所载校点。

夫诗何为者也？诗出于思者也。人不能无思，既有思，则必发于言；既有言，则言之所不能尽，必不能不咏歌呻吟，以舒其壹郁。故古者谓之歌诗，言可歌也。扬子云曰：“言，心声也。”诗者，言之条畅者也。一曰，诗志之所之也。人苟有志，诗以发之。古人燕飨赋诗，皆所以言其志也。故赵文子曰“诗以言志”，此之谓也。

昔在尧之时，康衢击壤之歌，作于民间；在舜之时，庆云之歌，作于朝廷。此等虽不载于六经，可谓歌诗之始也。元首股肱之歌，君臣相戒之诗也；五子之歌，兄弟之怨诗也。此等载于《尚书》，明示来世，其声调直与二雅同风。三百篇已胚胎于此矣。

殷人之诗未闻，唯《商颂》五篇，附于周诗之末，仅存其遗响云。文王拘幽，作于殷季；箕子《麦秀》，夷齐《采薇》，并作于周初。此等虽不列于三百篇，然皆风雅之正调也。

至于四诗三百篇，则太史采陈于前，仲尼删定于后。天下之诗，蔑以加焉。其辞温厚而不慢，质实而不俚，方正而不角，的切而不刻，纡余而不回，委曲而不琐，华丽而不浮，俭素而不陋，美而不谄，刺而不隐，怨而不怒，爱而不私，其义极乎天下之中正。故古人以为义之府。是以燕饮赋之，论说引之，皆所以达其志也。

周人之诗，可谓盛矣。然自文武至孔子之时，五百有余年，而其所删定诗，仅三百余篇，不可谓多矣。问其作者，则自周公之外，家父、吉甫、孟子之等，于所作诗中，自称其名，明白甚矣。其他序家唯言某人作，而不详其姓名。大抵王国公卿大夫士庶人之作也。至于《国风》，则多里巷男女之诗，而诸侯、夫人、士大夫之作亦有之。序家亦多不详其人云。

大凡古人作诗，皆必有不平之思，然后发之咏歌，不能已者也，否则弗作。是以古时作者不多，而一人不过终身一二作而已，其余诗人之名无闻，此古诗之所以不多也。三百篇之外，歌诗之见于传记者，如晋士蔿《狐裘歌》、宋人《于思讴》、鲁人《狐骀诵》《鸜鹆谣》、郑人《子产诵》、冯谖《长铗歌》、齐人《松柏歌》，此等皆《国风》之余响，特无章数耳。（下略）

《诗序质朱》摘抄

增岛兰园

东京都立中央图书馆藏增岛兰园亲笔写本，与《读丧礼賸记》《杂抄》合为一册，随处可见批注与涂抹，当为原稿本。江口尚纯撰《关于增岛兰园〈诗序质朱〉》一文，刊于日本诗经学会编《诗经研究》第 29 号。兹据其引文校录。

增岛兰园（1769—1839），名固，字孟巩，号兰园，属古贺精里学统，治程朱之学。仕于幕府，任儒官。著《诗集传质朱》一卷。

民俗歌谣之诗谓之风者，以其被上之风化以有言耳，非以其有感人心，足风化乡党邦国故谓之风也。《小序》云：风，风也，教也……果如其说，则风者因以此为教而得名，非素称民俗歌讴之诗之名也。……若《雅》之以正大为义，《颂》之以美德容为义，皆就其体与声得名，而《风》独因为教而名之，何其不伦邪？必不然矣。文公袭序之误。

《四牡》《采薇》，以为劳臣遣戍役而作，是赖序而诗可得而明也。……序之有功于诗如是，而何可舍之而不取乎？然诗意明白，不复容疑，而序与诗乖违者，时或有之，则未必序之可全信，而诗之可尽由序而求也。要当就不可舍之中，舍其不可不舍者矣。但序有古序、续序之分。发端若云某诗美某也，某诗刺某也，为古序；其下推说云云者，为续序。古序者，不详谁人之作，顾必有所渊源，非妄意臆测为之者也，然转辗口授之际，或有小舛过者，是其所以必不可舍，而又不免有不可不舍者。若续序，后人依古序而续成者，与古序所不言，而穿凿傅会者。又或有不得古序之意，而与古序相抵捂（牾）者，多不足信据矣。

从唐前治诗者遵守序说而未有屏（摒）弃者，自欧阳永叔、苏子由等始疑序，至郑渔仲深诋其陋，为《辩妄》一书，朱子又祖其说，为《辩说》，极掊击之。其识洵卓矣。然其斥之之过，并其宜信者疑之。且因续序之谬，合排古序者，或有之。乃□乎曰“序凿空妄语，以诳后人”，非至公之论也。呜呼！序不可尽据而舍序不可以为诗也。则其取舍从违之间，可不详而且慎乎？乃取《辩说》之未安者，以质朱子于九原，岂曰僭议其失得哉？是亦疑思问之意也。

大小序之名，出郑氏《诗谱》，而其说不一。《关雎》为大序，《葛覃》以下为小序，此昭明太子之说，而成伯瑜、李樗从之。众序发端二句为小序，以下为大序，是程大昌、范处义说也。发端两句为大序、两句以下为小序，郑樵说也。就《关雎》序中，“用之邦国”以上为小序，以下为大序，陆德明说也。《辩说》以“诗者志之所之也”至“是谓四始之至也”为大序，上下之文，并众序为小序。盖以为诗者云云凡九节，统论诗之纲领者，非特《关雎》一篇之序，则宜谓之大序，“《关雎》，后妃之德也”至“教以化之”，及“然则《关雎》《麟趾》之化”，至“是《关雎》之义也”。特序《关雎》一篇之义，与众序无异。其既以统论者为大序，则此并众序宜谓之小序。

（《辩说》）其说甚精，且大小义最为分明矣。旧闻错误，诸家莫之觉者，遂致纷纭之说耳。

然序（指《葛覃》序）言“志在于女功之事”，是推本而言之。[1]“躬俭节用”以下，适乃序此诗中间试加一故字，则意自明晰。范处义曰：“在家而志女功，虽未足为异，惟大姒能不忘其本，故既贵而为后妃，能躬行俭德。节抑用度，服浣濯之衣，则不侈；尊敬师傅，则不骄，以此而归问安于父母，则天下之感化，皆知为妇之道当然也。”可谓能得序意矣。

① 《辩说》谓《葛覃》之序曰：“此诗之序，首尾皆是。但其所谓‘在父母家者’一句耑未安，盖若谓未嫁之时，即诗中不应遽以归宁父母为言，况未嫁之时，自当服勤女功，不足称述，以为盛美；若谓归宁之时，即诗中先言刈葛，而后言归宁，亦不相合。”

《九经谈》摘抄

大田锦城

《九经谈》十卷。据关仪一郎编《日本儒林丛书》第六卷校录。

大田锦城（1765—1822），名元贞，字公干，号锦城，江户末期考证学者。著书达七十余种。其中有关《诗经》研究的除了《九经谈》之外，尚有《诗精义》十三卷、《毛诗详说》三卷、《毛诗六义考》等。

本书于1804年上梓。1808年四十八岁的猪饲敬所为其详加批校，盛赞此书“识见正大，援引宏博，海内无二，不意今日有斯人”，在“经学三大变”一条中，又赞叹其“大见识、大议论，非达古今者，不能为此言，又不能了此言”。以下校录其总论及《诗》部分。

加贺大田元贞公干　著

陆奥门人奥山　清兴龟卦川守一同校

总论　凡四十二条

夫以六籍为六经，盖孔门以来有此称焉。《戴记》载孔子论《诗》《书》《礼》《乐》《易》《春秋》之语谓之经解矣。《经解》又云一年视离经辨志。《学记》虽然，《戴记》诸篇多汉人所搀杂，则未必足取信也。庄周始言孔子谓老聃曰“丘治《诗》《书》《礼》《乐》《易》《春秋》六经”《天运》，荀卿亦言“学始乎诵经，终乎读《礼》；次之曰《诗》《书》《春秋》”《劝学》。六籍之为经，二家之言焕然明白矣。盖孔门以来有此称，故庄周从而称之，荀卿亦称之也。若否，则庄周于己学有何所益，而故创此称乎？若庄周所创，则荀卿儒者也，从周之称呼乎？予故曰，以六籍为六经，孔门以来有此称，为此故也。荀子有道经之称《解蔽》，道家之经也《艺文志》有道家经。庄子有墨经之称《天下》，墨翟之经也。墨子有经有说《经说》，韩非有经有传内外《储说》，经本尊称，犹称尧舜之书为尧典舜典也。老墨之徒犹以其书为经，则吾圣人典法，何无经之称乎？

汉时有七经纬，则经者，经纬之经也。常法也，万世不易，犹纬之错综变化，而经则一定不易也；大法也，含蓄细义，犹经之含纬也。兼常法与大法之二义，而经之字义尽焉。若夫条理秩然不紊，二义之所兼也。六经之为经，先秦既然。然引《诗》《书》为"经曰"者，始乎汉人，先是未之有也。

经学古今之间有三大变焉，而小变不预也。有汉学焉，有宋学焉，有清学焉。汉学长于训诂，宋学长于义理，清学长于考证。自汉至唐，其学小变，然要皆汉学也。自宋至明，其学小变，然要皆宋学也。清人有为汉学者焉，有为宋学者焉，有混汉宋之学而自为一家者焉，然要皆清学，而其所长考证也。是古今经学之三大变也。

汉魏传注之学，羽翼圣经，其功之伟，千岁所奉。宋儒虽始立异，然到其训诂名物，则犹取汉唐传疏，而不能尽变其旧，则汉唐传疏遂不可废，而学圣经者，当由此而入。

郑康成之解《诗》，多改经文，而附会以《礼》。其解三礼，强合彼此，到其不通则曰"是殷礼也"。王韩之解《易》，废弃象数，而偏从义理，杂以黄老之谈，天地"以无为心""道者何！无之称也"之类，是宋学滥觞也。何晏之解《论语》，亦间有道家之见，"道不可体，德有成形"之类，是皆出乎风习所渐，而为圣经之累矣。杜预之解《左传》，王肃之徒伪作《书传》，概少疵瑕。然如杜所谓诸侯以上既葬除丧《隐元年》注，三《礼》三《传》殊无此义。以一时谀言附会传文矣详见《晋书》。照诸叔向所谓"三年之丧，虽贵遂服礼也"《昭十五年》，夫子所谓"三年之丧达乎天子"《中庸》，则其误显然矣。

如伪传所谓汤伐桀，出其不意《汤誓》序注，武王伐纣，乃退示弱《泰誓》序注。文王内秉王心《西伯戡黎》注，是视圣人不过权谋诈术之人，其罪最大。凡古注中其如此者，不堪枚举，则汉魏传注何可尽信乎？信其可信，而不信其不可信，是谓之善学者矣。

郑笺改字，多用三家之旧文，郑樵曾分疏之《六经奥论》。然要是郑笺瑕疵，黄震之言《日抄》是也。

唐啖助、赵匡、陆淳始驳三《传》，而解《春秋》，古今学术之分界，自此而萌焉。孙明复《尊王发微》、刘原父《七经小传》、欧阳公《毛诗本义》、苏氏兄弟《诗书易传》、荆公《三经新义》等出，而汉唐之学始变焉。程朱二先生性理之说兴，而汉学、宋学遂割一大鸿沟矣。

程朱二先生立志之远，识见之高，高踞于汉唐明清诸儒之巅，先无古人，后无来者。孔孟以后，实有二先生耳。晦庵则加焉以博识多通，其经解多取北宋诸儒家善说，而折衷之以其家学，近似集而大成者矣。故其传之远，至今不废。虽有攻之者，愈攻愈炽，不能扑灭者，其中实有近圣意，远出乎诸儒之上故也。讲圣经明道义者，岂可不由之乎？

程朱二先生之学，间有浸淫乎释老者焉，是其疵瑕。予之所以不敢信从者，亦以此也，盖赵宋一代禅学盛行，名卿贤士莫不归之。故风尚之渐，虽二先生亦不能免也。且二先生亦初年之学，出入佛老，故至归说吾道，先入为主，往往不能脱其窝（窠）窟，是时势之所使然也。程允夫《与晦庵书》曰程氏于佛老之言，皆阳抑而阴用之《朱子文集》。王庭秀著《磨衲集》，其中有拟程子之学于墨释氏《困学纪闻》当时既有此论，则非予之私言也。

程氏以周茂叔为禅客《二程全书》，程朱出入佛老，其所自言也《明道行状》朱子《文集》《语类》。邵泽民、张横渠访佛老似佛老，吕与叔、朱晦庵言之《横渠行状》《朱子语类》《文集》。程门诸子陷溺佛老，程子言之，晦庵驳之《二程全书》《朱子语类》。道学诸公出入佛老，事迹昭著。予曾著《直见编》一卷，详载其事。附以宋士大夫学禅之事，学者可并考焉。

袁子才曰："释氏之教，莫盛于晋唐，然其时儒自儒，释自释，未曾混而一之也。至宋而释与儒搀杂，而不可分，则当时道学传中诸公，不得辞其责。盖晋唐之崇释氏，不过造塔庙、施功德，其迹粗，其事显，略有识者，俱能辨其非。宋则不然，大半贤人君子皆先入释教中，明心见性，深造有得，然后变貌改形，遁而入儒，且以入虎穴得虎子自矜。不知久居虎穴中，已作牛哀之化不自知。"《随园尺牍》袁氏此言说尽宋诸先生之病，可谓明确矣。

周茂叔所谓"无极而太极"，无极二字出于老庄《大宗师》《在宥》《刻意》列子《汤问》。而"无极而太极"则出于唐僧杜顺《华严法界观》。伊川所谓"体用一源，显微无间"亦出于唐僧澄观《华严大疏》《尚直编》《归元直指》。程张所谓"本然、气质"二性出于《首楞严经》，曰"本然性""和合性"。程朱所谓复性、复初，出于《庄子》《缮性》、《老子》"复归于婴儿"，《庄子》"能儿子乎"《庚桑楚》亦与此同。程朱所谓"虚静无欲"，出于《老子》《庄子》《天道》《庚桑楚》，"明镜止水"之说亦出于《庄子》《德充符》及《圆觉经》、唐僧神秀偈。明道所谓"心无将迎"，晦庵所谓"期待留在"，出于《庄子》《应帝王》。"事理对言"出于《华严法界观》。有无对言，出于老庄《齐物论》。晦庵所谓"虚灵不昧"，出于《大智度论》。程子所谓"冲漠无朕"，出于《庄子》《应帝王》。晦庵所谓"未有天地，先有此理"，出于《老子》"有无混成，先天地生，字之曰道"、《庄子》"道先天地"《大宗师》。横渠所谓"死之不亡"，似于《老子》"谷神不死"、《庄子》"人其尽死而我独存乎"《在宥》。晦庵所谓"一旦豁然"，似于《庄子》"大觉"《齐物论》、禅氏顿悟。明道所谓"器亦道，道亦器"，似于《般若心经》"色即是空，空即是色"。晦庵所谓"与守书册、泥言语全无交涉"《文集·答何叔京书》似于达磨"不立文字"。所谓"世间一切事，皆此心发见耳"《语类》诗条，似于《华严》"三界唯一心，心外无别法"。程子、杨龟山所谓"天地同根，万物一体"出于《庄子》惠施之语《天下》、《高僧传》肇法师之语。凡程朱诸公之说，出入佛老，与近似佛老者，不啻此也。予所著《疑问录》《学说指要》《宋学辨》诸书载之最详，今举其一二耳。

明道论儒佛，曰"句句同，事事合"《遗书》，晦庵曰："佛老之徒弥近理而大乱真”《中庸》序。二家此言大可疑也。佛老之徒薄仁义，废彝伦，与吾圣人之道不啻冰炭白黑也，何有合同？何有近乱乎？唯于程朱之说则句句同，事事合，弥近理而大乱真耳。吾于是不能不服程允夫“阳抑而阴用”之言也。

程朱之说浸淫乎佛老者，是其学之所短也。去其所短，而取其所长，则未必不粹然也。吾尝言汉学小醇而小疵，宋学大醇而大疵。后有明者，或以此语为知言也。

三代以后人物，予服二人，孔明德业、晦庵学问是也。孔明则伊傅之小者，房杜韩范辈，比之蔑如；晦庵则孔孟之小者，董杨王韩辈，岂所企及？唯孔明之用申韩，白璧微瑕；晦庵之淫佛老，瑕瑜不掩，是其所以不及三代圣贤也。使孔明不用申韩，然其所为不过如此耳；使晦庵不学周程之学，则其所为岂止于此乎？惜哉！

当晦庵之时，对垒相抗而称勍敌者，陆子静顿悟之学、陈同父功利之说耳。子静称晦庵为泰山乔岳《象山语录》，同父称晦庵为人中之龙《龙川文集》。其不服者，亦其言如此，则其学问人品之高，在今可想见矣。

世之奉宋学者，视晦庵甚高，与孔孟无异。故虽知其误，多方回护，不欲显其短也。世之奉古学者，视晦庵甚卑，不及韩欧，故攻其所短，并废其所长。吹毛索瘢，不啻仇视也。至其甚者，则废其书不读，若将浼者焉。奉古学者固愚矣，其奉宋学者未为得也。夫学者学古经也，其言合乎经旨，则虽箍桶匠之言不可废也；若夫不合乎经旨，则何有于名儒乎？《语》云“君子不党”，又云“善者从之，不善者改之”，是学经之第一义也。

唐王劭曰：“徒欲父康成兄子慎，宁道孔圣误，讳言郑服非。”《新唐书·儒学传》此言针隋唐学者之病矣。杨用修曰：“敢于非周公孔子，而不敢于非宋人，学者膏肓之病哉。”《文集·郊禘辨》此言砭元明学者之痼矣。末学之陋千古同病，今之为汉宋之学者，亦如二家之言。

后儒之说有所长，有所短，去其短而取其所长，则千岁传注皆圣经之羽翼也，然学者学孔孟之道也，笃信孔孟，然后道可得也。学者未有定见，先信后儒，则识见局于此而不得伸，遂至“宁道孔圣误，讳言郑服非”，敢背周公孔子，而不敢背程朱矣。是今古学者沈痼也。故学者先须知汉宋诸儒所短，既知其所短，则知学之不尽于此，直以孔孟为归宿，然后又知诸儒所长，羽翼圣经，则识见始公正，而议论不偏私。若否，则非孔郑皂隶，则程朱舆儓，门户排挤，仇雠相视，假圣人之大道为小人之私党，背驰孔孟而不自知。学之到此，岂不可耻之甚乎？

学者为党，则朋党之渐，而非盛世美事。宋人大有此气习，至明殊甚。不特经义，而诗文亦然：王李袁钟，空诗浮文，无用于天地之间，然犹结党，嚣嚣相轧，何况谈道论义者乎？东林党议，多杀天下名士，而明运为劫灰，故清人惩之，务破学者之党，排门户之见，其识极正。世之秉学政者，以清人之心为心，则不到使英才间气辱在泥涂耳。

今之章句传注，不尽晦庵之意者，确有明征。《孟子》之书为门人记录者，晚年之所不取也《文集·答吴伯丰书》。然今之章句，犹曰记者之误，门人不能尽记其词《滕文公》，晦庵言两处失之《即答伯丰书》，然未及删改之也。《尧典》历法，主日月左迁之说，是晚年之定说也《文集·书解》，蔡仲默从之，而《十月之交》传犹为右迁之说，是亦未删改者也。明刘三吾据《诗传》而驳蔡氏《书传》《书传会选》，是不知晦庵晚年定说也，其陋可笑。《金縢》弗辟，主郑玄避居之说，是晚年之定说也《续集·答蔡仲默书》，蔡仲默从之，而《鸱鸮》《东山》之传，犹主伪《传》刑辟之说，是亦未删改者也。元儒刘堇知之元吴临川亦据《诗传》而攻《书传》《尚书辑录纂注》序，则是亦不知晦庵晚年定说也，其陋可笑元明奉宋学者，不知朱子之学往往如此。晦庵又以康节《易图说》为附会穿凿《文集·答王子合书》，盖是亦晚年之定说也，而今之《本义》《启蒙》载邵氏诸图，则是亦未删改者也。邵氏诸图，宋黄震《日抄》、清黄宗炎《图书辨》辨驳之尽矣。晦庵至垂没改《大学·诚意》一章，乃其绝笔也。黄干《朱子行状》晦庵之学数变，若使其至期颐之年，则其章句传注，亦不必如今本也。然则执今之诸书而为晦庵之意尽于此者，岂足能得晦庵之意乎哉？

伊川《易传》、胡安国《春秋传》皆晦庵之所不服也，《易本义》晦庵未定之书也。蔡氏《书传》间有背师说者焉。何况陈澔《礼说》乎？此诸书建学官创于元仁宗延佑，而成于明世祖永乐作三大全矣。予不知是能得晦庵之意否？

宋儒大意继往圣而启来学，排佛老之空妙，摈管商之功利，唯是而已。若有一人续此意者，则又后世之朱文公也。何必字字句句守其遗说，而后为能奉其学乎？植党好谀，小人之私心也。文公名贤，岂好人之佞己者乎？浮屠犹知呵佛之为赞佛，文公有灵，岂不首肯吾言乎？

河图洛书，先天太极诸图，于经义无用。河图原于《大戴》卢辩注《明堂》郑玄《易注》天一地二，洛书原于太一行九宫法。《先天图》误解《说卦》天地定位而造之，《太极图》乃唐时道藏上方大洞真玄妙经品。太极先天合一之图而原于魏伯阳《参同契》。《水火匡郭图》《三五至精图》，华山道士陈希夷抟刊石于华山，则非周茂叔特得之妙。南宋偏安，晦庵不得见之，故误为茂叔之作耳。凡此诸图皆出于陈希夷，则是道家之物，于儒者无用，则归之于其家可矣。《先天》之误，黄震能辨之《日抄》，《河》《洛》《大极》之妄，毛奇龄《河洛原舛编》《太极遗议》、朱彝尊《经义考》辨之具矣。晦庵解太极图说舛于茂叔原意者，近时伊藤东涯先生《太极管见》辨之具矣。

晦庵以周茂叔为二程师，是非二程之意也。昔受学于周茂叔《二程全书》，是为童子时所师，而非受道之师也。所以知者，程子称茂叔曰周茂叔穷禅客《二程全书》，是所以称其师资乎？伊川题明道墓表云“先生生乎千四百年之后，得不传之学于遗经”，果使茂叔为传道之师，则伊川此言不敬莫大焉。伊川方正，岂有此不敬乎？以茂叔为二程之师，是出于晦庵奉太极图之私意，而非当时之事实也。

程苏洛蜀之党，贤者之过也。刘莘老、孔文仲、刘器之，皆一时名贤君子也。然皆弹伊川，而有五鬼之目焉。《邵氏闻见后录》折柳之事，温公亦敢不然之，晦庵以为伪者《文集》，似阿所好矣。晦庵疏劾唐仲友而及妓严蕊《文集》，仲友名儒也《尚友录》《经义考》，严蕊烈女也《癸辛杂识》。又论东坡极深刻《文集·答汪尚书书》《答程允夫书》，而以荆公青苗为是《南轩文集》。张浚策略极拙，屡致败衄，而晦庵作其《行状》而极揄扬《池北偶谈》亦论之。刘安世危言正论，风节凛然，而晦庵作《名臣言行录》而不登一字《简明目录》亦论之。焚劾韩侂胄之疏《行状》，而谤胡澹庵有情黎涡《鹤林玉露》《随园诗话》，是皆二先生行事不慊人意者，学者不可不知也。若夫叶绍翁《四朝闻见录》载劾文公疏称"逆母欺君"，是非孔文仲、刘器之诸名贤疏程伊川之比。则荒诞不经，不辨而明。近时石韫玉焚其书三百四十余部沈起凤《谐铎》，或是偶言，然其事则可爱。

王阳明之学出于陆象山，是宋学之支流也。以六经为故纸阳明诗，全出于香山"六经注我"《语录》及《宾退录》，其实禅家"顿悟之机"而达摩"不立文字"，"见性成佛"、庄周"六经先王之陈迹，书古人之糟粕"之意也。唯象山自忌其为庄禅，而阳明则自言良智即佛氏本来面目，格物致知即佛氏常惺惺，是不忌其为佛老，则可谓首过矣。唯其作朱子晚年定论，错互早晚，则其黠可恶。罗钦顺《困知记》、陈建《学蔀通辨》，排抵纠驳，不遗余力。可谓程朱功臣矣。虽然，阳明之为人，英迈聪敏，超绝古今，文才功业，冠冕一时，非他人之所敢当也。后世学问人物，终不能为一样之看也。

《传》说曰："非知之难，行之惟难。"《说命》郑子皮曰："非知之实难，将在行之。"《左传·昭十年》《论语》"学庸""学行"相对，是知之与行，判然为二。阳明建知行合一之说焉，与古经传悖戾，似不可信用矣。虽然，颜子德行，夫子以为好学，乐天不忧，《论语》以为仁者，《系辞》以为智者。学德同归，智仁一致，知行之合一，是圣道之妙处，学者之极致。慧眼如炬者，辄能知之。若夫尘翳在眼，昏花乱坠者，岂足语之乎？

圣人没二千年，其遗意唯在言语文辞之间，故不精字句，则不能知圣人之妙意也。字句考证之学，是清人之所长也。明学空疎，考据荒废，至其叔世，郝敬诸公，始务考证。清初胡绛从而麾之，海内靡然。自朱彝尊、毛奇龄以至近世诸家，虽有异同，要皆考证之学也。其中冰炭相攻，得失互有。然精密纤细，古今之所无，是其学之所长也；唯其学过精细，而无一人发大见识，以道自任者，是其学之所短也。然与得明人之书百卷，不如清人之一卷也。

近世清人考据之学行焉，人好獭祭，学问之博，过绝前古。然不论义理当否，而唯欲援据之多，书名、人名，充牣卷帙，而义理之学荒矣。予名之曰“书肆学”焉。大四书六经，义理之渊薮。考据则传注疏释之学，义理本也，考据末也。考据之精，欲得义理之微也。考据虽博，义理舛乖，则亦何用乎？且也考据之学，其所费精则在琐义末理，而圣道大原，则措而不讲，是亦近世学者之弊也。若夫讲明经义道学，考证精确而义理正当，则是谓之儒者之学矣。

我邦唱古学者，以伊藤仁斋先生为祖师矣。先生负英迈之资，抱卓绝之智，于天下滔滔沦胥濂洛之中，特起麾之，海内靡然。关左唱古学者，其实兴起于先生之风，而先生为之嚆矢也。且其行义确苦（然），不耻古之贤士。朱舜水称言学问文章，贵国翘楚《舜水文集》，盖非虚称也。唯其学半出于吴廷翰《吉斋漫录》，所见不博，不长考证，疑《大学》斥《中庸》，卑视《诗》《书》《易》，而特尊《论语》。遂言三代圣人与孔夫子其道不同，是背于《论语》“述而不作”，《中庸》“仲尼祖述尧舜，宪章文武”，则其学多不可信者矣。其子东涯先生，博雅多识，当时无比。其所著作皆有用之书也，经义辨驳宋学，十得七八。唯其推衍家学者，多不醇正。然要之学问之博，著述之富，为我邦儒先之第一矣。

继仁斋唱古学者，为物徂徕先生。先生负雄骜之才，养跌宕之气。夙唱李王古文辞，主盟文坛，僩然雄视一世，气魄牢笼寰区。年五十始讲经义，辨宋学，驳仁斋。其学出于杨用修，虚骄之气，颇相肖似。经义道学固非其所长，欲出新奇，以炫耀时目，故其说浅薄无味，其言夸诞近诬。比诸仁斋，行义识见，远不及之；而学问之博，则稍过之。又颇知考证之学，然而其所考证，往往不精。其以安民为仁，则到夷齐三仁之仁而穷矣；以制作为圣，则到夫子之圣而穷矣；以明德为君上之德，则到正考父之明德而穷矣；以义为非德，则到《皋陶谟》九德《周官》六德而穷矣。以仁义为不伦，则到《说卦》《乐记》而穷矣。其以道为制作者，原于荀卿性恶，而背于《皋陶谟》“天叙天秩”矣。其以智仁为德，以礼义为道，乃《告子》仁内义外之说，而孟子所辞而辟之也。故睥睨思孟，意不服之。以性善为大概之言，以《中庸》为争老子之言。唯恐为名教罪人，故阳取其言，然其心则为不如荀卿矣。是故到其徒太宰德夫，悍然建论，辨驳《孟子》，其实则徂徕遗毒也。仁斋误驳诸经，然其所见不到异端，而徂徕则奉诸经，然其所见则异端之魁也。虽然，通观其书，百中有一二可取者焉，不可概而废弃也。譬犹孔雀有毒，不掩羽毛文彩矣；猛兽当殪，而骨革则不可废其用也。且其晚岁傲然不媚权贵，其人实有足多者焉。今之为乡原之行者，又乌得企之乎？

太宰德夫在徂徕先生之徒称第一等人，然其见最卑矣。其论古也，惜孟子不为乐毅，是出于徂徕“孔子为管仲之论”矣。其论今也，论赤穗诸士为非义士，是出于徂徕言“礼仪先王之作”矣。盖其师弟学术之陋，在今可想见矣。徂徕不自为此言，而德夫为之，极类足利直义代尊氏为诸凶恶矣。古今之事相符有如此者，唯其人抗直不欲苟容，有真儒之风焉。亦近世学者所罕也。

徂徕本管商功利之学，陈同父之流，而同父则崇奖汉唐，而徂徕以此附会圣典，然其所见不出乎告子、荀卿之外矣。宋儒虽搀杂佛老，然其所见则犹是粹然圣人之道；徂徕虽奉崇圣经，然其所见则卑卑焉管商之学也。世之学者冥顽无知，朱子、徂徕并称，是以凤枭并称也，何不伦之甚乎？予少时与平士观春海过徂徕墓而有诗，亡兄伯恒和之曰：“窃假管商强国术，欲偷孔孟在天光。后人不具炯然眼，久认鸱枭作凤皇。”真有识之言也。

六十年来，学者之误，唯是功利之心。发源于管仲之仁，徂徕为之俑，而遗毒结辐，沈于学者肺腑，难得而涤除焉。今之为宋学者，犹且染此病，何况为他学者乎？名唱古学者，其所为则虽与徂徕冰炭白黑，然其心则功利之私。管仲之仁横其胸中，故唯其改面换貌，而其实则皆徂徕之学耳。非假宋学则不能对治此病。予故不信宋学，而喜人之为宋学，为此故也。虽然，名假宋学而实在利禄，则是亦功利之最下者。果然则宋学亦何用乎？不如不学之愈也。

宋学近似玄虚，然玄虚之学，王公大人能学之则清简寡欲，可以为仁矣。予未见其害也。功利之学则俗士所悦，足以饰其贪鄙也。夫功利之心，其在下也，则为谄屈焉，为躁进焉，为谗谀焉，为争夺焉；其在上也，则为鄙啬焉，为聚敛焉，为繁苛焉，为刑杀焉。其为世道之害也，岂浅浅乎哉！予于是乎不得不左袒于宋诸老先生也。

晦庵奉二程之学，然未曾字字句句守其遗说也，后之学晦庵者，亦何必字字句句守其遗说乎？今之为宋学者，不疑晦庵之殊于二程，而疑后儒之殊于晦庵，则不达之甚也。字字句句守晦庵之说，而志在功利者，是为能得晦庵之意乎？心绝功利，而字句则不守其说者，是为能得晦庵之意乎？吾恨不起晦庵乎九原，而使断其得失矣。

夫子以义利二字而断君子小人，孟子以利善二字而判尧跖之分矣。后之学者满腔子是利心，则是小人也，鄙夫也。夫经传者，圣贤之言行。身以鄙夫论圣贤之言性，譬之是犹瞽者之谈黼黻，聩者之说韶濩也。岂免识者揶揄乎？学者何不学不为鄙夫邪？

游夏辈何不读书，然颜子没后，孔门无好学之人，则古之学岂今日之学乎？后之学者皆竞务博览。夫博学而守约，则圣门之第一义也。虽然，读千万卷之书而不知守约，则博览多通之一大凡夫耳。不啻不能入德也，其博洽综该，足以饰其利欲，而济其奸邪矣。则是虎而翼，狼而角也。予恐后之学者，不入市而食人者，殆希矣。

如何则安仁利仁，如何则终食不违仁，虽得其解也，然不躬自实践亲验，则解一部《论语》，终是妄猜隔壁之谈耳。于己心身，又何有所得乎？若无所得，则学亦何用？教人化世，本无二理，大丈夫之生世，岂徒生浪死乎？出则可为伊傅矣，处则可为孔孟矣。岂探二酉，寻宛委，终身役役而为图书之簏乎？

徂徕唱礼乐，称宋学为空理，似矣。然礼乐残阙不可复行，则称古礼乐者，似实学而其实空论耳；讲义理者，似空疏而其实可行今日，则真实学也。

《论语》岂易读乎？误解曾点之狂，则为旷达放荡之流矣；错认管仲之仁，则为功利富强之学矣。《论语》岂易读乎？

《论语谈》于曾点之狂，与世之旷达之士，而排伪饰乡原之徒，是评论人物之法，有为而然，学者自守则当确然方正焉。不矜细行，遂累大德，可不慎乎？

学《易》先须讲象数，讲象数先须知互体。象数明而圣人《系辞》之妙显焉，然后义理可得而言矣。若不知象数而谈义理，则其不蔓衍自恣者殆希矣。学《诗》先须讲比兴，比兴明而诗人措辞之微见焉，然后事迹可得而推矣。若不知比兴而推事实，则其不冥搜暗索者殆希矣。郝京山以《易》之象《诗》之比为一，一言以为智，此等之谓也。

近世学唐宋之诗者，极夥，而学韩欧古文者，殆希矣。间有学古文者，而学古经讲义理者极罕矣。间有学经义者，而溯回洙泗之渊源，以圣道自任者，予未见其人也。学唐宋之诗者，务追时好，取容于人，终身之所专力，不出乎酒色饱暖之间，其志亦卑矣。是桑榆燕雀飞不过寻丈，一饮一啄，以为餍足者耳。学韩欧古文者，其见颇高矣。鸿鹄高飞，不入污池者也。学古经讲义理者，岂易得乎？是日下白鹤、云间紫隼也。若夫溯回洙泗，自任圣道者，大鹏一举九万里，以天池为期者，世无其人，亦宜矣哉。

予十二三时，既慨然有求道之志，仅逾弱冠。既有定见，资性崛强，不愿立人之门墙。然于汉宋之学，则略穷其渊源，积习之久，所见益确。遂舒其所见，著述经解，其书既近等身，欲继往圣而启来学，其意一如宋儒之志焉。世之奉古学者，闻予之谈天论性，则谓佞宋学矣；奉宋学者，闻予之讲经用汉魏传注，则谓佞古学矣。人之所见浅之，实无知予者。故学成而志益违，名立而身弥穷矣。其不为沟壑之瘠者，天幸耳。然私心窃谓伊尹不逢成汤则莘野老农，孔明不遭先主则南阳穷民，士之遇不遇时也，非才学之短长也，岂足亦伤乎？

匡章蒙不孝之名，孟子礼之。圣贤行事，有卓然出于人之意表者焉。岂不伟乎？予少时不检细行，故缺乡曲之誉焉。长亦不改，故犯世之清议焉。天下无孟子乎，通国皆称不孝，而学士大夫亦因称不孝，则言以人废，道以人屈，辱在泥涂，与瓦砾无殊。其所抱负，既不能为当今之用，则传诸来世，以俟孟子出世耳。

加贺大田元贞公干　著

下野门人吉田祥子祯　会田重哲明卿同校

《诗》凡三十五条

予于诗学用力最久，故所得最多。曩著《大序十谬》《六义考》《续考》《三纬微管》诸书，今不复详载其说，学者当考之于予之诸书焉。

风雅颂之以体别，比较《关雎》《鹿鸣》《文王》《清庙》四诗则昭然可见矣。风者，诗之琐亵者也。雅者，诗之典正者也。颂者，诗之古奥者也。雅之杂风者是为小雅焉，纯乎雅者是为大雅焉。四诗体裁考诸四始，判然区别，若到其所附载，则有难识别者焉。然要皆以类相附，则其体制未必无区别也。卫宏《大序》以政之大小为二雅之别，以一国天下为风雅之别，是其谬误，出乎不知四诗之以体裁而别，惑之甚者也。

《大序》以政之大小为二雅之别，以一国天下为风雅之别，宋章俊卿辨驳之最悉。载在《大序十谬》。

郑樵曰："风者，出于土风，大概小夫贱隶妇人女子之言，其意虽远，其言浅近重复，故谓之风。雅者，出于朝廷士大夫，其言纯厚典则，其体抑扬顿挫。非复小夫贱隶妇人女子能言者，故曰雅。颂者，初无讽诵，唯以铺张勋德而已。其辞严，其声有节，不敢琐语亵言，以示有所尊，故曰颂。"《六经奥论》此说是也。严粲曰："雅之大小，特以体之不同尔。盖优柔委曲，意在言外，风之体也。明白正大，直言其事，雅之体也。纯乎雅之体者为雅之大，杂乎风之体者为雅之小。"《诗缉》此说亦是。华谷此言，杨用修《升庵外集》、张和仲《千百年眼》皆奉宗之，以谓深得二雅名义，可破政之有大小之说，信哉。

"关关雎鸠，在河之洲。窈窕淑女，君子好仇"是风之体也。"文王在上，於昭于天。周虽旧邦，其命维新”是雅之体也。“呦呦鹿鸣，食野之苹”是风体也。“人之好我，示我周行”，“视民不恌，君子是则是效”是雅体也。故曰雅之杂风体者，是为小雅也。若夫商周之颂，其体非国风，又非大小雅，苟有目者，辄能识别之耳。

风、雅、颂，诗之体也，赋、比、兴，诗之言也。《六经奥论》《十一经问对》国风为风，大小雅为雅，周鲁商颂为颂，诗之编次区别如此，则体裁之异自可见矣。若夫赋、比、兴，则每章每句有之，故孔颖达、朱晦庵三经三纬之说确然不可易。而程伊川、张横渠、吕东莱、何异孙、唐仲友诸公及近世古学者，一诗六义之说，断属诬妄矣。

赋者，铺陈其事而不假比喻是也。比者，凡比喻他物而不直言其事是也。诗辞无出此二者，而此二者虽儿童可知也。后世之诗以花为花，以美人为美人，是赋也。以花喻美人，以美人喻花，是比也。故此二者则易得而知。而所谓兴者，其明在此二者之外，而其实不出此二者之间。难得而知，故毛郑以下解诗者，实无知兴之一字者。毛朱所谓兴者，其实非兴。予通观三百篇，沉潜多年，始得其解。愚者千虑之一得，自以为启千古之幽秘，兴起诗人于九原，亦或首肯予之言也。

兴者，兴象也，兴起也。比喻彼物而铺陈此事，托兴彼物而引起此辞，上下之辞相唤应者是也。故兴者，兴起也。然比托彼物，而兴起此辞，故古来以兴为兴象，与比喻同义。“参差荇菜，左右流之。窈窕淑女，寤寐求之。”“南有乔木，不可休思。汉有游女，不可求思。”“无田甫田，维莠骄骄。无思远人，劳心忉忉。”“折薪如之何，匪斧不克。取妻如之何，匪媒不得。”凡此类，上二句是比，下二句是赋。以上二句之比唤起下二句之赋，是兴也。故兴之名在于二者之外，而其实不出于二者之间。古来无知之者，非以其难知乎。虽然，得予之此解，而兴之一字照（昭）然明白，虽儿童可得而知。则后之学诗者，或当以予解为正焉。

赋比兴之三义，有一章兼具者焉。《氓》诗云：“桑之未落，其叶沃若。”比女之未老，其容色光丽，是比也。“于嗟鸠兮，无食桑葚。于嗟女兮，无与士耽。”鸠食桑葚则醉，女与士耽则淫。上二句是比，下二句是赋。上之所比即下之所赋，比喻彼物兴起此辞，上下唤应是兴也。“士之耽兮，犹可说也。女之耽兮，不可说也。”直言实事，是赋也。《大东》诗云：“有冽氿泉，无浸获薪。”冽泉比虐政也，获薪比困民也。薪已刈矣，然复浸之则腐，以比民已劳矣，而复役之则病，是比也。“契契寤叹，哀我惮人。”直言实事，是赋也。“薪是获薪，尚可载也。哀我惮人，亦可息也。”爰是获薪，则宜车载而畜之，无使氿[①]泉浸之而到腐焉。哀我困民，则宜仁政以养之，无为虐政役之而到病焉。上二句唤起下二句，是兴也。知此二章，则赋比兴之义焕然明白，无复余蕴矣。

古人之文多有比兴。《孟子》曰“孔子登东山而小鲁，登太山而小天下”，比学益博而识益高，是比也。“故观于海者难为水，游于圣人之门者难为言。”上二句唤起下二句，是兴也。观水有术，必观其澜，日月有明，容光必照焉。观水者，观海澜以比学道者宜必先立其大者也。日月之明，充于天地，而容光小隙，亦能照之，以比道之广大亦寓于纤介之间，是比也。流水之为物也，不盈科不行，君子之志于道也，不成章不达。上二句唤起下二句，是兴也。是于古文比兴二义最易见者，故拈出之。

兴之寓于比赋之间，犹土之寄旺四时也。四时之外，非有土旺也。又犹周之税法，通用夏贡殷助而谓之彻法也，贡助之外，非有彻法也。然土与四时并列而为五辰焉，彻与贡助并立而为三法焉，兴之与比赋并列为三义焉，亦犹此也。

毛公、朱晦庵以桃夭为兴，是其不知比兴之明验也。“桃之夭夭，灼灼其华”比女子之少好的皪其容色，是比也，“之子于归，宜其家室”直言实事，是赋也。是比赋合体而上下不相唤应，则非所谓兴者也。诗中此例极多。而晦庵概以为兴，到其义之难解则断为无义之兴，诗辞比兴岂有无义者乎？予曾言“王注出而易象灭，朱传行而比兴烬”，后有明者当知予言之不妄矣。

---

① “氿”，原误作“仇”。

“东门之墠，茹藘在阪。”“出其东门，有女如云。”“东门之枌，子仲之子。”“东门之池，彼美淑姬。”“东门之杨，昏以为期。”诗中东门皆女子之事，而孟子亦云“逾东家墙搂其处子”，宋玉亦言“臣东邻之女”《登徒子好色赋》，又皆于女子言东家、东邻，则是岂偶然乎？东字与女子有所关系，予于是知诗辞比兴，一一有义，而不如晦庵所解矣。

古人解诗辞比兴，郑笺为首，然往往牵强而不近人情。欧阳修《本义》、吕祖谦《读诗记》间有解得明白者，学诗者宜考二书。晦庵《集传》多袭二书，而于比兴则所解极疏粗。唯其废序立说者，与二书不同，是郑樵《诗辨妄》之说，而晦庵袭之，是亦学者不可不知也。

六义名义，三纬条例，《大序十缪》及《六义考》《续考》具焉。若夫《诗》之总论，及解释比兴，《三纬微管》具焉。今之所谈，举其一端耳。

二南之南，南音南风，对北鄙杀伐之音。《家语·辨乐》《史记·乐书》南音南风者，言南方土音，南方土风也。《小雅》“以雅以南，以籥不僭”《钟鼓》。《左传》“见舞象箾南籥者”《襄二十九年》，《戴记》“胥鼓南”《文王世子》皆言二南也。《戴记》“舜作五弦之琴，以歌南风”《乐记》。《左传》：“师旷曰：吾骤歌北风。又歌南风。南风不竞。多死声。楚必无功。”《襄十八年》又楚锺仪操南音，范文子曰：“乐操土风。不忘旧也。”《成九年》《吕览》：“涂山氏之女实始作为南音，周公及召公取风，以为《周南》《召南》。”《音初》《家语》：“昔舜弹五弦之琴，造南风之诗，其兴也勃焉，殷纣好为北鄙之音，其废也忽焉。”《辨乐》《史记》亦云：“舜弹五弦之琴，歌南风之诗，而天下治；纣为朝歌北鄙之音，身死国亡。”南之为南音南风，是可以征矣。《大序》所谓化自北而南，粗疏可笑，而晦庵亦袭用之何乎？

程大昌辨南雅颂入乐，无可间然，唯其言云诗有南、雅、颂，无国风《诗议》，此言非也。《左传》季札观乐，为之歌邶、鄘、卫，曰：“是其卫风乎？”为之歌齐，曰：“泱泱乎大风也哉。”[1]《乐记》：“廉而谦者，宜歌风。”

---

① 襄二十九年。

《表记》引《国风》曰："我躬不阅，皇恤我后。"又引《国风》曰："心之忧矣，于我归说。"《荀子》亦云："国风之好色也。"《大略》诗何无国风乎？顾炎武、毛奇龄亦辨之顾炎武辨南豳雅颂入乐，无可间然，唯其言云："周南召南，南也，非风也。豳谓之豳诗[1]，而非风也。"《日知录》又云："自周南至豳，统谓之国风。此先儒之误。"同上此言非也。《左传》云："风有《采蘩》《采蘋》，雅有《行苇》《泂酌》。"《隐三年》《采蘩》《采蘋》，召南之诗，则二南非国风而何乎？盖南、豳、雅、颂，乐章之序，而国风、雅、颂，编《诗》之次，二家举一而废一，故不免有谬误耳。

程泰昌《诗议》、郑樵《六经奥论》于诗学有功，《诗议》十七篇，程敏政《新安文献志》全载之，唐顺之《稗编》脱其一篇。

《大序》"是以《关雎》乐得淑女以配君子，忧在进贤而不淫其色，哀窈窕，思贤才而无伤，善之心焉"，是卫宏以《论语》"乐而不淫，哀而不伤"拆为四事，一可笑也。晦庵《诗序辩说》知其非，驳之当矣，然晦庵、东莱、慈溪黄震皆以《关雎》之辞解乐淫哀伤，则未知夫子之论《关雎》以声而不以辞也。郑樵、程大昌二家皆以声音解之。是亦知十而不知二五者，是二可笑也。郑玄解诗序云，"哀"盖字之误也，当为"衷"，衷谓中心恕之。是不知卫宏之言，附会夫子之语，强辩改字，是三可笑也。杨用修曰："《文选》吕向注云：哀盖字之误也，哀当为衷，谓中心念之也。余旧疑哀字之难解，见吕说乃豁然矣。"《升庵集》是不知改哀为衷出于郑笺，则是升庵未见郑笺也；又不知序者此语原于《论语》，则是升庵未见《论语》也，是四可笑也。升庵博物，有明一代冠冕，然其陋如此，则明学空疏可得而知矣。

古序续序之别，程大昌《诗议》辨之极详矣。一句是为古序，二句以下是为续序。《诗笺》辨"《南陔》《白华》《华黍》"云："此三篇者，孔子论诗，雅颂各得其所，时俱在耳，遭战国及秦之世而亡之。其义《诗序》则与众篇之义合编故存，至毛公为《故训传》乃分别众篇之义，各置其篇端"云。

---

① "诗"字原脱，据《日知录》补。

是以序为出于先秦矣。《后汉·儒林传》云："卫宏，字敬仲，东海人也。少与河南郑兴俱好古学。《古文尚书》《毛诗》《左氏》初九江谢曼卿，善毛诗，乃为其训，宏从曼卿受学，因作《毛诗序》，善得风雅之旨，于今传于世。"是以序为出于后汉矣。两说不同，然以一句为古序，二句以下为续序，谓古序出于先秦，续序出于后汉，则虽非郑《笺》、范《史》之意，然其说可通。若夫古序、续序取舍之义，予《大序十谬》具焉，文烦不录。

以《诗序》为子夏之作，世儒唯知出于《家语》注及《文选》矣。《家语》："卜商习于诗，能诵其义，以文学著名。"王肃注云："子夏所叙诗义，今之毛诗序是也。"《七十二弟子解》《文选》皇甫谧云："子夏序诗云：一曰风，二曰赋。"《三都赋》序是也，不知其言出于郑康成也。《郑志》张逸问答云："二叔此注左氏者亦云管蔡耳。又此序子夏所为，亲受圣人，足自明矣。"《毛诗·常棣》正义是讲诗序第一义也。而朱彝尊《经义考》载论诗序者，网罗古今，然未及引之，何乎？

《旧唐书·艺文志》："韩诗二十卷，卜商序、韩婴撰。"《山堂考索》所引夫《韩诗序》间见古书《经义考》详载之，与毛诗序不同，而同冒子夏之名，则《诗序》之托子夏，《素问》《握奇》之托黄帝，《本草》《农书》之托神农之类也。唯假其名以取信于世耳。岂事之实乎？夫子"起予"一语，为诗家赝鼎之资，岂不亦哀乎？予常爱班史之言曰："又有毛公之学，自谓子夏所传，河间献王好之，未得立。"《艺文志》"自谓"二字极妙，盖言他人之非所许也。古人之言明白如此，而后人犹奉为子夏之传，不学之陋，真可呵笑。

程子以大序为孔子之作，其误最甚。朱子则断为卫宏之作，慧眼如炬。凡程子经义，朱子皆不奉之。

世有子贡诗传、申培诗说，其赝伪之迹，朱彝尊《经义考》、毛奇龄《诗传诗说驳议》辨斥明快，无复遗憾，唯二家不知其作者，似疑丰坊所伪作，故近世彭芝庭《稽古日抄》等定为丰坊伪选，非也。予昔读《海盐县图经》曰"王文禄，字世廉，所著有《艺草》《丘陵学山》《邑文献志》《卫志》，而《学山》首帙，申培、子贡两书，则其所借选"云《儒林》。又云：

"王浒阳先生家多藏书，所萃《丘陵学山》中有子贡诗传、申培诗说，云皆出其手也。"《杂识》朱毛二家博究群书而不考及之，古今之事，岂一人之所得尽乎？

齐鲁韩三家以《关雎》为刺诗，见于《史记》《十二诸侯年表》序、《儒林传》序、《汉书》《杜钦传》、《后汉书》明帝诏《皇后纪》序、刘向《列女传》、杨雄《法言》、王充《论衡》，其妄谬如此，宜哉毛学兴而三家废也。辨详于予之《稽古录》。

《隋·经籍志》：《齐诗》魏代已亡，《鲁诗》亡于西晋，《韩诗》虽存，无传之者。唯《毛诗郑笺》至今独立。

《关雎》，程子曰为此诗者，其周公乎？古之人由是道者，文王也。《二程全书》王应麟曰："近世说诗者，以《关雎》为毕公作，谓得之张超，或谓得之蔡邕，未详所出。"《困学纪闻》朱子曰："《关雎》之诗，非民俗所可言，度是宫闱中所作。"《语类》晦庵之言，或得其实矣。

诗之作者，见经传者，予别录之。

"肃肃兔罝，椓之丁丁。"《续序》云"贤人众多"，北海、紫阳皆从之，曰："罝兔，鄙贱之人，其才可用。"是盖原于《墨子》，曰："文王举闳夭、太颠于罟网之中，而授之政，西土服。"《尚贤》然其实非也。兔者，狡猾之兽，《战国策》云："东郭逡，海内之狡兔也。"《晋书》亦以王衍为狡兔之三窟，则其狡猾可知也。考诸诗文，曰"有兔爰爰，雉离于罗"，比小人得意而君子陷于刑网也。曰"跃跃毚兔，遇犬获之"，比小人为事踪迹诡秘，反复多诈，一遇君子，则洞见其情而不可得掩也。兔罝以捕狡猾之兽，故喻武夫防寇贼，戢暴乱也。"肃肃兔罝"兴"赳赳武夫"，椓者，张罝也。"肃肃兔罝"，张之待兔，以喻武夫为公侯御侵侮。故曰"干城"。"施于中逵"者，张之于要路也，以喻举而措之于显职，以为辅翼之臣。故曰"公侯好仇"。"施于中林"者，张之于幽阴之地也，以喻参之于庙谟机密，以为腹心之臣，故曰"公侯腹心"。

《关雎》好逑，夫妇之称；《兔罝》好仇，君臣之称。其义同。

近世为说者，以“我马玄黄”为眩惶，以“摽有梅”为标有梅。其说极是。《荀子》：“感忽之间，疑玄之时。”《解蔽》又云：“疑玄则难一。”同上又云：“上周密则下疑玄。”《正论》眩皆作玄，则玄眩之通，是可以征矣。《尔雅》“皇黄鸟”及后世“苍皇分散”韩文、“仓皇就途”杜诗、“苍黄溃乱”《旧唐书》、“苍黄失据”《新唐书》、“苍黄吠噬”柳文、“仓皇分散”五代史，黄皇之通，是可以征矣。《汉书》“阳数之摽末”《谷永传》又云“青、戎，摽末之功”《王莽传》，摽与标通，是可以征矣。

江有汜，一比嫡媵之尊卑不同，二比嫡媵之不同归嫁，三比嫡媵之初相乖睽。终又会合。《易》之象，《诗》之比，共含蓄多义，其妙如此。

契阔。契，后世所谓深情密契之契。阔，所谓疏阔之阔。死生契阔，犹言存亡离合也，言存亡离合，不相背违，与子曾为此誓约，男女相悦之辞。

“莫赤匪狐，莫黑匪乌。”北海云：“赤狐黑乌，君臣相承，为恶如一。”紫阳云：“国将危乱，所见不祥之物。”毛大可云：“狐行从赤，乌行从黑，好我者当同车。”其说皆非。狐，妖媚之兽；乌，慈祥之鸟。赤，明显也。黑，幽潜也。其明显者，莫非邪媚之人；其幽潜者，莫非慈仁之人，国家到此，虽欲不危亡得乎？

“匪直也人，秉心塞渊，騋牝三千。”毛、朱共失其解。严粲曰：“说于桑田，是文公能务农重本，以蕃育其人也。非特人也，文公操心，塞实渊深，故致于国富强，至于騋牝三千。”《诗辑》黄震曰：“此说觉于上下文尤协。”《日抄》

“总角丱然之童，未几而见，则冠突然之弁。”味“未几”二字，则是童子而假成人之仪容也，以喻人之躐等犯分，德不足而愿大功，力不足而求远略也。如此解则与上二章语相贯，郑、朱皆为循序之义者，不解“未几”二字也。

“载猃歇骄。”王雪山、严华谷、戴岷隐三家，以为田毕而游园，载猃于輶车，以歇其骄逸。王曰：“字不从犬也。”严曰：“田犬无短喙者也。”《日抄》此说极妙，然考诸《释文》，“歇骄”本又作“猲獢”。鲁有叔孙侨如、叔孙豹、叔孙虒。侨与獝通，则未知然否。

“棘人栾栾。”毛、郑：“棘、急也，急于哀戚之人。”紫阳云：“丧事欲其总总尔。”《檀弓》哀遽之状，皆未免牵强。《吕览》云：“棘者欲肥，肥者欲棘。”《任地》又云：“地可使肥，又可使棘。”高诱解云：“棘，羸瘠也。土有瘠土。”同上棘人，丧中哀毁之人也。

“视民不恌。”郑笺：“视，古示字。”朱传同。《左传》引此诗，服虔亦云示民不偷薄也。《昭十年》非也。《孟子》：“文王视民如伤。”《左传》然明曰：“视民如子。”《襄二十五年》又楚子西曰：“吴光新得国，视民如子。”《昭三十年》又陈逢滑曰：“国之兴也，视民如伤，吴王夫差，视民如寇雠。”《哀元年》视民不恌，言遇民之厚也。宋曹氏、严氏既有此说，然不知引证左氏。

“无非无仪，惟酒食是议，无父母诒罹。”《周易·家人》：“六二，无攸遂。在中馈，贞吉。”《诗》《易》之言如合符节，妇人之道尽于此矣。若其有才艺，君子之所不取也。

“我不见兮，言从之迈。”王荆公曰：“是不可得见也。得见则我从之迈也。”按，“我不见兮”之下省略“得见”二字。《汉书》文帝曰：“嗟乎，吾独不得廉颇、李牧为将，吾岂忧匈奴哉?”《冯唐传》是“为将”之下省略“得廉颇、李牧为将”一句，与此诗同例。

“民之秉彝，好此懿德。”《康诰》论子祇父字弟恭兄友云“天与我民彝”，是《孟子》性善之所原也。故《孟子》引此诗证性善四端之义矣。近世有一儒氏，引《汤诰》梅本伪书“有恒性”，云性可言有恒而不可言善也，是大不然。恒即善也。子之宜孝，臣之宜忠，是常，常即善也。若夫乱臣贼子，弑父与君，是非常之变，非常即恶也。夏之宜热，冬之宜寒，是常，常即善也。若夫夏雪冬雷，万物不育，是非常之变，非常即恶也。天人事物，混然一善，人岂可以恶立天地之间乎？夫子曰：“一阴一阳之谓道。”继之者善，成之者性，天道人性之善，何疑之有？

诗有神用形迹之二义焉。形迹者，作者之原意也；神用者，学者之所取也。故古人引诗皆神用之义也。《左传》：“赋诗断章。”《襄九年》后儒所谓断章取义者，皆神用之谓也。《大雅》“穆穆文王，於缉熙敬止”，止于《诗》助辞。《大学》论“止于至善”之义引之，则止为止住之义矣。《缁衣》论“敬慎威仪”之义引之，则止为容止之止矣。是一诗而三用焉。“沧浪之水清兮，可以濯我缨；沧浪之水浊兮，可以濯我足。”本言人就水之清浊而殊其所濯矣，人主而水客也。孔子曰：“清斯濯缨，浊斯濯足矣。”自取之也。《孟子》解之曰：“夫人必有自侮，而后人侮之。”是水主而人客也。屈原于圣人不凝滞物而善与世推移，而引此诗，则亦人主而水客也。是亦一诗而三用焉。“忧心悄悄，愠于群小”，卫庄姜之诗也，孟子以为孔子之事。“戎狄是膺，荆舒是惩”，颂鲁僖公之诗也，孟子又以为周公之事。

春秋时人，其赋诗者，见于《左》《国》者皆此例也。是诗书所以为义之府也。要之古之学者，赋诗引诗，不拘作者之原意，而取义变化无方。予故于作者本意谓之形迹矣。于学者取义谓之神用矣。若夫解诗者，不得不就形迹求之，而其取义则当于神用焉。

予二十二三时曾悟此义，著《诗论》一篇辨之。古今唯欧阳永叔论诗本末、丘琼山论诗粗知此意耳。近世毛奇龄《白鹭洲说诗》、阎若璩《毛朱诗说》等以《左传》引诗论郑卫雅淫，则要之皆五里雾中之人也。

《诗疏图解》序

渊在宽

《诗疏图解》，有 1778 年（安永七年）序，同年刊。收入早稻田大学出版部编先哲遗著《汉籍国字解全书》第五卷，1926 年刊。书名在书中作“陆氏草木鸟兽虫鱼图解”，外题“毛诗陆氏草木疏图解”，序文中则作“诗解图解”。早稻田大学图书馆藏北村四郎兵卫 1779 年刊本。

渊景山，江户人，名在宽，号景山，序末题“安永戊戌之初秋渊在宽识”，安永戊戌，即后桃园天皇安永七年（1778）。其传不详。

尝闻有物而有名，未闻无物而有名矣。华夷有无之异也，东西语言之别也，欲隔万里而通古昔之事物，岂不难乎！

本邦之学者，于品物则或置而不论之也，弃而不取之也，而诗于禽兽草木也，不翅知名而使于四方而已也，无墙面谤而有能言益也。余朽木之质，寡闻孤陋，虽未精事实物产，然畀之久也矣。窃取唐陆玑之《诗疏》而加焉，以明毛晋之说附焉，以诸本草注之，以图画国字解之，聊为童蒙塞求耳。

刻《诗经草木多识会品目》序

伊佐贞

据《诗经草木多识会品目》（平安未济馆宽政己未，即1799年秋刊本）校点。

天地之产物，固无穷极。故古今迭相有无矣。是以我邦与西番以草本名家者，所以苟日新而渐加详也。岂令天下百世得无异同乎？《诗经》名物之图书，所流布于世者，不一二矣。各虽得其旨，举其纲而时世移变也，不必无得失焉，且其出之所论定，名是物非之类，所谓刻鹄类鹜、画虎类狗者，犹在矣。呜呼！学者欲据之探其物，解经之趣，不亦难乎？

今年宽政己未春，兼山小野夫子，奉台命之东府也。时都讲笙洲三谷君，惧后进之以夫子远游怠于其学也。于是谋之同志，诧名于诗草木，日奔走山野，时探披闾市，而其叶其枝，其实其根，或似或类，瓶之盆之，以次摆列，而必其学之实也。乃傍使诵诗者，得目认莫莫夭夭之真，心知风成雅成之日，夫然后始免于按图索骥之眚，不亦幸乎？

余之见遇于笙洲都讲也，为甚厚焉。而如彼草家之学，则未能得窥其宫室之美也。犹以助其插植，因得审其终始，遂请其所学之品目而读之，既而叹曰：昔时仲尼于诗，则赏之以多识，而况附之以类似，而二三倍之者乎？夫何不可曰之多识会乎哉？且名正事确，不啻多识之益焉，亦当以为格物之一助也。

故余窃上之木，以赠我同志者，欲省抄写之劳也。夫此举之于都讲，实一时学习之余事，岂足以尽其意乎？今刻之者，贞之志愿，而非所请都讲而得也。与于此会者，为皓山水野君、亡羊山本君、护亭仲村君、劣齐奥君、玉振姊小路君、日光轩木原君，凡六人，所会集论谈之处，为圆山芙蓉楼。其日为五月十七、十八，宽政十有一年夏六月。

未济馆主人伊佐贞谨撰

产物之庶，天下所共知也。别为一家学，其来尚矣。而日新月盛，人无得而究焉。实造化之尤妙者也。今之所捡，辟如尘附太山，露集沧海，而尚称之多识会者，根于夫子戒小子之一语。

夫经所咏者，大抵非必指一物而言者，“葛藟累之”“鱼在在藻”之类可视。故以似类聚之，以品种附之，或庶几得其大意乎？凡诗在近取喻，以故城野郊山之杂卉，樵牧所每采者，多矣。然犹具存之，序以识别。又存异说，举之以供其参阅。冀博闻洽识之士，有以考而择焉。岂以乳臭之年，之才之学，为示谕硕人巨儒耶？所愿资于诸贤之鉴定，以取正耳。

今虽欠吕氏千金之报，岂可不践仲由必喜之迹哉！嗟百君子，赐傍观明，而莫敢后言，则幸矣。

《多识会品目》跋

三谷朴

七月壬申，未济馆主人怀一小印本，来请余之一看，乃翻之。则余所曾草之《多识会品目》也。余见之，愕然者久之。大息曰：“此举也，实一时偶尔之戏，亦欲以求多闻焉。然今既刻之，不传笑于四海之内，则遗耻于千岁之下，岂吾侻之心哉？”言未既，傍有人曰：“如子则所谓以五十步笑百步之类也。奈来顾之诸贤，欲正之者少，而欲学之者多，何乎？吾子，夫不见彼随见随笔者乎？其指之过，告之失者，亦或在焉，非吾侪之愿乎？厘亦分之益，而寸非无增于尺，乃可说之事而已。吾子盍增损一二，校订之伪，而示诸人焉？以过则勿惮改之意，则不亦可乎？夫既暴之世，而今忌刻之，暴之即公之也。五十步而止者，直不百步也。”认斯人，则曩所与会之一人也。余即解颜哂曰：“鄙谚曰：‘当嚼毒味，须舐其器。’朴之谓也。”乃二子亦哂而退，因以为跋。

江北　三谷朴

纨绔子弟，概只爱花弄石，教鸟驯虫之为务，则鸟兽草木之学，遂成一种清玩游具。

我樱仙先生深为此患，能会诗人比兴之旨，具谙鸟兽草木之性，征诸古，考诸今，取舍谨严，极为详核。惜哉无成书之可传，虽门下诸生，亦待口授面命，而后仅知其端绪也。

尚友公子在都下之第也，常使先生讲经，又命为鸟兽草木之说，其志固与世之爱花弄石、教鸟驯虫者大有径庭。于是先生悉发其所蕴，为《名物质疑》五卷以上。

呜呼！是书也，非惟得鸟兽草木之真与诗人之旨，其细心幽悟，良有可药世者。则先生之学，有功于名教亦大矣！抑是书之成也，虽出于先生之苦辛，而本于公子之笃好，亦后生之幸哉！

受业　津山医官丹治璞　拜撰

自　序

井冈樱仙

尚友公子敦厚好学，每延洌侍筵，问以诗书之承。及其之鹤山也，眷眷勿置千里，命洌疏记诗中名物。遂乃纂辑旧闻，厘为五卷以上，谨为之序，曰：

夫诗人比兴，本之鸟兽草木。是鸟兽草木者，诗人传神写照也。故不达物性，则不能窥诗人比兴之旨。独奈学者留心空理，不屑田野间物；医生目不睹古书，徒援后世本草之说，枘凿不入，支离可笑。

尝试论之。苓，古文莲字。莲，水草也，故云“隰有苓”，而《采苓》诗云采之首阳之巅者，讹言也。故承以“人实不信”句，其义甚明。而说者以苓为甘草，何其浅也！苍蝇，青蛙也。蛙声甚壮，与鸡相若，故云“匪鸡则鸣，苍蝇之声”，而说者以蝇为小羽虫，好交足者。夫交足之虫，唯粪土之集，岂果群噪于宫寝椒兰之乡耶？又果其声之似鸡乎？弗思甚矣。学者不究动植情状，谓之得诗人之意，吾不信也。是以不学诗则已，苟欲学诗，必先从事于鸟兽草木，则思过半矣。

冽少从菁岩古公款先生，受《毛诗》之说，又就兰山野以文先生为本草家之言，渊源二家之学，研钻有年，于诗中名物之说，粗知所去就，然微公子之命之严，则未暇笔诸书以诏后学，然则兹编获以羽翼先师者，非公子之赐而何也。

《诗书正文》摘抄

片山兼山

《诗书正文》，片山兼山校点，天明年间刊本。有鸟居忠见天明甲辰（1784）撰写的序言。

片山兼山校点《诗书正文》中的《毛诗正文》，为《毛诗》加上日语训读，即所谓“国读”，该书署“若山田弸、笠间松伸胤同校”，本书后有田焕章跋：“国读助声之猥，诗书二经殊甚，如塗塗之附，若蝟毛之磔，宜矣。读者有买椟还珠之患也。古云诵诗，岂可诵欤。我山夫子之授《毛诗》也，其译简便，使人易诵，不亦说乎？世之习旧读者观之，其何异乎披云雾而睹白日，不亦快乎？”亦有署“若山田弸、笠间松伸胤同校、东都久保谦重订”的刻本等。

片山兼山（1730—1782），名世璠，字叔瑟，号兼山，亦称山子。江户中期儒学者。初始徂徕学，后质疑之，取汉宋诸家之说，恪守道德实践，提倡折衷学（山子学）。著《周易类考》《尚书类考》《毛诗类考》《山子垂统》等。

鸟居忠见（1750—1794）是下野壬生藩（在今栃木县）藩主的嫡子。他本是第三代藩主鸟居忠意的第四子，母亲为侧室，其兄早亡，侄子又被废嫡，忠见于1794年被立为壬生藩嫡子，但在继位之前，却于这一年去世。

序

鸟居忠见

幽厉之后王道衰，礼文息，而节族废。孔子论诗书、正礼乐，千载之下，其粲然者，六经是也。而奥突之间，簟席之上，敛然圣王之道具焉，学者之务莫先焉。

兼山先生授六经，常患旧读助声之烦，施训点于诗书，以便童蒙。诗从毛苌，书从孔安国，不少加私，行将及《易》《礼》，无何先生逝矣。可叹哉！

田子文者，同社之老成也。来谓余曰："梁木虽坏，二三兄弟今犹昔也，各木铎于东西，绪业日兴，诗书亦从行，日诗书之上木，将使公为之序，而辞以不敏。属者二三兄弟相言及于此，其志在成先师之意，公盍达其志乎?"忠见曰："善哉，子之言也。于我心有戚然。先师已命焉，兄弟亦云焉，我敢不然焉哉！"遂以其言为序。

天明甲辰春三月　鸟居忠见谨识

鸟居忠见（印）　字曰忠恕（印）

竹冈井庸肃拜书　肃印（印）

重刻《诗书正文》序

樱山恭

据文政四年（1821）刻本校点。

二帝三王之道，载[①]在六经，仲尼修之，故历代学者为口实。唯是吾吉

① "载"，底本误作"戴"。

备氏之读，读毕义通。巧则巧也，至若夫以国字附注助声于左右，则童蒙之朝诵夕读，以谙诵为业者，亦苦其猥杂。兼山先生有观于斯，从孔、毛二传而译诗书二种。唯简易之从，不毫加其私。当时二三子校之，以公诸世，是以东西南北皆以为便。

在今前版磨灭，鲁阙为鱼。吾筑水先生闵之，使嗣子伯益重订之。伯益既卒业，质诸先生曰："磨灭固有之，虽然，当时二三君子所校，似有少遗漏，若之何?"先生曰："其然乎？千虑一失，智者有之，况诗书数万言，焉知无少遗漏乎？是以使汝重订之而已。"伯益于是补阙拾遗，一字两义而相栉比易混淆者，标出陆氏音义，以一辨之，而后始合兼山先生之宿志。恭也亲见知之，故书其事以为序。

文政二年已卯秋九月

肥后樱山恭撰

重刻《诗书正文》跋

久保谦

山子国读行四十余年，使海内一改其音，可谓尽善。即而前版磨灭，诗书二经文字不明，虽然，家塾童蒙朝夕诵读，有误之者。家翁曰："立表既正，犹当水有溺者。吾儒一二遗老，非山子学之表乎？而今如此，安知他家之不误哉！汝重订之。"谦于是点画误者正之，助声阙者补之，圈发遗者加之，一二音义易误者，揭陆德明音义，翻刻之以便学者。虽然，校书之难，古人譬之拂几上尘，则余岂知无有一二遗漏哉！后来君子正之，庶几山子之忠臣矣。

文政二年已卯秋九月

东都久保谦谨识

谦（印）　伯益（印）

《诗疑二二卷》摘抄

冈井赤城

《诗疑二二卷》，冈井赤城撰，无穷会专门图书馆神习文库藏，写本，缺二一卷，十二册。参看江口尚纯《关于冈井赤城〈诗疑二二卷〉》，日本诗经学会编《诗经研究》第二十八号（2003 年 12 月），第 1—9 页。

冈井赤城（？—1803），初名孝卿，后名鼎，字伯鼎、伯和，号赤城，亦号芋栗。初通称文次郎，后通称郡太夫。本书又署名“鼒”。祖父师事林凤冈，为高松藩藩儒，其父亦为高松藩儒臣。赤城继承家学，师事林凤谷，为高松藩儒臣，担任学问所西方城学馆总裁，为重臣师弟讲学。善诗文，擅长山水花鸟画，著有《按行日记》《孟子集注正误》《诗误》等，死后葬于高轮东禅寺。

诗疑者，何以命也？知疑之可以进于明，自信之终于暗也。余尝读书，每有所疑，不能忘于怀，索书、质人，思所以明之。夜以继日，必得之而后止焉。于其所不疑，则不然。他日披阅之次，偶然于其所不疑者，得古人之言，异我所素意，而有所阐发者焉。则始悔其初不疑者之大可疑，而不蚤疑之也。于是窃谓不独当疑其所疑，并其所不疑，亦当疑之，庶几可以进于明而不终于暗也。

自序，署名天明癸卯仲秋日丛桂主任冈井鼒识

凡释诗，以朱氏为良。盖以其废序而不取也。……唯其信序过诗，宁使

诗不能为诗，不欲使序不能为序。于是矫辞夺意，委曲以求合于序，风人之旨遂微，悲哉！朱子生千岁之下，能断然乎排之，而后诗得其为诗，序不得复与诗并行，风人之旨得伸于千岁之上。其功伟矣！故余尝于诸释诗者，独表朱氏以为良者，为是故也。

《编意四则》其一

学古者，以训诂为先。训诂不正，古言不明。古言不明，何以能知古哉？……故今举朱子之说，具注所出，虽一字之异，不敢舍者，以昭古训也。

《编意四则》其三

读古书者，宜虚己以听古，庶几乎古言不谬，可以明古人之意。唯夫有所好者，不能虚己，如毛之好诗序、郑之好礼、朱子之好其理学，所好虽异，其不能虚己一也。……唯毛简，故其过尤少；郑颇繁，故其过稍多；至朱子则烦辞冗语，琐细不遗，心尽所言而后止，加以其用意比他所注书较疏，故其过尤多。余敢不料鄙陋，具论其得失，后之学者，或有取矣。

《编意四则》其四

明季有何玄子先生者，著《诗经世本古义》。其书据孟子论其世之言以为旨，遂取三百篇，以世次为叙，不拘篇次，废序则作小引，多所发明。但诗之世多不可审，以故牵合亦居半，而其用意之精，不在汉唐诸儒之下。于诸儒之说，莫所不录，从断以己意。……而其书此方未刻，华本罕有。余前从先公在赞也，偶书贾从京师携来，其价颇贵，无力能收。遂言诸公，公欣然以为府藏，寻赐借览。于是沉潜读之，旁参于诸家，凡五历寒暑，始能成此书，实先公之赐也。录以幸其遇合。

卷　一

诗当夫子之时，为天下公器。……夫子虽圣，不得位，何以得私动天下之公器而删之乎？意汉之时，专门之学，各守一经，欲使之必出于夫子之手，以尊张其学。此所以有删诗之说也。

《集传》谓之风者，至是以。删。说见后为正风郑谱云：谓此为风之正经，删，见后，所以至下也序云：用之乡人焉，不言用闺门。序又云：所以风天下。又云：教以化之。为变风同上。变风、变雅，出序。备观省而垂监戒耳。删，说见后。

鼐按《礼记·王制》云："命大师陈诗以观民风。"然则《国风》者，列国民风之诗也。朱子云："国者，诸侯所封之域，而风者，民俗歌谣之诗也。"是也。而谓之风者以下，至足以动物也，乃仍本序说风化、风刺之意，非也。

朱子云："旧说二南为正风……十三国为变风。"郑夹漈云："正变之言，不出于夫子，未可信也。"说见总论。

程大昌云：盖南雅颂，乐名也。若今乐曲之在某宫者也。南有周、召，颂有周、鲁、商，本其所从得，而还以系其国土也。……知南、雅、颂之为乐诗，而诸国之为徒诗也。

陆深云：《大雅》《小雅》犹今言大乐、小乐云。……后人失之声，而以名义求，非诗之全体也。黄佐云：……乐以诗为本，诗以声为用。八音六律，为之翼耳。仲尼编诗，为燕享祀之时用以歌，而非用以说义也。古之诗也，今之词曲也。若不不能歌之，但能诵其文而说其义可乎？不幸腐儒竞起，齐鲁韩毛四家，各为序训而以说相高。……鼐按此说极是矣。但以诗为仲尼所编者，则未是也。

南，乐名也。程大昌说为确。……又郑谱云：其得圣人之化者，谓之周南，得贤人之化者，谓之召南，言二公之德教，自岐而行于南国也。孔云不直称周召，而连言南者，欲见行化之地。朱子曰南，南方诸侯之国也。皆非是也。

诗人之于情，犹庄周之于理。理与情虚也。虚者难以喻。故不得不假事以实之以发之也。古人于庄周之言，目之以为寓言，特不知诗亦寓言也。故凡陟砠送野、采蘋采蘩之类，皆为虚设之言，读诗者已得其情，则宜略其言可也。乃始为以辞不害意矣。从前诸儒说诗，不知其为寓言。故多拘泥不通，殆使人发笑。

诗人取兴，其意本甚浅，而说诗者，常失诸深，如"关关雎鸠"，大抵取其"洲"与"逑"相呼为韵，因言洲而言雎鸠，因雎鸠言关关，不过以少寓和乐之意耳。取其雌雄之有别，虽谓之家语，恐不必拘。何则？古人论诗，诸见经传者，旁义错出，处处而异，岂得一一取以解诗乎？且此诗，以夫妇之和乐为旨，未尝言夫妇之别。纵有此义，亦非正说。自毛"挚而有别"解之，后人遂争相附和，务张皇其说。然毛郑于比兴二体，每屑屑乎必求其义而不措，皆牵强妄凿，一兴可取，至如谓松蟜不妒忌，虽精物理者，岂能知之乎？皆过求义之弊也。如解此诗，亦其类耳，断不可从。然毛所谓挚者，猛挚之挚也。而郑以为其义，无取于和乐，于是解为雌雄情意至之义，谬误最甚矣。(第一章后)

《毛诗名物图说》序

西岛兰溪

《毛诗名物图说》，清徐鼎撰，须原屋善五郎、堀野屋仪助刊，养真汤藏板，文化五年（1808）版，国会图书馆有藏。

西岛兰溪（1781—1853），江户后期儒者，本姓下条，名长孙，字符龄，通称良佐，别号坤斋，号兰溪。江户人。从师于林述斋、西岛柳谷，是柳谷的养子，继承养父家业。通诗学，善书法，著有《坤斋日抄》《清暑闲谈》《坤斋诗存》等。程千帆、孙望《日本汉诗选评》收入其诗两首。

吾医修本草之学，以辨明动植之名状，是非欲夸博而斗奇也，唯要知其功用，以治人之疾疹耳。儒者讲《毛诗》之学，以疏证鸟兽草木之名物，亦岂贪多识而夸博闻乎哉？要在知其兴象，以正人之性情焉。夫治人之疾疹，以跻寿域，正人之性情，以入圣域，其事虽异，而其理则同，是故诗三百，要思无邪，苒本草三百六十种，要身无疾，苒人身无疾而民心无邪，则太平鼓腹之治，圣贤所愿，岂出此外乎？是故云不为良相，则为良医，盖以其理相类也。

吴中徐实夫《毛诗名物图说》，荟萃众义，断以其所见，简而有要，是学诗之宝筏也。滕扬州翻刻之，以请序于予。予医也，不好序儒书，况于解经之书乎？虽然，此书疏解动植之物，则涉于吾本草之学。而修明本草者，不可不参考此书也。是故于其请序论诗本草之所以相为表里者，弁其编端云。

文化五年戊辰三月

江户医官丹波元简廉夫

兰溪西岛长孙书

《问学举要》摘抄

皆川淇园

据中村幸彦校注《近世后期儒家集》（岩波书店，1972 年）校点。

皆川淇园（1734—1807），名愿，字伯恭，号淇园，又号筇斋、省斐斋，以豪饮又别号吞海子，考证学者，著书多达五十种，如《易原》《易学开物》《左传助字考》《诗经绎解》《书经绎解》《大学绎解》《太史公助字法》《虚字解》《淇园文诀习文录》等。所著《诗经助字法》二卷，乃淇园命其门人等辑录《诗经》助字，而由淇园加以说明而成书。载录助字一百二十七字，近似之字以类相从，列举用字诸例，1783 年（天明三年）刊行，附其子篁斋序。

诗自吴才老论叶韵，而朱考亭采其说以入诗注，至明末顾炎武《音[1]学五书》，乃遂有古无叶音之说，清毛奇龄因作《古今通韵》，以斥顾之谬误，其说尤有确据。其大抵以为东冬江为宫，乃反喉入鼻之音也。支微齐佳灰为征，乃冲唇接齿之音也。真文元寒删先为商。每取字以舌抵上腭，鱼虞歌麻尤为变徵，萧肴豪为角，乃悬舌向腭之音也。阳庚青蒸为变宫，乃入鼻稍侵龈腭，侵覃盐咸为羽，乃读字讫一阖唇。而此七部之说，又见于《通雅》，云是郑渔仲说，疑毛说本于此。但《通雅》以尤属角，是为稍异，而比之毛说，更似觉佳。

---

① “音”，底本作“韵”。

余又考，周诗三百篇用韵之法，乃亦皆同声相应之法。盖每遇其同声之字，辄其意必前后贯应，譬如《周颂·臣工》之诗，正是以东韵宫，庚韵变宫，鱼韵变徵，尤韵角，佳灰韵徵，真先韵商。凡六部之音，相错用成一章者。“王厘尔成”，乃与“将受厥明”相应；“来咨来茹”，乃与“如何新畬”相应；“嗟嗟保介”，乃与“庤乃钱鎛，奄观銍艾”相应；“维莫之春”，乃与“明昭上帝，迄用康年，命我众人”相应，而“明”字仍是“受厥明”之“明”，“明昭上帝”，乃保介即其事也；“亦又何求”，乃与“於皇来牟”相应。又如《周南·麟之趾》之诗，“麟”“振”为同声，“趾”“子”为同声。言公之有子，犹麟之有趾也。麟之趾必由振振，则公子亦宜由振振，如《邶风·燕燕》之诗，“燕燕于飞”，乃“之子于归”也；“下上其音”，乃“远送于南”也。后世乐府有辘轳韵，乃诗人之遗法也。宋人不知之，徒欲以唐诗用韵之法律之，而不能合，遂妄作叶韵之说，诬矣。然而犹未敢议其本音，至明顾氏，乃欲并其本音而易之。殊不知声音之于道，其所关系甚大。使顾氏说盛行，则道几乎息矣。赖有毛氏辨而辟之，而后得古音不亡，其有庇于后学，可谓其功非浅鲜也矣。

诗疑曰：凡今之诗者，不由《小序》，则由朱说，而《小序》之言，率多诗中所不有者。朱说以为乌有舍明白可见之诗辞，而必欲曲从臆度难信之序说乎？此自至当之论。而马端临犹执《小序》说，则以为序以明诗人之深意，故不可废。若如此，论诗必待读其序而后明者，则三百篇唯有序而足矣。夫子删诗不亦劳乎？马端临又以为夫《芣苢》之序，以妇人乐有子，为后妃之美也，而其诗语不过采掇芣苢之情状。而《黍离》之序，以为闵宗庙之颠覆也，而其诗语不过慨叹禾黍之苗穗。此诗之不言所作之意而赖序以明者也。殊不知是主序以观诗，不自知其谬者耳。诗语已无其辞，则序之为附会，不辨已明矣，而反谓诗意赖序以明，岂非谬惑之甚乎？然而朱氏之诗说，亦甚愦愦。盖劝善惩恶，乃《春秋》之教，见于《左传》，而乃以为诗以劝善惩恶为教。此其意虽本于孟子《诗》亡而《春秋》作之语，然而即如此说，则《礼记》又何言诗教温柔敦厚也？且诗果可以劝善惩恶，则其亡何不复作《诗》而作《春秋》也？此岂非添蛇足之比乎？且朱氏其论虽斥毛说，然视其诗解，犹尚依违于《小序》之间，则亦是阳忌阴收，徒逞言说者耳。至如明何楷《世本古义》，则竹书汲冢杂伪交征，而说亦多迂曲不通。此不唯无鉴裁，而并又不知诗矣。三家之说，其难信者如此，则诗三百之设，其为教者，其将何以为定说乎？

圣道得门·兴诗门·第五

冢田大峰

据中村幸彦、冈田武彦校注《近世后期儒家集》（东京：岩波书店，1972年）校点。

冢田大峰（1745—1832），名虎，字叔貔，通称多门，著有《解愠》《圣道得门》《冢注论语》《圣道合语》《学语》《儒学辨》《得门》《论语群疑考》，有《大峰先生文集》《大峰先生诗集》《随意录》行世。所撰《圣道合语序》自称"少而藏修于宋儒之理窟，旁游息于六朝及唐明之词林，长而上涉猎于魏晋以上之说薮，下溯游于我日本近世之学流，且历观于庄列墨韩等之异域"，"于是乎，不拘系于孟荀以下、历代诸家之说，直就于《春秋》以上，古圣贤之典籍，以察于古圣贤之言行，探其本根，而摘其花叶，掇其果实，果实花叶，若与不相失，而有所自得焉"。

凡士君子，志于治安之道，而欲以成德者，其所以可务，莫先于通人情，且善言语也。不通人情，则发政令不中焉；不善言语，则辨义理不明焉。政令不中焉，义理不明焉，则不能成治安也。而其通人情，且善言语者，以学诗为本矣，故曰"兴于诗"。兴者，谓感发其志也。

又曰："小子何莫学夫诗。诗可以兴，可以观，可以群，可以怨。迩之事父，远之事君，多识于鸟兽草木之名。"盖诗之为经，能尽人情，而美言语，故其讽咏之间，自以感发人心，而鉴观世之情态，以能与众群处，而不相匿其怨。厚人伦之际，而且资多识。故又曰"诵诗三百，授之以政不达，使于四方，不能专对，虽多，亦奚以为?”此古者士之职，处则从国政，出则使诸侯，不过乎二者也。而政者，以觉人情为先焉；使者，以善言辞为任焉。故能学诗者，授之以国政，则得达于人民之情；使之于四方，则得应变以专对也。而夫不通人情，且不善言语者，乃在室家，则不能顺睦其亲族；在邦国，则不能和安其人民。故先王之制，以诗为风化之先，用之乡人焉，用之邦国焉。

《诗序》曰：“先王以是经夫妇，成孝敬，厚人伦，美教化，移风俗。”然则士之志于道者，不可不先学诗也。孔子之所以谓伯鱼曰“不学诗无以言”，亦不能通人情，且不得善言语，则为其交接之际，无以发言也已。而人情有邪有正，言语有直有曲。然言之曲直，乃亦因于情之邪正也。而诗之为道，必能使人得性情之正者也。《尧典》曰：“夔命汝典乐，教胄子，直而温，宽而栗，刚而无虐，简而无傲。诗言志，歌咏言。”《诗序》曰：“诗者，志之所之也。在心为志，发言为诗。情动于中，而形于言。言之不足，故嗟叹之；嗟叹之不足，故永歌之。”此诗之为道。

自唐虞时，至三百篇，皆发于人情之诚，而其讽咏之间，自使人情感动者也。则三百篇之诗，其情与词，或安以乐，或怨以怒，或哀以思，虽则不同也，然要无非导人情者，乃能使去其邪以归正也。故曰：“诗三百，一言以蔽之，曰：‘思无邪。’”是以唐虞以来，其教育子弟，必先以歌诗蹈舞之也尔。

虽然，从周道之衰，诗教亦亡焉。而至乎后世，乃无由乎得咏歌蹈舞之节，则又学诗如之何？盖亦能吟诵三百篇也已。孔子之所以曰诵诗三百者，意亦非敢咏歌蹈舞焉。啻诵其词而不已，则犹将能通人情，且善言语也。然而今士君子，欲学诗者，乃又当更有其方也。必先熟诵三百篇。而后战国秦汉以降所作，及近体之诗，亦皆是感物触事，而所以发其志情也。则可谓夫变风之又稍变者也。此亦宜涉读之，而弥其古今之变，以玩味诗之风调，而后又自感物触事，而发其志情，有以述作焉。是亦可谓学通人情、善言语之一端也。

今夫童子辈，苟学作诗，欲以成五七句体，则自乐弄文字，且善按世之情态焉。其日涵泳之间有终得以入学之阶也。然夫变风也者，如《诗序》所谓皆发乎情，止乎礼仪。发乎情，民之性也；止乎礼义，先王之泽也。而夫汉魏以降，至近体之诗，岂皆然也哉！或有作意以修饰焉，或有放心以浮华焉，而不发于自然之情，且非有其所止焉者。则其情有诚伪，其词有虚实，学者不可乃不察之也。

今士君子，苟感物触事，而有以作诗，乃只述其自然之情，而不敢用巧意，且于夫汉魏以降，及近体之诗，宜取其情之诚、其词之实者，以为规范也。若其不然也，则或将流乎滑稽诙谐，而有以失性情之正矣。故我党之士，苟欲学诗者，必原三百篇，而不忘治安之道，以通人情，且善言语，此之当务而已。

《入学新论》摘抄

帆足万里

据中村幸彦、冈田武彦校注《近世后期儒家集》（东京：岩波书店，1972 年）校点。

帆足万里（1778—1852），通称里吉，字鹏卿，因书斋名亦称愚亭，又因学舍名西崦。著四书五经标注数种，及《穷理通》《入学新论》《东潜夫论》等。

《荀子》曰："《诗》言是其志也，《书》言是其事也，《礼》言是其行也，《乐》言是其和也，《春秋》言是其征也，天下之道毕是矣。"

庄周曰："《诗》以道志，《书》以道事，《礼》以道行，《乐》以道和，《易》以道阴阳，《春秋》以道名分。"庄周之言滑稽乱道，不可以训，然至其评论道术，盖亦举当时所称言之耳。

《戴记》曰："入其国，其教可知也。其为人也，温柔敦厚，《诗》教也；疏通知远，《书》教也；广博易良，《乐》教也；洁清精微，《易》教也；恭谦庄敬，《礼》教也；属辞比事，《春秋》教也。《诗》之失愚，《书》之失诬，《乐》之失奢，《易》之失贼，《礼》之失烦，《春秋》之失乱。其为人也，温柔敦厚而不愚，则深于《诗》者也；疏通知远而不诬，则深于《书》者也；广博易良而不奢，则深于《乐》者也；洁清精微而不贼，则深于《易》者也；恭谦庄敬而不烦，则深于《礼》者也；属辞比事而不乱，则深于《春秋》者也。"戴记出汉儒纂录，驳杂已甚。如经解托夫子，亦重言也。

但其言颇有可取者，亦战国经生相传之说也。

夫教之大本，将以治人。苟为教之远人，虽高何为？故诗之教，将明人情之所同然以道之也。夫人之情，物至不能无感；苟有所感，必形于言；言之不足，则讽咏之。诗，讽咏之言也。是故心之所蕴，宣露流溢，不可掩盖，读之使人观感兴起，玩之使人明恕温厚。夫诗教尤近人，易知易感，故以居首也。诗之教在知人情所同然，故《国风》为始；《小雅》所以推诗教、施邦国，故次之；《大雅》及《颂》，颂德之辞，亦使听者感兴，然时一用之而已，故尤居末也。

诗，与生人俱生者也。有讽斯有教，亦与生人俱生者也。上古无书史，其可援以教人者，独有诗耳。今民间不识字者，其教子孙，多举歌谣以为言，亦足以知上世之俗也。为乐未有无歌谣者。尧舜时亦必有诗，及周公制作盛行，非当时所用，遂失其传耳。如子在齐闻韶，韶亦有诗，湮灭不传也。深于诗者，其待人必恕；待人恕者，其自居必不薄。然多恕之失，优游不断，成妇人之仁，此其愚也。如本邦王朝，中古以前，专以国诗为教，《源》《势》诸语所载可见矣。其究至偷惰懦[①]弱者，亦愚之失也。

诗在六经中为尤完，盖以其人人讽诵，遭秦火，独不失其传也。然其辞古雅，虽宿儒动苦难解，况在我邦，言语殊异，益难为力。所幸古经犹完，圣人之教备在，则苟以此律之，汉唐以下歌诗及国诗谐句，至里巷歌谣，皆可以当诗教。文人徒事靡丽，及都会所作歌谣，轻薄谑浪，绝无真情者，在君子之所删耳。

《左传》列国大夫，赋诗述志，蕴藉敦厚，用诗之妙者也。盖古人之于诗，断章取义，变化无方，托意微婉，可观可感。后世韩生外传，实得其意。谢显道曰："明道先生善言诗，他又浑不章解句释，但优游玩味，吟哦上下，便使人自得。""瞻彼日月，悠悠我思。道之云远，曷云能来。"思之切矣；终曰："百尔君子，不知德行。不忮不求，何用不臧?"归于正也。宋

① "懦"，底本作"濡"。

儒此颇得用诗之意，亦其德性之美也。

物徂徕曰：诗之为言，上自庙堂，下至委巷，以及诸侯之邦，贵贱男女，贤愚美恶，何所不有？世变国俗，人情物态，莫不尽著。其辞婉柔近情，讽诵易感，而其事皆零碎猥杂，自然不生矜持之心。是以君子可以知小人，丈夫可以知妇人，朝廷可以知民间，盛世可以知衰俗。且其为义，不为典要，美刺皆得，唯意所取，引而伸之，触类长之，莫有穷已，故古人所以开意智，达政事，善言语，使于邻国专对酬酢者，于此得焉。《书》为正言，《诗》为微辞；《书》立其大者，《诗》不遗细物。如日月之代明，如阴阳之并行，故合二经而谓之义之府也。王介甫经筵废《国风》不讲，未可全非。盖《诗》歌咏之言，非讲说之书也。

释氏说法已毕，作偈颂，重叙前意。出世之教，尚不能废诗者，取其易感发也。偈颂释氏所作，其文必美，以其经翻译，徒成冗长。鸠摩罗什亦有嚼饭与人之喻，不啻失其味，使人呕哕，故蛮夷之国，皆无不有诗教。他经不贵修辞，独诗贵巧。不巧不能感人，其行不远。且诗教以易入易感为主，若以异邦之言，徒可以教学者，然亦苦难译。译者在得其意；得其意，必失其辞也。《书》，先王之大典也，彝伦所叙，贡赋所出，控制抚御之方，征伐刑戮之法，皆在焉。为教之大本，故以次《诗》也。

《毛诗品物图考》摘抄

冈元凤

《毛诗品物图考》，冈元凤纂辑，有1785年北村四郎兵卫刊本、1900年松村九兵卫刊本等。我国有宣统二年（1910）石印本与王承略点校解说本，山东画报出版社，2002年。

1785年刊本为冈元凤纂辑、挹芳斋国雄画。冈澹斋（1737—1786），橘国雄（1759—1789），有柴邦彦、那波师曾序，冈元凤自序，木孔恭跋。我国1910年刊本有戴兆春序。戴兆春，字东来，号殿韶（今杭州人）。工山水，书画家。

序　一

柴邦彦

草木鸟兽虫鱼之各挥其天而熙也，人悲欢怨乐会与之触，油然感兴不能自已者，发而为诗，其所以相投之机，至微而切，虽诗人有不能自喻者也。故从之学诗，苟不能审其所感之物，而知其形神之详，则焉能得察诗人性情之微以兴观哉！则多识之学，岂可诿之末艺漫而不讲哉！仲尼固曰“多识于鸟兽草木之名”，是先哲所以有《多识》《小识》《辨解》等作也。

古人曰：“百闻不如一见”，言之不足以尽意也。虚中而节谓之竹，则人将误认芦焉；短翮而啾谓之雀，则人将误认燕焉。顾指之屏上画，虽儿童不惑，是其詹者尚尔。况乃物类之赜，形似之疑，虽以巧喻博证，恐有不能辨者焉。是图之所以不可以已也。吾徒之卤莽，日坐帐帷，耳目所接，不过户庭之间，是以轩栊所植，阶除所驯，或不能辨识，况于林野之杂卉乎？况于遐陬之异类乎？向之数书，喻虽巧矣，证虽博矣，并其喻者与证者昧焉。昧之其日读诗，能言雎鸠为鱼鹰矣，诘以喙翼则塞焉；能言卷耳为鼠耳矣，诘之水陆曷在则赧然。是余所以有多识苑图之举也。

事之不谋而同者，浪华冈君公翼，先我有《诗经品物图》，是可喜也。公翼业医，其于本草，固极精极博。如于此图乃绪余。左右逢原者，犹尚考核不苟，皆照真写生。至于郊畿不常有，若白山之鸟，常陆之獐，则必征之。其州人遐陬绝境，虽远不遗。是以其书成，不独其形色逼真，其香臭艳净、狠驯猛顺之情，郁然可挹，指示儿童，亦能一目即了，不复烦颊舌。余徒足迹不下堂，而旷林邃谷之物类，杂陈几上，得形色神情之详，乃以此求诗人之所以托兴者，其庶几乎？

刻成乞序。余喜其先得我心之所同也，不得不为之繁言而志喜也。

乙巳仲春　东赞柴邦彦　撰

序　二

那波师曾

五经旧有图解，其用既多，而诗为其最。盖六义所取鸟兽草木，一动一静，一枯一荣，细悉纤浓，靡所不至，非有图解，则其言愈繁，其义愈隐矣。或曰：学者苟省察六义所取以通达其归趣，则何必问区区形容哉？固矣！夫为诗也。夫《关雎》《驺虞》者，物也；有别、不杀者，性也。诗人取以为义，则亦其义也。若欲知其义而不求于其性，则将安乎取之？是故欲知其义者，先求于其性；欲求于其性者，先求于其物；欲求于其物者，先求于其形。其形不可常得，图解其庶几乎？诗云："虽无老成人，尚有典刑。"此之谓也。今也架空设心，以为诗人博物，应定有其物，有其义，而果如各篇所咏，未可必用屑屑焉。根寻其然否，斯亦足矣。是犹矮人观场，从人啼笑。问之则曰："前人岂欺我哉?"省察云，通达云，帘视壁听，居然隔一层焉。浪华冈氏元凤所著《毛诗品物图考》，辨紫朱于似，指獐鹿不谬，爬罗剔抉，殆无遗憾。顷日，京板既成，邮书索言。予喜其有益于诗学不鲜，故序以告于学夫诗者如此。

天明四年甲辰冬十月五日

西播那波师曾撰并书

序　三

戴兆春

尝闻一物不知，儒者之耻。士人束发受书，足不出户庭，交不出里巷，孤陋寡闻，所不能免，安得合天下之大，极庶类之繁，一一尽知其名象哉!有如四足而毛者，吾知其为兽也，然兽之名不一，即兽之象不一；二足而羽者，吾知其为鸟也，然鸟之名不同，即鸟之象不同。推之草木虫鱼，厥状各殊，亦复更仆难数，此多识之学，所宜亟讲也。《毛诗》三百篇备兴观群怨之旨，赅政治风化之全，原不沾沾于一名一物之细，遂诏可毕乃事。然而圣学高深，不遗识小，儒生考订，历有专家，何得以其绪余而忽之?东瀛浪华冈氏元凤，著有《毛诗品物图考》一书，采择则汇集诸说，考订则折衷先贤，不特标其名，且为图其象，俾阅者开卷了然。综见见闻闻之类，极形形色色之奇，罔不搜采备至，诚有《尔雅》所不及载，《山经》所不及详者。吁!大观哉!学者由是而扩充之，则溯流穷源，顾名思义，因形象而求意理，因意理而得指归。虽欲贯通乎全诗不难，岂仅为博物之一助耶?将付石印，以公同好，问序于余，因为撮其大旨如此。

光绪丙戌年孟冬之月

赐进士出身翰林院编修戴兆春书

自　序

冈元凤

夫情缘物动，物感情迁，诗三百篇，触于物而之于情者也，而情岂有古今哉？自名物不核，读诗者滞其义，或觉不近人情，故名之与物不可不辨也。世代变迁，异称殊训，注家所传，本亦不同。绿竹猗猗，为草为苞；隰有六驳，或动或植。疑似混淆，莫之能正；末说纷纭，愈出愈乱。名之不明，物其竟晦矣。彼已愦愦，况我东方乎？讹传经久，沿习相袭，处乎千载之下，居乎万里之外，嗟亦难道也。世之学者，乃谓古今之异，华和之分，何以能识而辨之，远道于此，非通儒之所为，盖其言则是矣。虽然，此言一出，其可识者均附之，于不可识而止。诗之名物，竟不可辨也。余唯泰媪之覆载，日宸之附丽，风云雨露之行施，河海山岳之流峙，今视犹古也。而夭者、乔者、翔者、走者、鸣而跃者，呴沫而潜者，蠢然蕃殖其间，岂又有古今异种哉？且夫我之于华，地方虽殊，风气极类，土产品物略备。夫著昏昏，传忞忞，苟能求焉，未有不合者也。订其讹，征其实，溯而洄焉，则视今犹古也耶。然后田畯、红女之喁喁乃可以见已。近世一二儒先称首及之，辨殆匡正，余便纂斯编，以便幼学，固欲一览易晓，不要末说相轧，毛、郑、朱三家为归，有异同者，会稡群书而析之，采择其物，图写其形，要以识其可识者耳，而不可识者阙如，庶为读诗之一助也。

浪华冈元凤　撰

跋

木孔恭

自古说诗而辨厥名物者，亡虑数十家，而其义丛沓，学者鲜折衷矣。梁有《毛诗图》三卷，唐有《毛诗草木虫鱼图》二十卷，宋有马和之《毛诗图》，久既失其传焉。吾日本尝有稻若水先生者，自唱多识之学，始有《小识》之撰，其徒相续有纂述，未见图画其形状者也。友人冈公翼有慨于兹，说诗之暇，遍索五方，亲详名物，使画人橘国雄写其图状，系以辨说，装为三策。於戏！考据之博，拟肖之真，所谓说诗辨物者，于此乎可以备资正焉。乃今而后，使诸书生家无郑渔仲之叹者，实公翼赞成之惠也哉！余亦尝有多识之癖，不得不喜跃斯举，因题其后云。

天明甲辰孟冬之吉浪速木孔恭识

《七经札记》卷之四

岗田钦

岗田钦所著《七经札记》，有1836年和泉屋金右卫门等刊本、出版年不详的小杉文右卫门等刊本、江户末期大阪心斋桥群凤堂刊本等，后收入凤出版刊关仪一郎编《日本儒林丛书》。

岗田钦又著有《圣学私言》，书中有1822年序，原忠贞、高维直校，有文政五年，即1822年刊本，现收入《日本随笔大成》。岗田钦尚校《清经解一斑》六卷，有江户后期丁子屋平兵卫、和泉屋吉兵卫刊本。

早稻田大学图书馆等藏其《七经札记》心斋桥浪花书林刊本三册。《七经札记》，署下总岗田钦稿，保田笃、下山升同校。下总，即千叶县及茨城县南部。卷之四为《诗经》部分。这一部分引用的宋明诗经学文献，包括如下著述：明人袁仁《毛诗或问》、杨慎《丹铅录》、季本《诗说解颐》、何焯《义门读书记》、焦周《焦氏说楛》等。除清圣祖、清高宗之说之外，引用的清人之书有：高士奇《天禄识余》、方苞（望溪）《诗义补正》、许伯政《诗深》、卢文弨《钟山札记》、戴震《毛郑诗考》《诗经补注》等。

岗田钦（1792—1838），字彦辅，号煌亭，江户末期儒者。下总（今千叶县及茨城县南部）人。

下　总　岗田钦　稿

下山　亨吉田　操　同校

诗

《汉书·艺文志》云："古者采诗之官，王者所以观风俗、知得失、自考正也。孔子纯取周诗，上采殷，下采鲁，凡三百五篇，遭秦而全者，以其讽诵不独在竹帛也。"

孔子删诗之说，始于司马氏迁，曰："古者诗三千篇，去其重，取其施礼仪者三百五篇。"《史记·孔子世家》按：夫子言"予自卫返鲁，然后乐正，雅颂各得其所"，而未尝曰"予删诗也"，则夫子修诗而已，非删诗也。夫子之修诗，与其修《春秋》固无以异也。《春秋》因鲁史成文，鲁史所不载者，夫子未尝增。当时若晋重耳之入国，与杀怀公于高梁，皆赴告未及，故鲁史不书。夫子亦未尝取《晋乘》之文以益之。若甲戌己丑陈侯鲍卒，夫子未尝删其一。夏五、郭公尚不欲变其辞，其故何也？盖其慎也。此修《春秋》之旨也。

知修《春秋》之旨，则又知修《诗》之旨矣。夫诗三百五篇外，虽有士蒍、祈昭等见他本者，固不必益之。其不敢益，则其不敢删也可知矣。又金履祥《通鉴前编》引《书大传》云："五载巡狩，群后德让，贡正声而九族具成。"《王制》云："天子五年一巡守，命太史陈师以观民风。"《前汉·食货志》云："孟春之月，行人振木铎徇于路，以采诗献之，太师比其音律，以闻于天子。"《周官》大师教六诗："曰赋、曰比、曰兴、曰风、曰雅、曰颂。"然则诗者，大师之所陈，大司乐之所教，掌之王朝。而夫子辄取其篇章句字而删之，十分去九，则是变礼易乐也，又作礼乐也。《王制》云："变礼易乐者为不从，不从者君流。"《中庸》云："苟无其位，亦不敢作礼乐焉。"若夫无其位而违王之制度，夫子不必然矣。故朱子谓："经孔子重新整理，未见得删与不删。"又谓："孔子曾不删去，只是刊定而已。"盖为得夫子旨矣。

诗序之作，说者不一。郑氏玄、王氏萧以为子夏。而序中所引高子，盖战国人。且《大序》之说，验之经而多不合，则其以为创乎子夏者，非矣。

《大序》所谓政有大小，故有小雅焉，有大雅焉。南言化自北而南也。变风发乎情，止乎礼义之类。严粲《诗缉》、郑樵《六经奥论》、程大昌《诗论》、杨慎《升庵外集》、顾炎武《日知录》等，辨之悉矣。

唐成伯瑜以为毛公，而丘光庭《兼明书》举《郑风·出其东门》篇谓"《毛传》与序不符"。曹粹中《放斋诗说》亦举《召南·羔羊》《曹风·鸤鸠》《卫风·君子偕老》篇谓"传意序意不相应"，序若出于毛，则安得相违戾，是续申之语出于毛后之明证，则其以为出于毛者，亦无稽之说也。

发端一语，如"《葛覃》，后妃之本也"，"《鸿雁》，美宣王也"之类，是为古序。二句以下是为续序。此说苏氏辙倡之，王氏得臣、程氏大昌、李氏抒从而和之，是最为确论矣。《后汉书·儒林传》云："卫宏从谢曼卿受学，作《毛诗序》。"《隋书·经籍志》云："子夏所创，毛公及卫敬仲更加润色。"然则今之续序，为宏之搀入也，粲然明白。

《礼记》云"《驺虞》者，乐官备也"，"《狸首》者，乐会时也"，"《采蘋》者，乐循法也"，是见古人言《诗》，率以一语括其旨。《小序》之体，盖肇于此。王应麟《诗考》所载，如"《关雎》，刺时也"，"《芣苢》，伤夫有恶疾也"，"《汉广》，悦人也"，"《汝坟》，辞家也"，"《蝃蝀》，刺奔女也"，"《黍离》，伯封作也"，"《宾之初筵》，卫武公饮酒悔过也"。刘安世《元城语录》亦云："少年尝记读《韩诗》，有《雨无极》篇序云：'正大夫刺幽王也'。"是《韩诗》序亦括以一语也。又蔡邕《石经》，悉本《鲁诗》，所著《独断》，载《周颂》序三十一章，大致皆与《毛诗》同，而但有其首句。是《鲁诗》序亦括以一语也。而今之续序，冗长漫衍，自失古序之体，是亦足以见续貂之陋也。

郑氏樵云："宏序作于东汉。故汉世文字，未有引诗序者。惟黄初四年，有'曹共公远君子近小人'之语，盖魏后于汉。而宏之序至是而始行也。"《六经奥论》是亦续序出于宏之一证。

全废序者，郑氏樵、王氏质，而和之者朱子，至其作《集传》，昌言排击而系之篇末，然朱子同时如吕氏祖谦、陈氏傅良、叶氏适，皆以同志之交，各持异议。黄氏震笃信朱子，而所作《日抄》亦伸序说，则人心是非之公，有不可得而磨灭者也。杨氏慎《丹铅录》谓："文公因吕成公太尊《小序》，遂尽变其说。"《四库全书简明目录》亦云："朱子解诗，其初稿亦用《小序》，后与吕祖谦相争，遂改从《小序》。"则朱说固非持平之论也。要之，古序多可从，续序多附会。学者以意逆志，择其善者而从之，是学诗之第一义也。

《关雎》《周南》

朱子《集传》云："《关雎》之诗，其词虽主于后妃，然其实则皆所以著明文王身修家齐之效也。"又引匡衡之说云："妃匹之际，生民之始，万福之原。婚姻之礼正，然后品物遂而天命全"。此说最为得之。《中庸》云："君子之道，造端于夫妇"。《易》云："有夫妇然后有父子，有父子然后有君臣，有君臣然后有上下，有上下然后礼义有所错。夫妇之道不可以不久也。"序卦传夫夫妇之际，人道之大伦，夫妇有别则父子亲，父子亲则君臣敬，君臣敬则朝廷正，朝廷正则王化成。所以文王御于家邦，经纬于天地，亦基于此。故《大雅》云："刑于寡妻，至于兄弟，以御家邦。"此《关雎》所以冠于三百也。

〇《毛传》："雎鸠，王雎也。鸟挚而有别。"《郑笺》："挚之言至也。谓王雎之鸟，雌雄情意至，然而有别也。"按郑说非也。挚与鸷通。《春秋·昭十七年》传云："雎鸠氏，司马也。"杜注："鸷而有别，故为司马。"此义之兼取鸷者，不得如郑所云明矣。后儒又多有疑猛鸷之物，不可以兴淑女者。考诗中比兴，如螽斯但取于众多，雎鸠取于和鸣有别，皆不必泥其物类。刘勰《文心雕龙》云："雎鸠有别，故后妃方德；尸鸠贞一，故夫人取义。义取其贞，无从与夷禽；德贵其别，不嫌于鸷鸟。"《比兴》得之矣。

《卷耳》同上

此盖怀人之诗，《集传》"因拘幽而作"，最得其旨矣。按《左传》论官人之亟而借引之曰："嗟人怀人，置彼周行，能官人也。"又解之曰："王及公侯伯子男各居其列，所谓周行也。"续序遂影附之云："求贤审官，知臣下之勤劳。内有进贤之心，而无险陂私谒之意，朝夕思念，至于忧勤也。"是大不然。《周易》家人六二云："无所遂，在中馈，贞吉。"《斯干》云："无非无仪，唯酒食是议，无父母贻罹。”妇人之道尽于此矣。又曾子曰：“君子思不出其位。”《论语·宪问》夫求贤审官，君相之先务。纲纪四方，莫大乎此。若妇人而朝夕思念，为此出位之谋，则所谓“妇无公事，休其蚕职”《大雅·瞻仰》宗周所以亡也，岂所以为太姒哉？凡古人赋诗引诗，多断章取义，不得据此而误诗本义矣。

《兔罝》同上

续序云：“贤人众多。”《郑笺》《朱传》皆从之曰：“兔罝微贱之人，其才可用。”袁仁《毛诗或问》、王棠《知新录》、戴震《诗经补注》引《墨子》曰：“文王举闳夭、泰颠于罝网之中，授之政，西土服。”《尚贤》上。据此则“赳赳武夫”，追本其往昔所为而质言之也。又以见举贤之不遗微贱，而得国士良佐也。

《芣苢》同上

芣苢，《本草》云：“令人有子”，陆玑以为其子治产难。盖幽、平之世，遇人之艰难矣。《中谷有蓷》云：“慨其叹矣，遇人之艰难矣。”其躬犹不如无生《苕之华》云“知我如此，不如无生”，岂得能保其子姓乎？今妇人及暇日采之掇之，以备产难，惟若恐其生育之不蕃。然反三隅观之，则天壤之间，和气充塞，皞皞之景象，洋溢乎言外矣。续序云：“和平则妇人乐有子矣。”《毛传》云：“芣苢，车前也，宜怀妊矣。”皆得之。

《集传》云：“妇人无事，相与采此芣苢，而赋其事以相乐也。”似未尽其旨。许氏伯政云：“《书》称文王诰教小子，有正有事，毋敢淫必舍力也，况妇女与？是以女子无故不出中庭，送迎不出门。即田间之妇，采蘩求桑，馌彼南亩，无非事者。汉有游女，最非美俗，惟被化而革心，《汉广》所以咏也。若妇人乘时无事，招邀俦侣，翱翔原野，采物赋诗以相乐，恶足称俗之美，为化行之所致哉！”《诗深》

南有乔木，不可休息《周南·汉广》

息，戴氏震《毛郑诗考正》作思，云：“经文思或作息者，转写之误。《尔雅》：‘休，荫也。’休、求、游、方各为韵。思皆句末辞助。”《韩诗外传》

作“不可休思”。

召伯所茇《召南·甘棠》

《郑笺》：“召伯为上，公为二伯。”《集传》从之云：“伯，方伯也。”方氏望溪驳之云：“伯非方伯也。若文王时召伯为方伯，则受命称王之说，不为妄矣。古者五十以伯仲，诗称召伯，如《春秋传》称荀伯、乐伯之类。”《诗义补正》。

平王之孙同《何彼秾矣》

《毛传》：“平，正也，谓文王。”按古人咏歌之文，多不直斥。如《诗》中所称辟王《棫朴》、汾王《韩奕》、玄王《玄鸟》、文王《江汉》之类是也。

清高宗云：“《国语》太子晋云：‘自后稷之始基，靖民十五王，而文始平之。’”是文王之为平王，犹武王之为宁王，当时有此称也。《诗义折中》或云平王即平王宜臼，齐侯即襄公诸儿也，非矣。《召南》虽专不文王诗，然止附入西周之作，岂可阑入东周以乱南与王风之部也？且春秋以前，王姬之嫁齐者非一人也，何诸儿小白之断断哉？

一发五豝，于嗟驺虞同《驺虞》

《集传》云：“一发五豝，犹言中必叠双也。”然中必叠双，无一发得五豕之理。是以后儒或谓“射毕十二箭为一发”《猗觉寮杂言》或谓“每发四矢”《诗经衍义》要之，天子不合围，诸侯不掩群，若以尽物为心，则于礼为过。欧阳氏修以为一发五豝，五豕而一取也，《毛诗本义》是也。盖兽虽多不敢尽收，亦见仁及物焉。《易》云“王用三驱失前禽”，意亦相似。

○续序以驺虞为仁兽，《集传》从之。按《山海经》云：“林氏国有珍兽，名曰驺虞。”《海内北经》司马相如《封禅文》云：“囿驺虞之珍群。”《文选》《淮南子》云：“散宜生得驺虞、鸡斯之乘以献纣。”《道应训》驺虞之为兽，可以征矣。且《麟趾》《驺虞》，分居二南之末，而章末于嗟之辞，亦相似。古《序》一以书《关雎》之应，一以书《鹊巢》之应。则撰者、序者之意，亦以为仁兽可知矣。

严氏粲以为“驺，驺御也，虞，虞人也”，又引《礼记·射义》云：“天子以驺虞为节，乐官备也。”谓驺御、虞人皆不乏人，则官备可知。《诗缉》按郑氏谓：“乐官备者，谓驺虞云壹发五豝，喻得贤者多也。”孔疏云：“一发而五豝，若君一求而得五贤。”则是亦所谓断章取义，未得据此而误诗本义矣。但《尔雅》无驺虞，是为可疑，严氏之说，所以不可废也。

《柏舟》邶风

续序云：“卫顷公之时，仁人不遇，小人在侧。”朱子不从，以为妇人之诗，引刘向《列女传》为证。然向上封事，论恭显倾陷正人，又引“忧心悄悄，愠于群小”之语而继之云：“小人成群，亦足愠也。”《汉书》本传此则续序之说也。夫一刘向而彼此抵牾如此，则其说何足以征乎？至朱子注《孟子》，则亦云：“本言卫之仁人见怒于群小。”《尽心》则《集传》未为定说也。要之，《孔丛子》云：“孔子读《柏舟》，见匹夫执志之不易也。”《记义》则续序盖有所受也。

《简兮》《邶风》

焦氏周《说楛》云：“柬兮柬兮，方将万舞兮。子贡、《毛诗》皆以为伶官诗。申公云：‘柬，伶官名，耻居乱邦，故自呼而叹云：柬兮柬兮，汝乃白昼而舞于此乎?’。政如《东观汉纪》淮阴侯拊胸叹云：‘信乎信乎，碌碌乃与哙等为伍乎?’。毛本讹柬为简按柬、简古字通用，《毛诗》非讹。故朱传以简傲释之误矣。”近时清高士奇《天禄识余》，主张此说，直截平易似是。

莫赤匪狐，莫黑匪乌《邶风》①

季氏本云：“狐妖邪而善媚人，乌贪残而善攫物，皆不祥而可恶者也。狐色赤，君大夫之服纁裳者似之；乌色黑，君大夫之服玄衣者似之。故以比卫之君臣也。”《诗说解颐》《钦定诗义折中》亦用此说。觉于比喻义最切矣。

爱而不见《邶风·静女》

何氏焯云：“爱，《说文》作僾，仿佛也。”《义门读书记》

星言夙驾《鄘风·定之方中》

姚氏姬传云：“古晴字，本作甠，甠亦可作星。若星辰字，自作曐。

---

① 原文作“邶風邶風”，疑衍“邶風”二字。

《诗》‘星言夙驾’，《释文》引《韩诗》云：‘星精也，精明精之谓也。’其星言即晴字，甫晴即驾，足以为勤矣。若见星而行，乃罪人与奔丧者之事，卫文固不得为也。又《尔雅》：‘四时和为通正。’《论衡》作‘四气和为景星’，星亦今晴。故为四时气和之名也。”

《相鼠》《鄘风》

关尹子云：“圣人师拱鼠制礼。”《三极》韩氏愈《城南联句》云：“礼鼠拱而立。”《韩文》《埤雅》云：“今一种鼠，见人则交其前足而拱，谓之礼鼠，亦谓之拱鼠。”《释虫》此盖诗人之所以起兴也。若不然，则凡兽皆有皮、有齿、有四体，何必鼠哉？余于是知诗人之比兴不偶然矣。

《芄兰》《卫风》

古序：“《芄兰》，刺惠公也。”《集传》不从，而曰：“此诗不知所谓。”按：闵二年《左传》云：“初惠公之即位也少。”杜注云：“盖年十五六，诗所谓童子也。”

《木瓜》《卫风》

古序云：“美齐桓公也。”朱子改以为男女赠答之诗，其意盖谓序说无史传可征，然诗中又无见颇邪淫泆之意，则何以知其男女相悦之辞乎？《子夏传》云：“朋友相赠赋《木瓜》。”孔子曰：“吾于《木瓜》见苞苴之礼行。”《孔丛子·记义》则古序亦为有据。

《将仲[①]子》《郑风》

古序：“刺庄公也。”《集传》引甫田郑氏之说云：“此淫奔者之辞。”徐氏文靖非之云：“按：仲子，祭仲也。毋逾我里，逾，过也。所谓都城过百雉，国之害也。‘毋折我树杞’，仲子云：‘毋使滋蔓。’公曰‘姑待之’，是也。‘畏我父母’，公所谓姜氏欲之，焉辟害也。诗人意婉切，而甫田郑氏臆料以为淫奔之诗，何也？”

山有扶苏，隰有荷华。不见子都，乃见狂且。山有桥松，隰有游龙。不

① “仲”，原文作“中”。

见子充，乃见狡童《郑风·山有扶苏》

山有扶苏之小木，朴樕不足道。喻么麽之小人；隰有芙蕖之名华，自拔于污泥之中，喻修絜之君子。美恶本不难见，忽乃用舍倒置。君子去之，在其朝者皆小人耳。故不见都美之贤人，惟见狂人也。山有乔高之松木，挺特而秀拔，喻特立之君子；隰有放纵之龙草，纵横而乱生，喻纵恣之小人。今不见充实之贤人，乃见狡狯之小子，是所美非美，而反以小人为君子也。汉武帝贤公孙洪（弘），而愚汲黯；唐德宗以卢杞为忠，而以姜公辅为卖直，皆是此类。此说见黄氏櫄《毛诗集解》，严氏粲《诗缉》，与续序所美非美然之说合，是矣。

《毛传》："狡童昭公也。"或云狡童之称，不可施君上。按：古语谓戏为狡猾，狡非必不美之名。说见于陆氏游《老学庵续笔记》。又箕子《麦秀之歌》云："彼狡童兮，不我好兮。"《史记·宋世家》所谓狡童者，纣也，则《毛传》亦非无据，然不若黄、严二家之兴意隽永矣。

《风雨》《郑风》

清圣祖云："按序《风雨》思君子也云云。自两汉六朝，及唐宋诸儒，皆传其说。独至朱子断为淫奔之诗。而南宋诸儒，率不宗其说，且辨之云：淫诗未见称其人为君子者。盖风雨杂至而如晦，喻世之昏乱；鸡鸣在暗思曙，喻君子居乱而思治，君子不改其度，则世道可挽。故见之而心悦，如疾之去其体焉。以此见诗古说可通也夫。"《诗经传说汇纂》按：刘峻《辨命论》："'风雨如晦，鸡鸣不止'，故善人为善，焉有息哉？"孔子曰："于《鸡鸣》见古之君子不忘敬也。"《孔丛子·记义》其非淫诗，亦可以征矣。

载猃歇骄《秦风·驷驖》

《毛传》："歇骄，田犬也。"《集传》从之，是矣。王雪山、戴岷隐、严华谷三家，皆以为田毕游园，载猃于輶车，以歇其骄逸。季本《诗说解颐》引之非矣。《释文》云："歇獢，本又作猲獢。"张衡《西京赋》："属车之箠，载猃猲獢。"李善注引《毛诗》亦作"猃猲獢"，字皆从犬。且《尔雅》云："长喙猃，短喙猲獢。"《释兽》三家之妄，不辨而明矣。

蜉蝣掘阅　《曹风·蜉蝣》

《毛传》："掘阅，容阅也。"《郑笺》："掘地解阅也。谓其始生。"义未明鬯。故《集传》云："掘阅义未详，按阅疑阙讹"。《管子》云："北郭有掘阙而得龟者。"《山权数》阙，穿也。《左氏·隐元年》："阙地及泉。"《襄二十一年》："阙地下冰。"《吴语》："阙为石椁"之类是也，掘阙谓掘穿而出于穴也。又按：季本《诗说解颐》引《管子》云："掘阙而得玉。"清王棠《知新录》、高宗《诗义折中》皆用其说。但《管子》中未见其语，盖传讹也。

《鸱鸮》《豳风》

蔡氏《书传》以此诗避东所作也，从郑说是矣。按：《尚书》弗避之说，既出于《墨子》，曰古者周公旦非关叔，辞三公东处于商《耕柱》。又《竹书纪年》云："成王元年秋，武庚以殷叛。周文公出居东二年。"则其说非始于郑。是必古来相传之说也。或谓方是时周公摄政，天下之安危，系公一人之身，恐无由避居坐视，经二年之久矣。是未必然。夫周公虽避，二公毕毛咸在，王政何患必不行？是周公宜避之一也。公若不速避而仍摄政如故，则潜遣奸人行逆。谅闇告变，则翻以流言为信，而管蔡乃得以清君侧为名，举义旗而西向矣。此时周公虽圣，百口何辨？是周公宜避之二也。去而不之他而必东者，盖公知流言必自东起。其至也，乃豫为救乱之事，岂优游无事者哉？是周公宜避之三也。征之诗书，则诗曰"既取我子"，谓诱致管蔡以谋乱。方望溪《诗义补正》《钦定诗义折中》同。或谓指四国之民吴英《经句说》，要之若既诛之后，则当云既戕既贼，而不宜曰取之。诗又云"风雨所漂摇"，又云"无毁我室"。《书》曰："未敢诮公。"若管蔡致辟，则乱既略定，何风雨漂摇之惧？又何云"无毁我室？"王已感悟，又何以云"未敢诮公"哉？朱子云"弗避"之说，祇[1]从郑氏为是，向谓常从古注，后来思之不然，三叔流言，周公岂以言语遽然兴师诛之。《与蔡沉手帖》是盖朱子晚年不刊之定论也。

熠燿宵行　同《东山》

《毛传》："熠耀，萤火也。"《集传》更为"明不定貌"。盖因下文"熠耀

---

① "祇"，原文作"秖"。

其羽”也。然崔豹《古今注》、李时珍《本草纲目》、陆佃《埤雅》并云：“萤一名熠耀。”又潘岳《秋兴赋》为“熠耀飞于阶闼”，张华《励志》诗“熠耀宵流”，《李陵别苏武》诗“熠耀东南飞”，皆谓萤火也。但下文以熠耀为鲜明貌者，犹《小雅》“有莺其羽”《桑扈》、《孟子》“白鸟鹤鹤”《梁惠王》之例。曹植《七启》“戴金摇之熠耀”，亦谓此也。

众是鱼矣《小雅·无羊》

卢氏文弨云：“余友丁希曾谓：‘众乃螽字之省，《说文》作众，与螽同。’《左氏》《谷梁》《春秋·桓五年》螽，《公羊》经作螽。螽实蝗类，凡池湖泽陂中鱼啸子，皆近岸傍浅水处。若遇岁旱，水不能复其故处，土为风日所燥，鱼子蠕蠕而出，即变为蝗虫以害苗，自大河以北，土人皆知之。今螽不为蝗而为鱼，故以为丰年之征。余按此说昔人未尝道过，而实确不可易，如旐是旟矣。旐与旟，相为类而小异耳。一则人少，一则人多。故占为室家溱溱，义顺而词显。若云众人化而为鱼，则太怪甚矣，虽梦境迷离无有定象，而其占为丰年，虽曲为之解，终不似旐旟之占，人人皆可领会。今释为螽，则事皆目验，义并贯通。且证之《公羊》《说文》而皆合，信可释千古之疑矣。”《钟山札记》

《七经札记卷》之四　终

读《诗集传》

赖山阳

赖山阳（1780—1833），著有《日本外史》《日本乐府》《日本政记》《山阳诗抄》《山阳遗稿诗》等。下录《读〈诗集传〉》《书诗序书序后》，原载日本国立国会图书馆藏《山阳先生书后》上（内题“书后并题跋”），浪华书肆三书堂发行，刊年不详。

《诗》朱传，本于欧公《诗本义》、小苏《集传》、东莱《读诗记》，《书》蔡传，本于东坡及林少颖二家。朱传一扫毛郑牵强之习，真为明快。是中年以前之业。如其注四书，抵死仡仡，恐有不如说《诗》之平允者。其或出寄托者，概谓之淫诗，则恐不免为嚼蜡矣，犹说《易》不取互体形象也。

书诗序书序后

赖山阳

诗不取《小序》者，先朱子已有数人。郑夹漈其最也，苏颖滨每序取首句，亦似拘矣。余窃谓，诗有有序，有无序，有序是须序而通者，其出传来不可诬。而汉人欲每篇补填，故真妄混淆耳。曰全作于卫宏者，非是。毛公时已有之，而宏润色之耳。至《书》百篇序，概属赘旒，或虚立名目而已。此亦太史公时已有之。观三代本纪可见。其多有名无书，亦可以知也。朱子《诗序辨说》，本付《集传》行，《书》亦然。今本皆割去。朱子虽武断，不应至此。

《三百篇原意》摘抄

蓝泽南城

《三百篇原意》据自序，为天保庚子十一年（1840）南城四十九岁时完稿。有原稿本与净书本。原稿本全九册，净书本缺第三、第四册。各册内容如下：

第一册　序、（国风）周南召南

第二册　邶、墉、卫

第三册　王、郑、齐

第四册　魏、唐、秦、陈、桧、曹、豳

第五册　（小雅）鹿鸣、南有嘉鱼、鸿雁

第六册　节南山、谷风、甫田、鱼藻

第七册　大雅上

第八册　大雅下

第九册　周颂、鲁颂、商颂

蓝泽南城（1792—1860），名祇，字子敬，号南城，又称拔山。在越后国刈羽郡南条村（现在新潟县柏崎市南条）创设学塾三馀堂，广聚国内子弟，专注于教育，同时从事经书子书的注释与诗歌创作。著有诗文集《南城三馀集》十七卷，收入《南城杂著》，刊本有安政三年序、三馀堂刊《三馀集抄》。（上下二册，题签《南城三馀集》）

《诗序》，后汉《儒林传》以为卫宏作，朱子因断弃之，别作《集传》。

议者或谓“序果为宏作，则生于东汉而臆裁千载之前，其凿空妄作，片言可以析之，何须逐逐论之乎?”而朱子序说，辨诘不遗余力，是其意不必以为宏作，务在持异议而已。其《白鹿洞赋》曰“广青衿之疑问”，是不全断弃《小序》之证，文集中自言之。然而其注《子衿》以为淫诗。其意亦可以见焉。杨升庵曰：“朱子尝云：‘平生传注《大学》《中庸》《论语》，所得为多，《易》与《诗》，所得仅如鸡肋。’盖不满于《本义》《集传》也，今世乃规规然一不敢议。岂朱子所望于后贤之心乎?”此言有理矣。

于是近时说诗者，多从程大昌说，取序初句以为古序，其下文为续序伪作。然卫敬仲宏与郑康成玄仅相先后。序果为宏作乎？康成当详知之，而其言曰：“此序子夏所为，亲受圣人，足自明。《常棣》正义引《郑志》”奉信如此。是序之非伪作一证也。且毛公时，《左传》《国语》未出，《孟子》《仪礼》未甚行，而学者亦未之能信也。而《小序》之说先与此诸书合。则沈重所谓“卜商意有不尽，毛公更足成之，果是乎?”是又非伪作二证也。“乐而不淫，哀而不伤”是孔子唯论《关雎》之声。而序云：“乐得淑女以配君子，忧在进贤，不淫其色，哀窈窕，思贤才，而无伤善之心。”近人之奉朱传以驳序者，专置喙于此，然而引孔子之语，论《关雎》之义，未可以为谬。如必与所引叠矩而可，则《汉广》之传，非德广之谓；嘉乐之嘉，非嘉成王之谓；《鹿鸣》之“承筐是将”，非将其厚意之将；《野有蔓草》之邂逅，非思遇时之遇。《大田》言惠及穷民，而序曰：“言矜寡不能自存焉。”《鱼藻》言物其得所，而序曰：“言万物失其性。”凡如此类，亦皆以为谬乎？不通之论莫甚焉。

郑樵曰：“风者出于土风，大概小夫贱隶妇人女子之言，其意虽远其言，浅近重复，故谓之风。”《六经奥论》近人又奉此说，以驳序“一国之事系一人之本谓之风”，然《国风》咏小夫贱隶妇女之事，而其作者乃非小夫贱隶妇女也，必有识之贤才、明慧之闺秀咏之也。故孔颖达曰：“诗人览一国之意，以为己心，故一国之事系此一人。”此说不可废也。何则？主文谲谏，既非小夫贱隶之所能也。切其言重复似浅近者，诗人代小夫贱隶言之，所以为风体也。

严粲曰："雅之大小，特以体之不同尔。盖优柔委曲，意在言外，风之体也；明白正大，直言其事，雅之体也。纯乎雅之体者，为雅之大，杂风之体者，为雅之小。"《诗缉》近人又奉此说，以驳序"政有小大"之说《杨升庵外集·张和仲千百年眼》，然政之小大，孔疏以饮食、宾客、赏劳、燕赐之类与受命、作周、伐殷、继代之类分别之。夫饮食、宾客、赏劳、燕赐之事，王者之政小者，故颇杂风体咏之；受命、继代之事，其最大者，故正大明严，不复杂风体述之，训雅为政，亦犹训颂为容也。雅者，正也，一转为政；颂者，称也，一转为容，犹"学效"之转为"觉"也。其说与严粲所言，自相表里。驳之者，不深考之过也。

周南、召南，地名也。其不唯曰周、曰召，而必配之以南者，盖以"南"字为重也。故或有唯曰"南"而省"周""召"二字者。小雅"以雅、以南、以籥"《鼓钟》、《左传》"象箾、南籥"襄二十九年。《礼记》"胥鼓南"《文王世子》之类是也。夫南音混厚，与北音之亢厉相反。所谓舜弹琴咏《南风》，其兴也勃焉；纣好北鄙之音，其废也忽焉。《史记·乐书》《说苑》《家语》等是也。近人又奉此说，以驳《序》"南言化自北而南"矣。然孔疏"文王之国在于岐周，东北近于纣都，西北迫于戎狄，故其风化南行也"。《汉广》序云："美化行乎江汉之域，是从岐周被江汉之域也。"是地名兼行化说之，所谓流入于南，不归于北之意，自在其中。

要之，序文古奥，细绎之，诗人之原意历历可观焉。《毛传》虽短简，合于序说者犹多。《郑笺》附会《礼》文，穿凿居多，不解得其十一二。朱传舍训诂之旧，唯新之谋，序之合于私意取之，不合者不取，肆然自放矣。此习之弊，终至于何楷而极矣。后人从毛、郑、朱之解，以观序文，谓其意不过如此。是眼随意移，以白为黑，何其冤乎！

祇今所以为异者，诗篇之大意，必以序为断，而章句、训诂，取诸家之善解，盖其为说也。与序合而离，离而合，亦奉孟子以意逆志之教耳。其故何也？如《采蘩》诗，述列士之妻助祭公庙，而序以为夫人不失职，如《小星》诗，述使臣途中之叹，而序假之以说夫人与妾命有贵贱，凡此等处，先从诗之原意说之，则与序相离，说到结局，则又与序相合。旧解规规拘说，大失风人之志，学者如以意逆志，自得离合之解，则于十五国风，如指掌，序之不可废，亦从而知也。

《答关矢子熙论〈国风〉书》摘抄

蓝泽南城

前日所质《国风》诸篇之疑，诚有如高意，今略述愚见，以答问意。

夫诗三百，大抵诗人代人述其情者，如《关雎》亦如之。说者或以为后妃为君子求淑女之作（子贡传、申培说及冯复京、郑元锡、何楷等）或以为讽康王之作（《史记·十二诸侯年表序》、汉《儒林传》、后汉《皇后纪》、《列女传》《路史》）其意嫌展转反侧之似淫思，故作此回避之解。余著《三百篇原意》，就辞求之，定其可知者，而阙其不可知者，亦从朱传之例也。若夫程大昌《诗议》，始分古序、续序，而后郑樵、赵翼辈以朱传为臆断，焉在其知诗哉？（古序、续序之说，于《雅》《颂》犹可通也，于《国风》全不通也）

“关关雎鸠，在河之洲。窈窕淑女，君子好逑”，是诗人采荇菜于河上，感兴于雎鸠之鸣而作。李仲蒙所谓物动情是也。（李仲蒙比兴说见《杨升庵集》，要之感花而譬美人，是兴也；见美人而譬花，是比也）言雎鸠猛鸷而有别，未尝见其雌雄相驯，然闻其和声相呼，则其情可知。（关关和声，见《毛传》。凡物声多取字音而不问其义，如丁丁、坎坎、嘤嘤、锵锵是也。何楷《世本古义》穿凿说其义，余不取）以兴于君子勇壮而有礼，不敢淫色，然其求贤配之情亦如此。（首章二章，皆就未求得淑女言之。李太白《清平调》首篇，取法于此矣。朱传引匡衡说，解首章，就成配之上言之，非也）《毛传》云：鸟鸷而有别，鸷挚同。《尔雅疏》（《释鸟》）、《左传杜注》（昭十七年）皆作鸷。洪武韵注引《曲礼》挚兽及《毛传》，曰与鸷同。然则毛公意以鸟之猛挚，兴于君子之勇壮可知也。（《左传》昭元年、郑徐吾犯之妹观子晳盛饰与子南戎服曰：子晳信美矣。抑子南夫也。夫夫妇妇所谓顺也。适子南氏，以猛鸷之鸟比于勇壮之君子，亦当做如此观）郑朱皆读鸷为至，曰情意至也。欧公（《诗本义》）、何氏（《世本古义》）等既知鸟之猛鸷，而犹以譬淑女，曰不取其鸷，取其别。盖诸注家所以不譬君子者，嫌雎鸠与淑女相唤应而取义各别，殊不知诗中此例不少。

诗谜记

蓝泽南城

越北文雅稍盛，义塾间设，咿唔之声不断。其学童相会，虽寻常谐谑，亦既脱旧套之陋。吾三余堂，南至之集，群青衿环坐团欒。

一人举觞语曰："今夕雅会，坐无白丁。可无为常谈。夫猜谜，振古有之。在春秋，秦客廋辞于晋朝，绛县老农以甲子语年，史赵假亥字讔其算；在战国，客谲靖郭君以海大鱼，荀卿赋云与蚕针，以谲其功。降及西汉，东方朔、郭舍人，任口隐语，蚊蚋、蜥蜴皆被其牙后之余慧。后世遂有字谜、诗谜、经史诸子百家谜焉。字谜之最显然者，蔡邕题曹娥碑背，'黄绢幼妇外孙齑臼'，是也。诗谜之最显然者，秦虙论天，以眷西顾喻天首，以天步艰难喻天足，是也。然是先问天首、天足，而答以诗句，则非诗谜之本格也。近清人花谜，引'天上碧桃和露种，日边红杏倚云栽'，而猜著凌霄花。经谜，引'直把官场作战场'，打《论语》一句，而猜着'仕而优'之类。先引诗问之，而以他语答之，则可称半体格也耳。今请列位，其出新奇，先以唐诗发问，而答以三百篇，则始可称诗谜之本格、今古合体也。请自我始。"皆曰："诺。"

于是问："今夕之会，所谓'入门上高堂，列鼎错珍羞'。此珍羞，打《小雅》一句。如何？"一人猜着曰："炮鳖脍鲤。"曰："是矣。"

又问："吾曹皆异乡之客，今夕忘身在异乡，岂非'但使主人能醉客'乎？打《小雅》一句。"一人笑曰："杜撰矣。主人字作先生，然后可。"曰："先生亦门馆之主，称主人何不可乎？敢请猜。"一人猜着曰："有酒醑我，无酒酤我。”曰：“是矣。”

一人又举觞曰：“此坐无红粉青娥，可惜也。‘漫学他家作使君’，打《国风》一句。”一人猜曰：“‘云谁之思，美孟姜矣’乎？”曰：“是矣。”

时盆梅触袂花飞。一人问：“‘一片西飞一片东’，打《小雅》一句。”一人猜着曰：“‘翩其反矣’乎？”曰：“是矣。”一人难曰：“是于《小雅》‘骍骍角弓’，反张之反，非背飞之反也。‘唐棣之华，偏其反而’，虽言华瓣之反垂，分明是华，则犹可引焉。然是逸诗。今子认错以为《小雅》，非也。”曰：“诗断章取义，反张之反，何不可喻反飞乎？”

一人曰：“然。是可恕也。但据我愚见，前谜猜‘美孟姜矣’，觊觎非望。当改云：‘爱而不见。搔首踟蹰’，后谜‘一片西飞一片东’，于今夕之兴，不祥也。我欲改问其转结，曰：‘自是桃花贪结子，教人误恨五更风’，打《国风》二句。”一人猜着曰：“‘维叶蓁蓁，有蕡其实。’”曰：“是矣。”

一人昂然进曰：“列位斗谜，所引诗，毕竟不免粉气，非吾曹所宜言也。今夕复卦用事，五行之端见焉。我欲以五色问，亦半格也。列位其泛索三百篇以猜焉。先请问青。”于是一人猜曰：“‘竹猗猗’乎？”一人曰：“‘终朝采绿、采蓝乎？”曰：“皆似矣，然非我意所定也。”一人曰：“‘青青子衿’乎？”曰：“是矣。乃吾曹之谓也。”

次问赤。一人曰：“无匪狐乎？”曰：“不祥也。”一人曰：“‘颜如渥丹’乎？‘赫如渥赭’乎？”曰：“似矣，然非我意也。”一人曰：“非‘王赫斯怒’乎？”曰：“是矣。义勇之事，男子所庶几也。”

次问黄。一人曰：“‘绿衣之里’乎？”曰：“下僭上，不可以为训也。”曰：“‘苕之华’乎？”曰：“于今夕不祥也。”曰：“大赂南金乎？”曰：“似货赂公行。”曰：“‘仓庚于飞，熠耀其羽’乎？”曰：“是矣。乃我所携樽酒而倾耳也。”

次问白。曰：“鸟鹤鹤乎？‘蜉蝣之羽，麻衣如雪’乎？”曰：“蜉蝣亦不祥也。鹤则似矣。然非我意也。”曰：“‘齿如瓠犀’乎？”曰：“呸！亦粉气矣。”曰：“‘皎皎之驹，在彼空谷’者乎？”曰：“是矣。我服其高致，欲以生刍一束秣之耳。”

次问黑。曰：“无匪乌乎？”曰：“亦不祥也。近时或谓乌慈祥以比君子，然其说到于谁识乌雌雄而穷矣。至束晳《补亡诗》始用反哺。然其意‘相鼠有体’之类也，非深美之也。其实季本所谓乌贪残而善攫物，不祥可恶是也。敢请改猜。”曰：“然则‘鬒髪如云’乎？”曰：“呸！亦犹夫气矣。”曰：“非‘驷驖孔群’乎？”曰：“是矣。我爱其铁蹄，奔逸绝尘，一日千里。吾侪虽不才如驽骀，亦或迟或速，何为其不可十驾及之哉？”于是皆同声应曰：“然哉！然哉！”举觞交相酬，皆呼万岁。

一人问曰：“万岁于《诗》除万年、万斯年、万寿、南山寿等之外，何以猜之。我打《小雅》二句。”一人猜着曰：“天保定尔，亦孔之固。”曰：“是矣。”皆赞之曰：“是诚天保万万年之南至会也。”

南城山人曰：不取脂粉之臭，而取义方之训，诗谜亦发于情，止于礼，得读诗之法，因记。

或问：“诗谜、经谜，似侮弄圣经，叟何不禁之，反录之乎？”山人曰：“‘巧笑倩兮，美目盼兮，素以为绚兮’，是子夏心有所喻，以讔夫子。夫子亦以讔解之曰：‘绘事后素。’子夏亦解之曰：‘礼后乎？’然则诗谜、经谜，亦切磋之一事。故子贡问贫而无谄，富而无骄，而夫子进之以贫乐富好礼，则子贡引‘如切如磋，如琢如磨’，喻切问所得益无穷，是等皆后世诗谜之半体格也。要之在古，如伯夷、叔齐何人，周公何人之问，皆后世之讔也。《易》之爻辞，《诗》之比兴，谁非讔者，吾子何不察焉？”

《毛诗五音部类图说》摘抄

佚　名

据笔者藏写本《毛诗五音部类图说》（又名《毛诗诸篇五音部类图说》）校点，书写年代不详。

毛诗五音上下部类图说　傍附日本及天竺音韵明三国一致之旨

〇日本四十四字，通构则为五部。唯律五音而无拗音，亦无盐梅。神乐、催马乐等，其押韵者则由此定之。

〇天竺悉昙正字四十有四，又有四和二变六字，以为五十字门，通构则为六部。悉昙字记云：而韵有六长短两分，字十有二𑖀(ア)𑖁(ア引)等是也。梵呗赞颂其押韵者，则由此定之。

〇真旦四十四音，又有六和盐梅之音，以为五十韵，通构则为六部。而吕律两分为十二韵也。《毛诗》押韵之法则由此定之。

三国通用五音之图（图略）

右所分五部即五音。五音者，宫徵商羽角也。《乐记》郑笺：宫(カ)商(サ)角(タ)徵(ナ)羽(ハ)，杂比曰音。海按：《乐记》曰：变成方，谓之音。其宫居中央，土用音从，是变成四方四时之音。《月令》曰：中央土，其音宫；南方夏，其音徵；西方秋，

其音商；北方冬，其音羽；东方春，其音角；是也。然其五音，各有盐梅，音共为一部，谓之半徵半商音。“半”或作“反”而与五部相并则为六部。六部即六律也，复亘六吕则为十二调矣。《舜典》曰：“声依永，律和声。”孔安国曰：“声谓五声，宫商角徵羽，律（ナリ）谓六律六吕，十二月之音气，而各守其部，为乐章诗赋之韵，其韵名之曰宫。”《礼运》曰：“五声、六律、十二管还相为宫。”是也。海私谓：还宫有竖横二法，五声竖行也，六律横行也。诗毛传曰：“诗者，志之所之，情发于声，声成文，谓之音。”《谥法》曰：“经纬，天地曰文。”诗郑笺云：“声谓宫商角徵羽也。声成文者，宫商上下相应。”海按：宫（カ）商（サ）角（タ）徵（ナ）羽（ハ）五声升降之次第也。声者，天也、经也、竖也，上下相应适韵也。宫（ア）徵（イ）商（ウ）羽（エ）角（ヲ）五音相生之次第也。音（トハ）者，地也、纬也、横也，宫商相应变音也。如是则有声音经纬之别，学声音之徒不可不知之。《乐记》曰：著不息者，天也。著不动者，地也。一动一静者，天地之间也。海按：天有五行。每行有五声及二变声。《乐书要录》曰：“夫七声者，兆于冥昧，出于自然，理乃天生，匪由人造，凡情性内充，歌咏外发，即有七声以成音调。五声二变经纬相成，未有不用变声能成音调者也。故知二变者，宫徵之润色，五音之盐梅也。变声之充赞五音，亦犹晕色之发挥五彩，不知音者，莫识其源。”或云：武王尅商自午至子，凡有七辰，故加以七音。所以儒者相传皆云：变徵反宫起自周武，若如所言，即夏殷以前。乐不成调，箫诏大夏，何以克谐。斯乃拘文音守见之谈，非知音达乐之说。著不息，故五行各七动，而成三十五声矣。往太皡庖牺氏，作三十五弦之瑟，鼓之地有五岳著不动，故唯有五音而已。神农氏作五弦之瑟，舜作五弦之琴，鼓之弹之。夫五部有别而守其部，唯以上下相应为韵，此《毛诗》押韵之正矩者矣。第一歌部宫谓谓（调）以カサタナハマラ七声为上，以ア一韵为下，上下相应为韵也。第二支部徵调，以キシチニヒミリ七声为上，以イ一韵为下，上下相应为韵也。第三魚部商调，以クスツヌフムル七声为上，以ウ一韵为下，上下相应为韵也。第四齐部羽调，以ケセテネヘメレ七声为上，以エ一韵为下，上下相应为韵也。第五萧（ヲ）部角调，以コソトノホモロ七声为上，以ヲ一韵为下，上下相应为韵也。谓之本调合曲五音，所以未分吕律，而亦吕律兼含为合曲也，天地自然五音是也。梵汉和二国皆常依用之，日本乐家称之唯

律五音，所以无拗音，亦无盐梅也。而又有正音五部与盐梅五部，上下相应为韵者。如《毛诗·桑扈》第三章，难、那为韵；《隰桑》第一章，难、何为韵；《般》一章，山、岳、河为韵。是第一歌部正音盐梅，上下相应。又如《庭燎》第三章，晨、辉为韵；《无将大车》第一章，尘、疧为韵。是第二支部正音盐梅，上下相应。又如《行露》第一章，屋、家音居为韵；其第三章，牙、竫、墉为韵。是第三鱼部正音盐梅，上下相应。又如《君子偕老》第一章，翟、髢、晢、瑱、天、帝为韵，是第四齐部正音盐梅，上下相应。又如《中谷有蓷》第二章，修、歗、淑为韵，《小戎》第一章，收、辀、驱、续、与为韵，是第五萧部正音盐梅，上下相应也。是中有吕，曲有律，曲与合曲相并则为三曲。三种五音盖皆本调矣。更有变音调。海按：《乐记》曰：声相应，故生变。郑注曰：乐之益，弹真宫则众宫应，然不足乐，是以变之使杂也。《祭义》曰：乐盈而反，以反为文，乐得其反则安，皆反音调之谓也。就之又有三曲，三个之别。一者令曲反音，是约甲乙相应，宫(ア)徵(イ)、徵(イ)商(ウ)、商(ウ)羽(エ)、羽(エ)角(ヲ)、角(ヲ)宫(ア)为是五个甲乙。如《卷阿》第一章，阿、南、歌(甲乙)、阿、音(甲乙)为韵(甲乙)，是宫徵(甲乙)相应。又如《蝃蝀》第一章，两、母音美为韵。《巷伯》第六章，者(ソ)、谋(ヒ)、虎(ユ)为韵，是徵商相应。如是则约相生之次第也。本非押韵之法，故布在《毛诗》诸篇之中，而不过仅两三章也。二者吕曲反音，是则以第二支部为宫支部徵调吕音也，故以之为吕宫，则第四齐部为商，则宫商相应为韵，《毛诗》诸章多有支齐并用者是也。三者律曲反音，是则以第三鱼部为宫鱼部商调律音也。故为律宫，则第五萧部为商，则宫商相应为音，毛诗诸章多有鱼萧并用者是也。如是谓之三曲三个之反音调焉。夫宫商上下相应，本调反音押韵，大概之式，今此揭一二，其详学者当就《毛诗》诸篇类也。且梵汉偈颂和朝唱歌其不押韵者，亦吟咏则用三曲本调反音之法。赖我日本古乐，未共其传吟咏之法，犹存学者宜就乐家名匠讲习诣征焉。

五部诸音，或拨或入，而生余韵者，总名盐梅音也。拨音入声，此所以使诸音盐梅之(スル)者矣。《尚书·说命》曰：若作酒醴，尔惟麹糵。麹糵，此(己)谷五行

六府之盐梅也。若作和羹，尔惟盐梅。五味六和之盐梅也。海按：拨音入声，则五声六律、五音六和之盐梅也。谓拨则有ウヌム三音，入则有クッフ三声，而唯ウ韵也。ウ韵则商音也。又拨有イシミ三音，入拨则有ウヌム三音，入则有クッフ三声，而唯ウ韵也。ウ韵则商音也。盖盐梅用中间音，故曰半商音。又拨有イシミ三音，入有キチヒ三声，而唯イ韵也。イ韵则徵音也。盐梅者半徵音也。字皆具此二半音，所以有キチヒ三声，而唯イ韵也。イ韵则徵音也。字皆具此二韵，所以谓之半徵半商音，又共为一部也。如是六部押韵之法，今不厌烦，少出其证。如《毛诗·羔羊》第一章，皮、它、蛇为韵，《柏舟》第一章河、仪、他为韵。《君子偕老》第一章，珈、佗、河、宜为韵。《相鼠》第一章，皮、仪、为为韵。《淇奥》第一章，猗、瑳、磨为韵。《缁衣》第一章，宜、为为韵。《东门之池》第一章，池、麻、歌为韵。《东山》第四章，缡、仪、嘉、何为韵。《湛露》第四章，椅、离、仪为韵。《菁菁者莪》第一章，莪、阿、仪为音（韵）。《无羊》第二章，阿、池、讹为韵。《宾之初筵》第四章，嘉、仪为韵。是以第一歌部押韵者，而无一字相杂，余部者皆为同一ア韵矣，五音第一宫调也。又如《关雎》第四章，采、友为韵。《葛覃》第三章，私、衣、否、母为韵。《芣苢》第一章，采、有为音（韵）。《旄丘》第二章，久、以为韵。《泉水》第一章，思、姬、谋为韵。《载驰》第五章，子、尤、思、之为韵。《氓》第一章，丝、谋、丘、期为韵。《竹竿》第一章，淇、致、右、母为韵。《木瓜》第三章，李、玖为韵。《葛藟》第二章，涘、母、有为韵。《丘中有麻》第三章，李、子、玖为韵。《鱼丽》第三章，鲤、有为韵。其第六章，有、時为音（韵）。是以第二支部押韵者，而无一字相杂，余部者皆为同一イ韵矣，五音第二徵调也。又如《汉广》第二章，楚、马为韵。《采蘋》第三章，下、女为韵。《殷其靁》第三章，下、处为韵。《燕燕》第一

章，羽(ウ)、野(ヨ)、雨(ウ)为韵。《北风》第三章，狐(コ)、乌(ウ)、车(コ)为韵。《木瓜》第一章，瓜(コ)、琚(コ)为韵。《叔于田》第三章，野(ヨ)、马(ゾ)、武(ゾ)为韵。《有女同车》第一章，车(コ)、华(コ)、琚(コ)、都(ト)为韵。《山有扶苏》第一章，苏(ソ)、华(コ)、都(ト)、且(ソ)为韵。《绸缪》第三章，楚(ソ)、户(コ)、者(ソ)、者(ソ)为韵。《宛丘》第一章，鼓(コ)、下(コ)、夏(コ)、羽(ウ)为韵。是以第三鱼部押韵者，而无一字相杂，余部者皆为同一ウ韵矣，五音第三商调也。又如齐、住、皆、移、灰、咍同用，是以第四齐部押韵者，五音第四羽调也。又如萧、霄、周、幽、侯、有、蒙同用，是以第五萧部押韵者，第五音第五角调也。又如东、冬、江、钟、庚、耕、青、阳、唐、清、蒸、登、春、臻、文、元、魂、先、仙、山、寒、琴、岑、覃、谈、咸、严、添、盐及诸入声同用，是以第六盐梅部押韵者，六律六和其一也。如是六部押韵，检之于《毛诗》，分析明白，更无可疑者。今所引者，虽不具备，而押韵古式，可以知焉。若强悉出，则三百篇，尽是其证而已矣。《毛诗》五音部类上下二卷者，此具是也。世之诗人，欲学古音者，宜须以《毛诗》押韵为祖焉。学今韵者，亦应依用今图分部焉。然则须知古今所属之有别，而押韵之法庶几不失矣。于嗟！声音经纬之为法也，天地自然之理，古今一辙，三国同响，其五声六律调音之式，诚如鼓瑟琴，然观海尝住鱼山，业声明，朝夕汲吕律川流，每当帝忌，恭奉内请，陪仕法筵，屡蒙敕许，遂为法印大和尚位大僧都矣。呜呼！不德何幸。如之今蛰龙宝，亦幸游无为之清世，长浴圣教之法泽焉。于是欲报朝恩万分之一，不自量，为声音相应之图。惟惭才学谫劣，未究其津，重请真俗君子宜讨论须订正矣。

三曲三种、五音正音、盐梅宫商、上下本调反音相应总图（图略）。

《诗经名物图解》摘抄

细井绚

《诗经名物图解》，细井绚（东阳）撰，写本，有日本弘化四年（1847）序，并署嘉永庚戌年（1850，道光三十年）的凡例。日本国立国会图书馆有藏。

细井绚，字叔达，是江户后期的医者，博物学者，著有《解脏图记》三卷、《四诊备要》二卷等。

自　序

昔在孔子教人学《诗》之法，以多识于鸟兽草木之名。然而比及后世，其品物或古有今亡，古今以世异其名；或彼有此无，东西以地异其形，动辄致错谬，莫能辨识焉。是故后世审其品物，莫如据图。于是梁有《毛诗图》三卷，唐有《毛诗草木虫鱼》廿卷，宋有马和之《毛诗图》，而今皆不传之。清徐雪《毛诗图说》，详审有所可据。

而本邦论名物，有若稻若水、新白石、贝原笃信、松冈玄达、如庵、野必大、江希南、小野兰山翁等之先辈。然恨有其说而无其图。惟有冈公翼者，著《品物图考》，然于其形状，有未能不慊然者也。

于是乎，予欲成一书以问乎世久矣。今兹秋客游京摄间，以谋诸画工某，因重审其形状，加以著色，辨之色相，令童蒙易辨识焉。其如解说，从先哲之旧，敢不改易，如图说亦悉所难其辨识者，暂阙之，以俟后之君子云尔。

弘化四年　丁未秋八月

越藩　细井绚　撰

凡　例

原文为日文，著者译。

〇三百篇之诗，数千载以上，其品物之不详，其图之伪而疏漏，难略存物状，学者常难以辨识。今予所尽力编撰之书，分其品类，正其形状，欲数千载之下得其真面目。因而，命画工谕解其形状，加以丹青，令虽小儿女亦能知其物之事。

〇此编品物之次序，亦从风雅颂之次序，若同物重出，如举《周南》"葛之覃"，附以《邶风》"旄丘之葛"、《王风》"采葛兮"，同物异名，如《葛覃》之黄鸟、《东山》之仓庚、《周南》之螽斯、《七月》之斯螽，皆附注，不再复图出。

〇此图多书予所目击，其得目击之物如实书之。本邦不详而唐土所产，或据舶来之物，或得之于师友之图，参考古人之图式，其间亦不加一己一毫之妄想。

〇如凤凰麒麟，出圣人之世，乃常有之灵瑞，然古人传其图，往往绘于户障，使人所知，或亦收入此编。其余驺虞、赤豹、黄罴之类，草本中多见，得其左证，存其解而已，以俟世之有识者补拾。

〇图解皆依朱子之注，其间有不稳妥者，参考他说。其余有古人诸说之得失者，皆书"愚按"两字，不敢僭偷以己意混之。

〇予此编乃弘化申之春，京摄漫游中，于浪华之客舍中起笔，既为乡间书肆之人促成之。然而归后诸事纷繁，不得一意为事，今年嘉永庚戌之夏才终其业，行文之支离，不遑顾及，乞览者恕之。

嘉永庚戌夏五月

越藩　细井绚识

序

松堂清裕

编者三卷，其图写生照真，自序云图品凡四百余种，有图有说，按图依说而索之，名实真赝，足以的证。因据其年纪推之，盖带图之成，后于《辨解》若干岁。乃知《辨解》之书，俟带图始得其全者。

呜呼，希南距今百二十余年，《辨解》《图》二书与道人之举，异世同揆。惜哉！若使希南在今日，与道人上下其议论，互发蕴奥，则其精密，必不止于是也。由是观之，希南唱首于前，道人集成于后者，多识之训，可谓不坠矣。

道人姓细井，号东阳，为吾藩之医学，年老致仕，遂蓄髯，因又有今号云。颇耽著述，去秋来游京摄间，既板《四诊备要》，今又缉是书。如道人，庄周所谓“所好者道也，进乎技者”邪？道人师授渊源，既详于《四诊备要》某序中，今不复赘于兹焉。是为序。

嘉永纪元戊申之秋八月

松堂清裕　撰

跋

花木鸿

皇邦物产学之兴，不详厥初。在昔天地肇判，乾坤爰定，必有物矣。有物则必有名；正名然后物正，由来旧矣。想古书不传，《和名钞》其遗言乎？

庆元櫜鞬以还，搜索稍广。于是稻若水、新白石、松冈元达、冈本一抱子诸先生，前后辈出，互相讲明，详略靡遗。逮迨近代小野兰山先生出焉，则又益讲究之，订其讹伪而折衷之，无复余蕴矣。

藩细井紫髯先生，早岁游于兰山先生之门，钻研寻究若干年于兹矣。往岁讲书于京摄，特以精本草学见称，应书贾之恳请著斯编，船筏于多识之津，功不伟乎！

夫学有专门，儒者以讲经为专科，群籍无所不通。至于物产，则或略焉，盖有所不遑及也。今先生医者也，葩经儒书也，先生之著斯编，意专在乎考证名物，岂敢代儒者说葩经云尔哉？然名物正则庶几乎？诗人讽喻比兴之旨，由是以益著也，是先生之意耳。览者谅察可也，是为跋。

嘉永辛亥孟春

花木鸿拜撰

《诗学新论》摘抄

原田东岳

据池田四郎次郎编《日本诗话丛书》第三卷（龙吟社，1997 年）所载《诗学新论》校点。

原田东岳（1709—1783），亦名原直，字温夫，号东岳，越后人，经学从师伊藤东涯，古文辞从服部南郭，著《诗学新论》三卷、《卧洲漫抄》、《东岳先生笔畴》等。

诗吟咏情性而已矣。古者民之质矣。风尚敦龙，情爱委曲，厚而尽之，诚而不驳者，唯三百篇为然焉耳。

盖人之情隐而饰之，矫而罔极，岂易知耶？圣人为政，必以知民情为先。夫情静于中，而物荡于外，欲之与诚，从衷而发，相诱而不可已焉。是乃人之所不能免，而好恶美刺之实，由是显矣。其风不翅竿旌诽木也。则其所关者，不是细故。是故收裒邦国之诗，隶诸乐官，卿大夫听以审声，诵而察辞，是以不待户到家访，乃谙天下之情。

若夫《鹿鸣》《頍弁》之宴好，《黍离》《有蓷》之哀伤，《氓蚩》《晨风》之悔叹，《柏舟》《终风》（之）愤懑，《葛屦》《祈父》之讥讪，《黄鸟》《二子》之痛悼，《小弁》《何人斯》之怨诽，《小宛》《鸡鸣》之戒惕，《大东》《何草不黄》之困疵，《巷伯》《鹑奔》之恶恶，《雄雉》《伯兮》之思怀，《北山》《陟岵》之行役，《伐檀》《七月》之勤敏，《棠棣》《蓼莪》之大义，皆出于天真，而直而不滥，情思悬恻，莫不腆也。

只其胸怀阴私之感，如其“贻我彤管”“贻我佩玖”，悦慕之色，自有难掩者，故又自“庶士谓之”“吉士诱之”，至于桑中之期，“风雨如晦”。关于情者，其人虽贱，其事虽微，亦不逸遗。而后好恶美刺，如视诸掌也。且其有罪也，不但察冤，譬诸鱼以泉涸而煦沫，而退省其私，则不必可为之讨。出于情，逼于势，不得已而然尔。三百篇所陈，大氐是已。

成周盖有诗卷，犹易册也。仲尼因俾之得其所也已，非编纂也。后世钦仰王者之迹，学之而施诸言语政事之间，其益博大，无以尚焉。

然而理学家媲诸《论语》，肇为教戒之书，而温柔敦厚之旨，蔑如也；心学家以淫奔诗，概为后人作，不肯说之，则欲与删正，同其圣趣，犹以抗衡仲尼，而自我为古也，岂其然乎？（下略）

《关雎》考文

山井鼎　物观

据山井鼎撰、物观补遗、石之清校及平义质、木晟同校《七经孟子考文并补遗》摘录校点。

山井鼎（1680—1728），著有《七经孟子考文》等。

物观（1670—1754），荻生徂徕之弟，名荻生北溪。曾选编《明律国字解》，校订《唐律疏义》，著《度量衡考》等。

七经孟子考文　毛诗

西条掌书记山井鼎谨辑

东都　讲官　物观　纂修

石之清　校

平义质

木晟　同校

毛诗正义序唐国子监祭酒上护军

〔谨按〕宋板正德本并无官衔姓名，但作“毛诗正义序”。

诗谱序

〔谨按〕崇祯本或脱此序。臣所阅本书写补之。〔考异〕宋板

疏　“嬉戏忭跃”一叶左五行“忭”作“抃”。

“格则乘之庸之”二叶左二行万历本“乘”作“承”。

“论功显德”三叶右八行“显”作“颂”。

“是后稷播种之时”三叶左四行 作“是后稷自彼尧之时”。

“五霸之字”六叶右四行 万历本“字”作“末”，恐非。

“幽厉陈灵恶加于民”七叶左三行“幽厉”作“厉幽”。

补遗 “鲁贞公十四年”八叶右八行 宋板“贞”作“真”。

毛诗注疏卷第一 一之一 汉郑氏注 唐孔颖达疏

毛诗国风

〔存旧〕附释音毛诗注疏卷第一 一之一 唐国子祭酒上护军曲阜县开国子孔颖达 奉敕撰

〔谨按〕足利宋板《毛诗》《春秋》二经，篇题共有“附释音”三字，与正德板十三经本稍同，二经卷数全与今本同，其说详见于《左氏考文》卷首也。又按足利所传《毛诗》写本二通，以一通称古本，一通亦虽稍有同异，然多展转书写所致也。今其有异者，号以一本云。

周南关雎诂训传第一

〔谨按〕古人解书，各自别行，孔子之作《易传》，左氏之作《春秋传》，本不引经附传，故孔颖达云石经《公羊传》皆无经文，斯可以观也。后世尚简，就经为注，省学者两读者，或有之矣。今按孔颖达作《五经正义》，陆德明作《经典释文》，自是一部书。而疏义不混于经传。后世梓者，图其利便，萃见一处，嵌入各经传下，稍以己意改换增损。自是而后，本书终废，不可复见，大失本来之面目矣。可不叹乎？今阅《五经正义》，宋板以下，经传错杂，标题不一，而其中稍有同异，后世学者卤莽灭裂，而不问可否，不知古式，甚则至有音义却混与注者而不省矣。臣向就足利学校雠古本，其本颇有不失古者，今记一端于此，以存其旧云尔。

毛诗卷第一

周南关雎诂训传第一　毛诗国风　郑氏笺

《关雎》，后妃之德也，风之始也，所以风天下而正夫妇也。故用之乡人焉，用之邦国焉。风，风也，教也，风以动之，教以化之。诗者，志之所之也，在心为志，发言为诗，情动于中而形于言，言之不足，故嗟叹之，嗟叹之不足，故咏歌之，咏歌之不足，不知手之舞之足之蹈之也。情发于声，声成文谓之音发犹见也。声谓宫商角徵羽也。声成文者，宫商上下相应。治世之音安以乐。

〔谨按〕"笺云"二字，郑申毛传所以别之也。毛不注序，无可辨嫌，故序注本应无"笺"字。后世诸本不知而妄加，非亦甚矣。其详见于孔颖达《正义》、陆德明《释文》，必如古本为是。又，按今本"发犹见也"此上有注者，皆《释文》混入于注者，不可不择也。

关关雎鸠，在河之洲。兴也。关关，和声也。雎鸠，王雎也。鸟挚而有别。水中之可居者曰洲。后妃说乐君子之德，无不和谐，又不淫其色，慎固幽深，若雎鸠之有别焉，然后可以风化天下，夫妇有别；夫妇有别则父子亲；父子亲则君臣敬；君臣敬则朝廷正；朝廷正则王化成。笺云：挚之言至也。谓王雎之鸟雄雌情意至也，然而有别也。窈窕淑女，君子好逑。

〔谨按〕今本有"传"字者，后人加也。"笺云"二字，郑氏之旧，所以别毛氏传也。而后世诸本加黑围者，亦失古意矣。体制全如古本，而为得真耳。

毛诗国风

〔考异〕宋板[疏]"鲁人大毛公为训诂"二叶左一行"训诂"作"诂训"。"有康叔之遗烈"三叶右三行"遗"作"余"。

郑氏笺

〔考异〕宋板[疏]"故诸为传训者"四叶右七行 无传。

周南召南谱

〔谨按〕宋板在谱序后。

〔考异〕宋板[疏]"且非世所须故也"十一叶左九行"世"作"此"。"并蔑终为楚人所灭"十二叶右七行"蔑"作"蓼"。

〔补遗〕宋板[疏]"此诗有美江汉汝坟"六叶右一行"有"作"犹"。

“明已化之”七叶右四行 作“明化已之”。

关雎

〔考异〕古本序“闻之者足以戒”以下有“自”字。“戒”作“诫”。

“先王之所以教”下有“也”字。

注《关雎》旧解云“风之始，此风”〔谨按〕此二注《释文》混于注，当细书也。

“宫商上下相应”，“宫”上有“谓”字，“应”下有“也”字。

“不直谏”，下有“之也”二字。

“始者正道兴衰之所由”，“始”上有“四”字，“由”下有“也”字。

“被江汉之域也”，“被”下有“於”字。

“大王王季”，下有“也”字。

“当作衷”，上有“哀”字。

“恕之”，下有“也”字〔补遗〕一本“之”作“也”。

“谓好逑也”，“逑”作“仇”。

“水中可居者曰洲”，“可”上有“之”字。

“若关雎之有别焉”，“关雎”作“雎鸠”。

“夫妇有别”，下复有“夫妇有别”四字。

“情意至”下，“然而有别”下，共有“也”。下传“淑善”下，“好匹”下，并同。

“言后妃之德和谐”，“和谐”上有“无不”二字。

“善女”作“贤女”。

“能为君子”，“能”下有“宜”字。

“三夫人以下”，下有“也”字。

“荇，接余也”，“荇”下有“菜也”二字。

“后妃之事”，下有“也”字。下传“寤觉”下，同。

“共己职也”，“也”上有“事”字。

“已诚思之”，下有“也”字。

“不周曰辗”，下有“矣”字。

下笺“而采之者”下〔补遗〕一本无“之”字。传“友乐之”下，并有“也”。

“乐必作”，作“乐必皆作也”。

“而择之者”，下有“也”字。传“钟鼓之乐”，“乐”下，同。

释文 “荀”本亦作“荷”音何二十五叶 元文“何”作“同”。

〔补脱〕二十九叶 告於，古毒反。

“駋，本亦作驷”三十一叶“驷”作“騆”。

疏 “一人之心”十六叶右三行 宋板“心”作“身”。

“下文治世之音”四行“文”作“云”。

“治政升平”二十三叶右八行“政”作“致”。

“不为減伤其哀”三十四叶右五行“減”作“滅”。万历本作“減惕”。

“是其善道必至”三十四叶左一行“至”作“全”。

“后妃能说乐”三十五叶右九行“能”作“虽”，正、嘉二本同。

“故思之也”三十八叶右七行“思”作“易”。

“挚虞《流外论》”四十一叶右七行〔谨按〕“外”当作“别”。本传挚虞，字仲洽，撰《古文章类聚》，区分为三十卷，名曰《流别集》，各为之论。辞理惬当，为世所重云云。又按：汉魏百三名家中载《挚虞集》，论部有《文章流别论》，其诗论有此语。

“仲治之言，未可据也。”九行〔正误〕“治”当作“洽”〔补遗〕宋板“治”作“冶”。

“鲁僖实不及制”四十二叶右六行“僖”作“颂”。

〔补遗〕古本 序 所以风天下，“风”下有“化”字，二本同。

“正夫妇也”下，一本有“焉”字。

“永歌之”，“永”作“咏”，二本同。

“手之舞之，足之蹈之也”，一本作“手之儛，足之蹈也”。

“移风俗”，“风”下有“易”字，二本同。

“是谓四始，诗之至也”，二本无“也”字。

“《关雎》《麟趾》之化，王者之风”，下二本有“也”字。

注 “助后妃共荇菜”下，有“时”。

疏 “既言之，而意不足”十五叶右五行 宋板“既”作“乎”。

“弹以宫”十七叶右二行“以”作“其”。

“而民刚毅”十八叶左五行 作“而民思忧”。

“精诚之志”十九叶左一行“志”作“至”。

“赋之直陈其事”二十一叶左四行“之”作“者”。

“怀救之也”二十六叶左九行“救”作“挟”。

“皆出民意”二十七叶右六行“出”作“在”。

“以无怨争”三十七叶右一行“以”作“又”。

“序宫注云”三十八叶右六行“宫”作“官”。

《毛诗补传》摘抄

仁井田好古

据1834年刊《毛诗补传》校录，有1823年序。

仁井田好古（1770—1848），字伯信，通称恒吉、模一郎，号南阳，又号松隐。私淑伊藤仁斋、伊藤东涯。著有《毛诗补传》《明暗图说和解》，主持编纂《纪伊续风土记》192卷。

仁井田长群，仁井田好古之子，生卒年不详。参与编纂《纪伊续风土记》，著有《登大台山记》等。

跋

仁井田长群

先王之道本于人情，人情无二，故时有古今而道无古今之异；人有古今而治无古今之别。尧、舜、三王以是治天下，教化行而风俗美焉。周衰道微，异端交起，秦纵私智，事皆决于法，道始与政分。自是之后，朝廷闾里，别有今日之法，而所以成人材、应世故者，皆取用于此。指先王之道而为糟粕，是其故何也？诗教废也。

尝闻诸家曰：古之学诗书以教人，诗者道人情焉。圣人表章六经，诗为之道，故熟人情、通世务，可以成材，可以为政。先王之道，其在于斯乎？后世之诗教晦窒，学者说经论道，一拘束于性理之间，不复知温柔敦厚，以为教至于性理之说行，是非盛而意见礉矣，议论多而成功鲜矣。是以道与时离，经与人远，奉三尺者不问教化，熟世务者不信经生。儒吏殊说，政教歧流，遂使先王之道为法家曲学之不如甚矣。诗教之不明，其弊至于如此，可不浩叹也哉！

我南阳先生有《毛诗补传》之撰，为此故也！先生夙志圣学，知后世之学与古人异，慨然发愤于诗学之废，覃思研精，日旰忘食，夜分废寝。齿未强仕，既草此传，改窜补缉，以至白首。稿凡五易，其重勤至矣！嗟乎！继绝学于千岁，传诗教于万世，其功不亦大哉！岂惟谓章释句解，通疑滞，辨讹谬，使诗义纤悉罔遗，粲然章明而已哉！后之君子，潜心于此，则知先王之道即后王之道，圣人之教即今日之教，往古来今，无复有二途矣。

《补传》三十卷成矣，我公嘉起千岁不传之学，有补于国家之风化，命使上木以公于世。先生二三子反复雠校，以附剞劂，简编重大犹，恐有疏漏，幸君子恕焉。

天保五年岁次甲午春二月

仁井田长群谨识

进《毛诗补传》启

仁井田好古

臣好古言：伏惟臣畴岁，猥以薄劣，承乏儒员，日侍经筵。当此之时，阁下留意于文学，无日不亲近儒臣，无时不讲求圣道。经说异同，历世治乱，人物臧否，事理得失。凡关于政体、益于治道者，靡不反复辩论，以綦至当之归矣。至于讲诗，独依朱传，毛郑说则以异同纷错不便，讲读不与焉。

臣愚不自安，窃谓自六经焚于秦，诗分为数家，守缺保残，互相是非，而注笺疏义释之流，纷然继作，固已不胜异意矣。臣博搜包罗，求其真是，莫善于毛传。毛公之时，去圣未远，微言遗旨，授受相传，确有师法，非特拾摭于秦火之后，臆决于千岁之下之伦也。朱传则依词而求义，废序而臆断，若夫郑卫二风为淫诗，劝善惩恶以为诗教之本旨。大本既失，其细可知矣。故当时骇者半，信者半。

明初定科举之制，独取朱传，以著功令。学者靡然从风，然后天下无复古学矣。岂可不掩卷而三叹也哉！呜呼！经释之谬，先王之道，从而茅塞。晚近沟瞀，断断然莫知所归，风俗之不古，人材之衰，实胚胎于此。翦其瑕颣，本之古义，然后圣道可得而明焉，教化可得而望焉，恶可为经生之常事而忽之哉！

此臣之所以自奋不顾，欲洗剔千古归之一途也。编纂未毕，不可以进，既而迁领吏职，日趋官署，倥偬于簿书期会之间，莫由以遂曩志焉。继承总裁风土纪之命，则经籍之业，废弃者殆一纪矣。

方今世子春秋方富，日延儒臣开经筵。臣叨忝侍御督，又忝陪于讲读之末。私心窃意，若终于曩编，则冀得充讲读。于是官窗私壁，皆置笔八年，而始获成编，名曰《毛诗补传》。为卷凡三十一，为册凡十六。上自周汉，下至于明清诸儒说，可以成毛义、明经旨者，收罗不遗。一字之训，必穷其所由，不敢没先辈之美；一事之义，必谨其所据，不敢轻下私说。训诂音释，文字异同，名物委曲，别有翼以详之，大义之所关，有论以明之，所以资博考、备证据也。臣学识浅短，其所缀集，虽未足以兴复古学，赞襄政化，特赐省览焉。则诗义之得失，或有可考焉者，伏望下之儒臣，论其可否，傥可采焉，请于馆书之末，厕于国胄肄业之序，不胜荷惧，屏营之至。谨奉启进献。臣好古，诚惶顿首谨言。

文政六年癸未之岁秋八月十六日

臣仁井田好古上启

世子进《毛诗补传》启

上

臣好古言：

伏惟六经焚于秦火，而诗独完矣。经说厄于后儒，而毛独古矣。然其说简短深奥，读者不能穷其义归，郑、孔笺疏，推衍虽勤，乖离亦多，立异乱实，轇轕纠纷，学者听荧，至于朱熹氏作《集传》，废序而发新义，虽明浅易通，而古义由此废矣。呜呼！春秋士大夫之所讲，孔门诸子之所习，孟、荀二子之所传，皆可考焉。为诗而从此数子之学，则可谓弗畔矣；苟欲从数子之学，则舍毛传其何以哉！

臣曩者在于儒曹，欲折衷诸家，补足毛义，以继千岁之绝响焉。头角既成，职转事剧，日不暇给，逡巡数岁，未能卒编。今也忝侍左右，虽叨侍御督，而获以经艺，备于顾问。臣窃谓进讲，诗宜依毛传，乃欲申抒旧意，以追终前业。夙夜在公，无一日之休，下不可以潜思于经籍，唯是晓窗夜烛，暂闲操觚，八年而杀青斯卒。顾念曩昔三十有余年而始得毕夙志，名曰《毛诗补传》。传文至简，故别有翼有论，以详其义，庶乎得以尽诗旨矣。

伏惟阁下聪明英达，学古不倦，儒臣日侍讲读，今将讲次及诗焉。若能式先圣之遗训，绎三百之微旨，则彝伦于是乎明，文物于是乎著。治乱盛衰之所由，淑慝邪正之所分，人情世态，缕别区分，凡天人之道，其如指诸掌乎？多识以蓄其德，泛应以制其宜，则政机虽多，人民虽众，一物不纰缪，一事无跌盭，而人君之能事毕矣。

臣浅识谀闻，中年以来，蒙剧务驱策，意志散越。其所撰次，虽钻研未尽，旨义无取，然区区蝼蛄之小志，远追瞽师讽诵之义，近怀王式反复之意。讲读之余，赐以翻阅，则不无裨于万一矣。其《毛诗补传》三十卷并首卷，缮写为十六册，谨奉启进献。臣好古诚惶顿首谨言。

文政六年岁在癸未秋八月十六日

条例第九

仁井田好古

传文简奥，其不足者，主取郑、孔；郑、孔不通，然后蒐罗诸家而折中之，或下私说，以补成其义，诸家说取其极简明者，文句中有妨碍者，间加檃栝，故行有刊句，句有刊字，仿吕记体。

训诂名物解释，明者别录为翼，置之各章下，议论典确，发挥经旨者，别录为论，系之篇题下，诸说异同得失，不暇悉论，其涉于疑似者，或时辨之，或翼或论，从便收之。

引用先儒说，本注必称姓名，至翼论中则多字之。旧说所称，则仍旧不必改。

经传文字异同，陆元朗《经典释文》粗举异本，经史所引与毛传异者，王伯厚《诗考》、何玄子《古义》、陈长发《考异》，蒐辑罔遗，皆采而收于翼中。

皇国所传古本，出于孔颖达作疏之前，最可依据。故本经及传文多从古本为定。古本有三，其二足利学校藏本，其一伊势神宫藏本，应永年间所写，校之足利本，亦有小异，翼中称应永本是也。

传文今本多省"也"字，如古本"于，於也"，"沼，池也"，"沚，渚也"，今本作"于，於"，"沼，池"，"沚，渚"也，其他皆此类。按《颜氏家训》曰"河北经传悉略'也'字"，今本省"也"字者，或系于河北本欤？今得"也"字而文义明者，皆从古本而加"也"字。义涉两可者，乃用今本，不悉改焉。

经文字体本卫包俗字，加以俚俗舛误，准诸古义，太半皆讹，悉加厘正，则恐惊时目，据张参《五经文字》、唐玄度《九经字样》，仅正其一二，沿袭已久者，今不复改焉。

音读一依陆氏《释文》，有未安者，亦不敢尽从焉。一义而数音者，《释文》注数音，今一切省而从简。

诗中用韵者，先儒说颇有异同，今取朱考亭、何玄子说字，旁加圈标之，章中换韵者，或用重圈，或圈中加点以分之，要易省焉。

序

仁井田好古

周诗三百，合《商颂》，凡三百五篇，其二南、雅、颂九十篇，则周公之所定，以为诗正经，其他二百十五篇，则定王之世，大师挚之所纂以合周公之所定，而为一代典章。今所传三百五篇，即是也。诸侯之国，受以习之，奉以为大典，列国宴会所赋，季札观乐于鲁之类，当时崇奉可以见矣。孔子生于衰周，遭道不行，祖述宪章以自任，举师挚所纂之籍，教洙泗之间，叹曰："师挚之始，《关雎》之乱，洋洋乎盈耳哉!"赞其纂定之美也。又曰："太师挚适齐，伤愤世避乱也。至其删述六经，建极万世，诗之为冠首。"

盖诗也者，道人情；人情者，圣王之田也。道德仁义，以耕耨之，而治乱盛衰之所由，千汇万态，不可得而究者，诗之所载备矣。故曰人事浃，王道备。赵成子以为义府，为是也。其教之也，有六德之目；其用之也，有六语之法，故以修己则温柔敦厚，以接人则宽容慈惠，以从政则能断，以奉使则能言，可以应与无方，可以尽于万变者，得之于人情焉也。

孔子曰："诗可以观，可以群，可以怨，远之事君，迩之事父，多识于鸟兽草木之名。"谓此也。春秋列国之大夫赋诗言志，应酬如响。孔门诸子频烦论诗，其所以析义分理，裁制是非者，皆取诸斯古人学诗之法，可征也已矣。战国之间，诗教扫地，申、商、韩非之徒以为道德仁义不足以应于无方，欲刑名术数以尽于万变焉。其极惨礉少恩者，由诗教不明而不知王道之本于人情也，岂不悲哉!

当此之时，独孟、荀二子岿然奉洙泗之教，欲明先王之道，以救时弊，应酬辩论，愈出愈不穷，使百家异端之徒不能容喙矣。考其所以纵横驰骋而弗失先王之道归，皆得之于诗也。二子之没也，诗教堙灭而不复明矣。至秦燔书坑儒，圣道之厄极矣！

汉兴，言诗者四家，齐、鲁、韩三家，咸穿凿附会，要非本义，独毛公《传》得其本旨。其原出于子夏，其学受诸荀卿，其授受之详，先儒所传，足以为核证矣。其作传也，亦在秦火之前，非后世注家补缀遗漏，以逞臆见之类也。故质之于经，求之于史，旁通诸子之籍，皆有证据。然其说简深古奥，学者苦难通，郑康成作笺，申明其旨。虽大义粗举，而牵彼附己，相背驰者既多矣，孔颖达作正义，剔抉幽微，极为详博。然淄渑混淆，剖析失当，不能无憾焉。

至宋朝诸儒，虽间有异见，犹守序说，朱考亭独因郑渔仲之说，黜序以为《集传》，而古义遂废矣。夫诗词圆活，随见而变，非有所传，何缘知其意之所在乎？在千岁之下，以意独断，所谓逐狂东走，不知其所戾止也。呜呼！诗教之不明，经与道榛塞，人君治世之道学者成德之方，一断之理，而先王之道枯索，变为法家之流矣。岂非诗教失传之故焉哉！

好古蚤岁读诗，慨乎其一源十流，是非纷错，无所归宿焉。遂不自揣，窃欲补成毛说以阐明古义，钻凿研磨。盖三十有余年矣。传之不足，则求之乎郑、孔；郑、孔之不明，则旁取于汉唐诸儒之解、宋明清诸子之说，删裁补合，以通畅毛义，名曰《毛诗补传》，训诂名物详细者，与先儒美论辨明大义者，别汇辑之，翼云论云，以系于篇章下，谫陋之学，从事于斯，实彗星之继朝阳也。然排后世诡诡之学，发挥圣门传诗之本旨者，庶几乎得其一端云尔。

文政六年岁次癸未秋七月

纪伊国仁井田好古模一甫序

毛诗校讹

佚　名

据东洋文库藏写本《易书诗校讹》中的《毛诗校讹》释录。原件无署名。迄今未见释录和相关研究发表。

卷　一

言王政之所由废兴也《正义》云："定本王政所由废兴。"俗本"王政"下有"之"字，误也。为絺为綌石经綌误从谷，今改正。"绿衣綌兮"同。不可休息《释文》云："旧本皆尔。本或作休思，此以意改耳。"《正义》云："诗之大体，韵在辞上，疑休、求字为韵，二字俱作'思'，但未见如此之本，不敢辄改耳。"阮元云："《正义》之说，是。"此为字之误。惠栋以为思息通，非是。召伯所憇案：《说文》无憇字。《释文》云："憇，本作愒。"《五经文字》云："愒，丘例反，息也，又作憇。"见《诗・风》，今《小雅・菀柳》《大雅・民劳》，经皆作愒。憇，盖愒之俗字耳。覯闵既多石经覯误作覯，今改正。瞻望弗及石经望误望，今改正，以下望字左点者皆同。愿言则嚏《释文》云："疌，本又作'嚏'，又作'疐'，旧竹利反，又丁四反，又猪吏反。或竹季反，劫也。"郑作"嚏"，音都丽反。段玉裁云："毛作'疐，跆也'。郑云'疐读为不敢嚏咳之嚏'，此郑改字。"阮元云："正义本传是'跆'也，则其经当是'疐'字。《释文》'疌即嚏之变体'，《狼跋》《释文》'疐，本又作疌'可证也。与《说文・止部》之'疌'字迥不相涉。若经字作止部之'疌'，郑不得读为'嚏'，《释文》亦不当作竹利等反矣。"按：段、阮二说皆是也。《五经文字》云："嚏，多计反。见《诗・风》。"然则石经沿张参之误也。济盈不濡軓诸本軓作轨《释文》《正义》亦作轨，而从軓为说。盖石经以前未有直改作軓者也。案正经当作轨为正，非误也。说详戴震《毛郑诗考正》、段玉裁《诗经小学》。湜湜其沚 案：《说文・水部》湜下引诗曰："湜湜其止。"段玉裁云：

“毛作‘止’，郑作‘沚’。”阮元云：“考郑笺但义从‘沚’耳。其经字不作‘沚’也。《释文》、石经及各本皆误。”贾用不售石经售字摩改。钱大昕云：“盖本作雠。”段玉裁云：“‘雠’，正字；‘售’，俗字。《史记》《汉书》尚多用‘雠’。”阮元云：“《释文》‘售’，市救反。石经摩改所从也。”比予于毒石经毒误作毋，今改正，以下毒字皆同。胡为乎泥中石经泥误涅，今改正。

卷 三

玼兮玼兮《释文》引沈云“本或作‘瑳’，此是后文‘瑳兮’”云云。今案：玼、瑳一字，两章不容岐出也。段玉裁云“后人乃分别二章、三章”是也。鬒发如云石经鬒误鬒，今改正。而刺在位不承先君之化诸本无“不”字。阮元云：“石经误也。正义云‘故刺其在位有承先君之化无礼仪。’又云‘以其承先君之化，弊风未革’，不当有‘不’字。”如切如磋岳本、小字本“磋”作“瑳”。按：《五经文字·石部》：“磋，治也。”《玉部》：“瑳，玉器色鲜。”是唐人有以此字与“瑳兮瑳兮”为别者。《说文》有“瑳”无“磋”。“磋”即“瑳”之俗字也。国人闵而忧之卢文弨云：“石经下有‘故作是诗也’五字刓缺犹可辨，今检石本初刻有是五字，后刊去。今虽刓缺五字，右偏犹存其半，了了可辨，此刻于石经刓去者，例从刊去。甿刺时也诸本“甿”作“氓”，下皆同。按：此当作“氓”为正。石经作甿者，避讳改之耳。然《周礼》亦用是字，故今不辄改。刺淫泆也《释文》云：“佚，音逸。”正义标起止云：“至淫佚。”阮元云：“石经改作‘泆’者，非也。”以育人民也古本“人民”作“民人”。《释文》同。阮元云：“《出其东门》序云‘民人思保其室家焉’，《蓼莪》序云‘民人劳苦’，《摽有梅》传亦作‘民人’。此《序》当同。”

卷 四

将其来施施阮元云：“《颜氏家训》引传及笺云：《韩诗》亦重为施施，河北《毛诗》皆云‘施施’，江南旧本悉单为‘施’，俗遂是之，恐有少误，然则今《毛诗释文》、正义及各本皆作‘施施’者，或由颜说定之也。《经义杂记》以为经文一字，传、笺重文，引《邶·谷风》‘有洸有溃’、传‘洸洸，武也；溃溃，怒也’笺‘君子洸洸然，溃溃然，无温润之色’等证之，是也。”大叔于田乘乘马岳本小字同，《释文》云“叔于田，本或作大叔于田者，误”，《正义》标起止云：“大叔至伤女”，又上篇正义云“此言叔于田，下言大叔于田，作者意殊”。阮元云：“此诗三章，共十言

‘叔’不应一句独言‘大叔’，或名篇自异，诗文则同，如《唐风·杕杜》《有杕之杜》二篇之比。其首句有‘大’字者援序入经耳。”乱世则学校不修焉石经缺，《释文》云：“‘世乱’，本或以世字在下者，误。”此写手依诸本补，今不更改正。零露溥兮正义云：“灵作零字，故为落也。”段玉裁云：“案此则经本作‘灵露’，笺作‘灵落’也。假‘灵’为‘零’字，依《说文》则是假‘灵’为‘霝’也。”

卷　六

阪有漆石经误。今改正。驷驖石经初刻“鐵”，后改“驖”按：后改是也。但“驖”中“呈”误“呈”，今改正，下皆同。

卷　七

可以瘵饥诸本“瘵”作“乐”。石经初刻同。后加“疒”。钱大昕云：“用郑义也。”今案：郑但读为“瘵”而已。不容经文与毛相異也。《释文》云：“毛本止作乐，郑本作瘵”，非也。此当从初刻为是。歌以讯之《释文》云：“讯，本又作谇，音信。徐息悴反，告也。”段玉裁云：“谇、訊义别，谇多讹作訊，如《尔疋》‘谇，告也’，《释文》云‘本作訊，音信’。《说文》引《国语》‘谇申胥’，今《国语》作‘訊’，《诗》‘歌以谇止’‘谇予不顾’，传‘谇，告也。’‘莫肯用谇’笺‘谇，告也’正用《释诂》文，而《释文》误作訊以音信为正。”王逸《楚词注》引“谇予不顾”，《广韵》六至谇下引“歌以谇止”可证其误，戴震云：“止，讹作之。”劳心惨兮戴震云：“盖懆字转写讹为惨耳。”毛晃、陈第、顾炎武诸人论之详矣。从夏南石经“南”下旁增“姬”字，下句同。惠栋云：“南与林协韻，不容阑入姬字。依疏当云‘从夏南兮’。”阮元云：“正义云：‘定本无兮字。’”按：旁增字并后人所为。多不可信也。乘我乘驹《释文》云：“乘骄，音驹。”沈云：“或作驹字，是后人改之。”《皇皇者华》篇内同。阮元云：“沈说是也。”详段玉裁《说文解字注》。我心薀结兮诸本“薀”作“蕴”，石经后改同。初刻作“薀”。阮元云：“《说文》：‘薀，积也。从草温声。’”《正义》《释文》作“蕴”者，即“薀”之俗字耳。今据初刻。国人疾其君之淫恣正义云“定本无淫字”，石经缺“以”字，行计之应有。苌楚三章诸本上有“隰有”二字。案：有者是也。石经误脱耳。侵彼苞蓍石经蓍误箸，今改正。

卷 八

上入执宫功石经执下旁增“於”字。公乃为诗以遗王《释文》云“遗，唯季反，本亦作贻，从《尚书》本也”。正义云“定本贻作遗字，则不得为怡悦也”。阮元云：“正义引《金縢》注：‘怡，悦也。’是郑读《尚书》‘贻’为‘怡’也。此《序》注义既与彼同，则‘贻’字亦不为有异，当以正义本为长。”予尾偹偹诸本“偹偹”作“翛翛”。《释文》同。阮元云：“考此经相传有作‘偹’、作‘翛’二本也。《沿革例》云：监、蜀、越本皆作‘偹偹’，以疏为据；兴国本及建宁诸本皆作‘翛翛’，以《释文》为据也。又引疏云定本作‘偹偹’，今正义误。”段玉裁云：“《集韵》、光尧石经作偹偹。”

卷 九

莫如兄弟石经初刻同。后改“弟”作“第”，非。今改正，以下“弟”字左点者皆同。況也永歎阮元云“石经‘況’字后改”，今检石本未必也。《释文》云“況也，或作兄，非也。”段玉裁云：“此《桑柔》《召旻》及今文《尚书》毋兄曰、则兄曰，正同。作兄是，作況非。”《伐木》六章章六句阮元云：“正义序下标起止云‘《伐木》六章章六句’，正义又云‘燕①故旧，即二章、卒章上二句是也。燕朋友，即二章诸父、诸舅，卒章兄弟无远是也’。与标起止不合。当是正义本自作‘三章，章十二句’，经注本作‘六章，章六句’者，其误始于石经也，合并经注正义时，又误改标起止耳。”岂不曰戒诸本“曰”作“日”，石经后改，同。初刻作“曰”。案：《释文》云：“曰，音越。又人栗反。”阮元云：“上一音是也，下一音字即宜作日。”笺意是曰字，今据初刻。仆夫況瘁《释文》云：“況瘁，本亦作‘萃’，依注作‘悴’。”阮元云：“考此当是经本作‘萃’，故于训释中竟改其字，笺之例也。《释文》云‘依注作悴’，似乎未晰也。《四月释文》‘尽瘁，本又作萃，下篇同’，亦其证。”

卷 十

保艾尔后段玉裁云：“依传‘艾，养也；保，安也’，似经文当作‘艾保’。”匪阳不晞石

① “燕”，底本误作“然”。

经“晞”误，今改正。我是用急戴震云：“急字于韵不合。”段玉裁云：“《盐铁论》引‘急’作‘戒’。谢灵运撰《征赋》用作‘棘’，皆协。今作‘急’者，后人用其义改其字耳。”白旆央央《释文》云：“白茷，本又作‘旆’。”《正义》本作帛茷。阮元云：“《公羊》宣十二年疏载孙炎《尔疋》注引作‘帛’，则正义本之所同也。”段玉裁云：“作‘帛’为善。”蠢尔蛮荆段玉裁云：“《汉书·韦贤传》引‘荆蛮来威’。案：毛云‘荆州之蛮也’，然则《毛诗》固作‘荆蛮’，传写倒之也。《晋语》《后汉书·李膺传》《文选·王仲宣诔》皆可证。”阮元云：“正义云‘宣王承厉王之乱，荆蛮内侵’，是正义本作‘荆蛮’，下文皆作‘蛮荆’，后人依经注本倒之，而有未尽也。”搏兽于敖惠栋云：“《水经注》引云‘薄狩于敖’。《东京赋》同。”段玉裁云：“薄狩，《后汉书·安帝纪》注及《初学记》所引皆可证。‘薄’，辞也。笺释‘狩’以搏兽者，上文言‘苗’，毛谓夏猎，则不当复举冬猎之名。且上章之行狩，疏谓是猎之总名，则此‘狩’字当为实事，以别于上章。”徒御不惊古本“惊”作“警”。段玉裁云：“经文作警，传笺正义皆甚明。”

卷十一

言就尔宿石经“宿”误“宿”，今改正。十篇卅七章诸本“七”作“二”，石经同，误也。今据古本订正。

卷十二

忧心如惔《释文》云：“惔，徒蓝反。又音炎。燔也。”《韩诗》作炎。《字书》作焱，《说文》作天字。正义云：“‘如惔’之字，《说文》作‘天’”。段玉裁云：“《毛诗》本作如‘天’，或同《韩诗》作‘如炎’，不知何人始作‘如惔’。惔，忧也。岂忧心如忧乎？又于《说文》‘惔’下妄加‘《诗》曰忧心如惔’。”今案：此经当作天为是。《五经文字》云“惔，见《小雅》”误也。菽菽方有谷《释文》云：“方谷，本或作‘方有谷’，非也。”戴震云：“当从《释文》为正。”山塚崒崩《释文》云：“崒，旧子恤反。徐子绥反。”郑云：“崔嵬也。”“宜依《尔雅》音徂恤反。本又作‘卒’。”阮元云：“卒、崒。古字同。笺云：‘卒者，崔嵬。’训‘卒’为‘崒’，而不改其字也。《渐渐之石》传、笺、正义可证，《汉书·刘向传》作‘卒’，是《鲁诗》诗亦作‘卒’也。”《十月》八章古本、岳本、小字本《十月》下有“之交”二字。案：有者是也。《序》可证。惨惨日瘁诸本“惨惨”作“憯憯”，《释文》、正义皆同，不知石经出何本也。莫肯用讯按“讯”当作“谇”，说见前。故苏公作是诗而绝之。诸本“而”作“以”。阮元云：“石经作‘而绝之也’。正义云‘故序专云刺暴公而绝之也’。石经是也。”按：石经初有“也”字，后刊去。正义所引自为文耳，有“也”字，未必是也。今一依石经。云何其盱石经脱“其”字，后旁增之，今据补。作为此诗《释文》云：“作为此诗，一本云‘作为作诗’。”阮元云：“正义本是‘作为作诗’，故正义本、笺，并有‘作，起也’‘作，为也’二训。正义云定本云作为此诗，又定本笺有作，起也、作，为也二训，自与经相乖，非也。”今各本皆但有“作，起也”一训，必是因其经与注相乖，不可通而去之也。

卷十三

率土之滨石经“土”误“玉”，今改正。以下“土”字左点①者同。鼓锺送尸阮元云：“《宋书·乐志》两引此作‘锺鼓送尸’。”

卷十四

有渰萋萋古本“萋萋”作“淒淒”。段玉裁云：“当从《说文》《玉篇》《广韵》作‘淒淒’。”阮元云：“《吕氏春秋·务本篇》《汉书·食货志》《左雄传》皆作‘淒淒’。”见《经义杂记》。兴雨祁祁《释文》云：“兴雨如字，本或作‘兴云’，非也。”正义云：“经‘兴雨’，或作‘兴云’，误也。定本作‘兴雨’。”案：此经本作“兴云”，今本作“兴雨”者，从《颜氏家训》而改也。段玉裁、阮元诸人论之详矣。不能宴乐同姓古本“宴”作“燕”。《释文》同，云：“又作宴。”阮元云：“以《鹿鸣》等订之，序字当用‘燕’，又作‘宴’者，依经‘君子维宴’字改也。”匪由勿语段玉裁云：“观笺亦无‘从而行之’也。郑时经文作‘勿由勿语’。”

卷十五

不亲九族石经“族”误“旅”，今改正。我心苑结古本“苑”作“菀”，《释文》《正义》

---

① “点”，底本作“黜”，依文意改。

皆同。案：此以“菀”字为是。

卷十六

自土沮漆正义本作“漆沮”。《段玉裁》云：“《汉书》《水经注》作‘漆沮’。”其正不获诸本“正”作“政”。《释文》云其“政如字，政，政教也。”郑作“正”，“正，长也。”今案：郑但以“政”为“正”之假借耳。石经改其字则非。天立厥配《释文》云：“厥配，本亦作‘妃’。”段玉裁云：“古多用‘妃’，少用‘配’。‘妃’是正字，‘配’是假借字也。配者，酒色也。今人云配合，周秦人云妃合。嘉耦曰妃，非专称男女也。经文本作‘妃’，毛以配合解之，郑以后妃解之，改‘妃’为‘配’，自是后人所为。”同尔兄弟段玉裁云：“《后汉书・伏湛传》作‘同尔弟兄’，入韵。”顾炎武说同。阮元云：“《正义》本作‘兄弟’，或毛氏《诗》与《伏湛传》所引自不同也。”

卷十七

既醉告大平也诸本无“告”字。正义云：“本或云‘告大平’者，此与《维天之命叙》文相涉，故遂误耳。今定本无‘告’字。”《释文》以“既醉大平”作音。阮元云：“考《维天之命》在《颂》，故序云‘告，谓以其成功告于神明’，此《既醉》在《雅》，序本不云‘告’。”石经有“告”字，误。宜君宜王《释文》云：“且君且王，一本‘且’作‘宜’字。”段玉裁云：“作‘宜’为俗字。”详《诗经小学》。迺埸迺疆石经“埸”误“场”，今改正。优游尔休矣石经“休”误“休”，今改正。辞之怿矣《释文》云：“绎，本亦作怿。”案：古无“怿”字，以“绎”为之，《那》“亦不夷怿”，《释文》“‘绎’，字亦作‘怿’”与此同也。

卷十八

女虽湛乐从石经“乐”下旁增“克”字。质尔人民正义本作“民人”。阮元云：“郭璞注《尔疋》引《诗》‘质尔民人’，与正义本正合。《说苑》引‘告尔民人’，《盐铁论》引‘诰尔民人’，皆即此经也。当时石经误倒，如《有狐》序之比也。”万民靡不承《释文》云：“一本‘靡’作‘是’。”段玉裁云：“依《释文》一本与笺合。告之话言传云：“话言，古之善言也。”段玉裁云：

“当作‘诂话，古之善言也’。前‘慎尔出话’，传云：‘话，善言也’，此云：‘诂话，古之善言也’，一篇之内依字分训而相蒙如此。《释文》云：‘《说文》作诂，盖《说文》称《毛诗》‘告之诂话’，陆氏所据《说文》‘诂’字未误，而‘话’字亦已误为‘言’矣。”我心惨惨阮元云：“此以韵求之，当作‘懆懆’。”乱况斯削阮元云：“案此‘况’字，当作‘兄’。上经云‘仓兄填兮’，传：‘兄，滋也’，笺云：‘丧亡之道滋久长。’此无传。笺云：‘而乱滋甚’；皆承上也。‘仓兄’，《释文》云：‘本亦作况’，亦与下互为详略耳。石经上作‘兄’，下作‘况’，非也。”好是稼穑《释文》云：“家，王申毛音驾，谓耕稼也。郑作家，谓居家也。下句‘家穑是宝’同。穑，本亦作啬，王申毛谓收家也，郑云：‘吝啬也。’寻郑‘家啬’二字，本皆无‘禾’者，下‘稼穑卒痒’始从‘禾’。”正义云：“笺不言‘稼’，当作‘家’，则所授之本皆作家字也。”是毛郑诗本作“家啬”，王申毛乃为“稼穑”，非也。说详《经义杂记》《诗经小学》。谅曰不可诸本“谅”作“凉”，上职凉。《释文》云：“毛音良，薄也。郑音亮，信也，下同。”段玉裁云：“所云下同者，即此凉曰之凉是也。石经上作‘凉’，此作‘谅’，失之甚矣。”如惔如焚《释文》云：“如惔，音谈，燎也。《说文》云：‘炎，燎也。’徐音炎。”正义云：“定本经中作如惔如焚。”阮元云：“是正义本经中作‘如炎如焚’也。”段玉裁云：“章怀注《章帝纪》引《韩诗》‘如炎如焚’，作‘炎’为善。《说文》‘炎，燎也。’《传》云：‘惔，燎之也。’盖毛亦作‘炎’也。上文‘赫赫炎炎’，本或作‘惔’，是其明证。”往近王舅按：近当作迈。《释文》云：“迈，音记。”今亦误作近。《六经正误》云：“《说文》作‘䢼’，今作‘迈’，音记，字讹作‘近’。”段玉裁云：“此借‘迈’为‘己’。”我仪图之《释文》云：“我义，毛如字，宜也。郑作仪，仪，匹也。”正义云：“仪，匹。”《释诂》文。然则郑读为仪，故以为“匹”，是郑但以“义”为“仪”之假借耳。石经乃改“仪”字，非。鞹鞃浅幭石经初刻同，后改“幭”作“幭”《五经文字》同。阮元云：“正字当作‘幦’，假借‘幭’为之，‘幭’从巾，蔑声。”《五经文字》体讹。今据初刻。锡山土田石经“锡”下旁增“之”字，“山”下旁增“川”字，“田”下旁增“附庸”二字。《释文》云：“锡山土田，本或作‘锡之山川土田附庸’者，是因《鲁颂》之文妄加也。”

卷十九

周公既成洛邑古本“洛”作“雒”《释文》同，云“音洛，本亦作‘洛’，水名，字从水。后汉都洛阳，以火德，为水克火，故改为‘各’旁‘佳’。”段玉裁云：“豫州之水自古作雒，《周礼》《逸周书·职方》《淮南·地形训》之属皆有其证，后汉改之，鱼豢录魏诏云‘尔则魏文帝之失也’。

当以《释文》本为长。”**维周之祯**石经初刻“祯”作“桢”，涉《大雅》而误也。后改“祯”。《释文》云①：“祺，音其，祥也。《尔疋》同。徐云：本又作祯，音贞。与崔本同。”正义云：“定本、《集注》祺字作祯。”阮元云：“考此传云‘祺，祥也’，《笺》云‘乃周家得天下之吉祥’，皆用《尔疋》‘祺祥’‘祺吉’之文，《释文》、正义二本皆作‘祺’，是也。”《诗经小学》云：“恐是改易取韵。”亦见《经义杂记》。**维羊维牛**《经义杂记》云：“正义本作‘维牛维羊’，《周礼·羊人》疏、《隋书·宇文恺传》引亦如此。”石经与正义本不合，未详所本也。**怀柔百神**正义云：“《集注》作濡，柔。”《释文》云：“怀柔如字，本亦作濡，两通，俱训安也。”段玉裁云：“当从《集注》本作‘濡’。”**而毖后患**石经“毖”下旁增“彼”字。**万亿及秭**石经秭误秭，今改正。

卷二十

駉駉牡马石经初刻同，后改“牡”作“牧”，下皆同。《释文》云：“牡马，本或作牧。”正义云：“定本牧马字作牡马。”阮元云：“考在六朝时，江南书皆作牝牡之‘牡’，江北本悉为放牧之‘牧’。见《颜氏家训》。颜据此章传良马之文，以为有‘骘’无‘騲’，定从‘牡’字。”段玉裁云：“考《周官》马政，凡马特居四之一，绝无郊祀、朝聘有‘骘’无‘騲’之说，且序云：‘牧于坰野，则駉駉然。’正义云：‘駉駉然，腹干肥张者，所牧养之良马也。经文作牧为是。”此写手误依初刻，今不更改正。**岁其有**石经“有”下旁增“年”字。《释文》云：“岁其有，本或作岁其有矣。又作岁其有年年矣，皆衍字也。”惠栋引汉西岳华山庙碑有“岁其有年”之文，此或出于三家耳。**诒孙子**石经“贻”下旁增“厥”字。《释文》云：“诒孙子，本或作诒厥子孙、诒于孙子，皆是妄加也。”惠栋引刘子《列女传》“贻厥子孙”，此正三家诗也。**颂僖公能修泮宫也**《释文》云：“頖宫，音判，本多作泮。”阮元云：“此亦序与经不同字之例，当以《释文》本为长。”**不吴不扬**《释文》云：“疡，余章反。”阮元云：“此毛郑不同。毛作‘疡’，训伤，郑读‘疡’为‘扬’，训大声，后人从郑改经字。”**百禄是緫**《释文》云是緫，子孔反。本又作“鬷”，音宗。阮元云：“案：此当‘鬷’字为长，浅人以‘緫’字与上文三上声相叶而辄改耳。”**曰商是常**石经“商”下旁增“王”字。阮元云：“笺曰：‘商王是吾常君也。’‘王’字是笺文而非经文也。”

---

① 底本“云”后多一“之”字，疑衍，依文意改。

《刘子》摘抄

古贺侗庵

据日本国立国会图书馆藏古贺煜《刘子》写本选录。原件三十卷，其有关《诗经》研究部分为第四、第五卷。亦收入凤出版刊关仪一郎《日本儒林丛书》第九卷。

古贺煜（1788—1847），姓刘，讳煜，字季晔，通称小太郎，侗庵为其别号。生于佐贺，为儒学者古贺精里第三子。有关《诗经》的著述有《诗说备考》二卷、《诗证古稿》一卷、《毛诗或问》一卷、《毛诗刘传稿》一卷等。《刘子》收录作者有关经史子集的随笔，凡七百三十条，三十卷并补遗一卷。以下选录第四、第五中之五则，以见其要。原文中诗句及《诗集传》语，均略而不录。

《关雎》

予尝论，学者以今人之臆，度古人之心，以区区绳墨律圣贤，实解经之通蔽，而《诗》尤不当然。古来诸儒皆错解此诗者，职坐此病，即朱子亦不能免。

夫此诗谓之时人之作可也，何所据而谓之宫中之人？朱子必欲以“寤寐”“反侧”“友之”“乐之”，专附此人，故有此说。然亦无稽矣。朱子又尝云：“《关雎》看来是妾媵做，所以形容寤寐反侧之事，外人做不到此。”夫诗人往往通达人情，察知事理，岂不能形容至此邪？

予谓此时人咏文王太姒之诗也。第一章言太姒之贤，可配文王。二章、三章遂叙未得之哀、既得之乐，故“寤寐求之”者，文王寤寐求之也；“辗转反侧”者，文王辗转反侧也；“琴瑟友之”者，文王琴瑟友之也；“钟鼓乐之”者，文王钟鼓乐之也。此虽出于诗人之口，本揣度文王之心而言，非诗人自陈己情也。语脉章章，熟读自见。

朱子未必见不及此，但以为文王而若此，近于好色，故不从。殊不知以后人邪淫之心，为妖蛊佳丽而寤寐反侧，诚可丑，若夫圣人为求内助之贤而然，乃性情之正，庸何伤乎？古之圣王，任官命职，莫不慎择其人。盖虽琐琐卑贱之吏，苟不得其人，必旷废一官一职之事，况后妃者，内治之主，所以辅君子而理家国者？后妃而不德，其贻害大矣。乃苟且因循，不知慎择其人，又且天下有圣女堪相匹配，而恝然不有求之之心，此特不别皂白之愚夫，何足以为圣？夫如是，则宜其未得也，有寤寐反侧之哀；其既得也，有琴瑟钟鼓之乐。但其哀乐止于此，则哀不至于悲伤，乐不流于淫荡。此孔子所以深取之也。顾在文王自求好逑则可耳，他人而哀乐止于斯，恐不免乎淫与伤也；况琴瑟之为物，古多主夫妇而言，故《郑风》之“琴瑟在御”，所以叙贤夫妇相警戒之词，《小雅》之“如鼓琴瑟”，所以比夫妇谐和之意。则此诗之“琴瑟友之”，其为文王之于大姒明矣。若谓宫人为之，则婢妾之贱，乃敢友小君、乐小君，语气傲然如待僚友，岂非不敬之甚乎？

予熟读此诗，更有大可疑者。夫《关雎》居三百篇之首，风化之始，先儒所以比《易》之乾、坤，其重且大为何如？此尤当本文王太姒，以明教化之源。《小序》于《周南》《召南》诸诗，专美后妃，朱子既驳其不知称文王，犹曰夫妇一体，后妃之美，乃文王之美。今如所云，则乐而不淫，哀而不伤，皆在一老婢，而文王、后妃俱不与焉。是从流而忘源也。试思《葛覃》《卷耳》以下诸篇，皆陈后妃之德，曾有作者性情之正以为教者乎？《郑笺》既不欲以求淑女属文王，又不欲以不淫不伤归之作者，故更作之说曰，淑女三夫人以下，后妃求此贤女，欲与之共己职也。许敬庵本此解《论语》曰：“所谓‘窈窕淑女’，盖指所求嫔妾而言，未得而忧，既得而乐，其性情之正，可以想见。夫妇人不妒，良为美德，顾以圣女辅佐圣王，尤宜有先务，乃汲汲博求淑女，以娱文王，恐非文王所甚急。”沈青崖曰：“后妃欲求窈窕之女，在未归周以前，媵娣有父母主，既归周以后，媵妾已足备数，何必外求耶？”良然。

《诗朱传思问》

《二子乘舟》

《毛传》：“瑕，远也。”张氏曰：“瑕与遐字同。言不大有害。”《郑笺》：“瑕犹过也。害，何也。我还车疾至于卫而返。于行无过差，有何不可而止我？”以上二说，牵强艰涩，殊失经旨，故朱子改之云尔。顾比之毛郑，虽似稍胜，然文义不顺，必改作“何不有害”，义方通。

予谓“瑕”即瑕疵之瑕。诗中“德音不瑕”“烈假不瑕”等语，洵为明证。言还车言迈，虽自以为不瑕，无奈其有害何。盖由情之切而言，则以顾念故乡之故而还返。若不足以为瑕疵，以礼之正而论，则妇人嫁于他国，父母没不可归宁，而归宁其害于义大矣。

此一句又见《二子乘舟》，意虽少异，语势则同。言二子重君命而不顾身，诚无瑕可摘，可哀者坐罹盗害，如委肉饿虎，宁可无全生之道乎？盖悲惜之甚也。严粲曰：“诗人深求其心之无他而恕之，故曰不为瑕过而有害也。”金履祥曰：“不瑕有害，谓本无瑕疵而有祸害也。”严、金二说，皆《二子乘舟》之解也。同一“不瑕有害”句，而金解《泉水》则大谬，故不取。二说虽简，大概得之。陈祥道曰：“春秋之时，如卫辄拒父，楚商臣弑君，则申生之行，盖可哀而恕之，故《礼》不以申生为不孝，而以为孝，犹《诗》不以伋寿为不孝，而以为不瑕也。”此虽非解诗，亦自悟诗语势者也。

叶秉敬曰：“注书者，每见经史字义难解者，辄以音声相近之字代之。《毛诗·泉水》朱子注云：‘瑕何古音相近通用。’不知瑕即瑕瑜之瑕，言纵曰不瑕，亦有害矣。今以瑕为何，言不何有害，文义欠顺，当倒转云何不有害，义始稍通，然涂却本色，造出别字，颠倒改移，令人错迕。”【煜按：诗“遐不谓矣”，《礼记》作“瑕不谓矣”，盖以音相近而讹，犹“嘉乐”作“假乐”，“显显”作“宪宪”，不可以为瑕遐通用之说。又按诗“不遐有佐”“不遐有愆”，遐，远也，大也，言不大有佐、有愆乎？反言以明其有此，亦不可以为不瑕之证。】

何楷曰：“言是举也，果所行合义而不瑕玷乎？抑有害于义乎？如谓亲亲关情，惟力是视，是不瑕也。如谓妇人既嫁不逾竟，逾竟非正，是有害也。究之不敢以不瑕自宽，而以有害身克，则可谓发乎情正礼义者矣。”

《诗朱传思问》

《氓》

据《集传》，则此诗淫妇之所作，而其妇奸狡，又足牢笼男子。夫以淫狡之妇，其言固无异乎粪土，人所唾而弃者。朱子所谓恶之足以为戒者是也。朱子乃补理修饰，必使为无瑕之粹言而后已。岂欲使天下后世法此淫妇之邪辞耶？《郑风》：“维子之故，使我不能餐。”“子之不思，岂无他人？”其为淫妇之言，与此无异。朱子未尝欲使人以为法，奚独眷眷于此诗哉？《郑笺》云：“士有百行，可以功过相除，至于妇人无外事，维以贞信为节。”郑以此诗为刺时之作，故有取焉尔。朱子则其所见与郑反，奚以是赘言为？

《巷伯》

朱子以因小文而成大文大张，此谗人因小过以饰成大罪，其说极巧。然未始顾字义而主张臆见，亦宋儒卑视训诂之弊也。《毛传》：“萋、斐，文章相错也。”《说文》“萋”作“緀”，曰：“白文貌。”又曰：“斐兮，别文也。”《毛传》：“哆，大貌。”《说文》曰：“哆，张口也。”此是古来授受之说，不可轻移易。又况“斐”如“有斐君子”“斐然成章”，祇见其为文貌，未闻小文之解。侈为侈大之义，夫人所知，断不可以为小张。然则萋斐哆侈，其为大文大张也的矣，据己被谗构之祸而言，彼谮人者，若成萋斐之贝锦，若成哆侈之南箕，言其罗织诬罔，靡所不至也。

夫诗人既以贝锦比谗人巧言，罗织大罪，则贝锦必灿烂耀目之物。区区介虫之文。即极鲜明可观，殊觉不相协。且与下章南箕大张不类。是知贝锦必为织成贝文之美锦也。《毛传》："贝锦，锦文也。"《郑笺》："锦文者，如余泉、余蚳之贝文也。兴者，喻谗人集作己过，以成于罪，犹女工之集彩色以成锦文。"《埤雅》曰："锦文如贝，谓之贝锦。"《颖滨诗传》曰："贝锦，锦之贝文也。谗人之构君子，其所以集成其罪者，犹织者缕缕相错以成为锦也。"皆得之。惟孔颖达《正义》曰："锦而连贝，故知为贝之文。"《说约》引以证《集传》。然《正义》上文云："女工集彼众采而织之，使萋然兮，斐然兮，令文章相错，以为是贝文，以为其锦也。"则为贝之文者，政谓织锦成贝文耳。以是证《集传》，颖达有灵，必冷笑乎地下矣。其必织贝文者，古者宝贝，故以为锦文，犹宋时西夷爱重梅圣俞《春雪》诗，而织之于锦也。

《思文》

以臆见擅改经文，尤康成一生大病。此诗尤其拙而不通者，《集传》乃信而从之，何也？康成盖以为，后稷之功，在于播种，不可不首先称道，决无舍旃而颂他事之理，且《尚书》自有"烝民乃粒"之语，语势颇相似，故宁改经文，以迁就臆见，殊不思《书》乃正言，《诗》乃倒言，立自立，粒自粒，胡越不相谋，奚可混以为一。"立我烝民，莫匪尔极"，犹《书》所谓"皇建其有极"，宋儒所谓为生民立极者。"立"字与下"极"字紧应，言后稷所以立烝民者，莫匪后稷所得之极。盖民莫不有极，而不能自立，待后稷之辅翼匡直，然后克有立，及其既立，又非分后稷之极以与之。《传》所谓则而象之者是也。此极赞颂后稷之词。又理致精到之语，今谓使我烝民得以粒食者，莫非尔德之至，遂觉二句判然不相关接，文势欠妥，事理又舛，可笑之甚也。

夫后稷在唐虞，为贤臣之卓卓者，其德行事业，实能配禹。至于播种，则性之所近，故克究殚其理，岂可以此一事尽后稷，故此诗一曰配天，二曰立极，三曰陈常，独贴我帝命二句，及稼穑之事，诗人立言，轻重得体如此。康成之见，无异于以管蠡窥测天海，其迷谬也宜矣。

《左传·成十六年》申叔时曰："上下和睦，周旋不逆，求无不具，各知其极。故《诗》曰：'立我烝民，莫匪尔极。'"杜注："言先王立其众民，无不得中正。"《周语》："芮良夫曰：夫王人者，将导利而布之上下者也，使神人百物无不得其极，故《颂》曰：'思文后稷，克配彼天，立我烝民，莫匪尔极。'"岂可改作粒乎？又尧时民谣于康衢曰："立我烝民，莫匪尔极。"此虽成于战国秦汉之伪撰，亦足见古人未始有如康成胡说者也。

后儒多踵康成之误，独何楷曰："立即为生民立命之立。"张文潜云："免于仆之谓立。立我烝民者，食而后免于颠仆之患也。自后稷播时百谷，存立众民之命，而后各复其受中之性。"此解"立"不改"粒"，似胜《集传》，然以"立"为济民乎死，则仍未悟诗人深旨，且"立极"二字，胖而为二，尤为不识文势，不取也。

毛诗雕题附言

中井履轩

据大阪大学怀德堂文库复刻刊行会监修《诗雕题》（吉川弘文馆，1995年）所载写本影印本点校。文中大段摘抄宋王柏《诗疑》和《池北偶谈》。

王鲁斋云：昔成康既没之后，至孔子时未五百年，而《雅》《颂》庞杂，已荒周公之旧制。夫子自卫反鲁，然后正之。况东迁之后，周室衰，夫子既没，而大义已乖。至于秦政焚《诗》《书》坑儒，其祸惨烈，振古所无。汉定之后，《诗》忽出于鲁，出于齐、燕。《国风》《雅》《颂》之序篇什章句之分，吾安知其果无脱简淆乱，而尽复乎周公、孔子之旧也。

夫《书》授于伏生之口，止二十八篇，参之以孔壁之藏，又二十五篇，然其亡失终不可复见者，犹有四十余篇，其存者且不胜其错乱讹舛，为万世之深恨。余不知《诗》之为经，藏于何所，乃如此之秘；传于何人，乃如此之的？遭焚禁之大祸，而三百篇之目宛然如二圣人之旧，无一篇之亡、一章之失？《诗》《书》同祸，而存亡之异，辽绝乃如此，吾斯之未能信。

又云：自咸阳三月之焰熄，而经已灰。后世不幸，而不得见圣人之全经也久矣。出于煨烬之余者，率皆伤残毁裂，而不可缀补。经生学士不甘于缺疑，而耻于有所不知，又不敢诵言其为伤残毁裂之物，于是研精极思，刳剔揍（凑）饤，雕刻缋藻，日入于诡，而伤残毁裂之书，又从而再坏矣。江左儒先尊经遇厚而忘其再坏，乃以为先王之教，未经蹂践，岿然独全者，惟

《风》《雅》《颂》而止耳。汉之刘歆，得见闻之近，乃谓《诗》萌芽于文帝之时，一人不能独尽其经，或以为《雅》，或以为《颂》，相合而成。吾固知各出其讽诵之余，追残补缺，以足三百篇之数尔，乌得谓之独全哉？

又云：昔东莱吕成公尝疑《桑中》《溱洧》，非桑间、濮上之音，以为夫子既曰郑声淫而放之矣，岂有删诗示后世而反取之乎？晦庵朱文公则曰不然，今若以《桑中》《溱洧》为雅乐，当以荐何等鬼神，接何等宾客，不知何辞之风，何义理之正乎？故文公说诗，以为善者兴起人之善心，恶者惩创人之逸志，以此法观后世之诗，实无遗策。何者？盖其规橅恢广，心志融释，不论美恶，无非为吾受用之益，而邪思不萌。以此法观《诗》可也。观《书》亦可也，虽观史亦可也。以此论乐，则恐有所未尽。愚尝疑今日三百五篇者，岂果为圣人之三百五篇乎？秦法严密，《诗》无独全之理。窃意夫子已删去之诗，容有存于闾巷浮薄者之口。盖雅奥难识，淫俚易传。汉儒病其亡逸，妄取而撺杂以足三百篇之数。愚不能保其无也。不然，则不奈圣人放郑声之一语，终不可磨灭，且又复言其所以放之之意，曰“郑声淫”，又曰“恶郑声之乱雅乐也”。愚是以敢谓淫奔之诗，圣人之所必削，决不存于雅乐也审矣。妄意以刺淫，如《新台》《墙有茨》之类，凡十篇，犹可以存之，惩创人之逸志。若男女自相悦之词，如《桑中》《溱洧》之类，悉削之以遵圣人之至戒，无可疑者，所去者亦不过三十有二篇。使不得滓秽《雅》《颂》，淆乱二南，初不害其为全经也。如此则二先生之疑亦释矣。昔曾南丰谓不灭其籍，乃善于放绝者。以此放绝邪说之疑似者可也。若淫奔之诗，不待智者而能知其为恶行也，虽闾阎小夫亦莫不丑之，但欲动情胜，自不能制尔，非有疑似难明，必待存其迹而后知。今夫童子淳质未漓，情欲未开，或于诵习讲说之中，反有以导其邪思，非所以为训，且学者吟哦，其丑恶于唇齿间，尤非雅尚。读书而不读淫诗，未为缺典。况夫子答为邦之问，而此句拳拳殿于四代礼乐之后，恐非小事也。愚敢记其目，以俟有力者，请于朝而再放黜之，一洗千古之芜秽云：

《野有死麕》召南《静女》邶风 桑中 鄘风《氓》《有狐》[1] 并卫风

《丘中有麻》王风《将仲子》《遵大路》《有女同车》《山有扶苏》

《萚兮》《狡童》《褰裳》《东门之墠》《丰》《风雨》《子衿》

《野有蔓草》《溱洧》郑风《大车》王风《晨风》秦风《东方之日》齐风

《绸缪》《葛生》唐风《东门之池》《东门之枌》《东门之杨》

《防有鹊巢》《月出》《株林》《泽陂》陈风

或谓三百篇之诗，自汉至今，历诸大儒，皆不敢议，而子独欲去之，毋乃诞且僭之甚耶？曰：在昔诸儒，尊尚《小序》太过，不敢以淫奔之诗视之也。方傅会穿凿为之说，求合乎序。何敢废乎？盖序者于此三十余诗，多曰刺时也，或曰刺乱也，曰刺周大夫也，刺庄公，刺康公，刺忽，刺襄，刺晋乱，刺好色，刺学校废，亦曰刺奔也，止奔也，恶无礼也，否则曰忧谗也，惧谗也，或曰思遇时也，思见君子也。未尝指为淫诗也。正以为目曰淫诗，则在所当放故也。自朱子黜《小序》，始求之于诗，而直指之曰“此为淫奔之诗”，予尝反覆玩味，信其为断断不可易之论。律以圣人之法，当放无疑。

曰：然则朱子何不遂放之乎？曰：朱子始订其词，而正其非，其所以不废者，正南丰所谓不去其籍，乃所以为善放绝者也。今后学既闻朱子之言，真知《小序》之为谬，真知是诗之为淫，而犹欲读之者，岂理也哉？在朱子前时说未明白，不当放；生朱子后，诗说既明，不可不放。与其遵汉儒之谬说，岂若遵圣人之大训乎？

孔颖达云：传记所举逸诗者绝少。司马迁谓古诗三千余篇，孔子删之，存者三百，盖谬。

程敏政云：古者胄子之教，过庭之训，皆于诗乎得之，所谓养其良知良能者也。而今之诗，乃取夫狎邪淫荡之词，杂乎《清庙》《生民》之列，言之污齿颊，书之秽简牍，师何以授之于徒？父何以诏之于子？而况圣经贤传

① 栏上注：“狐之下脱一篇目。”

之旨，本以为治性养心之具。曰非礼勿言，非礼勿听也，曰口不道恶言，耳不听淫声也，其严如此。诗者心之声，而发乎性情者也。孔子删而定之，放其郑声以为万声之常经，顾乃有取于斯，则其所删者为何诗，而其所放者又何声哉！

又云：古今人情，不大相远，而理之在人心者，无古今也。如有以狎邪淫荡之词，与伊川击壤之集、朱子感兴之诗俱收而并录之，日与学者讲肆而诵之，曰此将以示劝也，彼将以示儆也，其不以为侮圣言者几希。又日以之敷陈演说，于讲帏经幄之前，曰此将以示劝也，彼将以示儆也，则下流于不敬而蹈诲淫之辙，上以为故常而启效尤之心，其贼经而害教，有不可胜言者矣。

按汉儒取淫诗足三百篇，明诸儒多言之，盖皆祖王鲁斋也。是说不可易，余又有疑焉。孔子屡称诗三百，而后儒皆以三百为孔子删定之篇数，乌知斯语必皆出于晚年删诗之后也。且纵令其出于删诗之后，泛然称诗之篇数，何必舍天下公共之篇数，而举自已删定之篇数，是于人情亦觉不妥。由是观之，三百盖诗之原数也，而孔子删之篇数较减矣。后儒不之察，必以三百为删本，谬矣。则乌知汉儒未足淫诗之前，非孔子之删本也。若王鲁斋仍用司马迁三千三百之说为可信，是则未尽矣，况其他乎。

《池北偶谈》云：孔子但正乐，使各得其所而已，未尝删诗。观自卫返鲁云云可见。且一则曰诗三百，再则曰诵诗三百，《家语》对哀公问郊，亦曰臣闻诵诗三百，不可以一献。知古诗本来有三百篇，非孔子自删定也。

又《左传》列国卿大夫燕飨赋诗，率皆三百篇中之诗，多在孔氏之前，其非夫子手删，了然可见。叶水心《习学记言》云《史记》言古诗三千，孔安国亦言删诗为三百篇。按《诗》周及诸侯用为乐章，今载于左氏者，皆史官先所采定就有，逸诗殊少矣，不待孔子而后删十取一也。《论语》称诗三百，本谓古人已具之诗，不应指其自删者言之也。辅广亦谓司马迁言古诗三千，传闻之误，其说与予略同。

按：是说亦有理，然以孔子称诗三百为不删之语，则未尽矣。夫三百是诗之原数，前已论之。孔子屡称诗三百，岂皆晚年之语哉？假令孔子既删之后，其与人言论，泛举诗之篇数，何能舍天下公共篇数而称自己删定私本，是于人情可推已。是故今之诗篇，孔子已前之原本，而所谓三百，指此耳。至于孔子晚年果删与不删，则有未可知者。纵令果删，删本亡传，则无可言者，但求之道理，殆不得不删者云。

栏外注：墨子曰诵诗三百。又曰：歌诗三百，舞诗三百。

郑樵云《春秋》作于获麟之时，乃哀公十四年矣。《诗》亡于陈灵公，乃孔子未生之前，故曰《诗》亡然后《春秋》作，谓美刺之诗亡而褒贬之书作矣。

《诗经标识》摘抄

东条一堂

据书籍文物流通会1963年刊《诗经标识》校录。全书共八卷，兹校录卷一。

《诗经标识》为东条一堂的经学备考之一。原为写本，是一堂七十三至七十四岁时其门人从他的札记中抄录的，未经本人审阅。故讹误迭见，翻刻时做过补订。

东条一堂（1778—1857），今千叶县人，名弘，字子毅，通称文藏幼学和七郎，1778年出生于上总国长狭郡八幡村。家中世代为豪农，父亲医术高超，一堂为其次子。十六岁到京都入皆川淇园门下，后回到江户，与朝川善庵、羽仓简堂、佐藤一斋、龟田绫濑、尾藤二洲等名儒交往，后被聘为弘前藩校稽古馆督学，不久再次返回。曾居于汤岛，住所邻近昌平校，他开塾教授，著书甚丰，学校教官、生徒等执贽求教者甚多。后移居神田玉池。一堂为人温厚深重，识度高迈，以明德自命，著述近四十余种，与经书相关，其中特别以《孝经》《四书》为中心。

诗经标识 卷一

东条一堂著 校订顾问 盐谷温

校订者 嵯峨宽

朱子序

人生而静，天之性也。感于物而动，性之欲也。

按此语本出于文子之书。文子，老子弟子，以虚无因应为道。但文子“性之欲也”，作“性之害也”。盖《乐记》剽窃之也。又见于《淮南子》书，刘安亦专宗道家者流之说，即文子之意尔。

《升庵外集》：“《文子》引《老子》曰：‘人生而静，天之性也。感物而动，性之欲也。’汉儒取入《礼记》，遂为经矣。若知其出于《老子》，宋儒必洗垢索瘢，曲为讥诬。但知其出于经，则护持交赞。此亦矮人之观场也。”

胡应麟曰：“《文子》乃后人杂取经子诸家，以解道经。凡称老子，皆假借之词。”

孔安国曰：“乐不至淫，哀不至伤。言其和也。”朱子曰：“易至以及，似矣，以过则不成义也。”

何楷《世本古义》原引云：“汉兴有鲁、齐、燕三家之学，皆列学官。”

司马迁云：“言诗，于鲁则申培公，于齐则辕固生，于燕则韩太傅。”班固云：“鲁申公为《诗训故》，而齐辕固、燕韩生，皆为之传。”按：鲁诗弟子显者，为孔安国、韦玄成、王式、龚遂；齐诗弟子显者，为萧望之、匡衡、翼奉、师丹、韩生。

鲁最先显。

当汉高祖过鲁，申公以弟子从师，入见于鲁南宫。韩婴为孝文时博士，辕固为孝景时博士。

齐最先亡。

《隋志》云："齐诗魏代已亡，鲁诗亡于西晋，韩诗虽存，无传之者。"按：今韩诗所传。唯有《外传》十卷。

鲁诗出于浮丘伯。浮丘伯者，荀卿门人也。齐、燕不知所从受，而韩氏之学，乃自谓其诗不如《易》深。

班固《儒林传》云："婴推诗人之意，而作内外传数万言，其语颇与齐、鲁间殊，然归一也。孝宣时，涿郡韩生以《易》征，曰：'尝授韩诗，不如韩氏《易》深。'"

孟坚扬于三家，许鲁为近之。

固云："齐、燕、鲁或取《春秋》，采杂说。咸非其本义，与不得已。王念孙曰："与，如也。"鲁最为近之。"

最后毛公诗出，称得于子夏，不与三家同。以授毛苌，然其本亦出荀卿云。

毛公名亨，或云鲁人，或云河间人。《序录》，徐整云："子夏授高行子，高行子授薛仓子，薛仓子授帛妙子，帛妙子授河间大毛公。"陆玑云："子夏传鲁人曾申，申传魏人李克。克传鲁人孟仲子，孟仲子传根牟子，根牟子传赵人孙卿子，孙卿子传鲁人大毛公。"《初学记》云："荀卿授鲁国毛亨，作

《诂训传》，以授赵国毛苌。时人谓亨为大毛公，苌为小毛公。”

传至卫敬仲，有《序》行世。

后汉《儒林传》云：“卫宏，字敬仲，东海人。初，九江谢曼卿善《毛诗》，宏从受学，作《毛诗序》，善得风雅之旨，于今传于世。”郑樵云：汉兴，四家之诗，《毛诗》未有序。惟《韩诗》以序传于世。《齐诗》无序，《鲁诗》之序有无，未可知。诗之序，大概与今序异。《韩诗》得序而益明，汉儒多宗之。如司马迁、扬雄、范晔之徒，皆以二南作于周衰之时，此韩学也。《毛诗》至卫宏为之序，郑玄为之注，而毛序之学盛行，又非韩所敢望也。

或者谓大序作于子夏，小序作于毛公。此说非也。序有郑注而无《郑笺》，其不作于子夏明矣。毛公于诗，第为之传，其不作序又明矣。又谓大序作于圣人，小序作于卫宏，谓小序作于卫宏，是也；谓大序作于圣人，非也。命篇大字，盖出于当时采诗大史之所题，而题下之序，则卫宏从谢曼卿受师说而为之也。或者又曰，序之文辞，委曲明白，非宏所能为。曰：使宏凿空为之，虽孔子亦不能，使宏诵师说为之，则虽宏有余矣。意者毛氏之诗，历代诵师之说，至宏而悉加诠次焉。今观宏之序，有专取诸书之文至数句者；有杂取诸家之说，而辞不坚决者；有委曲宛转，附经以成其义者。宏序作于东汉，故汉世文字，未有引诗序者。惟黄初四年，有曹共公远君子近小人之语。盖魏后于汉，而宏之序，至是而始行也。朱子云《儒林传》以为卫宏作《毛诗序》，然郑序又以为诸序本自合为一编，毛公始分，以置篇之首。则是毛公之前，其传已久，宏特增广而润色之耳。程大昌云古序之与卫宏序，今混并无别，然有可考者。凡诗发序两语，如《关雎》后妃之德也，世人之谓小序者，古序也。两语以外，续而申之，世谓大序者，宏语也。今其续序之指事喻意也。凡《左传》《国语》所尝登载，则深切著明，历历如见。苟二书之所不言，而古诗又无明证，则第能和附诗词，顺畅其意，未有一序而能指言其人其事也。此又有以见序之所起，非亲生作诗之世，目击赋诗之事也，自可以审定不疑也。然则晔谓续序之为宏作，真实录矣。

郑康成遵畅毛旨，特为之笺。又申明毛义，以难三家。三家遂废矣。

吕祖谦云："左氏所引诗，多与毛氏合。"欧阳修云："毛氏序与孟子说多合。"

郑又著有《诗谱》。

《谱序》云："夷、厉已上，岁数不明。太史《年表》，自共和始，历宣、幽、平王而得春秋次第，以立斯《谱》。欲知源流清浊之所处，则循其上下而省之；欲知风化芳臭气泽之所及，则傍行而观之。此诗之大纲也。举一纲而万目张，解一卷而众篇明。于力则鲜，于思则寡。其诸君子，亦有乐于是与?"

自后言诗者，不越毛郑为宗。至宋诸儒，间用己意，有所发明。而朱子《集传》，多不取小序及二氏之说。其书简径易晓，读者便之。于是古学益微。近世又有伪为鲁诗，而托之子贡传者。意觊与《毛传》并行，然掇拾浅陋，有识哂焉。

又云：近代相传，有托为子贡诗传、申培诗说者，取《小雅》《大雅》，而各三分之。其一曰《小雅》，其二曰《小雅续》，其三曰《小雅传》，《大雅》亦然。盖本于夹漈。雅有正变之辨，而暗取东莱吕氏衍郑孔之说。又《子贡传》但有周商二颂，取《鲁颂》之诗，杂豳诗为鲁风。夫风、颂异体，颂何得为风？此后世浅儒所伪托。岂足信哉？

郑樵云："司马迁云：古者诗三千余篇，夫子取其可施于礼义者三百篇。孔颖达曰：按书传所引之诗，见在者多，亡逸者少。则夫子所录，不容十分去九矣。'迢迢车乘，招我以弓。岂不欲往，畏我友朋。'如斯等语，亦不俚也。胡为删之乎？'墙有茨''桑中'等语，至俚，又胡为而不删之乎？则知删诗之说，与《春秋》始隐终获麟之事，皆汉儒倡之也。季札聘鲁，鲁人以雅颂之外所传十五国风尽歌之。及观今三百篇，于季札所观鲁人所存，无加损也。删之之说，汉儒孔安国倡之，文中子极笔载之。”

弘按：《家语·本姓解》云：孔子生于衰周，先王典籍错乱无纪，而乃论百家之遗记。考正其义，祖述尧舜，宪章文武，删《诗》述《书》，定《礼》理《乐》，制作《春秋》，赞明《易》道，垂训后嗣，以为法式。按：《诗》当夫子之时，为天下公器，上自天子，下至列国士大夫，其祭祀、会同、朝聘、燕享，所以荐神明、通彼我者，莫非是物矣。夫子虽圣不得位，何以得私动天下之公器而删之乎？意汉之时，专门之学，各守一经，欲使之必出于夫子之手，以尊张其学，此所以有删诗之说也。若乃所谓“乐正雅颂，各得其所”者，盖鲁所传诗，故有错误，雅颂或失其所。故夫子博考之他邦，特正而复旧耳。前汉《礼乐志》云：“王官失业，雅颂相错。孔子论而定之。”故其言如此。盖得之矣。

陈际泰云：“国有风而天下无风。风者立于外而观之，因以名之者也。人有谓晋之俗俭、吴之俗佻、楚之俗慓者矣。未闻有曰天下之俗，或俭、或佻、或慓者，天下未尝外此，而合而归之，则其途杂。既不可专指以为名，且皆立于天下之风者，谁从其外而观之，而因以名也哉？故欲名天下之风者，必其与我异，又立于其外者也。故殷立于夏之外，则曰夏尚忠；周立于殷之外，则曰商尚质；后世立于周之外，则曰周尚文；而中国立于夷狄之外，则曰夷狄之俗，贵壮而贱老。何者？以专指之，以外名之，势固然也。故诸侯之诗，名之为《风》，而天子之诗名之为《雅》、为《颂》。然而《周颂》郁而奥，即周之政事好尚见焉；《鲁颂》从而肆，即鲁之政事好尚见焉。独非《风》欤？曰：此所谓以专指之，以外名者也。”

程大昌云：“盖南雅颂，乐名也。若今乐曲之在某宫者也。南有周召，颂有周、鲁、商，本其所从得，而还以系其国土也。二雅独无所系，以其纯当周世，无所标别也，均之为雅。音类既同，又自别为大小，则声度必有丰杀廉肉，亦如十二律然，既有大吕，又有小吕也。若夫邶至豳此十三国者，诗皆可采，而声不入乐，则直以徒诗著之本土。”又云：“春秋战国以来，诸侯卿大夫士，赋诗道志者，凡诗杂取无择，至考其入乐，则自邶至豳，无一诗在数。享之用《鹿鸣》，乡饮酒之笙《繇庚》《鹊巢》，射之奏《驺虞》《采蘋》，诸如此类，未有或出南雅之外者。然后知《南》《雅》《颂》之为乐诗，而诸国之为徒诗也。”

陆深云：“《大雅》《小雅》，犹今言大乐、小乐云。尝见古器物铭识，有管曰小雅，有钟曰颂钟，乃知《诗》之篇名，各以声音为类，而所被之器，亦有不同。后人失之声，而以名义求，非诗之全体也。”

黄佐云：“礼乐相须以为用。礼非乐不行，乐非礼不举。自后夔以来，乐以诗为本，诗以声为用。八音六律为之翼耳。仲尼编诗，为燕享祀之时用以歌，而非用以说义也。古之诗，今之词曲也。若不能歌之，但能诵其文，而说其义可乎？不幸腐儒竞起。齐、鲁、韩、毛四家，各为序训，而以说相高。汉朝又立学官，以义理相授，遂使声歌之音，堙没无闻。然当汉之初，去三代未远，虽经生、学者不识诗，而太乐氏以声歌肄业，往往仲尼三百篇，瞽史之徒，例能歌也。奈义理之说既胜，则声歌之学日微。东汉之末，礼乐萧条，虽东观、石渠，议论纷纭，无补于事。曹孟德平刘表，得汉雅乐，即杜夔老矣，又不肄习，所得于三百篇者，惟《鹿鸣》《驺虞》《伐檀》《文王》四篇而已，余声不传。太和末，又失其三。左延年所谓惟《鹿鸣》一篇，每正旦大会，太尉奉命，群臣行礼东厢，雅乐常作，是也。古者歌《鹿鸣》，必歌《四牡》《皇皇者华》，三诗同节。故曰：工歌《鹿鸣》之三，而用笙入三，终以赞之。然后间歌合乐，首尾相承，节奏有属，今得一诗，无所用可乎？应知古诗之声为可贵也。至晋《鹿鸣》一篇，又绝无传。后世不复闻诗矣。”

晦庵云：“诗序之作，说者不同。或以为孔子，或以为子夏，或以为国史，皆无明文可考。唯《后汉书·儒林传》以为卫宏作《毛诗序》，今传于世。则序乃宏作明矣。然郑氏又以为诸序本自合为一编，毛公始分以置诸篇之首，则是毛公之前，其传已久。宏特增广而润色之耳。故近世诸儒，多以序之首句为毛公所分，而其下推说云云者，为后人所益。理或有之，但今考其首句，则已有不得诗人之本意，而肆为妄说者矣。况沿袭云云之误哉？然计其初，犹必自谓出于臆度之私，非经本文，姑且自为一编，别附经后，又以尚有齐、鲁、韩氏之说，并传于世，故读者亦有以知其出于后人之手，不尽信也。及至毛公引以入经，乃不缀篇后，而超冠篇端，不为注，而直作经字；不为疑辞，而遂为决辞。其后三家之传又绝，而毛孤行，则其抵牾之迹，无复可见。故此序者，遂为诗人先所命题，而诗文反为因序以作。于是读者转相尊信，无敢拟议，至于有所不通，则必为之委曲迁就，穿凿而附合之，宁使经之本文缭戾破碎，不成文理，而终不忍明以小序为出于汉儒也。愚之病此久矣。然犹以其所从来也远，其间容或真有传授证验，而不可废者，故既颇采以附传中，而复并为一编，以还其旧，因以论其得失云。"

郑樵云："风者，出于土风。大概小夫贱隶、妇人女子之言。其意虽远，其言浅近重复，故谓之风。雅者，出于朝廷士大夫。其言纯厚典则，其体抑扬顿挫，非复小夫贱隶、妇人女子能言者，故曰雅。颂者，初无讽诵，惟以铺张勋德而已。其辞严，其声有节，不敢琐语亵言，以示有所尊，故曰颂。"

严粲云："雅之大小，特以体之不同尔。盖优柔委曲，意在言外，风之体也；明白正大，言其事，雅之体也；纯乎雅之体者，为雅之大雅；风之体者，为雅之小。"

新安姚首源际恒《古今伪书考》："《诗序》汉志无，但云，又有毛公之学，自谓子夏所传，而河间献王好之，未得立；迄东汉，《毛传》始行，而《诗序》亦出。后汉《儒林传》传曰：'卫宏，字敬仲，东海人。初九江谢曼卿善《毛诗》，宏从受学，作《毛诗序》。'《隋志》曰：'先儒相承谓，《毛诗序》子夏所作。毛公及卫敬仲更加润色。'郑《诗谱》谓大序是子夏作，小序是子夏、毛公合作。卜商意有不尽，毛公更足成之。按：以序发端一二语谓之小序，以其少也；以下续申者，谓之大序，以其多也。又以小序为古序，为前序，大序为后序，今皆从之，郑谱所谓大序，今所谓小序也；所谓小序，今所谓大序也。今不用其说，其谓子夏作者，徒以孔子有'起予者商也'一语，此明系附会，绝不可信，谓毛公作者，亦妄也。毛公作传，何尝作序乎？郑玄又谓，《诗序》本一篇，毛公始分以置诸篇之首，则亦信《序》而为此说，未必然也。世所谓大序自是宏为之，小序则系古序。案：汉世未有引《序》一语，魏世始引之。及梁萧统《文选》，直以为子夏作，固承前人之讹也。郑玄且以小序为孔子作。王安石且以小序为诗人自制，益可笑矣。大抵小大序，皆出于东汉，范晔既明指卫宏自作，必不谬，其大序固宏为之，小序亦必汉人所为。何以知之？序于《周颂·潜》诗曰：'季冬献鱼，春献鲔。'全本《月令》之文。故知为汉人也。宋儒辨序之妄，自晁说之、程泰之、郑渔仲，而朱文公承之。见小大序，本皆非伪，后人以小序为子夏作，大序为毛公作。遵之者，俨如功令，不敢寸尺易。是虽非伪书，而实亦同于伪书也。故列之于此。"

《国风》

按：虞书曰"诗言志，歌永言"，诗之道放于此乎？

按：诗人之于情，犹庄周之于理。理与情虚也。虚者难以喻，故不得不假事以实之、以发之也。古人于庄周之言，目之以为寓言，特不知诗亦寓言也。故凡涉砠送野、采蘋采蘩之类，皆为虚设之言。读诗者已得其情，则宜略其言可也，乃始为以辞不害意矣。

按：《礼·王制》云："命大师陈诗以观民风。"然则《国风》者，列国民风之诗也。朱子本《序》说风化、风刺之意，非也。

夹漈郑氏曰："正变之言，不出于夫子，未可信也。《小雅·节南山》之刺，《大雅·民劳》之刺，谓之变雅，可也。《鸿雁》《庭燎》之美宣王，《崧高》《烝民》之美宣王，亦可谓之变乎？诗之次第，皆以后先为序。文武成康，其诗最在前，故二雅首之，厉王继成王之后，宣王继厉王之后，幽王继宣王之后，故二雅皆顺其序。《国风》亦然。则无有正变之说，断断乎不可易也。"

太宰纯云："夫惩恶劝善者，春秋之旨也。仲晦乃以是说诗，岂不谬哉？"

按：朱子劝惩之说，本郑玄《诗谱》"惩恶而劝善"，见于《左·成十四年》。

《周南》

孔颖达云："孟子云'文王以百里而王'，则周召之地，共方百里，而皆名曰周，其召是周内之别名也。大王始居其地，至文王乃徙于丰。"郑樵云："二南六州。"《汉志》："扶风县东北，有周城，西南有召城。"

按：南，乐名也。程大昌说为确。故《小雅·鼓钟》篇以南与雅、籥并称。《左传》又曰："舞象箾、南籥。"又按《家语》孔子曰："夫先王之制音也。奏中声以为节，入于南不归于北。夫南者，生育之乡；北者，杀伐之域。故君子之音，温柔居中，以养生育之气。忧愁之感，不加于心也；暴厉之动，不在于体。所谓治安之风也。"是亦乐之所以名南也。盖《国风》中独周、召可入乐，故二国独以南称。南有周、召，犹颂有周、鲁、商。程云本其所从得，而还以系其国土，是也。《序》云："《关雎》《麟趾》之化，王者之风，故系之周公；《鹊巢》《驺虞》之德，诸侯之风，故系之召公。"朱子取其说，然《关雎》《麟趾》皆文王、大姒之德，周公未尝与其间。姑以《关雎》一篇言之，周公，文王之子。《关雎》，文王始娶之诗。周公之德，虽盛乎，何得以此系之周公乎？且风者，以其国土民风言，岂有所谓王者之风、诸侯之风乎？况文王生时服事于殷，未尝为王乎？

按：先王治术洪多，岂必独于此诗取法哉！

按：文王殷诸侯，何得谓之天子之国，亦岂得有所谓方伯之伯哉？虽是追叙之辞，不宜如此也。

按：宋太祖分天下为十五路，仁宗又增置十八路，至徽宗时，又增置二十六路。朱子《集传》成于淳熙四年，为孝宗十五年，则为置二十六路之后。

《关雎》

雎鸠，《毛传》《尔雅·释鸟》皆云"王雎也"。郭璞云："雕类也。今江东呼之为鹗，好在江边沚中，亦食鱼。”陆玑[①]云：“雎鸠，大小如鸱，深目，目上骨露，幽州人谓之鹫。”《左传》：“剡子云少皞氏以鸟名官，雎鸠氏，司马也。”

按：王雎之鸟，解者不一。郭璞雕类之说，独得其正矣。郑樵《通记》以为凫类，尾有一点白，是因白鹰尾白而傅会也。朱子祖其义，而询诸淮人，遂释之曰状类凫鹥，恐误。详见《毛诗稽古编》。

按：“状类凫鹥”，盖讳言如鸱，故变诸说也。

按：诗人取兴，其意本甚浅，而说诗者常失诸深。如“关关雎鸠”，大抵取其“洲”与“逑”相呼为韵，因言“洲”而言“雎鸠”，因“雎鸠”言“关关”，不过以少寓和乐之意耳，取其雌雄之有别，虽乃出《家语》，恐不拘。何则？古人论诗，诸见经传者，旁义错出，处处而异，岂得一一取以解《诗》乎？且此诗以夫妇和乐为旨，未尝言夫妇之别。纵有此义，亦非正说。自毛以“挚而有别”解之，后人遂争相附合，务张皇其说。然毛郑于比兴二体，每屑屑乎必求其义而不措，皆牵强妄凿，一无可取。至如谓螽蟖不妒忌，虽精物理者，岂能知之乎？皆过求义之弊也。如解此诗，亦其类耳，断不可从。然毛所谓挚者，猛挚之挚也，而郑以为其义无取于和乐，于是解为雌雄情意至之义，谬误最甚。按：《家语·好生解》云：孔子曰：“小辨害义，小言破道。《关雎》兴于鸟，而君子美之，取其雄雌之有别；《鹿鸣》兴于兽，而君子大之，取其得食而相呼。若以鸟兽之名嫌之，固不可行也。”是虽夫子之言，亦犹思无邪、蔽三百，沧浪自取之类，皆非本义也。

按：乘匹之字，又见郑玄《周礼·校人》“春祭马祖执驹”注云：“执犹拘也。春通淫之时，驹弱血气未定，为其乘匹伤之。”贾公彦云：“玄谓春通淫之时，驹弱血气未定，为其乘匹伤之者，《论语》孔子云‘血气未定，戒之在色’，马亦如此。故引之而言也。”以此观之，乘匹者，盖谓其孳尾也。扬子《方言》云“双雁曰乘”，然则乘不必言四数。乘匹之乘，盖亦双义，

① “玑”，原文误作“机”。

与匹同意也。又《埤雅》：“匹，鹜也。”鹜不散迁，而又乘匹不妒，故或谓之匹也。又乘匹，马为孳尾之证也。又《礼·月令》：“合累牛腾马，游牝于牧。”郑注云：“累腾，皆乘匹之名。”按：《集韵》：“犦或作累，求子牛。一曰腾，豥也。豥，求子猪也。”《史记·赵世家》：“造父取骥之乘匹与桃林盗骊、骅骝、騄耳，献之缪王。”《正义》曰：“乘，食证反，并四曰乘，两曰匹。”今按：乘匹谓牝牡，《正义》误矣。

何楷云：“参者，二十八宿之一。其宿有三星，故借用参伍之义。”差，《说文》云：“贰也。差不相值也。”陆佃云：“三相参为参，两相差为差。”按：参差，言其叶散布水面而不齐整也。曹植《公宴》诗曰：“列宿正参差。”不必长短，凡物不齐整，皆言参差。

何楷云：“辗，《说文》：‘转也。’”转，《说文》云：“运也。”展转反侧，展转而至于反，至于侧也。

按：朱注虽似精，其实本无此义。

芼，毛云：“择也。”《释言》云：“搴也。”孙炎云：“皆择菜也。”郭璞曰：“拔取菜也。”按：朱子解芼，以熟而荐之。盖本《礼·内则》注：“芼谓菜酿。”《疏》云“用菜杂肉为羹之说”，然是亦以菜和肉为羹之名耳，非熟而荐之之谓也。观《内则》云“雉兔皆有芼”可见。且从朱说，则与左右字不相属。朱子必言之者，盖亦其欲一节深一节之失耳。今按：《毛传》云“择也”，盖与孙炎说同，然郭璞拔取之说，于《尔雅》“搴也”之言为切。当从之。

按：哀乐皆以其声言之。盖乐声感人，如乐如哀，而后为至矣。按：《序》所谓后妃，谓后或妃，后人遂为大姒之称者，非也。

按：《白虎通》云：“商以前皆曰妃，周始立后。正嫡曰王后。”《曲礼》云：“天子之妃曰后。”是也。又《初学记》：“古者天子后宫嫡庶皆曰妃。黄帝四妃，虞舜二妃。”《孟子注疏》云：“妃者，名通适妾。故传云：陈哀公元妃郑姬，生悼大子偃师；二妃生公子留；下妃生公子胜。”据之则后与妃名号各异。盖后妃之称，虽无尊卑之异，然后可称妃，妃不可称后。则凡对后而称妃者，皆非正嫡之称耳，故经传未曾有以后妃并称者，唯《诗序》独有之。窃意是不指定一人之辞，犹言后或妃耳。诸儒相承，以后称太姒，似太妃本有此号者，盖由《序》而误耳。

《葛覃》

《史记·卫绾传》："上曰：'剑人之所施易。'"如淳曰："施读曰移。"《索隐》："施音移。"

毛云："萋萋，茂盛貌。"朱子删"茂"字，非。

按：灌，本水名。无缘木形。按：《集韵》："权，古玩切。木丛生也。本作樌，或作权，通作灌。"是本从木旁，故为木形也。

何楷云："《子贡传》云：'太姒将归宁，而赋《葛覃》。'得之。若《朱传》'言告师氏'一节，反无落着。"

"私""衣"互文。

按："害""曷""何"相通。音之近也。犹连山、厉山、烈山之类。

《卷耳》

顷，本头不正之义，通作倾。《说文》云："仄也。"《韩诗》："欹也。"《荀子》云："顷筐易满也。卷耳易得也。"

《升庵外集》："原诗人之旨，以后妃思文王之行役而云也。陟冈者，文王陟之也。马玄黄，文王之马也。仆痡者，文王之仆也。金罍兕觥者，冀文王酌以消忧也。盖身在闺门，而思在道途也。曾与何仲默说及此，仲默大称赏，以为千古之奇。"

虺隤，孙炎、毛但云："病也。"

按：毛云："崔嵬，土山之戴石者。"又曰："石山戴土曰砠。"《尔雅》则曰："石戴土谓之崔嵬。""土戴石为砠。"二说相反。初疑《毛传》多据

《尔雅》，则当以《尔雅》为正，及按《说文》云："崔，大高也。嵬，高不平也。岨，石戴土也。""岨"与"砠"同。盖高不平者石出也，乃知崔嵬土山戴石之说是。至砠则《毛传》《说文》相符合。可知其确也，恐《尔雅》有误。

按：人劳而发白，则马劳而色变，理亦宜然，而未尝见其果然者也，终属牵强。今按：应读为眩惶。《荀子·解蔽》篇："感忽之间，疑玄之时。"又云："疑玄则难一。"又《正论》篇："上周密则下疑玄。""眩"皆作"玄"。《尔雅》："皇，黄鸟。"《旧唐书》"苍黄溃乱"，《新唐书》"苍黄失据"。柳文"苍黄叹噬"。"皇"皆作"黄"，可以证矣。

孙炎、毛云："瘏，病也。痡，亦病也。"《释诂》《说文》皆云："病也。"

吁，毛云："忧也。"《说文》云："惊也。"按：从毛为是。

《樛木》

藟，徐锴云："葛蔓也。"何楷云："《易》《诗》《左传》皆以葛藟二字连言，未必两物。"

太宰纯曰："君子，人之美称，通男女。称妇人为君子，岂小君、内子之谓哉？"按：邦君之妻曰小君，卿妻曰内子。若所称君子，是指士妻，则晦庵将何以解之？《毛传》无解，古义可见也。

何氏《小引》云："《樛木》，南国诸侯归心文王也。"自注："诗以'南有樛木'发端矣。'南有乔木''南有嘉鱼'一例。自是南国之人，咏其所见。《子贡传》、申培说，皆以为南国诸侯慕文王之德而归焉，是也。《竹书纪年》：'帝辛二十一年春正月，诸侯朝周。'意此诗当于此时而作。朱子从《序》说，然后妃不可称君子，其谬明矣。"

按：此说未知是否，姑录备考。"南有樛木"，若自南国之诸侯言之，不应目指其国为南也。若指文王国，当言西，不可言南，是可疑也。恐南字当从朱子为南山。盖诸侯朝周，咏所见起兴也。

《螽斯》

按："鹿斯""鸒斯""露斯"，皆为助字，则"螽斯"亦为助字可见。孔云："诜即甡字。"《说文》云："众生并立貌。"何楷云："诜通作甡。"

按：振振，毛于《麟趾》《殷其靁》篇并云："信厚也。"《螽斯》则云："仁厚也。"朱子于《螽斯》云"盛貌"，《麟之趾》云"仁厚貌"，《殷其靁》云"信厚也"，本无一定之解。按：振振，本兼众盛、严整二义，或主众盛而言，或主严整而言，未始不两义相须也。

薨，又作薨。《博雅》："薨薨，飞声。"《集韵》或作𦑣，通作薨，豊本薨作薨。

何楷云："揖通作辑。"《晋语》："君辑大夫就车。""辑"或作"揖"，故知二字通也。车和辑曰辑，故为和集之义。

何楷云："蛰，《说文》云：'藏也。'物伏藏则安静，故《尔雅》又训为静也。曰蛰蛰者，安静而各得其所也。"

《桃夭》

何楷云："夭通作枖。《说文》云：'木少盛貌。'"

按：《周礼》曰"中春令会男女"，未必婚姻之正时。《家语》云："霜降而妇功成，嫁娶[1]者行焉。冰泮农业起，昏礼杀于此。"又曰："冬合男女，春颁爵位，必当年德。皆所谓顺也。"孙卿云："霜降逆女，冰泮杀止。霜降，九月也；冰泮，正月也。"按：毛亦以秋冬为婚礼正时，故《陈风·东门之杨》篇，《传》云"男女失时，不逮秋冬"，是也。然则以中春为昏礼之时，特自郑玄而始误耳。

① "娶"，原文误作"聚"。

何楷云："《桃夭》，美大姒能修妇道也。"引申培说，以为此周人美后妃终始妇道之诗以证之，又引《子贡传》云"周人美后妃之德，终始妇道赋《桃夭》。子曰宜其家人，而后可以教人，见君子之修其身矣"。云此于诗意得之，其缀以夫子之言，则赝也。

按：《子贡传》《申培说》皆后人伪作，不足信，然此诗以为美太姒，亦无害诗意。姑录以博异闻。

《兔罝》

何楷《小引》云："《兔罝》，美周才多也。"自注："《子贡传》谓文王得良臣于野，周人美之，而申培说则直谓文王闻大颠、闳夭、散宜生皆贤人，而举之国。史咏其事而美之。盖依附墨子之说。墨子云：'古者圣王列德而尚贤，虽在农与工肆之人，有能则举之。''故尧举舜于服泽之中，授之政，天下平；禹举益于阴方之中，九州成；汤举伊尹于庖厨之中，其谋得；文王举闳夭、泰颠于罝网之中，西土服。'"金履祥云："此事于《兔罝》之诗，辞意最为吻合。计此诗必为此事而作也。闳夭、泰颠，为文王奔走御侮之友，后为武王将威刘敌之人，信哉其公侯之干城、好仇、腹心者欤!"愚按：诗专以武夫为言，墨子之说似若可信；若胡母辅之谓闳夭樵于山，与猎者争路被执，缠以兔网，文王救而得解，则鄙俚无稽甚矣。篇中咏公侯，当在为三公之后。《史记》曰："纣以西伯、九侯、鄂侯为三公。"而《竹书记年》殷帝辛元年，命九侯邘侯，则文王之为殷三公，在此时也。

《序》云："《兔罝》，后妃之化也。《关雎》之化行，则莫不好德。贤人众多也。"《郑笺》云："罝兔之人，鄙贱之事，犹能恭敬，则是贤者众多也。"按：朱子杂取《序》及《郑笺》，然干城、好仇、腹心，其才之可用如此，而遗之田野，安得谓圣化乎？逵，徐锴云："高土也。或通作馗。《说文》云：'九达道也。'"《尔雅》云："九达谓之逵。"郭璞云："四道交出，复有旁通者。中逵谓九道适中之处。"按：逵，本高土之名，其为九达之道者，通作馗也，非本训也。此诗施兔罝，宜于幽阴之地，故下文又云"中林"，是也。九达之道，人马所往来，非狐兔所隐，当从徐锴为正。

太宰纯云：“古诗叠章者，所以反复咏叹也。叠章则必换韵。换韵者，未必有异义焉。特其辞，时有浅深轻重者耳。然亦偶尔也。晦庵说《诗》，必欲使其义一章重一章，乃过求义理之病也。”按：不为腹心，则不足为好仇；不为好仇，则不足为干城，非语有深浅。

《芣苢》

陆佃云：“他草所在或无，唯车前、苍耳，所在有之，故《芣苢》《卷耳》之诗，正言此二物。芣苢，一名马舃，一名车前，一名当道。大叶长穗，好生道边及牛马迹中。故曰马舃、车前、当道也。一名牛遗。”陆玑云：“幽州人，谓之牛舌草，可鬻作茹，大滑，其子治妇人产难。”何楷云：“按：《神仙服食法》曰：‘车前之实，雷之精也。善疗孕妇难产，盖以其性大滑。毛苌、陆玑皆取之，以此为乐有子之证，尤属鄙浅不经。’或又引《本草》云：强阴，益精，令人有子。今考《神农本经》之语，第云：‘车前子，味甘寒，无毒，主气癃，止痛，利水道小便，除[①]湿痹，久服轻身耐老。’”初无宜怀妊之说。至唐本余等，始增入此语。盖因毛说而附会之也。滑伯仁云：“车前，性寒，利水，男子多服，则精滑而易痿；妇人多服，则破血而隳胎。”岂宜子？然谓其出于西戎，又指为木名，纵使果有之，亦别是一种，未可便指为比之芣苢也。

韩婴《诗序》：“芣苢，伤夫也。”刘向《列女传》云：“蔡人之妻者，宋人之女也。既嫁于蔡，而夫有恶疾。其母将改嫁之。女曰：‘适人之道，一与之醮，终身不改。不幸遇恶疾，不改其意。且夫采采芣苢之草，虽有臭恶，犹始于将采之，终于怀襭之，浸以益亲，况于夫妇之道乎？彼无大故，又不遣妾，何以得去？’终不听其母，乃作《芣苢》之诗。”何楷据此说以为小引，云：“《芣苢》，蔡人之妻伤夫也。”按：此说恐后人所伪托，未足信。

---

① “除”，原文误作“徐”。

姑录以存异。

将，《诗诂》云："以指历取也。"按：不必其指[①]。

《汉广》

按："息"当从《韩诗》作"思"。

方，《说文》云："并船也。"《尔雅》以为泭也。《方言》曰："泭谓之簰，簰谓之筏。筏，秦晋通语也。"郭璞云："木曰簰，竹曰筏，小筏曰泭。"

亦作㳇，又作柎，或作桴。

泳，《薛君章句》作"漾"，《说文》作"羕"。何楷云："今按：从此则广、泳、羕、方四字成韵。《乐府遗声》都邑三十四曲有《大堤曲》，宋随王诞为襄州时作。"

按：《尔雅》："天子造舟。"注："比船为桥也。诸侯维舟，连四船也；大夫方舟，并两船也；士特舟，单船也；庶人乘泭，并木以渡也。"然则方与泭异，当以并船之解为正。

楚，薪中之楚。蒌，薪中之蒌。

许慎云："马二岁曰驹，三岁曰駣。"孔云："八尺以上为龙，七尺以上为騋，六尺以上为马，五尺以上六尺以下曰驹。"

邹忠胤云："南有乔木，题曰《汉广》，亦犹'定之方中'之为楚宫，'有饛簋飧'之为小东也。"

《汝坟》

按：《释文》云："调又作輖。"輖，《广韵》："重载也。"輖从车，故为重载之义，朱子从《释文》而删载字，恐非本义。《说文》、丰氏本俱作輖。韩诗作朝，毛郑皆以为朝也。

---

① "指"，原文作"子"。

毛云：“肄，余也。斩而复生曰肄也。”孔云：“《左传》：‘晋国不恤周宗之阙，而夏肄是屏。’又曰：‘杞，夏余也。’”是肄为复生之余也。

孔云：“《左传》：‘如鱼赬尾，衡流而方羊裔焉。’郑氏谓鱼肥则尾赤，以喻蒯聩淫从。不同者，此自鲂鱼尾本不赤，赤故为劳也。”罗愿云：“二说虽不同，然鱼肥则不耐劳，不耐劳则尾赤。”《说文》以鲂为赤尾鱼，非是。

按：《说文》云。既云“鲂赤尾鱼”，而《左传》“如鱼赪尾，衡流而方羊裔焉”，并非谓鱼劳也。然则鲂鱼赪尾，但取其赤色，以况鲂之色，亦未可知也。

按：父母，毛无解，郑以为其夫之母，是也。

《列女传》云：“周南之妻，周南大夫之妻也。大夫受命，平治水土。过时不来，妻恐其懈于王事，陈以勉之。曰：‘家贫亲老，不择官而事；亲操井臼，不择妻而娶。故父母在，当与小同，无亏大义，不罹患害而已。生于乱世，不得道理，然而仕者，为父母在故也。乃作诗曰‘鲂鱼赪尾’云。”按：是亦以父母为其夫之父母，又后汉周磐诵诗，至《汝坟》之卒章，慨然而叹，乃解韦带，就孝廉之举，其意亦可见矣。朱子所引一说，盖本《列女传》。

《麟趾》

按：振振，严整貌，不必深解。诸儒强欲以麟之仁厚合之，其所以至定而穷也。

太宰纯曰：“言麟者，比兴也。必言趾者，协韵也。首章言公子，此章欲言公姓。故先言麟之定以起韵也。岂有意义乎？下章仿之。”

《礼·玉藻》云：“子姓之冠也。”注谓：“孙是子之所生，故曰子姓。”朱子云：“公姓，公孙也。”姓之为言生也。盖据此。

按：“麟之趾”章，朱子以为诗人以麟之趾，兴公子，然则言麟者，殊借以为兴而已，非谓实有麟而至也。至此忽云王者之瑞，有非人力所致而自至，乃如有真麟而至者何哉？盖欲必使诗篇次齐整，故有此说耳。

《召南》

按：王应麟《诗地理考》引《释文》云：“召，地名，在岐山之阳。扶风雍县南有召亭。”按：今注疏本《释文》，无此文。

王应麟云：“《史记正义》引《括地志》云：‘召亭在岐山县西南。’”

《鹊巢》

太宰纯曰：“南国诸侯被文王之化，其女子被后妃之化，则有之矣。惟于诗辞，未见其所谓正心修身，以齐其家。及其女子有专静纯一之德耳。不识晦庵何以言之。”

按：朱子据《郑笺》有“鸤鸠因鹊成巢而居之，而有均壹之德，犹国君夫人来嫁，居君之室，德亦然”之语而言之。然是特因鸠字生义，亦犹《关雎》之别不可从。朱子又云“此诗之意，犹《周南》之有《关雎》”，亦因诗编次生义，非。

按：毛云：“方，有之也。”以方为有，其义未闻。何楷云：“方，郑云：犹向也。”《正义》云：“诸言方者，皆谓居在他所，人向望之。”故云犹向也。

今按：《郑笺》及疏无此文，未知何所据。按：方，并也。并船曰方，故借为并居之义。

《采蘩》

《序》云：“采蘩，夫人不失职也。夫人可以奉祭祀，则不失职矣。”《左传》谓蘋蘩薀藻之菜，可荐鬼神，可羞王公。

按：于，於也。毛置之于“蘩，白蒿也”之下，解“于沼”“于沚”之“于”也。故郑云：“于以犹言往以也。”盖毛意亦然也。朱子移在上，则以为四“于”为同解也。

《广雅》云："圆曰池，曲曰沼。"《尔雅》云："小洲曰渚，小渚曰沚。"《释名》云："涧，间也。言在两山之间也。"

按：此诗朱子有二说。一说从《序》说及毛郑，为诸侯夫人奉祭祀之事。一说引或曰为后夫人亲蚕之礼。何楷从或说云夫人即太姒也。何以证之？以诗称公侯之事，与《兔罝》咏公侯干城，同皆指文王。周自季历始受命为侯伯，至纣以文王为三公，故得称公侯也。又《射义》云："士以采蘩为节。乐不失职也。"取末章"被之僮僮，夙夜在公"，为三宫夫人世妇有事于蚕者，皆不失其职，故士射以之为节云。注诗云："事谓成君服之事。"《礼记·祭义》云"古者天子诸侯，必有公桑蚕室"云云。按：《周礼·天官》内司服，后六服，袆衣、揄、翟谓之三翟，与鞠衣、展衣、缘衣为六也。首饰则有副、编、次三者。郑玄谓三翟为祭祀之服袆衣云云。又《少牢礼》云："主妇被裼，主妇赞者一人亦被裼。"注"被裼"云云。今按：郑说则夫人告桑宜服编。又据《祭义》文，则受茧宜服副，无服次之礼。此云"被之僮僮"者，盖指三宫夫人世妇之服耳。观《少牢》，乃卿大夫祭祀之礼，而主妇从祭，髲鬄可见云云。按：被非祭祀之服，只此一语，便足以破之。

孔云："被者首服之名。在首故曰首饰，《笺》引《少牢》之文云。主妇髲鬄与此被一也。"案：《少牢》作被裼。注云："被裼读为髲鬄。古者或剔贱者、刑者之发，以被妇人人紒为饰，因名髲鬄焉。"此《周礼》所谓次也。又追师，掌为副编次。注云："次，次第发长短为之。"所谓髲鬄也，即与次一也知者。《特牲》云："主妇纚笄。"《少牢》云："被裼纚笄。"笄上有次而已。故知是《周礼》之次也。此言被与髲鬄文同，故知被是《少牢》之髲鬄，同物而异名耳。

按：祁祁，与《七月》篇"采蘩祁祁"同。毛云："众多也。"《韩奕》篇云"祁祁如云"，亦言众多。

按：何氏以被非祭祀之服破旧说，然三翟祭祀之服，而首皆服副者，特自郑玄言之也。经非有明文。若以《少牢》卿大夫之妻，助祭而服被证之，则被未必为非祭祀之服。且考亲蚕之礼，《祭义》曰："桑于公桑。"《月令》

《周礼·内宰》皆曰“躬桑”，而此诗无一语及桑。《祭义》《月令》《周礼》皆不言采蘩，而此诗独言之，是其可疑者也。若旧说，则左氏之可证，恐从旧说为是。朱子引或说者，非是。

郑玄云：“陶陶遂遂，相随行之貌。”

《草虫》

何楷云：“按：忡字左从心，右施中。当谓在心中不能脱离之意，毛训冲冲，义亦同此。”

何楷云：“降对忡忡言，忧向在心中，悬而不下。今忽解去，所谓降也。”

按：若不被文王之化，则遂不思其君子哉。

注：“登山，盖托以望君子。”按：诗意疑未必然。

何楷云：“按惙字右施叕。缀，缀联之义。”

按：说，脱落之义。

何氏《小引》云：“《草虫》，思南仲也。南仲以王命城朔方，遂伐西戎。其室家思念之，而作此诗。”自注：“篇中‘喓喓’六语，与《出车》篇全同，以是知南仲之室家思南仲也。”又云：“按：张衡谓‘大火流，草虫鸣’，然则草虫鸣、阜螽跃，深秋候也。《四月》之诗，以山有蕨薇并言，而此诗言采蕨，又言采薇，蕨、薇皆二三月所采。南仲以深秋伐西戎，至春日迟迟，而始奏凯以归，其节序物候，恰与此合，则其为室家思念南仲之诗，无可疑者。”

《采蘋》

《序》云：“《采蘋》，大夫妻能循法度也。能循法度，则可以承先祖，共祭祀矣。”按：此序于经无所发明。朱子本之误矣。夫季女，未嫁之称，安得以称妻乎？《车舝》云：“思娈季女逝兮。”亦未嫁者也。

何楷云："《尔雅》云：'苹蓱，其大者蘋。'严粲云：'今考《本草》，水萍有三种：其大者曰蘋，叶圆阔寸许，季春始生，可糁蒸以为茹。其中者曰荇菜；其小者曰水上浮萍。江东谓之薸。'毛氏以蘋为大萍，是也。郭璞以蘋为今水上浮萍，即江东谓之薸，是以小萍为大萍，误矣。蘋可茹，而薸不可茹，岂有不可茹之薸而乃用之以祭祀乎？或云：《毛传》大萍，即时珍《纲目》云'田字草，一名四叶草者'，是也。"

郑玄云："烹蘋藻者，于鱼湆之中，是铏羹之芼。"又云："鱼为俎实，蘋藻为羹菜。"按：湆，汁也。铏，盛和羹器。凡肉味之有菜和者，则以铏盛之，故谓之铏羹。芼者，用菜杂肉为羹之名。先将蘋藻烹于鱼汁之中，始盛之铏器。所谓芼以蘋藻者也。

湘，《韩诗》作鬺。《汉志》："鬺享上帝。"《史记·武纪》："禹铸九鼎，皆尝鬺烹。"颜师古云："鬺、烹一也。古人音同者，字得通用。"

何楷云："按：大宗，大夫之始祖。盖诸侯自嫡子以外，皆为别子，别子始为大夫，继别子之嫡子，世为大夫，则立庙以祀之，是为宗室大夫之别子，则但为继称之小宗，不得祀于宗室矣。"孔云："若非教成之祭，则大夫之妻自祭夫氏。何故云大宗之庙？"

《礼记·昏义》云："古者妇人先嫁三月，祖庙未毁，教于公宫；祖庙既毁，教于宗室。教以妇德、妇言、妇容、妇功。教成祭之，牲用鱼，芼之以蘋藻，所以成妇顺也。"注云："祖庙未毁，言此女犹于此祖有服，于君为亲。故使女师教之于公宫。公宫，祖庙也。既毁，谓无服也。则于君为疏，故教之于宗子之家。"胡胤嘉云："教成之祭，考之于《礼》与《诗》甚合。芼用蘋藻，此一合也。《礼》正祭在奥西南隅，而此在牖下，孔氏以为外成之义，据《昏礼》，纳采以至请期，主人皆筵于户西，西上，右几，是其礼皆户外设，此二合也。不言妇而言女，女又言季。孔氏谓将嫁，故以少言之。以女尸祭。郑氏所谓成其妇礼也。此三合也。牖下，郑玄云户牖间之前。"按：古人庙堂南向，室在其北，东户西牖，皆南面。孔云以其正祭在奥西南隅，不宜继牖言之。今此云牖下，故为户牖间之前。户西牖东去牖近，故云牖下。所以不于室中者，凡昏事皆为于女行礼设几筵于户外，取外成之义。昏礼纳采，主人筵于户西，西上右几，问名、纳吉、纳征、请期，皆如初。是其礼皆户外设几筵也。今教成之祭，于户外设奠，此外成之义。

何楷《小引》云："《采蘋》，美邑姜也。古者妇人将嫁，教于宗庙，教成有蘋藻之祭。武王元妃邑姜，教成能修此礼。诗人美之。"自注："齐，国名。大公之先所封国也。季女即邑姜。"

《甘棠》

孔云召公食采文王时，为伯武王时，故《乐记》曰"武王伐纣，五成而分陕。周公左，召公右"，是也。若文王时与周公共行王化，有美即归之于王。诗人何得感文王之化，而曲美召公哉？武王时，召公为王官之伯，故得美之。因诗系召公，故录之在《召南》。

邹忠胤云："周公先以成王二十一年薨。旧说二南皆为文王诗，周公所集以明德化之盛，亦正未可泥耳。"

何楷云："按周召二公，至武王时，乃始辅佐。在文王时，未尝用事也。故《书·君奭》乃周召对语之辞，其历举文王之臣，惟曰虢叔、闳夭、散宜生、泰颠、南宫适。及武王时，虢叔先死，则曰'武王惟兹四人，尚迪有禄'而已。周召之分陕而治，在武王得天下之后，而《甘棠》颂召伯之诗，又当在康王之时。考《竹书》召以康王二十四年薨。诸书皆谓召公已殁而作，尤其彰明较著者，不但非作于文王之时，亦非作于武王之时矣。"

太宰纯云："首章曰勿伐，二章曰勿败，三章曰勿拜。换韵而已。晦庵以为勿败重于勿伐，勿拜又重于勿败。果如其说，则茇、憩[①]说，亦有轻重乎？"

翦，通作剪。《说文》云："齐断也。"茇，通作废。憩，通作愒。

郑云："拜之言拔也。"按王应麟《诗考》："'勿翦勿扒'，亦作拜。"按：扒，《集韵》《韵会》："布怪切。音拜，拔也。"《史记·封禅书》"掊视得鼎"

① "憩"，原文误作"甜"。

注，《索隐》曰：“掊，扒也。又系也。或作捌。”

《行露》

厭，壓通。

刘向《列女传》云“召南申女，申人之女也。既许嫁于酆。夫家礼不备，而欲迎之。女与其人言：‘以为夫妇者，人伦之始也。不可不正。夫家轻礼违制，不可以行。’遂不肯往。夫家讼之于理，致之于狱。女终必死不往，而作诗”云云。《韩诗外传》同。按：《序》云：“召伯听讼也。”盖因《甘棠》诗附会耳。不足信也。

何楷云：“家即室家之家。夫妇合则成家。”

《说文》云：“牙，牡齿也。象上下相错形。”

《羔羊》

按：《毛传》：“紽、緵，皆曰数也。”按：《西京杂记》云：“五丝为䌰，倍䌰为升，倍升为緎，倍緎为纪，倍纪为緵，倍緵为襚。”乃知毛所谓数也者，丝数也。緵即总字。《集韵》“緵或作总”，是也。又按：《陈风·东门之枌》：“越以鬷迈。”《毛传》云：“鬷，数也。”孔云：“鬷，谓麻缕每数一升而用绳纪之。”故鬷为数益信。数谓丝数。但緎字，毛以为缝也。然亦可据《西京杂记》为丝数也。《尔雅》《说文》以为羔裘之缝者，盖羔裘之缝用此丝也。此诗末章云：“羔羊之缝”，则知紽、緎、緵皆缝之所用也。孙炎谓“緎，缝之界域”，是缘字生义，不可从。又按：据《西京杂记》緎为二十丝，緵为八十丝，唯紽无文。而《毛传》云：“数也。”《类篇》亦云：“丝数也。”则其为丝数确矣。按：《西京杂记》又有“倍緎为纪”之文。纪，《说文》：“丝别也。”恐难以为丝数。窃疑“纪”恐“紽”字之误。若然紽四十丝也。诗紽、緎、緵皆以五言之者，盖以紽、緎、緵各五条为裘之缝也。

何楷云：“羔裘，大夫趋朝之服。”严粲云：“缁衣羔裘，诸侯日视朝之服，卿大夫朝服亦服之。其所异者，君则纯色，臣则以他物饰其亵，所谓‘羔裘豹亵’‘羔裘豹袪’是也。”

按：朱子云：“自公，从公门而出也。”从公门而出，何得遽服燕居之服乎？委蛇，郑云“委曲自得之貌”，朱子去“委曲”字，则觉无味。《韩诗》作逶迤，《外传》作祎隤，《石经》作遖迆。又《后汉书》作委陀。李铉《字辨》作倭佗。

按：节俭正直犹《序》文，然诗中未见此意。衣服有常，亦随文生义耳。然朝服自有常制，非私意所能改易，则亦不得以是专美大夫也。按：申培说，但以为美大夫之诗，此说得之。

何楷云：“《序》云：‘《羔羊》，鹊巢之功致也。召南之国，化文王之政。在位皆节俭正直，德如羔羊也。’所谓德如羔羊，已无义理，至归功于鹊巢所致则迂[①]甚矣。”

《通雅》：“升庵[②]曰：《仪礼注》：‘布八十缕为一宗，宗古升字也。’”按：古音升，《易彖传》曰：“天俭不可升也。”与以刚中也叶，是其证。

《晏子春秋》：“晏子相齐，衣十升之布，脱粟之食。”又云：“夫十总之布，一豆之食，足于中免矣。”《说苑》：作“八升之布，一豆之食足矣”。《正韵》：“緵音宗，亦作緵。”《史记·孝景纪》：“令徒隶衣七緵布。”注：“緵，八十缕也。”

《殷其靁》

何楷云：“南山，终南山也。”

何楷云：“莫之言无。盖音近也。”按：莫意重于无。

按：若不被文王之化，则遂不思其君子哉？

---

① “迂”，原文作“迂”，依意改。

② “庵”，原文作“菴”，依意改。

《摽有梅》

《尔雅·释诂》："摽，蘦落也。"《说文》："击也。"按："摽有梅，其实七兮。"朱子承毛郑以为梅落而在树者七。若然末章不言在树者，朱子以为落之尽，则犹何得言有梅？是说自相矛盾。

按："摽有梅"，与"江有氾""山有榛"同句法。因按：摽与标通。《汉书·谷永传》："阳数之标季。"摽作标，可以证矣。

按：朱子曰："惧其嫁不及时，而有强暴之辱也。"文王之化，何独不及强暴之人耶？要之二南虽文王之化，岂一一而见之乎？其必言被化者，非也。且诗发于情，情莫切于男女，则言之未必为嫌。诗之道为然。申培说女父择婿之诗，亦通。

按：今，即吉也。谓之，亦求媒妁谓之也。朱子确执一节深一节之说，故不觉其言之鄙俚。若使此女不待吉日，相告语而定约，则与钻穴隙相去几许乎？岂得谓之文王之化乎？

按：若为落尽，何不云摽无梅，而云摽有梅乎？则非落尽之义可知。曰七、曰三，概之皆以便韵耳。非有意义也。

《小星》

何楷云："嘒嘒，本小声之义，故《毛传》训为微貌，《云汉》之诗云'嘒其星'是也。"嘒，丰氏本作暳。

按：嘒从口，为小声之义。"鸣蜩嘒嘒"，嘒嘒，管声，是也。此为星见，当从日为正，其从口者，盖以音通也。

《序》云："其命有贵贱。"郑云："命谓礼命贵贱。"

按：此诗但见妾能安于命，则因夫人之惠可知也。然原非夫人之诗。朱子云众妾美之如此者，非也。

《江有汜》

按：《序》云："江沱之间。"朱子云："汜水之旁。"虽其言相近，然诗云江有汜、有沱，则不可以专以汜水言。如《序》云江沱之间，则兼汜在内，当从《序》为是。

按：《序》云"有嫡不以其媵备数"，而朱子云"待年于国"。按：《公羊传》注云："诸侯之媵，八岁备数，十五从嫡，二十承事君子。未任承事，还待年父母之国。"《白虎通》亦云："还待年父母之国，未任答君子也。"此诗云"不我以""不我与"，则嫡初未尝与俱行也。则非还待年之谓也。又《序》所谓不备数者，不备从行之数也。非八岁备数之谓也。

按：处，《说文》《毛传》并云："止也。"郑云"嫡能悔过自止"，朱子云："处，安也。得其所安也。"按：从郑则处字属嫡，从朱子则处字属媵。今按：首章云悔，末章云歌，皆以嫡言之。此章处不可独言媵，则属之嫡为是，但郑以处为自止，于字义似未顺。因按：扬子《法言》云："文武周公，父子也。而处。"注："光云：同处。"此诗处字，当与之同解。

按：朱子解"其啸也歌"，甚巧。然恐非古意。毛无说，郑云："既觉自悔而歌。歌者言其悔过以自解说，则无别歌与啸。诗又云：'啸歌伤怀，念彼硕人。'则怀人者发啸歌也。"郑说得之。朱子必以歌为乐者，亦一节深一节之说，不必然。《园有桃》云："心之忧矣，我歌且谣。"是忧时亦歌也。

按：陈氏之说，特假二诗以论子道，无关诗。若假诗以论他事，岂独子道哉？况《小星》之夫人，未必见其惠，江沱之妾，未必见其无怨哉！

《野有死麕》

何楷云："毛郑解'野有死麕，白茅包之''野有死麕，白茅纯束'，皆谓凶荒则杀礼，贞女之情，欲令以白茅裹束野中田者所分麕肉，为礼而来。诸家及朱子皆因之。案：《昏礼》五礼用雁，唯纳征用币，无麕鹿之肉。旧注殊属不经，且思下一‘死’字，岂佳语耶?”又云：“死麕、死鹿，丑诋之辞。”

按：麕肉可食，而又委之于野，故人以白茅包而取之。女本好美而又怀春，故吉士诱之。

何楷云：“‘林有朴樕’，以野中之所见言，继之曰‘野有死鹿’，言有死鹿在野外之林中也。”

《何彼秾矣》

何楷云：“考《春秋传》鲁庄公元年，为周庄王之四年，齐襄公之五年，夏单伯送王姬，秋筑王姬之馆于外，冬王姬归于齐。愚疑，襄已为齐侯五年，似不应仍称齐侯之子，唯襄弟小白，亦娶王姬，以内难得国，故诗人本其父为齐侯以称之。盖许其继统也。《春秋》鲁庄公十有一年，冬王姬归于齐，时周庄王之十四年也。《左传》云‘齐侯来逆共姬’，《公羊》《谷梁传》皆云：‘过我也。’林尧叟云：‘共姬即王姬。’”

按：《左传》记齐桓公之夫人三：王姬、徐嬴、蔡姬，皆无子，然则此王姬也。桓新有齐国，任用管仲，将兴霸业，而联姻王室。故诗人美之。平王名臼，孙桓王名林，曾孙庄王名佗，未知共姬为何王之女。桓即位后三年，王姬始归齐，时王姬以鲁为主，齐侯来鲁逆之。

何楷云：“《序》云：‘美王姬也。虽则王姬，亦下嫁于诸侯，车服不系其夫。下王后一等，犹执妇道以成肃雝之德也。’此但依诗词为说，而不能知其世。毛公心疑，东迁后诗，不宜入二南。于是训平为正。郑康成《笺》谓正王者，德能正天下之王。诸儒祖述以为如契称为玄王、武王称为宁王、厉王称为汾王之类，皆不必以谥称，而更谬以齐侯为齐一之侯，犹《易》之康侯、《礼》之宁侯云。”

按：以桃李兴男女，似凿。太宰纯云：“果如所云，则是比也。岂特兴而已哉!”

郑《箴膏肓》谓齐侯嫁女，以其母王姬始嫁之车远送。按：如此说，则下文齐侯子则谓齐侯之女，即王姬所生，而平王之外孙也。齐侯娶王姬者二：襄公也，桓公也。襄立五年而娶，桓立三年而娶，并皆不可以齐侯之子称之。何楷以为桓本非嫡，故本其所自，而曰齐侯之子，然似未安。若从《膏肓》以为齐侯之女，则无此碍矣。

按：凡诗中如称齐侯之子、卫侯之妻、文王之母、京室之妇、汾王之甥、蹶父之子、周公之孙、庄公之子，皆一人而两言之。盖藉重之语也。以此数例之，则平王之孙、齐侯之子，亦当一人而两言之也。而其既云王姬之车，而又云齐侯之子者，郑箴之说可通，恐从之为是。

太宰纯曰："《郑笺》：'钓者，以此有求于彼，何以为之乎？以丝为之纶，则是善钓也。'此说是也。如晦庵所云，则'其钓维何'一句，为附赘矣。何则？丝之合而为纶者，非特钓也。"

胡一桂云："以为东迁之王、齐国之侯，与《春秋》甚协，然以东周之诗得入召南之风，而黄氏所谓周太师编后，经吾夫子手，不应若此其失伦者，诚为可疑。岂秦火之余，汉儒修补不免简编之杂错。"此说似是。

《驺虞》

何楷云："《尔雅》云：'豕牝为豝。一曰豕，二岁能相把拏也。'见《周礼》注。《小尔雅》云：'大者谓之豝。'按：《广雅》：'凡兽二岁通名为豝。'据杜预解，春猎为蒐，索择取不孕者，若云豕牝，则有孕道，当从二岁名也。"

毛云："虞人翼五豝，以待公之发。"郑云："君射一发而翼五豝者，战禽兽之命。必战之者，仁心之至。"孔云："翼，驱也。必云战之者，不忍尽杀，令五豝止一发，中则杀一而已，亦不尽杀之，犹如战然。故云战禽兽之命也。"

何楷《小引》云："《驺虞》，美文王蒐田也。"自注："礼四时之田，春云蒐。'彼茁者葭'，则春之时也。《左传》曰：'密须之鼓与其大路。文所以大蒐也。’此诗即为彼之蒐与？又《周礼》射人以射法治射仪。王以六耦射三侯，三获三容。乐以驺虞。《礼记·射义》曰：‘天子以驺虞为节，乐官备也。’”

按：此诗何氏以为美文王。今按：“于嗟乎驺虞”一语，与“于嗟麟兮”文意相同。然则其为同时之作，恐可信。又天子之射用驺虞，则不其止为南国诸侯之诗，亦可见也。朱子所谓南国诸侯承文王之化，修身齐家等事，诗中无所见。又以草木之茂，禽兽之多，为仁恩（民）之余恩所及。夫草木畅茂，禽兽繁殖，尧舜所忧也，岂得以之为仁乎？

何楷云：“先儒泥仁如驺虞之说，遂凿空指一兽，名之驺虞，以为国君如之。又泥于麟趾为《关雎》之应，《驺虞》为鹊巢之应，则曰意者文王之时，二物应感而至，故诗人以发兴，益无稽甚矣。”按：驺虞为兽名，见于《周书·王会》。毛氏以驺虞为义兽，白虎黑文，不食生物，后世皆祖其说。如司马相如《封禅文》云“囿驺虞之珍群”，其颂曰：“般般之兽，乐我君囿。白质黑章，其仪可嘉。旼旼穆穆，君子之态。”吴薛综颂曰：“婉婉白虎，优仁是崇。饥不侵暴，困不改容。敛威扬德，君子之风。”陆玑[①]云：“驺虞尾长于驱，不食生物，不履生草，应信而至。”陆佃云：“驺虞，西方之兽。其色见于白，其文见于甲。又名之曰虎，则宜正以杀为事，今反不履生草，食至死之肉。盖仁之至也。”诸家考较形似，别白声象，若真见其物然者。愚独有以断其不然。盖《尔雅》乃诗诂，其《释兽》中，无驺虞也。又汉武帝时，建章宫后有异物出焉，其状如麋。东方朔云：“此驺牙也。”或以为即驺虞，既属附会，而《淮南子》言：“散宜生得驺虞、鸡斯之乘献纣。”《尚书大传》云：“散宜生等之于陵取怪兽，尾倍其身，名曰虞。盖驺虞也。”《山海经》云：“林氏有珍兽。大若虎，五采毕具。尾长于身，其名驺吾。乘之日行千里。”《六韬》云：“纣囚文王，闳夭之徒，诣林氏国。求得此兽，献之。纣大悦，乃释之。”张华亦云：“驺虞具五采，乘之日行千里。”详上数说，则驺虞乃马类，是皆不足信。驺，《说文》云：“厩御也。”

① “玑”，原文误作“机”。

按：《月令·季秋》："天子乃教于田猎，命仆及七驺咸驾。"郑氏云："七驺为趣马，主为诸宫驾说者也。"《左传·成公十八年》晋悼公使程郑为乘马御，六驺属焉，使训群驺知礼，是驺为驺御也。虞者，掌山泽之官，《周礼》有山虞，《左传》周辛甲之为太史也，命百官官箴王阙，有虞人之箴。即此虞也。君田猎则驺御及虞人咸在，故作诗者，呼驺虞之官而叹美之。又《周礼疏》引韩、鲁说，驺虞，天子掌鸟兽官。贾谊《新书》云："礼者臣下所以承其上也。故《诗》云：'一发五豝，吁嗟乎驺虞。'驺者，天子之囿也；虞者，囿之司兽者也。天子佐舆十乘，以明贵也。二牲而食，以优饱也。虞人翼五豝，以待一发，所以复中也。"愚按：驺为天子之囿，别无明文。据皇氏谓天子马有六种，种别有驺，又有总主之人，并六驺为七。故云七驺，即趣马之类是也。所以呼及于驺者，为御马，以由《车攻》之诗言"四黄既驾""两骖不猗""不失其驰"，皆驺之能事，故及之耳。冯时可云："美公之仁，而及于掌鸟兽之官，犹咏王德，而及于武夫。言非但其主仁，即其下亦能体上意，而仁及于物，故吁嗟以叹之耳。"

按：朱子《召南》篇末附注四条，概皆评语，非所以释诗。其所谓《鹊巢》至于《采蘋》，言夫人大夫妻云云者，略仍用《序》说。今就诗视之，未必悉然。且说至《何彼秾矣》而不合。朱子亦自疑之，而犹言之者，岂不近于诬乎？所谓方伯能布文王之化云云者。今按：盖周、召为二伯，武王得天下后之事，且文王生前未尝为王，何得有方伯哉？孔颖达、何楷辨之详也。既见于《甘棠》篇。所谓《周南》之首云云者。今按：诗有正变者，先儒陋说，断不可从。郑夹漈辨之详也。孔子谓云云者。今按：是孔子教人之言，非关说诗。《仪礼》云云，及程子曰云云者，今按，是自论《礼》，非论《诗》。以上皆在所宜删。

嘉永三戌八月廿九日ヨリ九月八日写之[1]

---

① 意为"嘉永三戌自八月二十九日至九月八日写之"。嘉永三年（庚戌），即1850年，清道光三十年。

题《诗书评释》

中村正直

《诗书评释》，署长梅外著，梅外书堂藏版，明治十六年（1883）二月版，今日本国立国会图书馆有藏。封底署梅外长允文著，诗书评释，本编三卷，拾遗一卷。

长梅外（1810—1885），即梅外长允文，名允，字允文，号梅外、南梁等。师从于广濑淡窗，通经史、字学，能诗书。著有《左传汇笺》《古今异字丛》《唐宋诗醇抄》《春堂遗稿》等。

中村正直（1832—1891），明治时代启蒙思想家。生于江户，别名敬宇，自幼学习汉学、兰学、英文，精通儒家经典，著有《西国立志编》等。

世人往往以三百篇为高远不可攀，而梅外先生则以为眼前景、心中事，故其说诗之妙，不啻匡鼎来解人颐也。学诗津梁莫近焉。

敬宇中村正直

《诗书评释》小序（原日文）

梅外长允文

余随笔数十卷中，有《诗经》评论数卷。余友秋月橘门云："此卷可别谓之《毛诗评释》，岂寻常随笔哉?”及再写此编，乃从其言，与《书经》评论合，命之曰“诗书评释”。

明治十四年辛巳夏日

梅外仙史识

《国调周诗》序

寺内章明

《国调周诗》，寺内章明著，尺寸庐藏版，1917年版，今藏日本国立国会图书馆与东京大学图书馆。

寺内章明（1845—1922），著有《未见世之梦》《东洋才子传》《决斗奇谈·文之文》《无根草》等。

我有《万叶集》，犹彼有《诗经》；彼有《诗经》，犹我有《万叶集》。朴实雅淡相似焉，晦涩古怪相似焉。千百年来，经水火之灾，断简零册才存者，传写更手，舛讹纰缪相仍，亦复相似焉。先贤忧之久，历代注释，累编重牍，日犹不足。然而独《万叶集》则邦言，自有传，邦人看犹易解，诵而成调，讽咏可以遣思也；至鲁诗乃不然。既烬余壁藏之物，佶屈之言，聱牙之词，学者研钻，虽吃吃穷年[①]，不免有亡羊之叹；况可吟哦讽诵，以味悠悠于怀之快也乎？余之不敏，今翻鲁诗为国调，非敢谓阐明先圣之玄微，显彰斯经之幽光，聊以供同好吟哦之资耳。君子或因之，染千百年来未尝之指，并得会圣哲之遗韵，晓古诗之未必可悉舍，乃可谓鳞毛幸获，而荃蹄弗虚设，实为望外矣。只恐菲才，解经不精，翻歌错旨，往往缺明邑，不免隔靴之叹，偏待大方之是正焉。

然而东西不同言，风体既殊，韵脚非所用，六义亦不可悉合。夫曰雅、

① “吃吃”，疑当作“矻矻”。“矻矻”，劳极貌。又“穷年”，出韩愈《进学解》：“恒兀兀以穷年。”

曰颂，宴飨祝禧之体，我素在焉。曰风、曰赋，一谣风土习俗，一叙当面现实，此亦我与彼，靡殊异矣。

若夫兴者，举也。例如以“关关雎鸠”，兴“窈窕淑女”，我之冠词[①]，正当于斯欤？以玉鉾兴道，以足曳兴山，岂不相近也哉！

比者，譬也。以我歌例之，“难波津尔开也木花冬古茂里今乎春边登左久夜木花”[②]，便是也。此余异调杂体，在六义之外者，尚多焉，今不尽论也。

嗟呼！聱牙之编熄，而唐诗兴；朴素之什废，而《古今集》[③] 彰。虽文运所俾然，世态好尚之变，亦可以概见也。

虽然，盛衰有时，唐宋以下，莫复可谈诗；《八代集》以降，何歌有焉况近时浮词竞起，骋新炫奇，芜体纷然，丑怪百出，君子掩目，而尚不知自愧自悛，正雅殆微，古文学泯泯乎斯矣，悲哉！

大正六年孟冬月

寺内章明识

---

① 冠词，也叫“枕词”，和歌中冠于诗语之前只起调整语调作用而无实义的词。

② 此为一首用万叶假名标记的古代和歌。

③ 《古今集》，全名为“古今和歌集”，为平安时代的和歌集，歌风纤细，与古朴的《万叶集》不同。

《毛诗会笺》摘抄

竹添光鸿

《毛诗会笺》，竹添光鸿撰。有上海商务印书馆本，亦有1920年东京排印本，1928年8月松云堂书店本，台湾大通书局1970年版。

江翰（1857—1935），字叔海，号石翁，室名慎所立斋，福建长汀人。近代著名学者、教育家与诗人，在书院、学堂、图书馆、博物院等从事的教育学术活动多有成就。

竹添光鸿（1841—1917），名光鸿，字渐卿，通称进一郎，别号独抱楼。肥后（今熊本县）人，著有《左传会笺》等。

序

［清］江瀚

汉世诗分为四，《毛诗》最后出，齐、鲁、韩三家皆列于学官，惟毛公之学未得立，自郑康成作《毛诗笺》，而三家寖废。魏晋以还，说诗者大率依据毛氏。

至赵宋，乃新义日增，而朱晦翁《诗集传》遂夺《毛诗》之席。然晦翁虽攻《小序》，至于诗中训故，仍从毛郑者居多，且所易亦非无本。其后王鲁斋之流，并疑及本经，举二南而删改之，固不得以此归狱于新安也。

近代学者力矫元明之弊，治诗咸宗毛郑，又或坚持成见，不容一语之出入，识者病之。于是复有专搜齐、鲁、韩三家遗说，掇拾残剩，臆决梦揣，强为傅会者。若魏默深之掊击《毛诗》，盖与其论《尚书》则是伏生而非马郑、论《公羊传》则尊董仲舒而抑何休同一，争胜之心耳。夫参考三家以扶翼征学可也，屏弃《毛诗》而仅守不完不备之断简，不可也。士生今世而欲窥诗教之全，洵舍《毛诗》无由矣。

日本竹添进一郎先生撰《毛诗会笺》若干卷，虽以《毛传》为主，实兼采汉、宋，不立门户，务在平心静气，融会贯通，往往有所阐明，深得诗人言外之旨。其于名物训诂诠释，亦极详悉。如《关雎》，《传》："雎鸠，王雎[①]也，鸟挚而有别。"先生谓鹰之属，通曰鸠，雎鸠实鸷鸟，传云"挚而有别"，《释文》"挚"本亦作"鸷"，义取有别，非取其鸷，故《传》下云："若关雎之有别焉。"《郑笺》未审"挚"本"鸷"之假借，以为"挚之言至也，王雎雌雄情意至也，然而有别矣"，此非《传》旨也。《正义》合而一之，殊误，剔抉《笺》《疏》，精确不移，其他可类推矣。

陈硕甫《诗毛氏传疏》，原意在申毛，顾于《葛覃》一篇，从惠元龙之说，谓《左传》归宁，春秋时制，文王初年，不当有此。因于序"可以归安父母"，读"可以归"绝句，而《传》文"父母在"九字，则斥为《笺》语窜入，不知《序》之"归安父母"，正对《经》"归宁父母"而言。有周天子诸侯之昏礼，其亡已久，夏殷诸侯夫人归宁不归宁之制，更无可征。陈氏述毛而轻信不根之词，显与毛戾，不其偵欤！先生则谓《序》"躬俭"以下，就既嫁之后而言之。凡史所称躬履节俭、纺绩浣濯者，惟王后贵人始以是称之，未有处子在母家而称躬俭节用者也。其见卓矣。信乎！先生是书有功《毛诗》而为后学之宝筏也。

往者余游日本，与先生失之交臂。迨去春重至东京，则先生已归道山。晤先生之女夫嘉纳治五郎校长，语及先生遗著，其《左传会笺》已刊行，尚有《毛诗会笺》《论语会笺》二书，嘉纳君将先取《毛诗会笺》，续印以传，属余作

① "雎"，底本误作"鸠"。

序。越年乃为序之，余对兹编既自惭荒落，尤于吾国经学之衰，不能无感云。

中华民国九年二月长汀江瀚序

序　说

竹添光鸿

诗序之说，人人各异。郑玄《诗谱》以为《大序》子夏作，《小序》子夏、毛公合作。王肃《家语注》以为子夏所序，韩愈以为子夏不序诗。其以为子夏惟裁初句，以下出于毛公者，成伯玙也；以为诗人所自制者，王安石也；以《小序》为国史之旧文，以《大序》为孔子作者，明道程氏也；以首句即为孔子所题者，王得臣也；以为《毛传》初行尚未有序，其后门人互相传授，各记其师说者，曹粹中也。其余宋儒多谓东海卫宏作《小序》。殊不知《毛诗》虽后出，亦在汉武时，诗必有序而后可授受，韩、鲁皆有序，《毛诗》岂独无序，而序必俟东汉卫宏为之序乎？据《后汉书·儒林传》云：九江谢曼卿善《毛诗》，宏从受学，作《毛诗序》，善得风雅之旨。果序出于宏，则曼卿以前受之于师者，皆无序矣。是理之所必无也。近儒王劼曰："《后汉书》云，卫宏作《毛诗序》，又云马融作《毛诗传》，若卫宏作《毛诗》原序，岂马融亦作《毛诗》原传？《隋书·经籍志》载《夏小正》一卷，戴德撰，《四库提要》云：《隋书》根据《七录》，最为精核，不容不知《夏小正》为三代之书，漫题戴德撰，疑《夏小正》下当有传字，或戴德撰，字当作戴德传，今本讹脱尔。推此则《后汉书》岂免讹脱，亦当为考正者。宏受《毛诗》，作《毛诗注》，或作《毛诗序注》，如郑之笺毛可也，何作伪而作序邪？"王说良然。今参考诸说，定序首二语为毛苌以前所传古序，以下续申之词，为毛苌以后经师所附，因采录诸家说阐明其义，次之以删诗之辩，读诗之法。并及乐章叶韵之说云。

大田元贞曰："叶少蕴谓六经自秦火后，独以讽诵相传，韩诗既出于人之讽咏，而齐、鲁与燕语音不同，训诂亦异，故其学往往多乖。独毛之出也，其书贯穿先秦古书。其释《鸱鸮》也，与《金縢》合；释《北山》《烝民》也，与《孟子》合；释《昊天有成命》，与《国语》合；释《硕人》《清人》《黄鸟》《皇矣》，与《左传》合；而序《由庚》六章，与《仪礼》合，不谓之源流子夏可乎？愚按：毛说与诸书合，是其所长也。虽然，谓之源流子夏者，阿所好耳。班史《艺文志》云'又有毛公之学，自谓子夏所传，河间献王好之，未得立'，言自谓则毛托子夏，是自重其学之言，岂足据之以信其真然哉！学者宜论其说合本经也否，其传源子夏与否，非所问也。然则诗序之作，其终不可知也邪。按郑氏之笺，解亡诗以为诸序本合为一编，毛公作传之日，始分置各篇之首。夫六亡诗义，唯是二句，例推众篇，则如《关雎》后妃之德也，《葛覃》后妃之本也，亦唯两句耳。众篇之义，合编为一，名以诗义，又犹《书》《易》《史》《汉》《鸿烈》《法言》序别为一编，而至毛公始分判之，以置诸篇之首。则序首二句。出于先秦也明矣。且《六月》序总论《小雅》诸篇，其编第与毛推改者异，而与《乡饮酒》《燕礼》同，则序首两句，及《小雅》总论出于先秦也增明矣。"

元马端临曰："《书》序可废，而《诗》序不可废。就《诗》而论，《雅》《颂》之序可废，而十五国之序不可废，何也？《书》直陈其事而已。序者令其深得经意，不过发明其所已言之事而已，《诗》则异于《书》矣。然《雅》《颂》之作，其辞易知，其意易明，至《风》之为体，比兴之辞多于叙述，风谕之意浮于指斥，盖有反复咏叹，联章累句，而无一言叙作之之意者，序乃一言以蔽之曰：'为某事也。'苟非其传授之有源，探索之无舛，则孰能臆料当时指意之归以示千载乎？而文公深诋之，且于《桑中》《溱洧》诸篇，辨析尤至，以为安有刺人之恶，而自为彼人之辞，以陷于所刺之地，其意盖谓诗之辞如彼，而序之说如此，则以诗求诗可也，乌有舍明白可见之诗辞，而必欲曲从臆度难信之序说乎？然愚以为必若此则诗之难读者多矣。岂直郑卫诸篇哉？夫《芣苢》之序，以妇人乐有子为后妃之美也，而其诗语不过形容采掇芣苢之情状而已；《黍离》之序以为闵周室宫庙之颠覆也，而其诗语不过慨叹禾黍之苗穗而已。此诗之不言所作之意，而赖序以明者也。《叔于田》之二诗，序以为刺郑庄公，而其诗语则郑人爱叔段之辞耳；《扬之水》《椒聊》二诗，序以为刺晋昭公，而其诗语则晋人爱桓叔之辞耳。此诗之序其事以讽，初不言刺之之意，而赖序以明者也。若舍序以求之，则四诗非子云《美新》之赋，则袁宏《九锡》之文耳。《鸨羽》《陟岵》之诗，见于变风，序以为征役者不堪命而作也；《四牡》《采薇》之诗，见于正雅，序以为劳使臣遣戍役而作也。而深味四诗之旨，则叹行役之劳苦，叙饥渴之情状，忧孝养之不逮，悼归休之无期，其辞语一耳。此诗之辞同意异，而赖序以明者也。即是数端而观之，则知序之不可废。序不可废，则《桑中》《溱洧》何嫌其为刺奔乎？夫诗发乎情者也，情之所发，其辞不能无过。故其于男女夫妇之间，多忧思感伤之意，而君臣上下之际，不能无怨怼激发之辞。盖知诗人之意者，莫如孔孟，虑学者读诗而不知其意者，亦莫如孔孟，是以有无邪之训焉。则以其辞之不能不邻乎邪也。使篇篇如《文王》《大明》，则奚邪之可闲乎？是以有害意之戒焉，则以其辞之不能不戾其意也。使章章如《清庙》《臣工》，则奚意之难明乎？如序者之说，则虽诗辞之邪者，亦必以正视之，如《桑中》刺奔，《溱洧》刺乱之类是也；如文公之说，则虽诗辞之正者，亦必以邪视之，如不以《木瓜》为美齐桓，不以《采葛》为惧谗，不以《遵大路》《风雨》为思君子，不以《褰裳》为思见正，不以《子衿》为刺学校废。不以《扬之水》为闵无臣，则俱指为淫奔谑浪、要约赠答之辞是也。文公又谓，夫子于郑卫，盖绝其声于乐以为法，而存其词于诗以为戒。《左传》言季扎来聘，请观周乐，而所歌者邶、鄘、卫、郑皆在焉，则诸诗固雅乐矣。使其为里巷狭邪所用，则周乐安得有之？而鲁之乐工，亦安能歌之乎？《左传》载列国聘享赋诗，固多断章取义，然其大不伦者，亦以来讥诮，如郑伯有赋《鹑之奔奔》，楚令尹子围赋《大明》，及宁武子不拜《彤弓》之类，是也。然郑伯如晋，子展赋《将仲子》，郑伯享赵孟，子太叔赋《野有蔓草》，郑六卿饯韩宣子，子齹赋《野有蔓草》，子太叔赋《褰裳》，子游赋《风雨》，子旗赋《有女同车》，子柳赋《萚兮》。此六诗皆文公所斥以为淫奔之人所作也。然所赋皆见善于叔向、赵武、韩起，不闻被讥，乃知郑卫之诗，未尝不施之于燕享，而此六诗之旨意训诂，当如序者之说，不当如文公之说也。”

明郝敬曰：“《雅》《颂》所载文武诸诗，皆作于王业既成之后，故序以文事为文王诗，武事为武王诗，非谓其诗即作于其时也。朱子据诗中有文武成康字，辄以生前称谥为疑，他凡咏其事者，谓即作于其时，凡美刺代言者，谓即其人自作，固矣！朱子又专以史传质序。序自与史传合，然序古而史传后出，如《曹风》‘三百赤芾’，序谓刺共公是也；朱谓序附会《左传》晋文公数曹乘轩三百之事，此《左传》牵诗属辞耳，岂真曹有三百大夫之多乎?”

以上论《诗序》。

崔述曰：“《国风》自二南、豳以外，多衰世之音，《小雅》大半作于宣豳之世，夷王以前，寥寥无几。如果每君皆有诗，孔子不应尽删其盛，而独存其衰，且武丁以前之颂，岂遽不如周，而六百年之风雅，岂无一二可取?孔子何为而尽删之乎?子曰诗三百，又曰诵诗三百，玩其词意，乃当孔子时，已止此数，非自孔子删之而后为三百也。吴公子札来聘，所歌之风，无在今十五国之外者，是十五国外，本无风可采。由此观之，孔子原无删诗之事，古者风尚简质，作者本不多，而又以竹写之，其传不广，是以传者少，而逸者多。《国语》云：‘正考父校商之名颂十二篇于周大师，以《那》为首。’郑司农云：‘自考父至孔子，又亡其七篇。’是正考父以前，颂之逸者已多，至孔子二百余年，而又逸其七，是故世愈近则诗愈多，世愈远则诗愈少。孔子所得止有此数，遂取是而厘正次第之，以教门人，非删之也。”

夫谓孔子删诗，必其有害于教者而后删之。云去其重，亦不应古诗三千而重者，乃居什九，矧今经传所引逸诗，粹者多矣。初未见有可删之道也。安知其非即三百篇中语。盖《狸首》《祈招》之类，必非孔子删之，特皆雅诗篇目，或逸于孔子后耳。昭公十年，叔孙昭子聘宋，宋公赋《新宫》，时孔子年三十五矣，而《新宫》未亡；《采齐》《狸首》亦安见其亡也，故《狸首》之诗犹传于记礼者之口，是孔子之时，诸诗具存，曰三百者举成数也。既不限于三百，即何必限于三百十一篇?而毛公列于序者，并序亦亡之也。

盖自《商颂》祀成汤至《株林》刺陈灵公，上下千余年，有更十君而取一篇者。夫子并得之鲁太师，编而录之，非有意于删也。即风雅颂之别，或曰太师分之，或曰孔子分之，亦非也。诗人作之之始，已别之为风、为雅、为颂矣。不待太师与孔子而后分也；且季札聘鲁，太师已为歌风、歌雅、歌颂矣。《鲁颂·駉》诗序曰："季孙行父请命于周，而史克作是颂。"《史记》微子过周墟而作雅，观此则其为作者所自别也，明矣。至于诗名之说，《金縢》云"公乃为诗以贻王。名之曰《鸱鸮》"，盖亦作者所自定，其谓定自国史，定自子夏、毛苌者亦非也。

以上论删诗。

魏源曰："夫诗犹作诗者之心，而又有采诗、编诗者之心焉。有说诗者之义，而又有赋诗、引诗者之义焉。作诗者自道其情，情达而止，不计闻者之如何也；即事而咏，不求致此者之何自也；讽上而作，但蕲上寤，不为他人之劝惩也。至太师采之以贡于天子，则以作者之词，而谕乎闻者之志，以即事之咏，而推其致此之由，则一时赏罚黜陟兴焉。国史编之以备矇诵，教国子，则以讽此人之诗，存为讽人人之诗，又存为处此境而咏己咏人之法，而百世劝惩观感兴焉。请举三家诗例，与《毛诗》之例质之。毛以二南皆美文王、后妃之化，变雅皆刺幽、厉，而鲁、韩则以《抑》及《宾筵》为卫武自儆，《白驹》为贤者招隐，是三家特主于作诗之意，而毛序主于采诗、编诗之意，似不同，而实未尝不同也。毛序虽以采诗、编诗之意为主，然《衡门》序云：'诱僖公'，而传则以《衡门》《泌水》为贤者隐居乐道，《宛丘》序云'刺幽公'，而传则以子斥大夫，他如《抑》传无刺厉王之意，《楚茨》诸传无刺幽王之意，《考槃》《雄雉》诗传，无刺庄公、宣公之意。胡承珙曰：《羔羊》，《鹊巢》之功致也。《麟趾》，《关雎》之应也。《驺虞》，《鹊巢》之应也。皆合众作而推其义例，可见序诗者与作诗之意，绝不相蒙；作诗者意尽于篇中，序诗者事征于篇外，是《毛传》仍同三家，不以序诗为作诗，似相牴而非相牴也。本三例以读全诗，则知《芣苢》《兔罝》《标梅》《汉广》皆男女民俗之诗，而推其止乎礼义，则以为文王、后妃之化焉；《雄雉》《伯兮》《君子于役》，本室家思其夫，《葛生》本寡妇悼亡，《君子阳阳》本遭乱招隐，而推其怨旷自伤之由，则以为刺宣公、刺时、刺晋献公、刺平王、闵周室焉；《简兮》《北门》《考槃》《白驹》《隰桑》皆贤者自写其情，相匡以义，而推其野有遗材，则以为刺不用贤，刺士不得志，刺庄公使贤者退处，刺宣公、幽王焉；《绸缪》自叙其新昏，《蓼莪》《鸨羽》自伤其父母，《还》与《卢令》自夸其畋猎，《谷风》《黄鸟》《我行其野》自责其朋友昏姻，而推其征役刑政之失时，风俗耻尚之失所，则以为刺晋乱、刺时、刺荒、刺宣王、幽王焉；《崧高》以赠申伯，《烝民》以慰山甫，《抑》及《宾筵》乃武公自儆，《小宛》乃兄弟自相戒，而推本于中兴之任贤，《板》《荡》之忧祸，则一美宣王，一刺幽王焉。盖古王者既命公卿献诗，犹恐下情壅于上闻，又于每岁孟春，行人振木铎以采诗，且使老而无子者求诗于巷党之间。乡传于邑，邑达于国，及五载王巡狩，则与太史、太师同车，命太师陈之，以观民风。而国史录其世次，是以王者明其好恶，有加地进律之庆，有削地贬爵之让。凡以一国之事系一人之本，而美恶皆归于上，故《艺文志》曰‘古有采诗之官，王者所以观风俗、知得失、自考正’，是则风之美刺出于王朝之庆让，雅之美刺别于王政之隆替，非必诗人之意。篇篇此美、此刺也。至若编诗以教万世，则视采诗教一时者，其义尤赜。正风、正雅诗乐章，既以播之朝廷乡国，其余亦备国子矇瞍讽诵之用，则一庄姜之诗，而妻道、夫道皆可悟焉。一《考槃》《衡门》之诗，而臣道、君道皆可观焉。一《汝坟》也，可序为勉君子，亦可为美文王，亦可为刺殷纣；一《鸱鸮》也，可序为刺武庚，亦可为诲成王，亦可为美周公遭难。是故《凯风》七子自责也，编诗者以其可教孝，而《序》云‘美孝子’。《桑中》《氓》《丰》《溱洧》《东门之墠》《东方之日》，本男女流荡之诗也，编诗者以其可戒廉耻之防，而《序》云刺奔、刺乱、刺时，《羔裘》本美大夫之正直，《女曰鸡鸣》本贤夫妇相儆，《鸤鸠》本美君子用心之均一，编诗者以其乱世不多见，美此即可刺彼，而以为刺朝，刺不说德，刺不一。《大序》所谓‘国史明乎得失之迹，哀刑政之苛，吟咏性情以风其上’，盖国史掌世系，择劝戒以授之矇瞍，如毕公忧康王之晏朝，而咏《关雎》，周大夫感贤才幽隐，而弦《鹿鸣》，召穆公闵周室不穆，而奏《常棣》，虽非诗人言志之初心，适符国史美刺之通例，此则齐、鲁、韩、毛，各有所得，观其会通以逆其志，未始不殊途同归者也。”

魏又曰：“自国史讽诗述志，于是列国大夫有赋诗之事；自夫子录诗正乐，于是齐、鲁学者有说诗之学。然说诗者，旨因诗起，即旁通触类，亦止依文引申。盖诗为主，而义从之，所谓以意逆志也。赋诗与引诗者，诗因情及，虽取义微妙，亦止借词证明。盖以情为主，而诗从之，所谓兴之所之也。以意逆志者，志得而意愈鬯，故其后为传注所自兴；兴之所至者，兴近则不必拘所作之人，所采之世，故其后为词赋之祖。夫‘绵蛮黄鸟，止于丘隅’。而子曰：‘于止知其所止，可以人而不如鸟乎？’‘高山仰止，景行行止’，而子曰‘诗之好仁如此，乡道而行，不知年数之不足。俯焉日有孳孳毙而后已’，《桑户》《绸缪》则叹其知道，《烝民》物则又叹其知道。‘如切如磋’，赐达乎贫富，‘素以为绚’，商会于礼后。《唐棣》怀人，而借以言学；‘尚䌹’言服，而取其恶文。子思之鸢飞鱼跃也，孟氏之《小弁》《凯风》也，观其会通，博其旨趣，何莫非左宜而右有也，此皆说诗者之法也。引诗则不然。‘维岳降神，生甫及申，在宣王之世’，而记礼者引为文武之德；‘夙夜匪懈，以事一人’，仲山甫之诗，而左氏引为孟明之功；‘忧心悄悄，愠于群小’，《邶风·柏舟》，而以为孔子之遇；‘夷狄是膺，荆舒是惩’，《鲁颂》僖公，而以为周公之事，是可不计采诗之世也。《表记》论君臣之顺命逆命，则引‘鹑之贲贲，人之无良，我以为君’；论口惠而实不至，则引‘言笑晏晏，信誓旦旦，不思其反’；季文子饯韩宣子，论大国信义威怀，则引‘女也不爽，士贰其行；士也罔极，二三其德’，皆引淫诗以证正议，是不必问作诗之事也。《左传·襄七年》所载如叔孙穆子讥孙文子公登亦登，则曰‘退食自公，委蛇委蛇’，谓从者也，衡而委蛇必折；宣十六年羊舌职美士会为政，群盗奔秦，则曰：‘禹称善人，不善人远。诗云：战战兢兢，如临深渊，如履薄冰。’善人在上也。善人在上，则国无幸民；昭八年晋叔向论子野，曰：‘君子之言，信而有征，故怨远其身；小人之言，僭而无征，故殃及之。诗云：哀哉不能言，匪舌是出。维躬是瘁，可矣能言。巧言如流，俾躬处休。此之谓乎？’成十二年郤至释《兔罝》之诗，则曰：‘天下有道，则公侯能为民干城，而制其腹心；乱则反之，略其武夫，以为己腹心肱股爪牙。其诗曰：公侯好仇。’是引诗者与诗人之意，可以违反乖刺也。至若诸国大夫赋诗之义，则襄二十七年子展赋《草虫》，而赵孟曰：‘子展其后亡者也。在上不忘降。’昭元年穆叔赋《采蘩》而曰：‘小国如蘩，大国省穑而用之，其何实非命？’子皮赋《野有死麕》之卒章，而赵孟曰：‘吾兄弟比以安，尨也可使无吠。’是赋诗者之心，不必用作诗者之本意也。是故定九年左氏曰：‘《静女》之三章，取彤管焉。’襄二十八年卢蒲癸曰：‘赋诗断章，余取所求焉。’古人称诗之法，不既昭然矣乎？”

以上论读诗之法。

明贺贻孙曰：“夫三百篇之诗皆乐章也。古之为诗者，声以依永，歌以永言，律以和声，而乐作焉。今论诗者皆曰：‘诗之为乐，不过《雅》《颂》二南而已。其十三国之诗，多出民间里巷闺帏之言，是谓徒诗，不可以入乐也。’是不然。凡民间之言，有似诗而非诗者，皆不可以入乐。其类有六。一曰歌。击壤之歌所云‘日出而作，日入而息’，成人之歌，所谓‘蚕则绩，而蟹有筐，范则冠而蝉有緌’之类，是也。一曰谣。春秋时童谣所云‘楚王渡江得萍实，大如斗，赤如日，剖而食之，甜如蜜’之类，是也。一曰讴。宋城者讴所云‘睅其目，皤其腹，弃甲而复，于思于思，弃甲复来’之类，是也。一曰诵。鲁人之诵曰：‘鞞之麛裘，投之无邮，章甫衮衣，惠我无私。’郑人之诵曰：‘孰杀子产，吾其与之；子产而死，谁其嗣之？’晋人之诵曰‘原田每每，舍其旧而新是谋’之类，是也。一曰语。《韩非子》所引里语曰‘奔车之上无仲尼，覆车之下无伯夷’，《左传》所引里语曰‘畏首畏尾，身其余几’之类，是也。一曰谚。苏秦所引里谚曰‘宁为鸡口，毋为牛后’，《孟子》所引夏谚曰：‘吾王不游，吾何以休？吾王不豫，吾何以助？一游一豫，为诸侯度’之类，是也。歌也，谣也，讴也，诵也，有音而无乐，调于肉而不调于丝与竹；语也，谚也，有声而无音，若是者似诗而非诗也。独至于诗，则其用有大焉者矣。必声成文而后谓之音。谐于金石丝竹，协于干戚羽旄，而后谓之乐。季札在鲁请观周乐，工为之歌《雅》《颂》二南与十三国之风，是时周乐皆在于鲁，故季扎聘鲁，请而观之，使徒诗而不可以入乐，则何以皆谓之周乐？既非周乐矣，鲁安得而备之，鲁之工安得而歌之哉？”

成僎曰：“古未有诗而不入乐者，特宗庙朝廷不用耳。东汉之末，曹孟德平刘表，得汉雅乐郎杜夔。夔老矣，久不肆习，所得于三百篇者，唯《鹿鸣》《驺虞》《伐檀》《文王》四篇。《伐檀》今之变风也。《春秋传》卫献公使太师歌《巧言》之卒章，《巧言》今之变雅也。观此则变风、变雅之亦入乐也明矣。如谓歌者谓之徒诗，则传于《南》《雅》《颂》固同谓之歌矣。《仪礼・乡饮酒礼》工告于乐正曰‘正歌备’，《燕礼》太师告乐正曰‘正歌备’，又有房中之乐。注云‘弦歌《周南》《召南》之诗’，未尝不言歌也。其皆谓之徒诗乎？”

又曰：“《史记》三百五篇孔子皆弦歌之，以求合韶武雅颂之音。是三百五篇皆乐也。盖自后夔以来，乐以诗为本，诗以声为用，《虞书》依永和声之论尚矣。暨乎成周，大司乐掌成均之法。有乐德、乐语、乐舞之教，而太师、瞽、矇、钟师、籥章，各有所掌。是故乡饮、乡射、燕享之所歌，见于《仪礼》者，灿然备具。汉去三代未远，大乐氏以声歌肄业，往往三百篇瞽史例能歌之。自汉而下，乃以其协于音者谓之乐府，而其所赋五言之属为徒诗。自宋而下，则所谓乐府者，亦祇拟其辞，与徒诗无别，而诗与乐遂判然为二。以视太和末左延年得《鹿鸣》一篇，每正旦大会，东厢雅乐常作，又分升降焉。此所以凌夷以至乐亡而诗亦亡也。”

侯康曰：“《墨子・公孟》篇曰‘诵诗三百，舞诗三百’，毛公本《墨子》作《子衿》传云：‘古者教以诗乐，诵之、歌之、弦之、舞之。’《疏》：‘诵之谓背文暗诵之，歌之谓引声长咏之，弦之谓以琴瑟播之，舞之谓以手足舞之。’按：《毛传》之歌，徒歌也。《行苇》‘或歌或咢’，《传》：‘歌者合于琴瑟也。徒歌曰咢。’此又称名之异也。春秋时列国赋诗，亦是歌。襄十六年

《传》云：‘歌诗必类。’《鲁语》公父伯之母欲室文伯，飨其宗老，而为赋《绿衣》之三章，师亥曰：‘诗以合室，歌以咏之，度于法矣。’皆赋诗即歌诗之明证。汉《艺文志》云：‘古者诸侯、卿大夫交接邻国，以微言相感，当揖让之时，必称诗以谕其志。’盖以别贤不肖，而观盛衰焉。故孔子曰‘不学诗，无以言’也。此志以称诗为赋诗，又引《论语》文以释之，则第是举其文辞与人赠答，故可谓之言。若合琴瑟之歌，则非言矣。《周语》瞍赋，韦昭注：‘赋，赋公卿列士所献诗也。’此即《春秋》传之赋诗。虽一用之燕享，一用之箴谏，而其体则同。瞍赋者，引声以歌之，矇诵者，背文以诵诗，二语分别在此。至若《书》传有称工歌者，则非公卿、大夫赋诗之徒歌。《仪礼·乡饮酒礼》，《燕礼》工四人，二瑟，工歌《鹿鸣》《四牡》《皇皇者华》，乃间歌《鱼丽》，笙《由庚》；歌《南有嘉鱼》，笙《崇丘》；歌《南山有台》，笙《由仪》。《大射仪》工六人，四瑟。乃歌《鹿鸣》三终。此皆以瑟和歌，即弦也，非徒歌。《大师》大祭祀帅瞽登歌，《明堂位》《祭统》《仲尼燕居》皆云升歌《清庙》，《郊特牲》歌者在上，《虞书》搏拊琴瑟以咏。郑注：以咏谓歌诗。以上诸条，皆非徒歌。盖升歌在堂，胥用弦也。季札请观于周乐，使工为之歌《周南》《召南》，此亦是以曲合乐，非徒歌也。工歌诗与公卿、大夫歌诗不同者，公卿、大夫赋诗见志，不必谐以音节，若工本乐官，不歌则已，歌则必合乐也。《周礼》小师，掌教鼓鼗柷敔埙箫管弦歌，注：‘弦谓琴瑟也’歌依咏，诗也。《疏》谓工歌诗，依琴瑟而咏之，《乐记》弦歌诗颂，《疏》谓以琴瑟之弦，歌此诗颂也。据此二疏，则弦歌二字连文，盖弦必有歌，故兼言之。《书》传言弦歌者多，此类不必如《毛传》之分二事也。舞有小舞，有大舞，有文舞，有武舞，乐师所掌以教国子者，小舞也；大司乐所掌以教国子者，大舞也。执干戚者，武舞也；执羽旄者，文舞也。大司乐、大射令奏《驺虞》，诏诸侯以弓矢舞，推之诸侯《狸首》，卿大夫《采蘋》，士《采蘩》，亦当以弓矢舞。舞之可考者，不过数事，而《墨子》言舞诗三百，诗序言永歌之不足，不知手之不足，足之蹈之，则是凡诗皆可舞。《左传》使诸大夫舞，曰歌诗必类，歌舞连文。盖即命诸大夫以所歌之诗为舞节，歌诗不限风、雅、颂，则舞诗亦必兼风、雅、颂矣。”

以上论诗皆入乐。

王夫之曰：“古之食者，醢蜧蝓而芼荼蓼，今荐之俎，则螫舌而彀唾。古之熏者，佩椒霍而焫萧草。今纳之侧，则刺鼻而烦冤，臭味既有习尚之殊，色亦随时而异。茅蒐古之赤也，红蓝御而茅蒐削色；垩土古之白也，铅粉陈而垩土不鲜。后起之巧日增，古朴之传无考。然则耳无一成之听，口有不齐之音。执古不可以宜今，从今愈不能以限古。奈之何以沈约、孙愐之韵，强风雅而求叶耶？夫后之作者，以古为基，非古之能豫谋夫后也。帝力何有之谣，皇祖有训之歌，律以风雅之韵，未有洲、鸠、服、侧之叶，则不可以周诗律上古，抑不可以今韵准风雅明矣。故曰音员成韵，员者运流而不滞也；异地而弗能迁，再传而非其故。沈约生际齐梁，风沿吴会，不能均齐鲁，而埒商周矣。故东、冬、支、微之别，约创之，而约之前未有也；约守之，而约所为之诗赋，不能无出入也；约传之，而周伯琦之流，且欲乱之也。乃以推诸未有约之先，屈抑本音，而从约之韵，不亦难乎？年代邈杳，古音无考，见于《说文》者，字之本音，多不合于今人之读。古音不同于今音，则古韵必殊于今韵。𩨨，今旨沇切，而《说文》云读如捶击之捶，则四纸与十六铣无定也；袢，今博幔切，而《说文》云读如普遍之普，则七麌与十五翰无定也。如此类盖不一矣。以此求之，古音通而今音隘，古韵博而今韵狭，所从来久矣。乃约之为韵，以声为主，而不取其音，既异于古之声音互主矣，流及今兹，声存音去，故东、冬、真、文异韵，而不能析其异；元、魂、野、马同韵，而不能会其同。乃守沈、孙之孤尚，拘反切之成例，又奚可哉！夫古无韵名，而自有实，无其名，故不可泥也；有其实，故源流分合之际，不可乱也。则亦绘染异尚，而赤不可白，白不可赤也。是故有声之合，有音之合。声之合者，东、冬、江，合也；支、微、佳、灰，合也；鱼、虞，合也；真、文，合也；元、寒、删、先，合也；萧、肴、豪、尤，合也；歌、麻，合也；阳、庚，合也；青、蒸，合也；侵、覃、盐、咸，合也，则休文亦以类次，而见合于离矣。音之合者，虞、歌，合也；支、鱼，合也；支、先、萧，合也；东、冬、庚，合也；支、尤，合也。则休文离之，而固可合也。又入声之音，总以其石而郁者，为相合之道，故有类合者，有遥合者，为尤通用而无碍，而特不合屋于叶，合药于治，则其离之本远，而必不可合者也。古之为字也，字略而音广，音略而义广。后人徇其广而离之，古人守其略而合之，如御有迓至之义，可仍籞音；疑有疑立之义，可从觺读。初不似后人之发栉而粒量之。若平、上、去之三声，则古人之所本合而不离者，尤不待拘拘之叶，而自通也。以此推之，是故为叶韵之说者，其蔽凡十焉。

“一、字本兼众义，通众声，而叶者为赘。如服本有匍音，故扶服、来服，字皆作服。自与侧叶，蛇有它音，故古人相问亡它，无蛇虫之伤也；自与纶叶，角有录音，故角里、角端，字皆作角；自与族叶，正可如字而读，不必赘注叶蒲北、汤何、卢各切之类，是也。

“二、本音合于沈韵，如字而读，正与韵同，而叶者因流俗口齿之讹，妄为改叶。如：子，本音祖里切，自与李叶；汜，本音详里切，自与以叶；俟，本音钽里切，自与止叶；否，本音方九切，自与友叶；怒，本音奴古切，自与雨叶，不当妄改作奖里、羊里、想止、满美、暖五切，以求合俗耳之类，是也。

“三、平、上、去三声，古本不分，而叶者必变字音，以求合沈韵。如：居御、永泳、姻信之类，是也。

“四、沈韵连类相次，古字通用，非如江阳、尤侵之必不可合，而叶者必拘一韵，强为之叶。如：降自与忡、虫合，笑自与悼合，败自与憩合，行自与筐合，不须转降为红，转笑为燥，转败为背，转行为杭之类，是也。

“五、沈韵虽不相次，而声固可合，则叶不以韵而以声，而叶者必破声以求合于韵，失古人谐声之本。如：语、麌二韵之合于马者，古人谐声，本无异响，故芐字从下得声，而音户；贾字从西得声而上音古，去音稼。可谂其通，则马自与浒、下、楚叶，不当叶马作姥、下作户；又尤与疑叶，见于《周易》者不一，今以孚浮谐声所自思之可知，则治自与诜叶，不必叶诜作于其切之类，是也。

“六、音相合，后失其传，不可复通，而叶者勉强附合，母子异宫，非音响不成，则翻入他韵，尽失音声之本，如：真、先、东、侵，全无相涉，而天人、田零、风心之相为同用，自无从考，乃强叶天为铁因切，则似汀非汀，叶田为徒因切，则似庭非庭，既不可收入真韵，亦不可收入庚、青二韵。于古既无所据，于沈韵亦所不容也。

“七、韵无适主，而音有定则，任其扭合，则凡字皆可破读，然使读人作犬，以叶十六铣，读父作奴，以叶七虞，其亦将忍为之乎？而叶者不恤其意义之有无，恣情出入，一字两处，分为二音，如：怀字自与灰、支通，而左拘右牵，或叶胡隗切，或叶胡威切，家字本不可与东屋通，而一叶各屋切，一叶各空切之类，是也。

“八、闲句余文，本不用韵，而叶者概欲以韵合之，如：‘岂不夙夜’，闲句也，而叶夜为羊孺切；‘送我乎淇之上矣’，‘已焉哉，天实为之，谓之何哉！’余文也，而叶中作椿，叶宫作姜，以就上；叶哉作兹，以就之之类，是也。

“九、入韵古本互用，特为尤恕，则谷、莫、镬、谿、斁，本自可相协，且谿原从谷得声，斁之得声，与斁、铎同，意抑同莫韵，不必叶谿为古略切、斁弋灼切。革、绒本自相通，不必叶革为棘力切之类，是也。

“十、《周颂》多不用韵者，升歌之诗，一唱三叹，唱者字也，叹者音也。于韵无字，字无韵，而抑以瑟，浮其声，则韵寄于瑟。大音不和，此之谓矣。是固无劳求叶者也。乃‘此疆[①]尔界’，叶界以急；‘十千维耦’，叶耦以拟；‘降福孔皆’，叶皆以纪；‘以享以祀’，叶祀以亦；‘既右烈考’，叶考以口；‘缉熙於纯嘏’，叶嘏以古；‘蹻蹻王之造’，叶造以剟，此尤不取。‘清庙维清’，而推之以迷于乐理，巧为割裂者也。

“凡此十蔽，不揆之于六书，抑无益于六义，于字既失其正，于义亦不相安。强成周之诗人，受沈约之科禁，不知谁倡此说，而以成乎不解之惑。善说诗者自可置之为余食赘形，而无嫌也。”

---

① “疆”，原文作“彊”。

又曰："音注中叶韵未详何始，注疏正义无此。近世金陵李士龙《五经正文》，尤为繁谬。宣城梅膺祚《字汇》亦然。韩退之古诗自用古韵，而膺祚强为之叶，绝不可省。金坛王肯堂《太史笔尘辨正》颇合于古，特其叶纶作题、叶讼作松、叶思作腮，则犹未免以沈韵为拘。惟尽去叶韵，令后世略知古韵易简之元声，庶几有功六艺乎？"

顾炎武曰："古诗用韵之法，大约有三：首句、次句连用韵，隔第三句而于第四句用韵者，《关雎》之首章，是也。凡汉以下诗及唐人律诗之首句用韵者，源于此。一起即隔句用韵者，《卷耳》之首章，是也。凡汉以下诗及唐人律诗之首句不用韵者源于此。自首至末句用韵者，若《考槃》《清人》《还》《著》《十亩之间》《月出》《素冠》诸篇，又如《卷耳》之二章、三章、四章，《车攻》之一章、二章、三章、七章，《长发》之一章、二章、三章、四章、五章，是也。凡汉以下诗若魏文帝《燕歌行》之类源于此。自是而变，则转韵矣。转韵之始。亦有连用、隔用之别，而错综变化，不可以一体拘，于是有上下各自为韵，若《兔罝》及《采薇》之首章、《鱼丽》之前三章、《卷阿》之首章者；有首末自为一韵，中间自为一韵，若《车攻》之五章者；有隔半章自为韵，若《生民》之卒章者；有首提二韵，而下分二节承之，若《有瞽》之篇者。此皆诗之变格，然亦莫非出于自然，非有意为之也。"

严虞惇曰："古人之文，大率用韵，《易》《书》中多有用韵者，《诗》为乐章，被之咏歌，尤须依韵而成。所谓'声依永，律和声'，是也。诗之韵，自虞廷赓歌始，其后有五子之歌。三百篇而下，讫于后代诗，无不用韵，而用韵之法，古今不同。古韵宽而今韵严。今韵起于梁沈约，而律诗用之。梁陈以来，古体诗亦皆通韵，如东之通冬，鱼之通虞，不尽拘沈韵也。唐诗以韩、杜为宗，五言古体皆用古韵。杜之《彭衙行》，真、文、元、寒、删、先通用；《自京赴奉先县咏怀》质、物、月、曷、黠、屑通用；韩之《此日足可惜》，东、冬、江、阳、庚、青通用；元和《圣德诗》，语、虞、哿、马、有通用。如此之类，更仆未易数。今人作古体诗，尚通用古韵，岂有三百篇而反限以今律诗之韵之理？朱子泥于今韵，遂创为叶韵之法。凡诗之不合于今韵者，俱从而叶之。就其所叶之韵，亦多有未可通者。如：'参差荇菜，左右采之。窈窕淑女，琴瑟友之。'采、友不同韵，则以采叶友可也；以友叶采可也，今采叶此礼反，友叶羽巳反，将以何韵为准乎？'维鹊有巢，维鸠居之。之子于归，百两御之'，居、御不同韵，则以居叶御可也，以御叶居可也，今居叶姬御反，御叶鱼据反，又以何韵为准乎？更有不必用韵而亦叶韵者。如'谁谓女无家''于嗟乎驺虞'之类，是也。有本同一韵，而亦叶韵者，如'麟之趾，振振公子''殷其靁，在南山之侧。何斯违斯，莫敢遑息'之类，是也。更有上下各自为韵而必叶为一韵者，亦有决不可通之韵，本不入韵之字，而亦必叶为韵者，附会牵合，支离烦碎，几于无句不叶，殊非声成文谓之音之义也。又古人四声通用，亦始于虞之赓歌，降为屈原之《离骚》'纷吾既有此内美兮，又重之以修能。扈江离与辟芷兮，纫秋兰以为佩'，则平、去通韵；'冀枝叶之峻茂兮，愿竢时乎吾将刈。虽委绝其亦何伤兮，哀众芳之芜秽'，则上、去通韵；'众皆进以贪婪兮，凭不厌乎求索。羌内恕己以量人兮，各兴心而嫉妒'，'前望舒使先驱兮，后飞廉使奔属。鸾凤为余先戒兮，雷师告余以未具'，则去、入通韵；'惟兹佩之可贵兮，委厥美而历兹，芳菲菲而难亏兮，芬至今犹未沫'，则平、入通韵。自楚词至汉魏乐府皆然，何独于三百篇而必强为一声，又必强为一韵乎？三百篇之诗，皆被之乐，无不可歌者。歌有抑扬、抗坠、轻重、疾徐、宛转之节，一唱三叹，音韵自然而协，不必以今韵之平、上、去、入拘拘叶之。今之词曲通用四声，按节而歌，何尝不协？俗乐尚不必限以一声，岂古乐翻欲拘以一韵？由此推之，不特朱子之叶韵可删，而吴才老之韵补，亦俱可废也。又案：四声出于天籁，有一字即具有四声，今西北人语，多无入声，盖由土风使然，非字之本无入声也。元周德清《中原音韵》并四声而为三声，更失天地自然之正，不足以言音学矣。"

成僎曰："严思庵据顾亭林《音学五书》古无叶音之说，以驳朱子，毛西河则谓亭林为陈第所惑，古字原无定读，韵为乐歌之节，更无定声，故古人用韵，专取其不同音者，而以之节乐，其所撰《古今通韵》，亦极为博辨。甚矣，韵学之难言也。今观其书，卷首论例所载平、上、去三声，古皆不分一条，视、思、庵四声通用之说，推阐较广。其言曰：齐中书郎周颙始创为四声，以平、上、去与入声并分之，而其后沈约、张谅、夏侯咏、刘善经辈皆有四声传世，然当时仍不肯用，故沈约作《四声谱》。梁武非之，尝问周舍曰：'何谓四声？'舍曰：'天子圣哲是也。'《庾肩吾传》亦称，齐永明中王融、谢朓、沈约为文，始用四声，而反拘声韵，深以为病。若隋后盛行四声，原衹为律文设耳。若古则仍合三声，不分平仄。世尝称词备三声，曲备四声，而不知实始于诗。尝细按《毛诗》，其三声并见，节节皆是，不下百十韵。即汉后谣谚诗歌，其平、上、去杂见可考，亦不下千百韵，则直是三声合用一例，而自汉至今不察也。间考《虞书·赓歌》'元首起哉，肱股喜哉。百工熙哉'，实创此例。而其后《毛诗》五经如'野有蔓草，零露溥兮'，平也；'清扬婉兮'，上也；'适我愿兮'，去也；《彤弓》'受言藏之，中心贶之，一朝飨之'，《天保》'亦孔之固，何福不除？以莫不庶'，《左传》'周道挺挺，我心扃扃。集人来定'，《礼记》曳杖歌'泰山其颓乎？梁木其坏乎？哲人其萎乎？'且多三声并见。其他通一二声者，则触目皆是。是齐梁未分四声以前，三声通读，而宋人不识韵，凡遇三声字，但以叶音混过，如《鹊巢》以御叶居，《行露》以讼叶从，《鹿鸣》以效叶昭，《生民》以呱叶去，致使皆习诵不察，贸贸极矣。尝考《左传》围缗，《谷梁》作围闵。《礼记》曾子闻之瞿然，《后汉·申屠刚传》作惧然，《史记》亡名与亡命同，《易》屈信相感，信者申也。《春秋》以众父读终父，《周官》注以邸甸之甸为田。凡三声同部之字，即寻常读音无不通合，故三声既通，即通及所通之三声，虽当时所通三声，亦未尝分，今但就已分者而尽通之，如《郑·丰》丰、巷相押，则以东之通江，而并通江之三声东攻驰破相押，则以支之通歌，而并通歌之三声。《葛生》夜、居相押，则以魚之通麻，而并通麻之三声，则本韵三声是一例，通韵三声又是一例。此凿凿不刊者也。盖亭林以古音为本音，据六书象形谐声为说，述陆德明不烦改字之言，以正吴才老叶音之失，所著《五书大要》《四声一贯》，而西河则谓古人用韵自有本宫，其在本宫者即是本韵，故三声两合之说，论例既举大端，各韵下亦载之极详，而与亭林说尤相龃龉。徐健庵《古今通韵叙》云：亭林、西河二书，各有归趣，其必传于后无疑者，似属调停之论，实亦以韵学难言，两家之书，本不可以偏废也。范家相《诗瀋》谓：三百五篇之韵，叶之而不谐者，其故有三：列国之方音不同，一也；古人一字每兼数音，而字音传讹已久，非可执一以谐声，二也；诗必歌而后出，每以余音相谐，自歌诗之法不传，而余音莫辨，三也。此足以解亭林。西河两家之讼矣。"

以上论叶韵。

此书以卷子本为蓝本，以唐石经及延文古抄本校之。卷子本则承安四年清原赖业加点，尔来世世相传，授至宣贤。宣贤自永正中讲之，至天文四年毕。卷末记其年月日，卷中傍记本有"摺无"等字，又间有阙画宋讳者，按其所原，盖据家本，传写之际，以古抄本及板本对校。此不特此卷子，如《左传》卷子本亦然。其所谓"摺本"，盖指宋椠本。而宋椠中所阙画字，往往混入，非其书即原于宋椠本也。

《会笺》中所采近儒成说，在皇邦则中井氏积德、龟井氏昱、仁井田氏好古、古贺氏煜、安井氏衡；在清儒则顾氏炎武、王氏夫之、陈氏启源、赵氏佑、姜氏炳璋、戴氏震、李氏黼平、焦氏循、段氏玉裁、俞氏樾、陈氏奂、胡氏承珙、马氏瑞辰、魏氏源、顾氏广誉诸家为多。

其体例一沿《左氏会笺》，以求合于讽谕之义，他经说苟有步《毛诗》者，随得随采，复者删之，散者属之，综贯诸家之说，以期于会通，但安井氏诗说至《大雅》而辍，是以世鲜知之者，与中井、龟井二家经说皆有完书行于世者不同，故特著其姓氏，意在发潜光耳，非有轩轾也。

国译诗经例言四条

释清潭

本文收于日本国民文库刊行会编《国译汉文大成 经子史部》第三卷（国民文库刊行会，1924 年）。

原文为日语，著者译。

一　解葩经者，古今皇汉数百家。议者谓之屋上架屋，陈陈可厌。今则谓，既有古有今无者，亦有今有古无者。古人有古人之言，今人有今人之言。不当有古人饶舌今人必须渊默之理，于是乎，屋上架屋，可视为一种匠人精神，况机类有利钝乎哉？

二　后世说诗者，有三种，曰主郑笺者，曰主朱注者，曰主折衷者。余所讲何哉？是亦属折衷派。彼此是非，取当取者，舍当舍者，而亦有可谓自家发明之说者，或亦有视为臆断者。不言后贤之叱正，直欲乞时贤之叱正耳。

三　宋以来之注家，唯以传之一字，如指朱注者。余但书毛传作传，于朱注则书朱传，唯以供自便，非有他意。

四　说诗者，开口必言六义。余亦何无视六义哉。虽然，彼断为赋者，此谓之兴；彼作为兴者，此谓之比，如相互争其主张，则有滑稽之观。作者不知，果言之何哉。余所以不重乎此也。

国译诗经解题

释清潭

本文收于日本国民文库刊行会编《国译汉文大成 经子史部》第三卷（国民文库刊行会，1924 年）。

原文为日语，著者译。

何谓诗？曰诗者，之也（刘熙《释名》），志之所之也。又曰诗者，承也。政善则下民承而赞咏之，政恶则讽刺之（郑康成《礼记》注）。又曰诗者，志之所之，在心为志，发言为诗，情动于中而形于言，言之不足故嗟叹之，嗟叹之不足故永歌之，永歌之不足，不知手之舞之，足之蹈之（子夏序）。由是观之，欲之故之，欲言故言，欲歌故歌；不欲之而之，不欲言而言，不欲歌而歌，遂是非诗也。三百篇可以是意读之。

何谓经？曰经者，法也（《周礼》注）。王谓之礼经，常秉所以治天下者也。又曰经者，径也（《释名》），径路无所不通，如常可用者也。又曰织之纵丝谓之经（段氏《说文》），必先有经，而后有纬，是故三纲五常谓天地之常经。由是观之，凡人间之有形者，必不离诗，且欲离而不能离也，又经亦不可离也。欲离而不能离者，径也，常也。若于离之，人与木偶，何择乎？于是可见，两千有余年而至于今，一经三百五篇之诗，所以俨然存而不曾灭亡，研究之书至于三千余卷者，盖不足为怪也。夫如此，诗贵则经贵，虽言贵，歌诗之人非以之为经而歌之，歌之人唯以可歌而歌之，以可咏而咏之，以是非为天下万世之经常。然以之为经为常而传之者，依孔夫子之徒以之为经而传之者也。于此有人疑曰：孔夫子若有以此为经之意，何唯取其得人伦之正，不舍其失人伦之正者哉？今谓不舍失其正者处，恰孔夫子是为孔夫子面目之所存焉。郑卫之风俗，不可谓得人伦之正，而所以不屏除之，由是可知得郑卫之风俗也，知之是乃为将移他之正风也。为淫诗称不可为教而加以排斥者，不外乎不解经亦不解诗之村学究也。

就诗、经之传来，先贤所言，大抵如下。曰自孔子传之子夏，而自子夏而广行天下。既遭秦火之灾厄，世至于汉，百般学术相争而至研磨。前汉武帝时说诗者三人，申公作鲁诗，后苍作齐诗，韩婴作韩诗（应劭说）。申公，即鲁申培也，后苍即齐辕固之字也。此鲁、齐、韩所说之诗，世谓之三家诗。此三家诗从汉至西晋仅仅数年间悉数亡灭，但《韩诗外传》六卷今犹传。《内传》四卷后世不得见。其后，河间献王出，以学术鸣于一代，而此献王之师傅谓之大毛公、小毛公。大者毛亨，小者毛苌也。今日所传之诗，实为此二毛之遗经。合鲁、齐、韩三家，称为四家。《汉书·艺文志》谓凡诗六家四百一十六卷，今日得见唯《韩诗外传》六卷与《毛诗》二十九卷而已。有就亡者、存者而论其书之长短得失者，余不欲多言也。然于《春秋》五家左氏最能行，于诗之四家毛氏独存，其幸与不幸，与人之运命相似，则不能不感慨系之。

于读诗者，首先余所欲言之者，以此三百五篇为中国最古之诗乎。其次则是此三百五篇之外，最古之诗犹存与否。今案：就称为周以前之诗而言，有《皇娥歌》（七言）、《白帝子歌》（七言）、《击壤歌》（四言四句，六言一句——六言也，而非七言）、《箕山歌》（四言）、《赓歌》（四言）、《卿云歌》（四言）、《八伯歌》（四言）、《涂山歌》（四言）、《五子歌》（四言混六言）、《夏人歌》（四言）共十篇，又《汤之盘铭》（三言）、《麦秀歌》（四言）等。其真伪难以判定，况于其体制亦不备者也哉？强谓之诗则诗也，谓之文谓之语亦无妨者也。其可确认为诗者，收入此《诗经》中之《商颂》五篇，即《那》《烈祖》《玄鸟》《长发》《殷武》也。相传最初有十二篇，至孔子之世仅存此五篇。苏子由评曰："殷骏发而严厉。"（《玉函山房辑佚书》）由是观之，此《诗经》一部三百五篇，极为珍贵当传于后世者也。虽人不欲传，神呵护之，今后几千年亦不亡，此余所深信不疑也。自道德方面观之，可知君臣之分、父子之孝、夫妇之爱；自历史方面观之，可知周南、召南、王风、豳风等，周室之事迹及邶鄘卫、郑、齐、魏、晋、（唐）秦、陈、桧、曹九国之事迹。曰风、曰赋、曰比、曰兴、曰雅、曰颂、曰古注、曰新注，曰欲言者可言之，非余之所欲言者也。

大正十年中元前二日

清潭释万仞

《诗经研究》摘抄

诸桥辙次

诸桥辙次《诗经研究》，1912 年目黑书店发行。全书共六章，分别题作中国固有之思想、中国当年之社会、《诗经》总说、《诗经》之为经、《诗经》之为史、《诗经》之为文。第一、第二章为第一篇绪论，第三章以下为本论。

林泰辅（1854—1922），经学家、史学家，对甲骨学、中国上古社会的研究具有开拓性的贡献。1887 年毕业于东京大学古典讲习科汉书课，历任一高、山口高中教授，东京高师教授，主攻朝鲜历史、经学、金石文字，著有《上代汉字的研究》《周公及其时代》《中国上代之研究》等。

儿岛献吉郎（1866—1931），日本明治、大正时期（1868—1926）研究中国文学的杰出学者之一，在中、日两国学界产生过重要影响。他一生著述宏富，学问涉猎日外史学、中国古代文学、汉语言文字等领域，而主要成就在中国古代文学研究方面，著有《中国文学概论》等。

宇野哲人（1875—1974），曾任日本东京大学名誉教授、东方文化学院主任。著有《中国文明记》等。

诸桥辙次（1883—1982），历任东京大学教授兼图书馆馆长、静嘉堂文库长等职。曾主持编纂《大汉和辞典》。

序　二

林泰辅

支那之书，分为四部。自晋中经簿隋《经籍志》以来，沿袭既久，然在先秦，则未必有此区别也。经可以为史，子可以为集。《尚书》《春秋》，即经即史；《庄子》《荀子》，即子即集，亦岂可歧而二之哉？诗三百篇，经也，可以为集，可以为史，唯在其所见何如耳。然则修经者，固不可执一端而论也。

从来解经之家，异同尤甚者，莫如诗。齐、鲁、韩、毛之学，源流不同；三家既绝，《毛诗》独行于世。至宋风气大变，学者往往不墨守旧说，及《朱传》出，而鸿沟大画。自是以后，聚讼益起，然皆就诗解诗而已，未有在诗之外而论诗者也。是以其说愈多，而其惑滋甚。盖钩稽辩证，未得其法之所致耳。

诸桥君辙次，笃学之士也。向卒业东京高等师范学校。常潜心经籍，将遍究五经，先著《诗经研究》。其书或以经学论之，或以史学辩之，或以文学评之。考核颇博，议论亦精，于是乎诗三百篇之面目，庶几可得而窥矣。然朱子不言乎？为学须觉今是而昨非，日改月化，便是长进。盖谓研学之道，愈进而愈无穷也。

君年壮气锐，研钻不倦，他日《书》《礼》《易》《春秋》，皆毕其功，再把斯编，反覆对雠，更加修润，则博者益博，精者益精，夫然后三百篇之旨，了如指掌，以为经，以为史，以为集，无往不可，斯可以极天下之大观矣。吾将刮目以俟之。

大正元年十一月

林泰辅　撰

序 三

儿岛献吉郎

予接于天下之士多矣，而温厚笃实，如尚由子者几希。

夫不学无术，一攫千金，出则白马金羁，据鞍扬鞭，入则广厦高楼，炮鳖脍鲤者，今之所谓绅士也，而尚由子则不然；无而为有，虚而为盈，巧言如簧，翻覆机变，无所用耻者，今之所谓才子也，而尚由子则不然；读书万卷，好唱异说，淆乱是非，欺惑愚众，以博虚名者，今之所谓学者也，而尚由子则不然。盖今之世矜伪之世，而尚由子笃学力行之士也。

少时受过庭之诲，已长学于东京高等师范学校。萤雪四年，唯以德之不修、学之不讲为忧，造诣已深。更入研究科，钻研弗已。遂著《诗经研究》一卷，分为二篇六章，识见卓越，考证精核，非邃于学而善于文者不能，此岂与世之所谓学者徒殉名利同揆乎哉！

夫温柔敦厚，诗之教也。尚由子既已治诗矣，试把其著，叩其蕴奥，经术文章，自有本领存焉；其处己也，沈静晦默，有而如亡，盈而如虚；其接人也，怡怡如，恂恂如，似不能言，而开口辄循循成章，以其才之美，而温柔敦厚如此者，虽出乎资性，盖亦有所感乎于诗之教乎？此岂与世之所谓才子纷纷作云作雨同科乎哉！

顾代代木之里在城外里许，人不堪其僻远，而尚由子卜居于此，晨出夜归，祁寒烈暑，未尝一日休也。且鷦鷯一枝，能素其位；鼹鼠满腹，不愿其外。此岂与世之所谓绅士徒以黄金夸视一时同撰乎哉！

昔者苏子瞻负高才，发绮语，以押侮公卿，故苏子由常戒之以口舌之祸。予虽无子瞻之才，而少时以疏放戒于父兄，及长，以简傲规于师友，后又以口舌数愠于群小，则予实有待于重厚如子由者也。尚由子名辙，岂非以苏辙自期乎？而以尚由子自号，无乃尚友子由之意乎？果然，子之所望于尚由子益大矣。

序文之请不可辞，乃述平生倾葵之情，以为序。

大正元年十一月

儿岛献吉郎

序　四

宇野哲人

原文为日语，著者译。

诗之兴，尚矣。先王以之观风以淳教化。经孔子整理，天下后世实皆知当尊诗矣。孔门固重诗教，故三千子弟，言诗者岂独赐与商哉！经秦火，至汉有四家诗，三家早已残缺，而《毛诗》独传后世。尔来千数百年，以诗成家者过数十百家，人尽已苦于传注之多矣。

诸桥君何许人也？诗之研究问世，叠床架屋。盖古来解诗者，有尊重为经者，有钻研为史者，有吟哦为文者，未如兼之而如我诸桥君者焉。若夫至于因《诗》而尝试阐明古代中国文明者，实以我诸桥君为嚆矢。是所以不可无是书也，而宜观古代中国文明者，如《易》《书》《三礼》及《春秋》三传，皆与诗相关，不可相离，君已成是书，将更进而遍及六经云。

思之，以君之笃学则必成焉。予刮目以俟焉。

大正元年十一月

宇野哲人

结 论

诸桥辙次

原文为日语，著者译。

自稷契至陈灵之古诗三百，总而称之曰《诗经》。《雅》《颂》虽非无在朝士大夫之作，至《国风》则多唯是贱臣妇女之吟咏。然秦政暴火亦不能焚，几代变故亦不能失，阅三千年，今日尚雄视万卷载籍，诗实可谓宇内之一奇典也。孔子训伯鱼即曰："女为《周南》《召南》矣乎？人而不为《周南》《召南》，其犹正墙面而立也与!"又曰："不学诗，无以言。"子贡赞诗则曰："诗之于事也，昭昭乎若日月之光明，燎燎乎如星辰之错行。"圣门之说诗，又颇见胜于其他群经。诗之价值如何，是岂非《诗经》研究者最后应想到之重要问题哉!

窃惟古来观诗有三样之别。自作者之意言之者，其一也；自太师之职言之者，其二也；自圣人之志言之者，其三也。以作者之意言之，诗实乃抒情之文学。节物风光促其兴之时，人事穷通动其感之时，社稷休戚紊其怀之时，大凡揄扬怨愤之气，喜怒哀乐之情，若怦然心动，必发于咨嗟咏叹者，实是人情之使然，是故离妇怨良人之淫恣，兹有《谷风》之诗；亡臣悲废墟之荒芜，兹有《黍离》之篇。此等皆满腔至衷，无由抑制，仅假来讽诵吟咏，泄其郁纡也。彼等咏发，排遣其情已足矣。内无欲事雕虫之烦累，外无钓名射利之欲求，其词鲁直，其思无邪，三百诗篇作为文学精华，有不朽生命者，抑或其诗想因于鲁直无邪者不鲜也。

诗既为直抒诗人直情之机关，惜别者、悲死者、恋妻者、慕夫者、思国者、怨君者、乐善治者、苦苛政者，世态之万象写在一部之诗篇。以是经纶之士，于吟诗中探民风而为政治之要具，实可谓自然而巧妙之方法。采诗之官先录诸国之民咏，属之太师；太师考察其义类，为风、为雅，比次已终，藏诸有司，用之于宗庙朝廷，下及乡人之聚会。美诗既多，足以兆其邑之善治；刺诗之多，足以卜其国之苛政。斯天子巡狩之际，常于国风传劝惩之意，至于行黜陟之典。官权重而民势不振之上代社会，亦比于花鸟，兴于风月，各自得语其胸臆之机关，则不通之下情于诗得通，抑郁之气不得纾者于诗得纾。孔子谓诵诗三百，授之以政，不达，使于四方，不能专对，亦奚为？陈举至云春秋衰以礼废，秦之亡以诗废，皆道破这般消息，由太师之职观之，诗实乃政治之要具。

然而，政治不能将时间与处所之考察置之度外。《大东》一诗，歌东人之困于役者，情意切切，堪称三百篇中之白眉。若宣王时代诵之，时空久远可以戒幽王之不德。《葛屦》一篇，咏时人之褊急者，着想自然，比兴的确，虽四句之短篇尚能含无限之讽意，若于齐地歌之，国土隔绝以打破魏风弊俗无由乎？则太师之职，用《国风》为政治之要具者，亦非无局限诗之价值之感也。

于是圣人更以诗为修身齐家之具。领略其意，道则在迩，知人情即所以完善道德。诗乃志之所之，喜则嘻嘻，悲则咨嗟，其所云言言皆真情之流露，由之以探人情之机微，实可谓修身齐家之捷径也。乃正雅颂，删繁重，著善恶，寓劝惩，列之六经，传于不朽矣。但作者性情有纯否、有邪正，以是随诗之所言，虽又不免纯否、邪正混淆，然诗既已为修身齐家之经典，而非政治之实录。观者只专注诗外之理，论者唯达于诗中之理可矣，未必要拘泥于原意，顾虑史实。由太师之职言之，诗即史也；由圣人之志言之，诗乃经也。前者重其事，后者重其意。孟子以断章取义为说诗之一法，固圣人之志也。

以诗为修身齐家之经典，实不可不谓用诗之巧妙者也。悟道之存乎迩，于诗中探寻人情之机微，虽为其一，进而如超越时间与处所之局限，于诗中认识绝对价值，非用圣人之意之完密，焉能至于此哉？诗虽实富于比兴之体，赋事并不简裁，而隐约之间，却有情趣无尽者，是故一庄姜之诗，皆可悟妻道、夫道；一《考槃》《衡门》之诗，皆可见臣道、君道。若能反复涵咏，顿然朗悟，一言之中，一句之中，有尚足以为终生规箴者。君不见，南容之三复，非云不过白圭之一章乎？子路之终身所诵，非云不过“不忮不求”一句乎？则自诗之列于六经，其用与效，固非昔日可比。周代之大学以至列于教课之首位，如射仪，如乡燕，如祭祀、朝聘，苟作为社会之仪制，会同公众，必至于诵诗以寓戒饬垂训之意。春秋以下列国君臣、士大夫皆又惯于传诗唱诗，由诗言志，微寓相讽，无不能答者。《说苑》所记，魏国谋士仓唐为太子歌《晨风》《黍离》，翻文侯之志；文侯寓《东方未明》之诗意，促太子之归顺，此皆其适例也。呜呼！三百之诗篇，以作者之意言之，均是抒情之文学也；以太子之职言之，均是政治之活史也；以圣人之志言之，均是修身齐家之经典也。不知以今人观之，果为如何之书哉？

夫人情古今一也。古人之所悲，今人亦悲之；今人之所喜，古人亦喜之。若看透诗中之所含、性情之机微，则古人资之以修身齐家，何不亦以此事教于今人乎？“战战兢兢，若临深渊，如履薄冰”，曾子之所以修身也；今人诵之，尚能知应当尊崇谨恪笃实，“巧笑倩兮，美目盼兮，素以为绚兮”，子夏之所以有礼后之说；今人诵之，又足以悟应戒轻佻而避虚饰。孔子诵《柏舟》而见匹妇执志之不易，诵《淇奥》而见当为学之君子，诵《节南山》而见重臣之忧世，诵《蓼莪》而见孝子之思终养。今人玩诵之，又当各有所得。诗之言，实乃至正、至醇，其熏染人心，非一日之故也。方今虽昭代之余庆，百废俱兴，然而民心之轻浮，识者夙所怀忧，此间若以诗之浑厚敦实导引之，何不可裨补世道之救济哉！作为经典之《诗经》于今日更加一段精彩也。

若更回眸观之，则诗实为史也。既然政治不可将时与地之考察置之度外，则诗虽不能如太师之在职，亦不能作为政治之活史，径直参与劝惩黜陟之事，此不待言也；然研究者欲活写彼年代久远文献无征之中国上代，则三百篇实乃绝好之史料也。试看《螽斯》一篇，岂非吟唱太姒之淑德哉？《甘棠》一诗，岂非形容召伯之仁哉？且诗之内容丰富，上述稷契，下及陈灵，其间千有余年，列国君臣、世次、国土、封域，治乱之迹与盛衰之运，无不昭然可见。以之为一篇政治史可也，以之为一篇文明史可也，以之为一篇思想史可也。加之诗素直也，露骨也，与舞文曲笔迎合时流干求名利之作，不可同日而语矣。

再之，作为纯文学之精华，浑融含蓄，和庄宽密，醇乎而大醇，乃三百篇共有之通性也。二南之肃慎谨恪，二雅之醇良敦厚，三颂之森严庄重，而十三国风之触物应事，波澜跌宕，曲折多变，以之为文学之冠冕，谁人踟蹰哉？加之三千星霜，既已带来苍古之色，硕人而衣锦褧衣，岂无更美之致趣耶？

夫经、史、文乃典籍之三纲也。经以知道法为要，史以明治乱为要，文以写至情、传余韵为要。经虽万世之常法，不得史无以证其褒贬；史虽一代之实录，不得经不酌其轻重；而经与史，不待文又无以济其美。呜呼，四库之载籍，其数何限，然一言而是经，一句而是史，一篇而是文者，吾欲求如《诗经》者几何！诗之所以作为不刊之典而传于万世，又不须怪也。

《诗经详解》摘译

松崎觉本

日本国立国会图书馆藏，署驹泽大学学长文学博士忽滑谷快天序，驹泽大学讲师天胤松崎觉本著。春阳堂1931年版。

松崎觉本，字天胤，号叱石道人。著有《碧岩录讲义》（光融馆，1898）、《新编汉诗自由》（日比谷出版社，1934）、《挥毫辞典》（日比谷出版社，1942）、《千字文详解》（日比谷出版社，1943）、《金华山房诗抄》（西浓印刷，1944）等。

忽滑谷快天（1867—1934），曹洞宗学僧。著有《禅学思想史》《禅学批判论》《朝鲜禅教史》等多种论著。

原文为日语，著者译。

序

忽滑谷快天

金乌玉兔，天之诗也；雨竹风松，地之诗也；燕歌蝶舞，小禽细虫之诗也。至于人类之诗歌，发于先天，而成于后天。其中既有杂亦有纯，既有偏亦有正。古人弃其杂，采其纯，削其偏，选其正，所以永益后世也。

盖天地乃一大活物，人生乃一个天地也。故一切生物之性情，则人无一不具。若无圣训贤诲导之，无宗教道德戒之，无法规刑政制之，无良风美俗化之，则人遂不得为人也。

属者自由解放之论大倡，煽动阶级斗争者，天下横行。以是青年壮年轻侮圣训贤诲，无视宗教道德，蹂躏法规刑政，良风美俗咸坠落于地，郑卫之音，鄙猥之诗，风靡一时，岂不堪嗟叹乎？

松崎天胤有鉴于此，撰《诗经详解》，令读者能采古之醇，弃今之俗，好古之典雅，恶今之鄙猥，是不啻于贡献于文坛，亦大有益于风教，将成剞劂之业，予乃不揣不敏，题一言于其首。

昭和六年夏　　文学博士忽滑谷快天识

跋

松崎天胤

《诗经详解》成，赋此以代自跋。

因有先师教，葩经此获笺。
及门犹昨日，已隔卌三年。

释清潭曰：元戴良诗云："儒言存道脉，野趣任天真。"今人唯知"野趣任天真"，不知"儒言存道脉"，是以妄谈臆说，无所措信。"因有先师教，葩经此获笺"，是良知"儒言存道脉"者。"野趣任天真"是自家之境地，非他人所言为也。

昭和六协洽岁无射

天胤志

《毛诗正义》残绍兴刊本考

島田翰

据島田翰著《古文旧书考》（东京民友社，1885 年）所载校点。该书有北京图书馆出版社 2003 年影印版，书名改题《汉籍善本考》。

島田翰（1874—1915），汉学家，精于版本考证、校勘之学，著有《古书旧书考》《群书点勘》《访余录》等。

《毛诗正义》三十三卷残绍兴刊本

广文馆进士臣韦宿书

乡贡进士臣陈元吉书

承奉郎守大理评事臣张致用书

承奉郎守光禄寺丞赵安仁书

勘官承奉郎守大理评事臣秦奭

勘官征事郎守太子赞善大夫臣胡令问

勘官承奉郎太子左赞善大夫柱国臣解贞吉

勘官中散大夫国子博士同判国子学柱国臣解损

都勘官朝请大夫守国子司业柱国赐紫鱼袋臣孔维

详勘官将仕郎守开封府雍丘县主簿臣孙俊

详勘官许州观察支使登仕郎试大理寺直

兼监察御史臣元贞

详勘官登仕郎守将作监丞臣尹文化

详勘官登仕郎守光禄寺丞臣牛韶

详勘官儒林郎守大理寺丞臣毕道升

朝请大夫守国子学丞臣刘弼再校

奉直郎□太子右赞善大夫臣毕道升再校

朝请郎守殿中丞赐绯鱼袋臣胡令问再校

中散大夫国子祭酒兼尚书工部侍郎柱国会稽县

开国男食邑三百户赐紫金鱼袋臣孔维都再校

宣德郎守尚书水部员外郎直史馆

兼判国子学柱国赐绯鱼袋臣李觉都再校

淳化三年壬辰四月　日朝散大夫给事中参知政事柱国赐

紫金鱼袋臣李沆等进

正奉大夫给事中参知政事上柱国襄陵郡开

国侯食邑一千户赐紫金鱼袋臣贾黄中

推忠协谋佐理功臣金紫光禄大夫尚书吏部侍郎

同中书门下平章上柱国清河郡开国侯

食邑一千户食实封贰伯户臣张齐贤

推忠协谋同德佐理功臣金紫光禄大夫尚书右仆

射兼中书侍郎同中书门下平章事监修

国史上柱国陇西郡开国侯食邑二千一百户

食实封陆伯户臣李昉

绍兴九年九月十五日绍兴府雕造

校对官右迪功郎监潭州南岳庙韩彭

校对右官迪功郎监潭州南岳庙穆淮

管干雕造官右文林郎绍兴府观察推官曾掞

管干雕造官右承直郎绍兴观察判官白彦良

诗有四家，唯毛独存。郑笺宗毛，时有异同。厥后诸家互起，争出新意，而诗之学，喧如聚讼。世无圣人久矣，从谁折衷？隋唐之间，疏传笺者又几人，而贞观正义独存。自宋淳化始有五经正义刊本。南渡之首，以正义合并附刻于经注本，刻疏之事，莫世无之，而单疏本最善。然时代辽远，旧本失传，刊本之所传，天壤间仅存兹一通耳。

右宋绍兴九年，绍兴府覆雕淳化三年监本《毛诗正义》四十卷，吾师井井夫子所收，李昉至韦宿，及白彦良至韩彰题衔，则其末尾所载录也。

分卷四十，为册十七。卷首至卷第七阙。郑谱变风《缁衣》至《溱洧》为卷第八，卷末记字数云计二万四千六百四十七字。齐谱变风《鸡鸣》至《猗嗟》为卷第九，卷尾云计二万二百五十八字。魏谱变风《葛屦》至唐谱变风《杕杜》为卷第十，卷尾云计一万六千七百三十六字。唐变风《羔裘》至秦谱变风《权舆》为卷第十一，卷尾云计二万一千六百一十三字。陈谱变风《宛丘》至桧谱变风、曹谱变风《下泉》为卷第十二，卷尾云计二万三千五百三十六字。豳谱变风《七月》为卷第十三，卷尾云计一万八千五百三十四字。豳变风《鸱鸮》至《狼跋》为卷第十四，卷尾云计一万三千六百六十一字，小大正变雅谱，正小雅《鹿鸣》至《常棣》为卷第十五，字数无。正小雅《伐木》至《蓼萧》为卷第十六，卷尾云计二万一千六百十五字。正小雅《湛露》至变小雅《吉日》为卷第十七，卷尾云计一万九千八百二十三字。变小雅《鸿雁》至《无羊》为卷第十八，卷尾云计一万七千四百三十字。《节南山》至《小宛》为卷第十九，卷尾云计二万三千八百六十六字。《小弁》至《大东》为卷第二十，卷尾云计一万九千二百八十二字。《四月》至《楚茨》为卷第二十一，卷尾云计一万七千九百八十二字。《信南山》至《大田》为卷第二十二，卷尾云计一万八千九字。《瞻彼洛矣》至《宾之初筵》为卷第二十三，卷尾云计一万九千八百九十三字。《鱼藻》至《隰桑》为卷第二十四，卷尾云计一万七千二百四十八字。《白华》至《何草不黄》为卷第二十五，卷尾云计一万四千二百七十四字。卷第二十六正大雅《文王》至《大明》，卷尾云一万八千五百九十六字。卷第二十七《緜》至《思齐》，卷尾云计二万一千一百八十六字。卷第二十八《皇矣》至《灵台》，卷尾云计一万六千四十八字。卷第二十九《下武》至《生民》，卷尾云计一万九千四百七十九字。卷第三十《行苇》至《凫鹥》，卷尾云计一万五千二十九字。卷第三十一《假乐》至《卷阿》，卷尾云计一万六千六百三字。卷第三十二《民劳》至变大雅《桑柔》，卷尾云计二万五千六十三字。卷第三十三变大雅《云汉》至《烝民》，卷尾云计一万七千九百八十八字。卷第三十四《韩奕》至《召旻》，卷尾云计二万二千九百四十六字。卷第三十五《周颂谱》《清庙》至《执竞》，卷尾云计二万三千八百五十五字。卷第三十六《思文》至《武》，卷尾云计一万九千三十三字。卷第三十七《闵予》至《般》，卷尾云计一万九千二百四十六字。卷第三十八《鲁颂谱》《駉》至《泮水》，卷尾云计一万三千九百四十四字。卷第三十九《閟宫》，卷尾云计一万一千二十字。《商颂谱》《那》以下是为卷第四十，卷末云计二万一千三百五十一字。

卷端题“毛诗正义卷第几”。次行署“唐国子祭酒曲阜县开国子臣孔颖达等奉敕撰定”（“敕”字以下别起），次记卷中详目。每卷如此，正经注语皆标起止，一字空阙列疏其下。

“桓”作“桓”，“殷”作“殷”，“徵”作“徵”，“竟”作“竟”，“敬”作“敬”，“完”作“完”，“垣”作“垣”，“貞”作“貞”，“恒”作“恒”，“境”作“境”，“胤”作“胤”，“筐”作“筐”，“萑”作“萑”，“匡”作“匡”，“炅”作“炅”。匡胤，宋太祖讳，筐其嫌名。敬，帝祖讳，竟、境并其嫌讳；弘、殷，帝父讳；炅，太宗讳；恒，真宗讳；贞，仁宗嫌名；桓，钦宗讳，萑、完共其嫌名。阙至钦宗而止。所谓卒哭则讳，生不讳也。盖斯则绍兴府所镌，故尚存古式也。

半版十五行，行二十二字、三字、四字、五字不等，左右双边，界长七寸七分强，幅五寸三分弱。有金泽文库香山常住等图章。

是书绍兴中就淳化监本所翻雕，用笔之遒秀，镌揚之雅古，班之汴京椠本中，更无怍色。尝视秘府《尚书正义》，其齐整绚烂在兹书之上，然若以近古论，兹则虽不过翻雕，尚带有开国朴气，他本虽精，非失之丽，即失之陋。唯是兹书盖倜乎独远矣。

是书古泽介堂氏从周防古刹所获，后归于井上伯爵，有故遂为吾师有。

首卷至卷第七阙佚。正义之卷第，不可得而知。世有延文丁酉抄传笺本，从文章生英房本所传录者。予获其影抄本，每卷载正义卷第，是足以知七卷之旧次。卷首至小序为卷第一，《关雎》至《麟趾》为卷第二，《召南·鹊巢》至《驺虞》为卷第三，《邶·柏舟》以下卷第四，四、五阙止起。《鄘·柏舟》至《载驰》为卷第六，《卫·淇奥》至《王·丘中有麻》是为卷第七。

《经籍访古志》载有《毛诗正义》零本求古楼藏未见。又市野迷菴《游金泽称名寺记》，列记现存金泽文库本，亦云镰仓古刹传古写本《诗疏》零编，今尚存。然近藤正斋在当时最称洽博，而犹憾不见《诗》《礼》二疏。盖地理既远，传闻异辞，迷菴云云，未必信然也。

尝谓贞观正义单本《易》《书》《春秋》三疏，俱散处人间，《礼》疏虽缺，尚传注疏七十卷本，则是犹传也。唯《诗》疏则不然，有影抄不附释音注疏矣，而十缺七八；有宋刻本矣，而不过所谓附释音本，是其尤不幸者也。明治改元，奎运大开，是书复出人间，而又归于博雅君子，以供其实用，又可谓盛世之一快事也。予以毛本点勘一过，极有异文，文多不录，具于《群书点勘》。

又案：汉初之经传，皆各自别行，故三传之文，不与经连。汉志分载《毛诗》经传，经自为经，注自为注，故讲周氏之《易》传者，皆就田何之本，习欧阳夏侯之章句者，则遵伏生之书，未尝彼此混淆也。及刘歆始引左氏传文，附之于《春秋》经之后，而马融之注《周礼》乃云，省学者两读，故具载本文。尔来郑玄之注诸经，何晏之注《论语》，莫不皆就正经下注语，盖便学易读之说，汉人唱之于前，魏晋人和之于后，单经单注之本遂泯泯于六朝也。案：孔安国《古文孝经序》云“发愤精思为之训传，悉载本文万有余。朱以发经，墨以起传”云云。隋刘炫《古文孝经孔序直解》云：“前汉以前为传训者，皆与本文别行，孔欲其两读也，故以朱墨为别，后汉以来注书者，皆是以粗细为异也。”今考孔氏传，其信伪固未可知，故姑以刘歆《春秋左氏传》冠首。又案：《直解》即刘炫所撰《述议》五卷中之一卷，而卷中引述议子曰者，是係后人所妄增，予别有考，具于第二辑“古文孝经”条。先儒尝疑孔氏传出于刘炫赝作，今予更获一证。古人朴拙，决无经传朱墨之法。至六朝方有此法。若陆元朗《经典释文》即是也。而刘炫之赝作孔序，乃记云朱墨分书，是可谓不攻而自破者矣。朱墨之法，唐以后多有，若隋《编珠》、唐《周易举正》、宋《韩集》点勘皆然。惟是时疏，则未合经注也。至六朝始有就注作疏，注疏并标全文。如皇侃《论语义疏》、郑灼《礼记子本疏义》者。其后唐贞观时，诏颜师古等，合南北各家经本，以撰定五经定本颁之于天下，而孔冲远之徒，又就定本制五经正义。开元卫包之改古文，则不过改六朝俗体奇文以就定本，而开成之刻于石，乃又仍之。五季之际，蜀有编注石经，后唐有田敏校刊监本编注九经，至宋有《孝经》《论语》《孟子》《尔雅》四疏，而是时唐之正义与宋之诸疏，皆各为单行也。而北宋之盛，以经注本冠诸单行之疏别有考。

尝私谓，汉之合经注也，为学者易读也。然就其所守经，下其所师授说，不敢妄改经本之一字，即虽名为荟本，而实与单经单注之本无异也。单经单注之亡，正亦不足深惜矣。皇、郑之就经注本下其疏，是虽失古人经注疏别读之义，惟其经注与疏，亦未尝相龃龉也。而至于唐宋正义之为别行，非以其所据经本不相同为之别行，其意将以示先读正文，次讲注语，次看疏之旧体，且寓义于谦退而已。而宋人之合疏于经本也，即配之于贞观儒臣所撰定本。夫正义既依定本而作，而宋人之传经注本者，皆脱胎于蜀编注石经与田敏编注监本，而其源则并出于开成石本，即以依定本之正义合出于定本之经本，是犹刘歆以左氏之传附左氏之经，虽卷帙有异，其经本则又何龃龉之有？但可议于荟本者，在割裂经注本，分属之于正义之卷第，然正义既标经注起止，是正义实分裂经本同于皇、郑诸疏也。而不标全文者，其体乃然也。如浙江刻七十卷本《礼记注疏》，沈中宾三十六卷本《左传注疏》，不过改标其起止以标其全文，又何异于单疏本乎？若夫《释文》则陆元朗所撰，其起稿在陈至德三年，是时定本未成，即以《释文》合之于经注本，或圆枘难入也。

夫旧本授受，确有渊源。故所习异，则所传者亦不同。陆氏所守之经，又非孔、贾所守之本；孔、贾所守之经，不必符于敕行定本也。若使五经正义为孔氏之私则已，然定本既系于敕颁，诸疏又出于敕撰，则孔氏所据，舍定本其将以何据乎？阮元、段玉裁之徒，愦愦皆以注疏荟本为非，是坐于未及推考正义之据定本，而宋本之近宗蜀唐编注本与开成石本，而远祖定本耳。

或问：正义中引定本多矣，若使孔氏据定本，不宜特引用之也。曰：正义之引定本，必于异义处矣。文有异，句有不同，于是引定本以折之也。则其余之据于定本，亦可知矣。且先儒之议注疏荟本，圆枘难合，是出于未多见旧本，姑就《春秋正义》一书言之，单疏三十六卷本，卷第一标起止曰“《春秋左氏序》”，而其孔氏正义则称“案：晋宋古本及今定本，并云‘春秋左氏传序’，今依用之”。依是而言，其标曰“春秋左氏传序”者，是为正义原题，而正与唐开成石经、宋缺民字本、江公亮本、兴国军学本符，而宋附释音十行本、李元阳刻本、万历本、汲古阁本则作“春秋序”。春秋序者，即陆氏《释文》据沈文阿说所题，非孔氏之旧。甚矣，十行本以下之多妄改也。呜呼！正义所据本标曰“春秋左氏传序”也，而开成石本与宋本亦题曰“春秋左氏传序”也，是孔氏所据与石本所原，未尝不相同也。先儒执后来误本以罪宋人，不亦冤乎？案：孔氏正义之援引定本，诗疏为最多。尝考其引例，有引定本以举俗本之误者，有不言是非直从定本者，有曰义亦通者，又有直非定本者。然《南有嘉鱼》言“《乡饮酒》者误也，定本亦误”条，正义明以定本为非，而标起止仍曰“《乡饮酒》”，可知正义之例。虽知定本为非，不敢妄改之，一遵定本耳，而今本之有不符者，是系于后人所妄改。

《吕氏家塾读诗记》刻本考

岛田翰

据岛田翰著《古文旧书考》（民友社，1885年）所载校点，题目为著者所加。

《吕氏家塾读诗记》三十二卷尤延之刻本，附宋末刻本

秘府壹号御库之书，牙签万轴，精彩离奇，浩乎唐宋经本之渊海矣。而其二号文库所收，则概多通行典籍及旧人经说，然其为书固已逾数万，是亦足以称霸于一方。但兹《读诗记》一部，予搜得之于侍讲局本中，宋椠宋印，可谓压库宝，其余则累累无足道说者矣。

《读诗记》之有雕版，自建宁始，次丘漕宗卿重锓于江西漕台。又有眉山贺春卿刻本。宋世所刊不过如此。是书则淳熙壬寅遂初先生尤延之所刻。四周只边，半版十二行，行二十二字，注双行低头一字，行二十一字。界长五寸四分至六分，横三寸九分三厘。细楷端正，揭刷如新。其楮刻之纯绝，似宋小字本《太平御览》及宋绍兴刻七十卷本《史记》，而谨严过之，首有朱子序《文集》作“后序”，此直标曰“序”。无目录。卷端题“吕氏家塾读诗记卷第一”，次行以下载纲领。卷末有跋云：

> 六经遭秦火，多断缺，惟三百篇幸而获全。汉兴言诗者三家，毛诗最著。后世求诗人之意于千百载之下，异论纷纭，莫知折衷。东莱吕伯共病之，因取诸儒之说，择其善者，萃为一书，间或断以己意。于是学

者始知所归一。今东州士子家宝其书，而编帙既多，传写易误。建宁所刻，益又脱遗。其友丘漕宗卿惜其传之未广，始锓木于江西漕台。噫！伯共自少年嚅哜道真，涵泳圣涯。至以此得疾且死，六经皆有论著未就，独此书粗备，诚不可使其无传。虽伯共之学不止于是，然使学者因是书以求先王所以厚人伦，美教化，君子之所以事君、事父，则于圣学之门户，岂小补哉？淳熙壬寅重阳后一日锡山尤袤书。

殷、玄、祯、慎等宋讳阙末画，每卷首有均印。又版心有刻工氏名蒋辉、李忠约、蒋元、陈亢等。又刻单字名氏极多。

是书校之于明本以下，善处颇多，皆足以订讹补阙，而卢文弨《群书拾补》所载，俗本烂脱踳驳处尽存，学者可以考信也。明嘉靖中有四明陆釴刻本，即就是书重雕者，而字多用分隶体，异字奇文错出，与是书不相类。乃知陆氏妄改今字作古字，犹明嘉靖宜静书堂所刻《国语》故改古文耳明嘉靖四年许宗鲁刻本。而卢文弨则云“从宋本出，字多从古”，甘受其欺，亦可异矣。明人之所为往往如此，学者不可不知也。

又别有万历苏程君刻本，是宝永元年刻本所原，比陆本稍为近祖，然《烝民》六章，郑氏曰“仲山甫也”以下二张亦属阙逸，但白文标曰：“于中间有脱简，蒐阅异本又如此，故从此。”不如明人强接脱叶，自为矛盾，是为可嘉。又有钱仪吉经苑本，及退补斋丛书本等刻本，皆出于明本，而其异同实下明本数等。盖非不祖孙面貌相肖，已有后人妄校私改，是以不相同，且似是实非也。

壹号御库又藏宋椠本一通，首有目录。界长六寸二分，幅四寸一分，长短不一。行字数并同尤刻，有普门院、艮岳院、仁正侯长昭黄雪书屋鉴藏图书之印、昌平阪学问所、浅草文库等图章，是德川氏时下总守市桥长昭献本三十种之一。是书字画员整，殆似明初刻本。而纸墨亦不佳，然其纤维墨光，有大异于元明刻本者。今审定以为宋末刻本。惜乎首尾破烂，记载阙漏，其所刻人，名氏翳如，不胜抚卷太息。

或曰：尤跋字样颇带子昂笔意，是元明间所刻。予答曰：是不远引旁证，请以秘府《东都事略》及《南海集》证之。以为宋乎？为元明乎？且宋自有其刻法写样，楮墨亦宋，搨刷亦宋，既入于元，非复宋矣。如是书，开卷便觉有其锋芒棱角异于元明焉。世有钱遵王、狩谷掖斋其人，必以予言为然矣。《天禄琳琅书目录续编》载尤刻本，则尤氏之原本，唐土尚有传本也。而《爱日精藏书志》所记残宋本者，岂与壹号本同其种欤？

宋之初去古未远，其刊四部之书，以其多出于卷子本，界栏尚是则乌丝栏界之旧，大抵用单边画，其非观美也，则有左右双边。宋之南渡，流风既远，古法几乎息矣。于是始有四周双边。其南宋刻本如岳本五经、巾箱本《周礼》、景德本《仪礼疏》，及巾箱本《周易》今归于山县侯爵插架。七十卷本《礼记注疏》，则界用四周双边，而秘府《尚书正义》则汴时刻本，则画以左右双边，而修版则多四周双边，是四周双边固非古法，而左右双边亦未可得旧样也。《考盘（槃）余事》云“宋本无四周双边之书”，不知宋中叶已有之，故举以正之。

旧抄本《毛诗》残卷跋

狩野直喜

据狩野直喜著《中国学文薮》（东京：みすず书房，1973 年）所载校点。

狩野直喜（1868—1947），著有《中国哲学史》《两汉学术考》等。

右旧抄本《毛诗·唐风·蟋蟀》至《鸨羽》，凡壹百十三行。字体雅遒，其为奈良朝人士手写无疑。

今校以唐石经、宋小字本、相台本，异同甚多，不遑枚举。与《七经孟子考文》所引古本互相对勘，亦有合有不合。今不缕载，试发数端。

《扬之水》“白石皓皓”，此作“晧晧”，《毛传》亦同。案：唐石经初刻作“晧”，后改磨作“皓”，宋以后则无一作“晧”者。不知《说文》所录从“日”不从“白”。《广韵》三十二“晧”亦作“晧”，不作“皓”。顾广圻因谓《释文》当本作“晧”。此本一出，足以证顾说之正。

《绸缪》“今夕何夕，见此邂逅”，此作“解覯”，《毛传》亦同。案：《释文》“邂”本亦作“解逅”，又作“覯”。陈奂云《说文》无“邂”字，“邂逅”当依《释文》作“解覯”。陈说正与此本合。

《杕杜》“独行睘睘”，此“睘睘”作“茕茕”。案：《释文》“睘”本作“焭”，又作“茕”，求营反。《文选·张衡〈思玄赋〉》注陆云《赠妇诗》注引亦作“茕茕”。乃至此本所据，即《释文》所谓一本。授受渊源，其可考见。

凡此三条，经文之不同各本者也。

《山有枢》“且以永日”，《毛传》“永，引也”，此作“永，长也”。案：《毛传》于《卷耳》《汉广》《常棣》《文王》均以“长”训“永”。此独不然，颇为可怪。据《正义》云：“且可以永长此日，何故弗为乎？言永日者，人而无事，则长日难度，若饮食作乐，则忘忧愁，可以永长此日。”是知《正义》本《毛传》，亦作“永，长也”。故连缀二字而为解耳。施之“引”字无当也。

“宛其死矣，他人入室。”各本无《毛传》，而此独有“室家入室居其位也”八字，是殆不可解。案：《正义》此一段寥寥数语，或冲远所据，原无《毛传》，后世因《正义》盛行，他本亦并传文而脱略之欤？

《绸缪》：“子兮子兮，如此良人何？”笺云：“子兮子兮者，斥嫁取者。”“取”同“娶”，此本无“嫁”字庆长活字本亦无。案：经但刺取者，不刺嫁者。故笺下文云“子取后，阴阳交会之月也”。《正义》亦无嫁取者俱刺之说，盖“嫁”字后世浅人所妄加。此本无之，于义为长。

《羔裘》“羔裘豹祛”，《毛传》“祛，袂也”。此本“袂”下多一“末”字。案：《释文》“祛”下云“袂末也”。《正义》云此解，直云“祛，袂”。定本云“祛，袂末”，与《礼》合。是知此本作“袂末”与《释文》定本同，与《正义》本异。案：《春秋》内外传“晋侯使寺人披伐蒲，重耳踰垣而走，披斩其袂”，杜预、韦昭亦解“祛”为“袂”，然此时重耳见披至，仓皇以身而遁，故披唯得斩其袂末而已，“斩祛”二字极形容危机一发之状，可见此本所解，不但与《礼》合。

凡此四条，传笺之不同各本者也。

夫隋唐古经传之存于我者，固为不少，即若足利之藏，其资助考镜裨益学术，世所共知，然以此比彼，长短互见，而竟不如此本之佳，岂唯千岁古香，夸美艺圃已哉！

此本旧藏山城鸣泷常乐院，今归东京和田氏。顷者借得影印数部，以饷内外学者。及还之，又为录考语，以明此本之可贵，在其因发挥经义，未得与夫锦绣珠玉，仅喜人目者，同列而论焉。

（1919 年 10 月 1 日《史林》第四卷第四号）

予已跋此书，思敦煌石室遗书中亦有《毛诗》残卷原本今藏法京巴黎国民图书馆。试取对校。若《绸缪》经文“邂逅”作“解觏”，《羔裘》《毛传》“祛，袂也”，作“祛，袂末也”，《绸缪》郑笺“斥嫁取者”，无“嫁”字。两书正同。可见唐时抄本往往如此。遗书本书体拙陋，类童蒙抄写，讹夺互见，年代亦稍后于此书，而长处竟不可没。盖是仍唐人抄本，胜于宋以后刻本万万矣。直喜又记。

《诗经》译者的话

冈田正三

据冈田正三译《诗经》（东京：第一书房，1933 年初版，1936 年普及版）所载译出。

冈田正三（1902—1980），希腊哲学研究者。神户大学教授。著有《汉文音读论》（政经书院，1932）、《论语讲义》（第一书房，1934）、《无门关构造研究》（第一书房，1936）、《柏拉图全集》（全国书房，1947）等。冈田正三的《诗经》译文尚被选入《良书百选》第三辑（日本图书舘协会，1934）。

我的专业是希腊哲学。汉文不过是闲暇时看看，所以不能宣称研究。因此这一回推出《诗经国风篇》，也并非一点也不脸红，但是另一方面，我还认为，这样的工作对正统的汉学者是不抱希望的，作为门外汉采用自由立场的我，恰恰是做得来的。

那么我为什么要尝试把它译成日语呢？接着我想说说理由。汉文自古以来就盛行于日本，成为日本文化的基础。但日本人的汉文研究有种种缺点。之所以这样说，是因为颠倒训读有很多误读和牵强（参照拙著《汉文音读论》），文章所具有的意味理解不了，这自不待言，连正确把握文章都做不到。同时，采用颠倒训读这种语言学上半身不遂方法的结果，是不能培养出读解能力的。所以自然缺乏靠注释书与原典相辅相成探索真义的能力。这样一来，就不能心安理得地依赖汉文研究正统派。

我从1925年以来，就音读法做了些汉文研究，结果切实感受到上述情况。因而在提倡汉文音读的同时，还感到有责任必须向同胞以日语展现古典的正确姿态。

《诗经国风篇》是我承担这一责任的一项工作。如果那些被中国注释家(例如朱子)束缚的人们，能够因为这一日译本而超越他们，兴起研究古典本身的倾向，那就是意外的荣幸了。

《诗经》是孔子从很多古诗中撰集三百余篇而成书的，“国风篇”占其中前半部分，是各地爱诵的民谣，反复同样的歌词，从口中歌唱出来。孔子说“诗三百，思无邪”(《论语》)，是“诗里没有邪念”的意思，是为诗之诗(而非为儒教之诗)，也就是说诗至上的意思。因而我想孔子其人的看法也是变化的，比至今更为亲切的孔子，会呈现在诸君的面前。

我是从菊池慧一郎那里知道音读汉文的。没有先生也就没有这本日译吧。在翻译时，还得到松冈让先生恳切的指教和激励，并多得益于光田作治氏。长谷川氏虽不曾相识，为我审读原稿，纠正错误，爽快地同意出版，亦不胜感激，这里一并顺致谢意。

昭和七年十二月于京都加茂河边

译者

《诗经讲话》序

小池重

据盐谷温著《诗经讲话》（东京弘道馆，1936 年）所载译出。

小池重（1874—1959），号曼洞，千叶县人，医学博士，汉诗人。

涩泽青渊所创设者中有一个阳明会。此会聘请东正堂、山田济斋两先生为讲师，每月一回，于第二周的周一举办讲座，而每回其会员不过三十余名，皆志深于斯文者。予即一位会员，且是一位干事。

一日在讲座上，讲话偶然谈及晨间之修养广播，至有谈及文学博士盐谷温氏之《诗经》讲座者。时众人皆曰："博士之讲座大好，有不可不听者。"又曰："言语明晰，字义高尚，意义亦有难解者，不可不稍加思考。"又曰："博士文艺赅博，识见满腹，音吐朗朗，叙说整然，是近来罕有之广播节目。"旁有斋藤富次翁者，干事主席也。谓予曰："博士儒家四世之后裔，大学教授，节目之题目，亦极得当，况乃名电台乎？博士之广播讲座，他日必整理其稿刊行焉。耳闻足下与博士过从甚密，果然，可请博士于吾阳明会寄赠一本乎？"予曰："善哉，此言！但听近日诸君所听，不过初讲序言，以是尚未发挥盐谷博士之本领，不可谓之发挥真价者也。明朝且听第二讲，然后再议。"

翌日晨间第二讲，乃《诗经》开卷第一首《关雎》篇，阐明人君家庭和乐之德、夫妇相和之道；进而谈及人类发生之基、民人存续之源，而人生生活上，夫妇苦乐与共，休戚相同，因之所以推及齐家治国，而字义解释、意义推演、引证适切，讽刺、训诫听来总有能恰如其分者，予不觉独呼快哉。而予听此讲完，后窃于日记中打上超满分矣。此岂敢对斯学之大家、大学教授以此品头论足，以此评分哉！不过唯就学问的、时间的、声量的、风教的并精神的广播节目，予站在一己独自立场对其讲话进行批评、判断，寄寓衷心景仰之意。

其后几回，随讲座进行，每回展现博士之真面目，感其热辩，魅其纯情，时常忘记时刻之推移。就中，于《蓼莪》篇，随诠释讲义，予感动达至最高潮，感极而眼底觉热，眼睑生珠，泪痕湿颊，流涕塞鼻。听者既如此，盖演者博士自己亦不堪风树之叹，有感慨无量者，嘘唏里察觉有讲一言一句者也。予曾闻读《蓼莪》篇人无不泣者，而此日予聆听此篇，初自觉为人者。此不唯博士演绎得宜，亦因博士之风格得其人，能感动人心。此篇之讲，如何不超满分乎？

至最终讲《文王》篇，相信乃时节上最值得倾听，亦最引人瞩目者。然而博士开头悠然讲人道、论王道、谈及国体、叙天命，后则慨然辨彼我国体之别，彼文王赖一时之天命即王位，是或以机关说得以说明乎？论及我则不然，自肇国之神代即天命无限，乃以赖宝祚无穷之神敕之国体，所以万世一系，万国无比，皇道一贯，皇统连绵，此乃国体明征、意义深远之广播节目，对于日本精神之振兴、国民精神之修养，给予极为深远教训者。予一直恭敬倾听，感铭愈深，讲演之终结，不由祝福博士安康。

今日讲座结束不阅旬日，讲稿已成，即将上梓。可谓斋藤翁果然言中。而博士偶然向予索序。予岂敢谢绝焉。如有幸得博士向吾阳明会之赠与，不唯予之荣幸，亦可令博士之本领广泛介绍于诸君子，令博士之王道，所以传送于天下乎？博士以为如何？

昭和十年三月二十五日

曼洞　小池重

《诗经讲话》自序

盐谷温

盐谷温（1878—1962），著有《中国文学概论讲话》《唐宋八大家文新钞》《中国小说研究》等。

去年春，汉籍始加入圣典讲座中，诸桥博士捷足先登，首讲《论语》，小柳博士之《老子》继之，以东洋哲学界之两位泰斗，讲解孔老之教，恰如日月双悬、乾坤并照之伟观。寻山田济斋翁讲王阳明，饭岛博士讲《孝经》，有裨益于世道人心者不鲜。进入今年，圣典讲座改为“晨间修养”，一月由BK请来秋月博士讲《大学》，二月又由AK请来岛田先生讲《中庸》，东西相互呼应，振木铎，实令人想到汉学时代至矣。

余亦附诸君子之骥尾，自三月十一日，分八回，播讲《诗经》讲话。第一回为概说，试作《诗经》解说；第二回讲开卷第一篇《关雎》；第三回《桃夭》，说夫妇之伦；第四回《蓼莪》，述父子之情；第五回《常棣》，论兄弟，《伐木》论朋友；第六回《鹿鸣》《既醉》，述君臣之德，一气阐明五伦；然后第七回《天保》说贺寿，《斯干》祝贺生日；第八回最后一讲，讲三百篇中最严肃之《大雅·文王》，论中国之天命说，进而揭示宝祚之及于天壤无穷……虽曰前后只不过八回，每回整二十分之讲稿整理，颇为不易，谓之一时竭尽全力亦不为过。

因为汉学课程用语难懂，无素养者难以听懂，故尽可能平易，为一般听众能听懂，教材讲稿务必简明，重点置于日本人之修养，切中时弊，促其觉醒，感慨填膺，以至于时有跑题，或许听得难受。尽管如此，每早收到很多鼓励感谢之来信，诚不胜感激之至。其中《蓼莪》篇赢得很大共鸣，有鉴于时势，足以证实天下多同忧之士。爸爸、妈妈之论之最后兴致勃勃，是非之论议论纷纷，或可谓全搞砸了，更有甚者谓是卖名之举，此乃遗憾至极。对当时议会问题之天皇机关说，虽欲回避直接触及问题，仍望贤明诸君于言外微意斟酌之。

曼洞小池医学博士乃热心听讲者之一。开讲前既多予吾激励之辞，开始后几乎连日与我谈其感想，予以提醒，甚至给予评点，令我诚惶诚恐。后向其索序，当下允诺。呜呼！可依仗者，亲友也。天下之士，无论识与不识，向我家、大学、广播局，投来玉章者，深感其深厚情意。片言只语不忍丢弃，因之每篇摘录二三，且拜借杉浦翁尽其委曲之来信，以代跋文。兹于本稿印刷之际，略陈一言所感，向海内外听众诸君芳志，致以谢忱。

昭和十年四月神武天皇祭日

盐谷温

《中国的祭礼与歌谣》序

小岛祐马

据葛兰言著、内田智雄译《中国古代的祭礼与歌谣》（弘文堂书房，1938年）所载序言译出。

葛兰言（1884—1940），法国著名汉学家。著有《中国古代的舞蹈与传统》《中国的文明》《中国的思想》《中国古代的婚姻种类和亲缘关系》等。

内田智雄（1905— ），法学博士。中国古代法制史研究家。著有《米泽善本的研究与解题》《译注汉书刑法志》《译注中国历代刑法志》《译注续中国历代刑法志》《中国农村的家族与信仰》《大唐六典·训点补订》。

小岛祐马（1881—1966），京都大学名誉教授，中国哲学史研究家。著有《古代中国研究》《中国的革命思想》《古代中国研究》《中国思想史》。

本书是葛兰言《中国的祭礼与歌谣》初本（1919年）的翻译（此书1929年再版，除了些许处内容上无变动）。葛兰言社会学从师于迪尔凯姆，汉学从师于沙畹，他赅博的社会学知识与富有洞察力的文本阐释，在中国古代社会研究上，开拓了先人未到的领域。而本书实际上是葛兰言最早完成的著述，并且也是他的学位论文，可以说是他最值得纪念的书。我们当然未必认为此书就是葛兰言著述中最好的一部，但通过这部书可以一般窥察葛兰言的学风，特别是他独特的研究方法和成果。

葛兰言在本书中提出，《诗经》中，特别是“国风”大部分诗篇是古代农民在田园季节祭祀时青年男女唱和的恋歌或民谣，说明了像原来诗序、传笺及其他由数以百计的注释家所作的解释，都证明并鼓吹的中国古代正统道德的存在，本来便是子虚乌有。葛兰言就诗句本身归纳出这样的结论，进而用云南贵州、东京地方诸未开化部族的民族学事实作为实证，来论证这一结论的正确性，可以说，葛兰言通过本书，大体实现了他这样的意图。

然而，我们对于葛兰言在论述、表明他的结论过程中处理那些资料的方法，特别是将横跨几个时代的中国文献全都视为具有同一资料价值的态度，并不能苟同。而且，那些天马行空的推断，也往往并非没有我们不能首肯之处。然而，我们不仅没有因为这种方法论的瑕疵而全盘否定其结论的正当性，而且《诗经》本身的研究自不待言，就是对于诗被吟咏、被唱和的社会环境，进而对中国社会整体的考察与理解，也可以从本书中得到很多重要的启示。内田学士着手翻译本书的动机，恐怕也正在于此。

葛兰言的文章一般以难读著称，翻译固然并非易事。内田学士广泛涉猎了所依照的典籍，参照葛兰言的著述，几易其稿，终于完成了译稿，并重视传达原书的本意，从这一点来说，我想本书几乎是无所遗憾了。

1938 年　小岛祐马

《毛诗抄》绪言

仓石武四郎

原载仓石武四郎、小川环树校订《毛诗抄》第一册（岩波文库，1940年），后载仓石武四郎、小川环树校订《毛诗抄　诗经》（岩波书店，1996年）第一册。后者除了刊出这一篇绪言之外，前面还有本田章义撰写的《〈毛诗抄〉解说》。

《毛诗抄》校订出版因日本帝国主义的侵略战争而中断，至1996年全书出版，最初参与校订的仓石武四郎与小川环树皆已作古，由本田章义等最终完成。

仓石武四郎（1897—1975），东京大学教授，日中学院院长。著有《岩波中国语辞典》（岩波书店，1963）、《支那语教育理论和实际》（京都帝国大学，1940）、《段懋堂的音韵学》（东方文化研究所，1941）、《中国语五十年》（岩波书店，1973）等。有《仓石武四郎著作集》全二卷（くろしお出版社，1981）。

一

岩波文库就收入古典注释或翻译一事，与我商谈，请我担任《诗经》与《书经》部分，那还是去今数年以前，我在东方文化学院京都研究所，与畏友吉川幸次郎等开始着手校定《尚书正义》事业的时候。当然，这次商谈，也确是源于我们策划的事业。但是，正如《诗经》《书经》的日语翻译，如果作为我们认定的翻译的话，那就是几乎倾其一生的宏大事业，对于我们这些余暇短缺的人来说，到底是没有把握承担下来的，所以也就只好谢绝了。只是由于当时我们正在搜集校订《正义》必要的资料的关系，为清原宣贤《毛诗抄》《尚书抄》流传不广且不容易利用，深感遗憾，所以就顺便提到，如果能将这两种抄物校订出版的话，那么我们就为文库关照的事情尽力了。诚然，这与文库所收的其他中国古典相比，完全是旨趣相异的事情，觉得它能不能实现也是说不准的。

然而，以后就接到文库校订《毛诗抄》《尚书抄》的委托，与吉川幸次郎协议，原本也都与京都帝国大学附属图书馆所藏有关系，主要由我去交涉，实际的校订交给小川环树、高马三良两位。今天，《毛诗抄》首册刊行之际，小川君在东北帝国大学，高马君到兵库县赴任，结果校正时最后的疑问，就决定让我来一一与原本对校。作为校订者冠上我的名字是都知道的，这个事情说当然的话也是理所当然。

因为撰写解题也是从一开始就约定了的，所以在洗净校定之笔以前，整理一下校订用的札记，以供备忘。

二

（评述《诗经〉》的地位，回顾明代以前的《诗经》研究史。略）

三

从前，在我国大学教授汉籍，“诗”以毛传、郑笺为正课，博士家传承他们的训点，孔颖达正义输入之后，更据其说对古点加以修正。特别是因为依据毛传与郑笺产生相当多的训点的异同，依毛传做的训点，称为“亻”，依郑笺做的训点称为“ケ”。“亻”取“传”字的人旁，“ケ”取“笺”字竹字头的一半。但是，从后醍醐天皇时代起，朱子的新注传来，在博士家出现了兼讲新注的人。如清原宣贤，是历仕后光严、后圆融、后小松三朝担任侍读的硕学，相传永和年间曾经给天皇进讲陈澔的《礼记集说》。《礼记集说》是元至治二年（1322）成书的本子，与我国的永和年间仅隔了五十年。

良贤之子名赖季，赖季之子名宗业，宗业之子名良宣，后改为业忠，业忠之子名宗贤。相继治家学，而宗贤无嗣子，收养卜部兼俱之子继承家业。这就是《毛诗抄》撰者清原宣贤其人。

宣贤法名宗尤，袭用祖父业忠的号，称环翠轩。年轻时为少纳言明经博士，历任主水正、大炊头、藏人、直讲之官。升正三位，许升殿。任侍从。天文十九年七月十二日，薨于越前的一乘谷，享年七十二。赠从二位。其间，为后柏原、后奈良侍读，并为将军足利义植、义晴等讲书，更至能登、若狭、越前施行教化。

宣贤著有《周易抄》《易启蒙通释抄》《尚书抄》《毛诗听尘》《毛诗抄》《左传抄》《左传讲注》《曲礼抄》《月令抄》《古文孝经抄》《大学听尘》《中庸抄》《中庸章句童子训》《论语听尘》《孟子抄》等。可见几乎涉及所有的经书，可以想象是当时首屈一指的经师。所谓“抄”，就是就汉籍佛典进行讲说或注释的书的名称，也称为“抄物”，本来是抄录的意思。

有关宣贤《毛诗》的抄物中，我见到的共有如下五种：

（一）《毛诗听尘》（外题诗经抄）二十卷十册，京都帝国大学图书馆藏。

宣贤的亲笔本，以文语体书写，可以看作讲义时的札记。仅有第一册属久原文库，久原氏捐给了大学，奇异的是成就了延津之合。有伏原藏书、天师明经儒、宣条等印。由其第一册捺吉田社司某氏之印，可见从相当早便各自传出门外。

（二）《毛诗抄》二十卷十册，京都帝国大学图书馆藏。

口语体书写，是笔录讲义的体裁，往往多有误字，故或为转写本。印与（一）同样，是藏于伏原家的本子，所以不能认为距离宣贤讲说很远，特别是卷四有天文八年四月十日的批注。

（三）《毛诗抄》二十卷二十册，京都帝国大学图书馆藏。

内容与（二）大体相似，也有（二）用假名写的此处则改为汉字的情况，误脱不少。从笔迹看，可以认为时代稍后。第一卷末有题记“右抄者环翠所讲，万生私记也，依恳望令传书者也”。一个印记也没有。

（四）《毛诗抄》零本一册，京都帝国大学文学部国语学研究室藏。

与（三）大体相似，也没有印记。仅存卷一卷二。此本由 1937 年 5 月文学士三尻浩君校订，由东京朋文堂印行。

（五）《毛诗抄》二十卷十三册，龙谷大学图书馆藏。

宽永时期的木活字本，最后有刊记“于洛阳本能寺开板”。内容与（三）几乎一致，（二）的假名（三）改为汉字的地方也相吻合，脱误的地方也一样。

另外，京都两足院藏抄本两种。东京桥本进吉博士藏抄本一种，及足利学校遗迹图书馆藏零抄本，皆仅耳闻其名而无缘目睹。只有足利本曾嘱故文学士消仓弘毅君抄录其中一部分，据说有卷一、卷二、卷四至卷十，缺卷十八。

《毛诗抄》的内容，即《毛诗》的讲义。只是口语体记的笔记，有些仿佛当年讲筵的情形，几乎让人身历其境。其所依据的文本，是与清原家相传的经传配套的古抄本，和看来是与新近从中国传来的宋版相折中的东西，例如宋版书《周南·樛木》序里有注“后妃能和谐众妾”云云，与《释文》引用的崔灵恩的集注相合，清原家的家本与集注以外的各本一样缺这个注，宣贤说“此注家本无，不读”。可以清楚和经一样训读传笺的情况。

讲解传笺的时候，当然要利用正义。从其引用的文字来看，正义使用的是附释十行本。但是，例如《邶风·式微》郑笺“式，发声也”，就此，宣贤说“是正义里‘式，不读’，乃正义传来之前之点，不破古点”，这是重视传统的博士家的家法。

其他，一般分析亻点、ケ点的差异，可以看出也刻意留心与大江家点相对照。特别是就《召南·摽有梅》郑笺云“此夏乡晚”，说：“云天晚时，是江家点，同。”

传笺及正义之说不满意的时候，随处引用朱子之说、刘瑾《诗传通释》以及《大全》等，不外正出于良贤以来进步的态度，《鄘风·君子偕老》“绁袢”二字，也引用了家传之说：“袢，祖父云意为半，厚半分许。或有出处，《正义》未见，未得所出。”表现了一字一句也不轻易放过的慎重态度，恰令人感到不愧是一代宗师，学问重于泰山。

四

本次校订《毛诗抄》，本文考虑笔写的方便，以龙谷大学图书馆藏木活字半为底本，以上述数种抄本加以校订。以上主要是高马君的努力。

但是，其本文，正如正义的单疏本，不载经传，读者极不方便。由此专交给小川君，据京都帝国大学图书馆藏伏原家旧藏古活字本先揭载经的全文。本来清原家家本与活字本之间，字句有异同，底本有用墨笔窜改增删的地方，就依照被改动的结果。其次，根据这个本子所加上的伏原家（即清原家）相传的旁训以及乎古止点、雁点等，也在经的下面补上日语读法的译文。至于传笺，这样做很不容易，也与“抄”的文字文笔有关系，暂且从略，特别是只要没有传笺全文，“抄”的意思就不通的场合，各篇最后就附录以便于参阅稽考。东京静嘉堂文库藏宣贤手抄的《毛诗传笺》是此时绝好的资料，由于地理上的关系，未能十二分地利用。但是，小川君曾在赴京都之际，到过静嘉堂，一并查了有疑问的地方，所以相信古活字版训点的遗漏也相当多的得到了订正。

“抄”所使用的日语，作为日语史的资料堪称上乘，我们感到十分难解的地方很多，常常就烦劳文学士池上祯造、三尻浩两君赐教。期待将来这个校订本贡献于日语学界的同时，也期待由日语学者进行更为严密的校订。抄物的历史、清原家的学问，多参考足利衍述《镰仓室町时代的儒教》、三尻君的《校订毛诗抄解题》《关于见于汉文和读历史的室町时代抄物》等书。特别是得到已故出云路通次先生亲切指教，无论如何难以忘怀。

最后对给予利用此等贵重的底本十二分方便的京都帝国大学图书馆、龙谷大学图书馆，表示深深的谢意，特别是多得力于龙谷大学教授高雄义坚氏的斡旋，值得纪念。此项事业，尚未完成，将来还会得到更多的支持。期待其完成之日早一天到来。

1940年2月8日

《诗经国风》跋

吉川幸次郎

据吉川幸次郎注《诗经国风》（上下）（东京：岩波书店，1958 年）所载译出。

吉川幸次郎（1904—1980），著有《元杂剧研究》《新唐诗选》《杜甫诗注》等。岩波书店出版的《吉川幸次郎全集》三十余卷。

我翻译了《国风》百六十篇，想就这些诗的文学性质，谈一点看法。

我很早就感到，贯穿中国文学的，就是对人善意的信赖，而《诗经》诗的根底，所有的正是这种态度，而且这种态度，以较之后代文学更为纯粹的形态，最初展现于文学的历史当中，故而是以后三千年文学的古典，而且还将是的。

对人善意的信赖，它在诗经的根底，这首先表现在《国风》百六十篇的诗篇几乎全部是向谁发出的呼唤。被呼唤的对象，多是正或者不正的为政者，是认同或者不认同的恋人或夫妇对方，这样近距离的人。向恋人或者夫妇对方发出的呼唤，距离是最近的。另一方面，像《周南・卷耳》《卫风・伯兮》《王风・君子于役》《秦风・小戎》那样家里妻子向出门的丈夫、《邶风・击鼓》《王风・扬之水》《魏风・陟岵》那样出征兵士向故乡家人发出的呼唤，距离远了，而呼唤就更为切实。

之所以唯有这样呼唤的诗，是因为这本身就有着对对方善意的信赖。连难以认同的对象，也期待着对方保留最小限度的善意。从而诉苦、叹息、忠告，而不是诅咒、痛骂。只有一篇《鄘风·相鼠》里有“人而无礼，何不遄死”这样的怨恨。

与此相反，自身拒绝向任何人呼唤的孤独者的独语，这在以后某一时代的诗歌，例如六朝的诗歌里面相当多，而在这里却很少.《卫风·考盘》《王风·兔爰》不过是有些与之相近的诗。《邶风·柏舟》《绿衣》《谷风》《卫风·氓》《王风·中谷有蓷》《唐风·葛生》，是失去了往日呼唤对象的诗人，是并非想孤独的孤独。

然而，呼唤也未必全是有效的。对对方善意的期待，未必都被接受。十五国风之中，《周南》与《召南》，即“正风”二卷，期待大体被接受，“窈窕淑女，君子好逑”“乐只君子，福履绥之”“桃之夭夭”“宜其室家”“赳赳武夫，公侯干城”，其中有很多幸福的诗。而且在《邶风》以下的所谓“变风”当中，也不是没有期待被接受的。“有匪君子，终不可谖”“琴瑟在御，莫不静好”“羔裘如濡，洵直且侯”，这样的也并非没有。但是它们还是少数。“变风”大多数是背离期待的。这样《邶风》以下各卷，忧愁成为支配的感情。“心之忧矣”这样的诗句，频频见于后面的《小雅》《大雅》。《国风》中《邶风·柏舟》就有“心之忧矣，如匪澣衣”。《邶风·绿衣》《卫风·有狐》《魏风·园有桃》《曹风·蜉蝣》，共有五处。

然而，忧愁常常是由于感到对方善意不足而造成自己不幸而产生的。而且也正是如此，让人想到总是在向对方呼唤，期待对方恢复善意，这本来就是一桩事情。也就是说，存在着善意的生活就是为人之本这样一种信仰。这意味着，不仅是眼前一个对方，善意一般人都有，由善意的相互交织，从而在个人之间营造幸福，在社会上营造和平幸福集团的这种期待，是普遍的东西。这在后来孟子提出的“性善说”里讲到了，就成为“性善说”源头的感情和信仰。

我们还可以看到，这种信仰是由天的信仰所支撑的。使日月星辰正确运行的天，是善意的凝聚，其延长就是人。天不但是人善意的源泉，而且也是作为人善意生活监督者的信仰。在自己周围找不到可以呼唤的对方的时候，诗人偶尔喊“天”。“悠悠苍天”这样的呼唤，见于《王风·黍离》《唐风·鸨羽》，“彼苍者天”这样的呼唤，见于《秦风·黄鸟》。《邶风·日月》“日居月诸，照临下土”以及“下土是冒”恐怕与此相连。“天”一语作为善意的比喻来使用的，也见于《鄘风·柏舟》“母也天只”，《鄘风·君子偕老》“胡然而天也”。总之，将人是善意的动物视为天经地义的这种信仰，是由意识到“天”而更加强化。原本“天”这个字，在相并列的古典《书经》当中，并没有频繁出现。

上述情况，换句话说，并不是感觉到因为人出于人的善意，以及超越基于善意的努力的不可解的命运的支配之下，所以尽管有善意，仍频频陷入不幸，也就是说，感觉到人在不可解的命运的框架中这一点上，受到很大限定。很少有以这样的感觉来看待自己不幸的态度。虽然这样的态度在汉以后的诗，特别是六朝的诗歌中是很多的，但是这种态度的诗歌，原则上说这里是少的。原则上说少，并非完全没有。《邶风·北门》三次提到自己的不幸，“已焉哉，天实为之，谓之何哉!”就是例子。也可以看到这样的歌唱，虽然意识到“天”大体是人善意的保护者。但它不是全能的，因此反而会给人带来不幸，自己的不幸正是上天的恣意妄为。《秦风》的“彼苍者天”，似乎也倾向于此。

天给人的运命或使命，在《诗经》里还可以看到“命”这个字。《召南·小星》“寔命不同”或“寔命不犹”，这把天意因每个人的恣意差别而发生的作用，看成是造成自己不幸，或者更少幸福的原因。这个“命”字，还两次出现，一次是《鄘风·蝃蝀》的“乃如之人也，怀昏姻也，大无信也，不知命也”，一次是《郑风·羔裘》的“彼其之子，舍命不渝”。

但是，总之，这种感觉的想法还是少数，是微弱的。与汉代诗、六朝诗比较的时候，甚至感觉是异质的、非连续的。从而汉代和六朝诗歌里常有的虚无绝望的诗歌，这里是少有的。不过并非全无。除了前面举出的《北门》里的“已焉哉！天实为之，谓之何哉”之外，《卫风》里被氓抛弃的妻子所言“反是不思，亦已焉哉”，《王风·中谷有蓷》的妻子“遇人之艰难矣”

“啜其泣矣，何嗟及矣”，《王风·兔爰》的隐遁者“我生之后，逢此百罹，尚寐无吪”，《魏风·园有桃》的忧国者“心之忧矣，其谁知之。其谁知之，盖亦勿思”。但是，这些都是少数例外，《诗经》的诗人很少绝望，因而也就不断发出呼唤。《邶风·绿衣》“心之忧矣，曷维其已”，虽然沉浸在深深的忧虑中，依然“我思古人，俾无訧兮”“我思古人，实获我心”，确信人有能够获得幸福的时间，至少在过去是有获得过的。《魏风·硕鼠》为恶劣的君主所恼，依然主张在其他的空间存在着“乐土”“乐国”“乐郊”。总之，不幸是一时的、局部性的，而幸福就必须赶快恢复。这是人世的天经地义。正像《汝坟》咏唱的：即便“未见君子，惄如调饥”，也是“既见君子，不我遐弃”，《草虫》里咏唱的那样，“未见君子，忧心忡忡”，也必须是“亦既见止，亦既觏止，我心则降”。不幸不管是个人的，还是社会的，就像是疾病一样，因而绝望是一无所用的，必须不断呼唤。正像《载驰》所咏唱的那样，“视尔不臧，我思不闷”。

接着我想说的是，人意识到处于命运这一限定值中的时候，被连锁反应式地咏唱的这一限定，就是人终会老去的，终会死去的。对这些的叹息，在后代诗歌中是很多的。这在《诗经》当中，并非没有出现。《唐风·蟋蟀》“蟋蟀在堂，岁聿其莫。今我不乐，日月其除”，还有《唐风·山有枢》“宛其死矣，他人是愉”，《秦风·车邻》“今者不乐，逝者其耋”，或“逝者其亡”，出现在这些诗里。在考察其与后代文学的连续时，它们成了资料，而且它们就停留在这个程度，在不像后代文学那样频繁这一点上，就成了考察《诗经》与它们的非连续的资料。

总之，《诗经》的诗人感觉到人生是安定的、合理的。至少是感觉到这是一个原则，并不觉得它是不安定的、不合理的。这被中国后代文学作为底色而广泛继承下来了。但是后代文学中，将人看作命运框架中不安定、不合理存在的态度，往往覆盖在底色之上。《诗经》则并非如此。这正是古典式的。作为对《诗经》古老的批评，所谓子夏所作的《大序》，说变风“发乎情，止乎礼义”，懂得《邶风》以下的“变风”里浓烈的忧愁，虽然是由不幸的感情所激发出来的，但出于“礼义”即善意交错的调和法则，常常在关心之中，止步于此。汉代学者所作的《礼记》经解篇所说的“温柔敦厚”乃是诗教，这正是说由于相信善意之可能与成功而产生的和谐氛围，正是这种古典的东西。同时，经解中所说的“其失”在“愚”，说的是这种古典的缺点，是“愚”，也就是“肤浅”。的确这里没有深刻绝望的诗，也没有抗拒绝望、快乐要命的诗。《唐风·蟋蟀》感受到人命之有限，而说“无已大康”。

我感到，后世诗人中，杜甫就是一位这样的诗人，他为恢复并更为强有力地倡导《诗经》式的人性观，确信人善意的可能性，而歌唱对妨碍这种可能的东西的愤怒与忧伤。此不赘述。

我们还可以认为，相信善意是可能的，为此而向人们发出呼唤的《诗经》的诗，至少就《国风》来看，也是将自身常常置于完全善的立场的人来歌唱的。这恐怕是与其他国度的古代文学未必一致的一点。这一点还在某种程度上规定了中国以后的文学的性质，但这一点更难以轻率断言。

卷首的二帧照片，是从大阪上野精一氏珍藏的《毛诗唐风图卷》拍摄的。12 世纪初，南宋高宗皇帝一篇一篇书写《诗经》，御用画家马和之绘画，内藤湖南博士《中国绘画史》第 101 页曾经提到。现只取卷首的《蟋蟀》篇的画。谨向允许摄影的上野氏表示感谢。《小戎》的兵车图，取自京都儒者渊在宽所著《毛诗陆氏草木疏图解》。系安永八年，1779 年刊行。

1958 年 11 月

吉川幸次郎

诗经蠡说

白川静

原载《庆祝董作宾先生六十五岁论文集上册》，台北“中央研究院”历史语言研究所集刊外篇，1960 年 7 月。

白川静（1910—2006），有《白川静著作集》（平凡社，2000 年），有关《诗经》方面的著述有《诗经研究解释篇》《诗经研究通论篇》《兴研究》《诗经国风》《诗经雅颂》等。

说《周南》《召南》

二南之诗，旧说以为雍梁之诗。然江汉汝旁，非其地也。乃有二公之德教、自岐而及南国之说。郑谱云：“周召者，禹贡雍州岐山之阳地名，今属右扶风美阳县。周之先公曰大王者，避狄难，自豳始迁焉。至纣又命文王，典治南国江汉汝旁之诸侯。于时三分天下，有其二。故雍、梁、荆、豫、徐、扬之人，咸被其德而从之。文王受命，作邑于丰。乃分岐邦周召之地，为周公旦、召公奭之采地。武王伐纣定天下，巡守述职。陈诵诸国之诗，以观民风俗。六州者，得二公之德教尤纯。其得圣人之化者，谓之周南；得贤人之化者，谓之召南。言二公之德教，自岐而行于南国也。乃弃其余，谓此为风之正经。”文节略二公在岐阳，而其化及六州，殆半于天下也。其诗独录二南，而弃其余。夫郑、卫之诗，犹采而存之。乃何弃贤圣之余化，而不录之哉？其说不可通矣。

近刘节氏有《周南召南考》，谓“夷考先儒所记周、召采邑与二南疆域，实属两地。说诗者不察，往往紊而为一。于是周、召分陕，与疆理南国，混淆不分矣”。而定二南地域曰：“二南地域，就诗观察之，北底河，南至江。奄有今陕南、豫西、川东、鄂北四省之境。《关雎》之诗曰：‘关关雎鸠，在河之洲。’古诗所谓河，皆指黄河而言。是证挚虞谓周南即今之洛阳，亦非无据。《草虫》之诗曰：‘陡彼南山。’《殷其靁》曰：‘在南山之阳。’……今案：终南山，当今陕南全境。所谓秦岭是也。其阳即汉水流域。当今汉中之地，与南阳南郡毗连。至于周、召采邑，皆处关中，适在南山之北也。……《樛木》《汉广》之‘南有’，即指南国。《汝坟》之诗曰：‘遵彼汝坟，伐其条肄。’汝水在今河南汝阳道之北。又《汉广》之诗曰：‘汉之广矣，不可泳思；江之永矣，不可方思。’江汉即今之江汉。《江有汜》之诗曰：‘江有沱，之子归。’汉志言江沱者三：蜀郡之汶江、郫县之沱江、南郡之枝江。班固、郭璞，皆以郫县之沱，当禹贡东别之沱。是其地在今蜀北。则二南诗中所见之地名，与前所举‘二南’疆域相切合。”《古史考存》此以陕南、豫西、川东、鄂北四省之境，为二南疆域者也。刘说既以周、召采地与二南疆域，为属两地。而其诗则合两地而一之。其说与旧说，盖相距未远。今按周、召采地与二南疆域，分为两地，甚是。而合其诗而为一，犹有可议也。

周、召分陕之说，初见于《公羊传》隐公五年。曰：“天子三公者何？天子之相也。天子之相，则何以三？自陕而东者，周公主之；自陕而西者，召公主之；一相处乎内。”其说又见他书《礼记·乐记》、《史记·乐书》、《史记·燕世家》、《水经注·河水》“又东过陕县北条”、《汉书·王吉传》，《说苑·贵德篇》。又有左右分治之说：“召公为保，周公为师，相成王为左右。”《书·君奭》序，说又见《礼记·王制》。又有周、召分夹之说，其说出于大武乐章、《礼记·乐记》：“夫乐者，象成者也。揔干而山立，武王之事也；发扬蹈厉，太公之志也。武乱皆坐，周、召之治也。且夫武始而北出，再成而灭商，三成而南，四成而南国是疆，五成而分，周公左、召公右，六成复缀以崇。天子夹振之而驷伐，盛威于中国也。分夹而进，事蚤济也。久立于缀，以待诸侯之至也。”大武之乐，又见

《吕氏春秋》《古乐篇》《左传》《宣公十二年》象舞象乐即是。西周金文，匡卣有象舞、象乐之名，曰：“𢼄王在射庐、乍象𦥑。匡甫象䜌二。”是其事也。

周、召分陕者，谓二公关中之采邑。文王既迁于丰，岐邦地空。乃分赐二公。周公城召亭，其所居之邑，皆在岐阳。前人之述备矣。然其诗，与二南无涉。旧说解“南山之阳”为终南太一。《草虫》云：“陟彼南山，言采其蕨。”岐阳至于终南，相距远矣。南山非可采蕨之处也。又《关雎》云“在河之洲”。岐阳之邑，亦非临河之地。此分陕与二南诗，其事自有别。然则岐阳之诗，将何在哉？曰：周公采邑之地，盖古之豳也。其诗即《豳风》也。召公采邑之地，其诗无闻。《江汉》《召旻》，亦非其地之诗。疑召公采邑，在西周中期，早既为克氏之所有。克氏诸器，皆出于岐阳。夷厉之际，克氏领邑，既及于泾东，此所以其诗无传也。豳地宣、幽之际，沦在戎狄之间。而其诗才传，《豳风》是也说详《说豳风》。以此言之，二南之诗，非岐阳之诗也。

分夹出于大武乐章，其所由来尚矣。刘氏曰：“分陕之说，乃分夹之演义。”其说或然。然而分陕之事，亦自事实。召亭周城，其明证有焉。由是言之，二者本别事，不可混而为一也。《大武》谓“克殷灭商，南国是疆”，周、召左右王室之事，此与左右分陕、分赐采邑，本截为别事；而二南之诗，多南国之风。《大武》“南国是疆”，谓周、召二公，疆理南土之功也。而刘氏笃信二公述职之说，曰：“盖成王以后，二公世及；周公之裔，世谓周公；召公之裔，世谓召公。下迄厉王之后，以至于东周。二公巡狩述职，采风南国。周公所采，谓之《周南》；召公所采，谓之《召南》。彼南国之音，与雅乐不同，为二公所共赏。”按南国是疆，岂特巡狩采风之谓哉？然而以其诗系之于二公，亦必有其故焉。

周之克殷，经理东土，周召二公，最为有力焉。是以周公之胤，凡、蒋、胙、祭，四国皆在河南。伯禽就封于鲁，沈子归宗焉沈子𣪕。周公居东，经营成周。周书五诰，周公代王而诰命之，皆在成周。其将没也，欲葬于成周书序。成王葬之于毕书序，《竹书纪年》作丰其宫犹在成周。《令彝》云：“隹八月辰在甲申，王令周公子明保，尹三事四方，受卿事寮。丁亥，令矢告于周公宫。”是周公宫，在成周也。其后周公之本宗，盖在成周。其胤世及，世称周公。若乃豳地之采邑，别子嗣之。周师免毁盖其后也。本邑在河南，周公存焉。相传至于东周。春秋之时，有周桓公黑肩《左传》隐公六年、桓公五年、十八年、闵公二年周公忌父庄公十六年、僖公十年、僖公二十四年宰周公孔僖公五年、九年经，又传、三十年经周公阅僖公三十年、文公十四年又周公楚成公十一年、十二年经、又传卿士王室，以左右王。除周初之外，经籍金文，周公之名无复见者。若果周公世为卿士于宗周，岂有名无一见之理哉？此豳地之周氏既微，成周之周公，莫与宗周之政也。是以周之东迁也，周公之名复著。周公之本宗、本邑，在河南成周之地，可知也。

召公者，相传为周之分子《谷梁传》庄公三十年，武王封之北燕《史记·燕世家》《索隐》云：“亦以元子就封，而次子留周室，代为召公。”按卜辞多见召、召方之名。其地当在河南西部、洛阳以南。殷称之西史召乙·四五三六。西者盖自郑州而西也。犹称卫为北御史卫甲·一六三六也。周初金文，称召伯父辛者三寠鼎、寠盉、龢爵。召公为周太保。金文又称太保者十五大保鼎、大保毁、旅鼎、御正良爵、作册大鼎等。作册大鼎云：“公束铸武王成王异鼎……公赏作册大白马，大扬皇天尹大保休，用乍且丁宝隮彝。”束觶云：“公赏束、用乍父辛于彝。”束即奭，召公之名也。此束之父称召伯父辛。父祖称干名，其器亦多附图象文字款识。则召公非周之分子，殷代召方之后者也。匽侯旨鼎：“匽侯旨，作父辛隮。”匽即燕之古称。又一器云：“匽侯旨，初见事于宗周，王赏旨贝廿朋。”见事者非分子归宗之语也。则召公之非周之分子，愈明矣。

召公者，周之异姓，殷代召方之后。世居河南，占伊洛南阳之地。其地与洛阳近。故周公营洛，召公先相宅，以庶殷攻位于洛汭，成新邑营。乃以庶邦冢君，出取币，乃复入锡公。《书·顾命》述天子登遐、嗣王继体之大事。故王国维曰：“后世得考周室一代之大典者，惟此篇而已。”《周书顾命考》《书·顾命》有言：“王麻冕黼裳，由宾阶阶。卿士邦君，麻冕蚁裳，入即位。太保太史太宗，皆麻冕彤裳。太保承介圭，上宗奉同瑁，由阼阶阶。太史秉书，由宾阶阼。御王册命。……王再拜兴……乃受同瑁。王三宿三祭三咤。”是天子受命继体之礼，召公实主之。是其故何也？曰：召氏于殷为西史，于周为皇天尹太保作册大鼎。古者王权神授，即位之礼，必有代行天意之圣职者主之。皇天尹太保者，盖圣职之号也。故嗣王自宾阶阼、太保自阼阶阼，授以同瑁。以此言之，召公之族，殷周之际，卓然占地步于其间，其向背有关于天下之势。故《书·君奭》曰：“公曰，君奭，天寿平格，保乂有殷。有殷嗣天灭威。今汝永念，则有固命。厥乱明我新造邦。”是周公恳请之辞。召于殷为西史，于周为太保。成王作元祀，康王即位，皆召公主其礼，以是故也。其本族，在昔自在河南西部。克殷之后，其族或领匽疑本郾城，后入于燕，或受邑于岐阳。然其本宗犹在河南本贯之地。故周之东也，有召伯廖《左传·庄公二十七年》召武公僖公十一年召昭公文公五年经，又传召桓公宣公六年召戴公宣公十五年召庄公昭公二十二年、昭公二十三年召简公昭公二十四年、昭公二十九年与周公左右王室，为卿士。周、召二公，不著于西周，特著于东周者，其故何也？盖其本宗，俱在所谓周南、召南之地，以不在于丰镐、岐阳之地也。此岐阳周召，与河南周召，其地有别，其宗氏亦异也。此不可紊而为一也，而刘氏一之矣。

召者，河南大族也。宣王时有召伯虎者。《大雅·崧高》《江汉》《小雅·黍苗》，皆其诗。“申伯之功，召伯是营”，此以其地近，王命之也；“江汉之浒，王命召虎”，此亦以其地近，王命之也。“肃肃谢功，召伯营之”，此《黍苗》之诗，在谢功之时也。疑《召南·甘棠》之篇，亦即颂召伯，其在宣、幽之际者乎？

《大雅》末篇，为《召旻》。其末章云：“昔先王受命，有如召公之臣《关雎》正义引。日辟国百里。今也日蹙国百里，於乎哀哉！维今之人，不尚有旧。”《笺》云：“召公，召康公也。言有如者，时贤臣多。非独召公也。”《序》亦云：“闵天下，无如召公之臣也。”按如犹若也。如“时则有若巫贤”，“时则有若甘盘”《书·君奭》之若也。此诗独举召公而称。盖此时，王室东迁，纪纲废坏。南方日蹙，而王室多事。不与戍申甫许之邑，日失百里。

召公谢功，沦为狄蛮之地。是以叹息哀痛之。当时汉中之地，未入于华，《召旻》之诗，非谓陕南汉中之地也必矣。

周召之诗，何以称南？宋人以来，多以南为乐诗。南之初形，卜文作，盖象以鼓悬系之于木，即古南人之鼓也。南人谓之南任。《说文》："南任也"，当言南南任也。今苗语亦然。则南者后世铜鼓之祖形。击南为。卜辞贞人有㱿者，即此字说详于《释南》，《甲骨学》第二号。南之初义，作于鼓。然连称为《周南》《召南》，则又地域之名耳。"南有樛木""南有乔木"，皆指南土而言。合而言之周南、召南，则为地域之名。《水经》江水注引《韩诗序》云：二南国，"其地在南郡南阳之间"。《方言》卷一云："众信曰谅，周南、召南、卫之语也。"又卷二云："陈楚、周南之间曰窕。"则其地与卫、陈、楚接壤。《太史公自序》："太史公留滞周南。"《集解》徐广引挚虞曰："古之周南，今之雒阳。"《郡国志》刘注又引挚虞同。此周南、召南，邦域之名。南于此盖取之于南土之义，非以其为乐诗，名曰南也。《大戴礼记·投壶篇》，凡雅二十六篇，魏风商齐，亦可歌也。至于《伐檀》，晋时犹可歌《晋书·乐志》。然不复以南名。此周南、召南之南，非取于乐名也。

余尝作《西周期东南地域之政治与文学》《立命馆文学》九六号《召方考》《甲骨金文学论丛》二集，论二南地域。近读刘氏《周南召南考》，心有未惬者。故举其要而再论之。至于所以其诗与他国风有异，有本于社会关系之相异者。余别有说，今不录。

说邶、鄘、卫

郑谱云："邶、鄘、卫者，商纣畿内方千里之地。其封域在禹贡冀州大行之东，北逾衡漳，东及兖州桑土之野。周武王伐纣，以其京师，封纣子武庚，为殷后。庶殷顽民，被纣化日久，未可以建诸侯。乃三分其地，置三监，使管叔、蔡叔、霍叔，尹而教之。自纣城而北，谓之邶，南谓之鄘，东谓之卫。……三监导武庚叛。成王既黜殷命，杀武庚，复伐三监。更于此三国建诸侯，以殷余民，封康叔于卫，使为之长。后世子孙，稍并彼二国，混而名之。……卫国政衰，变风始作。故作者各有所伤。从其国本而异之，为邶、鄘、卫之诗焉。”是郑以邶、鄘、卫，为因三监之置而得名。又以为三监之后，卫国之外，别有邶、鄘二国，后合而为一。然三监为邶、鄘、卫之说，《汉志》之外，无他证也。至于三监叛后，建邶、鄘二国之说，史亦无此文也。三监之说，疑之者多矣王念孙、崔述、马瑞辰等皆有其说。今按卜文既有邶、鄘、卫之名。殷灭之后，邶、鄘之名，史无复征验。疑邶、鄘、卫者，殷代之古称，郑谱之说非是。请试论之。

邶卜文作沘、沘、沘诸形。罗振玉释为汭而言：“从水北，北亦声。其从巛者，水省也。此当是水北曰汭之汭。今从内声，殆后起字也。”《殷虚书契考释》中卷十叶商承祚曰：“祚按王征君说，水北曰汭，仅见《尚书》伪孔传。《毛传》云：‘芮，水涯也。’郑云：‘芮之言内也。’许云：‘汭，水相入也。’无水北之说。此字从水北，未可遽以为汭字。附此待考。”《殷虚文字类编》卷十一，二叶董彦堂先生始释以为邶、鄘之邶。曰：“沘疑即邶，地名。”《大龟四版考释》四十二页然而郭沫若氏驳之曰：“壬子卜㝍贞，𦎫沘，不囚。贞其囚，六月。《卜通·大龟》一、九、一〇然邶乃殷之畿内国，不应有𦎫伐之事。”《卜通》、别一、三叶今按卜文又有“贞命𦎫沘……廌”前六、六三、五卜辞语法，命下之字，必记受命者之名。𦎫于此即受命氏族之名。且不囚其囚之辞，不在征伐之例。郭氏之说，可谓无其证矣。今据董先生说，定以为邶字。

作沘者，概在一期；作沘者，概在三、四期，两者异期。而“在沘”铁、二二七、二，续、三、三〇、三，续、六、二四、四，文、七〇七，南北、梦想、四一〇，京津、一五六一、一七三一“在沘”京津、一五六三，南北、师友、四三，又，外、三五，乙、五七五语例正同，此沘、沘一字也。又“东沘”佚、六四七“东沘”前、六、六三、六“南沘”续、一、五三、三，甲、六二三“南沘”粹、一二八六，又，京津、四八五五“北沘”续、三、三〇、五“北沘”乙、八一五一“西沘”甲、三九一六亦语例相同。即沘、沘、沘诸字，形异而字同。又有作沘者：“丁卯卜，乍介于沘，勿乍介于沘……朿，四月。”乙、五〇六一介或即亣之异文。“癸酉卜𠑹贞，其归□在于□沘示”文、六三九

“己丑卜贞，王其田于盂□南兆立，贞……北兆立”甲、三九一九诸辞，亦有关于祀礼。盖邶有殷之圣地，为殷王畿之要地。不特祀礼，于军事亦为重要之地点：“……㱿贞，王往师于里……㱿贞，𢀛方其至于𠚤，壬午上亘贞，告𢀛方于上甲”续、一、四、六，又，簠、游、一九即是。在邶贞㞢又若不若者，亦有之铁、二二七、二，续、三、三〇、三，六、二四、四，文、七〇七、京津、一七三一农耕续、一、五三、三，五、九、三、三，又，簠、地三七，三六，乙、八一五一田猎之辞前、六、六三、五，佚、九二六，摭续、一三三亦有之。又有“丁酉卜，戊王其田、从兆，亡𢦏，从南门”续存、一九六七“己丑卜牵贞，㞢疾齿，父乙隹㞢闻，在兆”南北、师友、四三，又，外、三五。他云“在邶”者甚多，此王数往而在邶，其地近于王都也。地有东、西、南、北，则其地广矣。关系地名，有𩫖卜通、大龟、一滴甲、六二三陕乙、七四九〇𠦪佚、九二六盂甲、三九一九止摭续、一三三南门续存、一九六七诸地。𠦪即殷畿内之邦族，尝论之矣《甲骨金文学论丛》六集、《殷代雄族考》，其三，𠦪。

邶，《说文》六下：“故商邑，自河内朝歌以北是也。从邑北声。”既谓之邑，又谓朝歌以北，邑名而又兼地域之名。朝歌以北，即殷都安阳之地。淇河、卫河，在其封域之中。《汉志》：“邺，故大河在东，北入海。”殷代河道，虽不得其详，然河济皆自邺东，北而入海，盖无疑也。所谓“河水旧东决，径濮阳城东北”《水经注》卷二四，瓠子河条者也。是以邶关系卜辞，多言河。“虎方其涉河，东兆其……”前、六、六三、六他辞亦有之邺、三、四五、二，甲、一〇八九。《邶风·匏有苦叶》“济有深涉”“有㳄济盈”，张文虎谓“即《泉水》篇‘出宿于泲’之泲，水名也”。今按泲、济自有别，济即济水也。

要之，邶则为朝歌以北之地，无疑。然卜辞多言河，则其地应在朝歌以北，兼河济之域。地有东西南北，王室直辖而治之，无有力氏族在其地者。谓之殷畿内地，盖信矣。

鄘卜文作𩫖，鄘则后起之字。郭沫若曰：“𩫖《说文》以为墉之古文，又以为郭之古文。金文毛公鼎以为昏庸字，召伯虎毁以为附庸字。则以墉字说，为得其实。”粹、六五二片此说得之。𩫖即庸也。庸，鄘之初文。《诗·鄘风》，本又作庸郑氏本𩫖又作𩫏：“己丑子卜贞，子商乎乍𩫏。”前、八一〇、一他辞又作

“乍◇”。乙、九〇六，五五九一、五七六〇、五七六五，七九八一等◇即◇之繁文，皆作墉之意。地名族名，又有◇。“◇其㞢疾”前、四、一〇、六“◇亡𡆥”明、二四二“壱◇”簠、文、八五之诸辞，贞问疾壱亡𡆥，其族盖殷室之亲缘。辞云：“己酉卜贞，匄◇于丁，不□二月。癸丑卜㝐贞，于雀◇……己丑卜㝐贞，匄◇于丁。”乙、八九三五此为◇匄求于丁。丁者，殷室祖庙之名。又云“丙申卜余，令◇□……”明、一一五二。此辞余所卜，◇即◇之繁文。此皆足证◇与殷室之关系。“我◇”库、五八〇与“我郑”乙、八六八〇，殷谱、下、九、二三等语例相同。胡厚宣氏曰：“言我郑者，知郑为殷之所属。”《殷代封建制度考》，七叶则我◇亦为殷之所属可知。或令◇率㞢族前、七、一、四，林、二、七、六，或令◇率多射卫后、下、二、五、八或令◇以众㽙。后、下、二七、一四其族在殷时，极为贵显强盛。关系卜辞中有多郑、雀、㽙，郑、雀皆殷室同族，郑在河南郑州之地《甲骨金文学论丛》五集，《殷代雄族考》，其一，郑雀盖在河内温县方面同六集，《殷代雄族考》，其二，雀而鄘近此。亦应在殷畿内西南之地。

邶、鄘、卫之诗，编次不必属于其地，诗亦概无别。鄘之地望，旧说，一则以为纣城之南。《诗谱》曰：“自纣城而北，谓之邶，南谓之鄘，东谓之卫。”一则以为纣城之东。陈奂曰：“《逸周书·作雒》篇云，武王克殷，乃立王子禄父，俾守商祀，建管叔于东。《汉书·地理志》云：‘庸管叔尹之。’是庸在朝歌东矣。”一则以为殷都之西。诗正义申郑说曰：“纣都河北，而鄘曰：‘在彼中河’，鄘境在南明矣。都既近西，明不分国，故以为邶在北。三国之境，地相连接。故邶曰‘亦流于淇’，鄘曰‘送我乎淇之上矣’，卫曰‘瞻彼淇奥’，是以三国皆言淇也。……王肃、服虔以为，鄘在纣都之西。孙毓云：‘据《鄘风·定之方中》楚丘之歌，鄘在纣都之南，相证自明。’而城以西无验。其城之西，迫于西山，南附洛邑檀伯之封。温原樊州，皆为列国。鄘风所兴，不出于此，郑义为长。”今征之于卜辞，鄘盖在殷都西南。其地鄘氏所宰，鄘诗所谓孟庸者，或其遗裔乎？文献无可征，稽绪卜辞，王肃、服虔之说近是。

卫卜文作◇，又作◇、◇、◇、◇，即其省或繁文。其见于卜辞者凡五十片。其中最可注意者，为“癸巳卜，其乎北御史卫”甲、一六三六。御、史本各祭名，奉命出祭，亦谓之史《甲骨金文学论丛初集·释史》。卜辞“载王事”之辞频见，即是。卜辞又有“庚子卜牵贞，西史召亡囚，载。庚子卜牵贞，西史召其㞢囚”乙、四五三六。北御史卫与西史召，语例正同。西史者主西方之祭祀者也。召在河南西部。时殷都于郑州，召在其西。故称西史召也。则西史之名，在殷入于安阳之前。北御史卫，亦与之同，故以卫称北御史。辞又云“从东卫”甲、四，三六则其地有东西之分。又军旅之辞，如“癸丑卜㱿贞，师往卫，亡囚”前、四、三一、五“……征，归人于卫……戋弗……”库、一三二一“戍卫，不雉众”佚五，又，粹、一一五三者有之。其所出军旅，称为多射卫后、下、二五、八，二六、一，甲、一一六七，宁、三、九，又，京津、二一七多射即弓队也。犹亩有射亩、多射亩也《甲骨金文学论丛》八集，《殷代雄族考》，其六，亩。“乎卫”之辞亦伙簠·人·七九、八〇、八一、戬·四〇·一、续·五·二三、一一，五、一五、一〇，宁、三、七九“携𡧊”乙、七四九，七五〇，五二八八亦非鲜。𡧊即臣仆之类，“丁酉卜𠂆，……卫田九月”簠、人、八二。则田猎亦行于此。其见于关系卜辞者，有𢆶亩方周侯之名，概在殷西方之国族也。卫既有东卫，又应有西卫，其地在殷都东南。幅员既长，是以西方诸族之名，亦见于其辞也。以此言之，邶在殷都之北，鄘在殷都之西南，卫在殷都之南，而兼其东方，此其大略也。

殷灭之后，邶鄘之名，不复见于史。周公𣪘云：“锡臣三品，州人、𠦪人、𩫖人。”郭氏谓：“皆渭水沿岸之部落民族。”《大系考释》卅九叶按𩫖人即庸人。克殷之后，殷民西迁者众矣。州或怀庆河内之州人《左传·隐公十一年》。西周金文锡臣之例，东人为多。又班𣪘云：“遣命曰，以乃族，从父征，𢓊城，卫父身，三年，静东国，亡不咸斁天畏。”可见克殷之后，卫为东土经营之一重要据点。卫器有臤𣪘，光绪十四年出土河南。云：“唯九月初吉庚午，公叔初见于卫。臤从。公命事，晦臤百晦□。用乍宝彝。”郭氏曰：“公叔殆康叔，公其爵，叔其字也。”按匽侯旨鼎“匽侯旨初见事于宗周”。初见即初见事，见事谓见君也。康叔见事于卫君，无此理也。郭说非是。

邶、鄘、卫，编诗之时，本为一编。季札观诗，为之歌邶、鄘、卫。北宫文子引《邶风·柏舟》之诗曰，“卫诗曰”《左传·襄公卅一年》此合邶、鄘、卫，而以卫称之也。《汉志》三家诗皆二十八卷，《毛诗》三十卷，则分邶、鄘、卫为三者，《毛诗》也。其诗何以不言卫，而言邶、鄘、卫？邶、鄘、卫者，殷时之古称。后人沿袭而用之，诗亦因之。本应各分属于其地。春秋之时，编诗者犹多用古称，如魏、唐、豳皆是。惟邶、鄘、卫，此时皆统于卫。其诗无复区以别之。遂混而为一，以邶、鄘、卫称之。其诗《鄘风》，而有《定之方中》，尤其证也。

说《豳风》

《豳风》之问题，其大者有二。一则为其地望，一则为其诗篇与周公之关系。《豳风》诸篇，相传为周初岐阳之诗。近钱穆氏以为山西邠地之诗，又徐仲舒氏以为鲁诗。群疑渐起，非辟而解之，无可以论豳诗也。又其诗，或为周公所作，或为周公而作。然以其诗体制论之，盖或在西周后期。诗何以系之周公，亦莫之能明也。今试论之。

郑谱云：“豳者，后稷之曾孙曰公刘者，自邰而出所徙戎狄之地名，今属右扶风栒邑。公刘以夏后大康时，失其官守，窜于此地。犹修后稷之业，勤恤爱民。民咸归之，而国成焉。其封域，在禹贡雍州岐山之北，原隰之野。至商之末世，大王又避戎狄之难，而入处于岐阳，民又归之。公刘之出，大王之入，虽有其异，由有事难之故，皆能守后稷之教，不失其德。成王之时，周公避流言之难，出居东都二年，思公刘大王居豳之职，忧念民事，至苦之功，以比序己志。后成王迎而反之，摄政致太平。其出入也，一德不回，纯似于公刘大王之所为。大师大述其志，主意于豳公之事。故别其诗，以为豳国变风焉。”《汉志》云：“右扶风栒邑，有豳乡，诗豳国，公刘所邑。”从王念孙校《括地志》又云：“豳州新平县，即汉漆县，诗豳国，公刘所邑之地也。”《史记·周本纪》引《大雅·公刘》写豳居之状云：“笃公刘，逝彼百泉，瞻彼溥原，迺陟南冈，乃觏于京，京师之野。”第三章“度其隰原，彻田为粮。度其夕阳，豳居允荒。”第五章“笃公刘，于豳斯馆。涉渭为乱，取厉取锻。止基迺理，爰众爰有。夹其皇涧，遡其过涧。止旅乃密，芮鞫之即。”第六章诗中溥原京师二地，其名又见西周金文，可核以定豳地所在矣。

大克鼎云：“王在宗周，旦王各穆庙，即立。……王乎尹氏，册命善夫克。王若曰，克，昔余既命女出内朕命，今余隹䌛𩫖乃命。……易女田于䣙原……敬夙夜用事，勿灋朕命。”王国维谓：䣙原即诗之溥原《观堂古金文考释》。克职善夫，出纳王命，其采邑亦应在宗周附近之地。王说是也。又克钟云：“隹十又六年九月初吉庚寅，王在周康剌宫。王乎士曶召克，王亲令克遹泾东，至于京自，易克甸车马乘。克不敢㒸，尃奠王令。”文中之京自，郭沫若以为晋都京陵，即新绛汾域之地。其说曰：“王亲自命克，巡省自泾而东，以至于京自之地。京自亦见晋姜鼎，曰：譄覃京自，辥我万民。又见晋公𥂴，曰：‘令鄀公，冂宅京自 。’据此足知京自是晋地，且是晋之首都。盖即《汉志》太原郡之京陵，《礼记・檀弓》之九京也。旧误读京自为京师。近时唐兰又以为乃指邠地，举《大雅・公刘》‘于京斯依’，与‘于豳斯馆’为证。谓京为豳之别名。案豳之有京名者，乃以公刘都之而然。《公刘》之诗，乃后之诗人所作，于京之一字，正露其马脚。然诗亦仅以豳为京，而未称之为京自也。此京自乃专名，卜辞亦有之。曰：‘韦自寮，亡𡆥，王其示京自，有弗若。’汇、一、一二其所指亦当是京陵，不得远至豳地矣。至京自若京陵之所以称为京者，亦以其曾为夏都之故。《左・定四年》传谓，封唐叔于夏虚，其证也。”《大系考释》一一二叶按郭说可论者甚伙。一，克钟：“巡省自泾而东，以至于京自之地。”若以京自为晋之京陵，泾东至于太原，其地亘于荒远百里之间，非可遹省之地也。既言泾东，其泛指泾水东岸之地明矣。二，京自又见于晋器，又见于卜辞。卜辞云：“王其示京自。”晋之地，在周初，犹狐狸所居，豺狼所嗥，况殷商之时，王岂亲往示京自耶？晋公诸器，春秋初年之器，与卜辞相去者前后数百年，未必能合而为一地也。三，郭氏以公刘之京，为后人误用其名。又曰：“然诗亦仅以豳为京，未称之为京自也。”今诗云“乃觏于京，京师之野”，何言未称之为京自也？四，郭说京自之自为陵，今按卜文虽与、、有别，金文官师戍之两师字，则无别。未可以克钟京自与公刘之京师，别而为二也自释当为师，说详《释师》《甲骨金文学论丛》。三集且克氏世居岐。豳在其东北，其地甚近。以此言之，郭说未见其必然也。

钱氏以为《周初地理考》，《燕京学报》第十期：“豳即邠、汾。周人兴于晋南，后稷产闻喜，始教稽在稷山九节。汾阴后土之祀，其故事源于后稷一〇节。教穑之说话，分布在河东洮域一九节。不窋失官，自窜戎狄之间，仍在晋二一节。豳字本作邠，《逸周书·度邑解》，维王克殷，九牧之师，见王于殷郊，王乃升汾之阜，以望商邑。此周初邠邑，不在西土之一证二五节。邠在河东临汾古水之滨。周公亶父居之，故称古公二八节。其地有荀城。周人既西，秦地乃有豳乡，有栒邑。此地名相迻之例二八节。公刘所见之原京二地，本晋九京之一。其地多流泉，景观与诗《公刘》之所记合三〇节。诗笃公刘，即公刘称笃公。汾阴有董亭，是其地三一节。”又其诗云：“于豳斯馆，涉渭为乱。”又云：“‘芮鞫之即。’始为周人渡河而西之证，在公刘之后三三节。”又论《七月》之晚出曰：“《七月》之诗，其出也晚，然亦晋人之诗也。观其咏稼事，本夏时，皆近于唐风。禹贡雍州不及丝，而《豳风·七月》，盛言蚕桑，非雍也。又考《周官·籥章》：‘掌土鼓豳籥。’……明堂位，以土鼓蒯桴苇籥，为伊耆氏之乐。……盖神农姜姓，周弃之母为姜嫄，姬姜之在冀州，为始创耕稼之族。故其祖先为神农，为后稷。神农、后稷云者，皆首教稼穑之义，犹之田祖先啬也。……豳雅豳颂，原于祈年息物，为晋人旧俗，远沿姬姜、后稷、神农之传。征诸《周官》之记，溯其土鼓凷桴之礼，而确然可据者也。……至于豳诗《七月》，则其出尤晚。盖非所谓豳雅、豳颂之本辞也。”钱氏之说，统论周初之历史地理，条而不紊，议论亦极为博大。今按周人起于晋，其事又有征于卜辞。汾水下游之地，最富于周初之传说，其说为有征。然西周以来，周在丰镐。岐豳之地，接在其西北。相传为先王经营之迹。迁丰之后，分而赐之周召。而汾域夙入于晋矣，其诗有《唐风》，有《魏风》，周人流风遗俗，无复存于其地。既以《七月》为晋人晚出之诗，则《东山》周公之篇，将属之于何地乎？至于唐、豳二诗相近，以风土相似，其俗同耳。未必以此证其地之同一也。

徐仲舒氏以为，《豳风》即鲁诗也。其略曰：“《豳风》所咏，无关于大王以前或公刘、后稷之事。《诗序》所谓周公遭变，陈后稷先公风化之所由。诗中既无其证，诗外亦无旁证。且七月流火，应为元前三四世纪之天象。公子公孙，春秋以来通行之称耳。周公世为王室卿士，诗中之周公，不必即为周公旦。又《鸱鸮》之诗，孔孟未以为周公之作。其地在周初，数次沦为戎狄之乡。且索绹、于茅，皆东方之俗。鲁人兼用四代之乐，豳乐亦在鲁。《左传》所观之乐，豳在齐风之次，又以豳为周公之乐。齐有《伐柯》，豳亦有《伐柯》。《破斧》，《吕氏春秋》以为东音。然而先秦蚕桑之业，以兖为最盛。以此言之，《豳风》宜为春秋时之鲁诗。”按季札观诗，以豳为周公之东乎？然王风亦谓其周之东乎？则东者，非必指以为鲁诗也。此或据周公居东，为之说耳。以流火之象，为元前三四世纪之事，此《七月》之篇，在孔孟之后也。至于吕览以《破斧》为东风，此夏后氏孔甲之歌。非谓《豳风·破斧》之诗，亦与《豳风》无关。其余可以证《七月》之为晚出，不足以证《豳风》之为鲁诗也。

按《公刘》有“瞻彼溥原”“乃觏于京，京师之野”“于京斯依”“豳居允荒”“于豳斯馆”“涉渭为乱”诸句，尤足证非《豳风》为邠风、为鲁风也。京师郭氏以为晋之京陵。然克钟云：“王在周康剌宫。王乎士曶召克，王亲令克遹泾东，至于京自。”遹者，即遹相大盂鼎遹省宗周钟遹正小克鼎也。又铭文下云：“易克甸车马乘。克不敢㒸，尃奠王令。”夫泾东至于晋之京陵，中挟大河，川原丘陵亦多。广漠数百里之间，非可遹正之地。此必京自在泾东，为豳之京自无疑。即公刘京师之野者也。克氏世为岐阳大族。小盂鼎所见之趞伯，或则其先。伯克壶有白克，𩰫从盨有善夫克，大克鼎、克盨、小克鼎皆克氏之器。而大克鼎以鼎之大特著。其文有云：“易女田于埜，易女田于渒……易女田于匽，易女田于𨺉原，易女田于寒山，易女史小臣霝龠鼓钟。”𨺉原，王国维以为《公刘》“瞻彼溥原”之溥原《观堂古金文考释》，郭氏亦以为近是《大系考释》。京自、𨺉原，皆见于克氏之器。盖克氏世在岐山，其诸器亦皆出于岐山。罗振玉云："克鼎传世者七，前人著录凡六器。此鼎出土之地，吾友王忠悫公国维，据华阳王君文焘言，谓出宝鸡县南之渭水南岸。忠悫遂谓克都在渭南，其他邑又远在渭北，北至泾水，殆尽有豳国之故地。予近以询厂估赵信臣，言此器实出岐山县法门寺之任村。任姓家岐山，在凤翔东五十里，在渭北。宝鸡则在凤翔西南九十里，南临渭水，克之故都，正在渭北。故他邑北至泾水，而未尝及渭南也。赵君尝为潘文勤公，亲至任村，购诸器。言当时出土凡百二十余器，克钟、克鼎及中义父鼎，均出一窖中。于时则光绪十六年也。"《集古遗文》卷三，三五叶此其地甚近于豳，適正泾东，至于京自，或锡以隫原之田，固其处也。

克氏诸器，殆在夷厉之际，其势波及泾东，盖亦应在厉王期。何以证之？曰：周初周召二公，辅相武成，天下既平，赐以周之故地。周召分陕，"自陕而东，周公主之，自陕而西，召公主之"《公羊传·隐公五年》。分陕之说，其证非鲜，必应有据。今凤翔县雍城东南有召城。杜预曰："雍县东南，亦曰召亭。"《水经注》："雍水又东经召亭南。"孔颖达曰："西周时召公采邑也。春秋时，周召二公，别于东都受采。"京相璠云："召亭在周城南五十里。"《魏收志》："雍县有故周城，盖召城亦在境内也。"又《括地志》："周公城在岐山县北九里，邵公城在岐山县西南十里。"《一统志》："召亭在岐山县西八里，今名邵公村，盖昔为雍县境内。"以上《读史方舆纪要》卷五五引召公之邑，既在岐山之西，周公之邑，必应在其东。今云召亭在周城南五十里。又云：周公城在岐山县北九里。此周公故城，在召之北，即泾东豳之地是也。

周公之胤，其在陕者，后世无闻。惟西周后期金文免𣪘，有周师之名，曰："隹十又二月初吉，王在周。昧爽，王各于大庙。井叔右免，即命。王授作册尹书，卑册命免曰：令女足周师𤔲𢿢。易女赤[illegible]市，用事。免对扬王休，用作隮𣪘。"周师本在𤔲𢿢之职，今免嗣而袭之。又有免簠，曰："令免作𤔲土，𤔲奠还𢿢眔虞眔牧。"其事亦与𣪘文相近，岂免即是周师之同族乎？又有守宫盘，周师之名，又见于此。曰："隹正月既生霸乙未，王在周，周师光守宫事，祼。周师不𦧝、易守宫丝束……守宫对扬周师厘，用乍且乙障。”守宫者周师之臣，称祖乙，疑亦殷人西徙者。周师锡以丝束。徐仲舒氏谓此地本无蚕桑之事。今锡以丝束，此地岂无此业乎？周师家系，虽无由明之，然既以周为氏，盖或周公之胤，而在豳者也。

夷厉之际，克氏遹省泾东，至于京自，又赐以隫原之田。周氏既微，克氏益盛。克氏之器，一窖中出百数十器，其富强可知矣。然宣、幽之际，竟无复闻。此时西戎日炽，岐、豳之地，亦沦在戎狄之中。以此言之，《豳风》之诗，应在克氏秉并之前。《豳风》七篇，本无关于周公者。惟《东山》一诗，有东山戍役之事。《破斧》一篇，有周公东征之句。学者惑焉。今以金文考之，夷厉之时，北狄多事。虢季子白盘曰：“愽伐厰狁，于洛之阳。”不嬰毁曰：“厰狁广伐西俞”“宕伐厰狁于高陶”。《竹书纪年》亦多记翟人侵岐之事。此夷厉之际，戎狄猖獗，命克遹省泾东，亦应在是时。而当时豳地周公之胤犹在，或戍役东山，或周公东征，皆为玁狄之故也。此所以《豳风》有《东山》《破斧》之篇也。

公刘之京师、溥原，以金文考之，皆在泾东。《豳风》为陕西豳地之诗，殆无可疑也。则其时代，应在夷厉之际。《豳风》之诗，多哀音矣。《破斧》《九罭》，国家多难，“衮衣绣裳”“公归无所”，殆是国家倾覆之象也，亦相符金文之所记。若夫《七月》之篇，尝论之矣《诗经中之农事诗》，《立命馆文学》一三八、一三九号。他六篇，旧说系之于周公旦。然《鸱鸮》之篇，孔孟未尝以为周公之作。其妄可知。惟《破斧》“周公东征”之句，学者久不得其说。或以《豳风》为晋南郊地之诗，或以为鲁诗。然无复得悬解也。故今考之于金文，以其所得而论之。

说《周颂》三篇

殷灭之后，迁民之事多矣《左传·定公四年》，《书》序，《竹书纪年》等。然而殷民余裔之存者，族长犹率其宗氏类丑，而用商政。未悉隶仆于周也《周初之对殷政策与殷之余裔》，《立命馆文学》七九、八二号。又，《周初殷人之活动》，《古代学》一卷一号。

西周金文，郭氏所举，迄于昭穆，凡六十七器，其中殷系之器卅九，未详其然否者十一。周人之器，不过十余器耳。周初文物，多承之殷人。西周礼教文化之成立，殆在昭穆之后。雅颂之兴，盖亦在此时以后。

周初金文，记其祀典仪礼者，曰：“衣祀于王，丕显考文王，事熹上帝。”大丰毁曰：“王大藉农于諆田饧，王射。”令鼎曰：“唯成王大桒在宗周。”献侯鼎曰：“隹王大龠于宗周。”臣辰盉除大丰毁之外，作器之人皆殷人。大盂鼎、小盂鼎，盖康王期之器。郭氏曰：“此文所记，于古史古礼，极关重要。”《大系考释》三六叶盂爵、盂卣，盂父称父丁，又铭末有[illegible]形图象文字款识，二盂鼎年纪，亦用祀。其必殷人在西土者，为之矣。大盂鼎云：“迺召夹死𤔲戎，敏諫罚讼。”盂爵云：“隹王初桒于成周，王令盂宁彝白。”是其职事也。

其于西周前期也，丰镐之地，宫庙存焉者不多。其在成周，则有京宫，有康宫，有周公宫令彝，丰镐惟有周庙耳小盂鼎。璧雝大池之制，初见于麦尊。其文曰：“王令辟井侯……雩若二月，侯见于宗周，亡逌。迨王客䕫京酓祀。雩若翊日，在璧雝。王乘于舟，为大丰。王躲大龚禽。侯乘于赤旂舟从。……侯作册麦、易金于辟侯。麦扬用乍宝障彝。……唯天子休于麦辟侯之年。”作册麦，盖殷人之裔《作册考》，《甲骨金文学论丛》二集故其辞，如亡尤、酓祀、翌日、夕，皆与卜辞语例同。铭末纪年，亦用所谓大事纪年之法。此殷人与璧雝祀礼之征也。遹毁又云：“隹六月既生霸、穆王在䕫京、乎渔于大池。王飨酒，遹御，亡遣。……敢对扬穆王休，用乍文考父乙障彝。”其父称父乙，遹亦殷人之裔者。大池自是璧雝大池。天子身亲射禽取鱼，荐诸宗庙，古之礼也。《尚书大传》：“王升舟，入水……观台。”殆失其古谊矣。璧雝有学宫，竞射之礼行焉。静毁云：“隹六月初吉，王在䕫京，丁卯，王令静𤔲射学宫。小子眔服眔小臣眔尸仆，学射。雩八月初吉庚寅，王以吴朱、吕犅，䢅𤃼𧅟自 。邦君，射于大池。静学无斁。”静又有静卣、小臣静彝，助天子之祭事，赐贝五十朋。小臣之职，周初以殷人为多《小臣考》，《立命馆文学》一一六、一一七号，静盖亦殷之人也。周初祭事，殷人助之者多矣。

璧雝之制，《大雅·灵台》《传》曰：“水旋丘如璧，曰辟廱。”《正义》

引《韩诗》说云："天子之学，圆如璧。"天子之学者，即静𣪘之学宫也。《大戴礼·明堂》篇："明堂者，所以明诸侯之尊卑。外水曰璧雍。"《白虎通》卷六亦曰："水圆如璧。"则明堂、学宫、大池皆在一处，合而谓之璧雝。至于恭懿期，有射庐趞曹鼎其二、师、汤父鼎、匡卣夷王朝有周庙宣榭之名虢季子白盘。射庐、宣榭，盖亦璧雝之一部分，其制至于此略备矣。而其礼则殷人助之为常。《大雅·文王》曰："穆穆文王，於缉熙敬止。假哉天命，有商孙子。商之孙子，其丽不亿。上帝既命，侯于周服。"第四章又曰："侯服于周，天命靡常。殷士肤敏，祼将于京。厥作祼将，常服黼冔。王之荩臣，无念尔祖。"第五章前所举西周金文诸例，即《诗》所谓"殷士肤敏，祼将于京"者也。

殷人余裔，何以助周祀乎？是必有其故在焉。盖殷人余裔，必助周祀者，周之祀典，必有客戾焉。客者谁乎？曰：殷之祖神也。所谓存二王之后者也。《诗》云："有客有客，亦白其马。有萋有且，敦琢其旅。有客宿宿，有客信信。言授之絷，以絷其马。薄言追之，左右绥之，既有淫威，降福孔夷。"《周颂·有客》《序》云："有客，微子来见祖庙也。"《笺》云："成王既黜殷命，杀武庚、命微子代殷后。既受命，来朝而见也。"《序》以为助祭，《笺》以为见事。虽系之于微子，客礼者璧雝之常典，非限微子一代也。客字从各，ㅂ者载书之器也。载书以祷，有神而降格焉为客《载书关系字说》，《甲骨金文学论丛》四集。宗庙有客，谓异族神也。客即谓殷人祖灵，非谓微子也。亦，语词。白马者，殷人尚白，戎事乘翰。《礼记·檀弓》上，注："翰，白色马也。"殷之祖灵，亦乘白马而来。萋且，即笾豆之荐《礼记·礼器》旅者，旅币之旅《通论》引邹肇敏说宿宿、信信，殷之祖神乘白马，其容踧踖也。诸家多解为再宿四信，无所取义矣。异神乘白马而来。絷之追之，绥之柔之，此迎异族神之模拟仪礼。客神有绥，而降福孔夷。《左传》僖公二十四年云："宋先代之后也。于周为客。"是其义也。《左传》又云："徼福于厉宣桓武。"宣公二十年"徼福于大公丁公。"昭公三年此徼福于他邑社稷之礼，亦与之相近也。二王三恪之说《礼记·乐记》、《五经异义》引古春秋左氏说、《魏封孔子庙碑》则后起之礼耳。此有客谓其迎客神者也。

《诗》又云：“有瞽有瞽，在周之庭。设业设虡，崇牙树羽。应田县鼓，鼗磬柷圉。既备乃奏，箫管备举。喤喤厥声，肃雝和鸣。先祖是听。我客戾止，永观厥成。”《周颂·有瞽》《序》：“《有瞽》，始作乐而合乎祖也。”《正义》本作大祖或云合祭禘祀，或为祭瞽宗乐祖。陈奂曰：“王者始起，未制作之时，取先王之乐，与己同者，假以风化天下。天下大同，乃自作乐。故武王有天下，未致太平，乐器未具。至成王之世，始克大同，乃作己乐。树羽县鼓，皆先王所未有也。是在周公摄政六年时。”传疏其说，如树羽县鼓为成王所制，或其诗在周公摄政六年，皆臆断之说。文献无征，不可据矣。盖瞽即乐师，客即殷之祖神，树羽县鼓，殷固有之矣。此迎客神之诗。故乐师乐器，亦依殷人之旧。此谓其乐者也。

《诗》又云：“振鹭于飞，于彼西雝。我客戾止，亦有斯容。在彼无恶，在此无斁。庶几夙夜，以永终誉。”《周颂·振鹭》《序》：“《振鹭》，二王之后，来助祭也。”乃亦非助祭之谓也。客神羽舞，乐周庙祖灵也。《礼记·仲尼燕居》记两君相见之礼云：“客出以雍，彻以振羽。”《正义》：“振羽即《振鹭》诗。”可知振鹭又有振羽之名。“振鹭于飞”象羽舞之容也。《鲁颂·有駜》：“振振鹭，鹭于下。”《集传》云：“振振，群飞貌。鹭，鹭羽，舞者所持。或坐或伏，如鹭之下也。”羽舞亦即万舞也。《左传》：“楚令尹子元，欲蛊文夫人，为馆于其宫侧，而振万焉。”庄公二十八年振即舞容之名，振鹭亦即羽舞也。西雝，《后汉书·边让传》注引《薛君章句》：“西雍文王辟雍也。”然璧雝大池，非世作之者。东胶东序，宣榭学宫，皆璧雝之一部。则西雝亦应在璧雝之中。“我客戾止，亦有斯容。”容谓羽舞也。客神以之事周祖灵，是以得永终誉也。振鹭者，殷人羽舞，万舞之遗象，此谓其舞容者也。

璧雝奏舞乐，在金文，则初见于匡卣。其文云：“隹四月初吉甲午，懿王在射庐，乍象𦥑。匡甫象䜌二。王曰，休。匡拜手稽首，对扬天子丕显休，用乍文考日丁宝彝。”懿王即懿王。匡作文考日丁之器，则亦殷人之裔，在西土，以乐事于周室者。《礼记·内则》：“十有三年，学乐诵诗舞勺。成童，舞象学射御。”象，古乐名。《吕氏春秋·仲夏纪·古乐篇》：“商人服象，为虐于东夷。周公遂以师逐之，至于江南。乃为三象，以嘉其德。”《礼记正义》引熊氏说：“谓用干戈之小舞也。”是象武舞，以用于射庐，则亦璧雝之乐。匽卣之文，可谓有征矣。

璧雝之名，《诗》二见。一则《大雅·灵台》：“虡业维枞，贲鼓维镛。於论鼓钟，於乐辟廱。”第三章“於论鼓钟，於乐辟廱。鼍鼓逢逢，矇瞍奏公。”第四章矇瞍，瞽者也。又《文王有声》云：“镐京辟廱，自西自东。自南自北，无思不服。皇王烝哉。”第六章四方思服，谓助祭也。镐京璧廱，其说有二，《后汉书·郡国志》卷一九“镐在上林苑中”。孟康注：“长安西南有镐池。”《古史考》又云：“武王迁镐，长安丰亭镐池也。”《水经注》：“镐水上承镐池于昆明池北，周武王之所都也。”刘昭《郡国志补注》杜陵下引《决录注》云：“镐在鄠水东，鄠在镐水西，相去二十五里。”朱氏《集传》又云：“此诗言文王迁丰，武王迁镐之事。”“文王营丰邑之城，因旧沟为限而筑之。其作邑居，亦称其城而不侈大。”“镐京武王所营也。在丰水东，去丰邑二十五里。”又引张子曰：“文王则迁于丰。至武王，又居于镐。当是时，民之归者日众。其地有不能容，不得不迁也。”“灵台辟廱，文王之学也，镐京辟廱，武王之学也。”此丰之灵台辟廱，与镐之镐京璧雝，别而为二者也。姚鼐云：“丰镐相去，地无几耳。文王都丰，择于丰水下流之地，建立辟廱焉。其地即镐京也。武王之兴，因文之故都，辟廱岂待于改作哉。”《毛诗会笺》引此合二者而为一者也。

璧雝之为一与为二，文献无征。然以金文考之，西周前期之璧雝仪礼，悉在𦵂京。麦尊、遹𣪘、静𣪘、静卣、小臣静彝、史懋壶等，皆可证。其在镐京，在恭懿以后。趞曹鼎第二云：“隹十又五年既生霸壬午，龚王在周新宫，王射于射卢。”又师汤父鼎云：“隹十又二月初吉丙午，王在周新宫，在射庐。”又匽卣云：“隹四月初吉甲午，𧽊王在射庐，作象舞。”则此时镐京始有新宫射庐。盖废𦵂京璧雝，而迁于镐矣。自此而后，𦵂京之名，不复见金文。金文诸宫，多冠以周字，如周般宫趞曹鼎第一、周新宫上见，他有师遽鼎、周康邵宫颂鼎、周成大室吴彝、周大室走𣪘、趩鼎、周康寝师遽鼎、周太庙免𣪘、周穆王大室舀鼎、周康剌宫克鼎、周康宫扬𣪘、伊𣪘、周康穆宫克盨、寰 盘、周康庙师兑𣪘 其一、𩰫 攸从鼎、休盘、周邵宫鄘𣪘、周庙宣榭虢季子白盘等皆是。

以此言之，《大雅·灵台》《文王有声》，疑即恭懿以后之诗也。盖或在周新宫成，璧雝之制既备之后。周初以来，已逾百年，葊京璧雝之诸宫，不免时有废坏。故兴新宫于镐，以隆其祀。诸庙宫寝之制，于是大备矣。而礼乐典章之法，亦大兴矣。大雅颂声，洋洋盈耳，实作于此时。又有韵之文，宗周钟以前，除大丰𣪘一器之外，寥寥可数。至于西周后期，宗庙彝器，多用韵语。是昭穆恭懿之际，礼乐所兴也。礼乐之兴，与其社会秩序之安定有关。西周后期金文，官职册命之文最伙矣。官职世袭之制既定，而采邑世禄之俸已足矣。所谓郁郁乎文者，其兴盖在此际也。而大雅述其事，颂声歌其容。二者相待而行焉。恭懿以前，惟有射禽取鱼竞射等，古代仪礼，而未见有舞乐之礼容威仪。钟镛之作，亦在此以后。至于匡卣，始有象舞象乐，且殷人掌之。“殷士肤敏，祼将于京”者，于此犹在。故述殷人助祭之所由来，兼论《大雅》诗篇兴起之时期。

说《商颂》

《商颂》诸诗，作于何时。其说有二。一则《诗序》曰：“《那》，祀成汤也。微子至于戴公，其间礼乐废坏。有正考甫者，得《商颂》十二篇于周之大师，以《那》为首。”其说盖出于《国语·鲁语》。《鲁语》下，闵马父告子服景伯曰：“昔正考父，校商之名颂十二篇于周大师，以《那》为首。”韦注：“正考父宋大夫，孔子之先也。”《序》改《鲁语》之“校”为“得”。校者，取周大师之本，以校我所有之本，与“得”意稍异。然至于以《商颂》为商诗，则一也。王国维曰：“余疑鲁语校字，当读为效。效者，献也。谓正考父献此十二篇于周大师。”《诗序》以为得之于周之大师，王国维以为献之于周之大师，其说正相反。然得也、校也、献也，皆既有之名，以《商颂》为非正考父之作，亦一也。二则《史记·宋世家论赞》曰：“襄公之时，修行仁义、欲为盟主。其大夫正考父美之，故追道契汤高宗，殷所以兴，作《商颂》。"《集解》："《韩诗》《商颂》章句，亦美襄公。"《后汉书·曹褒传》："奚斯颂鲁，考甫咏殷。"注："《韩诗》曰：'新庙奕奕，奚斯所作。'《薛君传》云：是诗，公子奚斯所作也。"又注："正考甫，孔子之先也，作《商颂》十二篇。"此《史记》说即《韩诗》说也。又《文选·东京赋》注："《韩诗》曰：宋襄公，去奢即俭。"扬子《法言·学行篇》："正考甫尝睎尹吉甫矣，公子奚斯尝睎正考甫矣。"此亦用《韩诗》说。《礼记·乐记》："肆直而慈爱者，宜歌商。"注："商，宋诗也。"郑君注《礼》，犹用《韩诗》说也。陈乔枞曰："司马迁用鲁诗，然则鲁说与韩同矣。"《韩诗遗说考》卷一八齐诗不见其遗说。三家略同其说，应亦与韩、鲁同耳。

《鲁语》以为，至于戴公之时，《商颂》残缺失次。正考父校之周之大师所有之篇。《诗序》谓，至于戴公之时，礼乐废坏，《商颂》失其传。正考父求而得之于周之大师。王国维以为，周之大师失《商颂》之传，正考父献之。其说皆以《商颂》为微子以来之旧章，而正考父得之。正考父者，孔子之先。《左传·昭公七年》云："及正考父，佐戴武宣，三命兹益共。"其时代与襄公不合。采鲁语诗序者，以此斥非《史记》说。《史记索隐》云："今五篇存。皆是商家祭祀乐章，非考父追作也。又考父佐戴武宣，则在襄公前且百许岁。安得述而美之，斯谬说耳。"按《宋世家》，微子之后十世，其后戴公在位三十四年、武公十八年、宣公十九年、穆公九年、殇公十年、庄公十八年、湣公十年、桓公三十一年，而至于襄公十四年、戴公三十年，平王东迁。穆公七年，即鲁隐公元年。自戴而襄公，将且百五十年。而正考父之子孔父嘉，殇公之时为大司马《左传·桓公二年》。若以正考父为戴武宣之人，《史记》之说，固不能成立。是以马瑞辰亦言："去戴武宣时甚远，正考父安得作《颂》以美襄公。固宜《史记索隐》以为谬说耳。"《通释》

今《商颂》之存者才五篇，孔子先世之所得，孔子岂漫删而除之哉？篇数之不合，其疑一也。诗之体制用语，殆与《鲁颂》同。而《鲁颂》奚斯颂僖公之功业也。若以《商颂》为商诗，其与《鲁颂》时之相距前后数百年，而其诗如合符契，其疑二也。孔子先世之说话，可疑者甚伙。又以其世系言之，宋世家，自湣至于景十七世，孔子世系，自湣至于孔子十一世，四百年之间，宋室十七世二十三主，孔氏则十一世耳。是其世代不合，其疑三也。请姑论之。

《商颂》《那》《正义》引《世本》云："宋湣公生弗甫何，弗甫何生宋父，宋父生正考甫，正考甫生孔父嘉，为宋司马，华督杀之，而绝其世。其子木金父降为士。木金父生祈父，祈父生防叔。为华氏所偪，奔鲁，为防大夫。故曰防叔。防叔生伯夏，伯夏生叔梁纥，叔梁纥生仲尼。"其见《左传》者，曰弗父何昭公七年，曰正考父同，曰孔父嘉隐公三年、桓公元年、桓公二年经、传、公羊传，桓公二年，曰郰叔纥襄公十年、襄公十七年四人而已。且《传》中所记之说，多不可信。华父目逆，二传不见，崔述已疑之。曰："至于左氏目逆之说，荒谬已甚。"《洙泗考信录》卷一《世本》所见名字，或称孔，或不称。至于其世系，前人已疑之。《左传·昭公廿七年》《正义》云："今之《世本》，与迁之言不同。《世本》多误，不足依凭。"崔述又难之，为"诬者十七八"《洙泗考信录》卷一。《孔子家语·本姓解》及纬书所说，荒诞愈甚。孔子父母，《左传》《史记》《礼记·擅弓》各异传。孔子生日，二传《史记》亦各异说。以此言之，正考父在戴武宣之时，亦似有可疑者。

按宋世家有前后二湣公。一则微仲曾孙，丁公申之子湣公共，一则庄公冯之子，而桓公御说之兄，湣公捷也。湣公捷至孔子之没，殆二百年，宋则八世十主。若孔氏为出于湣公捷，孔则十一世，其世代略相符。若以湣公共为孔氏所出，其间四百数十年，宋十七世廿三主，孔氏则才十一世耳。此孔氏所出，当自湣公捷，而非自湣公共也。

湣公捷之后，三传而至襄公。正考父，《世本》以为湣公曾孙。此正考父，正及于襄公之世也。《左传》误以湣公捷为湣公共。遂有"及正考父，佐戴武宣，三命兹益共"之语。《鲁语》曰"昔正考父、校商之名颂十二篇于周大师"，未言正考父在何世也。《诗序》则曰"微子至于戴公，其间礼乐废坏。有正考甫者，得《商颂》十二篇于周之大师"，亦未言其时。然亦以戴公之名系之。至于《左传》曰“佐戴武宣”，其说愈出而愈加诈。且其下文所录鼎铭，其辞绝不类金文，其出于后人好事者之手无疑。至于华父目逆，防叔奔鲁之妄，则崔氏论之审矣。

左氏之诬著，而《诗序》之妄亦明矣。则三家诗说之可信可无疑，乃王忠悫公，笃信《鲁语》《左传》之说，为之说曰：“自孔父之卒，上距戴公之立，凡九十年，孔父佐穆殇二公，则其父恐不必逮事戴公。即令早与政事，亦当在戴公暮年。而戴公之三十年，平王东迁。其时宗周既灭，文物随之。宋在东土，未有亡国之祸。先代礼乐，自当无恙。故献之周太师，以备四代之乐。较之《毛诗序》说，于事实为近也。然则《商颂》为考父所献，即为考父所作欤？曰：否。《鲁语》引《那》之诗而曰，先圣王之传恭，犹不敢专，称曰自古、古曰在昔、昔曰先民，可知闵马父以《那》为先圣王之诗，而非考父自作也。《韩诗》以为考父所作，盖无所据矣。”《说周颂》上又论其成立之时期曰：“然则《商颂》果为商人之诗与？曰：否。《殷武》之卒章曰：‘陟彼景山，松柏丸丸。’……《水经注·济水》篇：‘黄沟枝流，北径己氏县故城西，又北径景山东。……惟宋居商邱，距景山仅百数十里。’……此《商颂》当为宋诗，不为商诗之一证也。又自其文辞观之，则殷虚卜辞所纪祭礼与制度文物，于《商颂》中，无一可寻。其所见之人地名，与殷时之称不类，而反与周时之称相类。所用之成语，并不与周初类，而与宗周中叶以后相类。此尤不可不察也。……由是言之，则《商颂》盖宗周中叶，宋人所作。以祀其先王，正考父献之于周太师，而太师次之于《周颂》之后。逮《鲁颂》既作，又次之于鲁后。”《说商颂》下其所论，以《商颂》为宋诗，极为确当。而犹拘于正考父献之于大师之说，强置之于宗周中叶。按宋世家，宗周中叶之时，宋未有事于楚。乃《殷武》六章，何以慨然称荆楚乎？《鲁颂》为僖公而颂，《閟宫》有明证。而他三篇，又从而颂其先世烈祖。然则《商颂》亦盖颂襄公之事，又从而及于其烈祖，可知也。盖诗之作也，必有激于当世之事，非无故而作也。宋楚有衅，昉于宋襄公。襄公八年，齐桓公卒。十二年，宋欲为盟会，襄公为鹿上之盟。盖欲有代齐桓之霸业也。秋，诸侯会宋公盟于盂。于是楚执襄公，以伐宋。十三年，襄公与楚成王战于泓，宋师大败，国人怨焉。十四年夏，襄公伤于泓，竟卒。则襄公者，霸图虽不终，其雄心壮图，自微子而以来，未之有也。自此宋人倍楚盟，亲晋，大有敌忾之心。宋人之国家意识，特昂扬于是时。“挞彼殷武，奋伐荆楚”，“维女荆楚，居国南乡。昔有成汤，自彼氐羌。莫敢不来享，莫敢不来王，曰商是常”，此述古而言今。可见《殷武》之诗，舍宋襄之时莫属也。

《集传》曰：“此章与《閟宫》之卒章，文意略同。未详何谓。”姚际恒云：“按商在前，鲁在后。明是鲁以商为蓝本耳。何疑焉?”宋襄、鲁僖，殆同其时。然以其诗言之，《商颂》稍早于《鲁颂》矣。当宋楚对峙之时，宋大兴宗庙宫室，隆其祀礼，以外事告祭之于先公烈祖之威灵。与卜辞凡有外事，辄告祭之于祖灵，其例正同。而正考父适在襄公之世，睎尹吉甫而作其辞，修饰祀礼。观其诗而论其时，则《商颂》之作，必应在于此时。三家诗说，必有所承矣。

余尝作《商颂说》一篇，载之《说林》第三辑，1949年6月，今再录其要于此。

1959年7月

《诗经国风》跋

白川静

据白川静《诗经国风》（平凡社，1990 年）所载译出。

我最初读《诗经》，还是在 1925 年。主家藏书中有部《国译汉文大成》，我读了其中的《诗经》《楚辞》《唐诗选》等。看来年轻时很容易记住，抄写了《离骚》原文来背诵，用这样的形式来读非常管用。唐诗也是广为人知的那些诗篇，大体都背下来了。1926 年，因病辞别了主家，一度回到故乡静养。附近在县政府做书记的，有一位精通汉诗、万叶调的老人，借给我本《诗集传》，我抄写过。回乡的一个夏天里，抄写完《小雅》，我想抄写可以学到很多东西。从那以后，我就与《诗经》结了缘。数年后，做了《经义述闻》笔记，从找到正续《皇清经解》以后，就着手考察清朝诗经学。这几乎是一生的缘分，但我觉得进入《诗经》世界比起《万叶集》世界更难。因为关于那一时代与生活的知识，几乎无处可得。

1933 年，冈田正之氏的《诗经国风篇》由第一书房出版。他是一位将《论语》像经文一样直读的音读论者、柏拉图哲学的研究者，显示出了翻译此种古典诗歌的卓越才能。译成古调也好，口语也好，有很多佳译，至今朗朗上口。只是他依据旧说解诗，对诗的主题颇多误解，在那一时期也是不得已的事情。战后，1957 年目加田诚的《诗经译注篇第一卷》（国风）由丁子屋出版，多为七五调柔和的译诗。

我在大学授课，经常讲到《诗经》，就想把这些研究成果整理出来。

1960 年作为博士课程的讲义，编写了《诗经研究通论篇》，作为硕士课程的讲义，编写了《解释篇》与《兴研究》，油印了一百部，分发给同学们。我也曾想陆续加以补定出版，但只有《通论篇》到 1981 年由朋友书店出版了，其他则还没有机会去整理。大体概述的内容，就想作为一般图书推出，1970 年作为中公新书的一种，出版了《诗经》一书。今天还在再版，但是书中没有附上译文。

1974 年，海音寺潮五郎的《诗经》由讲谈社出版了。看起来他很喜欢《诗经》，他的译诗洋溢着爱情。如同他宣称的那样，随意因诗歌而异译为童谣，译为俗谣，译为狂言、八木节，确是天衣无缝、如见其人的译作。例如《螽斯》的译诗是这样的：

はたおり、はたおり
はたおり
はたおり、はたおり
はたおり……
わいら、うじやうじやゐるなあ
さうぢやてなあ
わいら、一ぺんに
九十九匹も子を生むんぢやてなあ
ほう！
みんな、仲ようしとるわ！
このやうに、
当家のみ子

我想，将从原诗得来的诗意，译成不拘泥于原诗形式的诗歌，像这样的做法，确是一个路子。

我每次披览诗篇，也用铅笔笨拙地尝试着翻译，涂了再写，写了再涂，开始尝试的古调，随着时代演进，逐渐变成口语。因为要尽可能正确，尽可能好懂，靠近原诗的表达。今天准备刊行的这本书，大体收入的是这样的东西，因为我私下认为在正确理解原诗的基础上，接着是有诗歌才华的人可以充分施展其译笔就好。

我与《诗经》相遇，已经超过六十年了。我当初期许的《诗经》研究，却还没有达成一半。究竟能不能期待它完成的一天呢？不久我就要满八十岁了。推出这样的译诗，已然是年岁太大了。但是，《诗经》世界仍旧有我割舍不断的至爱。因而还是决定让此书问世。

平成元年秋十月八日

南宋刊十行本《毛诗注疏》解说

长泽规矩也

据长泽规矩也解题《毛诗注疏》第一卷（汲古书院出版，足利学校遗迹图书馆后援会发行，1973年）所载译出。

长泽规矩也（1902—1980），著名汉学家，汉籍版本目录学家。主要著作有《书目学论考》《中国版本目录学书籍解题》《汉籍整理法》《古书目录法解说》《日汉古书编目法》等。

直到北宋末年，注疏皆别传。即经文中插入注文的所谓经注本与仅疏单行的所谓单疏本是各自流传的。因为这样的传本学徒们会感到不便，就出现了经注荟本。其最初的本子传到足利，见于本会以前影印的《周易注疏》，接着刊行的《周礼》《尚书》《礼记》《毛诗》，后来刊行的《左传》《论语》《孟子》。最初时，是由两浙东路茶盐司出版，而《左传》刊行者，相传是吴兴的沈中宾。但是，由于体裁各本略同，世间就将这些注疏本皆称为越刊八行本。所以称为八行，就是因为每半叶八行的缘故。

南宋中期，建宁府建安县（今属福建省）地方书肆已鳞次栉比。因为本来就是营利的事情，对获利很敏捷，注疏荟本也就流行起来，插进陆德明的《经典释文》的话，就近乎完璧了，于是就出现了宋刊十行本的编刊。

不过，世上流传的十行本，几乎全是明正德年中南京国子监印行的正德十行本，因为当时南雍（国子监）里，宋元刊本的板木有传，编刊《十三经注疏校勘记》的阮元等诸家，认定其乃宋刊明修本信而不疑，独有顾千里有疑。他在《抚本礼记郑注考异序》(《思适齐集》卷七）附记中说南雍本本出于宋季建附音本，在他之后，海源阁主人杨绍和，说顾千里把元明间翻刻宋建附音本的本子当作递修的本子，其说未必确实，但断定其绝不是《九经三传沿革例》里所说的附释音的建本，而说属于宋末翻刻本的递修本(《楹书隅录》卷一《宋本附释音春秋左传注疏》)。由于我国山井鼎看到过原本，采用了与正德本略似(《左传》条)、稍同(《毛诗》条）的说法(《七经孟子考文》),没有明言正德本到底是元刊本，还是宋末刊本。

但是，我往年详查静嘉堂文库所藏正德本十三经的版心，发现了可视为原刻叶的纸叶的版心上有削去的痕迹，看到《论语》里留下了“泰定四年”(卷一第一叶)、“泰定丁卯”（卷三第一叶）这样的文字，更知道各叶的刻工，多与胡注《通鉴》相一致，其他与元刊本一致者不少，却全然没有与宋刊本数人一致的实例，断定正德本十三经不是宋刊本的补修，而是元刊本的补修。这是去今四十年前的事情了。恐怕可以看到正德本是泰定刊本的补修，正德以前也做过补修的痕迹。

这样一来，真正的十行本的宋刊本至今传存的就很少了。《尚书》的初印本传存于台北“故宫博物院”。至于《毛诗》，简直是天壤孤本，作为足利学校传来本，堪与南宋初年覆北宋刊本《新唐书》、南宋初年刊本《周易注疏》、明州刊本《文选》三书相匹敌，这就是本会继影印《周易注疏》之后对其加以影印的理由。米泽市立图书馆所藏抄本，或以此本为底本。

底本近乎初印，每半叶十行，每行大十八字，小二十三字，左右双边，有耳，匡郭内，纵六寸三分，横四寸一分，首有“毛诗正义”木记，次又“诗谱序”木记，正义序末，有“一经堂刘叔刚（桂轩)”木记，各册首有“足利学校公用”或“足利学校之公用也”的墨书，捺有“松竹清人”的图章、捐赠者上杉宪实的墨书之外，在诗谱序末还有旧有的题跋。其中的“大荒落”，是“巳”岁的异名。

另外，八行本、十行本原本在后面的注疏本疏文的前面，标记上“从某处至某处”这样的文字，是与经注别行的单疏本的遗痕，经注合刻的话这样的标记也就没有必要了。

既刊的《周易正义》采用了珂罗版的方法，但是今日珂罗版印刷技术比战前逊色。这是因为，手折的特殊技术几乎失传殆尽。洋纸印刷的场合尤其如此。因此，本社与社员们反复商讨，开发出了巧妙利用新输入的铝版、胶版印刷、像本书一样较之珂罗版印刷毫不逊色的印刷法，并决定今后本丛书将采用这样的方法。在出版之际，站在编者的立场，谨向本社印刷部门诸位的努力，表示感谢。

《毛诗正义》校勘札记

冈村繁

原载日本诗经学会编《诗经研究》第十二号（1987 年 12 月）。

冈村繁（1922—2015），原九州大学文学院教授，著名中国文学研究家。著作很多。华东师范大学东方文化研究中心编译的《冈村繁全集》共十卷，2002 年由上海古籍出版社出版，其第一卷《周汉文学史考》第一章《诗经溯源》是其研究《诗经》的代表性成果。

前　言

我已经年过花甲，或许将来这会成为过重的劳役，然而我却有这样一个胸中暗自涌动的小小梦想。那就是假如上天能假我以时日，虽说力量微薄，我也要倾尽全身全灵，完成《毛诗正义》四十卷我满意的日译和校注，这就是我的夙愿。去年，尽管留下些尚未完备的地方，《毛诗正义》第一册上梓，得到世上有识者的指教，首先大胆迈出了第一步，这无非为我今后是否还要钻研确立了方向，是对我应当实现愿望的鼓舞。

然而我们迄今熟读的《毛诗正义》的文章，仅有本书开卷开头的孔颖达的《毛诗正义序》和紧接其后的郑玄《诗经谱》《周南召南谱》的正义，以及正卷的《周南关雎诂训传》的标题部分。《关雎序》《关雎》的各正义，合起来不过长短六篇。这点分量，从《毛诗正义》整体来看，是微不足道的，然而这开卷开头相关的六篇正义，从其叙述方式来看，可以说是《毛诗正义》全卷的纲领，或者说强烈具有作为凡例的性质。在这种意义上说，这数篇的正义，在《毛诗正义》四十卷中，可以说占有最基本而且是最重要的地位。在今后往下研读《毛诗正义》的时候，在考虑处理方式方面，不正是给我们提供了最有效启示的部分吗？

正因为如此，以下我想谈一谈校勘《毛诗正义》开头数篇过程中有关其主要事项的若干体会，以期大雅方家雅正，供读者参考。

一

在读解《毛诗正义》开头数篇的过程中，让我感到首先要说一说的，诚然是司空见惯的事情，那就是在我们读解基础上的文本方面，从前《毛诗正义》编述的唐代初期的原本，与今天我们能够看到的现存各本之间无情撕裂、过于久长的岁月隔绝。这一冷峻严酷的事实，或大或小覆盖着《毛诗正义》全文，特别是开头数篇的正义，这种隔靴搔痒之感，就更为切实。为什么呢？作为开头数篇的正义部分的传本，诚如吉川幸次郎在《毛诗正义校订资料解说》（京都《东方学报》第十三册第二分册，1943 年）所谈到的，现在其古抄本国内外一卷也没有留下来，刊本也只不过最多能追溯到南宋刊本。而且就是南宋刊本，离编修《毛诗正义》的初唐高宗永徽四年（653 年），也已是数百年之后了。这期间，由历代读书人、科举应试生、书肆等，经过多少传写、刊刻，是我们无法想象的吧。

为了弥补现在传本上这种明显不利，我们手边还有我国以及中国近世以来考证学者们积蓄的贵重业绩。也就是清代浦镗撰写的《十三经注疏正字》（《文渊阁四库全书》经部五经总义类，《四库全书珍本初集》同类所收），我国山井鼎（1680—1728）撰、荻生观（1673—1754）补遗《七经孟子考文补遗》（享保十六年刊本等）、清代阮元（1764—1749）撰《十三经注疏校勘记》（嘉庆十一年家刻本、《皇清经解》所收本），清代孙诒让（1848—1908）撰

《十三经注疏校记》（济南齐鲁书社排印本，1983年）等，这些是主要的。

今天重新盘点国内外先儒们苦心考订的足迹，当然认可随处有令我们解颐的卓见，不过让我看来，仅有先儒的考订，怎么也存在无可奈何的局限。而且，这种考订的局限，几乎在所有的场合，都可以看作与前述《毛诗正义》现存各本的局限性密切关联的事。例如《周南召南谱》的原文：

> 风之始，所以风化天下，而正夫妇焉。故周公作乐，用之乡人焉，用之邦国焉。或谓至房中之乐者，后妃夫人，侍御于其君子，女史歌之，以节义序故耳。

《正义》做了如下说明：

> 云言或者，道异说也。郑之前世，有为此说者，故因解之。

正义所谓“言或”，从郑谱本文所谓“或谓”来推测，恐怕原来当作“或言”或“或谓”，而前述诸儒谁也没有谈到过《正义》此处的误倒，这就是一个比较明了的实例。想来，校勘学者从来没有指出《正义》的这种讹误，恐怕是因为他们用的传本资料绝对贫乏。

二

足利学校遗迹图书馆秘藏的南宋刊十行本《毛诗注疏》二十卷（1973—1974年，同图书馆后援会影印四册），在现存《毛诗正义》诸本中，作为完本，被视为最古最善的天壤间的孤本，特别是在读解前面所说的《毛诗正义》开头数篇的时候，是现在最足以信赖的文本，最近这一稀觏本终于影印出来，我们能很容易地披阅了，这是再好不过的事情。由于这一影印本的出现，我们在《毛诗正义》校订资料方面，说比起前述清儒得以占有优势恐怕也毫不为过。例如：

①《毛诗注疏》卷一《周南关雎诂训传》第一标题下，在“郑氏笺”正义里，通行本作：

> 不言名而言氏者，汉承灭学之后，典籍出于人灭，各专间命氏，以显其家之学。

这里文意几乎不通。与此不同，足利学校南宋刊十行本（以下简称“足利宋本”）则作：

> 不言名而言氏者，汉承灭学之后，典籍出于人间，各专门命氏，以显其家之学。（影印足利宋本35页9—10行）

保存了《毛诗正义》本来形态，且也与阮元《校勘记》补所指出的“毛本，‘人灭’作‘人间’，‘专间’作‘专门’。案：所改是也”的毛氏汲古阁本的改定相一致。

②《关雎》篇“关关雎鸠，在河之洲”的《毛传》文中，现行各本均作：

> 又不淫其色，慎固幽深，若《关雎》之有别焉。然后可以风化天下，夫妇有别，则父子亲；父子亲，则君臣敬；君臣敬，则朝廷正；朝廷正，则王化成。

不过，今天试看《毛传》相对应的《正义》，《正义》对这段《毛传》文字做了如下的解释：

> 言后妃虽悦乐君子，不淫其色，能谨慎贞固，居在幽间深宫之内，

> 不妄淫亵君子，若雎鸠之有别，故以兴焉。后妃之德能如是，然后可以风化天下，使夫妇有别。夫妇有别，则性纯子孝，故能父子亲也。孝子为臣必忠，故父子亲，则君臣敬。君臣既敬，则朝廷自然严正。朝廷既正，则天下无犯非礼，故王化得成也。

我想从《正义》这样的解释反过来推察《毛传》的原形，推定至少《正义》多依据的《毛传》中，原来“夫妇有别”四字下还重复有“夫妇有别”四字，是十分恰当的。而且，正像是证明这一推定一样，在这个足利本上，在“夫妇有别”之下，用毛笔追补了“夫妇有别”四字（影印足利宋本69页5行）。这一补笔，恐怕是我国一位先学校补的，对其读书之精细，理应佩服。现行各本有这样的脱误，恐怕是因为以往的写本里有“夫＝妇＝有＝别”这样的重文号，在传写过程中一不注意就写漏了吧。古写本与刊本之间往往有这样显而易见的脱落现象。这样的例子，可以说证明了足利宋本的优秀性。

但是，另一方面，将足利宋本与其他现存刊本详加对照，正像阮元随处所指出的那样，这个足利宋本里，也有不少误字、脱字、衍文，而且这些误脱衍文当中，有不少可用现存刊本加以补正。在这种意义上，这个足利宋本的价值，不是可以说与从来的传本也不过是五十步笑百步吗？

现在，仅就《毛诗正义》开头数篇，首先举出如下一些足利宋本与其他现行各本同样脱误的事例。

> ①“固诸儒之所揖让，日下之无双，于其所作疏内，特为殊绝。”
>
> （孔颖达《毛诗正义序》。影印足利宋本3页3—4行）

“日下之无双，于其所作疏内”二句，文意全然不通。恐怕有衍文或错倒，这两句正如阮元《校勘记》所说，闽本、明监本、毛本与之相同。

②“此谱于此篇之大略耳。”

（《周南召南谱》正义。影印足利本 24 页 8 行）

阮元《校勘记》曰：

闽本、明监本、毛本同。案：下“此”字当作“比”，形近之讹。

③“自古而有篇章之名，与诗礼俱兴也。”

（《关雎》章末正义。影印足利宋本 78 页 1—2 行）

阮元《校勘记》曰：

闽本、明监本、毛本同。案：“礼”当作“体”。形近之讹。

④“挚虞流外论云：诗有九言者，泂酌彼行潦挹彼注兹，是也。”

（同上。影印足利宋本 78 页 10 行）

阮元《校勘记》曰：

闽本、明监本、毛本同。案：山井鼎云：“外”当作“别”。是也。

⑤“颜延之云：诗礼本无九言者，将由声度阐缓，不协金石。仲治之言，未可据也。”

（同上。影印足利宋本 79 页 1—2 行）

阮元《校勘记》就“礼”字曰：“毛本‘礼’作‘体’。案：‘体’字是也。”关于下文“仲治”又曰：

闽本同。明监本、毛本“冶”作“治”。案：山井鼎云：“冶”当作“治”。是也。

⑥“乎者。俟我于著乎而。《伐檀》，且涟漪之篇。”

（同上。影印足利宋本79页5行）

阮元《校勘记》就“乎而”曰：

闽本、明监本、毛本同。案：“乎者”当作“著”。此句称“著”，与下句称《伐檀》对文也。误分为二字，又改“艹”为“乎”。

另外，关于“篇”字，闽本、明监本、毛本皆无异同，但京都大学人文科学研究所藏山井鼎手泽《闽本毛诗注疏》眉栏校记里说“篇，恐类字”，可从。

下面举出一些实例，说明这个足利宋本所犯误脱，可以用其他通行刊本加以补正。

①“其文王之德化，多少不同者，自由作不有别，又采得多少不同。”

（《周南召南谱》正义。影印足利宋本25页3—4行）

“自由作不有别”一句，是《周南》《召南》之间讲文王之德多而不少的理由的部分，这样的句子文义不通。想来“不”字，毛本作“者”。从毛本改定，“作不”作“作者”，文义就全通了。

②“自《周南》至郑氏笺凡一十六字，所题非一时也。《周南》《关雎》至第一、诗国风，元是大师所题也。诂训，毛自题之。毛一字，献

王加之。郑氏笺，郑自题之。”

（“郑氏笺”正义。影印足利宋本 36 页 5—6 行）

这一段《正义》文字，是对标题“周南关雎诂训传第一、毛诗国风、郑氏笺”十六字的说明部分，《正义》指出标题文字合计十五字，少了一字。对此龃龉，阮元《校勘记》曰：

明监本、毛本“训”下有“传”字。闽本剜入。案：所补是也。

“诂训”作“诂训传”，《正义》说明才能通。

③“治世，谓天下和平。乱世，谓兵华不息。”

（《关雎序》正义。影印足利宋本 44 页 7—8 行）

毛诗大序“治世之音”“乱世之音”《正义》，“兵华”，当从现行各本作“兵革”。形近之讹。

④“下云，上以风化下，下以风刺上，是上下俱正人也。”

（同上。影印足利宋本 46 页 8 行）

“人”，当从闽本作“之”。我想足利宋本“正之”误作“正人”，恐怕是涉《正义》之文紧接前面的所谓“普正人之得失”“非独正人君”而误。

⑤“穆叔赋，而晋人不得怨之。”

（同上。影印足利宋本 53 页 9 行）

“赋”字下，当从闽本补“诗”字。想来此一句作“穆叔赋诗”始与

《左传·襄公十六年》之文相应，且与《正义》文章节奏相协调。

⑥“一人者，作诗之人。其作诗者，道己一人之心耳。要所言一人心，乃是一国之心。”

（同上。影印足利宋本59页5—6行）

毛诗大序“一国之事，系一人之本”《正义》。上文中“要所言一人心”，阮元《校勘记》曰：

闽本、明监本、毛本“人”下有“之”字。案：所补是也。

我想“一人心”三字，如闽本等作“一人之心”，始与上文“一人之心”相合，且与下文“一国之心”相照应。

此外，此足利宋本，还有一些特意刓去或添加旧来版木以与当时通行本相一致，轻率地改动旧版的地方。兹举出以下数例。

①“臣下作诗，所以谏君。君又用之教化。故又言上下皆用此上六义之意。”

（《关雎序》正义。影印足利宋本53页1—2行）

“皆用此上六义之意”，阮元《校勘记》曰：

闽本、明监本、毛本同。案：十行本，“上”至“之”，刓添者一字。○补：“上”字宜衍。

②“故作诗歌其功，遍告神明，所以报神恩也。”

（同上。影印足利宋本63页1行）

“所以报神恩也”一句，阮元《校勘记》曰：

> 闽本、明监本、毛本同。案：十行本，“以”至“也”，剜添者一字。〇补：“神”字宜衍。

看以上列举诸例，显然尽管南宋刊十行本《毛诗注疏》确为以后各本注疏之祖本，是稀覯善本，但从大局来看，终究是与闽本、明监本、毛本等明代刊本大同小异的不完整传本，不得不判定它是与以往的坊间本没有显著差别的文本。因此，我们手里有了南宋刊本，绝不能说较此之前《毛诗正义》就大大好读了。

三

那么，我们今后该怎样尝试复原《毛诗正义》本来的面貌，填补我们与唐代初期遥远的时间悬隔呢？至少眼前，留给我们的方法，哭也罢，笑也罢，唯一的就是参照现存的宋明刊本与先儒们的校勘，依靠自身的两只眼睛，一边理性地分析，一边一句一句往下深读。以下摘取几个片段的实例。

> “左方无君世者，此因诗系二公，故终言之。”
>
> （《周南召南谱》正义。影印足利宋本29页2行）

此节《正义》之文，是说明郑玄《周南召南谱》（亡佚）左侧未写“周公”“召公”世系理由的部分。正义接着这一节文字补充说明没有写此二公世系的理由说：

> 其君世，世家亡灭，且非此所须故也。

如果是这样的话，那么“终言之”，现存各本虽皆无异同，但不管是从上文看，还是从下文看，文脉上，当然该作“终不言之”，而且这样作四字句文章节奏也才完整。

“诂训传者，注解之别名。毛以《尔雅》之作，多为释诗，而篇有释诂、释训，故依《尔雅》训，而为诗立传。传者，传通其义也。”（标题《周南关雎诂训传第一》正义。影印足利宋本32页3行）

此节《正义》之文，是说明标题加三字“诂训传”理由的部分，也就是说，据《正义》，“诂”“训”二字，是基于《尔雅》的《释诂》《释训》两篇而命名的。如果是这样的话，见于上述《正义》之文的“故依《尔雅》训”的“训”字，虽现存各本皆无异同，但只要依从《正义》的形式逻辑，当然原来就不只有“训”一字，承接上文的《释诂》《释训》，就该作“诂训”二字。不仅如此，将“《尔雅》训”三字改为“《尔雅》诂训”，这一句在表达上也才成为稳定的句型。

> “欲言先后为次，则齐哀先于卫顷，郑武后于桧国，而卫在齐先，桧处郑后，是不由作之先后。”
>
> （标题《毛诗国风》正义。影印宋本33页8—9行）

此节《正义》之文，是论证十五国风顺序并非依照作诗时期先后的部分。第一句“言”字，各本皆同，但与此节一起正义下文说：

> 欲以国地为序，则郑小于齐，魏狭于晋，而齐后于郑，魏先于唐，是不由国之大小也。
>
> 欲以采得为次，则《鸡鸣》之作，远在《缁衣》之前；郑国之风，必处桧诗之后。何当后作先采，先作后采乎？是不由采得先后也。

由此看来，前述的“言”字，与前面二文一样，原来不当作“以”字吗？作

“以”字文义才得以明确。“言”字恐是因与“以”的古字“㠯”形似而误写。

“六义”次第如此者，以诗之四始以风为先，故曰风。

（《关雎序》正义。影印足利宋本 59 页 2—3 行）

此节《正义》之文，是说明大序里诗之“六义”最初举出“一曰风”的理由的部分。那么，作为结论，只说“故曰风”，怎么也是话没说全，不像是个结论。尽管现行各本皆无异同，原来莫不是“故曰一曰风”五字吗？这样的话，文意才能首尾照应。现行各本“一曰风”，恐怕是传写的时候，“曰”字出现两次，不经意目光滑过，就写丢了“一曰”二字。

若王之齐正天下，失其理则刺其恶。幽厉小雅，是也。

（同上。影印足利宋本 61 页 1—2 行）

“小雅”二字，各本同。但是，今天查阅《毛诗》，刺周幽王的诗，几乎占《节南山》以下“变小雅”四十余篇的全部，而且“变小雅”里面也有《瞻卬》《召旻》两篇。另一方面，刺周厉王的诗，《小雅》里完全没有，“变大雅”里面却有《民劳》《板》《荡》《抑》《桑柔》五篇。如果是这样，那么正义所谓“小雅”的“小”字，无疑就是“變”字的俗体“变”字的阙误了。想来这样作“变雅”，才与《正义》的上文里所谓“雅之正经”相应：

王之齐正天下，得其道则述其美，雅之正经，及宣王之美诗，是也。

此章，未得荇菜，故助而求之。既得，故四章论采之。采之既得，故卒章言择之。

（《关雎》《正义》。影印足利宋本 74 页 3 行）

此节《正义》之文，是对《关雎》第二章“参差荇菜，左右流之”郑笺的解说部分。此段文章由三段构成，大体采用对句相从的骈文表达方式。如果是这样的话，前后两回出现的“既得”里面，在前面一个“既得”之上，与后面的“采之既得”的场合一样，原来很可能是其上句“助而求之”的“求之”重复出现。此“既得”一句，作“求之既得”四字才能形成骈文的形体。恐怕原来古抄本作“求 之 ”，里面有两个重文号，传写的时候，和前面说过的情况一样漏抄了。

王肃云：服膺思念之。笺以释诂文服事之。本求淑女为己职事，故易之也。

（同上。影印足利宋本 75 页 3—4 行）

此节《正义》之文，对《关雎》第三章“寤寐思服”的“服”。《毛传》解释作“服，思也”，郑笺改而解释为“服，事也”，说明其中的理由的部分。“文”字无疑当作“云”字。《尔雅·释诂》：“服，事也。”“文”盖因与“云”相近而误写。

此笺乐必作，兼下钟鼓也。下笺琴瑟在堂，亦取。此云琴瑟友之，言淑女以琴瑟为友，下云钟鼓乐之，共（供）荇菜之事（时），为钟鼓乐。淑女二文不同者，因事异而变其文。

（同上。影印足利宋本 76 页 10 行—77 页 2 行）

此节《正义》，是论述《关雎》第四章“窈窕淑女，琴瑟友之”及郑笺“共（供）荇菜之时，乐必作”，和第五章“窈窕淑女，钟鼓乐之”及其郑笺“琴瑟在堂，钟鼓在庭。言共（供）荇菜之时，上下之乐皆作，盛其礼也”的相互关系的部分。现在试将《正义》之文以图示之：

此笺“乐必作”，兼下“钟鼓”也。
下笺“琴瑟在堂”，亦取（?）

此云“琴瑟友之”，言淑女以琴瑟为友。
下云“钟鼓乐之”，供荇菜之时，为钟鼓乐。

“淑女”二文不同者，因事异而变其文。

以上文字一眼就看得明白，“亦取”之下，原来有与上文“兼下钟鼓也”相对应的几个字。而且这些脱文，从前后文章推测，恐怕就是下文的“此云琴瑟”四字。“亦取”一句，作“亦取此云琴瑟”，文意才首尾一贯。而且也能构成与“兼下钟鼓”相对应的句子。我想，此“此云琴瑟”脱落的原因，原来古抄本作“亦取此＝云＝琴＝瑟＝友之”，有重文号，和前面谈到过的一样，传写的时候就抄漏了。

1987年10月20日稿

《诗经》摘抄

海音寺潮五郎

据海音寺潮五郎译《诗经》（中央公论社，1990 年）译出。

海音寺潮五郎（1901—1977），诗人，小说家。著有小说《蒙古来了》《平将门》《天与地》《武将列传》《恶人列传》《西乡隆盛》《武道传来记》《明治太平记》等，有 1969 至 1971 年朝日新闻社出版的《海音寺潮五郎全集》二十一卷。

司马辽太郎（1923—1996），小说家。著有《龙马奔走》《国盗物语》《坂上之云》《殉死》《猫头鹰的都市》《风的武士》《关原》《丰臣家的人们》《空海的风采》《项羽与刘邦》等。有多种作品译成中文。

序

《诗经》作为五经之一，自古以来，就是中国文化圈各国知识分子必读的书。《论语》末章《尧曰》篇最后有“子曰：不知命，无以为君子也；不知礼，无以立也；不知言，无以知人也”。这里说的“言”，荻生徂徕认为就是指先王的法语，进一步解释就是《诗经》和《书经》的意思。也就是说，《诗经》汇集了圣人间接创作的文学，《书经》则是先王行动的历史记录。换句话说，徂徕解释说，不懂得文学与历史，就不了解人。我全面赞成这种说法。

通读《论语》的人，不会不注意到孔子在教育弟子时是怎样重视诗的。孔子的时代，不同场合诵读不同诗句，来表达自己的意思，似是绅士们的嗜好。读一读《左传》就会很清楚。

我着手翻译《诗经》，说实话就是为了读中国古典的方便。经书类自不待言，就连史书，特别是《左传》也常常提到《诗经》，每一回提及《诗经》，就必须翻出这些诗来。翻出这些诗来品味，就要将它们译成日语。这样一来，译出来的诗不知不觉就有了不小的数目。有时就想把它从头全译出来。这已经是十几年以前的事情了。就这样起了头，“风”有意思得不得了，确实记得是一个月就译完了，“雅”“颂”就感到不好下手，于是就放下了，但去年在庆应医院住院四个多月，便就都完成了。

这原本是我为读书做的，当初也没有打算要发表，是写在大学的笔记本上的，朝日新闻社出版的季刊杂志《亚洲评论》希望刊出，连载了整整四年，只发表了“风”这一部分。

想写的东西还有很多，那就以后再写了。

昭和四十八年七月一日

海音寺潮五郎

跋

前言中提到去年在庆应医院住院四个多月，翻译完了“雅”“颂”，那是在狭小桌子上摊开大学的笔记本，一只手翻开书读着，一边琢磨着，一边用铅笔写下来。要译《小雅》的时候，与我有交往的神田书店街的高山书店老板来看我，问我忙些什么。

“我正翻译《诗经》哩。”

“《诗经》翻译出啦。”

“叫什么？谁的？”

“什么时候，是谁，都不记得了。收在平凡社的中国古典大系里的。”

老实说，那心情就像挨了一棒子。

高山是当天还是第二天，就把中国文学研究者目加田诚翻译的《诗经》和《楚辞》拿过来了。一九六九年十二月初版，一九七一年七月一日再版了。送到我这里的，是再版的刚出炉的东西。

我捏一把汗拜读完了，真不愧是专家学者，研究广泛，相当精彩。领教之处很多，但我还是没有放手不干的打算。我执着地想，我的东西也有一席之地。

今天的中国文学研究，跟英国文学、法国文学一样，开始用中国话来读了，而我们那会儿，是用训读——直译体的日文来读的。因此，不能把从声调到诗歌文章的情调都领会出来。那做法是，先是懂了意思，由多年的训练，多多少少领会它的情调。把这样捕捉到的东西（假定是捕捉到的），适当地转换成属于自己的日语的诗形。或是童谣体，或是俗谣体，或是狂言体，或是八木节体。或许压根儿就看走了眼。但是，就让谁去把它搞清楚吧。清楚的话，那同样一首诗，古注和新注，当然不会有天壤之别，想到此，我突然来了劲儿。

文学这东西真难。严密地说，一个国家的文学，只有那个国家的人才能懂，或许同样，某一时代的文学，也只有那一时代的人才能懂。说到这，实在是没辙了。请读一下我解释体会的整本《诗经》吧！不管怎样，我打算把它变成诗。

《诗经》长长短短，有三百十一首诗。虽然有孔子删诗的说法，但大致是没有删过。三百十一篇中，有六篇（都在《小雅》，名为《南陔》《白华》《华黍》《由庚》《崇丘》《由仪》）只有篇名而无诗，实际上是三百零五篇。

孔子说：“诗三百，一言以蔽之，思无邪”，见于《论语・为政》篇。“思无邪”是《鲁颂・駉》里的句子。“思”是语辞，无义，训作“邪（まがれ）るなし”的话，意思是“一个劲儿的”。孔子断章取义，使之有了“思”的意思。《诗经》三百篇，一句话来概括，就是不是人为地编想出来的，是天真的流露。这样的说法棒极了，让人感叹到底是孔子啊，而语句上说，一读原诗就很明白了，四节构成的诗，都在同样的位置上用了“思”字，把它们放在一起来考察，“思”只是调整语调而没有意思，这样也讲得通。

正如一读就清楚的那样，有的诗只有一两个字不同。这一时代诗是出声而歌的，确像是极为单调的声调，会感到很不过瘾。我的翻译正像在前言中所说的，只有“风”在朝日新闻社出版的季刊杂志《亚洲评论》上连载过，那时只刊载了诗开头的一节，后头的都省略掉了。不过这回全都译出来了。

今日出海君还在担任文化厅厅长的时候，曾经一起去旅行。那时，今君跟我谈起周恩来总理接待外国人的情况。周恩来对对方几十人、几百人都用同样的态度去握手、干杯，那种韧劲令人惊讶。我对《诗经》那只有一字不同而几节相连构成的诗篇，就必须好好想出来。我本人有时被邀请参加结婚典礼，在日中国人和香港的中国人结婚，两家都是大富豪，心想这是个话题，也就去了，看到像是在风中燃烧似的楚楚动人的苗条美女向五百来宾一桌一桌地鞠躬敬酒。据说每天招待五百来宾，连续一周，鞠躬敬酒这样极为单调的动作每天五百回，一周下来，绝不怠倦。不，实际上是怠倦的，但也不让人看出怠倦的样子来，不停地微笑，一点看不出疲倦的神色的这种韧劲，是中国民族的天性，这在政治上、外交上、日常生活上、工艺美术上、纯粹艺术上、文学上，都展露出来，所以这一回我要把它们全部翻译出来。那使人感到何等坚毅的中国工艺品等等，这样一想不也就懂得了吗？

一边翻译着《小雅》《大雅》《颂》里面那些祭祀祖先、农事祭祀的诗篇，在我脑海里来来回回想到的，却是日本神道仪礼与中国古代祭祀仪礼之间不是具有最为浓厚的亲缘关系吗？水田耕作和农耕仪礼当然是一起传来的，本来就是一样的，这一点自然很容易看出来。

我认为日本所说的王化，实质上是水田耕作化。《古事记》《日本书纪》里，只记载倭王朝统治向日本列岛扩张，派遣四道将军，日本武尊西伐东征，那恐怕是模仿中国史书的记述。想到天皇日常祭祀几乎全部、即使今天，也与农事相关，一度靠武力出征到后来在宣抚中倾力于推广倭式水田耕作，这就是所谓王化。对于采集经济、狩猎经济种族刀耕火种的人来说，觉悟到水田耕作经济，意识到从不同程度的饥饿状态中解放出来，只要不是顽固不化的人，都会兴高采烈的。

这样一来，对倭王朝来说，农耕仪礼或祭祀就是至关重要的了，它决定了全部祭祀的样式，它对祭祀先祖的仪式也有巨大影响。

杉森久英君去年去台湾的时候，因为有孔子庙的祭祀，抓空儿去参观了一下，他说一边看，一边切实感到与日本神道仪礼的联系。

持有偏狭国粹主义想法的人，当今没有了。如果有的话，那就是很不学习，或者感性迟钝的人吧。不是去强调日本文化的独特性什么的，而是认为是迥异的根生长的文化，意想不到的却是出于同根，抱有宏达气宇的人致力于发展由此出发的学问，因而也将有利于日本民族。想到这些，此书如蒙一读，我便很高兴。

译文的底本是富山房的汉文大系本《毛诗》，这本书古注、新注皆有，对像我这样的门外汉，而且还是因病住院不能翻阅很多参考书的人，是很方便的。朱熹这位学者，在并非日本汉学者的知识分子当中，评价很是糟糕。通过《诗经》，我看到他是一位了不起的大学者。多有前人之所未发，他的见解大体都成立，不光是一位大学者，而且可以说就是天才。我想，如果并不很懂却要说他的坏话，那就不好了。

心灵的最后归宿

司马辽太郎

原载海音寺潮五郎译《诗经》封底（中央公论社，1990 年）。

说到《诗经》，我眼前浮现的是一幅广袤的风景。据今两千五百年到三千年，在华北的黄土地上有些古代城市国家。城墙环绕的都市本身就是国家，城外田园宽阔，暮色消退，城门打开，肩扛农具的农夫走了出来。农夫一边耕作，一边歌唱。他们耕作的动作是四拍子的，歌自然也是四拍子的。

读《诗经·国风》（民谣），这种风景便浮现出来，甚至可以听出歌的节律。《诗经》一句话，是“诗三百，一言以蔽之，思无邪”。相信天地之灵，人生活的节律中能够寄托全部精神的那个时代和它的诗的精神，是人类理想的生存价值，这永远不会改变。

赤冢博士的诗经学

村山吉广

据赤冢忠著《赤冢忠著作集》第五卷附录《月报》一（研文社，1986年3月）所载译出。

赤冢忠（1913—1983）。东京大学文学部教授。继加藤常贤之后，专攻甲骨文与金石文，著有《古代中国的宗教与文化》等，有《赤冢忠著作集》全七卷。叙正四位，叙勳三等授旭日中绶章。

村山吉广（1929— ），早稻田大学名誉教授。日本诗经学会会长，日本中国学会顾问。获瑞宝中绶章。

赤冢先生撰写了很多涉及中国古代文化史整体的论文，先生对学问的关心无限宽广，具有数个研究对象，孜孜不倦地致力于研究学习。听说在旅途中的旅馆里也在笔耕不辍，在途中的列车上也在走笔书写，撰写论文。

先生担任日本中国学会理事，身居学会的顶点，但为人谦逊，毫无虚饰，是一位一生具有“书生”气场的真率的人。

最初拜见先生，我还在读研究生，后来，在学会职员的会议席上，多次与先生见面。每一次碰面，他都是满面笑容，亲切地跟我打招呼：“啊，村山先生。”“《诗经》很有意思呀。村山先生，好好搞，很是期待哟。”

我是晚辈，对我这样热情鼓励，先生的恩情，让我不能不想来就如在眼前。

先生的《诗经》研究，开始于1943年发表在《汉学会杂志》上的论文

《从正雅到变雅》。这篇论文正像副题“以自我意识的发展为中心”一样，注目于信仰上天是至高无上的存在的人们，渐渐对它有了怨嗟、怀疑这一点，尝试将这一推移作为《诗经》从“正雅”到“变雅”的轨迹来加以把握。先生身为思想家，从“上古时代的信仰”这一观点，具有将《诗经》与《书经》对应起来加以考察的特点，但其中就所谓“变雅”的新解释，可以说是确立这篇论文真正价值的地方。

接着要提到的论文，就是《古代歌舞诗的系谱》，1952 年 3 月，收进战后不久刊行的《日本中国学报》第三集。在这篇论文中，先生判定“诗三百的大部分，本来是歌舞的诗”，指出自古以来与“赋”“比”并提的《诗经》表现形式之一的“兴”，产生于“咒术”。这是事关《诗经》阐释的根本观点，起着构成以后“赤塚诗经学”的基因的作用。

第二年 9 月，先生在《东亚中国学会报》十三期上发表了《讽诵文学的展开》。这篇论文探讨的是，曾经是王朝的圣职者的“豳”地的诗人们，“为什么必须成为流转的吟诵者”，进而要阐明《诗经》与《楚辞》的关联。

从昭和三十年代到四十年代，先生的研究活动最为活跃，而有关《诗经》研究，也诞生了很多论文。

《鹊桥—〈振鹭〉之舞与鸟之‘兴’》（《近代》第十一、十三期，1955 年 3 月刊）提出以下几个问题：“兴于枕词”“我国古代鸟的观念”“鸟的兴与枕词的关联”“鸟的神秘”，对《诗经·周颂》中的《振鹭》做出了新的解释。与这篇论文相关，不久发表的《汉土飞来的鹭的舞》（《汉文教育研究会纪要》第一期，1978 年），发挥了补遗的作用。

《关于〈颂〉的文学性传统》（《东方学》十一期，1955 年 10 月刊），认为《颂》诗起源于“嘏辞”，因而其发展具有一定的系谱。

《关于鲁颂的构成》（《东京中国学学报》十三期，1967 年）的论点是，《鲁颂》的《駉》《有駜》《泮水》《閟宫》四篇，是鲁僖公时代一个祭典上相互连续的“乐歌”，对《鲁颂》做了批判性处理，把它们作为了解春秋时代精神文化的根本资料予以重视。在这篇论文中，先生多言及当时鲁国国情，我去年（1984）刚刚去过曲阜的鲁国故城旧址。对我来说，先生谈到过的那些事情，今天重读，仍感到兴趣盎然。

在这个时期，先生还撰写了《西周歌舞的一个形态》（《古代文化》第2—10期，1958年10月刊）、《〈皇皇者华〉篇与〈采薇〉篇——关于中国古代剧诗试论》（《长泽先生古稀纪念图书学论集》，1973年5月刊）、《季节之色》（《国学院杂志》79—2，1978年）等论文。

以上列举的诸论文，是先生《诗经》研究的“分论”，所幸先生还留下了堪称“总论”的研究成果。

其一就是《中国古代歌谣的发生与发展》（《中国文学研究》三，1964年12月刊），探讨中国古代抒情诗发生与发展，内容包括《歌谣的发生》《降神歌的发展》《风雅颂歌谣的诸形式》《抒情歌谣的范畴》等。

其二是《中国古代歌谣的发生与发展》（第二稿）（1978年4月，二松学舍大学中国文学研究室，油印）。它是先生以完成其诗经研究为目标而执笔的。与其称它为“总论”，不如说它是“总集”。一直是油印本，现在经编辑委员们进行绵密的校订，收进了本书，它为很多人所阅读，这是很珍贵的。

内容以《地方祭礼歌谣》《颂与叙事诗的形成》《乐人与艺人的出现》《神乐与戏曲的形成》《地方歌场里的歌谣的发展》《古代诗的本质》等为主要内容，引用了很多诗篇，以晓畅的文字进行了恳切扎实的论述。

先生的意图虽然以未完成而告终，但本次刊行的《诗经研究》，把相当于总论的两篇置于卷首，以下巧妙地排列相当于分论的各篇论文，编成了一部精彩的首尾完整的专著。谨对各位委员的努力和匠心表示衷心的谢意。

赤冢忠先生的诗经学，“兴的发生与发展”“诗的发生与发展”这两点，作为向学界提出的问题，是值得大书特书的吧。

而且，它们同时与先生的中国古代宗教、文化研究、西周文化史研究深切相关，是构成赤冢学整体的巨大支柱之一。

在这种意义上，理解先生的诗经学，可以说也具有理解先生其他诸研究的一条“捷径”的意义。

当前，《诗经》研究在国内外都兴盛起来，从出版物的状况来判断，在很长时间一直低迷的中国大陆，最近也开始现出《诗经》“研读”的苗头。

赤冢先生的诗经学似乎也渐渐引起海外一部分学人的关心，希望今后由国内外各种立场的人们，能够围绕所论的是非展开热烈论争。

赤冢氏的《诗经》

目加田诚

据《赤冢忠著作集》第六卷（研文社，1986 年）月报所载同名文章译出。

目加田诚（1904—1994），原九州大学名誉教授。著有《诗经》《诗经·楚辞》《中国艺术论集》《风雅集》《杜甫—中国的思想家》《中国诗选》等，有《目加田诚著作集》。

以前赤冢氏为我的著作集第二《诗经译注》月报，特地撰写了一篇文章（1983 年 9 月）。在那篇文章中谈到，赤冢氏有一年游淮阳，那时看到两个人在对唱，便想象古代的对歌，例如《诗经》中《甘棠》《行露》这紧接的两篇，一定与这样的对唱有关联。

《甘棠》，《郑笺》说是“召伯听男女之讼”云云，事实上这首诗在汉代被解释为与男女相争有关系。从这一点出发，赤冢氏认为，甘棠是社木（如《小雅·我行其野》“蔽芾其樗”），靠这种社木，男女发誓结为婚姻，如果男女不和，则在此听其仲裁，也就是说，丈夫凭社神留住离去的妇人。

还有关于《行露》，说是一首这样的歌：露是男女契合的祥瑞，这个时候，妻子对那个偷懒的丈夫，早就告了状，却没被听从。丈夫以向社控告相威胁，妇人则说丈夫的坏话加以责难。将《甘棠》《行露》两篇，解释为以夫妇口角为主题的相关的两篇，大体是不错的。

这确是有趣的解释。《郑笺》所说的《甘棠》男女争讼是怎么回事，《行露》之争究竟是争什么，实际上并不明白。俞平伯断言说那是太古的纠纷，今天不清楚，而赤塚氏的解释真是痛快。

男女调情的歌在《诗经·国风》里有很多，这我已经谈到过多次了，却没有想到将《甘棠》《行露》视为一次对唱。一个原因，或许是我拘于自古以来把《甘棠》当作官人的颂德碑的说法了吧。

诚如《郑笺》所见，在汉代，把《甘棠》解释为召伯树下听男女之讼，《行露》显然是女人们对男子表达不满，申斥说搞不到一起。关于"听男女之讼"，我据《周礼》媒氏之文，是说仲春调查男女单身让他们结婚，无理由拒绝就给以惩罚，那时的男女之讼在王国之社裁决，把这结合起来考虑，认为这首诗歌颂的是召伯出色地裁断人们间的问题的恩德。我感到赤塚氏的说法很有意思，就在于将这两篇不当作单独的作品，而是构成一对这一点。

近来对《诗经》进行了各种民俗学的解释，其中也有让人拍手称快的说法。然而，我却担心，根据今天的民俗学知识，去类推古代，或者贸然解释古代文学，是很危险的。即便是有趣的想法，也必须有足以使人信服的证据。我对这一点总是很警惕，我本来没有特别研究过民俗学，要尽力避开以单纯想法一步飞跃来解释《诗经》。只有好好读诗三百，从中确立证据，或者只是从其他古典当中去求证。

在这一点上，赤冢氏从甲骨文、金文研究入手，学习古代民族学，从熟悉古代的习惯、思想入手，做到了这样任性的飞跃。我一直在期待，他以扎实的古代学知识，不断给《诗经》以崭新的解释。

幸好明治书院的《新释汉文大系》接受了赤塚氏的《诗经全释》，我翘首以待该书的完成，正想着慢慢就会问世了，然而突然听到赤塚氏的讣告，那时我非常震惊，仿佛巨大的失落降临。直到今天，还是这样的想法。

把《诗经》从自古以来的儒教解释中解放出来，对它作古代文学的处理，在这一方面，我自信是有些许功绩的。然而，在此之上，灵活运用甲骨文、金文、民俗学的知识，来解明古代歌谣的真相，我却还没有做到。这正是我对赤冢氏抱有很大期待的原因。赤冢氏留下这样的工作驾鹤仙去。为他可惜的是，绝不逊色于其他人的，正是这一件事情。

《〈诗经〉研究的近况与课题》摘译

家井真

据1992年3月出版的《二松学舍大学人文论丛》第44辑所载家井真《〈诗经〉研究近况与课题（一）——附工具书》摘译。

家井真（1947— ），著有《中国思想研究论集》《神与神话》《诗经原意研究》等。2011年江苏人民出版社出版了陆越所译的《诗经原意研究》。

松本雅明《关于诗经诸篇成篇的研究》（东洋文库，1958年）是日本人最早摆脱传统经学立场采用民俗学等辅助学问研究《诗经》的论考，同时批判地发展了葛兰言之说。与葛兰言迥然不同的是，葛兰言认为兴不表示任何意义，而著者却“注目于作为诗所特有的构思的兴的自然描写”，通过思考它从发生到发展而确立新旧差别，分析了“兴的诸篇的新旧层”，并搞清周代庶民思考方式的本质，探究其转化为知识阶级思考的过程。这样做的结果，著者认为“《诗经》是以《国风》《小雅》《大雅》这样的顺序完成的，是从西周后期到春秋中期（前六纪）初的作品”，批评葛兰言，论述诸篇形成的社会背景、诸篇实际上歌唱的祭礼。该书内容大致分四个部分：第一部分，《第一章　诗经修辞中赋比兴的分类》《第二章　兴研究上》《第三章　兴研究下》。指出所谓兴，是置于主文前的气氛象征，它由即兴、节律、联想等引出主文，兴无非是直感、即兴地捕捉自然的东西，就主题中有恋爱、征役、祝颂、生活苦、愤恨谗言者、亡国、悲伤等的诸篇进行了考察。第二部分，《第四章　诗篇里的新旧层辨别》《第五章　诗篇里思维发展的径路》，确定兴的原形，追寻有同样的“兴”的诸篇里它怎样发展，据以判定有同样主体的诸篇的新旧之别。第三部分，《第六章　推定年代的资料》，阐明《诗经》诸篇发生与成篇的时代。第四部分，《第七章　古代祭礼的复原》《第八章　见于诗经的古代祭礼》，以氏族社会的崩溃与村落里知识阶层的发生为基础，论述《国风》后期作品、《小雅》《大雅》《颂》的成篇。该书一个重大的主题，辨明兴词具有的意义，然而如前所说，这是完全错误的。所谓兴词，本来就是咒谣，是咒谣的神圣性失掉而定型化的东西，而在《诗经》里被确立起来。因而歌里所兴词语的事物，本来就是神圣的咒物，意味着它带有咒力，其诗的内容也就规定下来了。著者说：“渡河，从它的性质上看，与其是兴，不如说多是主题中的描写。”在这种认识之下，“渡河本来意味着爱的冒险”，那么它为什么就能理解成“意味着爱的冒险”呢？这是因为水就有咒力，能让大地丰产。古代中国人这样认为，水的咒力在于类感咒术，也会让女性多产，所以在求爱的诗里，在婚姻的歌里，都会唱到水，进而在离别的诗里也用上了。换句话说，兴词从圣到俗的发展这一视点上，就可以分析渡河八篇的新旧之别吧？没有这样的分析，该书的结论不能不说多有谬误。兴词绝不单是“主题中的描写”，因为诗中用到它自有必要性。然而虽说如此，没有此书的话，也就没有今天《诗经》研究的水准。著者在1970年发表了《圣地与祭礼——关于诗经国风篇成篇的诸问题》（《法文论丛》26）、《竞争与结婚同盟——关于诗经国风篇长篇的诸问题》（《法文论丛》28），可以补入该书第七章一并阅读。另外，在《古典的形成》（岩波书店，《世界历史》四）一书中，著者概括了自己对《诗经》《尚书》的见解，可以参考。

铃木修次的《中国古代文学论》（角川书店，1977），由以下五部分构成：《诗经成书与构成》《古代人的诗观》《民谣诗歌的文艺性》《见于知识阶级的诗歌个性化方向》《附录》。正如该书的副题“诗经的文艺性”所表明的，论述的是《诗经》的文艺性。它采用与松本雅明、白川静的《诗经》研究迥然不同的研究方法。在《序论》中，指出《诗经》收录了从公元前8世纪到 12 世纪的诗歌，《诗经》产生于抒情诗，说“《诗经》的诗歌往往是部族共有的歌，社会共有的歌”，举出《诗经》诸篇与现代文学不同的四点：

①没有特定作者。

②不是被阅读的作品。

③作品在作为文学的价值受到评价之前，是作为朴素、实在的生活、生活的歌而存在的。

④这些诗歌，原本是不依赖文字的文艺。

要言之，它们都是生活中发生的“口承文艺”。在《诗经成书与构成》中，主要依据《论语》《史记》《诗集传》立论，较之白川说大大后退了。《古代人的诗观》也是根据《毛诗序》《左传》等，没有什么新意。《民谣诗歌的文艺性》，就“劳作与诗”“节日与诗”“社会与诗”“演艺与诗”“哲学与诗”展开论述，但让人对诗的解释与评论感到有很大疑问。《见于知识阶级的诗歌个性化方向》亦然，少有启发之处。本来论述以上问题，就应当立足于诸篇原意的研究来立论。如果说没有原意的理解就是空中楼阁也不为过。

目加田诚《诗经研究》(《目加田诚著作集》卷一，龙溪书店，1985 年)，据该书坂田新的解说，它是继《诗经译注篇第一》（丁字屋，1949 年）之后的“总说篇”。此次将大约四年间压箱底货色上梓。全书由《诗经研究》《杂考》两部分构成。《诗经研究》这一部分，包括《上篇 诗经历史研究》《诗经的诗制作年代的推定》说明《毛诗序》之不当，基于郑谱概述十五《国风》《雅》《颂》，论述问题所在，得出的结论是：思考制作年代的结果，《周颂》里有周朝初期的诗篇(《商颂》是周中期以后，《鲁颂》是鲁僖公时代)、《大雅》《小雅》里有东迁前后的诗篇，《国风》很古老，可以追溯到何时尚不清楚，晚期的也有春秋之后一百二十年时的诗篇（或更晚到孔子在世当时的诗篇）。在《二 关于诗经成书过程的考察》里，根据以上结论，来论述诸篇“何时以怎样的顺序编在一起的”，首先将见于《左传》的赋诗作了一个一览表，“将《左传》赋诗视为实录，仅以此为基础，来推察一下”，认为诸篇“是在鲁国编成的。《诗经》把《鲁颂》置于《商颂》之前，不称‘鲁风’，实际上是别国的歌，正因为是别国的歌而特别编起来的，而且没有鲁风，是把鲁国自古以来有来历的歌传诵下来的诗篇，放在了《豳风》里面”。然而，《左传》的成书与内容在多大程度上和历史事实相一致，存在很多疑问，尚无定说。以《左传》记载为基础来论断《诗经》成书，是很危险的。《三 历代诗经学的方法及其批判》，论述荀子到林义光《诗经通解》注解，十分详细，见解稳妥，特别指出“诗的阐释新方法，是应用金文研究的成绩，同时利用古代民俗学知识”，这是正确的。《下篇 诗经本质的研究》，在《一 风雅颂》里，说“风是各国的歌”，是错误的，但说“雅是夏的假借”，意思是“王者的音乐”“朝廷的乐歌为雅”，颂是容的假借，舞容之意，“古来越皆伴舞，舞乐谓之夏，在周代朝廷演奏的音乐为雅（疋，夏），特将宗庙里的舞蹈称为颂（容）”，这样说基本上是正确的吧。《二 形式上诸考察》就句型、音节、用韵、句法加以分析。在《三 赋比兴》中，说赋诗直叙，比诗比喻，兴是“由风的声音、虫的鸣叫、草木的姿态所有外界事物的印象，触动自己的思想，自己的欢悦、悲伤涌出来咏唱出来的形式”，将它们作为抒情诗的一种技法来看待，但诚如前面所谈到的，这是错误的。在《四 比兴的类型》里，对“被用作兴的东西，究竟比喻什么，象征什么，与主题有怎样的联系”就各自的类型加以阐明。“在任何国家的过去，都会想到鸟与灵魂有关系，而在《黄鸟》一诗里，悼念三良殉葬，‘交交黄鸟，止于棘’，不正是从黄鸟的身上感受到三良的灵魂吗?”这样说是正确的，但是，说“古人看到鸟，它的翅膀自由地飞翔，疲乏的时候自由地在树林里做窝，快乐地啼叫，而生而为人，却承受着无可逃遁的痛苦的百姓们，是如何羡慕它们”，这就是过度阐释了。鸟的兴就是表示灵魂。在《五 祝颂与讽喻》里，论述《国风》与《雅》里的赞美祝颂、怨刺讽喻诗。《六 思无邪》，废诸儒之说，阐释《鲁颂·駉》一篇，指出：“本来文艺与道德就不可相混同。”《七 诗教》，论述“诗与乐及其社会性、道德性的关系”，认为诗之所以得以成为教材，是因为“诗陶冶人心，古代人美好的心灵素朴流淌，浸润读者的心灵，而人们与世周旋，不论何时徜徉于远方，也不能忘却心灵的故乡，诗将其美好地呈现出来”，是文艺性的说解。在《杂考》里，收录了《一 风之说》《关于〈豳风・七月〉诗》《朱子〈诗集传〉》《陈奂考》《诗经札记》。《朱子〈诗集传〉》，坂田新解说称“它不仅是《诗集传》的笺疏，而且也是朱子本人的笺疏”，《陈奂传》，坂田新说：“之所以能够深入阐明陈奂、马瑞辰、胡承珙等清朝经师的学问和心事，毕竟是因为先生本人也沉潜于同样的学问之中。”这样的见解，着实可以首肯。《诗经札记》中，收入了《关雎》《白驹之客》《二子乘舟》。其中《历代诗经学方法与批判》《陈奂传》，推荐大家都读一读。《陈奂传》尤其值得一读。

赤冢忠《诗经研究》(《赤冢忠著作集》五，研文社，1986 年)，是收录 1945 年至 1979 年论文十八部、书评一部的论文集。石川三佐男在该书《后记》中说：

> 赤冢忠先生以古代思想、感情为主，探明古代文化的工作，《诗经》不仅作为资料是不可或缺的，毋宁说是出于中枢位置的。而且以这样的方向来看待《诗经》，抱有极大的兴趣。在这样的学问志趣与目的的基础上，赤冢忠先生从最古老的样貌着手，探明歌谣，即人切实呼唤的诗歌为什么发生，是怎样发生的，怎样发展起来的这一工作，自然构成赤冢忠先生工作的主干。《诗经国风的形成》(1950 年)、《古代歌舞诗的系谱》(1952 年)、《中国古代歌谣的发生与发展》(1954 年)、《中国古代诗歌发生及其发展》(1978 年)等，极好表明了这一点。这些论考，也是赤冢忠《诗经》研究的总论。……赤冢忠先生《诗经》诸篇的解释，由于对古代歌谣特殊表达方式“兴”词的实证性揭示以及对诗篇发展大系的整体把握，与汉代和宋代之说相异，而且也与近代之说多有不同。收入本书的论考涉及中国古代宗教、文化、周代文化、思想史问题自不待言，还涉及我国古代歌谣、民俗问题，如实反映出赤冢忠先生学问领域之广、之深，因此这些论考，不论拿出哪一方面，都一定会给读者无限的学问刺激与梦想。

村山吉广《赤冢博士的诗经学》对赤冢忠《诗经》学作了中肯的评论。我想唯一补充的是，赤冢忠先生确认了各诗相互的关联性，证明了数诗连续构成，或在祭祀中使用的事实。换言之，可以说是各诗一场，数诗数场的连续的歌剧。又指出“风”是“凡”之假借，降神之意，《考槃》里可以看出其原义，《国风》诸篇基本上就是神仪歌。这是卓见。但是，他认为《诗经》中有抒情诗却是错误的。

该书收录的论文有：

一、中国古代歌谣的发生与发展；

二、中国古代诗歌的发生及其发展；

三、古代歌舞诗的系谱；

四、诗与音乐的世界；

五、讽诵文学的发展；

六、西周歌舞的一种形态；

七、音乐的世界；

八、《皇皇者华》篇与《采薇》篇——试论中国古代剧诗；

九、关于《大雅·文王》篇、《思齐》篇的制作年代；

十、关于《鲁颂》的构成；

十一、鹊桥——《振鹭》舞与鸟之“兴”；

十二、《诗经》的兴味；

十三、季节之色；

十四、《狼跋》与狮子舞；

十五、汉土飞来的鹭的舞蹈；

十六、枕词“若草之”与八千矛神觅妻的歌问答；

十七、从正雅到变雅——以自我意识的发展为中心；

十八、《诗·国风》篇的形成；

十九、书评　松本雅明《关于诗经诸篇成篇的研究》。

静嘉堂藏《毛诗郑笺》写本解题

米山寅太郎

据静嘉堂藏本，米山寅太郎、筑岛裕解题《毛诗郑笺》(三册)(汲古书院，1994年)所载译注。

米山寅太郎(1914—2007)，曾任静嘉堂理事，静嘉堂文库长，静嘉堂文库美术馆长，获勲三等瑞宝章。

此《毛诗郑笺》为静嘉堂文库藏室町时代所抄清原家秘点本二十卷之缩写影印本。原为卷子本，为方便计，影印时改装为册子，缩写，且全卷只在第一卷卷头和第二卷卷末以原色印刷，权且例示其原貌。

用作底本的静嘉堂本，是清原宣贤令人书写的，亲自添加了累代相传的朱墨点，是探究我国自古以来博士家，特别是身居其中枢的清原家《毛诗》讲读样态的贵重资料。

静嘉堂藏《毛诗郑笺》本，是卷子本装订，料纸用楮纸，高33.5厘米，一枚纸幅96厘米，加有单线墨界，其上下高20.5厘米，一行的罫界2.9厘米，封皮上用涂了柿油的纸张，用宽窄2厘米的竹片押住两端，以纸捻捆住，木轴，用黑漆漆了两头。

据第一卷末尾宣贤亲笔写的题记，可以知道静嘉堂本抄写的大体时期：

永正十八年五月六日，于甘露寺亚相亭讲尺了，五ケ度。

恐怕是在此前托人抄写，而在此时全卷抄完的。这也是在此永正十八年（1521）六月之后，宣贤历经大永、享禄、天文三朝的二十年间讲筵使用的本子。

大东急纪念文库的旧久原文库收藏有《毛诗》20卷10册，册子本装订，是从永正九年（1512）七月到永正十二年（1515）六月整三年间清原宣贤亲笔抄写的，添加了累代相传的朱墨点，可以知道久原本之成，当较之静嘉堂本早八九年，而且静嘉堂本没有特别记述，而久原本在其卷一的题记中有如下文字：

> 永正九年七月廿日，以唐本终书写之功，加朱墨点，以证本令校合了。

在其他各卷，也写有“以唐本终书写之功”，明确所依据的底本就是唐本。

这样看来，久原本与静嘉堂本大致相隔八、九年，都是由宣贤来制作的。对比一下两个本子：

①两者本文皆一样，而且殷、匡、筐、胤、恒、祯、贞、桢、赪、恒、構、媾等都缺笔。由缺笔推断，宣贤所说的唐本，就是高宗、孝宗时代的南宋刊本。

②久原本上，认真地援引了正义或《经典释文》等的本文，对此静嘉堂本则多有省略。

③久原本本文字旁根据《释文》所加的音义标注详密，而在静嘉堂本则进行了适度取舍，数目减少了，只是训法或者有关与他本校勘的标注则全然相同。

从这些现象来看，久原本是宣贤得到新来的南宋刊本，以其为底本亲自书写的，在上面细大不捐地抄写上累代相传的秘点说、训法，作为一家之证本。与此不同的是，静嘉堂本在基本上严守忠实原则的同时，尽可能省略了实际使用中不必要的文字，可以认为是一本讲说用的台本吧。久原本与唐本大体同型、同尺寸，采用册子本装订，而静嘉堂本字大，装作卷子本，也正是基于这样的理由。

要言之，批点上虽有繁简之差，两者是完全同源的。从久原本来看，与静嘉堂本是亲子关系，而从宣贤有意识将两者对比来看，也可以把两者看成兄弟关系。

如前所述，如果宣贤的《毛诗》是以南宋刊本为底本的话，原来博士家的学问，墨守继承祖先累代秘传秘说，保持家学尊严，正是通例，从而《毛诗》的本子，不是六朝初唐以来传下的古写本之类，而转移到宋版本，就不能不说是博士家传统上巨大的革新了。而且这样尊重唐本、宋刊本的风潮，早在平安时代就萌发了。例如御门宗忠《中右记》（元永元年二月一日条）记载：

> 今日从唐所将来之医书，从院借给，诚有兴书也。摺本卅帖……尤可谓秘藏书欤？

藤原赖长《台记》（《宇槐记》，康治二年十二月）记载：

> 十二月乙未，成佐来，余云："明年甲子革命也。将有仗仪，豫可其事。"成佐对云："革命其事，出自《易》。不学《易》，难议其事。"爰仰成佐令点《周易》，又可校摺本之由仰之。

> 二十四日丙子……先日借信俊《周易正义》摺本，以美纸能书之人令写之了，今日以前少纳言俊通为使，遣信俊之许曰："请以书本替摺本。"……是余深爱摺本之故也。俊通持摺本还，余心悦甚于千金。

摺本在我国指印刷书籍。上面的场合就是宋刊本的意思。这种尊重宋刊本的趋势，是宋朝学术隆昌及其印刷文化发展的结晶，同时宋刊本舶载增多，宣贤《毛诗》采用南宋刊本也可以说是十分自然的趋势。

久原本、静嘉堂本都据一家之证本进行了贯穿全卷的校勘。“本乍”“本ナ”“本无”这些写在字旁的标注就是如此。“乍”字是“作”的省笔字，“ナ”字是“有”字之省笔，“无”就是“無”，而“本”字从宣贤讲课记录《毛诗抄》考察，也能够知道是指累代相传的家本，而且从其家本校勘来看，完全不用古体字，却有“恒”“筐”二字的缺笔，由此看来，它就是指家本，或许在宣贤以前早已将转移到宋本上了。

另外，两个本子在家本之外，还标注了根据摺本校勘的内容。以“扌”标注的就是这些内容。“扌”是“摺”字的省笔字，“摺”是印刷的意思，表示舶载来的宋刊本。还有写有“他摺本”字样的地方。这说明恐怕在宣贤以前就据宋刊本进行过校勘。

另外，用假名标明词语的训释，更有在毛传、郑笺之间加以区分的内容。毛传用“亻”（传）注在字的右边，郑笺用“ケ”（“笺”的省笔字）注在字的左边，各自分别。关于这一点，静嘉堂本卷一末的题记中有如下文字：

承安四年九月十九日朝间，诘老眼，加假字反音等了。毛郑之说，既以分别，好事之徒，何不悦目乎？大外史清 判

久原本卷三末也有这样的题记：

毛诗第一末云：先人教授之日示云：此书毛公传于前，郑氏笺于后，两师自有异论。分别读之，既为珍事。然而读郑之人，偏非可弃毛说；闻毛说之人，又无忌郑说，但诵读之时，二不可诵者，阁一□一，是其意也。予既论郑玄之说，诵习其说，但于书中者，两说共注也。

亻《毛传》说也，取“传”字篇。ケ《郑笺》之说也，取“笺”字之“竹”半。

据此可知，毛郑二说分训，是清家，特别是祖父赖业以来重要的传统。

久原本和静嘉堂本都以大江家的本子进行过校勘，同时卷一、二、三、四及卷十一、十七等各卷，都标注了大江家的训解。由此，我们不仅可以了解清家的训法，而且还可以一窥湮灭不传的大江家所作的训解，即本书可以说提供了江、清两家的相关资料，展现了清家不单停留于墨守一家秘说，而且还致力于摄取他家学派的痕迹。

另外，还有依照《正义》训解而作为“或说”“一说”附注其训解的情况。

清原家累代传授《毛诗》的情况，大体由卷末抄写的题记可以明了。现根据《续群书类从》所收系谱，摘出与本书题记有关系的部分的系谱，列表如下（题记中出现过的人物，在人名上加点）：

（下略）

久原本全十册，各册之首，下方署“宣贤”二字，捺東这样的方形朱印。而第二册卷三之首，有“天师明经儒”“船桥藏书”“清原”“经贤”四种印。据此可以断言，久原本在宣贤之后传给了船桥家。

与此不同，静嘉堂本全二十卷中，十九卷卷首下方自署“宣贤”二字，十一卷的卷首下方捺東的方形墨印（只是二者都用墨涂抹过），久原本与静嘉堂本東印分捺朱墨两色，宣贤是何意图呢？

静嘉堂本除上述的印之外，每卷捺“伏原”的长方形朱印（只是除卷十八外其余都用墨涂抹过，有后来拂拭涂抹过的痕迹。据此看来，静嘉堂本在宣贤之后传到了伏原家，印章可以认为是后年同一家家藏出售之时涂抹的。

只是卷十八这一卷，中途与其他十九卷分离而流传。“伏原”朱印一开始并未见涂抹，另外钤上了长方朱印“铃鹿氏”与方形朱印“吉田神社社司中臣隆启朝臣之章”，即静嘉堂本为松方正义所藏，有朱文方印“松方文库”。入藏静嘉堂文库，则是明治四十年（1907）的事情了。

清原宣贤本来是神道家从二位卜部兼俱的第三子，进了清原家做了赖业十二世孙宗贤的养子。宣贤学兼备和汉，尤其擅长讲说。他除了讲过《周易》、《尚书》、《毛诗》、《礼》（《礼记》）、《春秋》（《左氏传》）、五经、《古文孝经》之外，还讲过四书、《蒙求》等。五经并《论语》《孟子》，遵从古注，而又致力于广泛参酌宋儒新解，特别是《中庸》《大学》，采用了朱子章句，在传承家学的同时，努力接受宋代学术成果。与祖父业忠同样以中兴清家而著称。他的官职，六岁任主水正，而后历经大炊头、藏人、直讲、少纳言，直至侍从，进正三位，享禄二年（1529），薙发为僧，称宗尤，号环翠轩，后屡赴越前讲书。天文十九年（1550）七月，殁于越前一乘谷，享年七十六岁。

1949年，时逢宣贤去世四百年，当时的静嘉堂作为国立国会图书馆分馆运营，那一年将《毛诗郑笺》第一卷复制为原来尺寸的册子以作纪念，介绍于世。尔来四十五年，今天终于可以影印全卷了。

附录

日本诗经年谱稿

凡　例

〇年谱收入与《诗经》传播与研究最直接相关的资料索引。包括历代宫廷的讲书、研究家的学术活动以及主要著述成书与发刊、中日两国及各国诗经研究界的交流等内容。

〇在编写中，参考与引用了以下目录：

斯文会著：《日本汉学年表》，大修馆书店，1977 年。

村山吉广、江口尚纯编：《诗经研究文献目录》，汲古书院，1992 年 10 月。

《诗经研究文献目录补遗 1》，《诗经研究》第 17 号，1992 年 12 月。

江口尚纯编：《江户期诗经关系书目》（暂定版），《诗经研究》第 27 号，2002 年 12 月。

江口尚纯编：《诗经研究文献目录》〔日文篇〕，《诗经研究》第 26 号，2001 年 12 月。

江口尚纯编：《诗经研究文献目录》〔日文单行本编〕（第三次稿），1868—2004 年，《诗经研究》第 30 号，2005 年 12 月。

市川本太郎著：《日本儒教史》五卷，汲古书院，1991—1994 年。

足利衍述著：《镰仓室町时代之儒教》，有明书店，1970 年。

太田青丘著：《日本歌学与中国诗学》，清水弘文堂书房，1968 年。

寇淑慧编：《20世纪诗经研究文献目录》，学苑出版社，2001年。

在引用时，纠正了以上目录中的个别误字及校点错误。以上皆径直改正，不予标明。

○编者特别加以考辨者，以“案”为记。

○限于篇幅，仅收录《诗经》研究的单行本，而未收入相关论文。由于写本数量巨大，仅收入书写年代明确者。书写年代待考者容当别作整理。

478年　《宋书·蛮夷传》载倭王武（雄略天皇）致刘宋顺帝表，有《诗经》语。

513年　五经博士段杨尔自百济抵日。（《日本书纪》）

701年　制定大宝律令，规定大学课程，必修《孝经》《论语》，选修《易》、《书》、三礼、《诗》、《左传》。

708年　奠都诏，内有语出自《五经正义》，此据《五经正义》颁布五十六年。（《续日本记》）

748年　天平年中（729—748），《读诵考试历名》中记载“丹比真人气都，读《毛诗》上帙、《论语》十卷，诵《毛诗》三卷、《孝经》、《骆宾王集》一卷”。（正仓院）

772年　藤原滨成奉光仁天皇敕命撰《歌经标式》，亦称《歌式》《滨成式》，其序有语出《毛诗序》。其后出《孙姬式》亦然。《歌经标式序》：“原夫歌者，所以感鬼神之幽情，慰天人之恋心者也。”《孙姬式序》：“动天地，感鬼神，莫近于和歌。”

文室大市引《毛诗》诸章、《尚书》、《周易》、《文选》草《致仕上表文》。（《续日本纪》）

831年　8月3日 学博士以下论议《毛诗》。（纪略）

838年　6月26日 助教直道广公进讲《群书治要》第一卷，有五经之故也。（《续后》）

11月27日 皇太子恒贞元服，行三加之礼。自此先皇太子复释奠列席之旧仪，恒贞列席二季。博士讲经之后，命群臣赋诗，自亦赋诗。

860 年　2 月 6 日 释奠，直讲苅田安雄讲《毛诗》，有赋诗。（三）

864 年　1 月 17 日 山口西成歿。其人善《春秋》《毛诗》《周易》，累进助教。（三）

2 月 10 日 释奠，大学博士春日雄继讲《毛诗》，文人赋诗。（三）

868 年　2 月 3 日 释奠，讲《毛诗》，赋诗，诗题“发言为诗”。（三、菅）

869 年　2 月 9 日 释奠。菅原道真撰《仲春释奠，听讲〈毛诗〉，同赋发言为诗》。（《菅家文草》）

872 年　2 月 7 日 释奠，大学助教善渊永贞讲《毛诗》。（三）

880 年　8 月 6 日 释奠，山边善直讲《毛诗》，文章生赋诗。（三）

881 年　4 月 5 日 山善清行对策不第，问头菅原道真，题“音韵清浊”“方伎短长”。（公、菅）

898 年　藤原佐世歿。大学头。曾撰《本朝现在书籍目录》。其经部载诗家百六十六卷，包括《韩诗外传》十卷、《毛诗》二十卷、《释注毛诗》二十卷、《周诗》十卷等。（尊）

905 年　4 月 5 日 纪贯之编《古今和歌集》二十卷撰进，纪淑望作真名序。序中提出和歌有六义之说。（纪略）汉文序曰：“动天地，感鬼神，化人伦，和夫妇，莫宜于和歌。”

923 年　皇子宽明亲王（朱雀天皇）诞生，藤原元方、大江千古七日间御汤殿伺候，读诵《千字文》《汉书》《古文孝经》《论语》《毛诗》《左传》等。浴殿始之仪之初见。（伏见）

981 年　菅原文时（899—981），《本朝文粹》卷九载所作《仲春释奠，〈毛诗〉讲后，赋诗者志之所之序》，《扶桑集》载所作《仲春释奠，〈毛诗〉讲后，赋诗者志之所之》诗。《扶桑集》尚载菅原雅规同题诗，盖同时所作。

1009 年　2 月 25 日 第三皇子（后朱雀天皇）诞生。浴殿，儒者藤原广业、惟宗为忠、菅原宣义，读《孝经》、《礼记·文王世子》篇、《尚书·尧典》、《毛诗·大明》诗、《论语·泰伯》篇、《左传·庄公三十一年》传、《史记·五帝本纪·黄帝》篇、《帝尧》篇、《汉书·文帝纪》、《昭帝纪》、《成帝纪》、《后汉书·章帝纪》、《明帝纪》、《千字文》等。（御堂）

1012年　7月16日 大江匡衡殁，享年六十。曾为一条帝侍读，进讲《尚书》《毛诗》《文选》《礼记》《白氏文集》《老子》等，历任文章博士、式部大辅、东宫学士。曾作《仲春释奠，听讲〈毛诗〉，同赋仁及草木》。

1024年　7月13日 依甲子革令，改元万寿。年号采择文章博士善滋为政撰进，出《诗·小雅·南山有台》"乐只君子，万寿无疆"。（纪略）

1044年　4月 高丽献上秘书省新刊《礼记正义》七十本、《毛诗正义》四十本，一本藏御书阁，他赐文人。（《高丽史》）

1058年　藤原明衡编撰《本朝文粹》，成书或在康平年间（1058—1064）。卷七载小野篁《奉右大臣藤原三守》有"君子之好仇"之句，不作"君子之好逑"。或据《毛诗》俗本。卷九载《仲春释奠，〈毛诗〉讲后，赋诗者志之所之序》，卷十一载藤原雅材《五言 仲春释奠，听讲〈毛诗〉，同赋鹤鸣九皋》。

1076年　8月4日 释奠，诗题"四方来贺"，出《诗·大雅·下武》"受天之祐，四方来贺。於思万年，不遐有佐"。序，文章生祐俊。（水）

1089年　朝觐行幸之际，堀河院向天皇赠《毛诗》。（玉，安元元年一月五日条）

1091年　11月4日 藤原师通从惟宗孝言学《毛诗》第十六卷。（师通）

1096年　7月11日 藤原师通受东三条院御书，新写伊周点《毛诗》等书毕。（师通）

1111年　8月17日 释奠，博士中原广忠讲《毛诗》。（中）

1124年　5月29日 上皇第二皇子通仁御汤殿始，读书役式部大辅藤原敦文讲《古文孝经》《后汉书·明帝纪》，明经博士大外记中原师远讲《毛诗·大明》篇、《孝经》，式部少辅藤原资光讲《史记·五帝纪·黄帝纪》《后汉书·孝文皇帝纪》。

1137年 4月2日 藤原宗忠日记中记先年文书八百余卷烧失，烧失之书《史记》、《文选》、《毛诗》、《韵花集》二十卷、亲笔书《扶桑集》、《本朝丽藻》、《切续韵》、《自律韵》十卷等。(中)

1140年 此年藤原赖长二十一岁，读《尚书》《毛诗》《御注孝经》《老子》《庄子》《李善注文选》《新乐府》《鬼谷子》等，几乎全部书籍均抄出。(《台记》)

1142年 5月1日 藤原赖长读《毛诗正义》。(《台记》)

1143年 5月14日 藤原赖长自藤原伊通处借藤原佐世撰《古今集注孝经》九卷，借与《毛诗正义》三十卷。(《台记》)

7月23日 藤原赖长招文人束带拜先圣先师肖影，文章得业生藤原成佐讲《左传》第一卷，与源实长、藤原孝能论议，后诗宴。以后此事为文宣王诞辰庚子之例式，规定以三传、三礼、《诗》、《书》、《易》、《论语》、《孝经》为序讲书。

1144年 12月10日 藤原赖成书"《礼记正义》七十卷见了，论义抄出，自此《五经正义》百八十卷皆见了"。所谓"见了"，即读完。(《台记》)藤原敦光(1063—1144)，所作《赋鼠》诗，中有"相鼠无牙只有皮，穿垣奔走欲何为"之句，语出《诗·鄘风·相鼠》。

1146年 3月4日 藤原赖长车中读《毛诗》。(《台记》)

4月1日 藤原赖长自庚子释奠，讲《毛诗》。(《台记》)

1150年 12月28日 藤原成佐讲未完之《毛诗正义论义》草案草子十六帖交于藤原赖长，翌日(二十九)出家。(《台记》)

1151年 9月24日 藤原赖长以砂金赠宋客刘文中，谢其去年赠汉籍。文章生藤原茂明草答书，所要目录中，有《周易疏》《群臣讲易疏义》《大玄经》《小畜集》《洪范》《五行传》《书纬》《释注毛诗》等，请求赠书。(宇)

1153年 藤原赖成于东三条邸举行"学问料"考试，应试者六人，其试题中有少辅菅原公贤所出《毛诗》题。(宇)

1166 年　8 月 27 日 年号改元仁安。出《诗・周颂・昊天有成命》孔颖达《正义》“行宽仁安静之政，以定天下，得至于太平”。(改部)

1174 年　9 月 19 日 清原赖业为《毛诗》加“假字反音”(即句读并训读)。(大东急纪念文库藏永平九年点《毛诗》题跋)

1182 年　5 月 27 日 年号改元寿永。出《诗・周颂・载见》“以介眉寿，永言保之，思皇多祐”。(寿永)

1219 年　4 月 28 日 年号改元承久。出《诗纬》“周起自后稷，历世相承久”。(改部)

1288 年　4 月 28 日 年号改元正应。出《毛诗》注“德正应利”。(勘仲、实躬)

1311 年　2 月 5 日 释奠，明经、明法、算诸学士，逐次讲论，讲《毛诗》，赋诗，诗题“福禄绥之”，出《诗・小雅・鸳鸯》“乘马在厩，秣之摧之。君子万年，福禄绥之”。(《园》)

1324 年　此年花园上皇读书目录，有《左传》《毛诗》《尚书》《礼记》《孝经》《论语》等。(花记)

1366 年　2 月 24 日 禁中《毛诗》谈义。(《愚记》)

1368 年　2 月 18 日 北朝年号改元安应。出《诗・大雅・江汉》孔颖达《正义》“今四方既平服，王国之内，幸应安定”。

1443 年　9 月 13 日 康富对贞常亲王之《毛诗》讲义终了。(《康》)

1448 年　8 月 8 日 清原业忠在二条邸讲《毛诗》。(《康》)

1449 年　3 月 7 日 清原业忠为后花园上皇进讲《毛诗》《尚书》。(《康》)

1450 年　5 月 17 日 中原师富在三条西邸讲《毛诗》。(《康》)

10 月 10 日 清原业忠在伏见殿讲《毛诗》。(《康》)

1453 年　5 月 13 日 中原康富对三条公躬讲《毛诗》，20 日及翌年 2 月亦有之。(《康》)

1489 年　2 月 14 日 僧一勤于胜仁亲王御所讲《毛诗》，5 月、6 月亦有之。(《实隆》)

1499 年　8 月 13 日 三条西实隆自东福寺欢西堂借用《毛诗大全》。(《鹿》)

1502年　11月9日 高辻章长于近卫邸讲《毛诗》。(《政家》)

1503年　2月7日 高辻章长于近卫政家邸讲《毛诗》，年内有二十数回。(《政家》)

8月30日 三条西实隆赠《孟子》于三条西实望。9月赠《毛诗》。(《实隆》)

1504年　4月5日 清原宣贤始向三条西公条讲授《毛诗》。(《实隆》)

1505年　7月5日 清原宣贤向三条西公条讲授《毛诗》毕。自9日始讲《尚书》。(《实隆》)

1509年　3月2日 三条西实隆借用《毛诗》大全本、《杜子美集》批点本。(《实隆》)

高辻章长于伏见殿讲释《毛诗》。(《实隆》)

1510年　5月4日 宜竹于慈照院讲《毛诗》。(《实隆》)

5月11日 三条西实隆书写清原宣贤之《毛诗闻书》。

1513年　6月1日 清原宣贤书写唐本（即宋本）《毛诗》，施朱墨点毕。(大东急纪念文库同书题跋)

1521年　5月6日 清原宣贤于甘露寺元长邸讲《毛诗郑笺》，至11月。(《二水》)

1528年　2月21日 三条西实隆赠清原宣贤《毛诗和注》与能登之畠山氏。(《实隆》)

1533年　2月1日 三条西实隆味读（即品味阅读，近乎今日所谓“悦读”）素经携来之《毛诗闻书》。(《实隆》)

1583年　9月14日 康雅向近卫信基讲《毛诗》。(《兼见》)

1596年　10月27日 年号改元庆长，出《诗·大雅·文王》孔颖达《正义》“文王功德身后，故福庆延长”。(《元秘》)

1599年　6月2日 德川家康将军听讲《毛诗》。(《言继》)

1607年　8月28日 于圆光寺《毛诗正义》讲义开始。(《庆日》)

《毛诗》刊本。

1624 年 2 月 年号改元宽永。出《诗・卫风・考槃》朱子注“宽广永长”。

1628 年 《诗集疏书样》，写本。（备考：大谷，宽永五年写）

1657 年 林罗山（1583—1657），著《经典题说》一卷，《十三经解题》。《六义考》九卷。（备考：大成）案：收入佐村八郎编《和汉名著解题选》第一卷《汉书解题集成》（一—三），ゆまに书房，1996 年。

1664 年 朱熹撰，松永昌易标注，铃木温校《诗经集传》，刊本，宽文四年版。（备考：别称《诗经》）

1670 年 林恕（鹅峰）撰《诗经私考》三十二卷三十二册，宽文十年自序。（备考：内阁，稿本，卷一—卷四，四册）

松永昌易《诗经头书》八册。（备考：别称《诗经首书》，宽文十年。《书籍目录》等）

1680 年 林鹅峰（恕）（1618—1680），著《诗经移考》一卷。《诗训异同》一册，稿本。（备考：内阁文库）

1682 年 山崎闇斋（1615—1682），著《六经经名考》一卷、《五经》十一卷、《朱子缉要》四卷。《朱书抄略》三卷。

1689 年 清原相贤（1618—1689）《毛诗》二十卷，写本。

1694 年 新井白石于甲府藩邸讲《诗经》，狩野春湖绘《诗经图》。今藏宫内厅书陵部。

1697 年 三谷朴、伊佐贞编《多识会品目》，亲笔本，刊本，宽政十一年（1799）刊。（备考：村野，亲笔。别称《诗经草木多识会品目》《宽政己未夏诗经草木多识会品目》《勘正己未多识会目录》）

1700 年 中村惕斋（1629—1700），著《五经笔记》、《诗经示蒙句解》、《五经点》十一卷、《笔记诗经集传》十六卷。

1701 年 安东省庵（1622—1701），著《经翼群书集录》二卷、《初学须知》一卷、《初学问答》一卷，治《诗》《书》《易》。

1702 年 12 月 德川纲吉将军临宠臣柳泽吉保邸，令家臣讲《诗经》。（《德》）德川纳吉宠臣柳泽吉保在今东京都文京区建园，名曰“六义园”，馆舍名曰“六义馆”，出自《诗大序》诗有“六义”之说。中村惕斋（1629—1702），曾撰《笔记诗集传》16卷（写本）。今藏早稻田大学图书馆。

1703年　2月　德川纲吉将军临宠臣柳泽吉保邸，讲书如例。荻生徂徕以唐音讲《大学》，或以唐音问答。(《德》)

1709年　稻生若水（宣义）撰《诗经小识》八卷，写本，宝永六年跋。(备考：别称《诗经小识录》《诗经小识初稿》)

1710年　1月 讲书始，新井白石进讲《诗经》。(《右故》)

1711年　浅见絅斋（1653—1711），著《六经论考》一卷、《五经要旨》一卷、《训点朱子文集》百卷。

1714年　贝原益轩（1630—1714），著《经典集要》一卷、《五经点》十一卷、《三经纂言》一卷。

1718年　中村惕斋撰《诗经示蒙句解》十八卷十册，写本，刊本。享保三年序，享保五年（1720）原刻。(备考：活字本有《先哲遗书汉籍国字解全》三)

1719年　若林强斋撰《诗经师说》七册，写本，享保四年。(备考：无穷平沼)

1726年　1月 山井鼎（崑崙）完成《七经孟子考文》。

1727年　6月 西条藩主松平赖安将其儒员山井鼎（崑崙）所著《七经孟子考文》献与德川吉宗将军。

1729年　3月 儒员荻生北溪撰《七经孟子考文补遗》成书。

1730年　太宰纯（春台）撰《朱子诗传膏肓》二卷二册，写本，刊本，享保十五年自跋。(备考：别称《读朱氏诗传》《读朱子诗传》《朱氏诗传膏肓》，收入《续续日本儒林丛书》一)

1731年　江村如圭编，松冈玄达鉴定《诗经名物辨解》七卷四册，刊本，写本，享保十六年刊。

11月 德川吉宗将军将《六臣注文选》《七经孟子考文补遗》献与日光准后。(《德书》)

山井鼎（崑崙）、荻生观补《七经孟子考文补遗》一百九十八卷三十二册，刊本，享保十六年刊。（备考：宫内厅书陵部，原本）

1732年　1月 幕府命长崎奉行（即长官）将前年完成之《七经孟子考文补遗》送往清朝。

若林强斋（1679—1732），著《诗讲义》七册。

1735年　伊藤兰嵎（长坚）撰《诗经古言总论》第二稿，一册，亲笔本，享保二十年。（备考：天理古义堂）

冈白驹（龙洲）《诗经毛传补义》十二卷十册，版本，延享三年刊。（备考：《毛诗补义》）

1741年　荻生徂徕著，宇佐美灊水校训《诗书旧序》一册，刊本，元文六年刊。

1745年　中村明远（兰林）撰《读诗要领》一卷，刊本，延享二年自序。（备考：收入《日本儒林丛书》五）

1746年　松冈恕庵（1668—1746），撰《诗经物产考》（写本）。

冈白驹（冈田白驹，1692—1767）撰《诗经毛传补义》（十二卷），风月堂左卫门刊。

1747年　1月 奥医中村兰林（明远）为奥儒。（《德》）

金蟠订、井通熙（兰台，1705—1761）校《诗经》二十卷，江都（江户）前川六左卫门刊。

1758年　太宰纯（春台）（1680—1747），著《诗书古传》三十四卷十五册，刊本，宝历八年刊，

1759年　细井平洲（〔纪〕德民）辑《诗经古传》十卷四册，刊本，宝历九年跋。（备考：活字本有《平洲全集》）

1761年　井上兰台（1625—1761），著《诗经古注校》二十卷。（据《汉学者传记集成》）

1764年　乌山宇内撰《韩诗外传引诗篇目》一册。（备考：《大阪出版书籍目录》）

西依成斋（周行）撰《诗经讲义零本》一册，写本，明和元年版。

（备考：京都大学。别称《诗集传讲义》）

中村惕斋（之钦）、增田谦之校《笔记诗经集传》十六卷八册，写本，刊本，明和元年版。（备考：《五经笔记》内，大事典，十四卷）

1771年 马山樵夫编，柳原源次郎（蔀关月）画《绘本倭诗经》三卷三册，明和八年刊。（备考：别称《绘本大和诗经》）

1772年 原田东岳撰《诗学新论》刊出。

1773年 《女诗经宝书》一册，安永二年。（备考：《大阪出版书籍目录》）

1774年 皆川淇园撰《问学举要》刊出。

伊藤长坚（兰嵎）撰《诗古言》十六卷序说一卷八册，写本，亲笔稿本，安永三年。（备考：大东急，亲笔稿本；天理古义堂，序说，亲笔，一册）

1776年 5月 米泽藩主上杉治宪聘细井平洲为师，讲学之风顿盛，农儿商童亦吟唐诗，行至街上。（《教育》）

《毛诗注》三册，写本。（备考：穗久迩文库，天正四年写）

1778年 西依墨山撰《诗经集传师说》一册，写本，安永七年。（备考：无穷平沼）

宇野东山（成之）撰《毛诗国字辨》六卷首一卷十册，刊本，安永七年版，安永九年（1780）版，天明五年（1785）版。（备考：别称《毛诗国字解》《诗经国字解》《毛诗辨（辩）》。收入《汉文丛书》八）

伊藤兰嵎（1694—1778），著《小雅稿本》一册，亲笔本。（备考：天理古义堂）

1779年 渊在宽撰《陆氏草木鸟兽虫鱼疏图解》四卷附录一卷五册，刊本，安永八年。（备考：别称《诗疏图解》《毛诗陆氏草木疏图解》《陆氏草木疏图解附录》，收入《先哲遗著汉籍国字解全书》第三卷）

1780年 皆川淇园（愿）撰《诗经绎解》十五卷十五册。刊本、写本，安永九年序刊。

1781年 藤沼尚景撰《诗经小识补》七卷《拾遗》一卷七册，亲笔本。（备

考：内阁。安永十年亲笔）

宇野成之（东山）《毛诗郑笺标注》二十卷，刊本。（备考：《日本经解总目录》九册。天明六年刊；《大事典》二十一卷）

1782年 片山兼山（1730—1782），著《毛诗类考》八卷。

马山樵夫书，柳原（原次郎）画《绘本倭诗经》刊。

1784年 井上金峨（1732—1817），撰《经义绪言》一卷、《毛诗选说》四卷。

1785年 冈元凤编，挹芳斋国雄画《毛诗品物图考》七卷三册，刊本，写本，天明五年刊。

1791年 朱熹撰，松永昌易注《诗经集注》，刊本，宽政三年。（备考：角书：新刻头书）

1792年 皆川愿（淇园）著，富士谷成基编，百百俊德校《二南训阐》二卷一册，刊本，宽政四年序刊。

1794年 小泽庐庵撰《古今六义诸说》一册，亲笔写本。宽政六年。（备考：国会。别称：《六义诸说》，并自注，六义之辨）

田边乐斋撰《诗经名物图》二册，亲笔本，宽政六年。（备考：宫城小西）

1797年 源光辅（啸翁）撰《诗经名物略识》一册，写本。（备考：京都大学，宽政十六年写）

新潟县小千谷市山本元裕家有“葛覃亭”，蓝泽南城撰《葛覃亭记》，载于《三余集》。语出《诗·周南·葛覃》，取一家燕翼累世，子孙能承祖业，代代繁昌，如葛枝叶庇荫本根。

清朝阮元刻《七经孟子考文》成。

1798年 吉田篁墩（1745—1798）殁，著《经籍通考》二卷等。

1799年 伊藤东所（善韶）撰《诗解韵章图》二册，刊本，宽政十一年刊。（备考：天理古义堂，乃宽保元年版《诗经正义》加书“韵章”者）

久志木常夏撰《六义口诀》一册，写本，宽政十一年。[备考：京都大学，文化十五年（1818），米田俊秀写]

埼玉县岩槻市儒者儿玉南柯建迁乔馆，语出《诗·小雅·伐木》“出自幽谷，迁于乔木”。

1800 年 伊藤东所（善韶）撰《诗解名物》一册，亲笔写本，宽政十二年。（备考：天理古义堂，亲笔；文化元年（1804），伊藤东皐写）

八田繇《诗经古义解》，刊本，宽政十二年序。（备考：筑波大学，卷一仅一册）

高槻藩菁莪堂建成。“菁莪”语出《诗·小雅·菁菁者莪》。

1801 年 《诗经图略》一册。（备考：京都大学。享和元年，清原师贤写）

《诗传遗说》二十一册，刊本，享和元年刊。（备考：旧浅野）

宇野东山（成之）撰《朱注诗经标解》五卷五册，刊本，享和元年刊。（备考：别称《诗经标解》）

冢田虎（大峰）注《冢注毛诗》二十卷十册，刊本，享和元年自序。尚有《冢注诗经》五卷。

冢田虎注《毛诗》三十卷，享和元年序。（备考：筑波大学，版心：冢注毛诗）

细井平洲（1728—1801）殁，著《诗经古传》十卷、《诗经夷考》、《诗经小训》、《诗经大训》、《诗经毛郑同异考》。

1802 年 佐时贞撰《诗音示蒙》二卷一册，刊本，享和二年刊。

伊藤东涯撰《读诗要领》一册，写本，享和二年。（备考：收入《日本儒林丛书》五）

1803 年 高桥闵慎（华阳）撰《诗经五声音绎证》一册，刊本，享和三年序。（备考：别称《诗经五声音证》）

冢田大峰《冢田大峰集》刊行。

1804 年 太田锦城撰《九经谈》刊行。

荻生双松口授，吉田有邻编《诗源》，刊本，文化元年刊。

古屋昔阳撰《诗说》四卷，文化年间。（备考：旧彰考，与《古今学变》《询刍尔言》合为一册）

小田谷山（1739—1804），又名陈焕章。仿《国风》之戏作《越风石臼歌》或为其所作。著有《毛诗古传》，并校订片山兼山《毛诗山子点》。《毛诗古传》六卷，小田焕章（焕山）。（备考：大事典，《日本经解总目录》，别称《毛诗古传考》，角书，标注训点）

小林一茶（1763—1827），在江户听《诗经》讲释，以《诗经》意作俳句。

1807年　大江荆山撰（大江维缉）《诗韵国字解》二册二卷，刊本，文化四年刊。

皆川淇园（愿）（1734—1807）殁，著《诗经绎解》十五卷、《二南训阐》。

1808年　茅原定撰《诗经名物集成》六卷，北村四郎兵卫等刊。

1809年　陆德明撰《经典释文》和刻本刊行。

1810年　小野兰山（1729—1810），撰《诗经产物解》二卷，写本。

小野兰山撰《诗经名物辩解正误》，写本。

1811年　亀田鹏斋为新潟县三岛郡题书匾额“甘棠亭”，今为高桥健吉氏所藏。语出《诗·周南·甘棠》。

冢田大峰为尾张藩明伦堂督学，倡古注，以自注十三经教授子弟。（《教育》）

6月 花房藩主西尾忠需创立学问所修道馆，授荻生徂徕之古学，后变为朱子学。（《教育》）

1812年　岸本吉迢编《诗经韵》一册，刊本，文化九年刊。

山本北山（1751—1812），著《经义考》一卷、《经义撮说》一卷、《经义撮说绪余》四卷、《经说》十卷。

1813年　高闵慎（高桥华阳 1752—1822），辑《诗经人物证》，出版地不明，出版者不明。

宇野东山（1735—1813），撰《毛诗国字弁》，名古屋本町东壁堂刊。

1814年　佐原鞠坞（菊坞）撰《诗经万叶集草木考目安》一册，刊本，文化十一年。（备考：村野）

1817 年 古贺精里（1749—1817），著《诗四书集释》十卷，《经语摘粹》一卷。

中井履轩（1732—1817）殁，著《诗雕题》七卷、《诗雕题略》三卷、《古诗得所编》一卷、《古诗逢源》七卷。

广濑淡窗在今大分县日田市创办咸宜园，“咸宜”语出《诗·商颂·玄鸟》：“殷受命咸宜，百禄是何。”

1818 年 中村子笃撰《诗经择斋子讲义》四卷，写本。（备考：《日本经解总目录》，写本，文政年间，1818—1829）

茅原定撰（虚斋）《诗经名物集成》六卷五册，刊本，文化五年刊。

1818 年 柏木如亭撰《诗本草》一册，写本，刊本，文政元年自序。

1820 年 津藩主藤堂高兑创建有造馆。津阪东阳为督学，经学用汉唐注疏。“有造”出《诗·大雅·思齐》“肆成人有德，小子有造。古之人无斁，誉髦斯士”。

1821 年 樱山恭撰《毛诗正文》三卷，文政四年再刻。（备考：无穷平沼）

1822 年 大田锦城（元贞）（1765—1822）殁，著《九经谈》十卷、《诗精义》、《毛诗详说》三卷、《毛诗六义考》、《六义考续考》二卷。《稽古录》（卷之四）一册，写本。（备考：无穷真轩，诗大小序说，大序十谬，六义考）《毛诗六义考》，写本。（备考：别称“六义考”）《毛诗六义考续考》二卷。（备考：大成）

1823 年 仁井田好古撰《毛诗补传》三十卷首一卷十六册，刊本，文政六年序，天保五年（1834）刊。（备考：题签“诗经毛传补义”。复制）

1826 年 龟田鹏斋（1752—1826）殁，著《鹏斋先生文抄》。

1827 年 高桥闵慎撰（华阳）《诗经人物证》一册。刊本，文政十年序。

1830 年 岗田煌亭（钦）撰《七经札记》八卷三册，刊本，天保七年版。（备考：收入《续续日本儒林丛书》）

1832 年 《诗经笔记》，写本。（备考：无穷织田，《国风》《大雅》《小雅》，一册，天保三年，写五册）

冢田大峰（虎）（1745—1832）殁，著《冢注毛诗正义》三卷、《冢

注诗经》五卷。《家注毛诗正文》三卷。（备考：大事典，刊）《家田氏国风草》二卷。（备考：大成）

1833 年 亀井昱（昭阳）撰《毛诗考》二十六卷十册，天保四年。（备考：九州大学，亲笔二十六卷十册；五册；卷六—卷十八，二册）

1837 年 井冈元泉（1778—1837），编《毛诗名物质疑》五卷，写本。

1840 年 蓝泽南城撰《三百篇原意》九卷九册，写本，天保十一年完稿。（备考：新潟县立图书馆，原稿本九册全，净书本缺第三、第四册）

1841 年 林述斋（1767—1841），刊刻《佚存丛书》，收十七种八十六卷中国散佚而在日本有保存的古书。著《齐鲁韩诗说》。（备考：大成）

1843 年 猪饲彦缵纂《诗经集说》二卷二册，写本，天保十四年序。（备考：京都大学，猪饲氏旧藏书十八帙）

草场学（佩川）《毛儒之峙》，稿本，写本，天保十四年古贺煜序。（备考：别称《二南毛儒之峙》；东北大狩野，《二南毛儒之峙》，乾卷，亲笔，一册；佐贺锅岛家，“儒之峙歌，并今样改订”，亲笔，一册）

《诗经本义》，彦根藩刊。

1844 年 黑川彝撰《诗经一枝》一册，刊本，天保十五年刊。

野村鲁岩编《诗经训义便览》十卷，天保十五年序，写本。（备考：无穷织田）

松崎慊堂（1771—1853），著《九经字样审定》一册、《五经文字审定》、《审定石经十三经》三十二本。

林罗山点《音注五经》（1—6），吉野屋仁兵卫 1840—1844 年刊。

1845 年 猪饲敬所（彦博）（1761—1845）殁，著《批评九经谈》四卷。《诗经集说标记》三册，写本。（备考：静嘉堂文库）

1846 年 10 月 将军德川家庆及京都所司代酒井忠义将《十三经注疏》等书纳于学习院。（《十纪》）

1847 年 古贺侗庵（煜）（1788—1847）殁，著《经史一贯稿》一卷、《诗说备考》二卷、《诗征古稿》一卷、《毛诗或问》一卷、《毛诗刘传稿》

一卷。《毛诗刘传稿》一册，亲笔本，宫内厅书陵部；《毛诗或问》，亲笔本，宫内厅书陵部；《读诗折衷》一册，写本，宫内厅书陵部。

细井绚（东阳）撰《诗经名物图解》十册，写本。

1851年　东条一堂撰《诗经标识》三卷三册，写本。（备考：东京大学，嘉永四年写）

安藤龙撰《诗经辨话略解》二十卷五册，亲笔本。嘉永四年。（备考：静嘉堂。《诗经辨话略解》）

1852年　田村久常（1820—1894），著《诗经师传》三册，手稿本，嘉永五年—七年（1851—1854）。（备考：国会）

帆足万里（1778—1852）殁，著《入学新论》。

1856年　金子济民（霜山）撰《诗传纂要》四卷三册，写本，安政三年自序。（备考：静嘉堂文库）

涩江全善、森立之撰《经籍访古志》成书，其经部上诗类录《毛诗》写本多种。

1857年　东条一堂（1778—1857）殁，著《诗经解》《古文学经辨伪》一卷。

1866年　海保渔村（元备）（1798—1866）殁，著《经籍源流考》《诗汉注考》。《毛诗辑闻》二十卷，写本。（备考：尊经阁，卷一，一册）《诗经纪闻》，海保竹迳（编），写本。（备考：东京大学，编者亲笔，八卷八册；残本，编者亲笔，一册）又撰《旧抄经传考异》，其中有关毛诗部分上中下三卷，今藏日本国立国会图书馆。

1870年　佐藤一斋校定《音训五经》（上下），山内屋五良助刊。

1875年　安井息轩撰《毛诗辑疏》十二卷。收入《崇文丛书》。明治八年，未完。

1877年　有斐阁在东京神田一桥通町创立，以出版法律书籍闻名。“有斐”出《诗·卫风·淇奥》“有匪君子，终不可谖兮”，“斐”同“匪”。陆军当局主导建立偕行社。语出《诗·秦风·无衣》“修我甲兵，与子偕行”。

1878 年 安井息轩（1799—1878）殁，著《毛诗辑疏》十一卷。

东条琴台（1795—1878）殁，著《经籍通史》《先哲丛谈后编》。

1882 年 广濑范治校《诗经正义》（一—十），温故堂。

1883 年 长允文（梅外）撰《诗书评释》，梅外书房。

内田春瑞撰《五经讲义·诗经之部》，中外堂。国会图书馆藏。

鹿鸣馆在东京落成，明治政府为上流社会接待外宾并为其提供娱乐、住宿而建造的官方堂馆。语出《诗·小雅·鹿鸣》。

1884 年 后藤松阴点《五经·改正音训·诗经》乾，日新馆。

1885 年 斯文学会《斯文学会讲义笔记》（1882—1885）。（备考：广濑范治《诗经》，国会图书馆）

后藤宗秀点《五经·改正标注·诗经》上下，内田弥兵卫刊。

1889 年 埼玉县南埼郡白冈町建小学，以《诗经》语“菁莪”命名。1947 年又有菁莪中学。

1891 年 鹤冈市旧藩主酒井家讲《周南》，副岛种臣书“关雎堂”，今藏山形县鹤冈市致道博物馆。

1892 年 静嘉堂创立，本为岩崎弥之助之书斋。其图书部静嘉堂文库向研究者开放。其名语出《诗·大雅·既醉》“其告维何？笾豆静嘉。朋友攸摄，摄以威仪”。

尚䌹女学会创立，为今尚䌹学院大学前身。尚䌹出《礼记·中庸》，“《诗》曰：衣锦尚䌹，恶其文之著也”。

1893 年 小宫山绥介（南梁）讲述《诗经讲义》（《中国文学全书》），博文馆。

星野慎之辅编《应用植物编·附·诗经植物类考》，女学杂志社。北海道大学图书馆。

《五经·改订音训·诗经》上下，博文馆。

1895 年 林泷三郎撰《葆真学舍诗经讲义笔记》，林泷三郎刊。（备考：第四号，国会）

1896 年 米泽市上杉神社内由甘棠会树立“甘棠碑”。

1897 年 林英吉撰《诗经讲义》（少年丛书汉文学讲），兴文社。

1900 年 《毛诗难字解》（哲学馆汉学专修科汉学讲义），哲学馆。（备考：国会）根本通明（述）《毛诗》（哲学馆汉学专修科汉学讲义），哲学馆。

冈元凤编《毛诗品物图考》，松村九兵卫等刊。

1901 年 大久保纲浦作《诗经新体诗》，东京文学同志会刊。

1902 年 谷口中秋撰《诗经讲义》一、二及十五、十六，明治三十五年。（备考：无穷平沼）

1903 年 大久保源次郎（纲浦）作《诗经新体诗选》，文学同志会。

山本章夫（愚溪）撰《诗经新注》（三册），山本读书室。（备考：《日本经解总目录》《大事典》）

1906 年 1 月 15 日 御讲书始，东宫侍讲三岛中洲进讲《诗·大雅·江汉》。（记录）

1909 年 《昌平丛书》第十六—第二十三册，松山堂（京都帝国大学藏板）。（备考：收载许谦撰《诗集传名物抄》）

1910 年 山田济斋著《诗经讲义》，益友社。（备考：筑波大学）

1911 年 根本通明著《诗经讲义》（上下卷），博文馆。

宫内鹿川（讲述）《诗经讲义》（汉文学讲义录），益友社。（备考：国会）收入《宫内默藏全集》下卷，三重县乡土资料刊行会（三重县乡土资料刊行会丛书第一百一十八集），2003 年。

长梅外（述）《诗经讲义》（斯文学会讲义笔记），斯文学会。（备考：国会）

根本通明讲述，根本通德编《诗经讲义》上下卷，博文馆。

1912 年 诸桥辙次著《诗经研究》，目黑书店。收入《诸桥辙次著作集》地卷，大修馆书店，1978 年。

1913 年 服部宇之吉校定《汉文大系》十二《毛诗·尚书》。同书复刻版（附语句索引），富山房编辑部编（汉文大系增补版十二），1975 年。

久保天随校《汉文丛书》第八册，博文馆。（备考：收载宇野东山

《毛诗国字解》)

新井政毅、林英吉迹等著《诗经讲义》(《少年丛书汉文学讲义》,二十一编),兴文社。

1914 年　国语调查委员会编《周代古音考》,国定教科书共同贩卖所。国语调查委员会编《周代古音考韵征》,国定教科书共同贩卖所。

1915 年　林泰辅著《周公及其时代》。

三岛中洲(1830—1915)殁,著《诗书辑说》《诗经私录》。

1916 年　宋高宗、马和之合作《毛诗唐风图》(一轴),博文堂合资社。

1917 年　寺内章明著《国调周诗》,尺寸庐藏版。(案:东京帝国大学图书馆)

1918 年　罗振玉著《雪堂校勘群书叙录》,罗氏凝清室。内收《日本古写本毛诗单疏残卷》一文。

1919 年　鹿岛长次郎编《诗经讲义》,兴文社。

1920 年　竹添光鸿著《毛诗会笺》。[备考:日比谷诸桥,亲笔朱订稿本,大正九年东京活字版。竹添履信十册,卷九—卷二十,上海商务印书馆发行。静嘉堂著录"题作《毛诗》(毛诗会笺稿本)二十卷,竹添光鸿会笺,写(亲笔)"]

1921 年　释清潭译并讲《国译诗经》(国译汉文大成经子史部第三卷),国民文库刊行会。缩印版(国译汉文大成第一卷),1939 年。又同书,日本图书中心,2000 年。

1922 年　京都帝国大学文学部编《京都帝国大学文学部景印旧抄本》第一集,京都帝国大学文学部。(备考:收载《毛诗唐风残卷》《毛诗秦风正义残卷》)

1924 年　冈本哲三编《诗经·书经·易经》,有朋堂书店。

1926 年　中村钦(惕斋)撰《诗经示蒙句解》、渊景山撰《诗疏图解》(先哲遗著汉籍国字解全书五),早稻田大学出版部。

岛田钧一、竹田复校订《毛诗讲本》,育英书院。

吉田增藏评释《名诗评释　诗经》,《汉诗大讲座》第五卷,アトリヱ社。

1927 年 池田四郎次郎等编《日本艺林丛书》第三卷，六合馆，1927—1929 年。（备考：含《诗经名物辩解》。《正误》七卷，小野兰山口授）同书复刻，凤出版，1972 年。

崇文院编《崇文丛书》第二辑，1927—1935 年。（备考：第二辑第四十六、第五十四—第五十九、第六十一—第六十四收入安井息轩《毛诗辑述》）

1928 年 古城贞吉等著《诗经讲义详解》，东洋大学神道研究会。

俵修二编辑《诗经：诗华集》，京都诗话会，青树舍（发售），1928—1929 年。

又，京都诗话会编《诗经：诗华集 4》，京都诗话会，1930 年。

1929 年 关仪一郎编《日本儒林丛书》，东洋图书刊行会。

1930 年 仁井田南阳撰《毛诗补传》十六册，松云堂书店。

黑本植编著《五经钩玄》第一册《诗经》，林兄弟印刷所。（备考：国会。有序，总说，诗经）

1931 年 松本觉本撰《诗经详解》，春阳堂。

西泽道宽校注《诗经集传》，同文堂。

柏树舍同人编《诗经一句索引》，大东文化研究所。

1932 年 柏树舍同人编《诗经一句索引》，大东文化协会。

早川祐吉著《中国诗想之研究》，古川出版社。

日本书志学会编《善本影谱》第六辑，日本书志学会。1931—1936 年。（备考：收载《诗集传》《吕氏家塾读诗记》）

1933 年 冈本正三译《诗经·国风篇》，第一书房。同书，全国书房，1947 年。

足利衍述著《足利室町时代之儒教》，日本古典全集刊行会。

诸桥辙次著《经史八论》，关书院。

1934 年 龟井昱（昭阳）撰《毛诗考》二十六卷附录一卷，龟井昭阳德永玉泉两先生百年祭纪念，安川敬一郎刊。亲笔本影印。

五十泽二郎著《诗经》(东方古典丛刊三)，竹村书房。

加藤虎之亮著《诗经与皇道》，《国民精神文化研究》第二年第四号，国民精神文化研究所。

1935 年　名取本道著《圣道诗经》，笔之世界社。(备考：国会)

森本角藏编《五经索引》，目黑书店。1935—1944 年。

盐谷温著《诗经讲话》，弘道馆。

野村谦太郎编《熊泽蕃山全集》，近世社会经济学说大系，诚文堂。

1936 年　田中庆太郎校订《诗经国风》，求文堂。(备考：影印国子监本)

孔颖达等奉敕撰《毛诗正义》(东方文化丛书)，东方文化学院影印。

内野熊一郎著《申绰诗次故之学在诗说史上所占的地位》，东方文化学院《东方学报》，东京。第六册单篇抽印本。

《国宝毛诗正义》(乾帙)，东方文化学院影印。

内野熊一郎著《诗经毛传引月令句考》，东方文化学院(《东方学报》，东京。第六册)抽印本。

国分青崖监修《汉诗大讲座》第五卷，アトリヱ社。1936—1938 年。(备考：《名诗评释》，含吉田增藏校《诗经》)同书更名复制《汉诗名诗评释集成》，名著普及会，1981 年。

1937 年　松崎鹤雄述《诗经国风篇研究》，第一出版社。同书，第一公论社，1942 年。

小山爱司著《诗经》(踏上唐歌之路)，中央学会。(备考：东大史料)

小山爱司著《诗经之研究》(一名《倭汉满三合诗经》)(卷一—卷四)，中央学会。(备考：国会)

三尻浩校订《毛诗抄》，朋友堂。

大川节尚著《从三家诗看到的郑玄诗经学》，关书院。

1938 年　葛兰言著，内田智雄译《中国古代的祭礼与歌谣》，弘文堂。

河合绢吉著《诗经句法新说》，育英书院。

小林一郎讲述《诗经》(《经书大讲》第六、七、八卷)，平凡社。

1938—1940 年。

1939 年　饭岛忠夫著《中国古代史与天文学》，恒星社。案：内含《诗经》的天文学解读。

1940 年　清原宣贤讲述，小川环树、高马三良校订；仓石武四郎、小川环树校订《毛诗抄》（一）（二），岩波书店，1940 年，1942 年。清原宣贤讲述、小川环树等校订《毛诗抄》四册（含上述二册），1996 年。

1941 年　正宗敦夫编《蕃山全集》第二册，《蕃山全集》刊行会，1941—1943 年。（备考，含《诗经周南之解·召南之解》）

饭田利行《日本现存中国古韵》，福山房。

1942 年　《京都帝国大学文学部景印旧抄本》第十集，京都帝国大学文学部。（备考：收入《毛诗二南残卷》）

香山吉助著《五经提纲》，道会事务所。（备考：上卷《诗经之部·书经之部》）

青木正儿著《中国文学艺术考》，弘文堂。《江南春》，弘文堂。

松崎鹤雄著《诗经国风篇研究》，第一公论社。

1943 年　目加田诚著《诗经》，日本评论社（东洋思想丛书）。同书复刻《诗经》（讲谈社学术文库 953），讲谈社，1991 年。

井乃香树著《诗经美学（国风篇）》，救护会出版部。

诸桥辙次获“朝日文化赏”。

1944 年　狩野直喜获文化勋章。

1946 年　盐谷温著《中国文学概论》。

前田林外（1864—1946）《新译诗经》（草稿），亲笔写本。

1947 年　目加田诚著《风雅集》，惇信堂刊。

1948 年　安藤圆秀著《诗经随笔》，学徒援护会。

漆山天童（1873—1948），编《毛诗语类》，亲笔写本。

1949 年　《毛诗卷第一》（国会图书馆管理部景印线装 35），日本国立国会图书馆。（备考：静嘉堂文库藏清家秘点古写卷子本珂罗版复制）

目加田诚著《诗经译注篇第一》，丁字屋书店。

10 月 22—23 日第一届日本中国学会年会召开。日本中国学会成立。

1950 年　永岛荣一郎著《诗经韵译——国风篇》，文京书院。

1951 年　毛冢荣五郎著《由与周代金文比较的诗经研究》，文部省科学研究费研究报告集录（文哲史学研究现状调查委员会）

泽田正熙著《诗经秀歌——中国古代人的歌谣与人性》，作家社。

1954 年　目加田诚著《新释诗经》，岩波书店。

1955 年　白川静编《甲骨金文学论丛》初集—九集，至 1962 年。誊写版。

1956 年　3 月 23 日 日中文化交流协会成立。理事长中岛健藏。

1958 年　松本雅明著《关于诗经诸篇成篇的研究》，东洋文库（论丛第四十一）。同书复刻版收于《松本雅明著作集》第五、六，弘生书林，1986 年。

吉川幸次郎注《诗经国风》（上）（《中国诗人选集》第一卷），岩波书店。

1959 年　安居香山、中村璋八编《纬书集成》卷一—卷六，汉魏文化研究会，明德出版社（誊写版），1959—1964 年。又，安居香山、中村璋八（编）《重修纬书集成》，明德出版社，1971—1985 年。（备考：卷三收《诗》）

赤冢忠撰《稿本殷金文考释》，誊写版。

吉川幸次郎注《诗经国风》（下）（《中国诗人选集》第一卷），岩波书店。

1960 年　白川静著《稿本诗经研究（通论篇）（解释篇）》，著者油印本。后收入白川静《白川静著作集》第十卷，平凡社，2000 年；白川静《白川静著作集》第九卷，平凡社。

目加田诚译《诗经・楚辞》（《中国古典文学全集》一），平凡社。

白川静著《诗经》（《世界之历史》三）。

鱼返善雄译《诗经国风》（《世界名诗大成》十八），平凡社。

后藤俊瑞著《诗集传事类索引》，武库川女子大学文学部。

1961 年　木下秀敏著《诗经国风中的爱诗》。（备考：日本大学文理图书馆）

桥本循译注《诗经国风》（《世界文学大系·中国古典诗集》一），筑摩书房。

1962 年　目加田诚译著《诗经·楚辞》，《中国古典文学全集》一，平凡社。

白川静著《金文通释》，白鹤美术馆。续刊中。

1963 年　东条一堂著《诗经标识》，书籍文物交流会。

白川静著《金文集》四册，《甲骨文集》一册，二玄社。

桥本循译注《诗经国风》（《世界文学大系·中国古典诗集》别刷），筑摩书房。

1964 年　近藤春雄著《诗经之史学的基础性研究》，誊写版。（备考：国会图书馆）

1966 年　高田真治著《诗经　上》（《汉诗大系》），集英社。

1968 年　佐藤三夫著《酒神祭 受洗密仪 诗经》，酒神社。

高田真治著《诗经　下》（《汉诗大系》），集英社。

1969 年　目加田诚著《诗经·楚辞》（《中国古典文学大系》十五），平凡社。

桥本循译注《诗经国风》（《世界文学全集》二），筑摩书房。

1970 年　白川静著《诗经——中国古代歌谣》（《中公新书》二百二十），中央公论社。上书再版《中公文库》BIBLIO，中央公论新社，2002 年；三版，中公文库宽大版，中央公论新社，2003 年。

原田种成校《训注诗经集传》，松云书院。

1971 年　目加田诚著《中国诗选——周诗至汉诗》（1）（现代教养文库 718），社会思想社。

冈见正雄等编《抄物资料集成》第六卷，清文堂出版。（备考：收载船桥宣贤《毛诗抄》，底本为宫内厅书陵部藏本）

白川静著《金文世界》，平凡社。

1972 年　近藤英雄著《诗经伦理的历史研究》，神户学院大学东洋研究室。

《经典释文》综合研究《毛诗》释文班编《对校毛诗释文集成》，汲古书院（销售）。

丰岛睦编《韩诗外传索引》，比治山女子短期大学（广岛），誊写版。

清原宣贤讲述、中田祝夫编、外山映次解说《毛诗抄》（《抄物大系》）上、下。勉诚社，1971 年，1972 年。影印东京教育大学附属图书馆藏古活字版《毛诗抄》。

1973 年　黑田沐山居著《诸声诗经桃夭抄》，法藏馆。

张建墙著《诗经之翻译》，明治书院。

孔颖达疏，足利学校遗迹图书馆后援会编，长泽规矩也解题《毛诗注疏》（一—四）（足利学校秘籍丛刊第二），汲古书院，1973—1974 年。影印重要文化财足利学校藏南宋刊十行本《附释音毛诗注疏》，限定三百部。

1974 年　海音寺潮五郎译《诗经》，讲谈社。

近藤春雄编《诗经·楚辞·古诗选》，武藏野书院。

松本一男著《乱世的诗人们——从〈诗经〉到毛泽东》，德间书店。

诗经学会成立。每年出版一期会刊《诗经研究》。

1975 年　乾一夫编《中国名诗鉴赏一　诗经》，明治书院。

1976 年　田所义行著《毛诗歌物语》（秋山丛书），秋山书店，长泽规矩也编《和刻本经书集成 正文之部》第一辑，汲古书院。

中田昭英著《诗经一》，北斗工作室。（备考：国风编。国会）

野泽一郎著《木叶童子诗经》，文治堂书店。再版《木叶童子诗经》《诗集》（文治堂新书），文治堂书店，2005 年。

1977 年　长泽规矩也编《和刻本经书集成 古注之部》第一辑，汲古书院。（备考：收载毛亨传、郑玄笺《毛诗》二十卷刊本复制）《足利学校藏宋刊附释音毛诗注疏》，汲古书院。

白川静著《中国古代文学（一）——从神话到楚辞》（中公文库），中央公论社。改版《中公文库》BIBLIO，中央公论新社，2003 年。

铃木修次著《中国古代文学论——诗经的文艺性》，角川书店。

中田昭英著《诗经二》，中田昭英刊。（备考：雅颂编。国会）

水上静夫著《中国古代植物学研究》，角川书店。1967年著者自家油印本《古代中国人的植物观研究・附资料篇》为其原本资料篇。

1978年　赤冢忠著《中国古代的宗教与文学——王朝祭祀》，角川书店。

龟井南冥、昭阳全集刊行会编《龟井南冥、昭阳全集》第二卷，苇书房。（备考：含《毛诗考》《古序翼》）

串田孙一著《桃夭・篆刻诗经》（《串田孙一篆刻作品集》一），天满堂书店。

龟井昱（昭阳）著，冈村繁解说《毛诗考・古序翼》（《龟井南冥、昭阳全集》第二卷所收），苇书房。

坂出祥伸编《秦汉思想研究文献目录》，关西大学出版、广报部。

1979年　白川静著《中国古代文化》（学术文库），讲谈社。

书学院编《杨沂孙篆书诗经》，书学院刊。

1980年　松本雅明著《关于〈诗经〉诸篇成篇的研究》，《松本雅明著作集》。开明书院。吉川幸次郎等编《汉语文典丛书》第六卷。汲古书院。（备考：含皆川淇园《诗经助字法》）

汤浅幸孙解说《两苏经解》（《京都大学汉籍善本丛书》），同朋舍出版。（备考：收载苏辙《颍滨诗集传》）

伊东伦厚、末冈实、玉置重俊、鬼丸纪编《韩诗外传索引——附本文》，东丰书店。

1981年　白川静著《诗经研究　通论篇》（朋友学术丛书），朋友书店。

桥本循译《诗经国风　书经》，筑摩书房。

1982年　加纳喜光译《诗经　上》（《中国古典》），学习研究社。

原田种成编《四库提要训点本 经部二》，汲古书院。（备考：收载《书》《诗》类）

目加田诚著《歌之始　诗经》（《中国名诗》一），平凡社。

1983 年　中岛绿著《诗经》（《中国诗文选》二），筑摩书房。

目加田诚著《定本诗经译注》（《目加田诚著作集》第二、三卷），龙溪书舍。

加纳喜光译《诗经　下》（《中国古典》），学习研究社。

1984 年　境武男著《诗经全释》，《境教授颂寿纪念会》，汲古书院。

石川忠久著《诗经》（《中国古典新书》），明德出版社。

1985 年　《敦煌书法丛刊》第六卷《经史》（四），《毛诗卷第九、十残卷郑玄笺》，二玄社。

金子兜太著《诗经国风　句集》，角川书店。

张少康著，兴膳宏序，釜谷武志译《诸子百家的文艺观》，汲古书院。

杉村显道著《和译诗经》，杉村显道刊。（备考：国会）

目加田诚著《诗经研究》（《目加田诚著作集》第一卷），龙溪书舍。

赤冢忠著《诗与音乐的世界》（《图说世界文化史大系》十五），角川书店。《赤冢忠著作集》第五卷《诗经研究》，1986 年。

1986 年　赤冢忠著《诗经研究》（《赤冢忠著作集》五），研文社。

原田种成校注《诗经集传抄》，松云堂书店。

冈村繁译注《毛诗正义译注》，中国书店。

黎波《中国文学馆从〈诗经〉到巴金》，大修馆书店。

1987 年　松本雅明著《诗经国风篇研究》（《松本雅明著作集》一），弘生书林。

1988 年　赵浩如著，增田荣次译《诗经入门》，日中出版。

1989 年　近藤春雄著《从诗经到陶渊明》（武藏野文库十一），武藏野书院、

牧角悦子、福岛吉彦著《诗经・楚辞》（《鉴赏中国古典》十一），角川书店。

中钵雅量著《中国的祭礼与文学》，创文社。

1990 年　白川静译注《诗经国风》（《东洋文库》五百一十八），平凡社。

斯波六郎著《中国文学中的孤独感》，岩波书店。《三 诗经》。

1991 年　高桥公著《诗经字典 国风全释・小雅・大雅・颂》，万叶学会。

孙久富著《万叶集与中国古典的比较研究》(《新典社研究丛书》四十)，新典社。

1992 年　米山寅太郎等解题《毛诗郑笺》一—四(《古典研究会丛书·汉籍之部》)，汲古书院。1992—1994 年。

斋藤国治、小泽贤二著《中国古代天文记录检证》，雄山阁出版。(备考：第一章《〈书经〉〈诗经〉〈淮南子〉〈竹书纪年〉中的天文记录》)

村山吉广、江口尚纯编《诗经研究文献目录》，汲古书院。

1993 年　增野弘幸等编《研究资料汉文学》第三卷，明治书院。

吉田照子编《韩诗外传》(《中国古典新书续编》十七)，明德出版社。

林庆彰主编《日本经学研究论著目录》(1900—1992)，台北久实实业有限公司。

在石家庄市举办第一届国际学术研讨会，田中和夫等日本学者参加。

中国诗经学会成立。日本诗经学会与中国诗经研究者的交流逐步深入。

1994 年　首届诗经国际研讨会论文集《诗经国际学术研讨会论文集》由河北大学出版社出版，收入田中和夫、石川三佐男、大野圭介等日本作者论文。

王晓平撰《〈诗经〉在日本的传播与研究》，载《中国文学年鉴(1993)》，社会科学文献出版社。

1995 年　《诗雕题》(怀德堂文库本)(《怀德堂文库复刻丛书》八)，怀德堂、友之会。(含《诗雕题》、《毛诗雕题附言》、解说)

《汉诗》一《古诗·初唐》(《汉诗、汉文解释讲座》卷一)，昌平社。

田部井文雄著《中国自然诗的系谱——从〈诗经〉到唐诗》，大修馆书店。

1997 年　石川忠久著《诗经　上》(《新释汉文大系一百一十—一百一十二》)，明治书院。1997—2000 年。

吹野安、石本道明注释《朱熹诗集传全注释》一—九，明德出版社。1996—1999 年。

著名诗经研究家目加田诚去世，享年九十岁。《诗经研究》第十九号发表冈村繁等撰写的悼念文章。

1998年　白川静译注《诗经雅颂》一、二，平凡社。

张宝三著《唐代经学及日本京都学派中国学研究论集》，中国台北：里仁书局。

胡志昂著《奈良万叶与中国文学》，笠间书院。

石川忠久著《诗经　中》（新释汉文大系），明治书院。

1999年　诗经学会改称日本诗经学会。会长村山吉广。

田中和夫著，李寅生译《汉唐诗经学研究》，香港天马图书有限公司。

2000年　辰巳正明著《诗的起源——东亚文化圈的恋爱诗》，笠间书院。（含《诗经国风的恋爱诗》）

白川静著《白川静著作集》第九卷《诗经》Ⅰ，平凡社。

白川静著《白川静著作集》第十卷《诗经》Ⅱ，平凡社。

石川忠久著《诗经　下》（新释汉文大系），明治书院。

村山吉广等日本诗经研究者参加在首尔举办的韩国诗经研究国际研讨会。

2001年　《毛诗郑笺正本》二（分册一—三）、三（分册一—二）、四（分册一—二）、五（分册一—四），上坂氏显彰会史料出版部。

2002年　徐送迎著《〈万叶集〉恋歌与〈诗经〉情诗的比较研究》，汲古书院。

石川忠久等著《诗经》（《新书汉文大系》十五），明治书院。

水口洋治著《诗经国风赏析》（《智慧丛书》七），竹林馆。

张宝三、杨儒宾编《日本汉学研究初探》，中国台北：乐学书局。

2003年　田中和夫著《毛诗正义研究》，白帝社。

中田昭荣著《诗经　新编》（上）《爱与祝的诗集》，郁朋社。

2004年　中田昭荣著《诗经　新编》（中）《日子、祖灵与王》，郁朋社。

家井真著《诗经原义研究》，研文出版。

桐本东太著《中国古代民俗与文化》，刀水书房。

白川静获文化勋章。

2005 年　村山吉广著《诗经鉴赏》，二玄社。

中田昭荣著《诗经　新编》（下）《悲伤诗集》，郁朋社。

《诗经研究》刊载《日本诗经学会会则》，规定学会从事的主要事业是：发行会刊《诗经研究》（每年一期）；搜集整理诗经学关系资料；举办大会、研究会及讲演会；开展与国内外研究团体的交流；其他认为必要的事业。

京都大学文学部国语国文学研究室编《林宗二、林宗和自笔毛诗抄》（两足院丛书）由临川书店出版。

增野弘幸等著，李寅生译《日本学者论中国古典文学——村山吉广教授古稀纪念集》，巴蜀书社。

白川静捐款在立命馆大学设立白川静纪念东洋文字文化研究所。

2006 年　加纳喜光著《诗经一——恋爱诗与动植物的象征主义》，汲古书院。

加纳喜光著《诗经二——古代歌谣里爱的表现技法》，汲古书院。

徐送迎著《东亚文化圈与诗经》，文生书院。

白川静去世。

2007 年　江口尚纯完成“江户期诗经解释学史考察”项目（2005—2007）研究。

2008 年　张宝三、杨儒宾编《日本汉学研究续探：思想文化篇》，华东师范大学出版社。

2009 年　华东师范大学东方文化研究中心编译《冈村繁全集》十卷，上海古籍出版社。

王晓平著《日本诗经学史》，学苑出版社。

2010 年　田中和夫译著，《毛诗注疏译注·小雅》，白帝社。

江尻彻诚著《陈启源的诗经学——〈毛诗稽古编〉研究》，北海道大学出版会。

2012 年　家井真著，陆越译《诗经原意研究》，江苏人民出版社。

种村和史著，李栋译《宋代诗经学的继承与演变》，上海古籍出版社。

《毛诗正义 南宋刊单疏本》，人民文学出版社。

竹添光鸿著，王晓平解说《毛诗会笺》，凤凰出版社。

王晓平著《日本诗经学文献考释》，中华书局。

2016 年 王晓平编著《日本诗经古写本刻本汇编》（第一辑），中华书局。

2017 年 张小敏著《日本江户时代〈诗经〉学研究》，中国台北：花木兰出版社。

2018 年 王晓平著《日本诗经要籍考述》，学苑出版社。

2020 年 薮敏裕著《毛诗文献学研究——以与出土文献的比较为中心》，汲古书院。

后　记

记得1981年我完成了硕士论文《马瑞辰〈毛诗传笺通释〉的训释方法》，就想写一本《历代诗经研究》之类的书，正在跃跃欲试的时候，读到了1882年中州书画社出版的夏传才先生所著《诗经研究史概要》，就马上想到，这件事情可以暂时搁下了。后来又听到夏先生的传奇故事，敬佩之情油然而生。我有十三年半在内蒙古生活的经历，夏先生则在那边有二十三年的故事，时异境别，却也是“半个老乡”，这也不免成为“见面熟”的理由之一。

在以后的学术生涯中，几次参加先生主持的《诗经》研讨会，更感到先生宽阔的胸怀和对开拓《诗经》跨文化研究的热忱。我在日本工作的那些年，总要赶回来参加这样的研讨会，不仅是为了增加与国内学者交流的机会，也是为了见一见尊敬的夏先生。在我回国工作以后，只要有机会，总希望在夏先生的指导下，为两国《诗经》研究界的沟通与合作尽一点小小的力。

因而，当夏先生告诉我他准备编一套《世界汉学诗经学》，并向我约稿的时候，就毫不犹豫地答应下来。谁料天不遂人愿，夏先生竟然未能看到这套书的问世就驾鹤西去。每当我看到自己未完的书稿，就想起可敬的夏先生。夏先生是20世纪杰出的知识者之一，从他身上我吸取到了生活智慧，吸取到了豁达、宽容和乐观的心态，吸取到了挺过蹉跎与苦涩的信念，而这些都和对《诗经》的热爱融为一体了。

夏先生从20世纪90年代初起，就对笔者有关日本诗经学的文章十分关注，在他的文章中也曾大段引用过。或许正与他当时重视加强与日本、韩国等各国诗经学界的交流的主张与实践活动合拍。中国诗经学会建立之初，便很注意推动诗经研究的国际化。夏先生也曾前往日韩等国访问，受到那里学者的欢迎。我相信，这是一条正确的路，因为通过交流，才能多方吸取成果与经验，自身少走一些弯路和冤枉路，也才能更好地把自己的声音传出去。

带着这样的愿望，检查一下已做的工作，便会发现还有很多需要反省的地方。本书提供的《日本诗经年谱稿》就很不完善。例如近代日本诗经学界也有学者受到西方学术的影响。松本雅明、白川静、家井真等学者，都是一边消化与接受葛兰言的一些观点，一边又有所扬弃，来构筑自身体系的。理雅格、高本汉、韦利、庞德等的《诗经》翻译，也曾给日本《诗经》翻译者直接的启示。在有些学者撰写的论文中，还可以看到王靖献套语理论影响的痕迹。

至于日本学与中国诗经学的关系更有很多值得回顾的事情。近代以前，日本诗经学看上去像是汉唐宋明诗经学的“子学问”，但也有很多不同的特点，两者并没有一一对应的关系，不仅有时间差、空间差、规模差，而且有学风差、观念差、话语差。近现代以后，中国学者如闻一多、于省吾、徐仲舒等学者的书，曾是一些日本学者的案头之书。20 世纪 80 年代以后，两国学者走动多了起来，推动了新一代学者的成长。这一切都还没有来得及反映在年谱中，年谱还要继续完善。

本书是国家社科基金重大项目“日本汉文古写本整理与研究”（项目批准号 14ZDB085）的中期成果之一。日本藏《诗经》写本的释录与研究，是本书着力的一项工作。日本所藏《诗经》写本，包括历代学人书写的《毛诗》《毛诗郑笺》《毛诗正义》，也包括学者们撰写而没有获得出版机会的研究著述，至今还有一批没有认真释录与整理过。如龙谷本的《毛诗》、岩崎文库本的《毛诗》等，都还需要深入研究。写本释录与整理是一项极需韧劲与极费脑筋的事情，误释、误读往往就在一瞬间。前人系统的研究和指南性的著述很少，只有敦煌写本的经验可以借鉴。著者二十年前一头闯进这个陌生领域，从日本古文书学零起点出发，如暗夜行路，一路清点着疏失，反省着浅学，也一路享受着偶有一得的惊喜。在汉文化圈，这一类汉文写本还有相当数量，它们是研究中国文化国际传播与周边文化重要而尚待开发的资源。相信以往自己这些弯路不会白走，总结下来或许对抱有同样兴趣的学者还有些用。从2015年起，《古典文学知识》开始连载著者的“写本例话”，写进的是写本整理与研究的点滴心得，对于理解本书写本部分的内容，会有一些帮助吧。

本书呈现在读者面前的，是一批日本诗经学的文献资料。文化、文学交流是大事业，也有大学问，学术交流离不开基础文献。希望读者阅读此书的时候，也同时看看《日本诗经学史》《日本诗经学文献考释》《日本诗经要籍考述》《日本诗经古写本刻本汇编》，为了避免重复，本书有些地方就从略了，例如研究家介绍，就只介绍其有关《诗经》的单行本，而没有涉及其论文和其他著述。同时，考虑到现代中文读者的需要，一般采用简体字，只在写本释录或特别需要以及容易引起歧义时才出现繁体字，这样有时看起来就不那么统一。在译文中一般尽量少出现假名，这样的处理对于专门研究日本诗经学的学者，或许会感到不够用，那么看一看《日本诗经写本刻本汇编》中的原文或者其他几本书，或许可以互相对照补充。

2017年在杭州的一次学术研讨会上，见到越南社会科学院汉喃研究院院长阮俊强先生，他告诉我，十来年前他曾将我写的《〈诗经〉之于亚洲汉文学》译成越南文，又说在日本留学的时候，日本学者送给他一本我写的《日本诗经学史》。这件事让我再一次感到，今天的学术成果，所能获得的传播机缘是空前的。面对着更多双审视、考察与监督的眼睛，这让我突然想起夏先生在七十岁的时候，在《思无邪斋诗抄》原序中所说的：“在我人生旅程的最后阶段，我应该尽量把自己的事情，经自己的手作一个小结。”我期待着有一个机会，能把自己所写的所有文字中的那些不精不确的地方都扫除一遍。

书中很多资料，都“淘”于日本的旧书店即“古书屋”。福冈的、东京的、京都的、大阪的，古书屋都几乎是一样狭小。书架与书架之间，只能站下一个人，那书就从地上堆到屋顶，不太讲究什么排场与壮观。人与书随时在抢地盘，好像稍不留意就会碰倒一堆似的。每逢秋季，京都、大阪等地，固定的场所都有旧书展，千忙万忙，都是绝对舍不得缺席的。正如我在东京大学的指导教授川本皓嗣所说的，逛旧书店，逛书展，既要"经济力"，也是体力活儿。今天看到这些经过整理的资料，就不由得想起那些还埋在旧书堆里的《诗经》文献。但愿它们还好，不会轻易地"如烟"而去。

夏传才先生指导的中国诗经学会，不遗余力地推动国内外《诗经》研究，除了举办国际学术研讨会、编辑出版《诗经研究丛刊》之外，还做了一件了不起的事情，那就是编辑出版《诗经要籍集成》，历时十年，为海内外《诗经》研究者提供了一批有价值的资料。今天，互联网时代又为这一工作提供了新的挑战和可能性。一些发达国家为了将本国传统文化推向世界，十分重视古籍数据库和古籍电子图书馆的建设。而在我国，一些地方将古籍视为秘籍、将保护理解为秘不示人的现象还颇为严重，完成《诗经》文献的数据库建设和互联网电子图书馆建设，绝非一个学会的力量所能做到，我们不能不盼望在国家文化管理部门富有远见的顶层设计之下，创造出一个更为活力盎然的创新环境。

夏传才先生指导的中国诗经学会，在推动《诗经》研究的国际交流方面成绩卓著。在这方面，今后也还是有所作为的。1990年，著者曾在日本文部省直属研究机关国际日本文化研究中心，参加过一个国际化的《万叶集》研究班，感到来自不同国家的学者就一个课题展开共同研究这种形式，对于深化国际合作十分有效。当然，这样做需要各方面条件的成熟，那我们就一边准备一边等待这些条件的到来吧。

各国学者最需要，也最期待的就是平等的、心平气和的对话和交流。这种对话，并不是仅仅为了寻求统一的结论，而是通过对话达到相互了解，实现不同文化的和谐相处。人们在学问之间扎篱笆、筑高墙、立封锁线，都是保护学问、发展学问的必要手段，同时，学者也需要到外边多走一走，为减少隔绝带来的信息不通或冲突摩擦，而多和外面通通气儿。说到底，篱笆、高墙、封锁线，挡住的都是想出去又不想出去的人，难以挡住的是那些真想多看看的人。下一步，我们希望看到的，就不是一种文化对《诗经》的解读，而是几种文化对《诗经》解读的综合比较研究著述了，或许这一天也不会太远吧。

王晓平

2018 年 8 月 6 日于天津瀛庐